21 世纪全国高等院校物流专业创新型应用人才培养规划教材

U0116082

物流工程与管理

主　编　高举红

副主编　陈红霞

主　审　齐二石

北京大学出版社

PEKING UNIVERSITY PRESS

内 容 简 介

本书既继承了物流工程与系统中的理论与方法，又将工业工程的基本理论与分析方法以及多种先进的管理思想与运作模式有机地集成为一个体系结构，其涉及领域广泛，包括制造业、服务业乃至社会环境等多个方面。

本书紧密结合制造业与物流业的联动发展工程，在经典的设施规划与设计内容介绍的基础上，将最新的供应链管理的理论方法融入其中，构建满足时间、质量、成本、服务、环境与创新(TQCSEI)为核心竞争力的理论与方法体系，体现系统化与精益设计的思想，具有指导性。

本书作为工业工程专业一门不可缺少的专业基础课程，使学生掌握在制造领域和服务流域中物流系统的理论知识和设计方法的同时，进而掌握物流作为支撑体系服务于广域的生产与社会环境的具有创新性与实用性的技能。

本书既可作为高等学校中工业工程、物流工程、物流管理、工商管理和信息管理等专业的本科生和研究生的教学用书，也可供企业管理、经济管理和行政管理人员培训时使用。

图书在版编目(CIP)数据

物流工程与管理/高举红主编. —北京：北京大学出版社，2011.6
(21 世纪全国高等院校物流专业创新型应用人才培养规划教材)
ISBN 978-7-301-18960-3

Ⅰ. ①物… Ⅱ. ①高… Ⅲ. ①物流—物资管理—高等学校—教材 Ⅳ. ①F252

中国版本图书馆 CIP 数据核字(2011)第 102307 号

书　　　　名：	物流工程与管理
著作责任者：	高举红　主编
责 任 编 辑：	郭穗娟
标 准 书 号：	ISBN 978-7-301-18960-3/U・0054
出　版　者：	北京大学出版社
地　　　址：	北京市海淀区成府路 205 号　100871
网　　　址：	http://www.pup.cn　http://www.pup6.com
电　　　话：	邮购部 62752015　发行部 62750672　编辑部 62750667　出版部 62754962
电 子 邮 箱：	pup_6@163.com
印　刷　者：	河北滦县鑫华书刊印刷厂
发　行　者：	北京大学出版社
经　销　者：	新华书店

787mm×1092mm　16 开本　21 印张　486 千字
2011 年 6 月第 1 版　2011 年 6 月第 1 次印刷

定　　　价：39.00 元

丛 书 总 序

物流业是商品经济和社会生产力发展到较高水平的产物，它是融合运输业、仓储业、货代业和信息业等的复合型服务产业，是国民经济的重要组成部分，涉及领域广，吸纳就业人数多，促进生产、拉动消费作用大，在促进产业结构调整、转变经济发展方式和增强国民经济竞争力等方面发挥着非常重要的作用。

随着我国经济的高速发展，物流专业在我国的发展很快，社会对物流专业人才需求逐年递增，尤其是对有一定理论基础、实践能力强的物流技术及管理人才的需求更加迫切。同时随着我国教学改革的不断深入以及毕业生就业市场的不断变化，以就业市场为导向，培养具备职业化特征的创新型应用人才已成为大多数高等院校物流专业的教学目标，从而对物流专业的课程体系以及教材建设都提出了新的要求。

为适应我国当前物流专业教育教学改革和教材建设的迫切需要，北京大学出版社联合全国多所高校教师共同合作编写出版了本套《21世纪全国高等院校物流专业创新型应用人才培养规划教材》。其宗旨是：立足现代物流业发展和相关从业人员的现实需要，强调理论与实践的有机结合，从"创新"和"应用"两个层面切入进行编写，力求涵盖现代物流专业研究和应用的主要领域，希望以此推进物流专业的理论发展和学科体系建设，并有助于提高我国物流业从业人员的专业素养和理论功底。

本系列教材按照物流专业规范、培养方案以及课程教学大纲的要求，合理定位，由长期在教学第一线从事教学工作的教师编写而成。教材立足于物流学科发展的需要，深入分析了物流专业学生现状及存在的问题，尝试探索了物流专业学生综合素质培养的途径，着重体现了"新思维、新理念、新能力"三个方面的特色。

1. 新思维

(1) 编写体例新颖。借鉴优秀教材特别是国外精品教材的写作思路、写作方法，图文并茂、清新活泼。

(2) 教学内容更新。充分展示了最新最近的知识以及教学改革成果，并且将未来的发展趋势和前沿资料以阅读材料的方式介绍给学生。

(3) 知识体系实用有效。着眼于学生就业所需的专业知识和操作技能，着重讲解应用型人才培养所需的内容和关键点，与就业市场结合，与时俱进，让学生学而有用，学而能用。

2. 新理念

(1) 以学生为本。站在学生的角度思考问题，考虑学生学习的动力，强调锻炼学生的思维能力以及运用知识解决问题的能力。

(2) 注重拓展学生的知识面。让学生能在学习到必要知识点的同时也对其他相关知识有所了解。

(3) 注重融入人文知识。将人文知识融入理论讲解，提高学生的人文素养。

3. 新能力

(1) 理论讲解简单实用。理论讲解简单化，注重讲解理论的来源、出处以及用处，不做过多的推导与介绍。

(2) 案例式教学。有机融入了最新的实例以及操作性较强的案例，并对案例进行有效的分析，着重培养学生的职业意识和职业能力。

(3) 重视实践环节。强化实际操作训练，加深学生对理论知识的理解。习题设计多样化，题型丰富，具备启发性，全方位考查学生对知识的掌握程度。

我们要感谢参加本系列教材编写和审稿的各位老师，他们为本系列教材的出版付出了大量卓有成效的辛勤劳动。由于编写时间紧、相互协调难度大等原因，本系列教材肯定还存在不足之处。我们相信，在各位老师的关心和帮助下，本系列教材一定能不断地改进和完善，并在我国物流专业的教学改革和课程体系建设中起到应有的促进作用。

齐二石

2009 年 10 月

齐二石　本系列教材编写指导委员会主任，博士、教授、博士生导师。天津大学管理学院院长，国务院学位委员会学科评议组成员，第五届国家 863/CIMS 主题专家，科技部信息化科技工程总体专家，中国机械工程学会工业工程分会理事长，教育部管理科学与工程教学指导委员会主任委员，是最早将物流概念引入中国和研究物流的专家之一。

前　言

物流工程与管理(Logistics Engineering and Management)是我国管理科学与工程一级学科中相关专业(工业工程、物流工程、物流管理、项目管理、工商管理、信息管理等专业)的重要研究方向与专业基础课程之一。

随着经济全球化进程与世界经济的高速发展，现代物流作为"第三利润源"，已经成为全球范围内一个充满生机并具有巨大发展潜力的新兴行业竞争力的源泉，其发展水平已经成为衡量一个国家综合国力、经济运行质量和企业竞争力的重要指标之一。在国家出台的《物流业调整和振兴规划》的背景下，为了形成完整的产业链和供应链，唇齿相依的现代制造业与现代物流业互动发展，可以从整体上提高我国产业竞争力。因此"两业联动"也是物流业实现社会化和专业化发展的必然途径。

基于此，本书以产品全生命周期的物流活动为主线，继承经典的设施规划与设计的内容，从生产系统与服务系统的角度，将供应链物流在价值链上进行有效整合，涉及库存与仓储管理，配送与运输管理，物流管理与控制以及包括精益集成物流、电子商务物流、供应链物流、逆向物流乃至闭环供应链等现代物流的发展模式，在现代管理理念下，贯穿信息技术、仿真技术、系统集成化技术等最新成果综合应用于物流工程与管理。

本书设置了大量案例，将物流工程的理论知识与实际应用相结合，用开篇案例的形式引导学生探求理论依据的兴趣，使学生在掌握理论知识的同时，能将其应用到章后的案例分析中；同时，通过对当今物流领域研究成果的阐述，深入浅出地引导学生了解物流系统理论的发展与现代物流在社会经济中的不断创新。

本书由高举红任主编，陈红霞任副主编，全书的内容和结构由高举红和陈红霞构思并确定。各章的具体分工：第1章和第5章由庞如英编写；第2章和第4章由孙洪华编写；第3章由刘亮编写；第6、7、8章由高举红编写。孙臻、贾学子、苏灿、吴凤娟、高静和史彦飞等在资料的收集、录入、整理等方面给予了大力支持。最后由高举红、陈红霞统稿和修改，全书由齐二石教授主审，在此一并表示衷心的感谢。

在本书编写过程中直接或间接地借鉴了国内外大量的论著、教科书等素材，在此对所引用的文献资料的作者们表示诚挚的感谢。

作者虽对本书反复修改完善，仍难免存在不当之处，欢迎广大读者和同仁给予批评指正，联系邮箱是 gaojuhong@tju.edu.cn。

编　者

2011 年 4 月

目　录

第1章 物流与物流工程导论

学习目标

■ **知识点**

➤ 当前环境
➤ 物流的概念、功能要素、范围、发展过程
➤ 物流工程的概念、研究内容、必要性
➤ 现代物流工程的发展模式

■ **难点**

➤ 物流范围、物流工程的研究内容

■ **要求**

熟练掌握的内容:
➤ 物流概念、物流功能要素
➤ 物流工程的概念和研究内容

了解理解的内容:
➤ 了解当前环境、物流发展过程
➤ 理解物流范围、物流工程的必要性
➤ 了解现代物流工程的发展模式

美国沃尔玛百货有限公司(Wal-Mart Stores，Inc.)成立于 1962 年，经过 40 多年的发展，已经成为美国最大的私人雇主和世界上最大的连锁零售商。目前，沃尔玛在全球 14 个国家开设了超过 7 900 家商场，员工总数 210 多万。每周光临沃尔玛的顾客 1.76 亿人次。2004 年、2005 年和 2007 年荣登《财富》杂志世界 500 强企业榜首。2008 年 7 月 11 日在美国《财富》杂志公布的 2008 年世界 500 强排行榜中，沃尔玛以 3 780 亿美元的年营业收入，再度荣登世界 500 强榜首。同时，沃尔玛在全球多个国家被评为"最受赞赏的企业"和"最适合工作的企业之一"。

沃尔玛的业务之所以能够迅速增长，并且成为现在非常著名的公司之一，是因为沃尔玛在节省成本以及在物流配送系统与供应链管理方面取得了巨大的成就。沃尔玛有一整套先进的、高效的物流和供应链管理系统。沃尔玛在全球各地的配送中心、连锁店、仓储库房和货物运输车辆，以及合作伙伴(如供应商等)，都被这一系统集中地、有效地管理和优化，形成了一个灵活的、高效的产品生产、配送和销售网络。为此，沃尔玛甚至不惜重金，专门购置物流卫星来保证这一网络的信息传递，正是这些先进的设施、设备在沃尔玛的信息管理上起到了决定性的作用，为沃尔玛的物流管理提供了强大的支撑和保障，也是沃尔玛倡导的"天天平价"卖点的最有力支持体系。

[思考]：什么是物流？物流的发展情况如何？沃尔玛为什么要不惜重金实行先进的物流管理？它的物流范围涉及了哪些内容？应用了哪些先进的物流技术？

1.1　物流概述

1.1.1　当前环境

由于科学技术不断进步和经济不断发展、全球化信息网络和全球化市场的形成以及技术变革的加速，导致管理变革比以往任何时候更加频繁，市场竞争日趋激烈。作为市场经营主体的企业所面临的市场环境也更加千变万化，不确定性越发明显。综合而言，21 世纪，企业面临环境的主要特点如下。

1.　以信息技术为代表的新技术飞速发展

20 世纪 90 年代以来，随着计算机技术、通信技术的日益发展与融合，特别是 Internet 的广泛应用和日益完善，信息技术革命的影响已由纯科技领域向市场竞争和企业管理各领域全面延伸。信息技术革命带来的信息传递和资源共享突破了原有的时间概念和空间界限，使所有的信息都极易获得，且将原来的二维市场变为没有地理约束和空间限制的三维市场。以计算机辅助设计、计算机辅助制造、柔性制造系统、自动存储和分拣系统、自动条码识别系统等信息技术、互联网技术及其他高技术为基础的新生产技术实现了数据的快速、准确传递，提高了仓库管理、装卸运输、采购、配送、订单处理的自动化水平，使订货、包装、保管、运输、流通、加工实现一体化，企业间的协调与合作在短时间迅速完成。高技术的应用不仅在于节省人力和降低劳动成本，更重要的是增强了企业获取市场信息的便捷性，提高了产品和服务的质量，降低了废品的产生和材料的损耗，缩短了企业对用户需求的响应时间。

2. 全球化速度加快，国际竞争越来越激烈

由于快速改进的通信技术，更快、更有效的包装和运输方式，以及电子商务(EC，Electronic Commerce)的应用等原因，世界正在变小，全世界有更多的贸易发生并依赖于不同的国家(及制造商)。国家、地区间的经济壁垒逐步消除，任何一个地区或局部的市场，都会面临国际性竞争。现代企业利用先进的信息技术，可以在全世界范围内寻找合适的资源，寻找最佳的合作伙伴和吸引更广泛的客户，进而使得企业的外延不断拓展，从而在全球范围内寻找最好的赢利点。然而，企业在全球范围内获得更多机会的同时，其挑战也必然增加。由于经营范围的不断拓展，竞争的空间也随之不断增大，竞争对手遍布世界各地，加之各国经济文化传统的差异，加剧了竞争的激烈程度和难度。可以说，企业在全球经济一体化的条件下面对的将是日益激烈甚至更加残酷的国际市场竞争。

3. 企业间的合作越来越多

传统企业之间的关系是竞争关系，是一种"零和"博弈，而信息经济时代，企业必须联合其他企业，集中各自的核心竞争优势，才能在多变和激烈的市场竞争中立于不败之地。因此，出现越来越多的外包以及更多的零部件向外部供应商采购。几乎所有的项目都涉及更多的供应商。

4. 个性化需求日益突出，产品生命周期越来越短

随着时代的发展，大众知识水平的提高，消费需求的多样化越来越突出。厂家为了更好地满足其要求，便不断推出新的品种，从而引起了一轮又一轮的产品开发竞争，结果使产品的品种数成倍增长，致使平均库存增加，库存占用了大量的资金，严重影响了企业的资金周转速度。另一方面随着个性化需求日益突出，企业的产品开发能力也在不断提高。目前，新产品的研制周期大大缩短。例如，1997 年，计算机的平均寿命是 4~6 年，但到了 2005 年，其平均寿命却减少至只有 2 年；惠普公司新打印机的开发时间从过去的 4.5 年缩短为 1.8 年。由于产品在市场上存留时间大大缩短了，企业在产品开发和上市之间的活动余地也越来越小，给企业造成巨大压力。虽然在企业中流行着"销售一代、生产一代、研究一代、构思一代"的说法，然而这毕竟需要企业投入大量的资源，一般的中小企业在此状况面前显得力不从心。

5. 客户对交货期的要求越来越高

随着市场竞争的加剧，经济活动的节奏越来越快，客户越来越希望在最短时间内得到

所需货物，这一变化的直接反映就是竞争因素的变化。20 世纪 60 年代企业间竞争的主要因素是成本，到 70 年代时竞争的主要因素转变为质量，进入 80 年代以后竞争的主要因素转变为时间。生产制造商越来越希望通过 JIT(Just in Time)来降低库存，缩短存储时间，时间成本已是 21 世纪企业所不能承受之重。众多企业正从传统意义上的"以最低的成本提供最高的价值"转向"在最短的时间内以最低的成本提供最高的价值"。企业的产品开发能力，不仅指产品品种，更重要的是指产品上市时间，即尽可能提高对客户需求的响应速度。因此，缩短产品的开发、生产周期，在尽可能短的时间内，将高质量的产品或服务，以客户满意为核心，经济有效地运送，已成为当今所有管理者最为关注的问题之一。

6. 资源日益紧缺，可持续发展要求越来越高

由于经济的快速增长，导致了物质总量消耗的增长，这给全球的资源和环境造成一定的压力，加剧了资源的枯竭和环境的退化。因此，在制造资源日益短缺，市场需求变化莫测的情况下，企业如何取得长久的经济效益，是企业制定战略时必须考虑的问题。随着资源供求矛盾越来越突出，企业降低原材料成本的空间也越来越小，对用过的产品及材料进行循环再利用逐渐成为企业降低生产成本的可行之路。这也促使越来越多的企业重视产品回收、再加工、再利用等逆向物流活动。因此将前向物流与逆向物流作为一个整体来进行管理是解决企业面临的成本问题的有效途径。

上述特点要求：①企业能够应用信息技术，提高企业之间的商业数据交换，以及数据交换的速度和可靠性，降低成本，增加效益，进一步加强企业之间的合作。②企业具有高度柔性、敏捷的物流能力。物流系统必须能应对快速、可靠的通信，短时运输和安全运输路线，以及快速周转时间等的挑战。拥有快速响应、有效和高效的物流设施。③物流系统应从环境角度进行改进，建立在维护全球环境和可持续发展的基础之上。总之，企业应该能够相应地、更好地整合物流系统活动层次，开发一个严密的、整合良好的并能按需运行的物流体系。

1.1.2　物流的概念及其分类

1. 物流的概念

物流这一概念最早是 20 世纪 50 年代在美国形成的，1963 年被引入日本。我国在 20 世纪 80 年代才接触"物流"概念。

"物流"(Logistics)概念起源于第二次世界大战中的军事后勤保障服务。第二次世界大战后，物流这一概念被运用于经济领域。1962 年，杜拉克(Drucker)在"经济领域的黑暗大陆"一文中，首次明确提出了物流领域的机遇与挑战。20 世纪 60～70 年代在商品流通领域形成概念，被称为"Physical Distribution"(PD)，中文意思是"实物分配"或"货物配送"，而到 70～80 年代，随着发达国家工业生产、商业贸易发展，在制造商与消费者之间形成了综合物流的概念，此时的物流已被称为"物流管理"或"供应链管理"，已经不是过去"PD"概念了。物流到底是什么？国内外不同的企业和机构对此有不同的定义。1981 年，日本综合研究所编著的《物流手册》，对"物流"的表述是："物质资料从供给者向需要者的物理性移动，是创造时间性、场所性价值的经济活动。从物流的范畴来看，包括包装、装卸、保管、库存管理、流通加工、运输、配送等诸种活动。"1986 年美国物流管理协会(Council of Logistics Management)对物流的定义是："把消费品从生产线的终点有效地移动到有关消

费者的广泛活动，也包括将原材料从供给源有效地移动到生产线始点的活动。"这一定义包括了生产物流和流通物流两个部分，是对现代物流体系的完整概括。

在充分吸收国内外物流研究成果的基础上，中国物资流通协会组织编写的《物流术语》国家标准将物流定义为："物品从供应地向接收地的实体流动过程。根据实际需要，将运输、储存、装卸、搬运、包装、流通加工、配送、信息处理等基本功能实现有机结合。"

理解物流概念，应当注意以下几点。

(1) 物流是物品物质实体的流动。任何一种物品都有二重性：①自然属性，即它有一个物质实体；②社会属性，即它具有一定的社会价值，包括它的稀缺性、所有权性质等。物品物质实体的流动是物流，物品的社会实体的流动是商流。商流是通过交易实现物品所有权的转移，而物流是通过运输、储存等实现物品物质实体的转移。

(2) 物流是物品由供应地流向接收地的流动，即它是一种满足社会需求的活动，是一种经济活动。不属于经济活动的物质实体流动也就不属于物流的范畴。

(3) 物流包括运输、搬运、存储、保管、包装、装卸、流通加工和物流信息处理等基本功能活动。

(4) 物流包括空间位置的移动、时间位置的移动以及形状性质的变动，因而通过物流活动，可以创造物品的空间效用、时间效用和形状性质的效用。

物流就是力图用最佳的运送时间、最佳的运送货量，在最恰当的地点进行加工整合，以较低的成本和优良的顾客服务完成物品实体从供应地到消费地的运动，具体表现为7Right，即适合的质量(Right Quality)、适合的数量(Right Quantity)、适合的时间(Right Time)、适合的地点(Right Place)、优良的印象(Right Impression)、适当的价格(Right Price)、适合的物品(Right Commodity)。总之，物流的本质是可以创造时间价值和空间价值，有时也创造一定加工价值的功能整合活动。

2. 物流的分类

按照不同的标准，物流可作不同的分类。通常物流可以按以下几种方式分类。

1) 按照物流的作用与属性分类

(1) 采购物流：是指企业在采购过程中所发生的物流活动，主要指为生产企业提供原材料、零部件或其他物品时，物品在提供者与需求者之间的实体流动，其管理与合理化直接影响企业成本。

(2) 销售物流：是企业在销售产品中所产生的搬运、保存、运输等的物流活动，主要指生产企业、流通企业出售商品时，物品在供方与需方之间的实体流动。其效果关系企业的服务，也关系着企业产品的社会价值的实现。

(3) 生产物流：是指企业在生产过程中产生的物流活动，主要指生产过程中，原材料、在制品、半成品、产成品等在企业内部的实体流动。流动过程中包括分类、拣选、包装、运输、装卸搬运、储存及产成品入库等物流环节，其合理化影响生产秩序和生产成本。

(4) 回收物流：是指企业在销售产品后对生产、流通过程中的资材(如包装)回收所产生的物流活动，主要指不合格物品的返修、退货及伴随货物运输或搬运中的包装容器、装卸工具及其他可再用的旧杂物等，经过回收、分类、再加工、使用的流动过程。

(5) 废弃物流：是指的对生产、流通过程中的无用物处理所产生的物流活动，主要指伴随某些厂矿的产品共生的副产物(如钢渣、煤矸石等)、废弃物，以及生活消费品中的废弃物(如垃圾)等，收集、分类、加工、包装、搬运、处理过程的实体物流。

2) 按照活动的空间范围分类

(1) 区域物流：是指在地理区域内以及地理区域之间所产生的物流活动。

(2) 国内物流：是指在一个国家范围内产生的物流活动。

(3) 国际物流：是指两个或两个以上的国家之间因贸易交流等活动而产生的物流活动。

3) 按照物流系统的性质分类

(1) 社会物流：是指在流通领域内发生的全部物流的总称。

(2) 行业物流：是指在一个行业内部发生的物流活动。在激烈的市场竞争中，行业物流往往是同行业的企业之间最大、最有效的协作领域。

(3) 企业物流：是指在企业经营范围内由生产或服务活动所形成的物流系统。

4) 按照从事物流的主体分类

(1) 第一方物流：是指需求方(生产企业或流通企业)为满足自己企业在物流方面的需求，由自己完成或运作的物流业务。

(2) 第二方物流：是指供应方(生产厂家或原材料供应商)，提供运输、仓储等单一或某种物流服务的物流业务。

(3) 第三方物流(Third Party Logistics，3PL 或 TPL)：是指物流的供应方与需求方以外的物流企业提供的物流服务。即由第三方专业物流企业以签订合同的方式为其委托人提供所有的或一部分的物流服务。所以第三方物流也称为合同制物流。

(4) 第四方物流(Fourth Party Logistics，4PL)：是指一个供应链集成商，是供需双方及第三方的领导力量。它不是物流的利益方，而是通过拥有的知识、信息技术、整合能力以及其他资源提供一套完整的供应链解决方案，以此获取一定的利润。它是帮助企业实现降低成本和有效整合资源，并且依靠优秀的第三方物流供应商、技术供应商、管理咨询以及其他增值服务商，为客户提供独特的和广泛的供应链解决方案。

(5) 第五方物流：是指从事物流业务培训的一方。随着现代综合物流的开展，人们对物流的认知需要有个过程，目前就处于这样一种状况，当传统的物流方式正在被人们否定时，在大量的有关建立新的物流体系的介绍中，人们开始茫然不知所措。因此，提供现代综合物流以及实际运作方式的新理念便成为物流业中的一项重要的职业，即物流人才的培养。

5) 其他分类

根据发展的历史进程，物流可分为传统物流和现代物流。根据物流的流向不同，物流可以分为内向物流和外向物流。按照物流活动所属产业分类，物流可以分为第一产业物流、第二产业物流和第三产业物流。

1.1.3 物流范围

物流范围包括原材料物流、工厂物流、从工厂到仓库的物流、从仓库到顾客的物流等广阔领域。其中，物流活动包括：①采购活动和订单处理以及物资／服务从供应商向制造商或生产商的实物供应管理；②贯穿制造过程的物料搬运和存储管理；③从制造商到最终消费者(即顾客)的产品的后继运输和实物配送。以上活动如图 1.1 所示，反映了正向物流。此外，还有包括物资和产品被淘汰、回收／废弃以及从库存中撤出等必要活动的反向流，即物资流向由消费者返回到处理点。这种反向流即逆向物流。

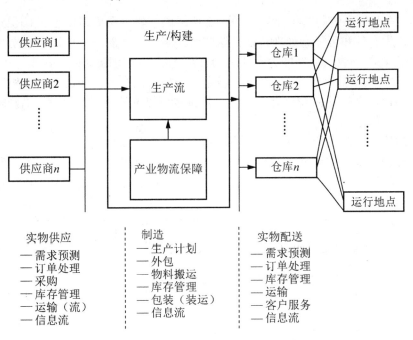

图 1.1　生产过程中的物流活动

随着电子商务方式的出现以及信息技术的进步，条码、无线射频识别(Radio Frequency Identification Devices，RFID)标签、全球定位系统(Global Position System，GPS)和电子数据交换(Electronic Data Interchange，EDI)等技术不断发展，加强了产品／物资流中信息的快速有效转移。物流的任务包含了一个更全面、更完整的模式，并包括了诸如信息技术、市场营销与销售以及金融等活动，即支撑物资和产品实物流的经济、金融和商贸活动。与此同时，目前更多外包的趋向、全球化速度加快和更激烈的国际竞争，产生了建立伙伴关系和联盟以及物流范围进一步扩展的需要。近来，这些发展变化更是形成了与供应链(Supply Chain，SC)和供应链管理(Supply Chain Management，SCM)相关的概念。

供应链基本上包括进货物流(物资与服务流由供应商向生产者或制造商流动)、工厂内的物料流、出货物流(物资、产品和服务流由工厂向消费者或顾客流动)。供应链可能包含分布在世界各地的各级别的供应商、一个以上的产品生产者或制造商以及遍布全球的顾客。合作伙伴关系或联盟各方以尽可能最佳的方式一起为顾客服务，而供应链的架设贯穿建立合作的全过程。

供应链的目标是经济有效地提供给顾客满意的需求服务。要达到这个目标，需要一个高度整合的方式、使用正确的资源(如运输、仓储、库存控制和信息)和执行必要的商业流程。从完全的商业视角来看，供应链的目标是完成图 1.1 所示的各项物流活动。

如要涵盖整个物流范围，必须从基于系统(或产品)生命周期的角度，考虑物流领域活动的整体范围。最初，早期的功能规划确定物流需求；随后，通过综合、分析和设计研究，确定物流系统及其基础设施，用于支持生产／构建活动、现场的系统运行／使用，以及回收与(或)废弃物品的最终淘汰和处理。从整个系统的角度来看，物流活动贯穿系统生命周期的各个阶段。

在系统生命周期中，如图 1.2 所示，一旦出现对系统的需求，应能通过设计和开发，引申出系统初始的目标要素、要素的批量生产(或单一个体的构建)、在用户指定地点分配及安装系统及其部件、保证贯穿系统计划生命周期的系统效用，以及系统淘汰及其部件的回收和处理。在开发系统的初始要素时(图 1.2 所示的一级生命周期)，必须确保设计具有适当的可靠性、生产性和可任意处理特征。这些考虑引出生产能力的设计(图 1.2 所示的二级生命周期)以及物料回收与处理能力设计(图 1.2 所示的三级生命周期)。在设计以上功能时，必须确保设计中所融嵌的特征能够对上一级系统结构所固有的特征进行补充和支持。此外，由于二三级生命周期设计的结果对一级生命周期的活动有不利的(或积极的)影响，因此必然存在一个反馈作用。

在上述的系统生命周期各阶段中，物流需求在一级生命周期的早期阶段就已确认，而系统初始目标相关要素的设计必须反映物流的设计。一旦生产 / 构建需求(二级生命周期)确认，则最终的设计结构必须满足图 1.1 中所示活动的需求。除此之外，还存在一个与系统部件回收、或与处理相关的流程(包含三级生命周期中处理逆向物流的活动)。

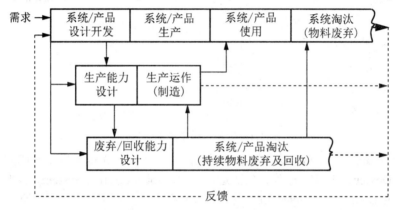

图 1.2　系统生命周期各阶段的相互关系

生命周期各阶段的具体物流活动如图 1.3 所示，从需求确认和初始规划(块 1)开始，到系统设计开发(块 2)，到制造生产(块 3、4)，直到产品配送至仓库和运行地点(块 5、6)存在一个正向物流。同时，也存在一个开始于客户使用地点(块 6)，到物料、产品回收(块 7)，然后逆向而上到初始生产者(块 3、4)的逆向物流。

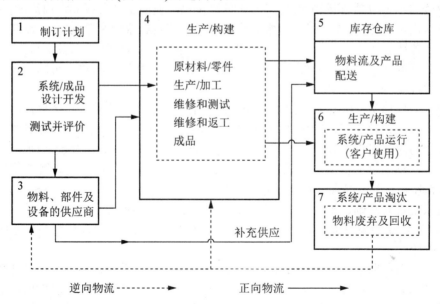

图 1.3　系统操作物流

1.1.4 物流功能要素

物流系统的功能要素指的是物流系统所具有的基本能力，这些基本能力有效地组合、联结在一起，便成了物流的总功能，便能合理、有效地实现物流系统的总目的。

物流系统的功能要素一般认为有运输、仓储、包装、装卸搬运、流通加工、配送、物流信息等多项功能，如果从物流活动的实际工作环节来考查，物流由上述 7 项具体工作构成。换句话说，物流能实现以上 7 项功能。

1. 运输(Transportation)

运输是实现物质实体由供应方向需求方的移动，也是创造空间价值的过程。运输是物流系统的重要环节之一，包括供应及销售物流中的车、船、飞机等方式的运输，生产物流中的管道、传送带等方式的运输。随着物流的发展，对各种运输的基础设施建设的要求越来越高，要想更高效地完成运输，就要形成一套成熟的运输网络体系，经济、安全、迅速、准时、零缺陷地将物品送抵目的地。

2. 仓储(Storage)

仓储是物流中的一个重要环节，实现物资的时间效益。储存是物流体系中的唯一的静态环节，相当于物流系统中的一个结点，起着缓冲和调节的作用，其主要的载体是仓库。一般仓储包括堆存、保管、保养、维护等活动。对保管活动的管理，要求正确确定库存数量，明确仓库以流通为主还是以储备为主，合理确定保管制度和流程，对库存物品采取有区别管理方式，力求提高保管效率，降低损耗，加速物资和资金的周转。随着科学与管理技术的成熟和飞速发展，仓储的管理技术也在不断丰富，大量仓储企业已经运用 ABC 分类管理、预测等技术科学地管理仓库，控制库存，达到整体效益的优化。

3. 装卸(Loading and Unloading)与搬运(Handling and Carrying)

装卸是指物品在指定地点进行的以垂直移动为主的物流作业；搬运是指在同一场所内以将物品进行水平移动为主的物流作业。在实际操作中，由于装卸和搬运往往紧密相连，两者伴随在一起发生，所以通常作为一项物流活动来看待。因此，在物流科学中并不过分强调两者差别而是作为一种活动来对待。装卸搬运就是指在某一物流结点范围内进行的，以改变物料的存放状态和空间位置为主要内容和目的的活动。

有时候在特定场合，单称"装卸"或单称"搬运"，也包含了"装卸搬运"的完整含义。一般包括装上、卸下、搬运、分拣、堆垛、入库、出库等活动。在全物流活动中，装卸搬运活动是频繁发生的，因而是产品损坏的重要原因之一。对装卸搬运活动的管理，主要是确定最恰当的装卸搬运方式，力求减少装卸搬运次数，合理配置及使用装卸搬运机具，以做到节能、省力、减少损失、加快速度，获得较好的经济效果。

4. 包装(Packaging)

包装是指在流通过程中为了保护产品、方便储运、促进销售，按一定技术方法采用容器、材料及辅助物等的总称。也指为了达到上述目的，在采用容器、材料和辅助物的过程中施加一定技术方法等的操作活动。一般说来，包装分为单个包装，内包装和外包装 3 种。单个包装是指交到使用者手里的最小包装。内部包装是指将物品或单个包装的物品放在一起或放进中间容器中，以便对物品或单个包装起到保护作用。外部包装是为了方便运输、装卸、保护物品的一种包装形式。内包装和外包装属于工业包装，更着重于对物品的保护，其包装作业过程可以认为是物流领域内的活动。而单个包装作业一般属于商业包装，其包装作业过程一般属于生产领域内的活动。包装材料通常有纸质、塑料、木质、金属等几种。随着物流技术的成熟与发展，包装逐渐趋向标准化、机械化、简便化等特点。

5．流通加工(Distribution Processing)

流通加工是指商品在流通过程中，根据用户的要求，施加包装、分割、计量、分拣、刷标志、拴标签、组装等简单作业，改变或部分改变商品的形态或包装形式的一种生产性辅助加工活动。这种加工活动不仅存在于社会流通过程，也存在于企业内部的流通过程中。实际上是在物流过程中进行的辅助加工活动，如汽车部件运输到港口进行部件装配。流通加工是生产加工在流通领域中的延伸，也可以看成流通领域为了提供更好地服务，在职能方面的扩大。一般流通加工可以实现整个供应网络成本的降低，同时能满足多样化的市场需求。

6．配送(Distribution)

配送是指根据客户的订货要求，在物流结点(如商店、货运站、物流中心站)内进行分货、拣货、配货等工作，并将配好的货物以合理的方式及时交给收货人的过程，它是物流中一种特殊的、综合的活动形式，是商流和物流的结合。一般的配送集装卸、包装、保管、运输于一身，是现代物流的重要组成部分。

7．物流信息(Logistics Information)

物流信息包括进行与上述各项活动有关的计划、预测、动态(运量、收、发、存数)的情报及有关的费用情报、生产情报、市场情报活动。对物流情报活动的管理，要求建立情报系统和情报渠道，正确选定情报科目和情报的收集、汇总、统计、使用方式，以保证其可靠性和及时性。

上述功能要素中，储存、运输、配送分别解决了供给者及需要者之间场所和时间的分离，分别是物流创造"场所效用"及"时间效用"的主要功能要素，因而在物流系统中处于主要功能要素的地位。

1.1.5 物流的发展过程

人们对物流的认识，是随着经济社会的不断发展而深化的，同时，物流发展也反映了经济社会的发展，也是人们在不同时期对物流认识程度的反映。从国际上看，物流的发展过程大体上经历了 4 个不同的阶段，即物流初级阶段、物流开发阶段、物流成熟阶段和物流现代化阶段。

1．物流初级阶段(20 世纪 50 年代以前)

物流最早起源于英文单词"Distribution"，1921 年 Arch W. Shaw 在《市场流通中的若干问题》(Some Problem in Market Distribution)一书提到"物资经过时间和空间的转移，会产生附加的价值。"书中，Market Distribution 指的是商流；时间和空间的转移指的是销售过程的物流。

在第一次世界大战的 1918 年，英国犹尼里佛的利费哈姆勋爵成立了"即时送货股份有限公司"。其公司宗旨是在全国范围内把商品及时送到批发商、零售商以及用户的手中，这一举动被一些物流学者誉为有关"物流活动的早期文献记载"。

1929 年，Fred E. Clark 在《市场营销的原则》教科书中，开始涉及物流运输、物资储存等业务的实物供应(Physical Supply)这一名词，该书将市场营销定义为"影响产品所有权转移和产品的实物流通活动"。这里所说的所有权转移是指商流；实物流通是指物流。1935 年，美国销售协会最早对物流进行了定义："物流(Physical Distribution)是包含于销售之中的物质资料和服务以及从生产地到消费地流动过程中伴随的种种活动"。

Logistics 一词出现在第二次世界大战期间。美国对军火等进行的战时供应中，首先采取了后勤管理(Logistics Management)这一名词，对军火的运输、补给、屯驻等进行全面管理。从此，后勤逐渐形成了单独的学科，并不断发展为后勤工程(Logistics Engineering)、后勤管理(Logistics Management)和后勤分配(Logistics Distribution)。后勤管理的方法因此被引入到商业部门，被人称为商业后勤(Business Logistics)，定义为"包括原材料的流通、产品分配、运输、购买与库存控制、储存、用户服务等业务活动"，其领域包括原材料物流、生产物流和销售物流。

这一阶段，由于生产社会化、专业化程度不高，生产与流通之间的联系较为简单，生产企业的精力主要集中在生产上，管理的重点是如何增加产品的数量，对物流在发展经济中的作用缺乏充分认识，重生产、轻流通。随着经济社会的不断发展以及生产和生活消费对物质产品需求数量的增加，作为克服生产与消费之间背离的物流，与生产的矛盾日益暴露出来，直接影响着经济的发展，迫使人们逐渐重视物流的研究，加强物流的管理工作。

2. 物流开发阶段(20 世纪 50～70 年代)

物流开发阶段的标志是经济学界和实业界对物流的重要性有了较为深刻的认识，并推动了整个经济社会的物流开发。随着生产社会化的迅速发展，单纯依靠技术革新、扩大生产规模、提高生产率来获得利润的难度越来越大，这就促使人们开始寻求新的途径，如通过改进和加强流通管理、降低流通费用相对来说可以比较容易获得较高的利润。因此，改进流通、加强物流管理就成为现代企业获得利润的新的重要源泉之一。美国经济学家和商业咨询家彼得·特技克把流通领域的潜力比喻为"一块经济界的黑大陆"，"一块未被开垦的处女地"。在 20 世纪 70 年代中期出现的经济衰退，迫使企业更加重视降低成本，以提高商品的竞争力，但其着眼点却从生产领域转向了流通领域，通过流通开发和改进对顾客的服务和降低运输费用、储存费用来增加利润。

1962 年，由来自工业部门和学院的 7 个代表团在路易斯安那州举行圆桌会议，成立了一个重要的中介组织——美国物流管理协会(National Council of Physical Distribution Management，NCPDM)，其目的是通过年会、地区会议、学术会议和出版物，为跨行业的企业提供交流的渠道。

第二次世界大战以后，美国经济的突飞猛进吸引了日本政府的关注，1956 年日本派出"流通技术专门考察团"，由早稻田大学教授宇野正雄等一行 7 人去美国考察，弄清楚了被日本称作"流通技术"的内容在美国叫做"Physical Distribution"(实物分配)，从此便把流通技术按照美国的简称，叫做"PD"。"PD"这个术语从此得到了广泛的使用。1964 年，日本池田内阁中五年计划制订小组平原谈到"PD"这一术语时说："比起来，叫做'PD'

不如叫做'物的流通'更好。"1965年，日本在政府文件中正式采用"物的流通"这个术语，简称为"物流"。20世纪40～70年代期间称为物流的发展时期，这一时期，人们研究的对象主要是狭义的物流，是与商品销售有关的物流活动，是实物流通过程中的商品实体运动。

这一阶段，日本先后成立了"日本物的流通协会"、"物流管理协议会"，发行和出版了《流通设计》、《物流》、《物流管理》等杂志和许多物流方面的著作。在产业界，设立了物流部、物流管理部、物流对策室、流通服务部等机构。物流之所以如此急速发展，可以肯定地说是因为人们认识到它是降低产品成本、提高经济效益的法宝。

这一时期，改进物流的工作主要是在各企业内部进行的。尽管在包装、装卸、保管、运输、情报信息等方面实现了局部的合理化，但由于缺乏从整体上研究开发物流系统，各部门、行业、企业之间缺乏紧密配合，所以从整个社会来看，物流费用并没有明显地下降，总体上经济效益不高。

3. 物流成熟阶段(20世纪70年代末到80年代)

1981年，日本综合研究所编著的《物流手册》，对"物流"的表述是："物质资料从供给者向需要者的物理性移动，是创造时间性、场所性价值的经济活动。从物流的范畴来看，包括：包装、装卸、保管、库存管理、流通加工、运输、配送等诸多活动"。此时的"物流"仍然采用Physical Distribution一词。1986年，美国物流管理协会(NCPDM，National Council of Physical Distribution Management)改名为美国物流协会(CLM，The Council of Logistics Management)，将Physical Distribution改为Logistics，其理由是因为Physical Distribution的领域较狭窄，Logistics的概念则较宽广、连贯、整体。Logistics与Physical Distribution的不同在于Logistics已突破了商品流通的范围，把物流活动扩大到生产领域。物流已不仅仅是从产品出厂开始，而是包括从原材料采购、加工生产到产品销售、售后服务，废旧物品回收等整个物理性的流通过程。这是因为随着生产的发展，社会分工越来越细，大型的制造商往往把成品零部件的生产任务转包给其他专业性的制造商，自己只是把这些零部件进行组装，而这些专业性制造商可能位于世界上劳动力比较便宜的地方。在这种情况下，物流不但与流通系统维持密切的关系，同时与生产系统也产生了密切的关系。这样，将物流、商流和生产3个方面连接在一起，就能产生更高的效率和效益。改名后的美国物流协会(CLM)对Logistics所作的定义是："以适合于顾客的要求为目的，对原材料、在制品、制成品与其关联的信息，从产业地点到消费地点之间的流通与保管，为求有效率且最大的'对费用的相对效果'而进行计划、执行、控制。"

我国开始使用"物流"一词始于1979年(有人认为，孙中山主张"贸畅其流"可以说是我国"物流思想的起源")。1979年6月，我国物资工作者代表团赴日本参加第三届国际物流会议，回国后在考察报告中第一次引用和使用"物流"这一术语。但当时有一段小的曲折，商业部提出建立"物流中心"时，曾有人认为"物流"一词来自日本，有崇洋之嫌，于是改为建立"储运中心"。其实，储存和运输虽是物流的主体，但物流有更广的外延。而且物流是日本引用的汉语，物流作为"实物流通"的简称，提法既科学合理，又确切易懂。不久仍恢复称为"物流中心"。1988年中国台湾也开始使用"物流"这一概念。1989年4月，第八届国际物流会议在北京召开，"物流"一词的使用日益普遍。

这个阶段，物流管理的重点已经转移到对物流的战略研究上，企业开始关注同供应链伙伴的合作，探讨综合物流供应链管理。这个阶段的世界高科技发展势不可挡、风起云涌，自然影响和带动世界经济的高速发展和国际上各国间商务往来的加强和频繁。新兴行业的出现对原材料的迫切需求，所生产出的产品和原料又急需销售出去，换取外汇等，所以，扩大贸易往来，实施物流国际化的呼声日益高涨并已成为世界所关注的迫切问题。物流信息系统、电子数据交换技术开始应用于国际多式联运，大大提高了物流的速度、质量、功效和水平，全球物流发展到了一个新的高度，使物流行业有能力向低成本、优质服务、数额大量化和更精细化的方向发展。

4. 物流现代化阶段(20 世纪 90 年代至今)

随着新经济和现代信息技术的迅速发展，现代物流的内容在不断地丰富和发展。信息技术的进步，使人们更加意识到物流体系的重要；同时，信息技术特别是网络技术的发展，也为物流发展提供了强有力的支撑，使物流向信息化、网络化、智能化方向发展。现代系统理论、系统工程、价值工程等科学管理理论和方法的出现，也使在更大范围内实现物流合理化成为可能。这一时期物流研究和管理上的特点，是把物流职能作为一个大系统进行研究，从整体上进行开发。在美国，加强物流系统的管理被视为美国"再工业化"的重要因素。日本设立了专门机构来统筹全国的物流活动，使物流系统化、综合化、协调化有了很大的发展，物流现代化水平明显提高。与物流现代化相应的流通经营管理现代化也随之发展起来。

美国电子商务如火如荼的发展，使现代物流上升到前所未有的重要地位。电子商务带来的交易方式的变革，使物流业向信息化并进一步向网络化方向发展。此外，专家系统和决策支持系统的推广使美国的物流管理更加趋于智能化。

20 世纪 90 年代日本泡沫经济的崩溃，凸显了以前那种大规模生产、销售的生产经营体系的缺陷。产品的个性化、多品种和小批量成为新时期的生产经营主流，这使得市场的不透明性增加，促使整个流通体系的物流管理进行变革，即从集成化物流向多频度、少量化、短时化发展。为此，日本政府于 1997 年 4 月制定了一个具有重要影响力的《综合物流施策大纲》，作为日本物流现代化发展的指针。大纲中提出了物流发展的基本目标和具体保障措施，其中特别强调了要实现物流系统的信息化、标准化和无纸贸易。

1.2 物 流 工 程

1.2.1 物流工程的概念及其构成

物流工程(Logistics Engineering)是以物流系统为研究对象，运用系统工程管理学和信息科学的理论与方法，进行物流系统的规划、设计、管理和控制，选择最优方案，以低成本、高效率、高质量为社会经济系统和企业提供最有力的支援和服务的活动过程。

由上述概念可知，物流工程是物流管理、工程技术和信息技术的有机结合。在物流工程中，如果把信息技术比喻成大脑和神经系统，工程技术构成了它的骨架，而物流管理科学就是它的肉体，单纯强调某一方面的作用都不能很好地理解物流工程的整体含义。

物流工程是支撑物流活动的总体工程系统，包含总体的网络工程系统和具体的技术工程系统两大类。

1. 总体的物流网络工程系统

以它所起的作用而言，实际上是支撑各种物流活动，支撑各种物流经营方式进行运作的平台系统。这个平台系统由两部分构筑而成。

1) 物流信息网络工程

物流信息网络工程系统是通过大范围的信息生成、收集、处理和传递，以支持物流系统的管理和经营，支持所有的物流活动。物流系统的主要特点是跨地区、大范围、多结点，因此，只有在信息技术和网络技术的支持下，才会解决物流系统的构筑问题，因此物流信息网络工程是维持庞大、复杂的系统正常运转绝不可少的手段。

除了基本的管理信息系统、决策支持系统、库存管理系统、条形码系统之外，全球卫星定位系统、远程数据交换系统、分销配送系统等信息工程技术，近年特别受到人们关注。

2) 实物流网络工程

资源配置最终的、具体的实现，必须要通过实物流网络，实物流网络是实现物流的重要生产力要素，它集中了物流系统的主要设备、设施以及技术、管理、劳动人员。这些生产力要素配置在由物流结点和物流线路所构筑成的实物流网络上面，并以此覆盖生产企业、供应商、用户。实物流网络的构筑和运行是物流系统建设和运行的主要资本投入领域，也是对人力、物力、能源消耗最大的领域，因此，这是成本集中的领域。

实物流网络工程是个复杂的系统工程，它的水平体现了综合物流的水平。

2. 具体的物流技术工程系统

具体的物流技术工程系统可以细分为以下几个主要的工程领域。

1) 包装工程

包装工程系统是运用各种材料、装备、设施，以形成各种形态的包装，进一步支撑物流。 包装工程主要分成一般物流包装工程和集装工程两大领域。支撑物流的包装工程，主要是对被包装物具有防护性和便于物流操作两个功能。虽然也要结合考虑商品的促销性和装潢性，但那不是物流包装工程的主要内容。集装工程是包装工程向现代化发展的产物。很多研究者认为，集装工程已经不再属于包装工程的一项内容，而是可以完全独立形成体系。集装工程包括托盘工程、集装箱工程、集装袋工程以及其他集装工程等。

2) 储存工程

储存工程系统是运用仓库和其他存储设备、设施以使储存这一项物流环节按物流的总体要求进行运作。储存工程系统是物流领域向现代化发展最强劲的系统之一，也是自动化的重点领域。高层立体货架系统、自动化存取系统、无人搬运系统、计算机库存管理系统等是储存工程系统的重要内容。

3) 输送工程

输送工程包含了整个传统交通运输领域，并从现代物流角度，运用系统的物流技术，对传统的交通运输工程进行了大幅度的提升。除了一般的公路运输工程、铁路运输工程、水运工程、航空运输工程之外，现代物流系统的输送工程，特别重视不同的传统运输方式综合的、最优的组合，出现了"门到门"、"库到库"甚至"线到线"的高水平输送方式。在一体化的物流系统范围内，出现了跨越不同传统运输方式的"驼背运输"、"滚装运输"、"多式联运"等输送方式和工程系统。

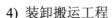

4) 装卸搬运工程

装卸搬运工程系统是运用各种装卸搬运机具及设备，以实现物的运动方式转变和场所内物的空间移动。装卸搬运工程经常是物流其他工程的分支或附属，对于大量物流的系统而言，装卸搬运工程有相当强的独立性和很高的技术要求。例如，港口的集装箱装卸工程、煤炭、矿石装卸工程，大型仓库、火车站的装卸工程等。

5) 配送工程

配送工程系统是通过配送中心、配送装备，实现物最终送到用户的。配送工程系统曾经是输送工程的一个组成部分，是末端输送工程。由于这个工程系统在管理方式、科学技术、装备设施方面有别于干线输送工程，同时，现代社会对服务水平的强调，又需要特别构筑直接面向用户的这个工程系统，配送工程是最近特别引起物流界重视的工程系统。配送工程的重要性还在于，它是直接和电子商务连成一体的物流工程系统，所以与新经济的联系更为密切。配送工程也是保障新经济体系的"零库存生产方式"的一个系统，配送工程所依赖的科学技术，主要有配送装备、网络技术和系统规划技术。

6) 流通加工工程

流通加工工程系统是通过流通过程的加工活动，提高物的附加价值和物流操作的便利程度。流通加工工程所依托的科学技术、机械装备，源于各种产品的生产和应用领域，由于流通物涉及面广，流通加工工程系统非常复杂。比较重要的流通加工工程有：冷链工程、混凝土工程、钢板剪板工程等。

7) 供应链工程

供应链工程系统是通过供应链的构筑，建立新型的流通秩序。供应链工程是当前发达国家特别致力于建设的工程系统，也受到了我国经济界的重视。供应链工程主要依托 4 项支持活动：完善网络信息技术的、柔性的、精密的物流系统、供应链管理和买方市场的经济体制。不同的供应链可能全部或部分包含上述各项物流工程系统，可见供应链工程的复杂性及其实现难度。

1.2.2　物流工程的必要性

从生产力的范畴来看，物流工程是非常必要的。物流的出现是社会化生产发展到一定程度的结果。物流活动包括运输、储存、装卸搬运、包装、配送、流通加工等环节，涉及人、财、物等诸要素，要解决物质资料在供需之间的时间矛盾、空间矛盾和品种、规格、数量及质量之间的矛盾。因此，要使这样复杂的系统运转正常，物流畅通无阻，就需要加强管理，使其中的每个环节和诸多要素相互协调与配合。物流工程是对物流活动的管理，是一项非常复杂的系统工程。

一个完整的网络化经营过程，一般都包含信息流、资金流和物流。其中物流是信息流和资金流最终实现的根本保证，如果信息流、资金流传递速度很快，而物流传递速度跟不上，经济效益最终还是无法提高。我国的物流系统在上述各方面的功能与世界先进水平相比差距很大，导致物流成本较高，物流系统效率低下。因此，在我国现阶段物流已成为限制企业生产力提高的一个重要"瓶颈"，迫切需要加强管理。

从系统化角度来说，系统的复杂性和成本正在增长。在解决成本效能问题时，往往发现缺少总成本的可见性，如图 1.4 中的"冰山"所示。对多数系统而言，关于设计开发、构建、主要设备的早期采购和安装、生产等的成本，知之甚少。对这些成本的处理和决策都建立在常规的基础之上。然而，在规划的生命周期里，系统的维修成本等在某种程度上是隐性的。大概在 10 年前，这种情况就已经存在，当时为了采用"最先进、最优秀的技术"而不考虑对下游的影响就对系统进行修正。从本质上说，在解决短期成本问题上相对而言是成功的，而对于长期的影响就相对不足了。

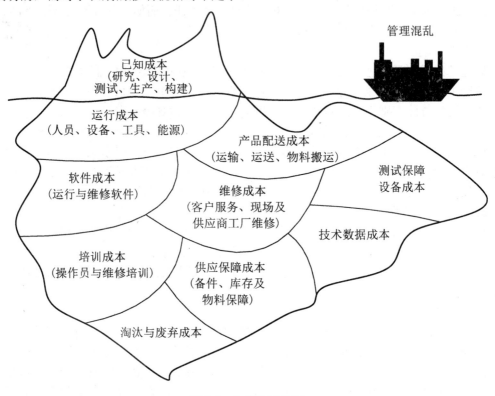

图 1.4　总成本展示图

　　同时，有迹象表明，某指定系统的总生命周期成本有很大一部分是由运行和维修活动导致的(对某些系统而言，这个比例高达 75%)。在分析因果关系时，通常会发现，该成本重要的一部分是源自早期规划方案制定阶段的决策——技术和物资选择策略、制造流程设计、设备包装设计和日常检查、手工还是自动功能等，对下游的成本乃至生命周期成本有重大影响。因此，从一开始就将生命周期纳入决策过程是非常重要的。如图 1.5 所示，在系统设计开发早期阶段就能觉察到生命周期成本所受到的巨大影响，虽然在所有阶段都能通过改进来减少这些成本。也就是说，如果结果是为了达到成本效能，那么物流设计必须是系统设计开发流程早期的一项。

　　过去一直认为物流是事后的，物流活动并不是随处可见的，是系统生命周期中对下游的补充，在管理中也得不到应有的重视。经验证明，这些做法在许多实例中是有害的，如图 1.4 所示，结果往往是高成本。虽然对设计流程中的物流所做的考虑不少，但是这些陈旧的做法还是来得太晚了。因此，未来系统设计开发(或重构)必须强调：①早在概念设计阶段，就要针对真实客户的需求改进对系统的定义，并在一个整合的基础上(已囊括物流的具体需求)分析系统性能、效率以及其他所有的系统本质特性；②从生命周期角度分析整个系统及系统主要目标部件；③以并行或时间顺序组织合适的、必要的物流相关活动并整合进系统设计的主要内容；④通过保证物流在整个系统获取过程中得到适当的评审、评价和反馈，建立一个约束机制。

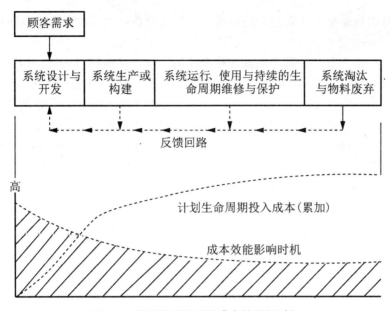

图 1.5　影响物流和系统成本效能的时机

　　总之，从系统化角度，物流必须作为工程管理过程中的一个整体部分加以考虑。

1.2.3　物流工程的研究内容

1. 物流系统

　　物流工程是以物流系统为研究对象，研究物流系统的资源配置、物流运作过程的控制、经营和管理的工程领域。物流系统是由物流设施、物料、物流设备、物料装载器具及物流信息等所组成的具有特定功能的有机整体。物流系统的目的是实现物资的空间和时间效益，在保证社会再生产顺利进行的前提下，实现各种物流环节的合理衔接，并取得最佳的经济效益。

　　物流系统由产品的包装、仓储、运输与搬运、检验、装卸、流通加工和其前后的整理、再包装、配送所组成的运作系统与物流信息等子系统组成。运输和仓储是物流系统的主要组成部分，物流信息系统是物流系统的基础，物流通过产品的仓储和运输，尽量消除时间和空间上的差异，满足商业活动和企业经营的要求。物流系统的构成如图 1.6 所示。其中，物流运作子系统是在包装、仓储、运输与搬运、装卸、流通加工等操作中运用各种先进技术将生产商与需求者连接起来的，使整个物流活动网络化、效率提高。物流信息子系统是运用各种先进沟通技术保障与物流运作相关信息的流畅，提高整个物流系统的效率。将物流运作与物流信息组成一个物流系统的目的就是要以最有效的途径提供最满意的服务。

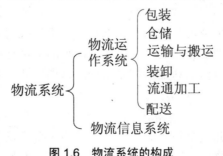

图 1.6　物流系统的构成

物流系统本身是一个非常复杂的系统，一般涉及企业内部物流和企业外部物流。

1) 企业内部物流系统

每一个工厂都担负着一种产品或几种产品的生产。从原材料入厂，经过按一定的工艺流程，对原材料进行加工、检验、存储、装配等步骤，最后形成产品出厂。各车间、各工序之间是独立的，同时又是密切相关的。生产是按照一定的顺序、一定的节奏进行的，因此企业生产是一个系统。生产管理者要以系统的观点去组织生产、管理生产，使各部门之间、各工序之间有计划地、按比例地、有节奏地进行工作。使各部门各工序间能均衡协调地生产，使得产品的零件能配套齐全地同步生产，这样才能避免某些零件过剩造成积压浪费，而另一些零件短缺，使产品不能及时装配出厂。

从物流的观点来看，企业生产系统是一个物流系统。工厂内的各车间、各工位在空间上是互相独立的，生产过程一般是原材料及外购件入厂，存储在原料库中，各车间根据需要到材料库领取原材料，然后按工艺要求进行加工。一道工序完成后，把工件转到下一道工序上去。一个零件加工完成后，或者转到下个车间去进行再加工，或者转到半成品库暂时存储起来等待总装；各个加工好的零部件送到总装车间，装配成产品，检验合格后，或为正式产品出厂或进入成品仓库。在整个生产过程中，都包含着物件的运输、存储，所以说工厂的生产系统也是一个物流系统。生产的过程，可以说，也是物流的过程。根据机械制造行业统计，从原材料、配套件入厂起，到加工装配成产品为止的总时间中，95%的时间是用在厂内保管、搬运上，只有5%的时间用于在机床上加工，并且这5%的加工时间中，有70%的时间用于工件定位、安装、校验等准备工作上，而切削时间仅占30%，也就是实际切削时间只占总加工时间的1.5%，可见整个生产过程，零件的大部分时间是处于存储、搬运中，这个物流系统的特点如下。

(1) 物料是按照加工的工艺过程在流动，其路线是由加工的工艺流程决定的，不能任意变动。

(2) 零件的生产是连续地、有节奏地、按比例地进行的，所以其物流系统也必须是连续地、有节奏地、按比例地进行，否则生产就不能正常进行。实践证明，物流系统的混乱，必然使生产混乱，造成损失。

(3) 物流搬运装卸过程要求安全可靠，已加工好的成品或半成品在运输过程中不能随意碰撞堆压，要按照一定的要求搬运，一定的方式存储，否则将损坏零件的精度，降低产品的质量，因此，必须选择合适的搬运设备和容器。

每一吨原材料在厂内要经过很多次的装卸、搬运、存储才能成为产品出厂。厂内搬运存储费用是很可观的，所以物流技术的研究在世界先进的工业国家是很受重视的，在竞争激烈的商品经济社会里，降低成本是企业生存的关键，人们把减少物流费用看作降低成本提高利润的第二源泉。我国在物流技术的研究上，起步较晚，虽然在进行工厂设计时也分析这个问题，但系统地科学地进行规划还是近几年的事。我国大大小小的工厂，可以说，在物流系统方面都或多或少地存在着不合理现象，有的甚至存在着严重的问题，如物流系统混乱，储运费用较大。所以，新建厂物流系统的合理设计、老厂物流系统的改造，是一个很值得重视的问题。

2) 企业外部物流系统

企业外部物流是指企业与交易企业、用户和其他关系者发生的物流。企业外部物流系统是企业供应物流、销售物流、回收物流等对应的系统。例如，对于制造企业，物料、协作件从供应商所在地到本制造企业仓库为止的物流过程，从成品库到各级经销商，最后送达最终用户的物流过程，都属于企业的外部物流系统。

严格地讲，供应物流不属于企业内部物流研究的范畴，而属于流通领域的活动，它负责向生产部门供应生产所需的物资。但是，随着科学的进步与生产力的发展，一切经济活动相互渗透，学科相互交叉已日趋显著。为保证本单位生产连续不断地进行，企业供应部门必须组织生产所需的原材料、燃料、各种备品配件，将其从矿区、生产厂、物资供应部门以及仓库等源源不断地按时、按质、按量运至工厂的这一活动过程；从用料企业角度讲，是供应物料的过程。这种组织资源的过程，是通过物料的订货、采购、调剂、串换、协作、加工等多种渠道来获得企业所需物料的活动过程，称为供应物流过程。它是企业物流全过程的首道环节，称为企业流系统的"源"。只要"源"有物资流入企业，企业生产转换过程就有物质保证，整个企业才有大量物料经过各作业工序后形成产品不停地流出工厂，提供社会消费，才能形成供、产、销一体活动的良性循环。否则，物流受阻，无法实现供、产、销整体效益。

原材料经过企业内部物流过程，成为合格产品后，进入销售环节。销售物流是企业为了保证本企业的经营效益所进行的销售活动，即将企业所生产的产品所有权转给用户的物流活动。在市场经济中，市场已经向买方市场转变，因此，企业销售物流活动十分强调以完善的服务来千方百计地满足买方的需求，以最终实现销售成功的目的。在这种情况下，销售活动往往是以将产品送达用户并经过售后服务才算终止。因此，企业销售物流的活动所涉及的空间范围很大，这也是销售物流的难度所在。企业销售物流的特点是通过产品的包装、送货、配送等一系列物流活动来实现销售，因此，企业销售物流所研究的问题包括产品的送货方式、包装形式、运输的最佳路线等问题，同时还要注意并采取少批量、多批次、定时、定量进行配送等特殊的物流方式达到目的。由此可见，企业销售物流的研究领域是很宽的。

企业将采购以后入库验货不合格的商品向供应商退货，或者企业生产的商品在销售后因为各种原因而被退货是不可避免的。企业的退货物流活动开展的好坏，一方面将直接影响企业的经济利益，另一方面将影响企业在自己的客户群中的信任度。

在一个企业中，产品的生产加工过程所产生的余料和废料是不可避免的，如果对上述废弃物的处理不当，往往会影响企业的整个生产环境，例如要占用企业很大的场地和空间，造成浪费和不便；更严重的甚至会造成企业产品的质量问题，影响产品的销售。另外，许多生产企业在进行商品生产的过程中会产生各种无用甚至有害的物质，对这些物质处置的妥当与否将直接影响企业的正常生产，甚至会影响企业的生存和社会的环境。因此，妥当处置企业废弃物物流对企业来讲也是至关重要的。

企业内、外部物流过程要有物流信息系统支持物流的各项业务活动。通过信息传递，把运输、储存、加工、装配、装卸、搬运等业务活动联系起来，协调一致，以提高物流整体作业效率。企业物流研究的核心是如何对物料流(Material Flow)和信息流(Information Flow)进行科学的规划、管理和控制。

2. 物流管理

所谓物流管理就是在社会再生产过程中，根据物质资料实体流动的规律，应用管理的基本原理和科学方法，对物流活动进行计划、组织、指挥、协调、控制和监督，使各项物流活动实现最佳的协调与配合，以降低物流成本，提高物流效率和经济效益。

1997年，国际货币基金组织统计资料表明：在生产领域，物流成本与生产成本的比值在发达国家为10%，而我国约40%；在社会流通领域，物流成本与GDP的比值在发达国家为10%，而我国约17%。中国物流成本与一般工业品价格的比值为50%。目前，中国企业普遍存在内、外向物流不通畅，内部物流浪费严重等突出问题。因此，提高物流管理水平，可实现有限资源的合理配置、降低社会生产成本，提高效率和效益。

物流管理的内容是十分丰富的。从系统的观点来说，可理解成对物流系统各要素及其相互关系的管理，涉及运输、保管、包装、搬运、流通加工、信息处理等方面。物流管理不仅涉及系统中不断流转的物品管理，也涉及使物品发生流转的手段以及所使用的设施、设备、技术、人员的管理。其核心领域有库存管理、物流成本管理、物流服务管理、物流标准化管理、物流信息管理、物流管理机构的组织管理。概括起来，物流管理包含"硬件"管理和"软件"管理。

1) 物流"硬件"管理

物流硬件是指组织物资实物运输所涉及的各种机械设备、运输与搬运工具、仓库建筑、站场设施以及服务于物流的计算机、通信网络设备等，对它们的设计和管理就是物流"硬件"管理。

通过改进搬运设备，改进流动器具来提高物流效益、产品质量等。如社会物流中的集装箱、罐、散料包装，工厂企业中的工位器具、料箱、料架以及搬运设备的选择与管理等。主要包括如下内容。

(1) 仓库及仓库搬运设备的研究。

(2) 各种搬运车辆和设备的研究。

(3) 流动和搬运器具的研究。

2) 物流"软件"管理

物流软件是指为组成高效率的物流系统而使用的应用技术。物流"软件"管理是指对各种物流设备的最合理的调配和使用。

其研究包括如下内容。

(1) 物流系统的规划与设计。对于物流系统，其规划设计是指在一定区域范围内(国际或国内)物资流通设施的布点网络问题。如石油输送的中间油库、炼油厂、管线布点等的最优方案，远距离大规模生产协作网的各工厂厂址选择等。而对于企业物流系统，其规划设计的核心内容是工厂、车间内部的设计与平面布置、设备的布局，以求物流路线系统的合理化，通过改变和调整平面布置调整物流，达到提高整个生产系统经济效益的目的。

(2) 运输(或搬运)与储存的控制和管理。在给定的物流布点设备布置条件下，根据物流运输、搬运和储存的要求(往往是工艺要求)，使用管理手段来控制物流，使生产系统以最低的成本、最快捷的速度、完好无缺的流动过程，达到规划设计中提出的效益目标，主要内容如下。

① 生产批量最佳化的研究。

② 工位储备与仓库储存的研究。

③ 在制品的管理。

④ 搬运车辆的计划与组织方法。

⑤ 信息流的组织方法，信息流对物流的作用问题等。

物流管理的常用技术主要有预测技术、建模与仿真技术、系统最优化技术、网络技术及分解协调技术等。

1.2.4 现代物流工程的发展模式

当前，经济全球化、市场一体化日益形成，信息技术迅猛发展、其应用领域日益扩大，环境保护日益成为社会关注的焦点等，在此背景下，现代物流工程呈现以下几种发展模式。

1. 精益生产(Lean Production)

精益生产又称简化生产、精细生产或精良生产。它是美国在全面研究以 JIT 生产方式为代表的日本式生产方式在西方发达国家及发展中国家应用情况的基础上，于 1990 年提出的一种比较完整的生产经营管理理论。进入 20 世界 80 年代，日本汽车工业的高速发展使美国世界汽车市场的领先地位受到挑战，为揭开日本汽车成功之谜，从 1985 年起美国麻省理工学院对 JIT 生产方式进行了提炼、升华和理论总结，提出了"精益生产"理论，通俗地称为"大 JIT"。其内容不仅是生产系统内部的运营管理，而且包括市场预测、产品开发、生产制造管理、零部件供应系统、直至营销与售后服务等企业的一系列活动，形成了生产与经营一体化、制造与管理一体化的生产经营管理理论，是对人类社会和人们的生活方式影响最大的一种生产方式，是新时代工业化的象征。

精益生产的基本原理：不断改进；消除对资源的浪费；协力工作；柔性生产。精益生产的主要支柱是准时制生产(Just in Time，JIT)、成组技术(Group Technology，GT)、全面质量管理(Total Quality Management，TQM)和并行工程(Concurrent Engineering，CE)。

主要包括了 3 点内容：①重新设计每一个生产步骤，使每一个步骤都成为一个持续的流程中的一部分；②在企业中设立兼有多项职能的工作团队；③持续不断地对生产流程进行改进，改进的内容既包括提高产品质量，也包括降低产品成本。

精益物流(Lean Logistics)是以精益思想为指导的，能够全方位实现精益运作的物流活动。精益思想是指运用多种现代管理方法和手段，以社会需求为依据，以充分发挥人的作用为根本，有效配置和合理使用企业资源，最大限度地为企业谋求经济效益的一种新型的经营管理理念。

2. 闭环供应链管理(CLSCM)

20 世纪 90 年代以来，随着从传统经济发展模式向循环经济发展模式的转变，人们环保意识增强，并开始关注环保法制的建设，形成了对产品全生命周期管理的要求，全球制造商面临着巨大的挑战，即有效应对日益普及的"制造商责任延伸制"。在这样的背景下就促进了正向供应链与逆向供应链的整合，也就催生了一个新的管理概念——闭环供应链管理(Closed Loop Supply Chains Management，CLSCM)。

Harold Krikke 等学者认为，闭环供应链包括正向的供应链和逆向的供应链，可以通过若干种方式来封闭，比如产品的重新利用、零部件的重新利用和原料的再利用。大多数闭环供应链都包括若干种再利用的方式，各种回收的产品通过最有价值的方式进行再处理。Moritz Fleischmann 等认为，正向的产品流动和逆向的产品流动的分离，使得研究人员可以用一种全面的方法来从整体上研究相互关联的企业的内向物流和全生命周期管理的外向物流，这就被称为"闭环供应链"。赵晓敏等认为，闭环供应链管理是一种实现产品哲理，该理念同样强调通过链上各实体的协同运作来实现整个系统的最大效益。

3. 电子商务物流系统模式(ECL，Electronic Commerce Logistics)

电子商务物流系统是指在实现电子商务特定过程的时间和空间范围内，由所需位移的商品(或物资)、包装设备、装卸搬运机械、运输工具、仓储设施、人员和通信联系设施等若干相互制约的动态要素所构成的具有特定功能的有机整体。电子商务物流系统的目的是实现电子商务过程中商品(或物资)的空间效益和时间效益。在保证商品满足供给需求的前提下，实现各种物流环节的合理衔接，并取得最佳经济效益，电子商务物流系统既是电子商务系统中的一个子系统，也是社会经济大系统中的一个子系统。

电子商务物流系统可以使商品流通较传统的物流和配送方式更容易实现信息化、自动化、现代化、社会化、智能化、合理化和简单化。既减少生产企业库存，加速资金周转，提高物流效率，降低物流成本，又刺激了社会需求，有利于整个社会的宏观调控，也提高了整个社会的经济效益，促进市场经济的健康发展。

4. 计算机集成制造系统(CIMS)

1973 年美国的 J.Harrington 提出了计算机集成制造(CIM，Computer Integrated Manufacturing)的理念，基于 CIM 的系统 CIMS(Computer Integrated Manufacturing System)在 20 世纪 80 年代中期开始得到重视并大规模实施。目前，863／CIMS 主题结合国际上先进制造技术的发展，提出了"现代集成制造"(Contemporary Integrated Manufacturing)的理念，在广度上和深度上拓宽了传统 CIM 的内涵。

"CIM 是一种组织、管理和运行企业的理念。它将传统的制造技术与现代信息技术、管理技术、自动化技术、系统工程技术等有机结合，借助计算机(包括质量、销售、采购、发送、服务)及产品最后报废、环境处理等各阶段活动中有关的人／组织、经营管理和技术3 要素，及其信息流、物流和价值流(以产品 T、Q、C、S、E 等价值指标所体现的企业业务过程流，如成本流等)有机集成并优化运行，以达到产品上市快、高质、低耗、服务好、环境清洁的目标，进而提高企业的柔性、健壮性、敏捷性，使企业赢得市场竞争。""CIMS是一种基于 CIM 理念构成的计算机化、信息化、智能化、绿色化、集成优化的制造系统。"

5. 绿色物流

人口膨胀、资源短缺、环境资源恶化程度的加深，导致了能源危机、资源枯竭、臭氧层空洞扩大、环境遭受污染、生态系统失衡等一系列问题。因而对环境的利用和环境的保护越来越受到重视，作为经济活动的一部分，物流活动同样面临环境问题，需要从环境角度对物流体系进行改进，即需要形成一个与环境发展共行的物流管理系统。这种物流管理系统建立在维护全球环境和可持续发展基础上，改变原来企业发展与物流、消费生活与物流的单向作用之间的关系，在抑制物流对环境造成危害的同时，形成一种能促进经济与消费健康发展的物流系统，即向绿色物流转变。

绿色物流其实是物流管理与环境科学交叉的一门分支。绿色物流(Green Logistics 或 Environmental Logistics)是指在物流过程中抑制物流对环境造成危害的同时，实现对物流环境的净化，减少资源的消耗，使物流资源得到最充分利用。它是以降低对环境的污染、减少资源消耗为目标，利用先进物流技术规划和实施运输、仓储、装卸搬运、流通加工、配送、包装等物流活动。现代绿色物流管理从环境角度强调了全局和长远的利益，强调全方位对环境的关注，体现了企业的绿色形象，是一种全新的物流形态。

本 章 小 结

本章对物流和物流工程作了相关介绍。

其中物流方面主要从简略地讨论当前环境，得出物流的重要性；并从生命周期角度分析了物流在主要系统中的应用；给出了物流的定义，并对物流要素和分类方法就行了描述；最后介绍了物流发展的 4 个阶段。

物流工程方面主要阐述了物流工程的必要性，讨论了物流工程的研究内容，并简要介绍了现代物流工程的发展模式。

本章的教学目标是使学生对物流及物流工程有一个宏观的认识。

知 识 链 接

物流的观点与学说

商物分流学说：所谓商物分流，是指流通中两个组成部分，即商业流通和实物流通各自按照自己的规律和渠道独立运动。商物分流学说是指随着社会经济的发展，实物流通逐渐从传统的商业活动中分离出来，形成具有自身特点和规律的社会活动和学科领域，该学说是物流科学赖以存在的先决条件。

黑大陆学说：著名管理学权威彼得·德鲁克曾经讲过，"流通是经济领域里的黑暗大陆"，这里，彼得·德鲁克虽然泛指的是流通，但是由于流通领域中物流活动的模糊性特别突出，是流通领域中人们认识不清的领域，所以"黑大陆"学说主要是针对物流而言的。德鲁克认为物流所创造的经济财富和社会价值是巨大的。

物流冰山说：它是日本早稻田大学西泽修教授提出来的。他在研究物流成本时发现，现行的财务会计制度和会计核算方法都不可能掌握物流费用的实际情况，绝大多数物流发生的费用，是被混杂在其他费用之中，而能够单独列出会计项目的，只是其中很小一部分，因而人们对物流费用的了解并不全面，甚至有很大的虚假性。他把这种情况比作"物流冰山"，其特点是大部分沉在水面以下的是看不到的黑色区域，而看到的不过是物流的一部分。

第三利润源泉："第三利润源泉"的说法主要出自日本。从历史发展来看，人类历史上曾经有过两个大量提供利润的领域：第一个是资源领域，第二个是人力领域。在前两个利润源潜力越来越小，利润开拓越来越困难的情况下，物流领域的潜力被人们所重视，按时间序列排为"第三个利润源"。

效益背反说：效益背反理论指物流的若干功能要素之间存在着损益矛盾，即某一功能要素的优化和利益发生的同时，必然会存在另一个或几个功能要素的利益损失，反之也如此。其主要包括物流成本与服务水平的效益背反和物流各功能活动的效益背反。

成本中心说：物流在整个企业战略中，只对企业营销活动的成本发生影响，是企业成本的重要产生点。因而，解决物流的问题，并不主要搞合理化、现代化，不只为了支持保障其他活动，而主要是通过物流管理和物流的一系列活动降低成本。所以，成本中心既是指主要成本的产生点，又是指降低成本的关注点。物流是"降低成本的宝库"等说法正是这种认识的形象表述。

利润中心说：物流可以为企业提供大量直接和间接的利润，是形成企业经营利润的主要活动。非但如此，对国民经济而言，物流也是国民经济中创利的主要活动。

服务中心说：它代表了美国和欧洲等一些国家学者对物流的认识。这种认识认为，物流活动最大的作用，并不在于为企业节约了消耗，降低了成本或增加了利润，而是在于提高了企业对用户的服务水平，进而提高了企业的竞争能力。因此，他们在使用描述物流的词汇上选择了后勤一词，特别强调其服务保障的职能。通过物流的服务保障，企业以其整体能力来压缩成本，增加利润。

战略说：战略说是当前非常盛行的说法。实际上，学术界和产业界越来越多的人已逐渐认识到物流更具有战略性，是企业发展的战略而不是一项具体的操作性任务。应该说，这种看法把物流放到了很高的位置。

复习思考题

1. 选择题

(1) 下列不属于关键物流活动的是(   )。

A. 客户服务　　B. 运输　　C. 信息流动和订单处理　　　D. 仓储

(2) (   )不属于物流系统工程的研究内容。

A. 物流系统的规划与设计　　B. 企业内部物流运输(或搬运)与储存的控制和管理

C. 运输与搬运设备、容器与包装的设计和管理　　D. 物流信息系统的开发和维护

(3) 按照物流系统性质分，物流可分为社会物流、企业物流和(   )。

A. 服务物流　　B. 自营物流　C. 行业物流　　D. 销售物流

(4) 下列说法正确的是(   )。

A. 物流所要流的对象是一切物品，包括有形物品和无形物品

B. 只有物品物理位置发生变化的活动，如运输、搬运、装卸等活动属于物流活动

C. 物流不仅仅研究物的流通与储存，还研究伴随着物的流通与储存而产生的信息

D. 物流的起点是从某个企业原材料的供应、储存、搬运、加工、生产直至产成品的销售的整个过程

(5) 物流系统按照物品运动方式分类，把为了克服产品生产点与消费点之间存在的空间和时间上的间隔而产生的一种物流称为(   )。

A. 制造业物流　　B. 销售物流　C. 流通业物流　　D. 供应物流

2. 简答题

(1) 物流的功能要素有哪些？

(2) 简述物流工程发展趋势。

(3) 简述物流发展历程。

3. 判断题

(1) 物流是有形物品从产地到最终消费地的滚动储存功能，具体包括运输、保管、包装、装卸、搬运、流通加工和信息处理。　　　　　　　　　　　　　　　　　　(   )

(2) 不合格物品的返修、退货不属于物流领域。 （　　）

(3) 企业内部物流属于微观物流，一般不伴随商流发生。 （　　）

(4) 逆向物流就是废料回收物流。 （　　）

(5) 物流也可以创造加工附加价值。 （　　）

4. 思考题

(1) 什么是物流？你对物流概念及内涵如何理解？

(2) 为什么要实施物流过程？

(3) 阐述物流工程的研究内容。

(4) 举例说明物流的功能。

(5) 眼下有些个体户买辆运输车就自称为物流公司，对吗？

(6) 试描述一个你所熟悉的物流系统，如饮料生产、服务系统或学校管理系统等。

(7) 写一篇你对物流认识与体会的文章。

案 例 分 析

中储从传统仓储向现代物流的跨越

中国物资储运总公司(简称中储)成立于 1962 年，早在几年前就借鉴国外发达国家的经验，提出了从传统储运企业向现代物流企业转变的发展战略。经过 40 年的发展，它已从传统仓储发展成为中国最大的以仓储、分销、加工配送、国际货运代理、进出口贸易及相关服务为主的综合性物流企业之一。

1) 基础

(1) 规模效益。中储占地面积 1 300 万平方米，货场 450 万平方米，库房 200 万平方米，仓储面积总量居全国同类企业之首。与新建物流企业相比，中储的成本极其低廉，具有大批量中转和多批次、小批量配送的先天优势，具备将仓库转变成大型物流中心的条件，便于各类企业物流业务的集中管理，形成规模效益，降低成本。

(2) 经济便利的铁路专用线。中储的各物流中心共有铁路专用线 129 条，总长 144 千米，与全国各铁路车站可对发货物。货物存放在中储仓库，无论从产地出货，还是在消费地进货，客户都能获得铁路运输直接入库的经济、安全和便利。这是形成中储全国物流与区域配送相结合的服务特色的重要基础。

(3) 机械化作业程度高。中储的库房、货场都有龙门吊和行车覆盖，大大提高了作业效率和安全系数，降低了人工成本。

(4) 覆盖全国的网络。中储所属 64 个仓库分布在全国各大经济圈中心和港口，形成了覆盖全国、紧密相连的庞大网络。中储利用这一网络，不仅提供仓储运输等物流服务，还有效地整合商流资源，成为金属材料、纸制品、化肥等生产企业的代理分销商。中储重视网络的建设，没有网络，就没有统一的服务标准、单证和结算体系，就不能真正做到门到门服务。中储这一网络系统，是其跻身物流市场、建立现代物流配送中心的基础。

2) 服务

在现代市场竞争中，传统的储运功能和硬件设施优势逐渐被市场物流资源的整合力和增值服务能力所取代。增值服务主要包括能简化客户手续，带来便利性的服务；通过物流中间加工，创造价值的服务；合理组织，降低物流总成本的服务等。中储目前的增值服务主要包括如下。

(1) 现货交易及市场行情实时发布。中储的 20 多个仓库根据区域经济的需要，成为前店后库式的商品交易市场，包括金属材料、汽车、建材、木材、塑料、机电产品、纸制品、农副产品、蔬菜水果、日用百货等，并在中储网站上发布全国各大生产资料市场的实时行情。

(2) 物流的中间加工。如中储的各大金属材料配送中心都配有剪切加工设备，年加工能力 10～12 万吨。

(3) 全过程物流组织。中储凭借 40 年的储运经验和专业的物流管理队伍，运用现代信息技术，为用户设计经济、合理的物流方案，整合内外部资源，包括不同运输方式的整合、仓储资源和运输资源的整合、跨地区资源整合等，组织全程代理和门到门服务，实现全过程物流的总成本最低。

(4) 形式多样的配送服务。

① 生产配送。作为生产企业的产成品配送基地，为生产企业提供产前、产中、产后的原材料及产成品配送到生产线及全国市场的配送服务。如中储的天津唐家口仓库、陕西咸阳仓库等为周边的彩电生产厂提供配送服务。

② 销售配送。生产企业在产品出厂到销往全国市场途中，由中储担当其地区配送中心的角色。生产企业将产品大批量运至中储各地的物流中心，由中储提供保管及为众多销售网点的配送服务。如海尔、澳柯玛、长虹等产品均已通过中储各地的物流中心销往全国市场。

③ 连锁店配送。为超级市场和连锁商店提供上千种商品的分拣、配送服务。如上海沪南公司为正大集团易初莲花超市提供随叫随到的配送服务。

④ 加工配送。中储的许多物流中心为用户提供交易、仓储、加工、配送及信息服务的一条龙服务。

3) 客户

中储近年紧贴市场，根据不同客户对物流的需求，适时调整经营策略，大力发展全程物流代理、现货交易市场行情实时发布、国际货运代理及配送等业务，取得了可喜的成果。

中储现有的客户主要有 4 大类：第一类是生产资料的生产和经销企业；第二类是大型国家重点工程建设项目；第三类是生活资料生产企业；第四类是生活资料的零售企业。

4) 跨越

面对新经济给传统产业带来的严峻挑战和物流市场发展的巨大潜力，传统储运业务将退居从属地位，具备现代物流组织管理和实现内部信息化管理的新兴物流企业将成为行业的首脑。中储的目标是充分发挥中储股份的龙头作用，利用国内外两个资源及中储的内部资源，采取收购、兼并等手段，实现全国合理布局，建成一批与现代物流需求相适应的物流中心，进而推动中储整体向现代物流企业转变的步伐，与国际接轨，再造中储，建成服务一流的现代物流企业。为此，中储总公司加快了系统信息化建设，投资成立"中储物流在线有限公司"，目的是将虚拟的电子网络和有形的物流网络有机结合，整合国内外资源，提升传统业务。

在实施过程中，充分发挥自身的优势，首先完成系统内部物流网建设，包括数据源、单证和业务流程的标准化；其次，再造业务流程，通过对传统企业的电子化改造，使之成为能够满足现代物流需求的数码仓库。实现以电子化配送中心、仓库、运输网络为基础，以数码仓库完备的现代物流组织为纽带，以中储电子商务物流平台为核心，横向联合运输网络系统、纵向连接行业分销系统，建立布局合理、运转高效的现代物流配送和分销电子商务网络体系。

案例点评：

现代物流企业中的相当一部分是由传统储运企业发展而来，发达国家的许多现代物流企业就是在原有仓储运输企业的基础上，经过职能扩张成长起来的。在我国发展现代物流的进程中，同样应当利用好传统储运企业的基础优势，以加快我国现代物流的发展。中储是国有大型储运企业向现代物流企业转化的佼佼者，中储的转化发展战略是值得许多同类企业在转型时期借鉴的。

传统储运公司的主要职能就是运输和储存，而现代物流中，运输与储存仍是核心职能；其他职能，如流通加工、配送、装卸、包装、信息服务、货运代理等都是在这个核心职能的基础上逐步发展和深化的。因此，储运业有着向现代物流发展的先天优势和业务继承性。如果能拥有便利的交通条件、较大的占地面积、库房、货场、水电气设施、铁路专用线及运输装卸设备等，与新建物流企业相比，就将获得较大的投资与成本竞争优势。从宏观上看，新中国成立后的三十几年时间里，我国已经建成了具有相当规模的储存、运输体系和网络。如果这些分散在全国各地的储运企业，大多能转型为具有现代理念和运作方式的现代物流企业，实质上是实现了一次规模巨大的、低成本投入下的高收益。

同样，用现代营销理念考察，传统储运企业经过多年的实践，已建立起自己独有的客户群。如果能不断满足客户多元化、个性化的需要，提高服务质量，开发新的客户群，将能加快向现代物流企业转变的步伐。

思考题：

(1) 中储是如何实现价值增值的？这对传统储运企业有何启示？

(2) 客户分类的目的是什么？中储是如何实行客户分类服务的？

(3) 结合案例谈谈传统储运企业如何扬长补短，向现代物流业迈进。

(4) 我国的传统储运企业向现代物流企业的转型过程中亟待解决的问题有哪些？

第2章 设施规划与布置设计

学习目标

■ **知识点**

➢ 设施规划与设计的基本理论
➢ 场址选择方法
➢ 系统布置设计方法

■ **难点**

➢ 系统布置设计方法的实际应用

■ **要求**

熟练掌握的内容:
➢ 场址选择方法中的成本因素和综合因素法
➢ 系统布置设计的方法

了解理解的内容:
➢ 设施规划与设计的基本理论

开篇案例

某电瓶叉车总装厂总平面布置设计过程中，根据分析总厂设置了包括原材料库、机加工车间、总装车间等 14 个作业单位(部门)。依照工艺过程，各个部门分别负责不同阶段的工作，由于在本章节主要讲述设施布置设计，故对本案例主要完成电瓶叉车总装厂的总体布置设计，在已经确定的空间场所内如何安排 14 个作业单位是本案例要完成的，图 2.1 为根据系统布置设计的方法确定的一种方案。在后续的章节中随着知识点的叙述将对本案例的相应部分进行分析解决。

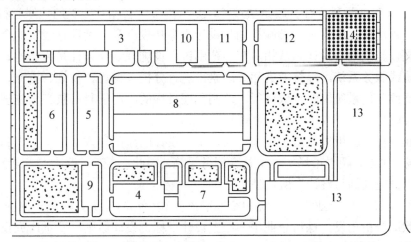

图 2.1 根据系统布置设计的方法确定的一种方案

[思考]：应用什么方法，在已确定的空间场所内安排 14 个作业单元，使布置更优？

2.1 设施规划与设计的基本理论

设施规划与设计从"工厂设计"发展而来，重点探讨各类工业设施、服务设施的规划与设计概念、理论及方法，是工业工程学科的一个重要研究领域。

工厂布置的方法和技术一直是工业工程领域不断探索的问题。自工业革命以来研究出了许多手工设计、数学分析和图解技术。20 世纪 60 年代以来，又发展了计算机辅助工厂布置。在众多的布置方法中，物流处于重要地位，把寻求最佳物流作为解决布置问题的主要目标。由于各种工厂之间存在很大的差别，工厂设计一直没有形成系统的理论及知识体系，从事工厂设计的技术人员往往从经验出发，用简单的生产流程的观点实现工厂布置，使得设计结果难以满足生产要求，更难取得最佳的设计方案。随着研究的深入及系统工程、运筹学、计算机技术的发展应用，工厂布置的程序和方法，以 1961 年 Richard·缪瑟(R.Muther)提出的系统布置设计 SLP(Systematic Layout Planning)最为著名，这是一种条理性很强，将物流分析与作业单位相互关系密切程度分析相结合、求得合理布置的技术，使工厂布置设计由定性阶段发展到定量阶段。自 SLP 法诞生以来，设施规划设计人员不但把它应用于各种机械制造厂的设计中，而且不断发展应用到一些服务领域，如办公室的布置规划，连锁餐厅的布置规划，银行、超级市场等服务领域。

2.1.1 设施规划与设计定义

一个生产系统或者服务系统的建成，都要形成有形的固定资产，这种有形的固定资产称为设施。设施规划与设计学科直接的功能就是对一个生产系统或服务系统进行全面的、系统的规划和安排。设施规划与设计的对象是整个系统，不是其中的个别环节(如某项工艺技术)。由于一个设施的有效运行不仅取决于有形的固定资产，同时还与技术、物料、市场、环境、人员、资金、法律、政策等因素密切相关；不仅要满足企业的要求，也要适应市场、社会和国民经济发展的需要。因此，设施规划与设计不仅涉及有关领域的专业技术(如土建)，还涉及经济管理学科、社会政策法规等，是一门多学科相互交叉的边缘学科。

从工程项目建设程序上讲，设施规划与设计贯穿从投资意向到项目竣工的全过程，这就形成了广义设施规划与设计。从相对窄的范围讲，设施规划与设计是为新建、改建或扩建的生产系统或服务系统，综合考虑相关因素，进行分析、构思、规划、论证、设计，全面合理配置资源，使系统能够有效运行，达到预期目标的一门学科。狭义设施规划与设计学科重点内容就是为生产或服务系统合理配置资源。

随着工业工程的应用领域的进一步扩大，工厂设计的原则和方法逐步扩大到了非工业设施，如机场、医院、超级市场等各类社会服务设施。因此，"工厂设计"一词逐渐被"设施规划"或"设施规划与设计"所代替。

设施规划与设计以企业生产系统的空间静态结构(布局)为研究对象，从企业动态结构——物流状况分析出发，探讨企业平面布置设计目标、设计原则，着重研究设计方法与设计程序(步骤)，使企业人力、财力、物力和物流、人流、信息流得到最合理、最经济、最有效的配置和安排，从根本上提高企业的生产效率，达到以最少的投入获得最大效益的目的。

2.1.2 设施规划与设计的研究范围

从工业工程角度考察，设施规划由场址选择和设施设计两部分组成。设施设计又分为布置设计、物料搬运系统设计、建筑设计、公用工程设计及信息通信设计 5 个相互关联的部分，如图 2.2 所示。

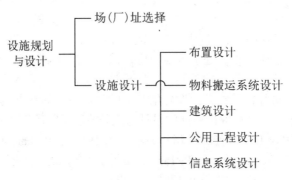

图 2.2　设施规划与设计组成

(1) 场(厂)址选择。场址选择是一个通用的概念，适用于各种类型设施的规划与设计，对于工矿企业又常用厂址选择代替，有时对"场址"与"厂址"的细微差异不加区分。

(2) 布置设计。布置设计就是对系统物流、人流、信息流进行分析，对建筑物、机器、设备、运输通道和场地作出有机的组合与合理配置，达到系统内部布置最优化。

(3) 物料搬运系统设计。根据资料统计,产品制造费用的 20%～50%是用于物料搬运的。因此，现代管理理论都非常注重物料搬运系统。物料搬运系统设计就是确定物料搬运方法，即确定搬运路线、搬运设备和搬运单元。

(4) 建筑设计。设施规划与设计中，需根据建筑物和构筑物的功能和空间的需要，满足安全、经济、适用、美观的要求，进行建筑和结构设计。建筑设计需要土木建筑各项专业知识。

(5) 公用工程设计。生产或服务系统中的附属系统包括热力、煤气、电力、照明、给排水、采暖通风及空调等系统，通过对这类公用设施进行系统、协调的设计，可为整个系统的高效运营提供可靠的保障。

(6) 信息系统设计。对于工矿企业来说，各生产环节生产状况的信息反馈直接影响生产调度、管理，反映出企业管理的现代化水平。随着计算机技术的应用，信息网络系统的复杂程度也大幅提高，信息网络系统设计也就成为设施设计中的一个组成部分。

2.1.3 设施规划与设计的目标

一个设施是一个有机的整体，由相互关联的子系统组成，因此必须以设施系统自身的目标作为整个规划设计活动的中心。设施规划总的目标是使人力、财力、物力和人流、物流、信息流得到最合理、最经济、最有效的配置和安排，即要确保规划的企业能以最小的投入获取最大的效益。不论是新设施的规划还是旧设施的再规划，典型的目标是：①简化加工过程；②有效地利用设备、空间、能源和人力资源；③最大限度地减少物料搬运；④缩短生产周期；⑤力求投资最低；⑥为职工提供方便、舒适、安全和职业卫生的条件。

上述目标之间往往存在相互冲突，必须要用恰当的指标对每一个方案进行综合评价，达到总体目标的最优化。

2.1.4 设施规划与设计的原则

为了达到上述目标，现代设施规划与设计应遵循如下原则。

(1) 减少或消除不必要的作业，这是提高企业生产率和降低消耗的最有效方法之一。只有在时间上缩短生产周期，空间上减少占地，物料上减少停留、搬运和库存，才能保证投入的资金最少，生产成本最低。

(2) 以流动的观点作为设施规划的出发点，并贯穿在规划设计的始终。因为生产系统的有效运行依赖于人流、物流、信息流的合理化。

(3) 运用系统的概念、系统分析的方法求得系统的整体优化。

(4) 重视人的因素，运用人机工程理论，进行综合设计，并要考虑环境的条件。包括空间大小、通道配置、色彩、照明、温度、湿度、噪声等因素对人的工作效率和身心健康的影响。

(5) 设施规划设计是从宏观到微观，又从微观到宏观的反复迭代，并行设计的过程。要先进行总体方案布置设计，再进行详细布置；而详细布置设计方案又要反馈到总体布置方案中，对总体方案进行修正。

总之，设施规划与设计就是要综合考虑各种相关因素，对生产系统或服务系统进行分析、规划、设计，使系统资源得到合理的配置。

2.1.5　设施规划与设计的阶段结构

设施规划与设计工作贯穿工程项目发展周期中的前期可行性研究与设计阶段，因此，设施规划与设计必然也存在与时间有关的阶段结构。正如 R·缪瑟(R.Muther)所指出的设施规划与设计"有一个与时间有关的阶段结构"，并且各阶段是依次进行的；阶段与阶段之间应互相搭接；每个阶段应有详细进度；阶段中自然形成若干个审核点。图 2.3 体现了这种阶段结构。这种结构形成了从整体到局部、从全局到细节、从设想到实际的设计次序。即前一阶段工作在较高层次上进行，而后一阶段工作以前一阶段的工作成果为依据，在较低层次上进行；各阶段之间相互影响，交叉并行进行。因此，设施规划与设计必须按照"顺序交叉"方式进行工作。表 2-1 列出了设施规划与设计阶段结构的成果和工作。

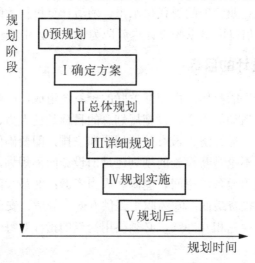

图 2.3　设施规划与设计的阶段结构

表 2-1　设施规划与设计阶段结构的成果和工作

阶　段	0	I	II	III	IV	V
名　称	预规划	确定方案	总体规划	详细规划	规划实施	规划后
成　果	确定目标	分析并确定位置及其外部条件	总体规划	详细规划	设施实施计划	竣工试运转
主要工作内容	制定设施要求预测、估算生产能力及需求量	确定设施要求、生产能力及需求量	按规划要求作总体规划及总布置图	按规划要求作详细规划及详细布置图	制定进度表或网络图	项目管理(施工、安装、试车及总结)
财务工作	财务平衡	财务再论证	财务总概算比较	财务详细概算	筹集投资	投资

2.2　生产和服务场址选择

场址选择包括地区选择和地点选择，通常称为选点和定址。20 世纪末世界经济全球化的浪潮，以生产全球化、资本全球化和市场全球化为特征，跨国公司跨越国界的经济活动使设施的选址也超越了国界，可以在全球范围内选址。地区选择是对可能选择的国家或国内地区的选择，然后选择该地区内的合适具体地点。

场址选择不是由设施规划人员单独完成的。它是通过地区规划、地质勘探、气象、环保等部门及设施规划人员的共同合作，最后由决策部门做出决定。

2.2.1　场址选择的意义

场址选择为生产或服务系统确定了所接触的外界环境，影响着生产系统的各种输入和输出。合理的厂址选择有利于充分利用人力、物力和自然资源；有利于促进建厂地区的经济发展；有利于保护环境和生态平衡。因此，厂址选择的合理与否，直接影响工厂的基建投资、产品成本、发展前景、企业经济效益和国民经济效果。总之，厂址选择对社会生产力布局、城镇建设、企业投资、建设速度及建成后的生产经营都会产生深远的重大影响。设施场址选得好，不但可以缩短建设工期，降低造价，同时还会对当地的政治、经济、文化、环保等领域产生深远的影响。场址选择不好，就会给企业留下终生隐患。

2.2.2　影响场址选择的主要因素

1. 地区选址考虑因素

地区选择主要考虑宏观因素，由于制造业和服务业的设施考虑不一样，因此要充分考虑不同设施的不同性质和特点。一般而言，地区选择主要考虑以下因素。

(1) 市场情况。不论是制造业还是服务业，设施的地理位置一定要与客户接近，越近越好。要考虑该地区的市场条件，对企业的产品和服务的需求情况、消费水平及与同类企业的竞争能力。要分析在相当长的时期内，企业是否有稳定的市场需求及未来市场的变化情况。

(2) 社会环境。要考虑当地的法律规定、金融、税收政策等情况是否有利于投资。

(3) 资源条件。要充分考虑该地区是否可使企业得到足够的资源，如原材料、水电、燃料、动力等。除物料资源要求外，还应充分考虑人力，不同产品和生产方法对工人素质和技巧有不同的要求。

(4) 基础设施。交通道路、邮电通信、动力、燃料管线等基础设施对建立工厂投资影响很大，还有土地征用、拆迁、平整等费用。对我国来说尽量选用不适合耕作的土地作为场址，而不去占用农业生产用地。

(5) 配套供应。通常，制造业中的产品尤其是大型机电产品需要数量众多的零部件厂与之配套供应，因此，地区内是否有本企业所需要的各种配套件供应商，对及时供应各种零部件，支持精益生产，降低总成本都有重要意义。

2. 地点选择要求

在完成了地区选址后，就要在选定的地区内确定具体的建厂地点。地点选择应考虑的主要微观因素有如下。

(1) 地形地貌条件。场址要有适宜建厂的地形和必要的场地面积,要充分合理地利用地形。地形力求平坦略有坡度,可以减少土石方工程,又便于地面排水。

(2) 地质条件。选择场址时,应对场址及其周围区域的地质情况进行调查和勘探,分析获得资料,查明场址区域的不良地质条件,对拟选场址的区域稳定性和工程地质条件作出评价。使地质条件满足建筑设计要求,如避开强烈地震区、滑坡地区和泥石流地区。

(3) 运输连接条件。场址应便于原材料、燃料、产品、废料的运输。铁路运输时考虑靠近铁路和车站,水路运输时考虑靠近码头等。

(4) 风向。场址应位于住宅区下风向,以免厂内排出废气烟尘及噪声影响住宅区居民。同时场址又不宜建在现有或拟建工厂的下风向,以免受其吹来烟尘影响。窝风的盆地会使烟尘不易消散,从而影响本厂卫生。

(5) 供排水条件。供水水源要满足工厂既定规模用水量的要求,并满足水温、水质要求。在选择场址时,要考虑工业废水和场地雨水的排除方案。

(6) 特殊要求。具有特殊要求的设施,应根据其特性选择合适的地点。如机场应选择在平坦开阔,周围没有高层建筑和山丘的地方;船舶制造必须在沿海和沿江的地方。

以上列出的是场址选择时需要考虑的一些重要因素,设施规划人员应根据设施的具体特点,具体问题具体分析,因地制宜,不能生搬硬套。

3. 影响设施选址的经济因素和非经济因素

影响设施选址的因素很多,有些因素可以进行定量分析,并用货币的形式加以反映,称为经济因素,也称为成本因素。有些因素只能是定性的非经济因素,也称为非成本因素,非成本因素与成本无直接关系,但能间接影响产品的成本和企业的未来发展。这些因素分类见表 2-2,可作为场址选择的评价指标。

表 2-2 设施选址的成本因素和非成本因素

成 本 因 素	非成本因素
① 原料供应及成本	① 地区政府政策
② 动力、能源的供应及成本	② 政治环境
③ 水资源及其供应	③ 环境保护要求
④ 劳动力成本	④ 气候和地理环境
⑤ 产品运输成本	⑤ 文化习俗
⑥ 零配件运输成本	⑥ 城市规划和社区情况
⑦ 建筑和土地成本	⑦ 发展机会
⑧ 税率、利率和保险	⑧ 同一地区竞争对手
⑨ 资本市场和流动资金	⑨ 地区的教育服务
⑩ 各类服务及维修成本	⑩ 供应合作环境

2.2.3 场址选择方法

在我国场址选择长期以来一直采用定性的经验分析方法,这些方法很大程度上依赖于设计者个人的经验与直觉，使得在决策时，有些重要因素被忽视，给企业带来难以弥补的损失。目前国内外形成了基于成本因素和综合因素评价的两类方法。

1. 成本因素法

(1) 盈亏平衡法。该方法属于经济学范畴，在选址中通过确定产量规模下，来寻求成本为最低的设施选址方案。它建立在产量、成本、预测销售收入的基础之上。

【例2-1】 某企业拟在国内新建一条生产线，确定了3个备选场址。由于各场址征地费用、建设费用、原材料成本、工资等不尽相同，从而生产成本也不相同。3个场址的生产成本见表2-3，试确定不同生产规模下最佳场址。

解：先求A、B两场址方案的交点产量，再求B、C两场址方案的交点产量，就可以决定不同生产规模下的最优选址。设C_F表示固定费用，C_V表示单件可变费用，Q为产量，则总费用为C_F+C_VQ。

表2-3 备选场址费用表

备选场址 费用项目	A	B	C
固定费用/元	600 000	1 200 000	2 400 000
单件可变费	50	24	11

在M点A、B两方案生产成本相同，该点产量为Q_M，则

$$Q_M = \frac{C_{FB}-C_{FA}}{C_{VA}-C_{VB}} = \frac{(1\,200\,000-600\,000)}{(50-24)} = 2.31(万件) \tag{2-1}$$

在N点B、C两方案生产成本相同，该点产量为Q_N，则

$$Q_N = \frac{C_{FC}-C_{FB}}{C_{VB}-C_{VC}} = \frac{(2\,400\,000-1\,200\,000)}{(24-11)} = 9.23(万件) \tag{2-2}$$

结论：以生产成本最低为标准，当产量Q低于2.31万件时选A场址为佳，产量Q介于2.31~9.23万件之间时选B方案成本最低，当Q大于9.23 139万件时，选择C场址。

(2) 重心法。当产品成本中运输费用所占比重较大，企业的原材料由多个原材料供应地提供或其产品运往多个销售点，都适宜采用重心法。选择此方法时运输费用等于货物运输量与运输距离以及运输费率的乘积。如图2.4所示，在直角坐标系中，需要选址的工厂坐标为$P_0(x_d, y_d)$，n个配送中心、仓库或原材料供应点$W_j(x_j, y_j)$，现欲确定工厂位置，使从工厂到各处的运输费用为最小。

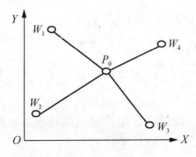

图2.4 重心法选址坐标图

P_0 到各处总费用为

$$T = \sum_{j=0}^{n} a_j w_j d_j \tag{2-3}$$

$$d_j = \sqrt{(x_d - x_j)^2 + (y_d - y_j)^2} \tag{2-4}$$

式中： a_j——为工厂 P_0 到 W_j 的每单位物流量单位距离所需的运输费用(运输费率)；

w_j——为工厂 P_0 到 W_j 各处的物流量；

d_j——工厂 P_0 到 W_j 各处距离。

现在要求 (x_d, y_d) 为何值时 T 最小，为使总费用最小，上述问题转变为求特定解使 T 为极小值，根据高等数学多元函数求极值的方法，将式(2-3)分别对 x_d, y_d 求偏导，令偏导数为零。

$$\frac{\partial T}{\partial x_d} = \sum_{j=0}^{n} a_j w_j (x_d - x_j) / d_j = 0$$

$$\frac{\partial T}{\partial y_d} = \sum_{j=0}^{n} a_j w_j (y_d - y_j) / d_j = 0 \tag{2-5}$$

由此可求和的解为

$$x_d{}^* = \frac{\sum\limits_{j=0}^{n} a_j w_j x_j / d_j}{\sum\limits_{j=0}^{n} a_j w_j / d_j}$$

$$\tag{2-6}$$

$$y_d{}^* = \frac{\sum\limits_{j=0}^{n} a_j w_j y_j / d_j}{\sum\limits_{j=0}^{n} a_j w_j / d_j}$$

式(2-6)中含有 d_j，而 d_j 是 x_d, y_d 的函数，此处要用迭代法求解 x_d, y_d，计算步骤如下。

① 给出初始位置 $(x_d{}^0, x_d{}^0)$，代入式(2-3)，计算 T^0。

② 初始位置 $(x_d{}^0, x_d{}^0)$ 代入式(2-4)，计算 d_j。

③ d_j 代入式(2-6)，计算改进位置 $(x_d{}^1, x_d{}^1)$。

④ 改进位置 $(x_d{}^1, y_d{}^1)$ 代入式(2-3)，计算 T^1。

⑤ 比较 T^1 和 T^0，若 $T^1 < T^0$，重复步骤②、③、④，反复迭代，直到 $T^{k+1} \geq T^k$，求出最优解 $(x_d{}^k, y_d k)$。

由上述求解过程可知，该问题适合用计算机编程求解。通过研究发现对于用式(2-7)作为最佳场址坐标与用计算机迭代求解结果相差不大。

$$x_d* = \frac{\sum_{j=0}^{n} a_j w_j x_j}{\sum_{j=0}^{n} a_j w_j}$$

(2-7)

$$y_d{}^* = \frac{\sum_{j=0}^{n} a_j w_j y_j}{\sum_{j=0}^{n} a_j w_j}$$

【例 2-2】 某公司拟在某城市建一配送中心，该配送中心每年共要往 A、B、C、D 4 个销售点配送产品。各地与城市中心的距离和年运量见表 2-4。假定各种材料运输费率相同，试用重心法确定该厂的合理位置。

表 2-4 各设施位置和需要产品数量

各 设 施	位置坐标/km	需要产品数量/t
A	(40，50)	1 800
B	(70，70)	1 400
C	(15，18)	1 500
D	(68，32)	700

解：根据式(2-7)有

$$x* = \frac{40 \times 1\,800 + 70 \times 1\,400 + 15 \times 1\,500 + 68 \times 700}{1\,800 + 1\,400 + 1\,500 + 700} = 44.5(km)$$

$$y* = \frac{50 \times 1\,800 + 70 \times 1\,400 + 18 \times 1\,500 + 32 \times 700}{1\,800 + 1\,400 + 1\,500 + 700} = 44.0(km)$$

(3) 线性规划法——运输问题。对于多个工厂供应多个需求点的问题，通常线性规划方法求解更为方便，此问题转化为运筹学问题中的经典问题——运输问题。其目的也是使生产运输费用最小。一般模型为

$$MinZ = \sum_{i=1}^{m} \sum_{j=1}^{n} c_{ij} x_{ij}$$

$$\text{s.t.} \quad \sum_{i=1}^{m} x_{ij} = b_j \quad j = 1,2,\cdots,n$$

(2-8)

$$\sum_{j=1}^{n} x_{ij} = a_i \quad i = 1,2,\cdots,m$$

$$x_{ij} \geqslant 0$$

式中：m——工厂数量；

n——销售点数量；

c_{ij}——产品单位运输费用；

x_{ij}——从工厂 i 运到销售点 j 的数量；

b_j——销售点 j 需求量；

a_i——工厂 i 供应量。

对于运输问题可以用单纯形法进行求解，因为运输问题具有结构上的特殊性，应用表上作业法进行求解。具体方法见运筹学相关书籍。

(4) 启发式方法。服务系统经常面临在一个地区建多少服务点的问题，该问题比较复杂，可以通过启发式方法求解，通过例题加以说明。

【例 2-3】 某公司拟在某市建立两家连锁超市，该市共有 4 个区，记为甲、乙、丙、丁。假定各区人口均匀分布，各区可能光临各个超市的人数相对权重及距离见表 2-5，问题是两家超市设立在哪两个区使得各区居民到超市购物最方便即总距离成本最低。

表 2-5 4 个区人口、距离和相对权重

项 目	甲	乙	丙	丁	人口/千人	人口相对权重
甲	0	11	8	12	10	1.1
乙	11	0	10	7	8	1.4
丙	8	10	0	9	20	0.7
丁	12	7	9	0	12	1.0

解：按以下步骤进行。

① 由表 2-5 构造权重人口距离表 2-6，如从甲区到乙区为 11×10×1.1=121。

② 表 2-6 中按列相加，挑选出最低成本所在列为超市第一候选地址，本列中为丙，见表 2-7。

表 2-6 权重人口距离表

项 目	甲	乙	丙	丁
甲	0	121	88	132
乙	123.2	0	112	78.4
丙	112	140	0	126
丁	114	84	108	0

表 2-7 按列相加选择

项 目	甲	乙	丙	丁
甲	0	121	88	132
乙	123.2	0	112	78.4
丙	112	140	0	126
丁	114	84	108	0
	349.2	345	308	336.4

③ 对每一行比较除零以外至已确定地址的成本，若成本高于已确定地址成本则修改为已确定地址成本，若成本低于已确定地址成本则保留，删除已确定地址，见表 2-8 和表 2-9。

表2-8　按列相加选择

项　目	甲	乙	丁
甲	0	88	88
乙	112	0	78.4
丙	0	0	0
丁	108	84	0
	220	172	166.4

表2-9　按列相加选择

项　目	甲	乙
甲	0	88
乙	78.4	0
丙	0	0
丁	0	0
	78.4	88

④ 重复②、③步，可选出最后一个超市地址。选择超市的顺序为丙、丁、甲、乙。

2. 综合因素法

设施选址受到诸多因素的影响，比如经济因素和非经济因素。经济因素可以用货币的量来表示，而非经济因素要通过一定的方法进行量化，称为综合因素评价法。常用有加权因素法和因次分析法。

(1) 加权因素法。对非经济因素进行量化一般采用加权因素法，按下列步骤进行。

① 列出场址选择考虑的各种因素。

② 确定因素权重。

③ 对各因素就每个备选场址进行评级，共分为五级，用5个元音字母A、E、I、O、U表示。各个级别分别对应不同的分数，A=4、E=3、I=2、O=1、U=0。

④ 计算各因素权重与备选场址对各因素评级分数乘积之和，分数最高者为最佳场址方案。

【例2-4】　某一设施选址共有K、L、M 3个备选方案，选定的影响因素有5个，权重及评定等级见表2-10，确定场址方案。

表2-10　加权因素法选择场址举例

序　号	因　素	权　重	K	L	M
1	位置	8	A/32	A/32	I/16
2	面积	6	A/24	A/24	U/0
3	地形	3	E/9	A/12	I/6
4	地质条件	10	A/40	E/30	I/20
5	运输条件	5	E/15	I/10	I/10
	合计		120	108	52

从表中可以看出来应该选择得分最高的 K 作为场址，应用此方法的关键是因素的确定和权重的确定。

(2) 因次分析法。因次分析法是将经济因素(成本因素)和非经济因素(非成本因素)按照相对重要度统一起来。设经济因素和非经济因素相对重要程度之比为 $m:n$，且有 $m+n=1$。

① 确定经济因素重要性因子 OM_i，其大小受各项成本影响，其计算式表示为

$$OM_i = \frac{\dfrac{1}{C_i}}{\sum\limits_{i=1}^{N} \dfrac{1}{C_i}} \tag{2-9}$$

式中：C_i——第 i 选址方案总成本；

N——备选场址方案数目。

此处取成本的倒数进行比较，是为了和非经济因素相统一。因为非经济因素越重要其指标越大，而经济因素成本越高，经济性越差。所以取倒数进行比较，计算结果大者经济性好。

② 确定非经济因素重要性因子 SM_i。

第一，确定各个非经济因素相对权重 I_k。

第二，确定单一非经济因素对于不同候选场址的重要性 S_{ik}。即就单一因素将被选场址两两比较，令较好的比重值为 1，较差的比重值为 0。将各方案的比重除以所有方案所得比重之和，得到单一因素相对于不同场址的重要性因子 S_{ik}，用公式表示为

$$S_{ik} = \frac{W_{ik}}{\sum\limits_{i=1}^{N} W_{ik}} \tag{2-10}$$

式中：W_{ik}——第 i 选址方案 k 因素中的比重；

S_{ik}——i 选址方案对 k 因素的重要性。

第三，非经济因素重要性因子 SM_i。

$$SMi = \sum_{k=1}^{M} I_k S_{ik} \tag{2-11}$$

式中：I_k——非经济因素相对权重。

③ 将经济因素的重要性因子和非经济因素的重要性因子按重要程度叠加，得到该场址的重要性指标 LM_i，场址重要性指标最大的为最佳选择方案。计算公式为

$$LM_i = m \cdot SM_i + n \cdot OM_i \tag{2-12}$$

【例 2-5】 某公司拟建一配送中心，有 3 处待选场址 A、B、C 主要经济因素成本见表 2-11，非经济因素主要考虑竞争能力、运输条件和环境。就竞争能力而言，C 地最强，B、A 地相平；就运输条件而言，C 优于 A，A 优于 B；就环境而言，B 地最好，A 地最差。据专家评估，3 种非经济因素相对权重为 0.4，0.4 和 0.2，要求用因次分析法确定最佳场址，设经济因素和非经济因素相对重要程度之比为 $m:n=0.5：0.5$。

表 2-11 备选场址各项生产成本费用

因素 \ 方案	成本/千元		
	A	B	C
工资	250	230	248
运输费用	181	203	190
租金	75	83	91
其他费用	17	9	22
总费用	523	525	551

解：① 按式(2-9) $OM_i = \dfrac{\dfrac{1}{C_i}}{\sum\limits_{i=1}^{N}\dfrac{1}{C_i}}$ 计算经济因素重要性因子 OM_i。

$$OM_A = 0.3\,395$$
$$OM_B = 0.3\,382$$
$$OM_C = 0.3\,223$$

② 根据 0-1 强迫法确定 i 选址方案对 k 因素的重要性 S_{ik}。

竞争能力	A	B	C	得分	S_{ik}
A	0	1	0	1	0.25
B	1	0	0	1	0.25
C	1	1	0	2	0.5

运输条件	A	B	C	得分	S_{ik}
A	0	1	0	1	0.33
B	0	0	0	0	0
C	1	1	0	2	0.67

环境	A	B	C	得分	S_{ik}
A	0	0	0	0	0
B	1	0	1	2	0.67
C	1	0	0	1	0.33

③ 根据式(2-11)计算非经济因素重要性因子 SM_i。

S_{ik}	A	B	C	I_k	SM_i
竞争能力	0.25	0.25	0.5	0.4	0.232
运输条件	0.33	0	0.67	0.4	0.234
环境	0	0.67	0.33	0.2	0.534

④ 按式(2-12) $LM_i = m \cdot SM_i + n \cdot OM_i$ 计算场址的重要性指标 LM_i。

$LM_A = 0.5 \times 0.232 + 0.5 \times 0.3395 = 0.2858$

$LM_B = 0.5 \times 0.234 + 0.5 \times 0.3382 = 0.2861$

$LM_C = 0.5 \times 0.534 + 0.5 \times 0.3223 = 0.4281$

结论：C 场址的重要性指标最大，故选择 C 地作为配送中心。

2.3　生产和服务设施布置设计

2.3.1　设施布置设计概述

1. 设施布置设计的含义和内容

设施布置与设计是指根据企业的经营目标和生产纲领，在已确定的空间场所内，从原材料的接收、零件和产品的制造、成品的包装、发运等全过程，力争将人员、设备和物料所需要的空间做最适当的分配和最有效的组合，以获得最大的经济效益。

设施布置包括工厂总体布置和车间布置。工厂总体布置设计应解决工厂各个组成部分，包括生产车间、辅助生产车间、仓库、动力站、办公室、露天作业场地等各种作业单位和运输线路、管线、绿化及美化设施的相互位置，同时应解决物料的流向和流程、厂内外运输的连接及运输方式。车间布置设计应解决各生产工段、辅助服务部门、储存设施等作业单位及工作地、设备、通道、管线之间的相互位置，同时应解决物料搬运的流程及运输方式。

2. 设施布置设计的原则

在根据当地规划要求和工厂生产需要确定适当的厂址位置的前提下，应按下列原则进行工厂布置。

(1) 符合工艺过程的要求。尽量使生产对象流动顺畅，避免工序间的往返交错，使设备投资最小周期最短。

(2) 最有效地利用空间。使场地利用达到适当的建筑占地系数(建筑物、构筑物占地面积与场地总面积的比率)，使建筑物内部设备的占有空间和单位制品的占有空间最小。

(3) 物料搬运费用最少。要便于物料的输入和产品、废料等物料运输路线短捷，尽量避免运输的往返和交叉。

(4) 保持生产和安排的柔性。使之适应产品需求的变化、工艺和设备的更新及扩大生产能力的需要。

(5) 适应组织结构的合理化和管理的方便。使有密切关系或性质相近的作业单位布置在一个区域并就近布置，甚至合并在同一个建筑物内。

(6) 为职工提供方便、安全、舒适的作业环境，使之合乎生理、心理要求，为提高生产效率和保证职工身心健康创造条件。

上述设计原则涉及面非常广，往往存在相互矛盾的情况，应该结合具体的条件加以考虑。

3. 设施布置的基本形式

设施布置形式受工作流的形式限制，有 4 种基本类型：工艺原则布置、产品原则布置、固定工位布置和混合类型(成组技术布置)。

(1) 工艺原则布置(Process Layout)。又称机群布置或功能布置，如图2.5所示。是一种将相似设备或功能相近设备集中布置的布置形式，如按车床组、磨床组等分区。被加工的零件，根据预先设定好的流程顺序，从一个地方转移到另一个地方，每项操作都由适宜的机器完成。这种布置形式通常适用于单件生产及多品种小批量生产模式。医院是采用工艺原则布置的典型例子。工艺原则布置的优缺点见表2-12。

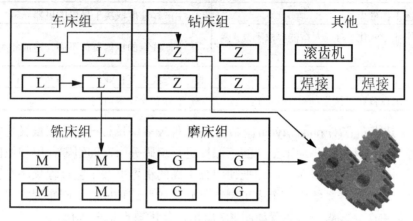

图 2.5　工艺原则布置图

表 2-12　工艺原则布置的优缺点

优　　点	缺　　点
① 机器利用率高，可减少设备数量	① 由于流程较长，搬运路线不确定，运费高
② 设备和人员柔性程度高，更改产品和数量方便	② 生产计划与控制较复杂，要求员工素质的提高
③ 操作人员作业多样化，有利于提高工作兴趣和职业满足感	③ 库存量相对较大

(2) 产品原则布置(Product Layout)。也称装配线布置、流水线布置或对象原则布置，如图 2.6 所示。是一种根据产品制造的步骤安排设备或工作过程的方式。产品流程是一条从原料投入到成品完工为止的连续线。固定制造某种部件或某种产品的封闭车间，其设备、人员按加工或装配的工艺过程顺序布置，形成一定的生产线。适用于少品种、大批量生产方式，这是大量生产中典型的设备布置方式。产品原则布置的优缺点见表2-13。

(3) 固定工位布置(Fixed Layout)。适用于大型设备(如飞机、轮船)的制造过程，产品固定在一个固定位置上，所需设备、人员、物料均围绕产品布置，这种布置方式在一般场合很少应用，飞机制造厂、造船厂、建筑工地等是这种布置方式的实例。

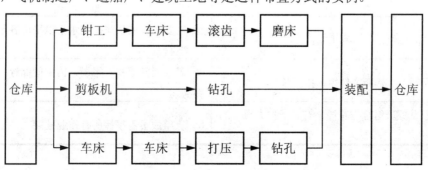

图 2.6　产品原则布置示意图

表 2-13　产品原则布置的优缺点

优　点	缺　点
① 由于布置符合工艺过程，物流 畅通	① 设备发生故障时引起整个生产线中断
② 由于上下工序衔接，存放量少	② 产品设计变化将引起布置的重大调整
③ 物料搬运工作量少	③ 生产线速度取决于最慢的机器
④ 可做到作业专业化，对工人技能要求不高，易于培训	④ 生产线有的机器负荷不满，造成相对投资较大
⑤ 生产计划简单，易于控制	⑤ 生产线重复作业，工人易产生厌倦
⑥ 可使用专用设备和机械化、自动化搬运方法	⑥ 维修和保养费用高

(4) 成组技术布置(Group Layout)。在产品品种较多、每种产品的产量又是中等程度的情况下，将工件按其外形与加工工艺的相似性进行编码分组，同组零件用相似的工艺过程进行加工，同时将设备成组布置，即把使用频率高的机器群按工艺过程顺序布置，组成成组制造单元，整个生产系统由数个成组制造单元构成。这种成组原则布置方式适用于多品种、中小批量生产。成组技术布置如图 2.7 所示，其优缺点见表 2-14。

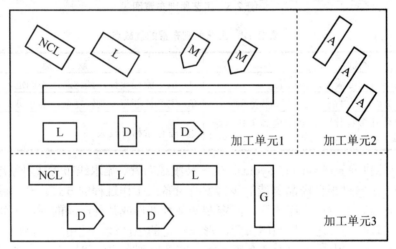

图 2.7　成组技术布置示意图

表 2-14　成组技术布置的优缺点

优　点	缺　点
① 由于产品成组，设备利用率高	① 需要较高的生产控制水平以平衡各单元之间的生产流程
② 流程通畅，运输距离较短，搬运量少	② 若单元间流程不平衡，需中间储存，增加了物料搬运
③ 有利于发挥班组合作精神，有利于扩大员工的作业技能	③ 班组成员需掌握所有作业技能

4. 设施布置的基本流动模式

对于生产、储运部门来说，物料一般沿通道流动，而设备一般也是沿通道两侧布置的，通道的形式决定了物料、人员的流动模式。选择车间内部流动模式的一个重要因素是车间入口和出口的位置。常常由于外部运输条件或原有布置的限制，需要按照给定的出、入口位置来规划流动模式。此外，流动模式还受生产工艺流程、生产线长度、场地、建筑物外形、物料搬运方式与设备、储存要求等方面的影响。基本流动模式有如图 2.8 所示的 5 种。

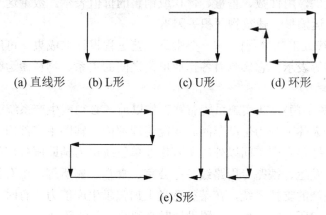

(a) 直线形　　(b) L形　　　(c) U形　　　(d) 环形

(e) S形

图 2.8　基本流动模式

(1) 直线形。直线形是最简单的一种流动模式，入口与出口位置相对，建筑物只有一跨，外形为长方形，设备沿通道两侧布置。

(2) L 形。适用于现有设施或建筑物不允许直线流动的情况，设备布置与直线形相似，入口与出口分别处于建筑物两相邻侧面。

(3) U 形。适用于入口与出口在建筑物同一侧面的情况，生产线长度基本上相当于建筑物长度的两倍，一般建筑物为两跨，外形近似于正方形。

(4) 环形。适用于要求物料返回到起点的情况。

(5) S 形。在固定面积上，可以安排较长的生产线。

实际流动模式常常是由 5 种基本流动模式组合而成的。新建工厂时可以根据生产流程要求及各作业单位之间物流关系选择流动模式，进而确定建筑物的外形及其尺寸。

5. 设施布置设计方法

设施布置是设施规划与设计的核心，必须首先进行。布局设计方法可分为摆样法、数学模型法、图解法和系统布置设计方法。本节主要讲述系统布置设计方法。

2.3.2　系统布置设计

1. 系统布置设计(SLP)要素及阶段

在 SLP 方法中，Richard·缪瑟将研究工厂布置问题的依据和切入点归纳为 5 个基本要素，抓住这些就是解决布置问题的"钥匙"。5 个基本要素是：P 产品(材料)、Q 数量(产量)、R 生产路线(工艺过程顺序)、S 辅助部门(包括服务部门)、T 时间(时间安排)。

1) 基本要素

(1) P(产品或材料或服务)。产品 P 是指待布置工厂将生产的商品、原材料或者加工的零件和成品等。这些资料由生产纲领(工厂的和车间的)和产品设计提供，包括项目、种类、型号、零件号、材料、产品特征等。产品这一要素影响着设施的组成及其各作业单位间相互关系、生产设备的类型、物料搬运的方式等方面。

(2) Q(数量或产量)。指所生产、供应或使用的商品量或服务的工作量。其资料由生产纲领和产品设计提供，用件数、重量、体积或销售的价值表示。数量这一要素影响着设施规模、设备数量、运输量、建筑物面积等因素。

(3) R(生产路线或工艺过程)。这一要素是工艺过程设计的成果，可用工艺路线卡、工艺过程图、设备表等表示。它影响着各作业单位之间的关系、物料搬运路线、仓库及堆放地的位置等方面。

(4) S(辅助服务部门)。在实施系统布置工作以前，必须就生产系统的组成情况有一个总体的规划，可以大体上分为生产车间、职能管理部门、辅助生产部门、生活服务部门及仓储部门等。可以把除生产车间以外的所有作业单位统称为辅助服务部门，包括工具、维修、动力、收货、发运、铁路专用路线、办公室、食堂、厕所等，由有关专业设计人员提供。这些部门是生产的支持系统，在某种意义上加强了生产能力。有时，辅助服务部门的总面积大于生产部门所占的面积，布置设计时必须给予足够重视。

(5) T(时间或时间安排)。指在什么时候、用多长时间生产出产品，包括各工序的操作时间、更换批量的次数。在工艺过程设计中，根据时间因素可以求出设备的数量、需要的面积和人员，平衡各工序的生产能力。

P、Q 两个基本要素是一切其他特征或条件的基础。只有在对上述各要素进行充分调查研究并取得全面、准确的各项原始数据的基础上，通过绘制各种表格、数学和图形模型，有条理地细致分析和计算，才能最终求得工程布置的最佳方案。

2) 阶段结构

整个系统布置设计采取 4 个阶段进行，称为"布置设计四阶段"，如图 2.9 所示。

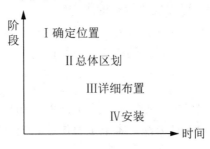

图 2.9　工厂布置四阶段

系统布置设计是一种逻辑性强、条理清楚的布置设计方法，分为确定位置、总体区划、详细布置及施工安装 4 个阶段，在总体区划和详细布置两个阶段采用相同的设计程序。

阶段 I——确定位置。不论是工厂的总体布置，还是车间的布置，都必须先确定所要布置的相应位置。

阶段 II——总体区划。总体区划又叫区域划分，就是在已确定的厂址上规划出一个总体布局。在阶段 II，应首先明确各生产车间、职能管理部门、辅助服务部门及仓储部门等作业单位的工作任务与功能,确定其总体占地面积及外形尺寸。在确定了各作业单位之间的相互关系后,把基本物流模式和区域划分结合起来进行布置。

阶段Ⅲ——详细布置。详细布置一般是指一个作业单位内部机器及设备的布置。在详细布置阶段,要根据每台设备、生产单元及公用、服务单元的相互关系确定出各自的位置。

阶段 Ⅳ——施工安装。在完成详细布置设计以后,经上级批准后,可以进行施工设计,需绘制大量的详细施工安装图和编制拆迁、施工安装计划,必须按计划进行土建施工、机器、设备及辅助装置的搬迁、安装施工工作。

2. 系统布置设计(SLP)模式(程序)

系统布置设计(SLP)程序如图 2.10 所示。

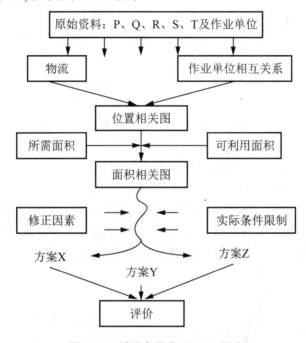

图 2.10　系统布置设计(ALP)程序

(1) 准备原始资料。在系统布置设计开始时,首先必须明确给出基本要素 P、Q、R、S、T 等这些原始资料,对作业单位进行分析,通过分解与合并,得到最佳的作业单位划分状况。

(2) 物流分析与作业单位相互关系分析。对某些以生产流程为主的工厂,物料移动是工艺过程的主要部分时 对某些辅助服务部门或某些物流量小的工厂来说,各作业单位之间的相互关系(非物流联系)对布置设计就显得更重要了;介于上述两者之间的情况,则需要综合考虑作业单位之间物流与非物流相互关系。

(3) 绘制作业单位位置相关图。根据物流相关表与作业单位相互关系表,考虑每对作业单位间相互关系等级的高或低,决定两作业单位相对位置的远或近,得出各作业单位之间的相对位置关系,这时并未考虑各作业单位具体的占地面积,得到的仅是作业单位相对位置。

(4) 绘制面积相关图。计算各作业单位所需占地面积与设备、人员、通道及辅助装置等，计算出的面积应与可用面积相适应。把各作业单位占地面积附加到作业单位位置相关图上就形成了作业单位面积相关图。

(5) 修正与调整。面积相关图只是一个原始布置，还要根据其他因素进行调整与修正。此时需要考虑的修正因素包括物料搬运方式、操作方式等，同时还需要考虑实际限制条件如成本、安全和职工倾向等方面是否允许。考虑了各种修正因素与实际限制条件以后，对面积图进行调整，得出数个有价值的可行工厂布置方案。

(6) 评价与择优。对得到的数个方案，需要进行技术、费用及其他修正因素修正评价，选出布置方案图。

3. 基本要素分析

1) 产品(P)-产量(Q)分析

产品品种的多少及每种产品产量的高低，决定了工厂的生产类型，直接影响工厂的总体布局及生产设备的布置形式。在新建、改建、扩建企业时，首先要确定企业未来生产的产品及其生产纲领，必须对企业的未来产品与产量关系——生产类型进行深入分析，进一步优化设计制造系统和确定其最优的工艺过程，这是工厂布置设计的前提。

产品(P)-产量(Q)分析分为两个步骤：第一，将各种产品、材料或有关生产项目分组归类；第二，统计或计算每一组或类的产品数量。需要说明的是，产量的计算单位应该反映出生产过程的重复性，如件数、重量或体积等。

绘制曲线时，按产量递减顺序排列所有产品。通过 P-Q 分析，决定采用何种原则(产品、工艺、成组或固定原则布置)进行布置。在图 2.11 中 M 区的产品属于大量生产类型，按产品原则布置；J 区属于单件小批生产类型，按工艺原则布置；而介于 M 区与 J 区之间的产品生产类型为成批生产，适宜采用两者结合的成组原则布置。

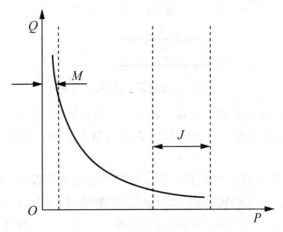

图 2.11 产品-产量分析(P-Q)

2) 工艺过程 R 分析

工厂生产的产品多种情况下都是经网络状的多条工艺过程制造出来的，因此常由不同的生产车间来完成，也就是说，工艺过程决定了生产车间的划分状况，其他辅助服务部门的设置也大多受生产工艺过程的影响。图 2.12 为开篇案例中表示叉车的构成及各个组成部分的重量，这些重量值将直接用于后续的物流分析。

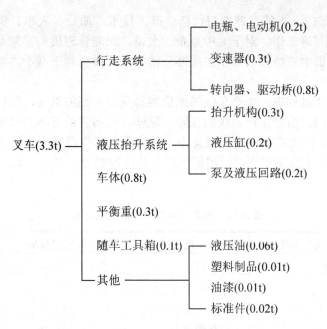

图 2.12　叉车组成

3) 作业单位 S 的划分

在布置设计中有一个作业单位的概念，作业单位(Activity)是指布置图中各个不同的工作区或存在物，是设施的基本区划。该术语可以是某个厂区的一个建筑物、一个车间、一个重要出入口；也可以是一个车间的一台机器、一个办公室、一个部门。作业单位可大可小、可分可合，究竟怎么划分，要看规划设计工作所处的阶段或层次。任何一个企业都是由多个生产车间、职能管理部门、仓储部门及其他辅助服务部门组成的，把企业的各级组成部门统称为作业单位。每一个作业单位又可以细分成更小一级的作业单位，如生产车间可以细分成几个工段，每个工段又是由几个加工中心或生产单元构成，那么生产单元就是更小一级的作业单位。在进行工厂总平面布置时，作业单位是指车间、科室一级的部门，一般划分为 4 类。

(1) 生产车间。生产车间也称为生产部门，直接承担着企业的加工、装配生产任务，是将原材料转化为产品的部门。一般根据产品的制造工艺过程的各个阶段划分生产车间。例如，机械制造厂中的设置备料车间、机加工车间和总装车间。一般还把机加工车间按工件种类及加工工艺流程的相似性分解成某些零件加工车间，如箱体车间、轴加工车间、齿轮加工车间等，这些车间分别担负某一类零件的加工任务，一般这些零件采用相似的工艺及相同的设备进行加工。装配车间可以分为部件装配和总装两部分，负责把零部件组装成产品的工作。此外，根据生产性质不同，将热处理、铸造、锻造、焊接等热加工部门独立划分为热处理车间、铸造车间、锻造车间和焊接车间。

(2) 仓储部门。仓储部门包括原材料仓库、标准件与外购件库、半成品中间仓库及成品库等，仓库是企业生产连续进行的保证。由于库存不但占用企业的空间，更重要的是占用企业大量的流动资金，因此现代企业生产都把减少库存作为经营管理方面追求的目标。

(3) 辅助服务部门。辅助服务部门一般可分为辅助生产部门(如工具机修车间)、生活服务部门(如食堂)及其他服务部门(如车库、传达室)等。

(4) 职能管理部门。职能管理部门包括生产、技术、质检、人事、供销等各个部门，负责生产协调与控制等工作。对于大中型企业来说，职能管理机构常常是非常庞大的。一般工厂的办公室都集中安排在同一个多层办公楼内，这样有利于减小占地面积且方便人员联系。

在工厂布置设计过程中，生产车间的地位容易受到人们的重视，往往忽视其他部门的重要性，而这些部门恰恰是生产系统的保障。这些部门布置的好坏直接影响全厂的人流、信息流的顺畅程度，因此在系统布置设计中，所有部门都将得到应有的考虑。

在开篇案例中，电瓶叉车生产厂根据生产工艺过程需要，划分出 14 个作业单位，具体作业单位见表 2-15。

表 2-15　电瓶叉车厂作业单位汇总表

序　号	作业单位名称	用　途	建筑面积/m²	跨　距	备　注
1	原材料库	存储原材料	72×36	12	
2	油料库	存储油漆油料	36×36	12	
3	标准件外购件库	存储标准件外购品	48×36	12	露天
4	机加工车间	零件切削加工	72×36	18	
5	热处理车间	零件热处理	90×30	30	露天
6	焊接车间	焊接车身	90×30	30	
7	变速器车间	组装变速器	72×36	18	
8	总装车间	总装	180×96	24	
9	工具车间	制造随车工具箱	60×24	12	
10	油漆车间	车身喷漆	48×30	30	
11	试车车间	试车	48×48	24	
12	成品库	存储叉车成品	100×50		
13	办公服务楼	办公室、生活服务	300×60		
14	车库	车库、停车场	80×60		

4. 物流分析

1) 物流分析方法

(1) 工艺过程图。进行物流分析只需在工艺过程图上注明各道工序之间的物流量，就可以清楚地表现出工厂生产过程中的物料搬运情况。

在工厂设计中，应该按图 2.13 及表 2-16 中的符号所示图例绘制工艺过程图。

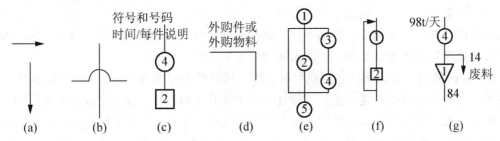

图 2.13　工艺过程图绘制图例

(a)-水平线表示物料送入工艺过程，垂直线表示工艺过程的先后顺序；

(b)-路线交叉时，水平线让路；

(c)-典型工艺过程图解；

(d)-绘装配图时以最大的部件或操作最多的部件从图纸的右上角开始绘制；

(e)-表示愤慨和重新合并的交错路线；

(f)-物料返回进行再加工；

(g)-包括实产、损耗或废料的物料流程；

表 2-16　工艺过程表示符号

编　　号	符号名称	符　　号	意　　义
1	加工	○	表示对生产对象进行加工、装配、合成、分解、包装、处理等
2	搬运	⇨	表示对生产对象进行搬运、运输、输送等；或工作人员工作位置的变化
3	数量检验	□	表示对生产对象进行数量检验
	质量检验	◇	表示对生产对象进行质量检验
4	停放	D	表示生产对象在工作地附近的临时停放
5	储存	▽	表示生产对象在保管地有计划的存放
6	流程线	│	表示工艺过程图中工序间的顺序连接
7	分区	⌇	表示在工艺过程图对管理区域的划分
8	省略	╪	表示对工艺过程图作部分省略

　　以引导案例中电瓶叉车总装厂为例，说明如何运用工艺过程图来进行物流分析的方法与步骤。依照工艺过程，各个部门分别负责不同阶段的工作，由于要对电瓶叉车总装进行总体布置设计，只需要了解部门与部门之间的联系，因此，只将工艺过程划分到部门级的工艺阶段。

　　① 变速器的加工与组装。变速器由箱体、轴类零件、齿轮类零件及其他杂件和标准件等组成。变速器的制作工艺过程分为零件制作、组装两个阶段。轴类及齿轮类零件经过备料、退火、粗加工、热处理、精加工等工序，箱体毛坯由协作厂制作，经机加工车间加工送变速器组装车间；杂件的制作经备料、机加工两个阶段。整个变速器成品重 0.31t，其中标准件 0.01t，箱体、齿轮、轴及杂件总重 0.3t，加工过程中金属利用率 60%，即毛坯总重为 0.30/0.60=0.50(t)，其中需经退火处理的毛坯质量为 0.20t，机加工中需返回热处理车间再进行热处理的为 0.1t，整个机加工过程中金属切除率为 40%，则产生的铁屑等废料重约 0.50×40%≈0.2(t)。变速器加工工艺过程如图 2.14 所示。

　　② 随车工具箱的加工。随车工具箱共重 0.1t，其中一部分经备料、退火、粗加工、热处理、精加工等工艺流程完成加工，而另一部分只进行简单的冲压加工即可。随车工具箱加工工艺过程如图 2.15 所示。

　　③ 车体加工。车体为焊接件，经备料、焊接、喷漆完成加工。车体加工工艺过程如

图 2.16 所示。

④ 液压缸加工。液压缸经备料、退火、粗加工、热处理、精加工等工序完成加工。液压缸加工工艺过程如图 2.17 所示。

将上述机加工阶段、总装、试车、成品贮存阶段工艺流程绘制在一起，就得到了叉车生产厂全部工艺过程图如图 2.18 所示，该图清楚表现了叉车生产的全过程及各作业单位之间的物流情况，为进一步进行深入的物流分析奠定了基础。

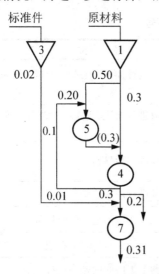

图 2.14　变速器加工工艺过程(单位：t)

图 2.15　随车工具箱加工工艺过程(单位：t)

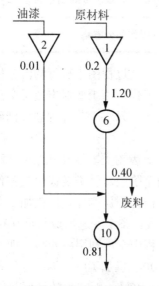

图 2.16　车体加工工艺过程(单位：t)

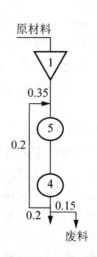

图 2.17　液压缸加工工艺过程(单位：t)

(2) 多种产品工艺过程表。在多品种且批量较大的情况下(如产品品种为 10 种左右)，将各产品的生产工艺流程汇总在一张表上，就形成了多种产品工艺过程表，在这张表上各产品工艺路线并列给出，可以反映出各个产品的物流路径。为了在布置上达到物料顺序移动，尽可能减少倒流，通过调整图表上的工序，使有最大物流量的工序尽量靠近，直到获得最佳的顺序，见表 2-17。

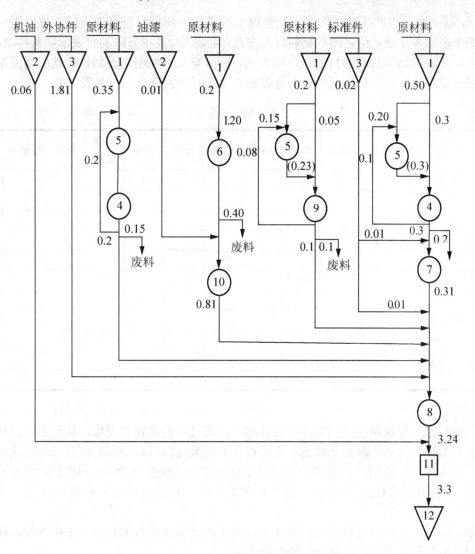

图 2.18　叉车生产过程图

表 2-17　多种产品工艺过程表

工艺＼零件作业	零件或产品					
	A	B	C	D	E	F
剪切	1	1	1		1	1
开槽口	2	2	2	1	3	3
回火		3	4	2	2	2
冲孔	3		3		4	4
弯曲	4	4		3	5	
修整		5	5	4		

(3) 从至表。当产品品种很多，产量很小且零件、物料数量又很大时，可以用一张方阵图表来表示各作业单位之间的物料移动方向和物流量，表中方阵的行表示物料移动的源，称为从；列表示物料移动的目的地，称为至，行列交叉点标明由源到目的地的物流量。这样一张表就是从至表，从中可以看出各作业单位之间的物流状况，见表2-18。

表2-18　从至表

从\至		毛坯库	铣床	车床	钻床	镗床	磨床	冲床	内圆磨床	锯床	检验台	合计
1	毛坯库		2	8		1		4		2		17
2	铣床			1	2		1			1	1	6
3	车床		3		6		1			3		13
4	钻床			1				2	1		4	8
5	镗床			1								1
6	磨床			1							2	3
7	冲床										6	6
8	内圆磨床										1	1
9	锯床		1	1		1						3
10	检验台											0
合计		0	6	13	8	1	3	6	1	6	14	58

编制(日期)　　　　　　　　　　　　　　　　　　　　　　　审核(日期)

当物料沿着作业单位排列顺序正向移动时，即没有倒流物流现象，从至表中只有上三角方阵有数据，这是一种理想状态。当存在物流倒流现象时，倒流物流量出现在从至表中的下三角方阵中，此时，从至表中任何两个作业单位之间的总物流量(物流强度)等于正向物流量与逆向(倒流)物流量之和。运用从至表可以一目了然地进行作业单位之间的物流分析。

如上所述，不同的分析方法应用于不同的生产类型，其目的是为了工作方便，在物流分析时，应根据具体情况选择恰当的分析方法。

2) 物流相关表

物流强度等级。根据工艺过程图，可以计算出作业单位之间的物流量的大小，直接分析大量物流数据比较困难且没有必要，在采用SLP法进行工厂布置时，不必关心各作业单位之间具体的物流量，而是通过划分等级的方法来研究物流状况，SLP中将物流强度转化成5个等级，分别用符号A、E、I、O、U来表示，符号表示的含义及划分依据参考表2-19。

表2-19　物流强度等级比例划分表

物流强度等级	符　号	物流路线比例(%)	承担物流量比例(%)
超高物流强度	A(4)	10	40
特高物流强度	E(3)	20	30
较大物流强度	I(2)	30	20
一般物流强度	O(1)	40	10
可忽略搬运	U(0)		

以引导案例中电瓶叉车总装厂为例，讨论物流强度等级划分的具体步骤：首先根据工艺过程图 2.17 统计作业单位对之间正反物流量之和，并按物流强度大小排序，然后根据表 2-19 划分出物流强度等级，见表 2-20。

表 2-20 叉车总装厂物流强度等级划分表

序 号	作业单位对物流路线	物流强度	物流等级
1	11—12	3.3	A
2	8—11	3.24	A
3	3—8	1.82	E
4	1—6	1.2	E
5	4—5	1.15	E
6	8—10	0.81	E
7	6—10	0.8	E
8	1—5	0.7	E
9	5—9	0.31	I
10	7—8	0.31	I
11	1—4	0.3	I
12	4—7	0.3	I
13	4—8	0.2	O
14	8—9	0.1	O
15	2—11	0.06	O
16	1—9	0.06	O
17	2—10	0.01	O
18	3—7	0.01	O

为了简单明了地表示所有作业单位之间的物流相互关系，构造 SLP 中著名的物流相关表，见表 2-21。

表 2-21 作业单位物流相关表

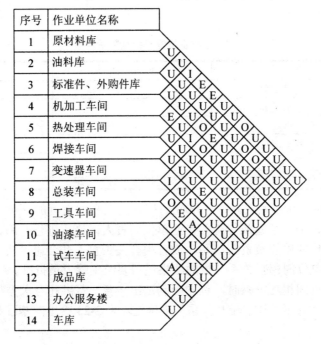

3) 作业单位相互关系分析

对于布置设计，当物流状况对企业的生产有重大影响时，物流分析就是工厂布置的重要依据，但是物流分析并不是唯一的依据，当物流对生产影响不大或没有固定的物流时，工厂布置就不能依赖于物流分析，需要进行作业单位间非物流关系分析。下面几种就属于非物流因素的情况。

一些电子或宝石工厂，需要运输的物料很少，物流相对不很重要；有的工厂物料主要用管道输送。在这种情况下，其他因素可能要比物流因素更重要。辅助设施与生产部门之间常常没有物流关系，必须考虑其间的密切关系。例如维修间、办公室、更衣室与生产区域之间没有物流关系，但必须考虑到它们与生产区域都有一定的密切关系。在纯服务性设施中，如办公室、维修间内，常常没有真正的或固定的物流以确定它们之间的关系，要采用其他通用规则，而不是物流。

在某些特殊情况下，工艺过程不是布置设计的唯一依据。例如，重大件的搬运要考虑运入运出的条件，不能完全按工艺原则布置；有的工序属于产生污染或有危害的作业，需要远离精密加工和装配区域，也不能以物流为主要考虑因素。

(1) 作业单位相互关系的决定因素及等级划分。作业单位间相互关系的影响因素与企业的性质有很大关系，不同的企业，作业单位的设置是不一样的，作业单位间相互关系的影响因素也是不一样的。作业单位间相互关系密切程度的典型影响因素一般可以考虑以下方面：①物流；②工艺流程；③作业性质相似；④使用相同的设备；⑤使用同一场所；⑥使用相同的文件档案；⑦使用相同的公用设施；⑧使用同一组人员；⑨工作联系频繁程度；⑩监督和管理方便；⑪噪声、振动、烟尘、易燃易爆危险品的影响；⑫服务的频繁和紧急程度。

据理查德·缪瑟在 SLP 中建议，每个项目中重点考虑的因素不应超过 8～10 个。确定了作业单位间相互关系密切程度的影响因素以后，就可以给出各作业单位间的关系密切程度等级，在 SLP 中作业单位间相互关系密切程度等级共划分为 A、E、I、O、U、X 6 个等级，其含义及比例见表 2-22。

表 2-22　作业单位间相互关系等级

符　　号	含　　义	说　　　明	比　　例(%)
A	绝对重要		2～5
E	特别重要		3～10
I	重要		5～15
O	一般密切程度		10～25
U	不重要		43～80
X	负的密切程度	不希望接近，酌情而定	

(2) 作业单位间相互关系表。作业单位间相互关系密切程度的评价，可以由布置设计人员根据物流计算、个人经验或与有关作业单位负责人讨论后进行判断，也可以把相互关系统计表格发给各作业单位负责人填写，或者由有关负责人开会讨论决定，由布置设计人员记录汇总。作业单位间相互关系分析的结果最后要经主管人员批准。

在评价作业单位间相互关系时，首先应制定出一套"基准相互关系"，其他作业单位之间的相互关系通过对照"基准相互关系"来确定。表 2-23 给出的基准相互关系可供实际工作中参考。

确定了各作业单位间相互关系密切程度以后，利用与物流相关表相同的表格形式建立作业单位间相互关系表，表中的每一个菱形框格填入相应的两个作业单位之间的相互关系密切程度等级，上半部用密切程度等级符号表示密切程度，下半部用数字表示确定密切程度等级的理由。针对叉车总装厂，选择如表 2-24 所示的作业单位相互关系影响因素。在此基础上建立如表 2-25 所示的各作业单位相互关系表。

表 2-23　基准相互关系

字　母	一对作业单位	关系密切程度的理由
A	钢材库和剪切区域 最后检查和包装 清理和油漆	搬运物料的数量 类似的搬运同题 损坏没有包装的物品 包装完毕以前检查单不明确 使用相同的人员、公用设施、管理方式和相同形式的建筑物
E	接待和参观者停车处 金属精加工和焊接 维修和部件装配	方便、安全 搬运物料的数量和形状 服务的频繁和紧急程度
I	剪切区和冲压机 部件装配和总装配 保管室和财会部门	搬运物料的数量 搬运物料的体积、共用相同的人员 报表运送、安全、方便
O	维修和接收 废品回收和工具室 收发室和厂办公室	产品的运送 共用相同的设备 联系频繁程度
U	维修和自助食堂 焊接和外构件仓库 技术部门和发运	辅助服务不重要 接触不多 不常联系
X	焊接和油漆 焚化炉和主要办公室 冲压车间和工具车间	灰尘、火灾 烟尘、臭味、灰尘 外观、振动

表 2-24　叉车总装厂作业单位相互关系理由

编　码	考虑的理由
1	工作流程的连续性
2	生产服务
3	物料搬运
4	管理方便
5	安全和污染
6	公用设备及辅助动力源
7	振动
8	人员联系

表 2-25　叉车总装厂作业单位相互关系表

序号	作业单位名称
1	原材料库
2	油料库
3	标准件、外购件库
4	机加工车间
5	热处理车间
6	焊接车间
7	变速器车间
8	总装车间
9	工具车间
10	油漆车间
11	试车车间
12	成品库
13	办公服务楼
14	车库

4) 综合相关表

在大多数工厂中，各作业单位之间既有物流联系也有非物流的联系，两作业单位之间的相互关系应包括物流关系与非物流关系，因此在 SLP 中，要将作业单位间物流的相互关系与非物流的相互关系进行合并，求出综合相互关系，然后由各作业单位间综合相互关系出发，实现各作业单位的合理布置。

(1) 综合相关表建立步骤。

① 进行物流分析，求得作业单位物流相关表。

② 确定作业单位间非物流相互关系影响因素及等级，求得作业单位相互关系表。

③ 确定物流与非物流相互关系的相对重要性，一般说来，物流与非物流的相互关系的相对重要性的比值一般不应超过 1∶3～3∶1。当比值小于 1∶3 时，说明物流对生产的影响小。工厂布置时只需考虑非物流的相互关系；当比值大于 3∶1 时，说明物流关系占主导地位，工厂布置时只需考虑物流相互关系的影响。实际工作中，根据物流与非物流相互关系的相对重要性取 $m∶n=3∶1，2∶1，1∶1，1∶2，1∶3$，$m∶n$ 称为加权值。

④ 量化物流强度等级和非物流的密切程度等级。一般取 A=4，E=3，I=2，O=1，U=0，X=-1，得出量化以后的物流相关表及非物流相互关系表。

⑤ 量化后的所有作业单位综合相互关系。具体方法如下：设任意两个作业单位分别 A_i 和 $A_j(i≠j)$，其量化的物流相互关系等级为 MR_{ij}，量化的非物流相互关系密切程度等级为 NR_{ij}，则作业单位 A_i 与 A_j 之间综合相互关系密切程度数量值为

$$TR_{ij}=m \cdot MR_{ij}+n \cdot NR_{ij}$$

⑥ 综合相互关系等级划分。TR_{ij} 是一个量值，需要经过等级划分，才能建立出与物流

相关表相似的符号化的作业单位综合相互关系表，综合相互关系的等级划分为 A、E、I、O、U、X。各级别 TR_{ij} 值逐渐递减，且各级别对应的作业单位对数应符合一定的比例，表 2-26 给出了综合相互关系等级及划分比例。

需要说明的是，将物流与非物流相互关系进行合并时，应该注意 X 级关系密级的处理，任何一级物流相互关系等级与互级非物流相互关系等级合并时都不应超过 O 级。对于某些极不希望靠近的作业单位之间的相互关系可以定为 XX 级，即绝对不能相互接近。

⑦ 经过调整，建立综合相互关系表。

表 2-26　综合相互关系等级及划分比例

关系等级	含　义	作业单位对比例/(%)
A	绝对必要靠近	1～3
E	特别重要靠近	2～5
I	重要	5～8
O	一般	5～15
U	不重要	0～10
X	不希望靠近	

(2) 叉车总装厂建立综合相关表过程。

由表 2-21 和表 2-25 给出的叉车总装厂作业单位物流相关表与作业单位非物流相关表显示出两表并不一致，为了确定各作业单位之间综合相互关系密切程度，需要将两表进行合并。

对于电瓶叉车总装厂来说，物流影响并不明显大于其他因素的影响，因此取加权值 $m:n=1:1$，根据各作业单位对之间物流与非物流关系等级高低进行量化及加权求和，求出综合相互关系，见表 2-27。

表 2-27　电瓶叉车总装厂作业单位综合相互关系计算表

序号	作业单位对			物流关系(加权值：1)		非物流关系(加权值：1)		综合关系	
	单位1	—	单位2	等级	分值	等级	分值	分值	等级
1	1	—	2	U	0	E	3	3	I
2	1	—	3	U	0	E	3	3	I
3	1	—	4	I	2	I	2	4	E
4	1	—	5	E	3	I	2	5	E
5	1	—	6	E	3	E	3	6	E

续表

序号	作业单位对			关系密切程度				综合关系	
	单位1	—	单位2	物流关系(加权值：1)		非物流关系(加权值：1)			
				等 级	分 值	等 级	分 值	分 值	等 级
6	1	—	7	U	0	U	0	0	U
7	1	—	8	U	0	U	0	0	U
8	1	—	9	O	1	I	2	3	I
9	1	—	10	U	0	U	0	0	U
10	1	—	11	U	0	U	0	0	U
11	1	—	12	U	0	U	0	0	U
12	1	—	13	U	0	U	0	0	U
13	1	—	14	U	0	I	2	2	I
14	2	—	3	U	0	E	3	3	I
15	2	—	4	U	0	U	0	0	U
16	2	—	5	U	0	X	−1	−1	X
17	2	—	6	U	0	X	−1	−1	X
18	2	—	7	U	0	U	0	0	U
19	2	—	8	U	0	U	0	0	U
20	2	—	9	U	0	U	0	0	U
21	2	—	10	O	1	E	3	4	E
22	2	—	11	O	1	U	0	1	O
23	2	—	12	U	0	U	0	0	U
24	2	—	13	U	0	X	−1	−1	X
25	2	—	14	U	0	I	2	2	I
26	3	—	4	U	0	U	0	0	U
27	3	—	5	U	0	U	0	0	U
28	3	—	6	U	0	U	0	0	U
29	3	—	7	O	1	I	2	3	I
30	3	—	8	E	3	I	2	5	E
31	3	—	9	U	0	U	0	0	U
32	3	—	10	U	0	U	0	0	U
33	3	—	11	U	0	U	0	0	U
34	3	—	12	U	0	U	0	0	U
35	3	—	13	U	0	U	0	0	U

续表

序号	作业单位对			关系密切程度						
	单位1	—	单位2	物流关系(加权值：1)		非物流关系(加权值：1)		综合关系	
				等级	分值	等级	分值	分值	等级
36	3	—	14	U	0	I	2	2	I
37	4	—	5	E	3	A	4	7	A
38	4	—	6	U	0	O	1	1	O
39	4	—	7	I	2	A	4	6	E
40	4	—	8	O	1	I	2	3	I
41	4	—	9	U	0	E	3	3	I
42	4	—	10	U	0	U	0	0	U
43	4	—	11	U	0	O	1	1	O
44	4	—	12	U	0	U	0	0	U
45	4	—	13	U	0	I	2	2	I
46	4	—	14	U	0	U	0	0	U
47	5	—	6	U	0	U	0	0	U
48	5	—	7	U	0	U	0	0	U
49	5	—	8	U	0	U	0	0	U
50	5	—	9	I	2	E	3	5	E
51	5	—	10	U	0	X	−1	−1	X
52	5	—	11	U	0	U	0	0	U
53	5	—	12	U	0	U	0	0	U
54	5	—	13	U	0	X	−1	−1	X
55	5	—	14	U	0	U	0	0	U
56	6	—	7	U	0	U	0	0	U
57	6	—	8	U	0	U	0	0	U
58	6	—	9	U	0	U	0	0	U
59	6	—	10	E	3	X	−1	2	U*
60	6	—	11	U	0	U	0	0	U
61	6	—	12	U	0	U	0	0	U
62	6	—	13	U	0	X	−1	−1	X
63	6	—	14	U	0	O	1	1	O
64	7	—	8	I	2	E	3	5	E
65	7	—	9	U	0	U	0	0	U

续表

序号	作业单位对			关系密切程度				综合关系	
	单位1	—	单位2	物流关系(加权值:1)		非物流关系(加权值:1)		综合关系	
				等级	分值	等级	分值	分值	等级
66	7	—	10	U	0	U	0	0	U
67	7	—	11	U	0	I		2	
68	7	—	12	U	0	U	02	0	I U
69	7	—	13	U	0	I	2	2	I
70	7	—	14	U	0	O	1	1	O
71	8	—	9	O	1	I	2	3	I
72	8	—	10	E	3	I	2	5	E
73	8	—	11	A	4	E	3	7	A
74	8	—	12	U	0	U	0	0	U
75	8	—	13	U	0	E	3	3	I
76	8	—	14	U	0	I	2	2	I
77	9	—	10	U	0	U	0	0	U
78	9	—	11	U	0	U	0	0	U
79	9	—	12	U	0	U	0	0	U
80	9	—	13	U	0	O	1	1	O
81	9	—	14	U	0	U	0	0	U
82	10	—	11	U	0	U	0	0	U
83	10	—	12	U	0	U	0	0	U
84	10	—	13	U	0	X	−1	−1	X
85	10	—	14	U	0	U	0	0	U
86	11	—	12	A	4	A	4	8	A
87	11	—	13	U	0	O	1	1	O
88	11	—	14	U	0	U	0	0	U
89	12	—	13	U	0	O	1	1	O
90	12	—	14	U	0	E	3	3	I
91	12	—	14	U	0	I	2	2	I

在表 2-27 中综合关系分值取值为-1 到 8 之间,参考表 2-26 统计出各段分值所占比例划分综合关系密级。各段分值所占比例见表 2-28,得到综合相关表 2-29。

表 2-28　综合相互关系等级划分

总　　分	关 系 等 级	作业单位对数	百分比%
7～8	A	3	3.3
4～6	E	9	9.9
2～3	I	18	19.8
1	O	8	8.8
0	U	46	50.5
-1	X	7	7.7
合　　计		91	100

表 2-29　综合相关表

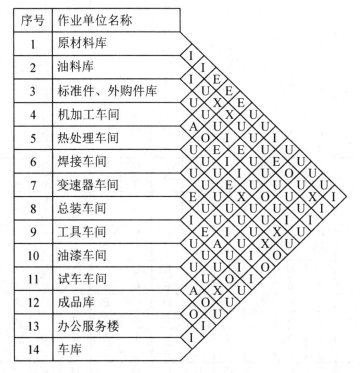

序号	作业单位名称
1	原材料库
2	油料库
3	标准件、外购件库
4	机加工车间
5	热处理车间
6	焊接车间
7	变速器车间
8	总装车间
9	工具车间
10	油漆车间
11	试车车间
12	成品库
13	办公服务楼
14	车库

应该注意，综合相互关系应该是合理的，应该是作业单位之间物流的相互关系与非物流的相互关系的综合体现，不应该与前两种相互关系相矛盾，见表 2-29，作业单位 6 与 10 之间物流关系为 E 级，而非物流关系为 X 级，计算结果为 I 级，也就是说出现了重要的关系密级与 X 级的非物流相互关系相矛盾，这显然是不合理的，表中最后调整为 U 级。

5) 作业单位位置相关图

在 SLP 中，工厂总平面布置并不直接去考虑各作业单位的建筑物占地面积及其外形几何形状，而是综合相互关系密切程度出发，安排各作业单位之间的相对位置，关系密切程度高的作业单位之间距离近，关系密切程度低的作业单位之间距离远，由此形成作业单位位置相关图。

当作业单位数量较多时，作业单位之间相互关系数目非常多，因此即使只考虑 A 级关系，也有可能同时出现很多个。故引入综合接近程度概念，即某一作业单位综合接近程度等于该作业单位与其他所有作业单位之间量化后的关系密切程度的总和。这个值的高低，反映了该作业单位在布置图上所处的位置，综合接近程度分值越高，说明该作业单位越应该靠近布置图的中心位置，分值越低说明该作业单位越应该处于布置图的边缘位置。处于中央区域的作业单位应该优先布置，也就是说，依据 SLP 思想，首先根据综合相互关系级别高低按 A、E、I、O、U、X 级别顺序先后确定不同级别作业单位位置，而同一级别的作业单位按综合接近程度分值高低顺序来进行布置。表 2-30 为叉车总装厂的综合接近程度排序表。

表 2-30　叉车总装厂的综合接近程度排序表

作业单位代号	1	2	3	4	5	6	7	8	9	10	11	12	13	14
1		$\frac{I}{2}$	$\frac{I}{2}$	$\frac{E}{3}$	$\frac{E}{3}$	$\frac{E}{3}$	$\frac{U}{0}$	$\frac{U}{0}$	$\frac{I}{2}$	$\frac{U}{0}$	$\frac{U}{0}$	$\frac{U}{0}$	$\frac{U}{0}$	$\frac{I}{2}$
2	$\frac{I}{2}$		$\frac{I}{2}$	$\frac{U}{0}$	$\frac{X}{-1}$	$\frac{X}{-1}$	$\frac{U}{0}$	$\frac{U}{0}$	$\frac{U}{0}$	$\frac{E}{3}$	$\frac{O}{1}$	$\frac{U}{0}$	$\frac{X}{-1}$	$\frac{I}{2}$
3	$\frac{I}{2}$	$\frac{I}{2}$		$\frac{U}{0}$	$\frac{U}{0}$	$\frac{U}{0}$	$\frac{I}{2}$	$\frac{E}{3}$	$\frac{U}{0}$	$\frac{U}{0}$	$\frac{U}{0}$	$\frac{U}{0}$	$\frac{I}{2}$	$\frac{I}{2}$
4	$\frac{E}{3}$	$\frac{U}{0}$	$\frac{U}{0}$		$\frac{A}{4}$	$\frac{O}{1}$	$\frac{E}{3}$	$\frac{E}{3}$	$\frac{I}{2}$	$\frac{U}{0}$	$\frac{O}{1}$	$\frac{U}{0}$	$\frac{I}{2}$	$\frac{U}{0}$
5	$\frac{E}{3}$	$\frac{X}{-1}$	$\frac{U}{0}$	$\frac{A}{4}$		$\frac{U}{0}$	$\frac{U}{0}$	$\frac{E}{3}$	$\frac{X}{-1}$	$\frac{U}{0}$	$\frac{U}{0}$	$\frac{X}{-1}$	$\frac{U}{0}$	$\frac{U}{0}$
6	$\frac{E}{3}$	$\frac{X}{-1}$	$\frac{U}{0}$	$\frac{O}{1}$	$\frac{U}{0}$		$\frac{U}{0}$	$\frac{U}{0}$	$\frac{U}{0}$	$\frac{U}{0}$	$\frac{U}{0}$	$\frac{U}{0}$	$\frac{X}{-1}$	$\frac{O}{1}$
7	$\frac{U}{0}$	$\frac{U}{0}$	$\frac{I}{2}$	$\frac{E}{3}$	$\frac{U}{0}$	$\frac{U}{0}$		$\frac{E}{3}$	$\frac{U}{0}$	$\frac{U}{0}$	$\frac{I}{2}$	$\frac{U}{0}$	$\frac{I}{2}$	$\frac{O}{1}$
8	$\frac{U}{0}$	$\frac{U}{0}$	$\frac{E}{3}$	$\frac{I}{2}$	$\frac{U}{0}$	$\frac{E}{3}$	$\frac{E}{3}$		$\frac{I}{2}$	$\frac{E}{3}$	$\frac{A}{4}$	$\frac{U}{0}$	$\frac{I}{2}$	$\frac{I}{2}$
9	$\frac{I}{2}$	$\frac{U}{0}$	$\frac{U}{0}$	$\frac{I}{2}$	$\frac{E}{3}$	$\frac{U}{0}$	$\frac{U}{0}$	$\frac{I}{2}$		$\frac{U}{0}$	$\frac{U}{0}$	$\frac{U}{0}$	$\frac{O}{1}$	$\frac{U}{0}$
10	$\frac{U}{0}$	$\frac{E}{3}$	$\frac{U}{0}$	$\frac{U}{0}$	$\frac{X}{-1}$	$\frac{U}{0}$	$\frac{U}{0}$	$\frac{E}{3}$	$\frac{U}{0}$		$\frac{U}{0}$	$\frac{U}{0}$	$\frac{X}{-1}$	$\frac{U}{0}$
11	$\frac{U}{0}$	$\frac{O}{1}$	$\frac{U}{0}$	$\frac{O}{1}$	$\frac{U}{0}$	$\frac{U}{0}$	$\frac{I}{2}$	$\frac{A}{4}$	$\frac{U}{0}$	$\frac{U}{0}$		$\frac{A}{4}$	$\frac{O}{1}$	$\frac{U}{0}$
12	$\frac{U}{0}$	$\frac{U}{0}$	$\frac{U}{0}$	$\frac{U}{0}$	$\frac{U}{0}$	$\frac{U}{0}$	$\frac{U}{0}$	$\frac{U}{0}$	$\frac{U}{0}$	$\frac{U}{0}$	$\frac{A}{4}$		$\frac{I}{2}$	$\frac{I}{2}$
13	$\frac{U}{0}$	$\frac{X}{-1}$	$\frac{U}{0}$	$\frac{I}{2}$	$\frac{X}{-1}$	$\frac{X}{-1}$	$\frac{I}{2}$	$\frac{O}{1}$	$\frac{I}{2}$	$\frac{X}{-1}$	$\frac{O}{1}$	$\frac{O}{1}$		$\frac{I}{2}$
14	$\frac{I}{2}$	$\frac{I}{2}$	$\frac{I}{2}$	$\frac{U}{0}$	$\frac{U}{0}$	$\frac{O}{1}$	$\frac{O}{1}$	$\frac{U}{0}$	$\frac{U}{0}$	$\frac{U}{0}$	$\frac{U}{0}$	$\frac{I}{2}$	$\frac{I}{2}$	
综合接近程度	17	7	11	18	7	3	13	21	10	4	13	7	7	14
排　　序	3	12	7	2	11	14	5	1	8	13	6	10	9	4

(1) 绘制位置相关图步骤。

① 从作业单位综合相互关系表出发，求出各作业单位的综合接近程度，并按其高低将作业单位排序。

② 按图幅大小，选择单位距离长度，并规定：关系密级为 A 级的作业单位对之间距离为一个单位距离长度，E 级为两个单位距离长度，依次类推。

③ 从作业单位综合相互关系表中，取出关系密级为 A 级的作业单位对，并将所涉及到的作业单位按综合接近程度分值高低排序，得到作业单位序列 A_{k1}，A_{k2}，…，A_{kn}，其中下标为综合接近程度排序序号。

④ 将综合接近程度分值最高的 A_{k1} 作业单位布置在布置图的中心位置。

⑤ 按 A_{k2}，A_{k3}，…，A_{kn} 顺序把这些作业单位布置到图中，布置时，应随时检查待布置作业单位与图中已布置的作业单位之间的关系密级，选样适当位置进行布置，出现矛盾时、应修改原有布置。

⑥ 按 E、I、O、U、X、XX 关系密级顺序选择当前处理的关系密级，依次布置到图中。

在绘制作业单位位置相关图时，设计者一般要绘制 6～8 张图，每次不断增加作业单位和修改其布置，最后才能达到满意的布置。

(2) 如何绘制叉车总装厂位置相关图。

① 从综合相关表中取出关系密级为 A 的作业单位对，有 8-11、4-5、11-12，共 5 个作业单位，按综合接近程度高低排序为 8、4、11、12、5，其中作业单位 5 与 12 综合接近程度相同，其顺序可以任意确定。

② 将综合接近程度最高的作业单位 8 布置在图中中心位置，处理与 8 有 A 级关系的作业单位 11，将作业单位 11 布置到图中，且与 8 之间距离为一个单位距离，如 10mm，如图 2.19(a)所示。

③ 布置综合接近程度分值次高的作业单位 4，作业单位 4 与图中作业单位 8 和作业单位 11 关系密级为 I 和 O 级，即 4 与 8 距离 3 个单位距离，4 与 11 距离 4 个单位距离，如图 2.19(b)所示。

④ 处理与 4 有 A 级关系的作业单位 5，5 与图中已经存在的作业单位 8 和 11 的关系密级均为 U 可忽略，则重点考虑 4 与 5 关系，如图 2.19(c)所示。

⑤ 下一个综合接近程度较高的作业单位 11，已经布置在图中，只需要直接处理与 11 有 A 级的作业单位 12 的位置，从综合相关表中作业单位 11 与 8、4、5 关系密级均为 U 级，可忽略，综合考虑将 12 布置在图上，如图 2-19(d)所示。

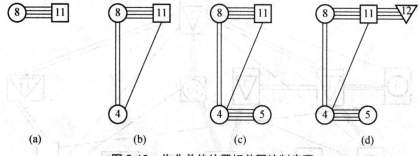

图 2.19　作业单位位置相关图绘制步骤

重复以上步骤依次布置关系密级为 E、I、O、U、X、XX 的作业单位，直到把所有的作业单位都布置在图中，如图 2.20 所示，

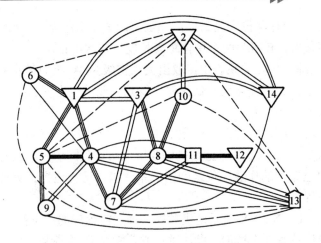

图 2.20　作业单位位置相关图

6) 作业单位面积相关图

将各作业单位的占地面积与其建筑物空间几何形状结合到作业单位位置相关图上，就得到了作业单位面积相关图。这个过程中，首先需要确定各作业单位建筑物的实际占地面积与外形(空间几何形状)。作业单位的基本占地面积由设备占地面积、物流模式及其通道、人员活动场地等因素决定。

作业单位面积相关图绘制步骤如下。

① 选择适当的绘图比例，一般比例为 1∶100、1∶500、1∶1 000、1∶2 000、1∶5 000，绘图单位为毫米(mm)或米(m)。

② 将作业单位位置相关图放大到坐标纸上，各作业单位符号之间应留出尽可能大的空间，以便安排作业单位建筑物。为了图面简洁，只需绘出重要的关系如 A、E、X 级连线。

③ 以作业单位符号为中心，绘制作业单位建筑物外形。作业单位建筑物一般都是矩形的，可以通过外形旋转角度，获得不同的布置方案。当预留空间不足时，需要调整作业单位位置，但必须保证调整后的位置符合作业单位位置相关图要求。

④ 经过数次调整与重绘，得到作业单位面积相关图，如图 2.21 所示。

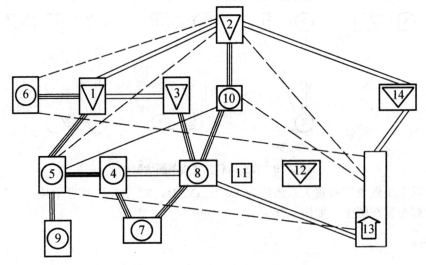

图 2.21　叉车总装厂作业单位面积相关图

7) 作业单位面积相关图的修正与调整

作业单位面积相关图是直接从位量相关图演化而来的，只能代表一个理论的、理想的布置方案，必须通过调整修正才能得到可行的布置方案。从工厂总平面布置设计原则出发，考虑除基本要素以外的其他因素对布置方案的影响，按 SLP 法的观点，这些因素可以分为修正因素与实际条件限制因素两类。

(1) 修正因素。

① 物料搬运方法。对布置方案的影响主要包括搬运设备种类特点、搬运系统基本模式以及运输单元(箱，盘等)。在面积相关图上，只反映作业单位之间的直线距离，而由于道路位置、建筑物的规范形式的限制，实际搬运系统并不总能按直线距离进行，物料搬运系统有 3 种基本形式，分为直线型、渠道型和中心型。

② 建筑特征。作业单位的建筑物应保证道路的直线性与整齐性、建筑物的整齐规范以及公用管线的条理性。

③ 道路。道路运输机动灵活，适用于绝大多数货物品种的运输，因此，道路运输是各类工厂的基本运输方式。另外，厂内道路除承担运输任务外，还起到划分厂区、绿化美化厂区、排除雨水、架设工程管道等作用，也具备消防、卫生、安全等环境保护功能。

厂内道路按其功能分为主干道、次干道、辅助道路、车间引道及人行道。各类道路可根据企业规模大小、厂区占地多少及交通运输量的大小酌情设置。

④ 公用管线布置。在工业生产过程中，各车间或工段所需要的水、气(汽)、燃油以及由水力或风力运输的物料，一般均采用管道输送。同时，生产过程中产生的污水、废液以及由水力或风力运输的废渣，再加上雨水也常用管道排出、各种机电设备、电器照明、通讯信号所需要的电能，都用输电线路输送。所谓管线就是各种管道和输电线的统称。

⑤ 厂区绿化。在条件允许的情况下，厂内空地都应绿化。一般情况下，工厂主要出入口及厂级办公楼所在的厂前区、生产设施周围，交道运输线路一侧或双侧，都是厂区绿化的重点。因此，在进行工厂总平面布置时，应在上述区域留出绿化地带。

⑥ 场地条件与环境。厂区内外的社会环境、公共交通情况、环境污染等方面因素都会影响布置方案。为便于与外界联系，常把所有职能管理部门甚至生活服务部门集中起来，布置在厂门周围，形成厂前区。而厂门应尽可能便于厂内外运输，便于实现厂内道路与厂外公路的衔接。注重合理利用厂区周围的社会条件。

(2) 实际条件限制。前述修正因素是布置设计中应考虑的事项。此外还存在一些对的布置设计方案有约束作用的其他因素，包括给定厂区的面积、建设成本费用、厂区内现有条件(建筑物)的利用、政策法规等方面的限制因素，这些因素统称为实际条件限制因素。确定布置设计方案时，同样需要考虑这些因素的影响，根据这些限制因素，进一步调整方案。

(3) 工厂总平面布置图的绘制。通过考虑多种方面因素的影响与限制，形成了众多的布置方案，抛弃所有不切实际的想法后，保留 2～5 个可行布置方案供选择。采用规范的图例符号，将布置方案绘制成工厂总平面布置图，如图 2.22(a)、(b)、(c)所示。

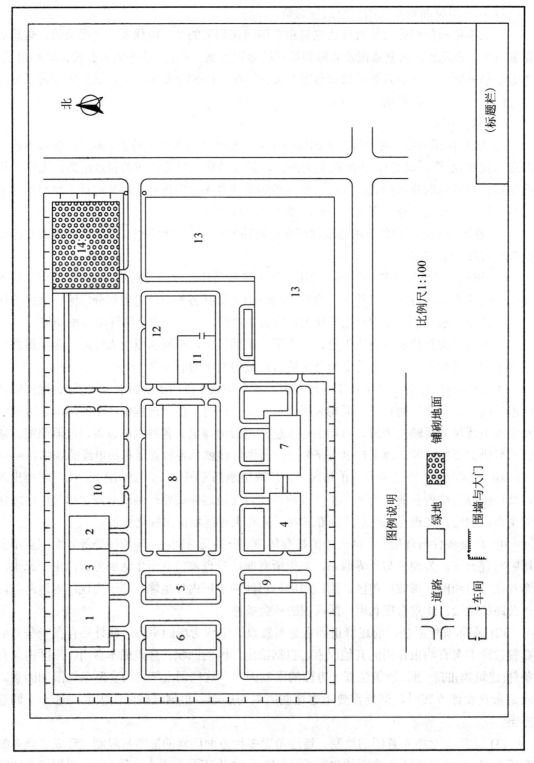

图 2.22　(a)叉车总装厂总平面布置图

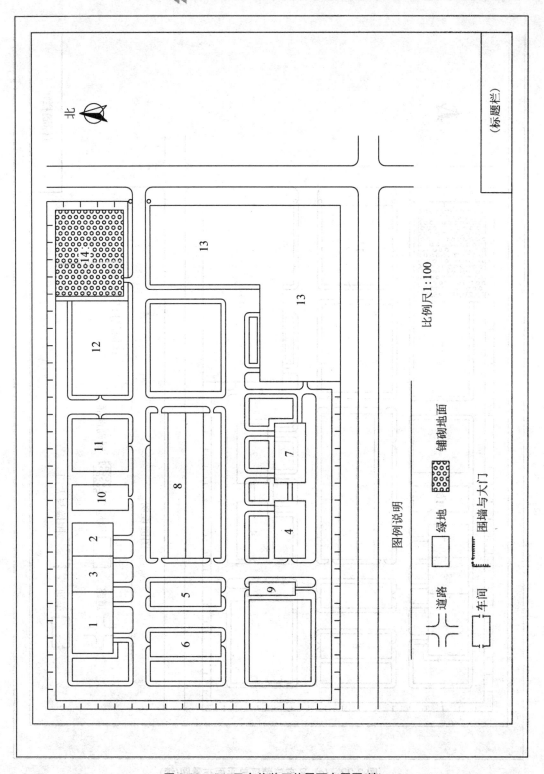

图 2.22　(b) 叉车总装厂总平面布置图(续)

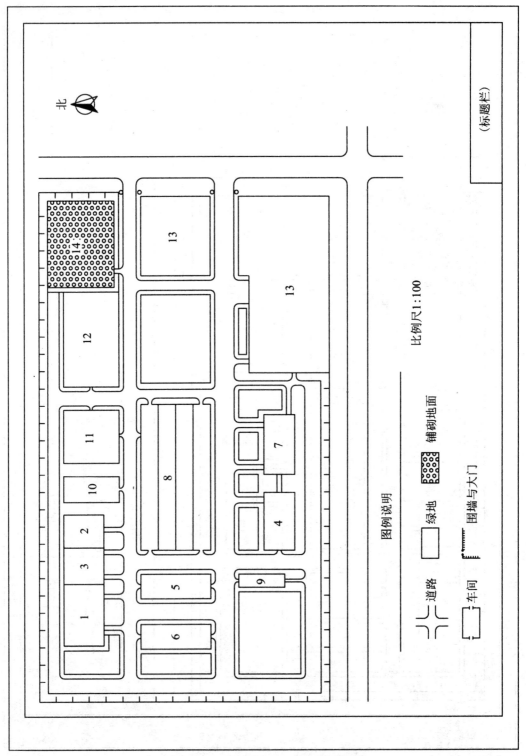

图 2.22　(c) 叉车总装厂总平面布置图(续)

8) 方案评价与选择

　　方案评价与选择是系统布置设计程序中的最后环节，也是非常重要的环节，只有做好方案评价，才能确保规划设计的成功。物流系统规划设计研究的问题都是多因素、多目标的问题，这就构成了评价与选择的综合性、系统性的特点。在规划与设计过程中进行方案选择与评价时，一般分两种情况：一是单项指标比较评价；二是综合指标比较评价。

(1) 单项指标比较评价。单项指标比较评价是指多个方案中的某些指标基本相同，只有某项主要指标不同时，通过比较该项主要指标的优劣而取舍方案。当方案的技术水平基本相同时，可进行方案的经济比较来评价方案的优劣。当经济效益基本相同，在技术先进性方面差别较大时，则应根据技术水平的高低评价方案。

在建设项目可行性研究期间，经济评价是决策的重要依据。我国现行的项目经济评价分为财务评价和国民经济评价。在项目的可行性研究中，不管采用哪种方法，都要分析不确定因素对经济评价指标的影响，以预测项目可能承担的风险，确定财务、经济上的可靠性。不确定性分析包括盈亏平衡分析、敏感性分析和概率分析。在系统规划设计人员的协助下，由工程经济人员承担经济评价工作，具体工作内容与步骤见有关"工程经济"专业书籍。

(2) 综合指标比较评价。对于企业物流系统建设项目，由于影响因素很多且极为复杂，在进行项目决策时，一般应进行综合指标比较评价。在系统规划与设计中，综合指标比较评价的具体作法有优缺点比较法和加权因素法。加权因素法参见 2.2.3 节场址选择方法中的具体步骤。以下对优缺点比较法进行说明。

在初步方案的评价与筛选过程中，设计布置方案并不具体，各种因素的影响不易准确确定，此时常采用优缺点比较法对布置方案进行初步评价，舍弃那些存在明显缺陷的布置方案。为了确保优缺点比较法的说服力，应首先确定出影响布置方案的各种因素，特别是有关人员所考虑和关心的主导因素，这一点对决策者尤其重要。一般做法是编制一个内容齐全的系统规划评价因素点检表，供系统规划人员结合设施的具体情况逐项点检并筛选出需要的比较因素。表 2-31 为评价因素点检表。

表 2-31 设施布置方案评价因素点检表

序号	因素	点检记号	重要性	序号	因素	点检记号	重要性
1	初次投资			16	安全性		
2	年经营费			17	潜在事故的危险性		
3	投资收益率			18	影响产品质量的程度		
4	投资回收期			19	设备的可得性		
5	对生产波动的适应性			20	外构件的可得性		
6	调整生产的柔性			21	与外部运输的配合		
7	发展的可能性			22	与外部公用设施的结合		
8	工艺过程的合理性			23	经营销售的有利性		
9	物料搬运的合理性			24	自然条件的适应性		
10	机械化自动化水平			25	环境保护条件		
11	控制检查的便利程度			26	职工劳动条件		
12	辅助服务的适应性			27	对施工安装投产进度影响		
13	维修的方便程度			28	施工安装对现有生产影响		
14	空间理由程度			29	熟练工人的可得性		
15	需要储存的物料、外购件数量			30	公共关系效果		

确定评价因素后，分别对各布置方案列出优点和缺点，并加以比较，最终给出一个明确的结论——可行或不可行，供决策者参考。

本 章 小 结

本章介绍了设施规划与设计的基本理论，然后介绍了场址选择的重要性和场址选择的基本方法，最后对系统布置设计阶段结构、基本程序和具体步骤进行了阐述。

复习思考题

1. 选择题

(1) 设施规划与设计是( )的过程。

A. 从微观到宏观　　　　　　　　　B. 从宏观到微观

C. 从宏观到微观，又从微观到宏观　　D. 宏观和微观并行

(2) ( )的场址应选在与本身性质相适应的安静、安全、卫生环境之中。

A. 军用建筑　　　B. 民用建筑　　　C. 工业建筑　　　　D. 农业建筑

(3) 由规划设计人员完成的任务是( )。

A. 纲领设计　　B. 产品设计　　　C. 系统布置设计　　　D. 工艺过程设计

(4) 在场址选择的分析方法中，把备选方案的经济因素和非经济因素同时加权进行比较的方法是( )。

A. 因次分析法　　B. 加权因素法　　C. 线性规划法　　　D. 重心法

(5) 少品种大批量的生产方式适宜采用( )。

A. 工艺原则布置　B. 成组原则布置　C. 产品原则布置　　　D. 固定工位式布置

(6) 车间布置设计要解决( )。

A. 生产车间之间、辅助生产车间等各种作业单位的相互位置

B. 厂内外运输的连接及运输方式

C. 物料的搬运及流程方式

D. 各种作业单位物料的流向和流程

2. 简答题

(1) 基础数据 P、Q、R、S、T 如何影响系统布置设计？

(2) 简述系统布置设计的程序模式。

3. 判断题

(1) 物流强度等级划分为 A、E、I、O、U、X 级。　　　　　　　　　　　( )

(2) 物流搬运路线中直达型适用于物流量大，距离短。　　　　　　　　　( )

(3) 某一作业单位综合接近程度等于该作业单位与其他所有作业单位之间量化后的物流关系密级的总和。　　　　　　　　　　　　　　　　　　　　　　　　　( )

(4) 非物流强度等级划分为 A、E、I、O、U、X 级。　　　　　　　　　　( )

(5) 任一级物流关系和 X 级非物流关系合并时，不能超过 U 级。　　　　　( )

4. 计算题

某公司准备建立一家生产冰箱的工厂，有 3 处场址可供选择，各地点所需费用和非成本因素见表 2-32 和表 2-33，用因次分析法选择场址。

表2-32　每年经营费用　　　　　　　　　　　　　　　　（万元）

场　　址	劳动力费用	运输费用	税收费用	能源费用	其　　他
A	200	140	180	220	180
B	240	100	240	300	100
C	290	80	250	240	140

表2-33　非成本因素比较　　　　　　　　　　　　　　　　（万元）

场　　址	当地欢迎程度	可利用劳动力情况	竞争对手	生活条件
A	很好	好	好	一般
B	较好	很好	较多	好
C	好	一般	少	很好
加权指数	3	2	4	1

5. 思考题

设施布置为何有多种流动模式？各种模式适合于什么样的情况？

案 例 分 析

家乐福选址实例

"每次家乐福进入一个新的地方，都只派 1 个人来开拓市场。在中国台湾家乐福只派了 1 个人，到中国内地也只派了 1 个人。"家乐福的企划行销部总监罗定中用过一句令记者吃惊不已的话做他的开场白。

罗解释说，这第一个人就是这个地区的总经理，他所做的第一件事就是招一位本地人做他的助理。然后，这位空投到市场上的光杆总经理，和他唯一的员工做的第一件事，就是开始市场调查。他们会仔细地去调查当时其他商店里的有哪些本地的商品出售，哪些产品的流通量很大，然后再去与各类供应商谈判，决定哪些商品会在将来家乐福店里出现。一个庞大无比的采购链，完完全全从零开始搭建。

这种进入市场的方式粗看难以理解，但却是家乐福在世界各地开店的标准操作手法。这样做背后的逻辑是，一个国家的生活形态与另一个国家生活形态经常是大大不同的。在法国超市到处可见的奶酪，在中国很难找到供应商；在台湾十分热销的槟榔，可能在上海一个都卖不掉。所以，国外家乐福成熟有效的供应链，对于以食品为主的本地家乐福来说其实意义不大。最简单有效的方法，就是了解当地，从当地组织采购本地人熟悉的产品。

1995 年进入中国市场后，短时间内家乐福便在相距甚远的北京、上海和深圳三地开出了大卖场，就是因为他们各自独立地发展出自己的供应商网络。根据家乐福自己的统计，从中国本地购买的商品占了商场里所有商品的 95%以上，仅 2000 年采购金额就达 15 亿美元。除了已有的上海、广东、浙江、福建及胶东半岛等各地的采购网络，家乐福还会在今年年底分别在中国的北京、天津、大连、青岛、武汉、宁波、厦门、广州及深圳开设区域化采购网络。

Carrefour 的法文意思就是"十字路口"，而家乐福的选址也不折不扣地体现这一个标准——所有的店都开在了路口，巨大的招牌 500 米开外都可以看得一清二楚。而一个投资几千万的店，当然不会是拍脑袋想出的店址，其背后精密和复杂的计算，常令行业外的人士大吃一惊。

根据经典的零售学理论，一个大卖场的选址需要经过几个方面的详细测算。

第一，就是商圈内的人口消费能力。中国目前并没有现有的资料(GIS 人口地理系统)可以利用，所以店家不得不借助市场调研公司的力量来收集这方面的数据。有一种做法是以某个原点出发，测算 5 分钟的步行距离会到什么地方，然后是 10 分钟步行会到什么地方，最后是 15 分钟会到什么地方。根据中国的本地特色，还需要测算以自行车出发的小片、中片和大片半径，最后是以车行速度来测算小片、中片和大片各覆盖了什么区域。如果有自然的分隔线，如一条铁路线，或是另一个街区有一个竞争对手，商圈的覆盖就需要依据这种边界进行调整。

然后，需要对这些区域进行进一步的细化，计算这片区域内各个居住小区的详尽的人口规模和特征的调查，计算不同区域内人口的数量和密度、年龄分布、文化水平、职业分布、人均可支配收入等许多指标。家乐福的做法还会更细致一些，根据这些小区的远近程度和居民可支配收入，再划定重要销售区域和普通销售区域。

第二，就是需要研究这片区域内的城市交通和周边的商圈的竞争情况。如果一个未来的店址周围有许多的公交车，或是道路宽敞、交通方便。那么销售辐射的半径就可以大为放大。上海的大卖场都非常聪明，例如家乐福古北店周围的公交线路不多，家乐福就干脆自己租用公交车定点在一些固定的小区间穿行，方便这些离得较远的小区居民上门一次性购齐一周的生活用品。

当然未来潜在销售区域会受到很多竞争对手的挤压，所以家乐福也会将未来所有的竞争对手计算进去。传统的商圈分析中，需要计算所有竞争对手的销售情况，产品线组成和单位面积销售额等情况，然后将这些估计的数字从总的区域潜力中减去，未来的销售潜力就产生了。但是这样做并没有考虑到不同对手的竞争实力，所以有些商店在开业前索性把其他商店的短板摸个透彻，以打分的方法发现他们的不足之处，比如环境是否清洁，哪类产品的价格比较高，生鲜产品的新鲜程度如何等，然后依据这种精确制导的调研结果进行具有杀伤力的打击。

当然一个商圈的调查并不会随着一个门店的开张大吉而结束。家乐福自己的一份资料指出，顾客中有 60% 的顾客在 34 岁以下，70% 是女性，然后有 28% 的人走路，45% 通过公共汽车而来。所以很明显，大卖场可以依据这些目标顾客的信息来微调自己的商品线。能体现家乐福用心的是，家乐福在上海的每家店都有小小的不同。在虹桥门店，因为周围的高收入群体和外国侨民比较多，其中外国侨民占到了家乐福消费群体的 40%，所以虹桥店里的外国商品特别多，如各类葡萄酒、各类泥肠、奶酪和橄榄油等，而这都是家乐福为了这些特殊的消费群体特意从国外进口的。南方商场的家乐福因为周围的居住小区比较分散，干脆开了一个迷你 Shopping Mall，在商场里开了一家电影院和麦当劳，增加自己吸引较远处的人群的力度。青岛的家乐福做得更到位，因为有 15% 的顾客是韩国人，干脆就做了许多韩文招牌。

高流转率与大采购超市零售业的一个误区是，总以为大批量采购压低成本是大卖场修理其他小超市的法宝，但是这其实只是"果"而非"因"。商品的高流通性才是大卖场真正的法宝。相对而言，大卖场的净利率非常低，一般来说只有 2%～4%，但是大卖场获利不是靠毛利高而是靠周转快。而大批量采购只是所有商场商品高速流转的集中体现而已。而体现高流转率的具体支撑手段，就是实行品类管理(Category Management)，优化商品结构。根据沃尔玛与宝洁的一次合作，品类管理的效果使销售额上升 32.5%，库存下降 46%，周转速度提高 11%。

而家乐福也完全有同样的管理哲学。据罗介绍，家乐福选择商品的第一项要求就是要有高流转性。比如，如果一个商品上了货架走得不好，家乐福就会把它 30 厘米的货架展示缩小到 20 厘米。如果销售数字还是上不去，陈列空间再缩小 10 厘米。如果没有任何起色，那么宝贵的货架就会让出来给其他的商品。家乐福这些方面的管理工作全部由计算机来完成，由 POS 机实时收集上来的数据进行统一的汇总和分析，对每一个产品的实际销售情况，单位销售量和毛利率进行严密的监控。这样做，使得家乐福的商品结构得到充分的优化，完全面向顾客的需求，减少了很多资金的搁置和占用。

思考题：

(1) 你认为家乐福选址时考虑了哪些因素？

(2) 你认为家乐福选址与制造业在选址时有何不同？

实际操作训练

某厂为新建机械加工厂，作业单位划分为 14 个作业单位，作业单位之间的物流量见表 2-34，应用本章节内容中的系统布置设计知识，进行物流分析，物流和非物流权重比为4:1，画出作业单位之间的位置相关图。

表 2-34　作业单位之间的物流量

项　目	2	3	4	5	6	7	8	9	10	11	12	13	14
1	5 076	14 496	—	1 888	328	—	—	—	—	—	—	—	—
2	0	—	—	—	—	1 668	—	3 408	—	—	—	—	—
3	—	0	14 496	—	—	—	—	—	1 004	—	—	—	—
4	—	—	0	—	—	—	—	—	12	—	14 484	—	—
5	—	—	—	0	—	512	—	—	—	—	—	—	—
6	—	—	—	—	0	328	—	—	—	—	—	—	—
7	—	—	—	—	—	0	328	1 668	—	—	—	—	—
8	—	—	—	—	—	—	0	—	—	328	—	—	—
9	—	—	—	—	—	—	—	0	—	—	—	—	—
10	—	—	—	—	—	—	—	—	0	—	1 016	—	—
11	—	—	—	—	—	—	—	—	—	0	—	—	328
12	—	—	—	—	—	—	—	—	—	—	0	14 484	—
13	—	—	—	—	—	—	—	—	—	—	—	0	—
14	—	—	—	—	—	—	—	—	—	—	—	—	0

第3章 物流系统建模与仿真

学习目标

■ 知识点

➤ 物流系统的内涵、构成、作业目标、合理化原则和途径
➤ 物流系统分析的常用理论、方法及分析过程
➤ 物流系统建模的原则、方法及步骤
➤ 物流仿真软件的介绍、仿真步骤等

■ 难点

➤ 物流系统的分析与建模的方法及过程

■ 要求

熟练掌握的内容:
➤ 物流系统分析方法及过程
➤ 物流系统建模的原则、方法及步骤

了解理解的内容:
➤ 了解物流系统的基本概念
➤ 对常用仿真软件有一定的了解和认识

开篇案例

卷烟厂自动化辅料配送物流系统仿真

　　某卷烟厂根据"十五"技术改造计划，进行生产线改造，年产成品卷烟 100 万箱，主厂房生产线包括卷接包机组 24 台、滤嘴成型机组 12 台、装封箱机组 9 台，此外，厂房为两层结构，其中建设有辅料自动化立体仓库、成品自动化立体仓库两座，通过激光制导 AGV 系统以及相关的成品自动化输送、分拣系统，构成了完整的卷烟计算机集成制造系统主体。

　　图 3.1 为面向卷烟生产的辅料供应系统布局图。其中，辅料自动化立体仓库系统有总容量为 5 120 个货位，4 个巷道，一层入库系统由叉车、输送机所构成，二层出库系统由巷道输送机、穿梭车、出库站台等构成；辅料配送系统由激光制导 AGV 系统构成，具体设备技术参数略。上述系统采用 JIT 模式进行生产调度，各个机台辅料储量可以满足 15 分钟生产需求。整个系统依据均衡生产思想，进行辅料配盘，其中，卷接包机组同一时间所需要的辅料为 3 盘、滤嘴成型机组所需要的辅料为 1 盘，装封箱机组辅料为 2 盘。另外，每个卷接包机组每 4.5 小时产生一盘废料。

　　整个卷烟生产自动化辅料配送系统相当复杂，系统规划设计方案的优劣，难以通过简单计算确定。特别是 AGV 价格高昂，AGV 的数量直接影响系统的性能与投资。为确定合理的 AGV 车辆数量，可以通过系统仿真技术，利用 Flexsim 仿真软件，全面仿真系统运行情况，研究系统运行瓶颈环节。图 3.2 为仿真模型侧视图及关键设备局部图。

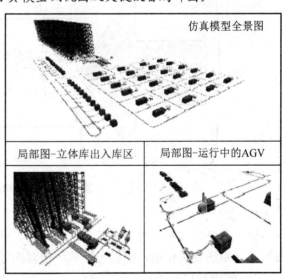

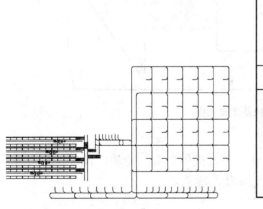

图 3.1　辅料供应系统布局　　　　图 3.2　仿真模型侧视图及关键设备局部图

　　[思考]：什么是物流系统？物流系统怎么优化？物流系统的设计方法？物流系统的建模分析？

3.1 物流系统的基本概念

所谓物流系统(Logistics System)是指在一定的时间和空间里，由所需输送的物料和包括有关设备、输送工具、仓储设备、人员以及通信联系等若干相互制约的动态要素构成的具有特定功能的有机整体。

随着计算机科学和自动化技术的发展，物流管理系统也从简单的方式迅速向自动化管理演变，其主要标志是自动物流设备，如自动导引车(Automated Guided Vehicle，AGV)、自动存储、提取系统(Automated Storage/Retrieve System，AS/RS)、自动分拣系统(Automated Sorting System，ASS)、空中单轨自动车(Rail Automated Vehicle RAV，SKY)、堆垛机(Stacker Crane，SC)等，以及物流计算机管理与控制系统的出现。物流系统的主要目标在于追求时间和空间效益。

3.1.1 物流系统的基本模式与构成

1. 物流系统的基本模式

一般地，物流系统具有输入、处理(转化)、输出、限制(制约)和反馈等功能，其具体内容因物流系统的性质不同而有所区别，如图 3.3 所示。

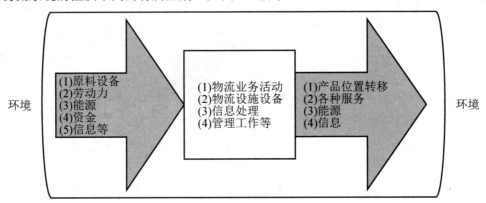

图 3.3 物流系统基本模式图

1) 输入

输入包括原材料、设备、劳力、能源等。就是通过提供资源、能源、设备、劳力等手段对某一系统发生作用，统称为外部环境对物流系统的输入。

2) 处理(转化)

处理(转化)是指物流本身的转化过程。从输入到输出之间所进行的生产、供应、销售、服务等活动中的物流业务活动称为物流系统的处理或转化。具体内容：物流设施设备的建设；物流业务活动，如运输、储存、包装、装卸、搬运等；信息处理及管理工作。

3) 输出

物流系统的输出则指物流系统与其本身所具有的各种手段和功能，对环境的输入进行各种处理后所提供的物流服务。具体内容：产品位置与场所的转移；各种劳务，如合同的履行及其他服务等；能源与信息。

4) 限制或制约

外部环境对物流系统施加一定的约束称为外部环境对物流系统的限制和干扰。具体有：资源条件，能源限制，资金与生产能力的限制；价格影响，需求变化；仓库容量；装卸与运输的能力；政策的变化等。

5) 反馈

物流系统在把输入转化为输出的过程中，由于受系统各种因素的限制，不能按原计划实现，需要把输出结果返回给输入，进行调整，即使按原计划实现，也要把信息返回，以对工作做出评价，这称为信息反馈。信息反馈的活动包括：各种物流活动分析报告；各种统计报告数据；典型调查；国内外市场信息与有关动态等。

2. 物流系统的构成

物流系统的构成如图 3.4 所示。其中，物流作业子系统是在包装、仓储、运输、搬运、流通加工等操作中运用各种先进技术将生产商与需求者连接起来，使整个物流活动网络化、效率提高。

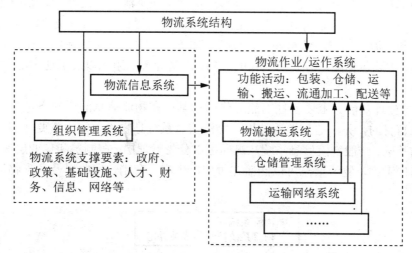

图 3.4　物流系统的构成

3. 物流系统的功能要素

根据物流的基本职能，使物流系统具有基本能力。这些基本能力有效地联结在一起，形成物流系统的总功能，能够合理、有效地实现物流系统的总目标。由此，物流系统的功能要素较物流的基本职能表现为更加广泛的含义。

(1) 运输功能。运输是为了尽量消除空间的差异，运输也是物流系统的重要环节之一。在决定运输手段时，必须权衡运输系统要求的运输服务和运输成本，可以从运输机具的服务特性作判断的基准：运费、运输时间、频度、运输能力、货物的安全性、时间的准确性、适用性、伸缩性、网络性和信息等。

(2) 仓储功能。仓储是物流中的一个重要环节，仓储起到缓冲和调节作用，一般仓储包括储存、管理、维护等活动。现代仓库除了具有上述传统功能以外，已经逐步转向流通中心型的仓库，即在上述活动的基础上还负责物品的包装、流通加工、配送、信息处理等活动。随着科学与管理技术的成熟与飞速发展，仓储的管理技术也在不断丰富，大量仓储业已经运用 ABC 分类管理、预测等技术科学地管理仓储、控制库存，达到整体效益的优化。

由此构成仓储管理系统(Warehouse Management System，WMS)。

(3) 包装功能。包装可以减少物品在运输途中的损缺，一般说来，包装分为单个包装、内包装和外包装 3 种。随着物流技术的成熟与发展，包装逐渐趋向标准化、机械化、简便化等特点，由此依据包装的流程构成包装物流系统。包装的主要功能是保护产品、方便运输和和促进销售。

(4) 搬运与装卸功能。搬运与运输既相似又不同，一般说来搬运是指物料在系统工艺范围内的物料的移动称为搬运，或说在制造企业内部，物料还未成为商品之前，在加工、生产系统内的移动活动称为物料搬运。搬运涉及搬运路线，搬运设备与搬运器具及搬运信息管理等，而装卸一般包括装上、卸下、搬运、分拣、堆垛、入库、出库等活动。

(5) 流通加工功能。流通加工就是在流通过程中进行的辅助性加工。流通加工是生产领域的延伸，或流通领域的扩张，是面向市场需求的在流通过程中的定制加工系统。一般流通加工可以实现整个供应网络成本的降低，同时能满足多样化的市场需求。所以，针对大规模定制产品的制造过程，流通加工为延迟制造的实现提供可能。

(6) 配送功能。配送是以配货、送货形式最终实现资源配置的活动，是整个物流的末端环节。作为一种现代流通方式，配送已不局限于送货运输，而是集运输、储存保管、装卸搬运、包装、流通加工、信息处理、经营、服务于一身，成了物流的一个缩影。对配送活动的管理，主要包括配送方式与模式的选择、配送业务的组织以及配送中心的规划设计、运营管理等。

(7) 信息处理功能。上述各种物流运作活动都要在物流信息的引导下进行，否则各项活动就都是盲目的，无法达到预期效果。物流信息系统是物流系统的重要环节之一，也是物流系统的基础。一般物流信息系统从纵向可以分为管理层、控制层和作业层 3 种如图 3.5 所示，从横向考虑，物流信息可以涵盖在供应、生产、营销、回收以及各项物流运作中，如图 3.6 所示。

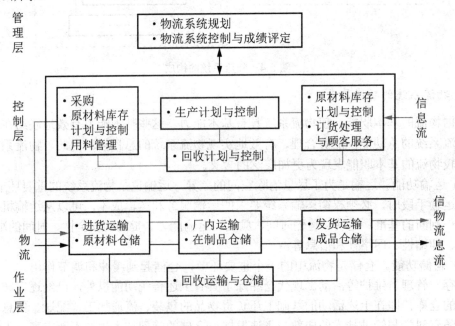

图 3.5 企业物流系统的纵向结构模式

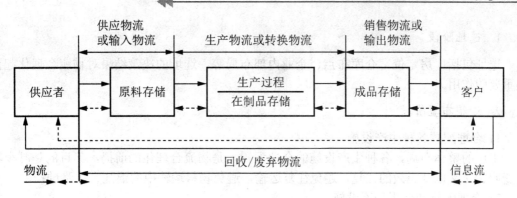

图 3.6　企业物流系统横向结构模式

物流信息化是现代物流系统能够高效运作的基础。现代物流是需要依靠信息技术来保证物流体系正常运作。物流系统的信息服务功能，包括进行与上述各项功能有关的计划、预测、动态(运量、收、发、存数)的情报及有关的费用情报、生产情报、市场情报活动。财物流情报活动的管理，要求建立情报系统和情报渠道，正确选定情报科目和情报的收集、汇总、统计、使用方式，以保证其可靠性和及时性。

3.1.2　物流系统的作业目标

在设计和运行企业物流时，必须要以企业的作业目标为依据。其作业目标包括：快速响应、最小变异、最低库存、物流质量、整合运输与配送和产品生命周期不同阶段的不同物流目标。

(1) 快速响应。快速响应是关系到一个企业能否及时满足顾客的服务需求的能力。信息技术的发展为企业创造了在最短时间内完成物流作业并尽快交付的条件。快速响应能力把作业的重点从预测转移到以装运和装运方式对顾客的要求做出反应上来。

(2) 最小变异。变异是指破坏物流系统的正常运作，如顾客收到订货的期望时间被延迟、制造中发生物品的损坏或是顾客收到被损坏的货物或是货物未送到正确地点等。

(3) 最低库存。在企业物流系统中，由存货所占用的资金是企业作业最大的经济负担。在保证供应的前提下提高周转率，应使库存占用资金得到有效利用。

(4) 物流质量。企业物流目标是寻求持续、不断地提高物流质量。全面质量管理要求企业物流无论是对产品质量，还是对物流服务质量，都要求做得更好。

(5) 整合运输与配送。运输费用是物流成本中最重要的组成部分之一。据日本通产省对六大类物流成本的调查结果显示，其中运输成本占 40%左右。多品种、小批量的精益生产方式要求高速度、小批量的运输，必然会使物流运输成本提高。

(6) 产品生命周期不同阶段的不同物流目标。在产品生命周期引入、成长、饱和成熟和完全衰退的 4 个阶段中，为了达到不同的物流目标，则实施不同的物流策略。

3.1.3　物流系统合理化的途径

所谓物流合理化，就是根据物流系统中各职能因素之间相互联系、相互制约、相互影响的关系，把物料的运输、包装、存储、装卸、加工、配送等流通活动和与之相关联的物流信息作为一个系统来构造、组织和管理，以使整个物流过程最优化，从而以较低的物流成本，实现既定的客户服务水平(包括质量、数量、时间、地点、价格等)。实现物流合理化的途径是指通过企业选址、设施布置、生产管理和销售等各个环节的改善，实现物流合理化。

1. 选址阶段

选址包括厂房定位、仓库布点、企业内部布局等，选址的决策结果对物流合理化起至关重要的作用。

2. 设施布置阶段

1) 合理配置各种生产设施

工厂的整体布局，各种生产设施的合理配置，是物流合理化的前提，其目的是减少物流迂回、交叉以及无效的往复，避免往复运输，避免物料运输中的混乱、线路过长等。

2) 合理配置和使用物流设施

物流机械的自动化水平直接反映了物流系统的能力水平，物流机械化的配置主要考虑以下条件：①根据物料形态和特性、搬运工艺要求、环境条件等，选择合适的类别和规格的物流机械，而且要注意系统配套；②机械化与自动化水平要根据企业综合效益需要来确定；③物料的单元化、集装化和机械配置有密切关系；④谨慎吊起重物，注重采用水平运输方式；⑤采用集装单元和合适运输设备，使运输手段合理化。

3) 系统设施应具有柔性

物流系统的各项设施，在产品的品种、数量发生变化后，应能在最小投入费用下，适应新的生产要求。

3. 生产管理阶段

首先，要争取整个企业各个部门的理解和支持，在管理上达到协调一致。其次按物流结构实现供应物流、生产物流、销售物流的合理化，从而使整个物流系统达到最优。具体措施有：均衡生产、适当库存、合理运输、计算机化、职工主人化、连续改善。

4. 销售阶段

①商物分离，建立物流基地(如物流中心、批发中心、配送中心等)，从而改善企业功能，优化物流系统，提高物流效率，如图 3.5 所示；②增加从工厂直接发货数量；③减少输送次数；④提高车辆满载率；⑤实现计划输送；⑥开展联合运输；⑦选择适当的输送手段。图 3.7 为销售物流模式。

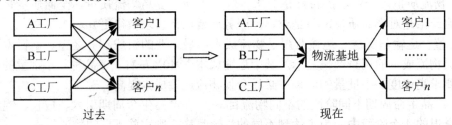

图 3.7　销售物流模式

物流合理化是企业生产实现高质量、低成本、优质服务的重要前提，同时也是缩短产品交货周期的基础。

3.1.4　物流系统优化的 10 项基本原则

对于大多数的企业来说，物流系统优化可以降低在供应链运营中的总成本。美国领先的货运计划解决方案供应商 Velant 公司的总裁和 Don Ratliff 博士集 30 余年为企业提供货运决策优化解决方案的经验，在 2002 年美国物流管理协会(CLM)年会上提出了"物流优化的 10 项基本原则"，并认为通过物流决策和运营过程的优化，企业可以获得降低物流成本 10%～40%的商业机会，这种成本的节约必然转化为企业投资回报率的提高。

(1) 目标(Objectives)：设定的目标必须是定量的和可测评的。制订目标是确定我们预期愿望的一种方法。要优化某个事情或过程，就必须确定怎样才能知道目标对象已经被优化了。

(2) 模型(Models)：模型必须忠实地反映实际的物流过程。建立模型是把物流运营要求和限制条件翻译成计算机能够理解和处理的方法。

(3) 数据(Data)：数据必须准确、及时和全面。数据驱动了物流系统的优化过程。如果数据不准确，或有关数据不能够及时地输入系统优化模型，则由此产生的物流方案就是值得怀疑的。

(4) 集成(Integration)：系统集成必须全面支持数据的自动传递。因为对物流系统优化来说，要同时考虑大量的数据，所以，系统的集成是非常重要的。

(5) 表述(Delivery)：系统优化方案必须以一种便于执行、管理和控制的形式来表述。

由物流优化技术给出的解决方案，除非现场操作人员能够执行，管理人员能够确认预期的投资回报已经实现，否则就是不成功的。现场操作要求指令简单明了，要容易理解和执行。管理人员则要求有关优化方案及其实施效果在时间和资产利用等方面的关键标杆信息更综合、更集中。

(6) 算法(Algorithms)：算法必须灵活地利用独特的问题结构。不同物流优化技术之间最大的差别就在于算法的不同(借助于计算机的过程处理方法通常能够找到最佳物流方案)。

(7) 计算(Computing)：计算平台必须具有足够的容量在可接受的时间段内给出优化方案。因为任何一个现实的物流问题都存在着大量可能的解决方案，所以，任何一个具有一定规模的问题都需要相当的计算能力支持。

(8) 人员(People)：负责物流系统优化的人员必须具备支持建模、数据收集和优化方案所需的领导和技术专长。

(9) 过程(Process)：商务过程必须支持优化并具有持续的改进能力。物流优化需要应对大量的在运营过程中出现的问题。物流目标、规则和过程的改变是系统的常态。所以，不仅要求系统化的数据监测方法、模型结构和算法等能够适应变化，而且要求他们能够捕捉机遇并促使系统变革。

(10) 回报(Return on Investment，ROI)：投资回报必须是可以证实的，必须考虑技术、人员和操作的总成本。要证实物流系统优化的投资回报率，必须把握两件事情：一是诚实地估计全部的优化成本；二是将优化技术给出的解决方案逐条与标杆替代方案进行比较。

3.2　物流系统的分析

3.2.1　物流系统分析的基本含义

物流系统分析是指从对象系统整体最优出发，在优先系统目标、确定系统准则的基础上，根据物流的目标要求，分析构成系统的各级子系统的功能和相互关系，以及系统同环境的相互影响，寻求实现系统目标的最佳途径。

物流系统分析的目的在于通过分析，比较各种拟订方案的功能、费用、效益和可靠习惯等各项技术、经济指标，向决策者提供可做出正确决策的资料和信息。所以，**物流系统分析**实际上就是在明确目的的前提下，来分析和确定系统所应具备的功能和相应的环境条件。

物流系统分析贯穿于从系统构思、技术开发到制造安装、运输的全过程，其重点放在物流系统发展规划和系统设计阶段。具体包括：制定系统规划方案；生产力布局、厂址选择、库址选择、物流网点的设置、交通运输网络设置等；工厂内(或库内、货场内)的合理布局，库存管理，对原材料、在制品、产成品进行数量控制，成本(费用)控制等。

3.2.2 物流系统分析常用的理论及方法

(1) 数学规划法(运筹学)。这是一种对系统进行统筹规划，寻求最优方案的数学方法。其具体理论与方法包括线性规划、动态规划、整数规划、排队规划和库存论等。

(2) 统筹法(网络计划技术)。是指运用网络来统筹安排，合理规划系统的各个环节。它用网络图来描述活动流程的线路，把事件作为结点，在保证关键线路的前提下安排其他活动，调整相互关系，以保证按期完成整个计划。

(3) 系统优化法。在一定约束条件下，求出使目标函数最优的解。物流系统包括许多参数，这些参数相互制约，互为条件，同时受外界环境的影响。

(4) 系统仿真。利用模型对实际系统进行仿真实验研究。

上述不同的方法各有特点，在实际中都得到广泛地应用，其中系统仿真技术近年来应用最为普遍。系统仿真技术的发展及应用依赖于计算机软件技术的飞速发展。今天，随着计算机科学与技术的巨大发展，系统仿真技术的研究也不断完善，应用不断扩大

3.2.3 物流系统的分析过程

物流系统分析流程如图 3.8 所示。

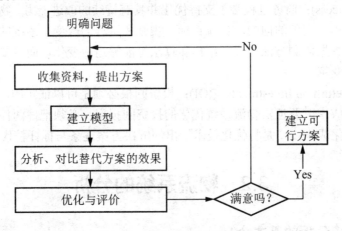

图 3.8 物流系统分析流程

(1) 明确问题，确立目标。系统分析首先要明确所要解决的问题，以及问题的性质、重点和关键所在，恰当地划分问题的范围和边界，了解该问题的历史、现状和发展趋势，在此基础上确定系统的目标。

(2) 收集资料，分析问题。资料收集是系统分析的重要一步。很明显，分析的正确性，离不开数据的精确性，因此必须完全掌握产品、现有设施、顾客和竞争对手 4 个方面的情况。

(3) 建立模型。建立模型是对与系统目标相关的因素之间的关系进行描述。可根据不同表达方式、方法的需要选择不同的模型。

(4) 系统优化。系统优化的作用在于运用最优化的理论和方法，如运筹学中的几个主要分析、图论、系统工程原理与方法等，对若干个可行方案或替代方案的模型进行仿真和优化计算，求出几个替代解。

(5) 评价。运用确定的评价标准，主要从技术和经济两个方面，对各种方案进行比较和评价，权衡各个方案的利弊得失，从而为选择最优系统方案提供足够的信息。

3.2.4　案例分析

(1) 问题提出。现有某钢厂机加工车间存在产能不足、产能不匹配、设备利用率低、综合效益难以发挥的现状，采用物流系统分析的方法对现有系统进行诸如生产能力分析、生产现场物流过程分析等，提出改善物流系统的方案。

(2) 需要了解企业情况。包括厂房布置(包含仓库及存放区)、设施布置情况，产品的工艺过程，设备状况(包含尺寸、生产能力、维修)，生产计划执行情况，产品质量要求。

(3) 典型产品的选择。可以根据帕累托图选择有代表性的累计产量高的产品。

(4) 产品工艺流程的分析。绘制工艺流程图，分析所有所选产品的工艺流程，这样是为了确定物料在生产过程中都经过哪些必要工序，每个必要的工序之间移动的最有效顺序以及其移动的强度和数量。

(5) 一个有效的工艺流程是指物料在工艺过程内按照顺序一致不断的向前移动直到完成，中间没有过多的迂回和倒流。各条线路上的物料移动量就是反映工序或者作业单位之间相互关系密切程度的基本衡量标准，一定时间周期内的物料移动量成为物流强度。

在进行了有效的工艺流程分析之后，按照一定的工艺流程，作业单位的顺序进行物流的分析，确定各作业单位的物流强度大小，作业单位相互关系。在此基础上进行相关的搬运分析和设施布局改善。

(6) 生产物流系统仿真模型并进行优化设计。借助于 Flexsim 仿真软件对生产物流过程进行模拟分析，包括车间布局、工艺路线、物流过程、计划的完成情况、设备的利用情况等，进而发现问题点和影响效率的"瓶颈"。

(7) 仿真结果分析。针对上述分析所发现的问题进行逐一解决，消除浪费、改善"瓶颈"环节，优化现有生产系统。

最后，对改善后的生产系统再进行仿真。通过再次仿真，对设计上新的生产系统产能进行验证，并对设计方案能否达到产品大纲要求进行验证，对车间布局、物流过程提出可能的改善方案，如图 3.9 所示。

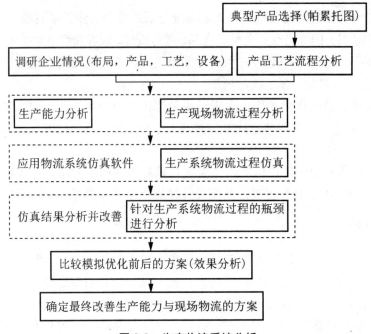

图 3.9 生产物流系统分析

3.3 物流系统的建模

物流系统模型是对物流系统的特征要素及其相互关系和变化趋势的一种抽象描述。物流系统模型反映物流系统的一些本质特征,用于描述物流系统要素之间的相互关系、系统与外部环境的相互作用等。由于物流系统时域和地域上的广泛性,使得系统要素和特性也多种多样,因此,有必要借助物流系统抽象模型进行系统特性的研究。本节将分析物流系统模型建立的必要性,并介绍物流系统模型建立的原则和方法。

3.3.1 物流系统模型的建立原则

物流系统的复杂性决定了物流系统模型建立的复杂性。建立一个简明、适用的物流系统模型,将为物流系统的分析、评价和决策提供可靠的依据。

一般来说,建立系统模型要满足现实性、简明性、标准化 3 条最基本的要求。

(1) 现实性。也就是说系统模型要在一定程度上较好地反映系统的客观实际,反映系统本质特征及其关系,去掉非本质的东西。

(2) 简明性。是指在满足现实性要求的基础上,应尽量使系统模型简单明了,以节约建模的费用和时间。如果一个简单的模型能解决问题,就不要去建一个复杂的模型,因为建造一个复杂的模型并求解是要付出很高代价的。

(3) 标准化。如果已有某种标准化模型可供借鉴,则应尽量采用标准化模型,或者对标准化模型加以某些修改,使之适合对象系统。

3.3.2 物流系统建模方法

建立一个合适的系统模型既需要综合运用各种科学知识,还需要充分发挥人的创造性,针对不同系统对象,或建造新模型、或巧妙利用已有的模型、或改造已有的模型。这里提供几种物流系统模型建立的思考方法或思路。

(1) 推理分析法。对于问题明确、内部结构和特性十分清楚的系统，可以利用已知的定律和定理，经过一定的分析和推理，建立系统模型。例如，流通加工中的下料问题，就可以根据裁剪后的余料最少建立数学模型。

(2) 统计分析法。对于那些内部结构和特性不很清楚，且又不能直接进行实验观察的系统(大多数的物流系统及其他非工程系统就属于此类)，可以采用数据收集和统计分析的方法，建立系统模型。

(3) 人工模拟法。当系统结构复杂，性质不太明确，缺乏足够的数据且无法进行实验观察时，可借助一些人工方法，如模拟仿真法或启发式方法，逐步建立物流系统模型。

3.3.3　常见的物流系统模型

物流系统的分析、规划、最优设计等过程是复杂的，常常需要借助各种数学模型和计算机模型。实际系统的问题及研究目的多种多样，系统分析中采用的方法也多种多样，按照物流系统建模的方法可划分为：最优模型、仿真模型、启发式模型 3 种模型；按照应用问题划分可将物流系统模型分为：设施选址模型、库存模型、物流路径优化模型、资源配置模型等。本节先介绍第一种分类法中的 3 种模型。

(1) 最优模型。最优模型是依赖精确的数学方程式和严密的数学过程来分析和评价物流系统的各种可选方案，从数学上可以证明所得到的解是针对该问题的最优解(最佳选择)。

(2) 仿真模型。所谓仿真模型，就是以代数和逻辑语言做出的对系统的模拟，这种模拟通常要利用随机的数学关系，可以说，仿真的过程就是对系统模型进行抽样试验的过程。仿真模型能真实地模拟系统过程，可用于物流系统中的各种规划，如仓库选址、物流绩效的影响因素分析、物流设备配置、物流成本分析等。

(3) 启发式模型。仿真模型能够实现模型定义的真实性，最优模型能够实现寻求最优解的过程，启发式模型就是这两种形式的混合模型。启发式模型是以启发式方法为基础建立的系统模型。启发式方法指的是那些能指导问题求解的原理、概念和经验法则。对于一些无法求得最优解的问题，借助于这些启发式规则，可以得到满意解，但无法保证获得最优解。

3.4　物流系统的仿真

3.4.1　系统仿真概述

1. 系统仿真

系统仿真是 20 世纪 40 年代末以来伴随着计算机技术的发展而逐步形成的一门新兴学科。仿真(Simulation)就是通过建立实际系统模型并利用所见模型对实际系统进行实验研究的过程。系统仿真技术是任何复杂系统，特别是高技术产业不可缺少的分析、研究、设计、评价、决策和训练的重要手段。其应用范围在不断扩大，应用效益也日益显著。

1) 系统仿真及其分类

系统仿真是建立在控制理论、相似理论、信息处理技术和计算机初等理论基础之上的，以计算机和其他专用物流效应设备为工具，利用系统模型的真实或假设的系统进行实验，并借助于专家的经验知识、统计数据和信息资料对实验结果进行分析研究，进而做出决策的一门综合的实验性学科。

2) 系统仿真的一般步骤

不论仿真项目的类型和研究目的有何不同，仿真的基本过程是保持不变的，要进行如下 9 步：问题定义；制定目标；描述系统并对所有假设列表；罗列出所有可能替代方案；收集数据和信息；建立计算机模型；校验和确认模型；运行模型；分析输出。

(1) 问题的定义。在问题定义阶段，对于假设要小心谨慎，不要做出错误的假设。例如，假设叉车等待时间较长，比假设没有足够的接受码头要好。作为仿真纲领，定义问题的陈述越通用越好，详细考虑引起问题的可能原因。

(2) 制定目标和定义系统效能测度。目标是仿真项目所有步骤的导向；系统的定义也是基于系统目标的。在定义目标时，详细说明那些将要被用来决定目标是否实现的性能测度是非常必要的。最后，列出仿真结果的先决条件。

(3) 描述系统和列出假设。简单地说，仿真模型能降低完成工作的时间。系统中的时间被划分成处理时间、运输时间和排队时间。仿真将现实系统资源分成 4 类：处理器、队列、运输和共享资源(如操作员)。在这些工作完成之后，需要将现实系统作模型描述。

(4) 列举可能的替代方案。在仿真研究中，确定模型早期运行的可置换方案是很重要的，它将影响模型的建立。在初期考虑替代方案，模型将被设计成可以非常容易地转换到替换系统。

(5) 收集数据和信息。收集数据和信息，除了为模型参数输入数据外，在验证模型阶段，还可以把实际数据与模型的性能测度数据进行比较。数据可以通过历史记录、经验和计算得到。这些粗糙的数据将为模型输入参数提供基础，同时将有助于一些需要较精确输入参数数据的收集。

(6) 建立计算机模型。构建计算机模型的过程中，首先构建小的测试模型来证明复杂部件的建模是合适的。一般建模过程是呈阶段性的，在进行下一阶段建模之前，验证本阶段的模型工作正常，在建模过程中运行和调试每一阶段的模型。

(7) 验证和确认模型。验证是确认模型的功能是否同设想的系统功能相符合，模型是否同想构建的模型相吻合，产品的处理时间、流向是否正确等。确认范围更广泛，它包括确认模型是否能够正确反映现实系统，评估模型仿真结果的可信度有多大等。

(8) 运行可替代实验。当系统具有随机性时，就需要对实验做多次运行。因为，随机输入导致随机输出。如果可能，在第二步中应当计算出已经定义的每一性能测度的置信区间。

(9) 输出分析。报表、图形和表格常常被用于进行输出结果分析，同时需要用统计技术来分析不同方案的模拟结果。一旦通过分析结果并得出结论，要能够根据模拟的目标来解释这些结果，并提出实施或优化方案。使用结果和方案的矩阵图进行比较分析也是非常有帮助的。

2. 离散事件系统建模与仿真

1) 基本概念

离散时间系统的状态只在离散的时间点上发生变化，而且这些离散的时间点是不确定的，具有很强的随机性。

首先考察一个简单的例子：某理发店只有一个理发师。在正常工作的时间内，如果没有顾客到达理发店，则理发师空闲；如果有顾客到达理发店，则理发师为顾客进行理发服务。如果顾客到达理发店时，理发师正在为其他顾客服务，则新来的顾客在一旁排队等候。显然，每个顾客到达理发店的时间是随机的，而理发师为每个顾客进行理发服务的时间也是随机的，从而每个队列中的顾客等候的时间也是随机的，这是一个典型的离散事件系统的例子。

这里首先介绍离散事件系统建模过程中的一些基本概念。

(1) 实体。实体是描述系统的 3 个基本要素之一，它是指组成系统的物理单元，如物流系统的堆垛机、进/出货台、仓库、货物及工件等。实体可分为临时实体和永久实体两类。

(2) 事件。事件是描述系统的另一基本要素。事件是指引起系统状态变化的行为，系统的动态过程是靠事件来驱动的。

(3) 成分。描述系统的第 3 个基本要素是成分。成分与实体是同一概念，只是根据习惯，在描述系统时用实体，而在某些描述中用成分。成分分为主动成分和被动成分。

(4) 活动。两个相邻发生的事件之间的过程称为活动。它标志着系统状态的转移，例如，物流系统中，工件到达与入库之间，是排队活动。这一活动引起队列长度增加。

(5) 进程。若干事件与若干活动组成的过程称为进程。它描述了各事件活动发生的相互逻辑关系及时序关系，例如，工件由车辆装入进货台，经装卸搬运进入仓库，经保管、加工到配送至客户的过程。

(6) 仿真钟。仿真钟用于表示仿真事件的变化。在离散事件系统仿真中，由于系统状态变化是不连续的，在相邻两个事件发生之间，系统状态不发生变化，因而仿真钟可以跨越这些"不活动"区域。从一个事件发生时刻，推进到下一个事件发生时刻。仿真钟的推进成跳跃性，推进速度具有随机性。仿真钟推进方法有三大类：事件调度法、固定增量推进法和主导时钟推进法。

应当指出，仿真钟所显示的是仿真系统对应实际系统的运行时间，而不是计算机运行仿真模型的时间。仿真时间与真实时间将设定成一定比例关系，使得像物流系统这样复杂的系统，真实系统运行若干天、若干月，计算机仿真只需要几分钟就可以完成。

(7) 随机变量。复杂的现实系统常常包含有随机的因素。在物流系统中工件的到达、运输车辆的到达和运输事件等一般都是随机的。这些复杂的随机系统很难找到相应的解析式来描述和求解。系统仿真技术成了解决这类问题的有效方法。

2) 离散事件系统仿真方法分类

离散事件系统仿真，实质上是对那些由随机系统定义的、用数值方式或逻辑方式描述的动态模型的处理过程。从处理手段上看，离散事件系统仿真方法可分为两类。

(1) 面向过程的离散事件系统仿真。在当前仿真时刻，仿真进程需要判断下一个事件发生的时刻或者判断触发实体活动开始和停止的条件是否满足，在处理完当前仿真时刻系统状态变化操作后，将仿真时钟推进到下一事件发生时刻或下一个最早的活动开始或停滞时刻。仿真进程就是不断按发生时间排列事件序列，并处理系统状态变化的过程。

(2) 面向对象的离散事件系统仿真。在面向对象仿真中，组成系统的实体用对象来描述。对现有 3 个基本的描述部分，即属性、活动和消息。每个对象都是一个封装了对象的属性及对象状态变化操作自主的模块，对象之间靠消息传递来建立联系以协调活动。对象内部不仅封装了对象的属性，还封装了描述对象运动及变化规律的内部和外部转换函数，这些函数以消息或时间来激活，在满足一定条件时产生相应的活动。消息和活动可以同时产生，即所谓的并发，但在单台计算机上，仍须按一定的仿真策略进行调度。

3) 仿真算法

一个系统中往往有多个实体，这些实体相互联系又相互作用，其关系可能是错综复杂的，在同一时刻常常会有许多实体的状态在发生变化。如何推进仿真钟，建立起各类实体之间的逻辑联系，如何使模型描述的形式更容易被计算机处理，这就是仿真算法问题。对同一个系统，所确定的算法不同，仿真模型的结构也不同，见表 3-1。

(1) 事件调度法。事件调度法是面向事件的方法，是通过定义事件，并按时间顺序处理所发生的一系列事件。记录每一事件发生时引起的系统状态的变化来完成系统的整个动态过程的仿真。由于事件都是预定的，状态变化发生在明确的预定的时刻，所以这种方法适合于活动持续时间比较确定的系统。

(2) 活动扫描法。活动扫描法是面向活动的方法。活动开始和结束时系统状态变化的标志，而活动的开始与结束不仅取决于事件因素，还取决于其他的因素(条件因素)。

(3) 进程交互法。这种方法的特点是系统仿真钟的控制程序采用两张事件表：其一是当前事件表(Current Events List，CEL)，它包含了从当前时间点开始有资格执行的事件记录，但是该事件是否发生的条件尚未判断；其二是将来事件表(Future Event List，FEL)，它包含着将来某个仿真时刻发生的事件记录。

表 3-1　3 种算法的比较

算法 比较项目	事件调度法	活动扫描法	进程交互法
系统描述	主动成分可施加作用	主动成分、被动成分均可施加作用	主动成分、被动成分均可施加作用
建模要点	对事件建模，事件子程序	对活动建模，条件子程序	进程分步，条件测试于执行活动
仿真钟推进	系统仿真钟	系统仿真钟，成分仿真钟	依据 CEL，最早发生的事件时间执行活动
执行控制	选择最早发生的时间记录	扫描全部活动，执行可激活成分	扫描 CEL，执行 Da(S)=true 记录断点

3. 系统仿真在物流系统研究中的作用

物流系统研究中系统仿真技术的应用主要有以下方面。

1) 物流系统设施规划与设计

一个复杂的物流系统，由自动化立体仓库、AGV、缓冲站等组成。系统设计面临的问题是：如何确定自动化立体仓库的货位数；确定 AGV 的速度、数量；确定缓冲站的个数；确定堆垛机的装载能力(运行速度和数量)，以及如何规划物流设备的布局；设计 AGV 的运送路线等。这里生产能力、生产效率和系统投资常常都是设计的重要指标，而它们又是相互矛盾的，需要选择技术性与经济性的最佳结合点，如图 3.10 所示。

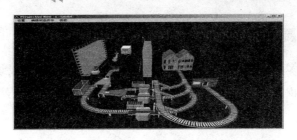

图 3.10　厂房的物流系统仿真模型

2) 物料控制

生产加工的各个工序，其加工节奏一般是不协调的，物料供应部分与生产加工部门的供求关系存在矛盾。为确保物料及时准确的供应，最有效的办法是在工厂、车间设置物料仓库，在生产工序间设置缓冲物料库，来协调生产节奏，如图 3.11 所示。

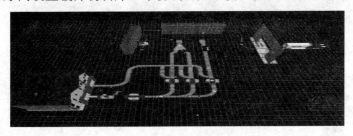

图 3.11　输送系统仿真模型

3) 物料运输调度

复杂的物流系统经常包含运输车辆、多种运输路线。合理的调度工具、规划运输路线、保障运输线路的通畅和高效等。运输调度是物流系统最复杂、动态变化最大的，很难用解析方法描述运输的全过程，系统仿真是比较有效的方法。建立运输系统模型，动态运行此模型，再用动画将运行状态、道路堵塞情况、物料供应情况等生动地呈现出来。仿真结果还提供各种数据，包括车辆的运行时间、利用率等，如图 3.12 所示。

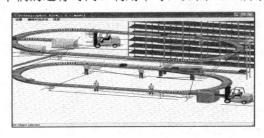

图 3.12　物流系统仿真模型

4) 物流成本估算

物流过程是非常复杂的动态过程。物流成本包括运输成本、库存成本、装卸成本，成本的核算与花费的时间直接有关。用成本核算结果(或说用经济指标)来评价物料系统的各种策略的方案，保证系统的经济性。实际仿真中，物流成本的估算可以与物流系统其他统计性能同时得到。

系统仿真在物流系统的应用，除以上 4 个主要方面外，还可以用来对物流系统进行可靠性分析等。

3.4.2 物流系统仿真软件介绍

目前市场上有许多不同的仿真软件，并且这些软件已经在工业发达国家得到了广泛应用。现将目前市场上较为流行的一些仿真软件进行介绍。

1. Witness

Witness 是由英国 Lanner 公司推出的功能强大的仿真软件系统。它可用于物流系统和离散事件的仿真，也可用于连续流体系统的仿真。Witness 目前在世界上很多国家的知名公司有广泛应用，如图 3.13 所示。

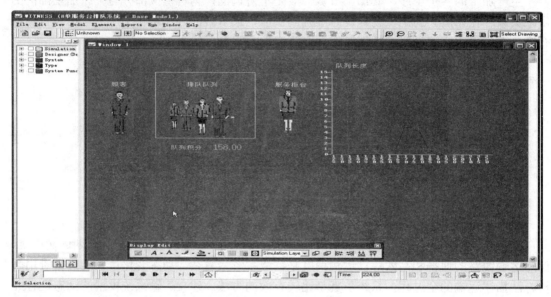

图 3.13　Witness 用户界面

Witness 认为，现实的商务或事物系统总是由一系列相互关联的部分组成的，于是 Witness 软件采用与现实系统相同的事物组成了相应的模型，模型中每一个部件被称为元素 (Element)。此外，Witness 采用面向对象的建模机制，提供与其他系统相集成的功能。

2. ProModel

ProModel 仿真软件是一种通用的仿真软件，它除了可以用来仿真各种物流与供应链系统，还可以用来对其他各种领域的系统进行仿真，典型的如生产系统、服务系统、交通运输系统等。通过仿真，可以对系统的绩效进行评价和分析，以及进行各种方案比较。据估计，全球有超过 500 家教育单位(如大学)采用 ProModel 作为其教学的仿真软件，如图 3.14 所示。

根据不同行业的应用，ProModel 产品主要分为面向生产制造业的仿真、面向物流与服务业的仿真、面向医院系统的仿真、面向政府和国防部门的仿真等。根据不同行业应用的特点，开发了不同的产品，以满足行业需求。

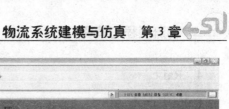

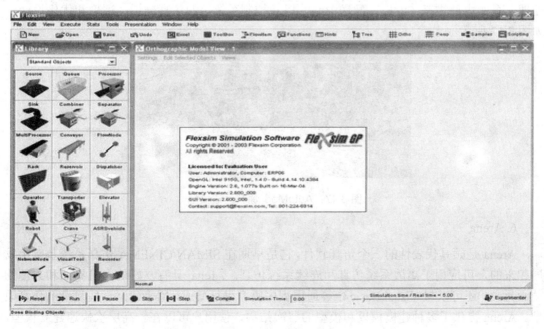

图 3.14 ProModel 用户界面

3. Flexsim

Flexsim 也是一个通用的仿真软件，它被用来对若干不用行业中的不同系统进行建模。它被很多著名的物流企业采用。Flexsim 是一套系统仿真模型设计、制作与分析工具软件。它集计算机三维图像处理技术、仿真技术、人工智能技术、数据处理技术为一体，专门面向制造、物流等领域。Flesim 通过对象、连接和方法来完成对现实世界物流系统的建模，如图 3.15 所示。

图 3.15 Flexsim 用户界面

4. RaLc

RaLc 是日本 AIS 公司专门针对物流行业的配送中心而开发的仿真系统。RaLc 中人工智能技术的应用非常普遍，因此同其他仿真软件相比，RaLc 可以非常快速地建立配送中心物流系统的仿真模型。RaLc 的特点是专门针对物流行业的配送中心业务，实现快速建立配送中心规划和运行各阶段的事实方案的仿真模型，从而比较不同方案，寻求优化方案，如图 3.16 所示。

图 3.16　Ralc 模型对话框

5. AutoMod

AutoMod 仿真软件由美国 Applied Materials 公司出品。该软件于 20 世纪 80 年代开始研发，目前已成为国际上产品成熟、应用广泛的仿真软件之一，可以完成制造系统、物料处理、企业内部物流、港口、配送中心，以及控制系统等的仿真分析、评价和优化设计，如图 3.17 所示。

图 3.17　AutoMod　原料运送模型

6. Arena

Arena 是颇具代表性的一个仿真软件，它是早期在 SIMAN/CINEMA 仿真系统基础上发展起来的，可应用于离散系统仿真和连续系统仿真。Arena 具有友好的人机界面和方便的动画元素，还可以与 Visual Basic C 等通用程序语言进行集成，用来建立一些复杂的仿真模型。Arena 提供了多种建模模板和模型的层次结构，使用户可以在较高层次快速建立模型，也可在较低层次描述模型的各种细节，从而为用户建模带来了很大的灵活性。

7. Em-Plant

1986—1989 年 Fraunhofer Institution Stuttgart 在麦金塔电脑平台上发展一个面向对象阶层式模拟软件，1990 年创办 AIS，1991 年改名为 AESOP，1997 年与 Tecnomatix Ltd 合并。主要产品为 SIMPLE，该产品自发行以来便是系统仿真领域的领袖产品并发展了多个版本，2000 年 4 月 SiMPLE7.0 正式改名为 Em-Plant4.0，2004 年 Em-Plant 推出了 6.0 版本，2005 年 Tecnomatix 被 UGS 公司收购，如图 3.18 所示。

图 3.18　Em-Plant 用户界面

8. Quest

Quest 软件由美国 Deneb 公司研发，现为法国达索公司出品，是专用的离散时间系统仿真软件，在生产制造系统的建模分析中具有比较强大的功能。Quest 提供强大的图形建模功能。使用者不仅可以在 Quest 中的 CAD 模块中建造三维模型，还可以从 IGES、DXF 等格式文件中读取。对于 IGRIP 用户，现有的机器人车间模型或其他复杂设备的模型可以直接输入到 Quest 中，如图 3.19 所示。

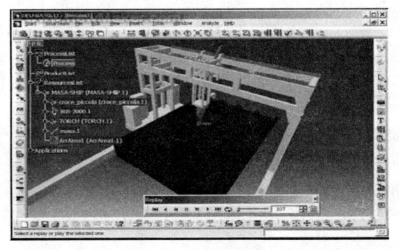

图 3.19　Quest 用户界面

9. Enterprise Dynamics

Enterprise Dynamics 是一个面向对象的动态分析和控制系统。系统包含了强大的企业动力学引擎和许多建好的模型，分组的放进了 Enterprise Dynamics 的套件。一个 Enterprise Dynamics 套件是一个为特定区域配置好的专业的技术，来帮助模拟一个特定的问题，及其分支或区域。动态的运行可以从 2D 的流图到真实的 3D 真实模拟，它给用户想象和创造的空间。建立新的模块是很容易的，定制和添加用户私人的 Enterprise Dynamics 套件，创造或定制 Enterprise Dynamics 的套件没有技术的限制，如图 3.20 所示。

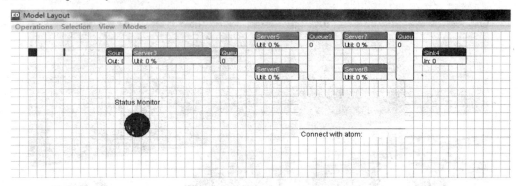

图 3.20　Enterprise Dynamics

10. 3i 的 SIMAnimation

3i 的 SIMAnimation 是美国 3i 公司设计开发的集成化物流仿真软件。SIMAnimation 使用的是先进的基于图像的仿真语言，这种语言可以简化仿真模型的创建。

SIMAnimation 不同于其他的仿真系统，它可以处理系统物理元素和逻辑元素。SIMAnimation 提供先进的特点去允许用户仿真复杂的运动，像动力学和速度，像机器人、车床、传输通道、特殊空间中显示，包括传输、旋转、有形物体、视角和不断运动视觉。在算法上，SIMAnimaiton 在保证出库有限的情况下，按路径最短原则进行自动定位和设计路经，实现多回路运输。

11. ShowFlow

ShowFlow 仿真软件可为制造业和物流业提供建模、仿真、动画和统计分析工具。ShowFlow 可以提供生产系统的生产量，确定瓶颈位置，估测提前期和报告资源利用率。ShowFlow 还可以被用来支持投资决定，校验制造系统设计的合理性，通过对不同的制造策略进行仿真实验来找出最优解。

3.4.3　物流系统仿真步骤

图 3.21 为一个典型的、完整的物流系统仿真步骤及几个步骤之间的关系。并非所有的仿真都必须包括图中所有的步骤，有些研究可包含图中所没有描述的步骤。仿真方法不一定是严格的有顺序的过程。任一步骤中，根据仿真实际情况可转向任一其他步骤。

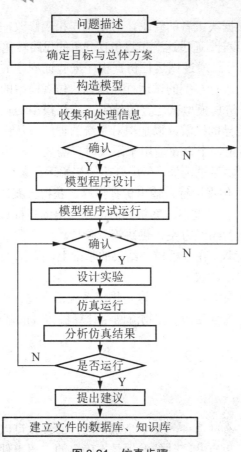

图 3.21　仿真步骤

　　下面结合某地"地区物流网络运营计算机仿真与动态显示"这样一个实例来说明仿真的步骤。该仿真是对地区物流网络的车辆运营组织进行仿真，并同步显示货物结点运输车辆的营运状态。

　　(1) 问题描述。这一阶段对货物车辆运营系统做深入细致的了解，并与车队、车场调度人员反复交换认识，通过反馈使研究者对系统的认识不断深化，描述的系统与实际相符合。

　　(2) 设定目标与总体方案。仿真目标是：从物流网络整体考虑，确定运营的改进方向及改进方案，进行多方案比选，寻求物流网络上各指标间较合理的匹配关系，使物流网络能以较少的车辆和人员配置，完成预定的物流量任务。根据这一目标，构造总体研究方案。它包括了研究人员的数目、分阶段参加人员的工作天数，投入的研究费用等。

　　(3) 建立仿真模型。作系统的实体及属性分析、活动分析、模型变量分析、系统特征分析、模型指标分析、模型的输入、输出分析以及仿真模型选定分析，通过如上分析确定各组成要素以及表征这些要素的状态变量和参数之间的数学逻辑关系，在此基础上构造仿真模型。

　　(4) 收集和处理信息。信息的正确性直接影响仿真结果的正确性，正确地收集和整理信息成为系统仿真的重要组成部分。它包括估计输入参数和获得模型中采用随机变量的概率分布。

　　(5) 确认。对仿真模型及输入参数的准确程度进行认可，它应贯穿于整个仿真过程，但第 5 步和第 8 步的确认特别重要，在这步进一步与货运车辆、车场调度人员交换信息，增强模型的有效性，并根据决策者的要求，对模型作相应修改，使之更符合实际。

(6) 仿真模型的程序设计。通过这一步将仿真分析的思路转化成计算机语言编制的程序。

(7) 仿真模型的试运行。通过试运行仿真程序来验证程序的正确性。可以构造一些易于为人知道结果的数据，进行模型的试运行，以确认仿真模型的正确性。

(8) 确认模型。根据仿真模型试运行的结果，确认模型的正确性，通过对实际系统的行为和仿真过程两者间差异的比较，以加深对系统的理解，从而改进模型。

(9) 设计实验。当不止一个方案适用于系统时，需要以较少的运行次数获得较优的仿真结果。因此对仿真方案要经过选择，考虑合适的初始运行条件、运行时间及重复次数等。

(10) 仿真运行。通过仿真运行，输出仿真指标，获得方案比选的信息。

(11) 分析仿真结果。在经过多方案仿真后，把输出的指标按某种数学方法处理后进行方案的排序。推荐较优运营组织方案，供决策者参考。

(12) 向决策者提出建议。在分析模型结果的基础上，提出对决策者有价值的参考建议，并以文字形式向决策者提出建议。

(13) 建立文件的数据库、知识库。这是物流系统仿真过程中的重要阶段，也是为进一步智能化仿真积累知识的重要手段。在物流网络计算机仿真的基础上，使本系统更加完善，能处理更加复杂的问题。

3.4.4 输入数据建模

1. 随机数和随机变量

在离散系统仿真中，有些事件的发生是确定的，即预先可以知道和确定在某个离散时间点上会发生某个事件。也有些事件的发生是不确定的，该事件所发生的时刻，以及该事件发生会给系统带来的量的改变，或者逻辑状态的改变都是不确定的。对于一个离散事件系统而言，如果状态变化及其间隔可以预先完全确定，则称这个系统为确定性系统。如果状态变化及其间隔具备某种不确定性，则称这个系统为随机系统。造成这两种系统不同的根本原因就是随机系统中的随机事件。

2. Stat::fit 在输入数据建模中的应用

Stat::Fit 是来自 Geer Mountain Software(www.geerms.com)公司的一个软件包，用于帮助分析确定分布的类型，如果需要的话，还可以提供被分析数据的最佳拟合。

数据的检验通常包括独立性检验、同质性检验、平稳性检验 3 种。其中独立性检验和同质性检验可以通过 Stat::Fit 完成，而平稳性检验不能通过 Stat::Fit 完成。

1) 独立性检验

独立性检验(Test for Independence 或 Test for Randomness)，又称随机性检验，检验观察到的样本数据之间是否相互独立，即是否互相影响。如果数据之间没有影响，则称数据是独立的或随机的。

独立性检验，常用散点图(Scatter Plot)，子相关图(Autocorrelation Plot)，趋势段测试(Runs Test)这 3 种检验方法。要全部 3 种检验都通过才行。

(1) 散点图散点图是绘出了所有相邻数据点坐标的图。若散点图显示某种趋势，则说明数据之间存在依赖性，不独立。若散点图很散乱，无趋势则说明独立。如图 3.22 所示，左边的图很散乱，说明数据时独立的或随机的，右边的图有明显的直线趋势，说明数据不独立(不随机)。

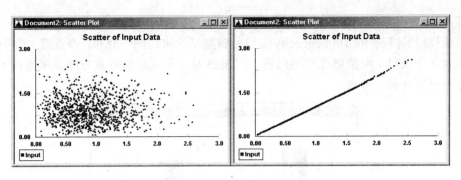

图 3.22　散点图

(2) 自相关图自相关图是反映数据间相关系数(在-1 和 1 间取值)的图,若所有相关系数都接近于 0,则数据独立(随机),若某些相关系数接近 1 或-1,则数据存在自相关,不独立(不随机)。如图 2.23 所示,左边的数据有很强的正相关,说明数据不独立,右边的数据基本不相关,说明数据独立(随机)。

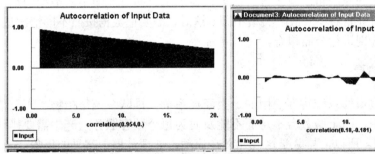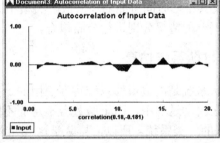

图 3.23　自相关图

(3) 趋势段测试趋势段测试是测试数据趋势的一种方法,如果数据趋势段过多或过少,则认为数据不独立(不随机)。所谓趋势段(Run),指一段连续的呈现向上或向下趋势的数据序列。趋势段测试有两种测试法,即中位数测试(Median Test):测试中位数上面或下面趋势段的数量;转折点测试(Turning Point Test):测试趋势段改变方向的转折点数量。

一般情况下,我们采用统计软件自动进行趋势段测试,图 3.24 为一个趋势段测试的结果。从图中可以看出两种趋势段测试都给出了 DO NOT REJECT 的结论,即认为输入数据的独立性。

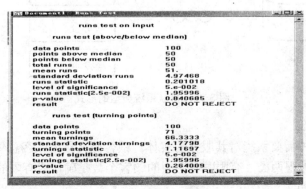

图 3.24　趋势段测试的结果

2) 同质性检验

同质性检验(Test for Homogeneity)。检验数据是否来自同一分布，查看直方图有几个峰值，若有 2 个或以上峰值则说明不同质。图 3.25 显示数据的频率直方图说明数据不同质，即数据不是服从同一分布。

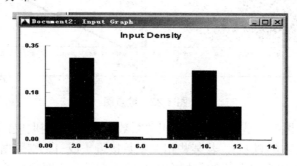

图 3.25　同质性检验

导致数据不同质的原因可能有多种，例如机器加工时间可能随不同类型的加工零件而不同，及其维修时间可能随不同故障类型不同。这时，需要把数据按照不同情况进行分解，然后对每一种情况分别进行分布拟合。

3.4.5　排队系统仿真

排队系统是离散事件系统仿真应用的一类经典系统。排队系统是指物、人及信息等流量元素在流动过程中，由于服务台不足而不能及时为每个顾客服务，产生需要排队等待服务(加工)的一类系统。所以，排队是这些元素在流动、处理过程中常见的现象。

1. 排队系统的基本参数

排队系统典型的形式如图 3.26 所示，系统本身包括了顾客、排队队列和服务台 3 部分。顾客从顾客源中进入系统，形成了不同队列在不同的时间有不同的长度，也可能为 0，即在某些时间无人排队。服务台是接受顾客并为顾客服务的服务设施，它可以是一个简单的单个服务台，也可以是一个复杂的服务网络。

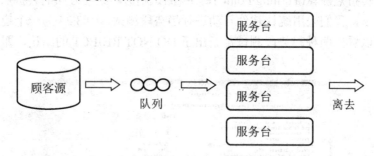

图 3.26　排队系统典型的形式

1) 顾客与顾客源

顾客指任何一种需要系统对其服务的实体。顾客源又称为顾客总体，是指潜在的顾客总数。分为有限与无限两类，有限顾客源中的顾客个数是确切或有限的。

2) 顾客到达模式

到达模式是指顾客按照怎样的规律到达系统。它一般用顾客相继到达的间隔时间来描述。根据间隔时间的确定与否，到达模式可分为确定性到达与随机性到达。

3) 服务机构

服务机构和顾客组成了排队系统，服务机构的结构与顾客被服务的内容与顺序组成了整个排队系统的仿真对象。服务机构中一个重要的属性就是服务台为顾客服务的时间，服务时间可以是确定的，也可以使随机的。服务时间往往不是一个常量，而是受许多因素影响不断变化的，这样对这些服务过程的描述就要借助于概率函数。

服务时间依赖于队长的情况，即排队顾客越多，服务速度越快，服务时间越短。

服务机构另一个重要的属性就是排队规则。排队规则确定了顾客在队列中的逻辑次序。

2. 排队系统的性能指标

排队系统中服务质量与服务效率是系统的性能指标。服务质量是指顾客需等待的时间长短，可以用平均等待时间、平均队长来表示，有时也用最大等待时间与最长队长来表示。服务台效率则用忙闲期比来表示，服务机构中每个服务装置都有它的忙闲比。另外，系统中顾客平均逗留时间与服务台利用率也是系统性能指标。

1) 平均等待时间 W_q

$$W_q = \lim_{n \to \infty} \sum_{i=1}^{n} \frac{D_i}{n} \tag{3-1}$$

式中：D_i——第 i 个顾客的等待时间；

　　　n——已接受服务的顾客数。

2) 服务台利用率

$$\rho = \frac{\lambda}{\mu} \tag{3-2}$$

式中：λ——平均利用率；

　　　μ——平均服务速率。

通常情况下，$\rho < 1$，这表示单位时间内顾客的到达数大于能提供服务的顾客数，大部分顾客必须排队；当 ρ 等于或小于但接近 1 时，顾客可能不排队，直接接受服务，但也可能需要少量时间排队等待。

3) 平均逗留时间 W

$$W = \lim_{n \to \infty} \sum_{i=1}^{n} \frac{W_i}{n} = \lim_{n \to \infty} \sum_{i=1}^{n} \frac{D_i + S_i}{n} \tag{3-3}$$

式中：W_i——第 i 个顾客在系统中逗留的时间，它等于该顾客排队等待时间 D_i 和接受服务时间 S_i 之和。

4) 平均队长 L_q

$$L_q = \lim_{n \to \infty} \int_0^T L_q(t) \, dt / T \tag{3-4}$$

式中：$L_q(t)$——t 时刻的队列长度；

　　　T——系统运行时间。

5) 系统中平均顾客数 L

$$L = \lim_{n \to \infty} \int_0^T L(t) \, dt / T = L_q = \lim_{n \to \infty} \int_0^T \left[L_q(t) + S(t) \right] dt / T \tag{3-5}$$

式中：$L_q(t)$——t 时刻的系统中等待的顾客数；

$S(t)$——t 时刻系统中正在接受服务的顾客数。

$$L(t) = L_q(t) + S(t) \tag{3-6}$$

6) 忙期(闲期)

忙期是指服务台全部处于非空闲状态的时间段，否则成为非忙期。而闲期指服务台全部处于空闲状态的时间段。对于单服务台，忙期与闲期交替出现。

除以上常见的性能指标外，具体的排队系统还可以根据系统本身的要求，采用其他体现系统性能的指标，如最长队列、顾客在系统中最大的逗留时间等。

3. 排队系统的系统建模

1) 单队列单服务台系统模型

这类系统由于只有一个等待服务的队列和一个提供服务的设备，所以模型比较简单。其到达时间操作和服务完成操作分别如图 3.27 和图 3.28 所示。

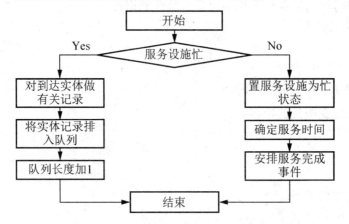

图 3.27　单队列单服务台到达事件操作

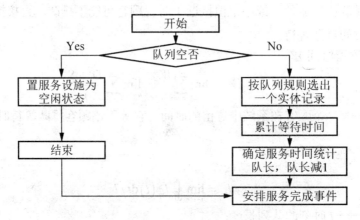

图 3.28　单队列单服务台服务完成事件操作

在这类模型中，系统首先按规定的到达模式产生到达实体，然后判断是否有空闲的服务设备。若有，则实体直接接受服务而不需进入队列等待；否则，实体将进入队列等待服务。服务设备为一个实体服务完毕之后，它将判断队列是否为空。若为空，则不需提供任何服务；否则，将按一定的排队规则从队列中取出一个实体并为其提供服务。在这个过程中还要对设备利用率、队列长度等进行统计以达到仿真的目的。到达事件操作在实体到达时被执行，而服务完成事件操作是在设备为"忙"并且满足服务完成的时间条件时被执行。

2) 单队列多服务台系统模型

当单队列单服务台系统队列过长时可能会失去需要服务的顾客，此时可通过提供多个并行工作的服务台来改善服务水平。图 3.29 和图 3.30 为单队列多服务台系统的到达事件及服务完成事件操作的框图。与单队列单服务台系统相比，该系统的主要差别在于增加了"选出一个空闲的服务设备"模块。该模块的关键是确定如何从多台空闲设备中选出一台设备的选择算法。这可以参照队列的排队规则，采取先"空"先服务、后"空"后服务、优先级服务或随机服务等服务规则。

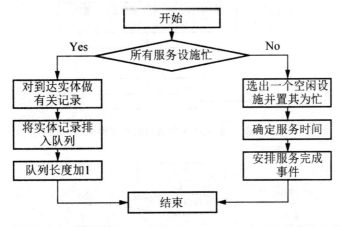

图 3.29　单队列多服务台到达事件

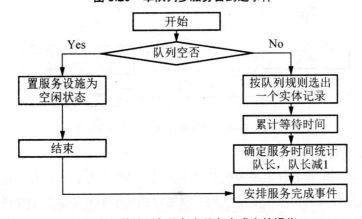

图 3.30　单队列多服务台服务完成事件操作

3) 多队列单服务台系统模型

有时系统中的队列不止一个，如一个自动化组装线，只有当各条元器件输送线上都至少有一个元器件到达后，才可执行组装操作。每条元器件输送线为一个队列，执行组装操作的设备是一个服务设备。因此这个系统是一个多队列单服务台系统。该类系统的一个特点是只有当所有队列都不为空时才可请求提供服务。图 3.31 和图 3.32 分别描述了这类系统的到达事件及服务完成事件的操作过程。由图 3.31 和图 3.32 可知，与前述的排队系统模型相比，该系统只有当所有队长都大于零时才可获得服务。在获得服务时要分别从每个队列中依排队规则选出一个实体记录。

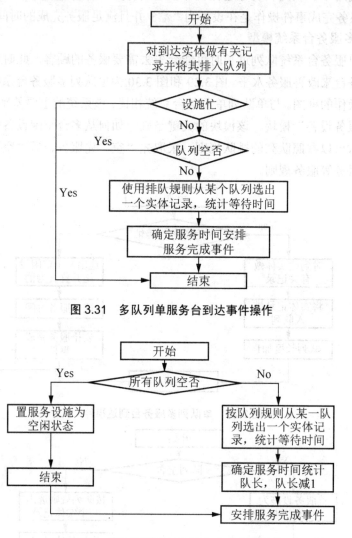

图 3.31　多队列单服务台到达事件操作

图 3.32　多队列单服务台服务完成事件操作

4) 多队列多服务台系统模型

为了提高多队列单服务台系统的服务水平，缩短队列长度，可增加单服务台为多服务台。多队列多服务台系统实际上是单队列多服务台系统模型和多队列单服务台系统模型的结合。其到达事件操作与服务完成事件操作分别如图 3.33 和图 3.34 所示。由图 3.33 和图 3.34 可看出，与单队列多服务台和多队列单服务台系统相比，多队列多服务台系统要遵守两条重要规则。

(1) 当有多个服务台空闲时，要有服务台选择算法。

(2) 当所有队列均不为空时，才可开始服务。

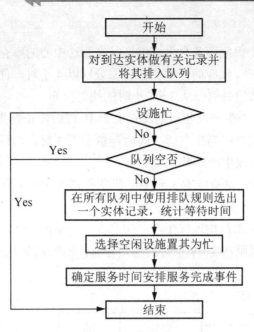

图 3.33　多队列多服务台到达事件操作

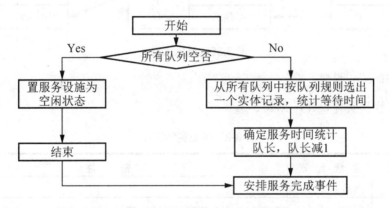

图 3.34　多队列多服务台服务完成事件操作

3.5　仿真案例分析

3.5.1　配送中心仿真与分析

1. 建立概念模型

1) 系统描述

在现代商业社会中，配送中心已经成为连锁企业的商流中心、物流中心、信息流中心，是连锁经营得以正常运转的关键设施。下面是一个典型的配送中心建模过程，该配送中心从 3 个供应商进货，向 3 个生产商发货。仿真的目的是研究该配送中心的即时库存成本和利润，并试图加以改善。

2) 系统数据

供货商(3 个)：当 3 个供应商各自供应的产品在配送中心的库存小于 10 件时开始生产，库存大于 20 件时停止生产。供应商一和供应商二分别以 4 小时一件的效率向配送中心送产品，供应商提供一件产品的时间服从 3～6 小时的均匀分布。

配送中心发货：当 3 个生产商各自的库存大于 10 件时停止发货。当生产商一的库存量小于 2 时，向该生产商发货；当生产商二的库存量小于 3 时，向该生产商发货；当生产商三的库存量小于 4 时，向该生产商发货。

配送中心成本和收入：进货成本 3 元/件；供货价格 5 元/件；每件产品在配送中心存货100 小时费用 1 元。

生产商(3 个)：3 个生产商均连续生产。生产商一每生产一件产品需要 6 小时；生产商二每生产一件产品的时间服从 3～9 小时的均匀分布；生产商二每生产一件产品的时间服从2～8 小时的均匀分布。

3) 概念模型(见图 3.35)

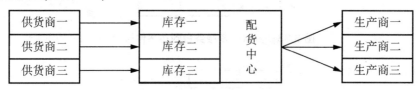

图 3.35　概念模型

2. 建立 Flexsim 模型

第 1 步：模型实体设计，见表 3-2。

表 3-2　模型实体设计

模 型 元 素	系 统 元 素	备　　注
Flow item	产品	
Source	发生产品	3 个 Source 发生产品的速度相同且快于供货商供应速度
模型前面的 3 个 Processor	供货商	3 个 Processor 加工速率不同，按照模型的系统数据进行设定
Rack	配送中心	3 个 Rack 分别对应 3 个供货商
Queue	生产商仓库	3 个 Queue 订货条件不同，根据模型的系统数据进行设定
模型后面的 3 个 Processor	生产商	3 个 Processor 加工速率不同，按照模型的系统数据进行设定
Sink	产品收集装置	产品的最终去处

第 2 步：在模型中加入实体。

从模型中拖入 3 个 Source、6 个 Processor、3 个 Rack、3 个 Queue 和 1 个 Sink 到操作区中，如图 3.36 所示。

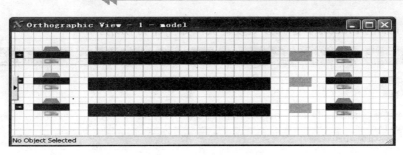

图 3.36　模型实体布局图

第 3 步：连接端口。

根据配送的流程，对模型做的连接，如图 3.37 所示。

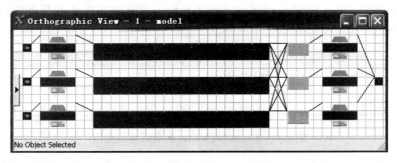

图 3.37　连接后的模型实体布局图

第 4 步：Source 参数设置。

因为 3 个 Source 在这里只是产生产品的装置，所以对 3 个 Source 做同样的设定。为了使 Source 产生实体不影响后面 Processor 的生产，应将它们产生实体的时间间隔设置的尽可能小。

双击一个 Source 打开参数设置页，如图 3.38 和图 3.39 所示。

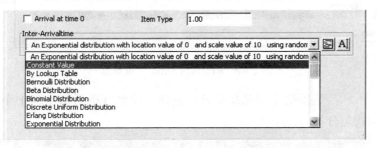

图 3.38　Inter-Arrival time 下拉菜单

图 3.39　Source 发生产品的时间间隔编辑窗口

第 5 步：Processor 参数设置。

3 个 Processor 相当于 3 个供货商，按照模型中由上至下的顺序依次供货商一、供货商二、供货商三。

双击最上面的 Processor 打开参数设置页，如图 3.40 所示。

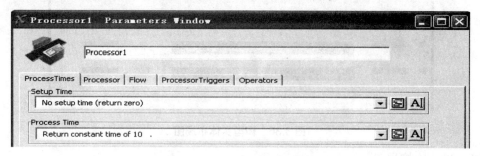

图 3.40　Processor 的参数编辑窗口

在这个模型中，将 1 个单位时间定义为 1 小时，那么这条指令的意思就是该供应商在收到订单后的成产效率为每 4 小时 1 个产品，如图 3.41 所示。

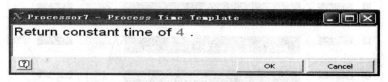

图 3.41　Constant Value 的参数编辑窗口

根据预先设计的系统数据，供货商一和供货商二的生产效率是一样的，都为每 4 小时 1 个产品，所以对中间的 Processor 也进行同样的操作即可完成设置。

对于最下面的 Processor，如图 3.42 所示。

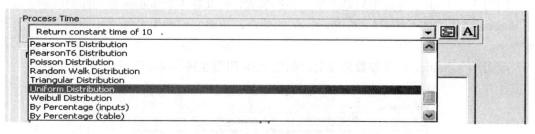

图 3.42　Process Time 下拉菜单

如图 3.43 所示，这条指令的意思是该供应商在收到订单后每生产 1 个产品的时间服从 2~6 小时的均匀分布。

图 3.43　Uniform Distribution 的参数编辑窗口

第 6 步：Rack 参数设置。

双击一个 Rack 打开参数设置页。在 RackTriggers 项目下的 OnEntry 下拉菜单中选择 Close and Open Ports，如图 3.44 所示。

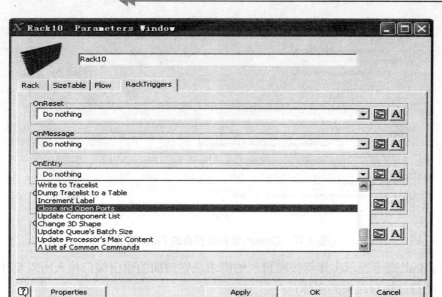

图 3.44　OnEntry 下拉菜单

如图 3.45 所示，这条指令的意思是，如果 Rack 的当前存储产品数增加到 20 的话就关闭与它的输入端口 1 相连的实体(即 Processor)的输入端口，这就相当于当供货商一提供的产品达到 20 的库存时，配送中心就停止供货商一的供货。

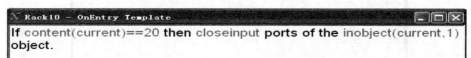

图 3.45　Close and Open Ports 的参数编辑窗口

类似的，在 RackTriggers 项目下的 OnExit 下拉菜单中选择 Close and Open Ports。单击 OnEntry 下拉菜单后的参数编辑按钮 ，在弹出的编辑框中进行如下编辑："If content(current)==10 then openinput ports of the inobject(current,1) object."

这条指令的意思是，如果 Rack 的当前存储产品数减少到 10 的话就打开与它的输入端口 1 相连的实体(即 Processor)的输入端口，这就相当于当来自供货商一的产品小于 10 个的时候供货商一就恢复对配送中心的供货。

我们对另外两个货架进行同样的设置。

第 7 步：Queue 参数设置。

3 个 Queue 在模型中代表 3 个生产商的仓库，它们根据自己的需求向配货中心订货。我们按照模型中由上至下的顺序依次是生产商一、生产商二、生产商三。

双击最上面的 Queue 打开参数设置页。在 Queue 项目下，将 Maximum Content 改为 15。如图 3.46 和图 3.47 所示。

图 3.46　Queue 参数设置页

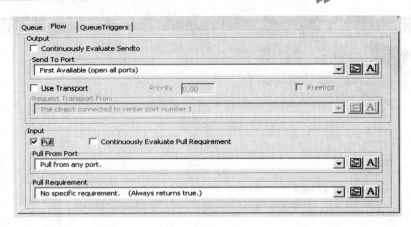

图 3.47　Queue 参数设置页的 Flow 项目

说明：Pull 命令表示实体将按照自己的需求从它前面的输出端口拉入所需实体(而不是被动的接受前面端口送来的实体)。

如图 3.48 所示，return duniform(1,3)语句表示 Queue 从它前面的 3 个 Rack 概率均等地拉入实体；duniform(1,3)命令表示从 1～3 的均匀离散整数分布。

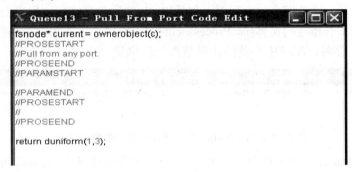

图 3.48　Pull From Port 代码设置页

经过这样的设置以后，配送中心的 3 个 Rack 将有均等的机会将自己的产品送到这个 Queue，如图 3.49 所示。

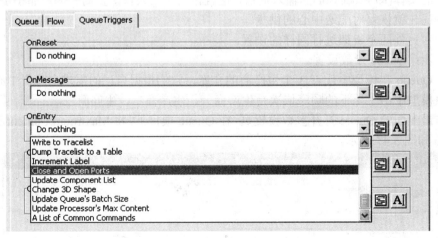

图 3.49　OnEntry 下拉菜单

如图 3.50 所示，这条指令的意思是，如果 Queue 的当前存储产品数增加到 10 的话就关闭它的输入端口，这就相当于当生产商一的库存产品达到 10 的时候配送中心就不再送货给它。

图 3.50　Close and Open Ports 的参数编辑窗口

类似的，在 QueueTriggers 项目下的 OnExit 下拉菜单中选择 Close and Open Ports，如图 3.51 所示。

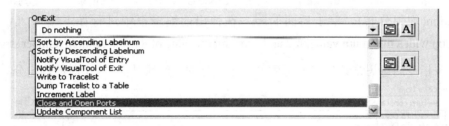

图 3.51　OnExit 下拉菜单

如图 3.52 所示，这条指令的意思是，如果 Queue 的当前存储产品数减少到 2 的话就打开它的输入端口，这就相当于当生产商一的库存产品减少到 2 的时候配送中心继续送货给它。

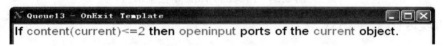

图 3.52　Close and Open Ports 的参数编辑窗口

对于剩下的两个 Queue，所做的相同设置是：改变 Maximum Content 为 15，点选它们 Flow 项目下的 Pull 选项并进行相关的代码编辑，对 QueueTriggers 项目下的 OnEntry 触发进行同样的设置。不同的设置是对 QueueTriggers 项目下的 OnExit 触发进行的修改和编辑。

对于中间的 Queue，在 OnExit 下拉菜单中仍然选择 Close and Open Ports。然后单击 OnExit 下拉菜单后的参数编辑按钮将指令改为："If content(current)<=3 then openinput ports of the current object."

对于最下边的 Queue，在 OnExit 下拉菜单中仍然选择 Close and Open Ports。然后单击 OnExit 下拉菜单后的参数编辑按钮将指令改为："If content(current)<=4 then openinput ports of the current object."

第 8 步：Processor 参数设置。

后面的 3 个 Processor 相当于 3 个生产商，按照模型中由上至下的顺序依次是(改为"是")生产一、生产商二、生产商三。

双击最上面的 Processor 打开参数设置页，在 ProcesTimes 项目下 Process Time 的下拉菜单中选择默认设置。

如图 3.53 所示，在这个模型中，我们将 1 个单位时间定义为 1 小时，那么这条指令的意思就是该生产商的成产效率为每 6 小时 1 个产品。

图 3.53　Constant Time 的参数编辑窗口

如图 3.54 所示，单击 Process Time 下拉菜单后的参数编辑按钮，在弹出的编辑框中进行如下编辑："A Uniform distribution with a minimum value of 3 and a maximum value of 9 using random number stream 1 ."

这条指令的意思是该生产商每生产 1 个产品的时间服从 3～9 小时的均匀分布。

对于最下面的 Processor，我们在 Process Time 的下拉菜单中选择 Uniform Distribution(均匀分布)。单击后面的，在弹出的编辑框中进行如下编辑 "A Uniform distribution with a minimum value of 2 and a maximum value of 8 using random number stream 1 ."

这条指令的意思是该生产商每生产 1 个产品的时间服从 2～8 小时的均匀分布。

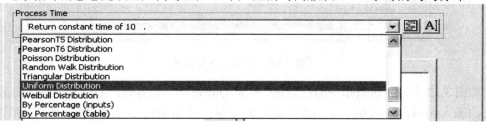

图 3.54　Process Time 下拉菜单

3. 模型运行(见图 3.55)

第 9 步：编译。

第 10 步：重置模型。

第 11 步：运行模型。

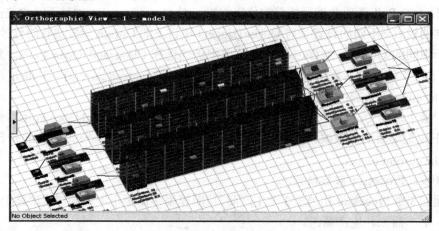

图 3.55　模型运行截图

要停止运行，可随时单击 ● Stop 按钮。

要加快或减慢模型运行速度，可左右移动视窗底部的运行速度滑动条。移动此滑动条能改变仿真时间与真实时间的比率，它完全不会影响模型运行的结果，如图 3.56 所示。

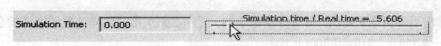

Simulation Time: 0.000　　　　Simulation time / Real time = 5.606

图 3.56　时间控制工具条

4. 数据分析

单击软件窗口右下角的 Experimenter 按钮(实验控制器)。在打开的窗口中做如下的设置。

- 将 Simulation End Time 值设为 8 760.00(在该实验中，1 个单位时间代表 1 个小时，对模型运行一年的数据进行收集，即让模型运行 24(小时)×365(天)=8760(小时)。
- 将 Number of Scenarios 值设为 1。
- 将 Replications per Scenario 值设为 1。

单击 Reset 按钮重置模型。

再次运行模型，可以适当的加快仿真运行的时间，这次当仿真时间到 8760 时模型会自动停止运行。

数据收集分析。在操作区中，按住 Ctrl 键，同时分别单击 3 个 Rack，则 3 个 Rack 被选中，被选中的实体显示出红色边框。

单击软件菜单栏中的 Stats，在弹出的下拉菜单中选中 Stats Collecting，在右侧弹出的选项中单击 Selected Objects On。

这个操作打开了所选中实体的数据收集开关。

右击一个 Rack，选择 Properties 命令打开对话框，选择 Statistics 选项卡，如图 3.57 所示。

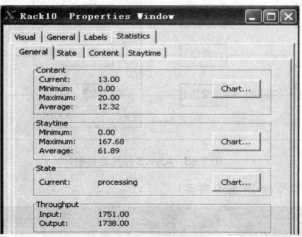

图 3.57　Statistics 选项卡

在所显示的数据中，对分析有帮助的数据是(每次运行模型所收集的数据会不相同，这里仅对这一次模型运行的数据结果进行分析)配送中心这个 Rack 的收益情况。

进货总成本：1 751×3=5 253(元)

供货总收入：1 738×5=8 690(元)

存货成本：12.32×8 760/(100×1)=1 079.23(元)

利润：8 690−5 253−1079=2 358(元)

计算出另外两个 Rack 的利润分别是 2 323 元和 2 519 元。这样该配送中心的总利润就为 2 358＋2 323＋2 519＝7 200(元)。

为了研究出库存对配送中心利润的影响，可以改变配送中心每个 Rack 的最大存储(该数据在 Rack 参数页的 RackTriggers 项目下的 OnEntry 下进行编辑)和对供货商的订货条件(即库存低于多少时订货，这个数据在 Rack 参数页的 RackTriggers 项目下的 OnExit 下进行编辑)来多次的运行模型并进行数据分析，通过对比就可以知道怎样的设置能使得配送中心的利润最大。

3.5.2　自动存取系统仿真分析

1. 系统描述

这是一个自动存取系统(AS/RS)的模型。这个系统是一个为 3 种产品送往港口而设立的中间存储仓库，目的是暂时存储产品并保证产品的高速流转。在仿真系统中，由 3 个发生器分别创建一种产品，并给予红、黄、蓝 3 种颜色。4 件产品被合成器合成一个，用来模拟装在一个标准化的箱子内，这里的合成器的外观采用的是处理器的样子。3 种产品按照产品的类型被运到 AS/RS 中不同的入口。堆垛机将产品随机的放到过道对应的货架上。过了一段时间后(这个时间在这个系统中被设计为随机)，产品离开货架被输送机按照类型运到所对应的吸收器中，这里吸收器采用的是卡车的外观。

2. 系统流程图(如图 3.58 所示)

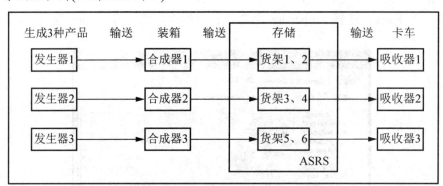

图 3.58　AS/RS 系统流程图

3. 仿真系统模型图(如图 3.59 所示)

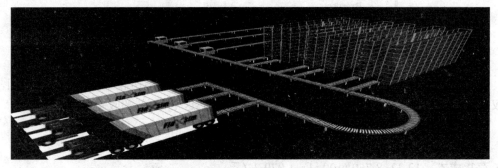

图 3.59　仿真系统模型图

4. 仿真结果分析与评价

如图 3.60 所示，系统运行 1 380 596.32s 之后并没有发生任何堆积停滞现象。

图 3.60 AS/RS 仿真模拟图

5. 系统评价与建议

(1) 从设备利用率上看，3 组货架，每组货架各有一个堆垛机，每个堆垛机利用效率低，但是却保证了整个系统的高响应能力，系统没有出现堆积停滞现象。鉴于此仓库的目的是保证货物的高速流转，提高仓库的响应力，此种设计符合要求。

(2) 从系统响应能力和周转速度上看，系统没有停滞现象，出入库等待时间短，物料在库中的平均存储时间也较短，设计比较符合要求。

(3) 从入库储库货位的分配规则看，随机分配，没有合理的利用货位，不合理。若考虑到整个系统的高周转速度，应该先放置到低的货位，再放置到高的货位上。同时出货时在结合先入先出原则的同时应先从低的货位取货。

(4) 从立体库的空间布局与货位设计来看，因为这个仓库主要的目的是保证货物的高速流转，而且进出库频繁，仓库的总存储量高于库实际的最大存储量，由于考虑到低货位更容易提高周转速度，所以建议不削减货架的数量，而是采用降低货架的设计高度，以节省成本。

本 章 小 结

本章对物流系统建模与仿真作了相关介绍。

在分析了物流系统的内涵与构成、作业目标、合理化原则的基础上，重点介绍了物流系统分析过程中的常用理论、方法以及分析的过程和物流系统建模的必要性、原则、方法及步骤，最后对物流系统仿真的软件及步骤等作了相关介绍。

本章的教学目标是使学生对物流系统建模与仿真有一定的了解，并掌握有关知识。

知 识 链 接

物流系统三维虚拟仿真的计算机实现

三维虚拟仿真(3D Virtual Simulation)就是利用三维建模技术，构建现实世界的三维场景并通过一定的软件环境驱动整个三维场景，响应用户的输入，根据用户的不同动作做出相应的反应，并在三维环境中显示出来。三维仿真的关键技术主要有动态环境建模技术、实时三维图形生成技术、立体显示和传感器技术、应用系统开发工具、系统集成技术等。

1. 仿真平台的组成

仿真平台通常构建在基于 Windows 系统的 PC 或图形工作站上。仿真平台主要有以下 3 个模块组成：特征造型数据类库、三维场景管理模块和交互接口模块。

各模块功能如下。

(1) 特征造型数据类库：由各类设备的抽象类组成。设备类中封装了各类设备的造型特征，以及设备的行为。

(2) 三维场景管理模块：负责三维场景的构造、变换及显示。

(3) 交互接口模块：处理人机交互输入。

2. 面向对象的仿真建模方法

计算机仿真主要包括仿真建模、程序实现、仿真结果的统计分析三大部分。建模阶段，主要根据研究目的、系统的先验知识及实验观察的数据，对系统进行分析，确定各组成要素以及表征这些要素的状态变量和参数之间的数学逻辑关系，建立被研究系统的数学逻辑模型。

在面向对象系统仿真建模时，对象是基本的运行时实体，既包括数据(属性)，又包括作用于数据的操作(行为)，所以一个对象把属性和行为封装成一个整体。一个类定义了一组大体上相似的对象。一个类所包含的方法和数据描述一组对象的共同行为和属性。对象之间进行通信的方式叫消息机制。不同层次类之间共享数据和操作的机制叫继承。一切事物以对象为唯一模型，对象间除了互相传送消息外，没有别的联系。

3. 三维图形仿真工具 OpenGL

OpenGL 最初是 SGI 公司为其图形工作站开发的可以独立于操作系统和硬件环境的图形开发系统。目前，OpenGL 已经成为高性能图形和交互式图像处理的工业标准，OpenGL 已被多家大公司采用作为图形标准，并能够在多种平台上应用。

OpenGL 实际是一个 3D 的 API(Application Programming Interface)，它独立于硬件设备和操作系统，以它为基础开发的应用程序可以十分方便地在各种平台间移植。从程序员的角度来看，OpenGL 是一组绘图命令和函数的集合。在微机版本中，OpenGL 提供了 3 个函数库，它们是基本库、实用库和辅助库。利用这些命令或函数能够对二维和三维几何形体进行数学描述，并控制这些形体以某种方式进行绘制。

OpenGL 不仅能够绘制整个三维模型，而且可以进行三维交互、动作模拟等。具体功能主要有：模型绘制、模型观察、颜色模式的指定、光照应用、图像效果增强、位图和图像处理、纹理映射、实时动画。

4. 三维仿真建模场景的构造和管理

(1) 运用 OpenGL 进行绘图并且最终在计算机屏幕上显示三维景物的基本步骤如下。

① 建立物体模型，并对模型进行数学描述，通过用几何图元(点、线、多边形、位图)构造物体表面而实现。

② 在三维空间中布置物体,并且设置视点(Viewpoint)以观察场景。

③ 计算模型中物体的颜色,在应用程序中可以直接定义,也可以由光照条件或纹理间接给出。

④ 光栅化(Rasterization)把物体的数学描述和颜色信息转换成可在屏幕上显示的像素信息。

(2) 几何模型的变换。仿真模型所描述的现实世界中的物体都是三维的,而计算机输出设备 CRT 只能显示二维图像。OpenGL 通过一系列的变换实现以平面的形式来表示三维的形体。

(3) 碰撞检测。碰撞检测是交互式场景漫游需要解决的一个重要问题。每当接收到用户漫游场景的输入,系统都要进行检测,判断根据用户的输入而得到的新的视点是否会与场景中的物体发生碰撞或进入物体内部。由于仿真场景中的设备大多以较为规则的形体叠加而成,所以根据具体设备的形状将设备简化为尽可能贴近设备的长方体包围盒或长方体包围盒的集合,并且将视点转化为一个点。这样,碰撞检测转化为判断一个点是否与长方体相交的问题。从而加快的实时响应速度,取得较好的漫游效果。

复习思考题

1. 选择题

(1) 以下哪一项不属于物流系统模式功能?(　　)

A. 输入　　　　　B. 处理　　　　　C. 反馈　　　　　D. 集成

(2) 物流输入系统中,(　　)是控制物流系统的主体。

A. 人　　　　　B. 财　　　　　C. 物　　　　　D. 信息

(3) 在物流系统构成中,(　　)保证了物流系统信息的流畅,提高物流系统的整体效率。

A. 组织管理系统　B. 物流信息系统　C. 运输网络系统　D. 仓储管理系统

(4) 运输和(　　)一起构成了物流系统的两大支柱。

A. 包装　　　　　B. 装卸、搬运　　C. 仓储　　　　　D. 流通加工

(5) 以下哪一个不是物流系统的作业目标?(　　)

A. 快速响应　　　B. 最小变异　　　C. 最小库存　　　D. 最小费用

(6) 在物流系统分析中,物流设施选址,物流作业资源配置常用的方法和理论是(　　)。

A. 数学规划法　　B. 统筹法　　　　C. 系统优化法　　D. 系统仿真

(7) 哪一个不属于物流系统的特征?(　　)

A. 整体性　　　　B. 确定性　　　　C. 相关性　　　　D. 环境适应性

(8) 以下哪一项不是物流系统建模的原则?(　　)

A. 准确性　　　　B. 可靠性　　　　C. 经济性　　　　D. 实用性

(9) 以下哪一个不是仿真必要性问题?(　　)

A. 问题类型　　　B. 费用　　　　　C. 数据的可获得性　D. 仿真架构

(10) 以下哪一个不属于仿真系统描述的基本要素?(　　)

A. 实体　　　　　B. 事件　　　　　C. 活动　　　　　D. 成分

2. 简答题

(1) 简述物流系统的功能。

(2) 简述物流系统优化的基本原则。

(3) 简述物流系统模型建立的原则。

(4) 物流系统仿真有哪些优势以及系统仿真在物流系统研究中有哪些作用?

(5) 简述物流系统仿真步骤。

3. 判断题

(1) 物流系统是一个不可分系统。 (　　)

(2) 物流系统分析工作不是一蹴而就的过程。 (　　)

(3) 各个企业都应该追求企业库存的"零库存"目标。 (　　)

(4) 物流系统分析首先要收集资料、分析问题。 (　　)

(5) 物流系统建模原则的优先性依次是标准化、简明性、现实性。 (　　)

(6) 当一个系统包含有人的活动时,通常就不能进行很好的仿真。 (　　)

(7) 仿真系统中,考虑现实因素越多越好。 (　　)

(8) 参数化建模是 SIMAnimation 较之其他软件的独特优势。 (　　)

4. 思考题

(1) 谈谈你对物流系统的内涵的理解。

(2) 简述物流系统的作业目标及合理化原则。

(3) 举例说明物流系统分析过程。

(4) 举例说明物流系统建模的过程。

(5) 比较分析几种常用仿真软件的应用。

(6) 就一个仿真软件进行实际操作并写出操作步骤、心得。

第4章 物料搬运系统
设计与设备管理

学习目标

- **知识点**

  - ➢ 搬运系统基本概念
  - ➢ 搬运设备、搬运器具和设备管理
  - ➢ 搬运系统分析

- **难点**

  - ➢ 搬运系统分析方法的实际应用

- **要求**

  熟练掌握的内容：
  - ➢ 物料搬运定义、活性理论、单元化和标准化的概念
  - ➢ 搬运系统分析方法的阶段、程序模式和图表

  了解理解的内容：
  - ➢ 搬运设备、搬运器具和设备管理

开篇案例

Jasper发动机公司(以下简称Jasper公司)是一家修理变速箱、发动机和差速齿轮的公司,该公司的厂房设施面积有370 000平方英尺,其中变速箱修理车间面积为110 000平方英尺。该公司的年产量为55 000个变速箱,雇员数有800人。工作时间按白班每周5天、晚班每周4天的工作制。为了寻找新的赢利点,Jasper公司准备开展一项新业务:为赛车手所驾驶的77辆赛车提供修理服务。而在美国全国赛车协会的比赛上,赛车修理站就是对物料搬运的最终检验,不允许慢慢地换轮胎、加油或换其他部件,这些都要在20秒内完成。这就要求该公司提高其生产能力和生产效率,以满足新业务的要求。为了适应新业务的要求,该公司决定对生产车间进行改进,以提高公司的变速箱装配速度。

Jasper公司存在的问题明显,公司的在制品太多,人员使用和时间安排不紧凑,生产效率太低,生产能力达不到预期目标,不能适应公司业务增长的需要,无法为赛车比赛提供维修服务。经过重新布置如图4.1所示,生产能力增加三分之一,交货期降低一半,每件工时也降低了20%。

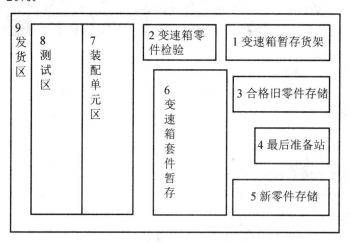

图4.1　Jasper公司生产车间重新布置图

[思考]:Jasper发动机公司应从哪几个方面进行改进的?

4.1　物料搬运系统的基本概念

物料搬运(Material Handling)是制造企业生产过程中的辅助生产过程,它是工序之间、车间之间、工厂之间物质流不可缺少的环节。据调查,我国机械加工厂每生产1吨产品,需252吨次的物料搬运,其成本为加工成本的15.5%。据国外统计,在中等批量的生产车间里,零件在机床上的时间仅占生产时间的5%,而95%的时间消耗在原材料、工具、零件的搬运、等待上;物料搬运的费用占全部生产费用的20%~50%。由此可见,改善物料搬运作业,可以取得明显的经济效果。为此,设计一个合理、高效、柔性的物料搬运系统,对压缩库存资金占用、缩短物料搬运所占时间是十分必要的。

4.1.1 物料搬运定义

物料搬运是指在同一场所范围内进行的、以改变物料的存放(即狭义的装卸)和空间位置(即狭义的搬运)为主要目的的活动,即对物料、产品、零部件或其他物品进行搬上、卸下、移动的活动。

物料搬运具有 5 个特点:移动、数量、时间、空间和控制。移动包括运输或者物料从某一地点搬到下一地点,安全要素是移动这一特点中首要考虑的因素。每次移动的量决定于物料搬运设备的类型和性质,这个过程中也产生了单位的货物运输费用。时间这一特点考虑的是物料能够通过设备的速度。物料搬运的空间特点与存储、移动搬运的设备所占空间,以及物料自身排列、存储所需空间有关。物料的追踪、识别、库存管理都是"控制"这一特点的表现。

4.1.2 物料搬运活性理论

1. 搬运活性

物料存放的状态各式各样,可以散放在地上,也可以装箱放在地上,或放在托盘上等,由于存放的状态不同,物料的搬运难易程度也不一样。把由于物料的不同存放状态,导致的搬运作业的难易程度,称为搬运活性。

2. 搬运活性指数

活性指数用于表示各种状态下的物品的搬运活性。规定散放在地上的物品其搬运活性为 0。散放在地上的物品要运走,需要经过集中、搬起、升起、运走 4 次作业,每增加一次必要的操作,物品的搬运活性指数加上 1,如运动中的物品搬运活性为 4。活性的区分与活性指数见表 4-1。

表 4-1　活性的区分和活性指数

物料状态	作业种类				还需要的作业数量	已不需要的作业数量	物料活性 α
	集中	搬起	升起	运走			
散放在地面上	要	要	要	要	4	0	0
集装在容器内	不要	要	要	要	3	1	1
托盘上	不要	不要	要	要	2	2	2
车中	不要	不要	不要	要	1	3	3
运动中	不要	不要	不要	不要	0	4	4

α 值越高,物料流动越容易,所要求的工位器具投资费用及其工位器具所消耗的费用水平越高。设计系统时,不应机械地认为物料活性系数越高越好,应综合考虑,合理选择。

4.1.3 物料搬运单元化与标准化

实现单元化和标准化对物料搬运意义非常重大。一方面,物料实行单元化后,改变物料散放状态,提高搬运活性指数,易于搬运,同时也改变了堆放条件,能更好地利用仓库面积和空间;另一方面,实现标准化能合理、充分地利用搬运设备、设施,提高生产率和经济效益。

1. 单元化

单元化是将不同状态和大小的物品，集装成一个搬运单元，便于搬运作业，也叫做集装单元化。集装单元可以是托盘、箱、袋、筒等，其中以托盘应用最为广泛。物品搬运单元化，可以缩短搬运时间、保持搬运的灵活性和作业的连贯性，也是搬运机械化的前提。使用具有一定规格尺寸的货物单元，便于搬运机械的操作，可以减轻人力装卸从而提高生产作业率。另外，利用集装单元可以防止物品散失，易于清点和增加货物堆码层数，更好地利用仓库空间。

2. 标准化

标准化是指物品包装与集装单元的尺寸(如托盘的尺寸，包厢的尺寸等)，要符合一定的标准模数，仓库货架、运输车辆、搬运机械也要按标准模数决定其主要性能参数。这有利于物流系统中各个环节的协调配合，在异地完成中转等作业时不用换装，提高通用性，减少搬运作业时间，减少物品的散失、损坏，从而节约费用。

(1) 物流基础模数。物流基础模数尺寸是标准化的基础，它的作用和建筑模数尺寸的作用大体相同，其考虑的基点主要是简单化。基础模数尺寸一旦确定，设备的制造，设施的建设，物流系统中各个环节的配合协调，物流系统与其他系统的配合，就有了依据。目前 ISO 中央秘书处及欧洲各国已基本认定 600mm×400mm 为基础模数尺寸，我国目前尚在研究。

(2) 物流模数。物流模数即集装单元基础模数尺寸(即最小的集装尺寸)。集装单元基础模数尺寸，可以从 600mm×400mm 按倍数系列推导出来，也可以在满足 600mm×400mm 的基础模数的前提下，从卡车或大型集装箱的分割系列推导出来。物流模数尺寸以 1 200mm×1 000mm 为主，也允许 1 100mm×1 100mm 等规格。

物流基础模数尺寸与集装单元基础模数尺寸的配合关系，以集装单元基础模数尺寸 1 200mm×1 000mm 为例，如图 4.2 所示。

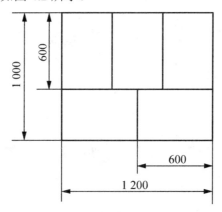

图 4.2　物流基础模数尺寸与集装单元基础模数尺寸的配合关系

4.1.4　物料搬运合理化原则

搬运系统合理化的原则可以概括如下。

(1) 不要多余的作业。搬运造成的沾污、破损等可能成为影响物品价值的原因，如无必要，尽量不要搬运。

(2) 合理提高搬运活性。放在仓库的物品都是待运物品，因此应使之处在易于移动的状态。应当把它们整理归堆，或是包装成单件放在托盘上，或是装在车上，或是放在输送机上。

(3) 利用重力。利用重力由高处向低处移动，有利于节省能源，减轻劳力。当重力作为阻力发生作用时，应把物品装在滚轮输送机上。

(4) 机械化。由于劳动力不足，应尽可能使搬运机械化。使用机械可以把作业人员或司机从重体力劳动中解放出来，并提高劳动生产率。

(5) 务必使流程不受阻滞。应当进行不停地连续作业，最为理想的是使物品不间断地连续地流动。

(6) 单元货载。大力推行使用托盘和集装箱，将一定数量的货物汇集起来成为一个大件货物以有利于机械搬运、运输、保管，形成单元货载系统。

(7) 系统化。物流活动由运输、保管、搬运、包装、流通加工等活动组成，应把这些活动当成一个系统处理，以求其合理化。

综上所述，将物料搬运合理化原则概括为 4 条：减少环节，简化作业流程，实现物流合理化原则；在满足生产工艺的前提下，发挥设备的利用率原则；贯彻系统化、标准化原则；步步活化、省力节能原则。

4.2　物料搬运设备、器具与设备管理

4.2.1　物料搬运设备

物料搬运设备可概括为四大类，即搬运车辆、输送机械、起重机械和垂直搬运机械，本节将分别介绍。

1. 搬运车辆

1) 手推车

手推车是一种以人力为主，在路面上水平输送物料的搬运车，其特点是轻巧灵活、易操作、回转半径小，适于短距离搬运轻型物料。由于运输物料的种类、性质、重量、形状及行走道路条件不同，手推车的构造形式是多种多样的。常见的手推车类型包括杠杆式手推车、手推台车、登高手推台车和手动液压升降平台车，图 4.3 为各类手推车外形图。

(1) 杠杆式手推车。杠杆式手推车是最古老的、最实用的人力搬运车，它轻巧、灵活、转向方便，但需靠体力装卸。杠杆式手推车需要保持平衡再进行移动，所以仅适合装载较轻、搬运距离较短的作业。为适应现代的需要，目前已有采用自重轻的钢型和铝型材作为车体；以及采用阻力小的耐磨的车轮；还有采用可折叠、便携的车体。

(2) 手推台车。手推台车是一种以人力为主的搬运车。它轻巧灵活、易操作、回转半径小，广泛适用于车间、仓库、超市、食堂、办公室等，是短距离、运输轻小物品的一种方便而经济的搬运工具。一般，每次搬运量为 5~500kg，水平移动 30m 以下，搬运速度 30m/min 以下。

(3) 登高式手推台车。当需要向较高的货架内存取轻小型的物料时，可采用带梯子的手推台车，以提高仓库的空间利用率，适用于图书、标准件等仓库进行拣选、运输作业。

(4) 手动液压升降平台车。手动液压升降平台车采用手压或脚踏为动力，通过液压驱动使载重平台作升降运动的手推平台车。可调整货物作业时的高度差，减轻操作人员的劳动强度。在选择和使用手推车时，首先应考虑物料的形状及性质。当搬运多品种货物时，应考虑采用通用型的手推车；当搬运单一品种货物时，则应尽量选用专用手推车，以提高作业效率。其次还要考虑输送量及运距。由于手推车是以人力为动力的搬运工具，当运距较远时，载重量不宜太大。此外，货物的体积、放置方式、道路条件及路面状况等，在选择手推车时也要加以考虑。

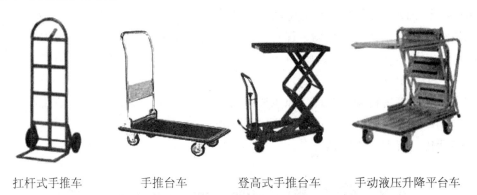

扛杆式手推车　　　　手推台车　　　　登高式手推台车　　　手动液压升降平台车

图 4.3　各类手推车外形图

2) 托盘搬运车

托盘搬运车是一种轻小型搬运设备，它有两个货叉似的插腿，可插入托盘底部。插腿的前端有两个小直径的行走轮，用来支撑托盘货的重量。货叉可以抬起，使托盘或货箱离开地面，然后用手拉或电动驱动使之行走。这种托盘搬运车广泛应用于收发站台的装卸或车间内各工序间不需堆垛的搬运作业。常见的托盘搬运车类型包括手动托盘搬运车、电动托盘搬运车和固定平台搬运车，图 4.4 为各类托盘搬运车外形图。

(1) 手动托盘搬运车。手动托盘搬运车，在使用时将其承载的货叉插入托盘孔内，由人力驱动液压系统来实现托盘货物的起升和下降，并由人力拉动完成搬运作业。它是托盘运输中最简便、最有效、最常见的装卸、搬运工具。

(2) 电动托盘搬运车。电动叉腿式叉车由外伸在车体前方的、带脚轮的支腿来保持车体的稳定，货叉位于支腿的正上方，并可以作微起升，使托盘货物离地进行搬运作业。

(3) 固定平台搬运车。固定平台搬运车，具有较大承载物料平台的搬运车。相对承载卡车而言，承载平台离地较低，装卸方便；结构简单、价格低；轴距、轮距较小，作业灵活等，一般用于企业内车间与车间，车间与仓库之间的运输。根据动力不同分为内燃型和电瓶型。

手动托盘搬运车　　　　　电动托盘搬运车　　　　　固定平台搬运车

图 4.4　各类托盘搬运车外形图

3) 叉车(Truck)

叉车是一种用来装卸、搬运和堆码单元货物的车辆。它具有适用性强，机动灵活，效率高的优点。不仅可以将货物叉起进行水平搬运，还可以将货物提升进行垂直堆码。如果在货叉叉架上安装各种专用附属工具(如旋转夹具、推出器、串杆、吊臂等)，还可以进一步扩大其使用范围。常见的叉车类型包括平衡重式叉车、前移式叉车、插腿式叉车和侧面叉车等，图 4.5 为各类叉车外形图。

(1) 平衡重式叉车。平衡重式叉车是使用最为广泛的叉车。货叉在前轮中心线以外，为了克服货物产生的倾覆力矩，在叉车的尾部装有平衡重块。这种叉车适用于在露天货场作业，一般采用充气轮胎，运行速度比较快，而且具有较好的爬坡能力。取货或卸货时，门架可以前移，便于货叉插入，取货后门架后倾以便在运行中保持货物的稳定。

(2) 前移式叉车。前移式叉车是门架(或货叉)可以前后移动的叉车。运行时门架后移，使货物重心位于前、后轮之间。运行稳定，不需要平衡重块，自重轻，能够降低直角通道宽和直角堆垛宽，适用于在车间，仓库内工作。

(3) 插腿式叉车(Straddle Truck)。插腿式叉车使用插腿而非平衡重块来保持货物和车辆的稳定性，从而减少通道宽度。货叉在两个支腿之间，因此无论在取货或卸货时，还是在运行过程中，都不会失去稳定性。由于尺寸小，转弯半径小，在库内作业比较方便。但是货架或货箱的底部必须留有一定高度的空间，使叉车的货叉插入。由于支腿的高度会影响仓库的空间利用率，必须使其尽量低，故前轮的直径也比较小，对地面平整度的要求比较高。常用于通道空间不足或空间宝贵的工厂车间、仓库。仓库内效率要求不高，但需要有一定堆垛、装卸高度的场合。

(4) 侧面叉车(Side Loader Truck)。侧面叉车有一个放置货物的平台，门架与货叉在车体的中央，可以横向伸出取货，然后缩回车体内将货物放在平台上即可行走。这种叉车司机的视野好，所需通道宽度小于插腿式叉车和前移式叉车。为了存取特殊位置的货物，侧面叉车必须调整方向进入通道正确一端，这增加了额外的叉车行程。侧面叉车自身结构显然更倾向于存取悬臂式货架上的长料货物。

(a) 平衡重式叉车

(b) 前移式叉车

(c) 插腿式叉车

(d) 侧面叉车

图 4.5　各类叉车外形图

4) 无人搬运车(Automated Guided Vehicle，AGV)

无人搬运车装备有电磁或光学等自动导引装置，能够沿规定的导引路径行驶，具有安全保护以及各种移载功能的运输车，工业应用中不需驾驶员的搬运车，以蓄电池为其动力来源。一般可透过计算机来控制其行进路线以及行为，或利用电磁轨道来设立其行进路线，电磁轨道粘贴于地板上，无人搬运车则依循电磁轨道所传来的信息进行移动与动作，如图 4.6 所示。

(a)　　　　　　　　　　　　　　　　　(b)

图 4.6　无人搬运车

2.　输送机(Conveyor)

在两个固定路径之间进行经常性的物料移动时可用到输送机械，进行水平、倾斜或垂直输送，也可组成空间输送线路，输送线路一般是固定的。输送机输送能力大，运距长，结构简单。输送机还可在输送过程中同时完成若干工艺操作，所以应用十分广泛。缺点是一定类型的连续输送机只适合输送一定种类的物品；只能布置在物料的输送线上，而且只能沿着一定路线定向输送，因而在使用上有一定的局限性。

常见的输送机类型包括带式输送机、辊式输送机、链式输送机、悬挂输送机，图 4.7 为各类输送机外形图。

1) 带式输送机(Belt Conveyor)

带式输送机经常用来在操作台、部门、地面和楼宇间传送中、轻型物料。输送机既可水平输送也可倾斜输送。由于带式输送机与货物之间有足够的摩擦力，所以它对货物位置和方位控制较好，而且摩擦力也能防止货物打滑，可用于货物的积聚、混合和分选。

2) 辊式输送机(Roller Conveyor)

辊道输送机是利用辊子的转动来输送成件物品的输送机。它可沿水平或曲线路径进行输送，其结构简单，安装、使用、维护方便，对不规则的物品可放在托盘或者托板上进行输送。

3) 链式输送机(Chain Conveyor)

链式输送机是利用链条牵引、承载，或由链条上安装的板条、金属网、辊道等承载物料的输送机。

4) 悬挂输送机(Trolley Conveyor)

悬挂输送机是一种常用的连续输送设备，广泛应用于连续地在厂内输送各种成件物品和装在容器或包内的散装物料，也可在流水线中用来在各工序间输送工件，完成各种工艺过程，实现输送和工艺作业的综合机械化。其结构主要由牵引链条、滑架、吊具、架空轨道、驱动装置、张紧装置各安全装置等组成。

带式输送机

辊式输送机

链式输送机

悬挂输送机

图 4.7　各类输送机

3. 起重机械(Crane)

起重机械是一种以间歇作业方式对物料进行起升、下降和水平移动的搬运机械。起重机械的作业通常带有重复循环的性质，一个完整的作业循环一般包括取物、起升、平移、下降、卸载等环节。经常启动、制动、正反向运动是起重机械的基本特点。广泛应用于工业、交通运输业、建筑业、商业和农业等。

1) 分类

根据起升机构的活动范围不同，分类如下。

(1) 简单起重机械。包括只有单动作起升机构的起重机械，只能在固定点起降物料或人员，如滑车、葫芦、升降机和电梯等，或者带有运行机构的电葫芦，可以沿一定线路装卸物料。

(2) 通用起重机械。除需要一个使物品升降的起升机构外，还有使物品作水平方向的直线运动或旋转运动的机构。这种起重机是一种多动作起重机械，通常用吊钩工作，间或配合使用各种辅助吊具，用于搬运各种物品(成件、散粒和液态物体)。"通用"的含义，不仅指搬运物品的多样性，而且也包括使用场所的广泛性。这类起重机通常都用电力驱动，也有用其他动力驱动。一般只做物品的搬运，不直接参与生产工艺过程，属于这类起重机械的有：桥式起重机，门式起重机，悬臂起重机、塔式起重机和堆垛起重机。

(3) 特种起重机械。也是具备两个以上机构的多动作起重机械，专用于某些专业性的工作，构造比较复杂，如冶金专用起重机、建筑专用起重机和港口专用起重机等。

本节主要介绍在企业物流系统中，经常使用的通用起重机械。

2) 通用起重机

常见的通用起重机类型包括桥式起重机、门式起重机、悬臂起重机、塔式起重机和堆垛起重机，图 4.8 为通用起重机外形图。

(1) 桥式起重机(Bridge Crane)。顾名思义，桥式起重机如同桥一样横跨在工作区域上。它的桥架安装在轨道上，这样可以覆盖更广的区域。桥式起重机和电动葫芦组合起来，可以在覆盖区域进行三维作业。桥架分上骑式和下挂式两类。上骑式桥式起重机可以承受更重的负荷。但是下挂式比上骑式应用更广，因为它传输货物的稳定性和接触面都比单轨系统好。

(2) 门式起重机(Gantry Crane)。门式起重机跨越工作区域的方式与桥式起重机类似，但是它的支撑点一般是在地面上，而不是在跨越区域的一头或两头的空中。门式支撑架可以是固定的也可以是沿着轨道移动的。

(3) 悬臂起重机(Jib Crane)。悬臂起重机的起重臂可以延伸并越过工作区域。它的起重臂下有葫芦用于起升货物。悬臂起重机可以安装在墙上，或者在地面的支撑柱上。悬臂起重机的起重臂可以旋转，葫芦随着起重臂移动以覆盖很广的范围。

(4) 塔式起重机(Tower Crane)。塔式起重机经常在建筑工地看到，也可以用于其他物料运输作业。塔式起重机由单根支架和悬臂吊杆组成，支架可以是固定的也可以是在轨道上移动的。提升操作由悬臂吊杆进行，它可以绕着支架旋转 360°。

(5) 堆垛起重机(Stacker Crane)。堆垛起重机门架上装有货叉或平台，用来从存储货架中取出或存放集装单元货物。堆垛起重机可以远程遥控，或者由操作工在门架上的操作室里操控。经常用于高架仓库。

在物料搬运中，配合起重机的选择原则，主要根据以下参数进行起重机的类型、型号选择：①所需起重物品的重量、形态、外形尺寸等；②工作场地的条件(长宽高，室内或室外等)；③工作级别(工作频繁程度，负荷情况)的要求；④每小时的生产率要求。

根据上述要求，首先选择起重机的类型，然后再决定选用这一类型起重机中的某个型号。

(a) 桥式起重机　　　　(b) 门式起重机　　　　(c) 悬臂起重机

(d) 塔式起重机　　　　　　　　(e) 堆垛起重机

图 4.8　通用起重机

4. 垂直搬运机械

在楼房仓库或多层建筑内，为了有效地连接各层的运输系统往往要采用各种升降机械。

1) 电梯

电梯是利用轿厢在钢丝绳的牵引下或其他方式驱动下沿着垂直导轨升降来运送货物的一种垂直搬运机械，适用于需要垂直运送货物的各种作业场所。根据用途不同可分为载客电梯、载货电梯和医用电梯。载货电梯一般分为有司机操纵和无司机操纵两种，只要载重量和轿厢尺寸足够，搬运车辆也可以单独或随同货物一起运送。

2) 液压升降台

液压升降台如图 4.9 所示，是在各个工业企业、仓库、车站和机场等广泛使用的一种起重设备。它主要由载货平台、剪式支臂、油缸和电动油泵等组成。载货台的升降由油缸驱动剪式支臂来完成，可在起升高度范围内的任意位置停止，并连同搬运人员和机具一起运输。常用于楼层间的垂直输送、车辆的装卸、在货架巷道内进行储存或拣货作业等。

3) 垂直输送机

垂直输送机能连续地垂直输送物料，如图4.10所示，使不同高度上的连续输送机保持不间断的物料输送。在输送货物的过程中，载货台保持水平并载着托盘升降。在回程时，载货台由水平位置改变成垂直位置，回程结束时，又恢复到水平位置。为了保证货物准确地送到载货台上，不发生掉落的危险，一般在提升机入口的送入输送机前端设有光电管或限位开关进行自动控制。

可以说，垂直输送机是把不同楼层间的输送机系统连接成一个更大的连续的输送机系统的重要设备。垂直输送机又称连续垂直输送机和折板式垂直输送机，被广泛应用于生产线和物料搬运系统中。

图 4.9　液压升降台

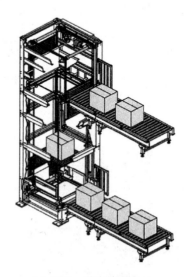

图 4.10　垂直输送机

4.2.2　物料搬运器具

物料的大小、形状是各式各样的，在货物的储运过程中，为便于装卸搬运，将一定数量的货物(同种的或不同的)汇集成一个扩大的作业单元，称为货物的集装单元化。有人称集装单元化是物料搬运、物流作业的革命性改革。集装单元化器具不仅仅是一个物流容器，它是物料的载体，是物流机械化、自动化作业的基础。标准化后的单元化容器也是物流设备、物流设施、物流系统设计的基础，是高效联运、多式联运的必要条件。单元化器具在企业物流系统中的主要功能包括：盛放、包装物料的物品；便于物料的保管、存放或搬运；保护物料品质不损失；计量的功能。

集装单元器具必须具备两个条件：一是能使货物集装成一个完整、统一的重量或体积单元；二是具有便于机械装卸搬运的结构，如托盘有叉孔，集装箱有角件吊孔等，这是它与普通货箱和容器的主要区别。下面主要介绍物料搬运器具中的托盘和集装箱。

1. 托盘(Pallet)

20 世纪 30 年代随着叉车的出现，托盘作为一种附属工具与叉车配套使用，从而使托盘首先在工业部门得到推广。第二次世界大战期间，为解决大量军用物资的快装快卸问题，托盘得到发展。战后，随着经济的复苏和发展，伴随着叉车产量的增长，托盘得到普及。为提高出入库效率和仓库利用率，实现储存作业机械化，工业发达国家纷纷采取货物带托盘储存的办法，使托盘成为一种储存工具。为消除转载时码盘拆盘的繁重体力劳动，各发达国家逐渐开始实现托盘流通与联营。所以托盘不仅是仓储系统的辅助设备，而且是整个物流系统的集装化工具，是物流合理化的重要条件。

1) 托盘的规格尺寸

托盘规格尺寸标准化，是托盘流通的必要前提。1988 年 ISO(国际标准化组织托盘委员会)(ISO/TC51)为了防止托盘规格增加，引起世界物流系统的混乱，把托盘规格整合为 4 个规格(1 200mm×800mm、1 200mm×1 000mm、1 219mm×1 016mm 和 1 1400mm×1 140mm)。2003 年 ISO(世界标准化组织)在难以协调世界各国物流标准利益的情况下，在保持原有 4 种规格的基础上又增加了两种规格(1 100mm×1 100mm 和 1 067mm×1 067mm)。

这迫使我国不得不重新全盘考虑我国托盘标准的适应性。我国物流专家在 2006 年再一次提出对我国托盘标准进行修订。在充分考虑我国对欧美贸易、东北亚贸易和东盟贸易发展的现实需要，考虑我国托盘使用现状、考虑当前物流设备之间的系统性、考虑 ISO(世界标准化组织)2003 年推荐的 6 种规格之间的互换性与相近性，考虑托盘规格多样降低物流系统运行效率的弊端，充分借鉴国际经验和广泛听取托盘专家意见基础上，对 1996 年联运通用平托盘主要尺寸及公差(GB/T 2934—1996)国家标准进行修订后而制订的国家新标准。联运通用平托盘主要尺寸及公差国家标准(GB/T 2934—2007)正式公布并开始实施，最终选定了 1 200mm×1 000mm 和 1 100mm×1 100mm 两种规格作为我国托盘国家标准，并向企业优先推荐使用 1 200mm×1 000mm 规格，以提高我国物流系统的整体运作效率。

这次托盘标准修订是在中国物流与采购联合会托盘专业委员会主持下，由交通部、铁道部、全国包装标准委等多家研究机构的专家共同组成课题组，曾在北京、天津、上海和广州等城市深入 200 多家企业，调查我国托盘生产与使用现状，广泛征求托盘企业与托盘用户的意见，先后 2 次召开大型的托盘国际会议、5 次召开国内托盘修订会议，两度在中国物流与采购联合会官方网站公开征求社会各界的建议，耗费近两年时间，终于在 2007 年 10 月 11 日得到国家质量监督检验检疫总局和中国国家标准化管理委员会的批准，从 2008 年 3 月 1 日起正式在全国范围内实施。

2) 托盘的类型与结构

随着托盘的使用范围和托盘数量的不断扩大和增长，托盘的种类和形式也在不断变化。按材料不同可分为木托盘、钢托盘、铝托盘、纸托盘、塑料托盘、胶合板托盘和复合材料托盘等；按使用寿命可分为一次性用(消耗性)和多次用(循环性)两种；按使用方式一般分为通用托盘和专用托盘两种。

通用托盘按其结构不同可分为平托盘、箱式托盘、柱式托盘和轮式托盘等。下面分别介绍其类型及结构特征。

(1) 平托盘(Composite Material Pallet)。平托盘是一种基本型托盘，几乎是托盘的代名词。在承载面和支撑面间夹以纵梁，可使用叉车或搬运车等进行作业。按台面分类有：单面形、单面使用型、双面使用型和翼型 4 种；按叉车叉入方式分类有：单向进叉、双向进叉、四向进叉 3 种。按材料分类有：木制、钢制、塑料、复合材料以及纸制托盘等。其他各种结构的托盘都是由平托盘发展而来的。图 4.11 为各种平托盘的示意图。

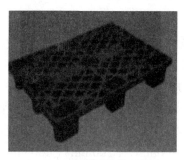

(a) 单面双向进叉托盘   (b) 单面四向进叉托盘

(c) 双面双向进叉托盘   (d) 双面四向进叉托盘

图 4.11　各种平托盘的示意图

(2) 箱式托盘(Box Pallets)。箱式托盘是在平托盘基础上发展起来的，多用于散件或散状物料的集装，金属箱式托盘还用于热加工车间集装热料。一般下部可叉装，上部可吊装，并可进行码垛(一般为 4 层)。

(3) 柱式托盘(Post Pallets)。柱式托盘是在平托盘基础上发展起来的，在平托盘的四角安有 4 根立住的托盘称为柱式托盘。其特点是可在不压货物的情况下进行码垛(一般为 4 层)。柱式托盘主要用于包装件、桶装货物、棒料和管材等的搬运和储存。该种托盘可以多层码，并使下层货物不受上层货物的压力。柱式托盘一般可分为固定柱式托盘、可套叠柱式托盘、拆装式柱式托盘和折叠式柱式托盘等。图 4.12 为箱式托盘和柱式托盘示意图。

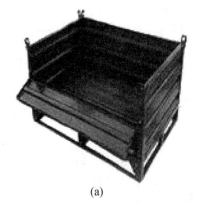

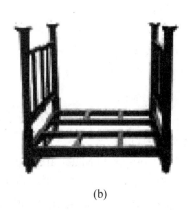

(a)   (b)

图 4.12　箱式托盘和柱式托盘

(4) 轮式托盘。在平托盘、箱式托盘、柱式托盘的下部安上可以移动的脚轮即构成各种轮式托盘。这种托盘既便于机械化搬运，又适合做短距离的人力移动，适用于企业工序间的物流搬运；也可在工厂或配送中心装上货物运到商店，直接作为商品货架的一部分。广泛应用于行包、邮件的装卸搬运作业中。

(5) 专用托盘。专用托盘是一种集装特定物料(或工件)的储运器具。它和通用托盘的区别在于具有适合特定物料(或工件)装载的支撑结构，以避免在搬运作业过程中的磕、碰、划现象。由于物料(或工件)的形状和重量的差异，以及生产工艺要求和作业方式的不同，专用托盘的形式也多种多样，如插孔式托盘、插杆式托盘、悬挂式托盘、架放式托盘和箱格式托盘。专用托盘外形如图 4.13 和图 4.14 所示。

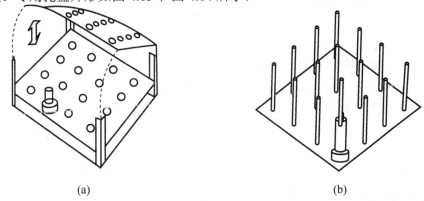

(a)　　　　　　　　　　　　　　　　(b)

图 4.13　插孔式托盘和插杆式托盘

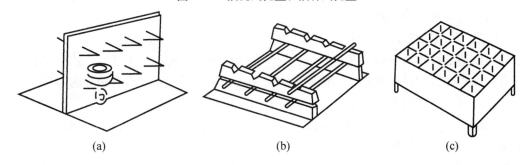

(a)　　　　　　(b)　　　　　　(c)

图 4.14　悬挂式托盘、架放式托盘和箱格式托盘

2. 集装箱(Container)

1) 集装箱的特点

集装箱是具有一定强度、刚度和规格专供周转使用的大型装货容器。使用集装箱转运货物，可直接在发货人的仓库装货，运到收货人的仓库卸货，中途更换车、船时，无须将货物从箱内取出换装，它是一种集装器具，如图 4.15 所示。

图 4.15　集装箱

物流工程与管理

按国际标准化组织(International Organization for Standardization，ISO)第 104 技术委员会的规定，集装箱应具备下列条件。

(1) 能长期的反复使用，具有足够的强度。

(2) 途中转运不用移动箱内货物，就可以直接换装。

(3) 可以进行快速装卸，并可从一种运输工具直接方便地换装到另一种运输工具。

(4) 便于货物的装满和卸空。

(5) 具有 1 立方米(即 35.32 立方英尺)或以上的容积。

2) 集装箱类型

集装箱按用途分有下列几种类型。

(1) 普通集装箱，称为干货集装箱(Dry Container)。装运杂货为主，通常用来装运文化用品、日用百货、医药、纺织品、工艺品、化工制品、五金交电、电子机械、仪器及机器零件等。这种集装箱占集装箱总数的 70%～80%。

(2) 冷冻集装箱(Reefer Container)。分外置和内置式两种。温度可在-28℃～26℃之间调整。内置式集装箱在运输过程中可随意启动冷冻机，使集装箱保持指定温度；而外置式则必须依靠集装箱专用车、船和专用堆场、车站上配备的冷冻机来制冷。这种箱子适合在夏天运输黄油、巧克力、冷冻鱼肉、炼乳、人造奶油等物品。

(3) 开顶集装箱(Open Top Container)。用于装运较重、较大、不易在箱门掏装的货物。用吊车从顶部吊装货物。其上部、侧壁及端壁为可开启式。

(4) 罐式集装箱(Tank Container)，又称液体集装箱。是为运输食品、药品、化工品等液体货物而制造的特殊集装箱。其结构是在一个金属框架内固定上一个液罐。液罐是载货主体，有椭圆形和近似球形等形状；框架由钢材制成。液罐顶上一般设有圆形的装载口，用于装载，罐底设有卸载阀，采用便于拆卸和清扫的结构。

(5) 通风集装箱(Ventilated Container)。箱壁有通风孔，内壁涂塑料层，适宜装新鲜蔬菜和水果等怕热怕闷的货物。

(6) 保温集装箱(Insulated Container)。箱内有隔热层，箱顶又有能调节角度的进出风口，可利用外界空气和风向来调节箱内温度，紧闭时能在一定时间内不受外界气温影响。适宜装运对温湿度敏感的货物。

(7) 散装货集装箱(Bulk Container)。一般在顶部设有 2～3 个小舱口，以便装货。底部有升降架，可升高成 40°的倾斜角，以便卸货。这种箱子适宜装粮食、水泥等散货。如要进行植物检疫，还可在箱内熏舱蒸洗。

(8) 挂式集装箱(Dress Hanger Container)。适合于装运服装类商品的集装箱。

还有其他类型的集装箱，不再赘述。

4.2.3 设备管理

1. 设备管理的定义

设备管理是以设备为研究对象，追求设备综合效率和设备寿命周期费用的经济性，应用一系列理论、方法(如系统工程、价值工程、设备磨损及补偿的理论、设备的可靠性和维修性的理论、设备状态监测和诊断技术等)，通过一系列技术、经济、组织措施，对设备的物质运动和价值运动进行全过程(从规划、设计、选型、购置、安装、验收、使用、保养、维修、改造、更新直至报废)的科学型管理。

2. 设备管理的发展过程

(1) 事后维修(Breakdown Maintenance，BM)。又称故障修理，即设备发生故障或性能、精度降低到合格水平以下时所进行的非计划性修理，即出了故障再修，不坏不修。

(2) 预防维修(Preventive Maintenance，PM)。为了防止机械设备发生故障，在故障发生前有计划地进行一系列的维修工作。这是以检查为基础的维修，利用状态监测和故障诊断技术对设备进行预测，有针对性地对故障隐患加以排除，从而避免和减少停机损失，分定期维修和预知维修两种方式。已经被世界各国所接受和采用。

(3) 改善维修(Corrective Maintenance，CM)。改善维修是不断地利用先进的工艺方法和技术，改正设备的某些缺陷和先天不足，提高设备的先进性、可靠性及维修性，提高设备的利用率。

(4) 生产维修(Productive Maintenance，PM)。是一种以生产为中心，为生产服务的一种维修体制。它包含了以上 3 种维修方式的具体内容，对不重要的设备实行事后维修，对重要设备实行预防维修，同时在修理中对设备进行改善维修。

3. 全员生产维修 TPM(Total Productive Maintenance)

全员生产维修这是日本人在 20 世纪 70 年代提出的，是一种全员参与的生产维修方式，其重点就在"生产维修"及"全员参与"上。通过建立一个全系统员工参与的生产维修活动，使设备性能达到最优。TPM 的提出是建立在美国的生产维修体制的基础上，同时也吸收了英国设备综合工程学、中国鞍钢宪法中群众参与管理的思想。在日本以外的国家，由于国情不同，对 TPM 的理解是：利用包括操作者在内的生产维修活动，提高设备的全面性能。

1) TPM 的特点

TPM 的特点就是 3 个"全"，即全效率、全系统和全员参加。全效率指设备寿命周期费用评价和设备综合效率；全系统指生产维修系统的各个方法都要包括在内；全员参与指设备的计划、使用、维修等所有部门都要参加，尤其注重的是操作者的自主小组活动。

2) TPM 的目标

TPM 的目标可以概括为 4 个"零"，即停机为零、废品为零、事故为零、速度损失为零。停机为零指计划外的设备停机时间为零。计划外的停机对生产造成冲击相当大，使整个生产匹配发生困难，造成资源闲置浪费。计划时间要有一个合理值，不能为了满足非计划停机为零而使计划停机时间值达到很高；废品为零指由设备原因造成的废品为零。"完美的质量需要完善的机器"，机器是保证产品质量的关键，而人是保证机器好坏的关键；事故为零指设备运行过程中事故为零。设备事故的危害非常大，影响生产不说，可能会造成人身伤害，严重的可能会"机毁人亡"；速度损失为零指设备速度降低造成的产量损失为零。由于设备保养不好，设备精度降低而不能按高速度使用设备，等于降低了设备性能。

3) TPM 的推行要素

推行 TPM 要从 3 大要素下工夫，这 3 大要素如下。

(1) 提高工作技能：不管是操作工，还是设备工程师，都要努力提高工作技能，没有好的工作技能，全员参与将是一句空话。

(2) 改进精神面貌：精神面貌好，才能形成好的团队，共同促进，共同提高。

(3) 改善操作环境：通过 5S 等活动，使操作环境保持良好，一方面可以提高工作兴趣及效率，另一方面可以避免一些不必要的设备事故。现场整洁，物料、工具等分门别类摆放，也可使设备调整时间缩短。

4. 全面生产设备管理 TPEM(Total Productive Equipment Management)

全面生产设备管理是一种新的维修思想，是由国际 TPM 协会发展出来的，它是根据非日本文化的特点制定的，使得在一个工厂里安装 TPM 活动更容易成功一些，和日本的 TPM 不同的是它的柔性更大一些，也就是说可根据工厂设备的实际需求来决定开展 TPM 的内容，也可以说是一种动态的方法。

4.3　物料搬运系统的分析设计方法

物料搬运系统是指一系列的相关设备和装置，用于一个过程或逻辑动作系统中，协调、合理地将物料进行移动、储存或控制。物料搬运系统中设备、容器性质取决于物料的特性和流动的种类。这些移动的进行需要设备和容器，需要一个包括人员、程序和设施布置在内的工作体系。设备、容器和工作体系称为物料搬运的方法。因此，物料搬运基本内容有 3 项；即物料、移动和方法。

4.3.1　搬运系统分析概念

1. 搬运系统分析(System Handling Analysis，SHA)

搬运系统分析(SHA)适用于一切物料搬运项目，是一种条理化的分析方法。

SHA 包括 3 个基本内容：阶段构成、程序模式和图例符号。

2. SHA 的 4 个阶段

每个搬运项目都有一定的工作过程，从最初提出目标到具体实施完成分成 4 个阶段，如图 4.16 所示。

第 I 阶段是外部衔接。把区域内具体的物料搬运问题同外界情况或外界条件联系起来考虑，这些外界情况有的是能控制的，有的是不能控制的。例如，对区域的各道路入口，铁路设施要进行必要的修改以与外部条件协调一致，使工厂或仓库内部的物料搬运同外界的大运输系统结合成为一个整体。

第 II 阶段是编制总体搬运方案。这个阶段要确定各主要区域之间的物料搬运方法、对物料搬运的基本路线系统、搬运设备大体的类型及运输单元或容器做出总体决策。

第 III 阶段是编制详细搬运方案。这个阶段要考虑每个主要区域内部各工作地点之间的物料搬运，要确定详细物料搬运方法。例如，各工作地点之间具体采用哪种路线系统、设备和容器。

第 IV 阶段是方案的实施。这个阶段要进行必要的准备工作，订购设备，完成人员培训，制订并实现具体搬运设施的安装计划。然后，对所规划的搬运方法进行调试，验证操作规程，并对安装完毕的设施进行验收，确定它们能正常运转。

上述 4 个阶段是按时间顺序依次进行的。但是为取得最好的效果，各阶段在时间上应有所交叉重叠。总体方案和详细方案的编制是物流系统规划设计人员的主要任务。

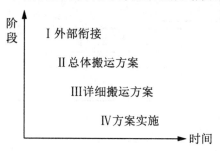

图 4.16　物料搬运系统分析阶段

3. 搬运系统设计要素

搬运系统设计要素就是进行物料搬运系统分析时所需输入的主要数据，包括产品或物料 P(部件、零件、商品)、数量 Q(销售量或合同订货量)、路线 R(操作顺序和加工过程)、后勤与服务 S(如库存管理、订货单管理、维修等)和时间因素 T(时间要求和操作次数)。

4. SHA 程序

由前所述，物料搬运的基本内容是物料、移动和方法。因此，物料搬运分析就是分析所要搬运的物料，分析需要进行的移动和确定经济实用的物料搬运方法。搬运系统分析的程序就是建立在这 3 项基本内容基础上的。图 4.17 为搬运系统分析程序。

搬运系统分析设计的过程如下。

(1) 物料的分类。按物料的物理性能、数量、时间要求或特殊控制要求进行分类。

(2) 布置。在对搬运活动进行分析或图表化之前，先要有一个布置方案，即系统布置设计中所确定的方案图。

(3) 各项移动的分析。各项移动的分析主要是确定每种物料在每条路线上的物流量和移动特点。

(4) 各项移动的图表化。就是把分析结果转化为直观的图形。通常用物流图或距离与物流量指示图来体现。

(5) 搬运方法的知识和理解。在找出一个解决办法之前，需要先掌握物料搬运方法的知识，运用有关的知识来选择各种搬运方法。

(6) 初步搬运方案。提出关于路线系统、设备和运输单元的初步搬运方案；

(7) 修改和限制。在考虑一切有关的修正因素和限制因素以后，对初步方案进一步调整，把可能性变为现实性。

(8) 需求的计算。算出所需设备的台数或运输单元的数量，算出所需费用和操作次数。

(9) 方案的评价。从几个方案中选择一个较好的方案。不过，在评价过程中，往往会把两个或几个方案结合起来形成一个新的方案。

(10) 选定物料搬运方案。经过评价，从中选出一个最佳方案。

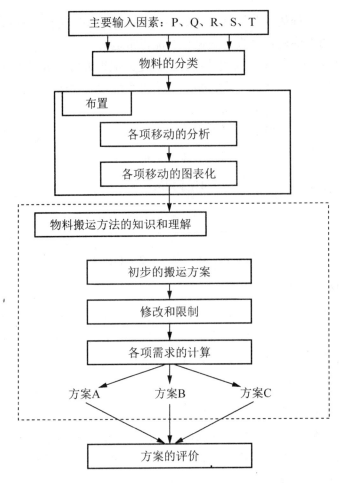

图 4.17　搬运系统分析程序

值得说明的是，搬运系统分析的模式对第Ⅱ阶段(总体搬运方案)和第Ⅲ阶段(详细搬运方案)都适用。虽然两个阶段的工作深度不同，但分析步骤的模式是一样的。

5. SHA 的图例符号

在 SHA 模式各步骤中运用搬运分析技术时，要用到一些图例符号，包括各种符号、颜色、字母、线条和数码。用这些图例符号标志物流的起点和终点，实现各种搬运活动的图表化，评定比较方案等。这些图例符号见表 4-2～表 4-5。

表 4-2　物流作业活动及定义

序　号	活动或作业	定　义
1	操作	有意识地改变物体的物理或化学特性，或者把物体装配到另一物体上或从另一物体上拆开。所需进行的作业叫操作，当发出信息，接收信息，做计划，或者做计算时所需进行的作业也叫操作
2	运输	物体从一处移到另一处的过程中所需进行的作业叫运输，除非这一作业已被划分为搬动，或者已被认为是在某一工位进行操作或检验的一部分
3	搬动	为了进行另一项作业(如操作，运输，搬动，检验，存储或停滞)而对物体进行安排或准备时所需进行的作业叫搬动

续表

序　号	活动或作业	定　义
4	检验	在验证物体是否正确合格，或者核时其一切特性的质量或数量时，所需进行的作业叫检验。
5	储存	把物体保存，不得无故搬动，叫储存。
6	停滞	除了为改变物体的物理或化学特性而有意识地延续时间以外，不允许或不要求立即进行计划中的下一项作业的叫做停滞。
7	复合作业	如果要表示同时进行的多项作业，或者要表示同一工位上的同一操作者所进行的多项作业，那么就要把这些作业的符号组合起来表示。

表 4-3　流程图的表示方法

图　形	符号的延伸意义表示以下作业或区域	用颜色表示	用线条表示
○	成形或加工区	绿	
○	装配(包括分装及拆卸)	红	
⇨	与运输有关的活动(或区域)	橘黄	
◗	搬动区	橘黄	
▽	储存区及仓库	浅黄	
◗	卸货及停放区	浅黄	
□	检验、测试、校核区	蓝	
⌂	服务及辅助作业区	蓝	
⇧	办公室或建筑物、建筑设施	棕或灰	

表 4-4　物流量的表示方法

元音字母	系　数	线条数	物料移动的流量等级	颜　色
A	4	4 条	超大流量	红
E	3	3 条	特大流量	橘黄
I	2	2 条	较大流量	绿
O	1	1 条	普通流量	蓝
U	0		流量忽略不计的不重要物流	

表 4-5　物流图的表示方法

名　称	符　号	方　法
区域	——	一个区域的正确位置,画在建筑物平面图或各个厂房和有关设备的平面布置图上
	② ▽R	每一个区域的作业形式——用区域符号(s)和作业代号或字母来表示(需要时也可用颜色或黑白阴影来表示)
流程线	1 500kg	物流量用物流线的宽度来表示,线旁注上号码,或用 1 到 4 条线来表示。但后者仅用于不太复杂的图中
	→②	物流的方向用箭头表示,注在线路终点的近旁
	▽R 400m	如果图上不太拥挤,距离可注在流向线的旁边,标出距离的单位并注在流向线的起点附近
物料类别	a　　b	小的物流量符号,物种类别的字母,颜色或阴影用于标志不同的产品、物料或成组物品,用彩虹颜色顺序表示物料的总物流量、重要性、大小的顺序

　　综上所述,搬运系统分析的基本方法包括了 3 个部分,即一种解决问题的方法,一系列依次进行的步骤和一整套关于记录、评定等级和图表化的图例符号;由 4 个分析阶段构成,每个阶段都相互交叉重叠;总体方案设计和详细方案的设计都必须遵循同样的程序模式。

4.3.2　搬运系统分析设计

　　物料搬运基本内容是物料、移动和方法。在设计之前,应用 5W1H 方法加强对问题的理解。"Why(为什么)"提示设计者评估环境,正确确定问题。"What (什么)"是关于移动什么物料的问题。"Where(什么地点)"和"When(什么时间)"是关于移动的。"How(如何)"和"Who(谁)"是关于方法的。图 4.18 为物料搬运程式。

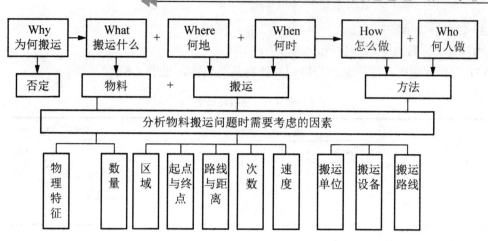

图 4-18　物料搬运程式

1. 物料的分类

1) 物料分类

物料分类的基本方法是：①固体、液体还是气体；②单独件、包装件还是散装物料。但在实际分类时，SHA 是根据影响物料可运性(即移动的难易程度)的各种特征和影响能否采用同一种搬运方法的其他特征进行分类的。

2) 物料的主要特征

区分物料类别的主要特征如下。

(1) 物理特征。

① 尺寸：长、宽、高。

② 重量：每运输单元重量或单位体积重量(密度)。

③ 形状：扁平的、弯曲的、紧密的、可叠套的、不规则的等。

④ 损伤的可能性：易碎、易爆、易污染、有毒、有腐蚀性等。

⑤ 状态：不稳定的、粘的、热的、湿的、脏的、配对的等。

(2) 其他特征。

① 数量：较常用的数量或产量(总产量或批量)。

② 时间性：经常性、紧迫性、季节性。

③ 特殊控制：政府法规、工厂标准、操作规程。

物理特征通常是影响物料分类的最重要因素，就是说物料常是按其物理性质来划分的。

数量也特别重要。不少物料是大量的(物流较快的)，有些物料是小量的(常属于"特殊订货")。搬运大量的物品与搬运小量的物品一般是不一样的。另外，从搬运方法和技术分析的观点出发，适当归并产品或物料的类别也很重要。

考虑时间性方面的影响因素，一般急件的搬运成本高，而且要考虑采用不同于搬运普通件的方法。间断的物流会引起不同于稳定物流的其他问题。季节的变化也会影响物料的类别。

同样，特殊控制问题往往对物料分类有决定作用。麻醉剂、弹药、贵重毛皮、酒类饮料、珠宝首饰和食品等都是一些受政府法规、市政条例、公司规章或工厂标准所制约的典型物品。

3) 物料分类的程序

物料分类应按以下程序进行。

(1) 列表标明所有的物品或分组归并的物品的名称，见表 4-6。

表 4-6　物料特征表

产品与物料名称	物品的实际最小单元	单元物品的物理特征							其他特征			类别
		尺寸			重量	形状	损伤的可能性(对物料、人、设备)	状态(湿度、稳定性、刚度)	数量(产量)或批量	时间性	特殊控制	
		长	宽	高								

(2) 记录其物理特征或其他特征。

(3) 分析每种物料或每类物料的各项特征，并确定哪些特征是主导的或特别重要的。在起决定作用的特征下面画红线(或黑的实线)，在对物料分类有特别重大影响的特征下面画橘黄线(或黑的虚线)。

(4) 确定物料类别，把那些具有相似的主导特征或特殊影响特征的物料归并为一类。

(5) 对每类物料写出分类说明。

值得注意的是，这里主要起作用的往往是装有物品的容器。因此要按物品的实际最小单元(瓶、罐、盒等)分类，或者按最便于搬运的运输单元(瓶子装在纸箱内、衣服包扎成捆、板料放置成叠等)进行分类。在大多数物料搬运问题中都可以把所有物品归纳为 8～10 类；一般应避免超过 15 类。

2. 布置

对物料鉴别并分类后，根据 SHA 的模式，下一步就是分析物料的移动。在对移动进行分析之前，首先应该对系统布置进行分析。布置决定了起点与终点之间的距离，这个移动的距离是选择任何一个搬运方法的主要因素。

1) 布置对搬运的影响

根据现有的布置制定搬运方案时，距离是已经确定了的。然而只要能达到充分节省费用的目的，就很可能要改变布置。所以，往往要同时对搬运和布置进行分析。当然，如果项目本身要求考虑新的布置，并作为改进搬运方法规划工作的一部分，那么规划人员就必须把两者结合起来考虑。

2) 对系统布置的分析

对物料搬运分析来说，需要从布置中了解的信息主要有 4 点。

(1) 每项移动的起点和终点(提取和放下的地点)具体位置在哪里。

(2) 哪些路线及这些路线上有哪些物料搬运方法，是在规划之前已经确定了的，或大体上做出了规定的。

(3) 物料运进运出和穿过的每个作业区所涉及的建筑特点是什么样的(包括地面负荷、厂房高度、柱子间距、屋架支承强度、室内还是室外、有无采暖、有无灰尘等)。

(4) 物料运进运出的每个作业区内进行什么工作，作业区内部分已有的(或大体规划的)安排或大概是什么样的布置。

当进行某个区域的搬运分析时，应该先取得或先准备好这个区域的布置草图、蓝图或规划图，这是非常有用的。如果是分析一个厂区内若干建筑物之间的搬运活动，那就应该取得厂区布置图；如果分析一个加工车间或装配车间内两台机器之间的搬运活动，那就应该取得这两台机器所在区域的布置详图。

总之，最后确定搬运方法时，选择的方案必须是建立在物料搬运作业与具体布置相结合的基础之上的。

3. 各项移动的分析

在分析各项移动时，需要掌握的资料包括物料(产品物料类别)、路线(起点和终点，或搬运路径)和物流(搬运活动)。

1) 物料

SHA 要求在分析各项移动之前，首先需要对物料的类别进行分析。

2) 路线

SHA 用标注起点(即取货地点)和终点(即卸货地点)的方法来表明每条路线。起点和终点是用符号、字母或数码来标注的，也就是用一种"符号语言"简单明了地描述每条路线。

(1) 路线的距离。每条路线的长度是从起点到终点的距离。距离的常用单位是：英尺、米、英里，距离一般是指两点间的直线距离。

(2) 路线的具体情况。除移动距离外，还要了解路线的具体情况。

① 衔接程度和直线程度：水平、倾斜、垂直；直线、曲线、折线。

② 拥挤程度和路面情况：交通拥挤程度，路面的情况。

③ 气候与环境：室内、室外、冷库、空调区；清洁卫生区、洁净房间、易爆区。

④ 起讫点的具体情况和组织情况：取货和卸货地点的数量和分布，起点和终点的具体布置，起点和终点的组织管理情况。

3) 物流

物料搬运系统中，每项移动都有其物流量，同时又存在某些影响该物流量的因素。

(1) 物流量。物流量是指在一定时间内在一条具体路线上移动(或被移动)的物料数量。物流量的计量单位一般是每小时多少吨或每天多少吨表示。但是有时物流量的这些典型计量单位并没有真正的可比性。例如，一种空心的大件，如果只用重量来表示，那还不能真正说明它的可运性，而且无法与重量相同但质地密实的物品相比较。在碰到这类问题时，就应该采用"玛格数"的概念来计量。

(2) 物流条件(或搬运活动条件)。除了物流量之外，通常还需要了解物流的条件。物流条件包括如下。

① 数量条件：物料的组成，每次搬运的件数，批量大小，少量多批还是大量少批，搬运的频繁性(连续的，间歇的，还是不经常的)，每个时期的数量(季节性)，及以上这些情况的规律性。

② 管理条件：指控制各项搬运活动的规章制度或方针政策，以及它们的稳定性。例如，为了控制质量，要求把不同炉次的金属分开等。

③ 时间条件：对搬运快慢货缓急程度的要求(急的，还是可以在方便时搬运的)，搬运活动是否与有关人员、有关事项及有关的其他物料协调一致，是否稳定并有规律，是否天天如此。

4) 各项移动的分析方法

(1) 流程分析法。流程分析法是每一次只观察一类产品或物料，并跟随它沿整个生产过程收集资料，必要时要跟随从原料库到成品库的全过程。在这里，需要对每种或每类产品或物料都进行一次分析。

(2) 起讫点分析法。起讫点分析法又有两种不同的做法：一种是搬运路线分析法；另一种是区域进出分析法。

搬运路线分析法是通过观察每项移动的起讫点来收集资料，编制搬运路线一览表，每次分析一条路线，收集这条路线上移动的各类物料或各种产品的有关资料，每条路线要编制一个搬运路线表。

区域进出分析法，每次对一个区域进行观察，收集运进运出这个区域的一切物料的有关资料，每个区域要编制一个物料进出表。

(3) 搬运活动一览表。为了把所收集的资料进行汇总，达到全面了解情况的目的，编制搬运活动一览表是一种实用的方法。

在表中，需要对每条路线、每类物料和每项移动的相对重要性进行标定。一般是用 5 个英文元音字母来划分等级，即 A、E、I、O、U。

搬运活动一览表是 SHA 方法中的一项主要文件，因为它把各项搬运活动的所有主要情况都记录在一张表上。简要地说，搬运活动一览表包含下列资料。

① 列出所有路线，并排出每条路线的方向、距离和具体情况。

② 列出所有的物料类别。

③ 列出各项移动(每类物料在每条路线上的移动)，包括物流量(每小时若干吨、每周若干件等)；运输工作量(每周若干吨英里，每天若干磅英尺等)；搬运活动的具体状况(编号说明)；各项搬运活动相对重要性等级(用元音字母或颜色标定，或两者都用)。

④ 列出每条路线，包括总的物流量及每类物料的物流量；总的运输工作量及每类物料的运输工作量；每条路线的相对重要性等级(用元音字母或颜色标定)。

⑤ 列出每类物料，包括总的物流量及每条路线上的物流量；总的运输工作量及每条路线上的运输工作员；各类物料的相对重要性的等级(用颜色或元音字母标定，或两者都用)。

4. 各项移动的图表化

做了各项移动的分析，并取得了具体的区域布置图后，就要把这两部分综合起来，用图表来表示实际作业的情况。一张清晰的图表比各种各样的文字说明更容易表达清楚。

物流图表化有几种不同的方法。

1) 物流流程简图

物流流程简图用简单的图表描述物流流程。但是它没有联系到布置，因此不能表达出每个工作区域的正确位置，它没有标明距离，所以不可能选择搬运方法。这种类型的图只能在分析和解释中作为一种中间步骤。

2) 在布置图上绘制的物流图

在布置图上绘制的物流图是画在实际的布置图上的，图上标出了准确的位置，所以能够表明每条路线的距离、物流量和物流方向。可作为选择搬运方法的依据，如图 4.19 所示。

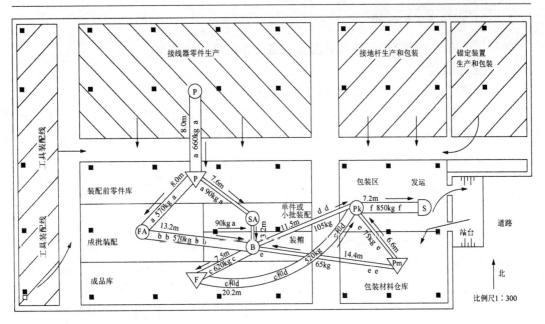

图 4.19　在布置图上绘制的物流图

虽然流向线可按物料移动的实际路线来画，但一般仍画成直线。除非有特别的说明，距离总是按水平上的直线距离计算。当采用直角距离、垂直距离(如楼层之间)或合成的当量距离时，分析人员应该给出文字说明。

3) 坐标指示图

坐标指示图是距离与物流量指示图。图上的横坐标表示距离，纵坐标表示物流量。每一项搬运活动按其距离和物流量用一个具体的点标明在坐标图上。

制图时，可以绘制单独的搬运活动(即每条路线上的每类物料)，也可绘制每条路线上所有各类物料的总的搬运活动，或者把这两者画在同一张图表上。图 4.20 为距离与物流指示图。

在布置图上绘制的物流图和距离与物流量指示图往往要同时使用。但是对比较简单的问题，采用物流图就够了。当设计项目的面积较大、各种问题的费用较高时，就需要使用距离与物流量指示图，因为在这种情况下，物流图上的数据会显得太零乱，不易看清楚。

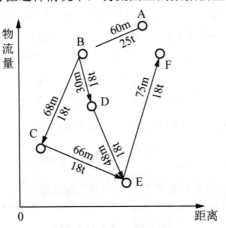

图 4.20　距离与物流指示图

5. 物料搬运方法的选择

物料搬运方法是物料搬运路线、搬运设备和搬运单元的总和。

1) 搬运路线

根据距离与物流量的大小确定搬运路线的形式。

(1) 直达型。这种路线上各种物料从起点到终点经过的路线最短。当物流量大、距离短或距离中等时，一般采用这种形式是最经济的，尤其当物料有一定的特殊性而时间又较紧迫时更为有利。

(2) 渠道型。渠道型搬运路线是指一些物料在预定路线上移动，与来自不同地点的其他物料一运到同一个终点。当物流量为中等或少量而距离为中等或较长时，采用这种形式是经济的，尤其当布置是不规则的分散布置时更为有利。

(3) 中心型。中心型搬运路线是指各种物料从起点移动到一个中心分拣处或分发地区，然后再运往终点。当物流量小而距离中等或较远时，这种形式是非常经济的，尤其当厂区外形基本上是正方形的且管理水平较高时更为有利。3 种形式的搬运路线如图 4.21 所示。

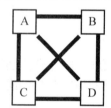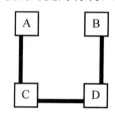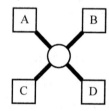

图 4.21　物料搬运路线分类

2) 搬运设备

SHA 对物料搬运设备的分类采用了一个与众不同的方法，就是根据费用进行分类。具体来说，就是把物料搬运设备分成 4 类。

(1) 简单的搬运设备。设备价格便宜，但可变费用(直接运转费)高。设备是按能迅速方便地取放物料而设计的，不适宜长距离运输，适用于距离短和物流量小的情况。

(2) 复杂的搬运设备。设备价格高，但可变费用(直接运转费)低。设备是按能迅速方便地取放物料而设计的，不适宜长距离运输，适用于距离短和物流量大的情况。

(3) 简单的运输设备。设备价格便宜而可变费用(直接运转费)高。设备是按长距离运输设计的，但装卸不甚方便，适用于距离长和物流量小的情况。

(4) 复杂的运输设备。设备价格高而可变费用(直接运转费)低。设备是按长距离运输设计的，但装卸不甚方便，适用于距离长和物流量大的情况。

根据距离与物流量的大小确定设备的类别，如图 4.22 所示。

复杂搬运设备　　　　简单运输设备

简单搬运设备　　　　复杂运输设备

图 4.22　搬运设备选择

3) 搬运单元

搬运单元是指物料搬运时的状态，就是搬运物料的单位。搬运的物料有 3 种基本可供选择的情况，即散装的、单件的或装在某种容器中的。一般说来，散装搬运是最简单和最便宜的移动物料的方法，当然，物料在散装搬运中必须不被破坏，不受损失，或不对周围环境引起任何危险，散装搬运通常要求物料数量很大。单件搬运常用于尺寸大、外形复杂、容易损坏和易于抓取或用架子支起的物品，相当多的物料搬运设备是为这种情况设计的。使用各种容器要增加装、捆、扎、垛等作业，会增加投资；把用过的容器回收到发运地点，也要增加额外的搬运工作，而单件的搬运就比较容易。许多工厂选用了便于单件搬运的设备，因为物料能够以其原样来搬运。当有一种"接近散装搬运"的物料流或采用流水线生产时，大量的小件搬运也常常采取单件移动的方式。

除上面所说的散装和单件搬运外，大部分的搬运活动要使用容器或托架。单件物品可以合并、聚集或分批地用桶、纸盒、箱子、板条箱等组成运输单元。这些新的单元(容器或托架)当然变得更大更重，常常要使用一些能力大的搬运方法。但是单元化运件可以保护物品并往往可以减少搬运费用。用容器或运输单元的最大好处是减少装卸费。用托盘和托架、袋、包裹、箱子或板条箱、堆垛和捆扎的物品，叠装和用带绑扎的物品，盘、篮、网兜部是单元化搬运的形式。

标准化的集装单元，其尺寸、外形和设计都彼此一致，这就能节省在每个搬运终端(即起点和终点)的费用。而且标准化还能简化物料分类，从而减少搬运设备的数量及种类。

6. 初步的搬运方案

在对物料进行了分类，对布置方案中的各项搬运活动进行了分析和图表化，并对 SHA 中所用的各种搬运方法具备了一定的知识和理解之后，就可以初步确定具体的搬运方案。然后对这些初步方案进行修改并计算各项需求量，把各项初步确定的搬运方法编成几个搬运方案，并设这些搬运方案为"方案 A"、"方案 B"、"方案 C"等。

前面已经讲过，把一定的搬运系统、搬运设备和运输单元叫做"方法"。任何一个方法都是使某种物料在某一路线上移动。几条路线或几种物料可以采用同一种搬运方法，也可以采用不同的方法。不管是哪种情况，一个搬运方案都是几种搬运方法的组合。

在 SHA 中，把制定物料搬运方法叫做"系统化方案汇总"，即确定系统(指搬运的路线系统)、确定设备(装卸或运输设备)及确定运输单元(单件、单元运输件、容器、托架以及附件等)。

1) SHA 方法用的图例符号

在 SHA 中，除了各个区域、物料和物流量用的符号外，还有一些字母符号用于搬运路线系统、搬运设备和运输单元。

路线系统的代号包括直接系统和间接系统：D —— 直接型路线系统；K —— 渠道型路线系统；C —— 中心型路线系统。

用图 4.23 所示的符号或图例来表示设备和运输单元。值得注意的是，这些图例都要求形象化，能不言自明，很像实际设备。图例中的通用部件(如动力部分、吊钩、车轮等)也是标准化了的。图例只表示设备的总的类型，必要时还可以加注其他字母或号码来说明。利用这些设备和运输单元的符号，连同代表路线形式的 3 个字母，就可以用简明的"符号语言"来表达每种搬运方法。

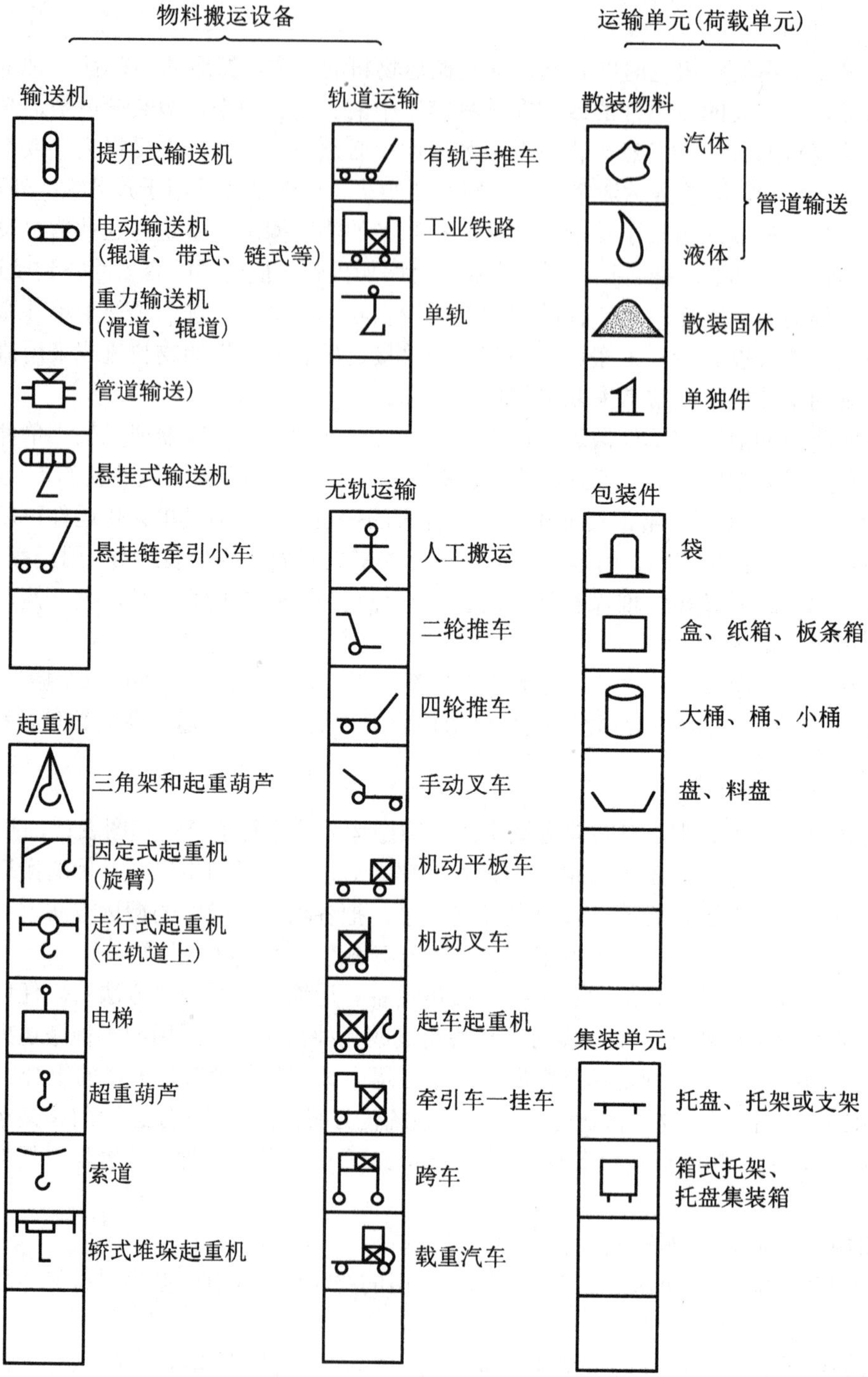

物料搬运设备　　　　　　　　运输单元(荷载单元)

输送机

提升式输送机	
电动输送机 (辊道、带式、链式等)	
重力输送机 (滑道、辊道)	
管道输送)	
悬挂式输送机	
悬挂链牵引小车	

轨道运输

有轨手推车	
工业铁路	
单轨	

散装物料

汽体	
液体	管道输送
散装固休	
单独件	

无轨运输

人工搬运	
二轮推车	
四轮推车	
手动叉车	
机动平板车	
机动叉车	
起车起重机	
牵引车一挂车	
跨车	
载重汽车	

包装件

袋	
盒、纸箱、板条箱	
大桶、桶、小桶	
盘、料盘	

起重机

三角架和起重葫芦	
因定式起重机 (旋臂)	
走行式起重机 (在轨道上)	
电梯	
超重葫芦	
索道	
轿式堆垛起重机	

集装单元

托盘、托架或支架	
箱式托架、托盘集装箱	

图 4.23　物料搬运符号

2) 在普通工作表格上表示搬运方法

编制搬运方案的方法之一是填写工作表格,列出每条路线上每种(或每类)物料的路线系统、搬运设备和运输单元。如果物料品种是单一的或只有很少几种,而且在各条路线上是顺次流通而无折返的,那么这种表格就很实用。

另一种方法是直接在以前编制的流程图上记载建议采用的搬运方法。

第三种方法是把每项建议的方法标注在以前编制的物流图(或其复制件)上，一般说来，这种做法使人看起来更易理解。

3) 在汇总表上表示搬运方法

编制汇总表同编制搬运活动一览表一样，就是每条路线填一横行，每类物料占一竖栏。在搬运活动一览表上记载的是每类物料在每条路线上移动的"工作量"，而填汇总只是用"搬运方法"来取代"工作量"。适用于项目的路线和物料类别较多的场合。

采用前面规定的代号和符号，把每项移动(一种物料在一条路线上的移动)建议的路线系统、设备和运输单元填写在汇总表中相应的格内。汇总表上还有一些其他的空格，供填写其他资料数据之用，如其他的搬运方案、时间计算和设备利用情况等。

从一张汇总表上可以全面了解所有物料搬运的情况，还可以汇总各种搬运方法，可以整合各条路线和各类物料的同类路线系统、设备和运输单元。这样就能把全部搬运规划记在一张表上(或粘在一起的几页表上)，并把它连同修改布置的建议提交审批。

7. 修改和限制

初步确定的方案是否符合实际、切实可行，必须根据实际限制条件进行修改。

物料搬运也就是物料位置的移动，从广义上讲是一项必要的工作，但在成形、加工、装配或拆卸、储存、检验和包装等整个生产过程中，它只是其中的一部分，甚至是居于第二位的。具体的搬运活动仅仅是整个工商企业设施规划和大的经营问题中的一个部分。但是，为了有效地进行生产和分配，必须有物料搬运。有许多因素影响正确地选择搬运方法。各物料搬运方案中经常涉及的一些修改和限制的内容如下。

(1) 在前面各阶段中已确定的同外部衔接的搬运方法。
(2) 既满足目前生产需要，又能适应远期的发展和变化。
(3) 和生产流程或流程设备保持一致。
(4) 可以利用现有公用设施和辅助设施保证搬运计划的实现。
(5) 布置或建议的初步布置方案及它们的面积、空间的限制条件(数量和外廓形状)。
(6) 建筑物及其结构的特征。
(7) 库存制度及存放物料的方法和设备。
(8) 投资的限制。
(9) 设计进度和允许的期限。
(10) 原有搬运设备和容器的数量、适用程度及其价值。
(11) 影响工人安全的搬运方法。

8. 各项需求的计算

对几个初步搬运方案进行修改以后，就开始逐一说明和计算那些被认为是具有现实意义的方案。一般要提出 2～5 个方案进行比较。对每一个方案需作如下说明。

(1) 说明每条路线上每种物料的搬运方法。
(2) 说明搬运方法以外的其他必要的变动，如更改布置、作业计划、生产流程、建筑物、公用设施、道路等。
(3) 计算搬运设备和人员的需要量。
(4) 计算投资数和预期的经营费用。

9. 方案的评价

方案的分析评价方法参见系统布置设计评价的方法。

本 章 小 结

本章在介绍物料搬运系统的基本概念、基本设备和器具及设备管理之后，着重介绍物料搬运系统的分析设计方法(SHA)。搬运系统分析由 4 个分析阶段构成，每个阶段都相互交叉重叠，总体方案和详细方案的设计都必须遵循同样的程序模式。

复习思考题

1. 选择题

(1) 要求物料返回到起点的情况适合于( )流动模式。

A. 直线式　　　　　B. L 形　　　　　C. U 形　　　　　D. 环形

(2) 搬运路线中的 D 型适用于( )。

A. 距离短、物流量大　　　　　　　B. 距离短、物流量小

C. 距离长、物流量大　　　　　　　D. 距离长、物流量小

(3) 系统搬运分析(SHA)重点在于( )。

A. 空间合理规划　　B. 时间优化　　C. 物流合理化　　D. 搬运方法和手段的合理化

(4) 长大物料应使用的搬运设备是( )。

A. 平衡重式叉车　　B. 前移式叉车　　C. 电瓶叉车　　　D. 侧面叉车

2. 简答题

(1) SLP(系统布置设计)和 SHA(系统搬运分析)异同。

(2) 物料搬运基本原则。

(3) 什么是搬运活性及搬运活性指数？试问物品在运动着的输送机上其搬运活性是多少？

(4) 设物流模数尺寸为 1 200mm×800mm，试问可以由几个物流基础模数尺寸组成？以图示之。

3. 判断题

(1) 物料活性系数越高越好。　　　　　　　　　　　　　　　　　　　　( )

(2) 搬运路线中的直达型 D 型适用于距离短、物流量小。　　　　　　　　( )

(3) 侧面叉车通常用于长大物料搬运。　　　　　　　　　　　　　　　　( )

(4) 搬运方法包括搬运路线、搬运设备和搬运单元。　　　　　　　　　　( )

4. 计算题

A、B 两类货物，包装尺寸(长×宽×高)分别为 500mm×280mm×180mm 和 400mm×300mm×205mm，采用在 1 200mm×1 000mm×150mm 的标准托盘上堆垛，高度不超过 900mm。分别画出 A、B 货物在标准托盘上的排列方式，计算每个托盘上最多可存放 A、B 的层数。

5. 思考题

(1) 简述物料搬运系统设计的程序。

(2) 选择你所熟悉的工厂、医院等平面布置，以及内、外科的不同就诊路径。

案 例 分 析

某汽车制造厂热处理车间多年来物流系统不佳，常常影响正常生产。为了提高效益，决定对该车间物流系统进行全面调查与分析，并作了相应调整。

(1) 系统环境及外部衔接分析。该车间是该厂生产流程中的一部分，夹在锻造车间与成品库之间。物料的输入依靠转运车1和转运车2(图4.24)，输入频率较高。输出依靠转运车18和转运车19，车间内搬运由两个5t天车完成。

(2) 输入因素分析。该车间每年生产139种锻件的热处理件。经过ABC分类法，确定物件、齿轮件和连杆共10条物流为A类和B类物料，其物流状态将确定全车间系统状态。

(3) 流程分析。首先，绘制该车间布置情况的平面图，对主要工作设备进行编码。根据A、B类物料工艺路线绘制物流流程图。

(4) 物流系统状态分析。该车间物流交叉，迂回严重；车间内大流量物料搬运距离较长，两台天车工作繁忙，且互相干涉，影响效率；由于到料繁忙，工件损失严重，易产生事故。工位虽采用标准化料箱料架，但因无负责部门，维修管理不备，损坏严重。

(5) 可行方案建立及最佳方案选择。由于该车间酸洗部16位置不佳，造成全系统物流状态不合理，并且该工艺也应改换。因此，可将酸洗工艺改为喷丸处理，同时调整部分设施位置。调整后的物流比较顺畅合理，虽然存在少量物流交叉，但无大规模迂回倒流。经过计算，新系统方案的搬运工作量为17 496.7吨m/年，总工作量下降739 121.9吨m/年，仅为原方案的30.9%。

思考题：

(1) 企业物流系统分析方法的模式是什么？

(2) 试述物流合理化途径。

(3) 实地参观某企业物流系统，对其进行评价，并提出改进意见。

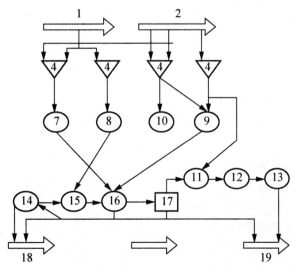

图4.24　某汽车制造厂热处理车间生产流程图

第5章 库存与仓储管理

学习目标

■ 知识点

➢ 库存的概念、分类、作用和成本
➢ 库存模型、ABC 分类法
➢ 仓储的概念、构成、分类
➢ 仓储系统的规划与设计

■ 难点

➢ 独立需求模型、关联需求模型、ABC 分类法
➢ 仓储系统选址

■ 要求

熟练掌握的内容:
➢ 库存的概念、成本
➢ 库存模型的原理及其应用、ABC 分类法的分类及其管理
➢ 仓储的概念、系统规划原则、系统选址

了解理解的内容:
➢ 理解库存的分类、作用
➢ 理解仓储的构成、分类
➢ 了解仓库设计

开篇案例

惠普喷墨系列打印机的库存问题：必须用更少的库存去满足顾客的需要。

喷墨系列打印机于 1988 年上市，此后成为惠普公司最成功的产品,销售稳定上升,1990 年就销售了 60 万台，约 4 亿美元。随着销售额的上升，库存也不断上升,惠普的配送中心的货盘上充满了喷墨打印机。糟糕的是，欧洲分公司声称，为了保护各种产品的供货让客户满意,要进一步增加库存水平。每个季度，来自欧洲、亚太地区和北美三地的生产部、物料部和配送部的代表们聚在一起，但他们相互冲突的目标，阻止了他们在同一话题上达成共识。

惠普公司温哥华分部物料部门的特殊项目经理布伦特看出惠普当时主要存在的两个问题。第一个问题是找出一种好方法，既能随时满足顾客对各种产品的需求，又可尽量减少库存；第二个问题更棘手，是要在各部门之间，就正确的库存水平达成一致意见，这需要开发一个设置和实施库存目标的持续方法，并让所有部门在上面签字，以便采纳。

[思考]：什么是库存？库存的作用有哪些？如何进行库存控制？

对于整个企业物流系统的每一个环节而言，无论是原材料的采购，在制品的生产加工，还是产品的包装、装卸、运输、配送等，都离不开库存。简言之，库存已经渗透到整个物流系统的每一个环节中。库存是企业经济活动中的重要组成部分，它的存在具有双重性。库存一方面占用大量资金，需要支付巨额的成本，减少企业利润，甚至导致企业亏损；另一方面能防止短缺，有效缓解供需矛盾，使生产尽可能均衡进行。因此，如何进行有效的仓储与库存管理对企业十分重要。

5.1　库存的基本理论

5.1.1　库存的概念、分类及作用

1. 库存的概念

库存(Inventory)就其概念而言，有狭义和广义两种解释。狭义上的库存是静态的，是指在仓库中暂时处于储存状态的物资，它是存储的一种表现形式。而广义库存是一种动态的概念，它表示用于将来某个目的而暂时处于闲置状态的资源。简单说资源的闲置就是库存，与这种资源是否存放在仓库中没有关系，与资源是否处于运动状态也没有关系，所以不仅包括了在仓库中存储的原材料、零部件、半成品、产成品等，还包括在生产线上处于生产状态的在制品，甚至包括在码头、车站和机场等物流结点上等待运输的货品以及处于

运输途中的货品。显然，广义上的库存其涵盖面更加宽泛和全面。实际上，不论是狭义的库存还是广义的库存，它们都是处于暂时不使用状态或者说是闲置状态的物品，即具未使用性，这是库存的显著特性。

2. 库存的分类

库存的分类方法很多，从不同的角度分类可归纳为不同库存如图 5.1 所示。

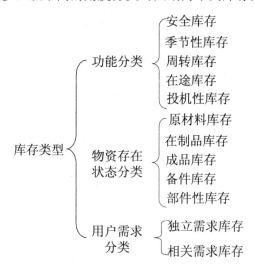

图 5.1 不同角度库存分类

1) 按库存的功能分类

(1) 安全库存(Safety Stock)又称保险库存、缓冲库存(Buffer Stock)，是为了应付需求、生产周期或者供应周期等可能发生的意外变化而设置的一定量的库存。它是由于不能准确预测销售数量、生产数量和时机而持有的库存。设置安全库存的一种方法是，比正常订货时间要提前一段时间订货或比交货期限要提前一段时间开始生产。另一种方法是，每次的订货量大于到下次订货为止的需求量，多余的部分就为安全库存。安全库存的数量不仅受需求与供应的不确定性影响，还受企业希望达到的客户服务水平影响，在制定安全库存决策时企业要予以重视。

(2) 季节性库存(Seasonal Stock)又称调节库存，是为了调节供应或需求的不均衡，生产速率与供应速率不均衡及各生产阶段的产出不均衡而设置的库存。如季节性库存，为了迎接一个高峰销售季节，企业需要在淡季设置调节库存等。例如，羽绒服的市场需求只有在冬季才会出现，可是羽绒服的生产不能只安排在冬季有需求时才进行，羽绒服制造企业一般都是提前预测冬季的需求量，平均安排到全年的每个月，进行连续地、不间断地生产，待到冬季一起进行销售。这种库存就是季节性库存，它保证了生产的连续性。

(3) 周转库存(Cycle Stock)又被称为经常库存，指由批量周期性形成的库存。企业要按照销售速率来制造或采购物品往往是不可能的。在相邻两次订货之间即订货周期内，企业也需持有一定库存以避免缺货。订货批量即每次订货的数量。订货批量越大，订购周期就越长，周转库存量就越大。

(4) 在途库存(In-transit Stock)又称中转库存，即正处于运输途中以及停放在相邻两个工作地点之间或相邻两个组织之间的库存。这种库存不能为工厂或客户服务，它的存在原因只是因为运输需要时间。其大小取决于运输时间以及该期间内的平均需求。

(5) 投机性库存(Speculative Stock)。对于有一些物资，它的价格容易受到市场因素影响而产生波动，可以通过在低价时或者预计即将涨价的相对低价时大量购进，以实现成本的节约。因此而建立的库存就称为投机性库存。

2) 按库存物资存在状态分类

(1) 原材料库存。企业购入的尚未开始加工的原材料。

(2) 在制品(Work in Process，WIP)库存。工厂中正被加工或等待于作业之间的物料和组件。

(3) 成品库存。企业已经生产完毕但尚未卖出的产成品。

(4) 备件库存。企业在设备维修中需经常更换的易损零件。

(5) 部件库存。企业已经加工完毕但尚未组装的部件。

3) 按用户对库存的需求特性分类

(1) 独立需求库存，即用户对某种库存物品的需求与其他种类的库存无关，表现出对这种库存需求的独立性。这种独立需求库存是指那些随机的、企业无法控制而是由市场决定的需求，它与企业对其他库存产品所作的生产决策没有关系，如用户对企业产成品、维修备件等的需求。独立需求库存的数量和出现概率都是随机的、不确定的，但可以通过一定的预测方法粗略估计。

(2) 相关需求库存，是与其他需求有内在相关性的需求。相关需求的需求数量和需求时间与其他的变量存在一定的关系，可以通过一定的数学关系推算得出。如生产过程中的在制品以及需要的原料，可以通过产品的结构关系和一定的生产比例准确确定。

不同的库存分类方法，适用于不同的库存管理用途。如按库存物资存在状态分类，主要着眼于库存控制与生产系统的设计方面；按照库存功能分类，主要用于库存决策的分析。

3. 库存的作用

库存既然是资源的闲置，一定会造成浪费，增加企业开支，因此库存应越少越好。那么，为什么大多数公司都要保持一定的库存？这是因为库存有其特定的作用，归纳起来，有以下几方面。

(1) 缩短订货提前期。当制造厂维持一定量的成品库存时，客户即可很快采购到所需物品，从而缩短客户的订货提前期，加快社会生产速度，也可使供应厂商争取到客户。

(2) 满足需求变化。在当代处于激烈竞争的社会中，外部需求的不稳定性是正常现象。生产的均衡性又是企业内部组织生产的客观要求，外部需求的不稳定性与内部生产的均衡性互相矛盾。若既要保证满足需方的要求，又使供方生产均衡，需要维持一定量的成品库存。成品库存将外部需求和内部生产分隔开，像水库一样起着稳定作用。例如，巧克力的销售在圣诞节、情人节、母亲节均会增加，对生产巧克力的厂家来说，为应付这些销售高峰期而扩建的生产能力所花的成本将会非常大。为满足高峰期市场需求，季节性库存必不可少。

(3) 带来规模经济效益。一个组织想要在采购、运输和制造等环节中实现规模经济，建立适当的库存是必要的。大批量的订货能够使得企业在众多方面获得优势，最重要的是可以带来大量购买的价格折扣；大批量的运输可以降低运输成本和费用，大规模生产还可以节约单位产品的制造成本。

(4) 增强生产计划柔性。库存能减轻生产系统要尽早生产出产品的压力，即生产提前期宽松了。在制订生产计划时，可以通过加大生产批量使生产流程更加有条不紊，并降低生产成本。生产准备完成后，若生产批量比较大，能使昂贵的生产准备成本得以分摊。

(5) 保持生产连续性。生产过程中维持一定量的在制品库存，可以防止生产中断。若某道工序的加工设备发生故障，如果工序间有在制品库存，其后续工序不会中断。因此，在运输途中维持一定量的库存，可以保证供应，使生产正常进行。例如，某工厂每天需要 100 吨原料，供方到需方的运输时间为 2 天，则在途库存为 200 吨，才能保证生产不中断。

(6) 防止短缺。维持一定量库存可以防止短缺。

尽管库存有如此重要的作用，但生产管理的努力方向不是增加库存，而是不断减少库存。这是因为库存也同样会带来很多负面的效用：①占用资金。②带来库存成本。包括了库存占用资金的利息、储存保管费用、保险费用和价值损失费用等。③掩盖生产经营中的问题。一个企业的生产管理过程中可能会有很多致命问题，比如人员绩效差、库存结构不合理、机器故障率高、盲目采购、送货延迟和计划错误等。这些问题很可能被高的库存水平所掩盖。一旦库存水平下降，这些暗礁便会"水落石出"，可能会给企业造成重大打击(图 5.2)。④使得需求虚增。大量库存的囤积还可能导致市场上某些物资的供给不足造成一种需求大于供给的假象，扰乱市场环境，甚至会造成严重的社会问题。这一现象被称为需求虚增。

基于库存的两面性，因此研究库存是要在尽可能低的库存水平下满足需求。

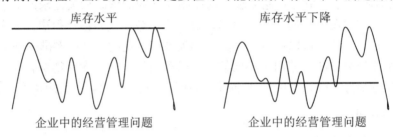

图 5.2 库存的消极作用

5.1.2 库存的成本

库存成本包括 4 个方面。

1. 库存持有成本(Holding Cost)

库存持有成本也称为储存成本，是企业因持有库存而发生的一切费用，通常包括储存设施的成本、搬运费、保险费、盗窃损失、过时损失、折旧费、税金以及资金的机会成本。很明显，库存持有成本高则应保持低库存量并经常补充库存。

2. 生产准备成本(Setup Cost)

生产一种新产品包括以下工作：取得所需原材料、安排特定设备的调试工作、填写单子、确定材料及装卸时间、转移库中原来的材料等。这些工作产生的费用和时间损失构成生产准备成本。

3. 订购成本(Order Cost)

订购成本即向供应商发出采购订单的成本。这项成本通常和订购次数有关，而与订货

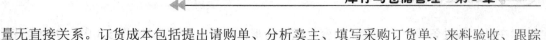

量无直接关系。订货成本包括提出请购单、分析卖主、填写采购订货单、来料验收、跟踪订货以及为完成交易所必需的文职业务等各项费用。

4. 短缺成本(Stock Out Cost)

短缺成本也叫缺货成本或亏空成本，是指由于库存供应中断而造成的损失。短缺成本是衡量采购价值和销售服务水平的一项重要指标。短缺成本包括由于供货量不足而产生的销售利润的损失、生产损失及由于降低顾客满意度而带来的损失等因素。短缺成本通常难以直接衡量，它的计算是一项十分困难的工作。

在确定向供应商订货的数量或者要求生产部门生产的批量时，应尽量使库存引起的总成本达到最小。

5.2 库存系统与模型分类

库存系统为库存物资的管理和控制提供了组织机构和经营策略。该系统负责物资的订购和接收，决定订购时机，对"订购什么"、"订购多少"和"向谁订购"等事项进行追踪。

在库存管理中，库存控制模型假设一种物品对其他物品的需求是独立的或相关的。简单地，独立需求是指对一种物料的需求，在数量上和时间上与对其他物料的需求无关，只取决于市场和顾客的需求。比如，电冰箱的需求与烤面包机的需求不相关，这是独立需求。相关需求(从属需求、非独立需求)是指对一种物料的需求，在数量上和时间上直接依赖于对其他物料的需求。通常，该物资是其高层次物料的一个部分。例如，某汽车公司计划每天生产 500 辆汽车，显然，它每天需要 2 000 个轮子和轮胎。对零部件和原材料的需求就是相关需求。相关需求可以是垂直方向的，也可以是水平方向的。产品与其零部件之间垂直相关，与其附件和包装物之间则水平相关。

5.2.1 独立需求模型

在独立需求模型中，将介绍 3 个库存模型，它们都围绕着两个问题展开：何时订购和订购多少。这些独立需求模型如下。

1. 经济订货批量模型(Economic Order Quantity，EOQ)

经济订货批量模型是由 F. W·哈里斯(F. W. Harris)于 1915 年提出的，是库存控制技术中使用时间最长、最常见的模型之一。其目的是确定一个最佳的订货数量，使订货的总成本最小。该模型的假设条件如下。

(1) 外部对库存系统的需求率已知，均匀且为常量，需求独立。

(2) 订货提前期(Lead Time，LT)，也就是发出订单到收到货物的时间是已知的，且为常量。

(3) 一次订购的货物一次性全部交付。

(4) 采购、运输均无价格折扣。

(5) 订货成本与订货量无关。库存持有成本与库存量成正比。

(6) 不允许缺货。

在以上假设条件下，库存量的变化成锯齿形，如图 5.3 所示。在图 5.3 中，Q 为系统的订货量，也是系统的最大库存量，最小库存量为 0，不存在缺货。库存按固定需求率减少。当库存量降到订货点 ROP 时，就按固定订货量 Q 发出订货。经过固定的订货提前期 LT，新的一批订货 Q 将在同一时间到达(订货刚好在库存变为 0 时到达)，库存量立即达到 Q。显然，平均库存量为 $Q/2$。

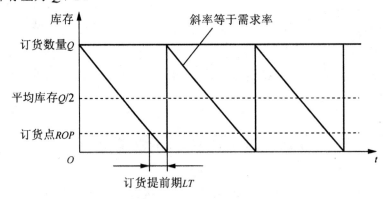

图 5.3　EOQ 模型的示意图

在 EOQ 模型的假设条件下，因为不会发生缺货现象，因此，缺货成本为零，不计年采购成本，总成本用 TC 曲线为库存持有成本曲线与订货成本曲线的叠加，成本函数曲线图如图 5.4 所示。

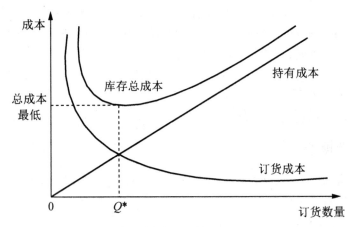

图 5.4　成本函数曲线图

$$TC = H\frac{Q}{2} + S\frac{D}{Q} \tag{5-1}$$

式中：TC——年总成本；

$\qquad$ H——单位库存持有成本；

$\qquad$ Q——订货批量；

$\qquad$ S——一次订货成本；

$\qquad$ D——年需求量。

小贴士

$\qquad$ D 可以代表任一时期的需求量，并不要求必须是年需求量。只要 D 与 H 所表示的时间段一致就可以。

库存持有成本随订货批量 Q 增加而增加,是 Q 的线性函数;订货成本与 Q 的变化呈反比,随 Q 增加而下降。两条曲线有一个交点,其对应的订货批量就是最佳订货批量(或称经济订货批量)Q^*,如图 5.4 所示。为了确定最佳订货批量 Q^*,将式(5-1)对 Q 求导,并令一阶导数为零,可得

$$Q^* = EOQ = \sqrt{\frac{2DS}{H}} \tag{5-2}$$

【例5-1】 计算 Boyer's 百货商店的 Q^*

Boyer's 百货商店位于芝加哥市,假设你负责该商店的采购业务。Boyer's 商店销售一种 Hudson Valley 牌 Y 型吊扇,具体信息如下。

年度需求量(D)= 4 000 台 / 年

年度持有成本(H)=15 美元 / 台

订购成本(S)= 50 美元 / 次

前任负责人每年订购该电风扇 4 次,订购量(Q)为 1 000 台。相应的库存成本(年度持有成本和年度订购成本)为

年度持有成本+年度订购成本

=(1 000 / 2)×15 美元 +(4 000 / 1 000) ×50 美元

=7 500 美元+200 美元=7 700 美元

经济订货批量 Q^* 为

$Q^* = \sqrt{\dfrac{2 \times 4\,000 \times 50}{15}} \approx 163$台,其结果是每次大约订购 163 台。

检查一下,当每次订购量为 163 合时是否会降低年成本

库存成本=年度持有成本＋年度订购成本

=(163 / 2)×15 美元 +(4 000 / 163) ×50 美元

=1 222.50 美元+1 226.99 美元＝2 449.49 美元

注意,与图 5.4 一样,储存成本和订购成本基本上相等。更重要的是,仅仅通过确定合适的订购量,就可以将该商品的年度储存成本和订购成本减少。

7 700 美元-2 449 美元=5 251 美元

但 EOQ 模型是一种最理想的需求状况,而现实生活中,需求率却往往是未知的,而且还是不断变化的,所以需要在 EOQ 模型的基础上稍加改进。独立需求库存系统两种基本库存模型是定量订货模型(也称连续检查控制系统或 Q 系统)和定期订货模型(也称定期系统、定期盘点系统、固定订货间隔系统以及 P 系统)。

定量订货模型是"事件驱动",而定期订货模型是"时间驱动"。也就是说,定量订货模型是当达到规定的再订货水平的事件发生后,即库存水平降到订货点,就进行订货,这种事件有可能随时发生,主要取决于对该物资的需求情况。相比而言,定期订货模型只限于在预定时期期末进行订货,即每隔一个固定的时间间隔就发生订货。

2. 定量订货模型(Fixed Order Quantity Models)

1) 定量订货模型的基本描述

定量订货模型的工作原理是:连续不断地监测库存水平的变化,当库存水平降到再订

货点 *ROP*(Reorder Point)时，就按照预先确定好的量 *Q* 进行订货，经过一段时间 *LT*(订货提前期)，新订货到达，库存得到补充(图 5.5)。定量控制系统有时又被称为再订货点系统(Reorder Point System)，或连续检查控制系统，或 *Q* 系统。

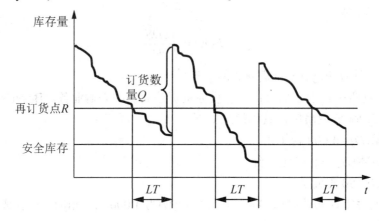

图 5.5 定量订货模型的示意图

在实际运用中，所谓连续观测并不是 24 小时连续观测，而通常是以某一个频率，例如每天。这种控制系统很容易用计算机来做，每次观测之后，根据当时的库存水平(Inventory Position，IP)决定是否需要订货。*IP* 是衡量某库存产品能否满足未来需求的一个指标，取决于预计到货量(Scheduled Receipts，SR)和现有库存量(On-Hand Inventory，OH)。也就是说

$$IP = OH + SR - BO \tag{5-3}$$

式中：*IP*——库存水平；

　　　OH——现有库存量；

　　　SR——预计到货量(订单已发生，尚未到货的量)；

　　　BO——延迟交货量或已分配库存量(已确定要交货，尚未实施的量)。

延迟交货量是指确定了要交货，但因库存缺货(等待 *SR*)尚未交货的量。这种量只有在顾客同意等待，而不取消订单的情况下才会存在。已分配库存量指其用途已指定的现有库存量，例如，某零件的现有库存量可能已经指定要用于某订单的装配，虽然它现在仍然放在库里，未被运走。

图 5.5 描述了该系统是如何运行的。向下的斜线表示现有库存量，它以相对稳定的速度被消耗；当到达再订货点时，发出一个新订单。订单发出之后，现有库存量继续被消耗，直至新订购的货物到达(该期间称为订购周期 *LT*)。在新订货到达点，现有库存量直线增加 *Q* 个单位。

库存水平 *IP* 除了在订购周期 *LT* 以内，它与现有库存量是相同的，而在订购周期的起点(即订单发出的时刻)，它直线增加 *Q* 个单位(预计到货量)，所以在订购周期 *LT* 内，*IP* 大于现有库存量。

小贴士

　　从这里可以得出要注意的一个重要问题，即决定是否该再订货时，应该看 *IP*，而不是 *OH*。一个常见的错误就是忽略预计到货量或延迟交货量，从而引起库存系统的不正常变化。

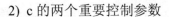

2) c 的两个重要控制参数

定量控制模型的两个重要控制参数是：每次订货量 Q 和再订货点 R。首先来看每次订货量 Q。订货量 Q 通常可以采用 EOQ 模型来确定 Q^*，但也可能是价格分割点(Price–Break Quantity)，即能够得到价格折扣的最小量，也可能是容器的容量(如集装箱的大小、卡车装载量的大小)，或管理者选择的其他量。

现在来考虑再订货点 R。回忆一下 EOQ 的一个假设，不存在需求、订购周期或供应的不确定性。在这种理想情况下，可以等库存降到 ROP 时再订货，这样 $ROP = D \times LT$，不需要安全库存，新订货在库存降到零的那一刻到达。

而在现实世界中，需求情况并不是完全可预测的，且是一个随机变量。这意味着在订购周期内的销售数量是一个变数。因此，需要一个将订购周期内的销售数量变化考虑在内的更好的解决方案。

将定量控制模型的再订货点 ROP 设为高于经济订货批量模型的再订货点 $ROP = D \times LT$ 的一个数值，以对应需求的不确定性。即定量控制模型的再订货点为

$$ROP = \overline{D}_{LT} + B \tag{5-4}$$

式中：ROP——再订货点；

$\overline{D}_{LT}$——订购周期内的平均需求量，$\overline{D}_{LT} = D \times LT$；

B——安全库存量。

由于 $\overline{D}_{LT}$ 在很大程度上取决于顾客，所以决定 ROP 时主要考虑的是安全库存水平 B。

3) 安全库存的确定

安全库存指企业为防止由于原材料或产品缺货而设置的储备量。安全库存 B 的大小取决于对顾客服务水平和库存持有成本二者的折中。可以使用成本最小化模型来寻找最优的 B，但这需要估计缺货或延迟交货的成本，而这实际上不是一件容易的事。因此管理者通常的做法是，基于判断，选择一个合理的顾客服务水平，然后决定能够满足这一顾客服务水平的安全库存量。

顾客服务水平可以用多种方法来表示，例如，在一定周期内不缺货的概率，通常称为周期服务水平(Cycle‐Service Level)；年需求总量中可实现按时交货的百分比(可以用产品个数、订单数或金额为单位)，通常称为交货速率(Fill Rate)；每年可允许的缺货数量；或一年中某产品库存不缺货的天数等。下面用周期服务水平来确定安全库存量。

小贴士

　　服务水平用于说明在需求与供应不确定的情况下得以满足的需求量的一个专业术语。服务水平与缺货率是相对的，服务水平+缺货率=1。

定量控制系统所用的一个典型假设是，一定周期 LT 内的实际需求 D_{LT} 服从正态分布，如图 5.6 所示，管理者首先必须估计该分布的平均值和标准偏差，这可以根据历史数据或基于判断。

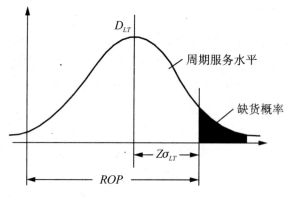

图 5.6 需求 D_{LT} 的正态分布概率

然后计算安全库存

$$B = Z\sigma_{LT} \tag{5-5}$$

式中：Z——为一定周期服务水平所对应的平均值的标准偏差数值；

σ_{LT}——正态分布 D_{LT} 的标准偏差，$\sigma_{LT} = \sigma\sqrt{LT}$。

Z 的值越高，B 和周期服务水平越高。如果 Z 等于零，则没有安全库存，缺货在一个周期内发生的概率将达 50%。表 5-1 所列的是不同的 Z 值和对应的服务水平(查正态分布表可得更多的数值)。从这里可以看出预测的重要性，对需求和订购周期的预测做得越好，σ_{LT} 和 B 的值则有可能越小。较低的安全库存水平可以说是对精确预测的回报。

表 5-1 不同 Z 值所对应的服务水平

Z 值	服务水平(%)	缺货率(%)
0.00	50	50
0.84	80	20
1.04	85	15
1.28	90	10
1.64	95	5
1.88	97	3
2.33	99	1
3.08	99.9	0.1

【例 5-2】 某零售商声称对于所经营的产品保证 95%的服务水平。已知，该零售商的产品的订货提前期为 4 周，市场针对某一种产品的需求是呈正态分布的，均值为每周 120 个单位，方差为 15 个单位，问该零售商应当如何设定再订货水平？如果将服务水平提高到 98%，再订货水平将如何变化？

解：首先计算安全库存，由服务水平为 95%，查表 5-1(或正态分布表)得 Z 的值为 1.64。因此安全库存为 $B = Z\sigma\sqrt{LT} = 1.64 \times 15 \times \sqrt{4} \approx 49$

计算再订货水平：$ROP = \overline{D}_{LT} + B = D \times LT + B = 120 \times 4 + 49 = 529$

如果将服务水平提高到 98%，则 $Z=2.05$。那么

全库存为：$B = Z\sigma\sqrt{LT} = 2.05 \times 15 \times \sqrt{4} \approx 62$

再订货水平：$ROP = \overline{D}_{LT} + B = D \times LT + B = 120 \times 4 + 62 = 542$

因此，服务水平为 95% 时，该零售商的再订货水平为 529 个单位，如果将服务水平提高到 98%，再订货水平提高到 542 个单位。

3. 定期订货模型(Fixed Order Period Models)(P 系统)

1) 定期订货模型的基本描述

定期订货模型的工作原理是：按照预先规定的间隔 P 定期检查库存，并随即提出订货，将库存补充到目标库存量 T。在这种系统中，库存水平被周期性地，而不是连续性地观测，每两次观测之间的时间间隔是固定的。但是，由于需求是一个随机变量，所以两次观测之间的需求量是变化的，从而每次的订货量也是变化的(图 5.7)。这是定量订货模型与定期订货模型最主要的区别，在定量订货模型中，每次订货量 Q 是固定的，而两次订货之间的间隔是变化的。定期订货模型的一个例子是软饮料供应商，它每周循环向食品店供货。每周店铺的库存水平都会被观测并将库存补充到一定的水平。

图 5.7 说明定期订货模型是如何运行的。向下的斜线表示现有库存量，每隔预先决定好的时间间隔 P，就发出一个新的订单，使库存水平提高到目标库存量 T。与定量订货模型相同，库存水平 IP 和现有库存量只在订购周期内不同，当预订的货物到达时，二者变得相同。从图 5.7 可以看出，由于在每次的订购点所观测到的库存水平是不同的，为了达到同样的目标库存量 T，每次的订货批量不同。

2) 定期订货模型的两个重要控制参数

定期订货模型的两个主要控制参数是观测间隔 P 和目标库存量 T。首先来看 P。它可以是任何方便的间隔，例如，每周五或每隔两周。另一种确定 P 的方法是利用上节给出的经济订货批量 EOQ 计算成本最小的订货间隔。

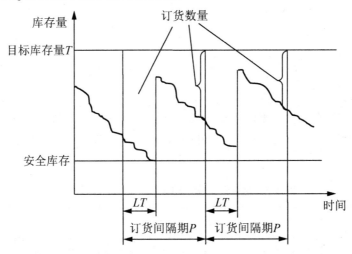

图 5.7 定期订货模型的示意图

如何选择目标库存水平 T，仔细观察图 5.7 就可以发现，在定期控制系统中，每隔时间 P，库存水平才有可能得到改变，如果再考虑到订购周期 LT 的话，这就意味着，目标库存量的设定必须使 $P+LT$ 间隔内的库存量非负。从这里又可以看出 Q 系统与 P 系统之间的一个根本性的区别：一个 Q 系统只需在订购周期 LT 之内保证不缺货即可，而一个 P 系统需要在整个 $P+LT$ 间隔内保证不缺货。

因此，T 必须至少等于 $P+LT$ 间隔内的期望需求，这还没有考虑任何安全库存。因此，

如果再把安全库存 B 加上，则 T 的大小应该能够应付 $P+LT$ 间隔内的需求的不确定性，这样，T 可以用下式来表示

$$T = \overline{D}_{P+LT} + B = \overline{d}(P+LT) + Z\sigma_{P+LT} \tag{5-6}$$

式中： $\overline{D}_{P+LT}$ ——$P+LT$ 间隔内的平均需求；

　　　B——安全库存；

　　　$\overline{d}$——预测的平均需求量；

　　　σ_{P+LT}——$P+LT$ 间隔内需求的标准偏差；

　　　Z——为了满足周期服务水平所需的标准偏差的倍数(与 Q 系统相同)。

小贴士

　　需求量、提前期盘点期等都可以使用任意时间单位，单位保持一致即可。

因为 P 系统所需的安全库存变量的时间段比 Q 系统长，因此 P 系统需要更多的安全库存(即 σ_{P+LT} 大于 σ_{LT})，这样 P 系统的整体库存水平要高于 Q 系统。

【例 5-3】 某薯条公司在一个超级百货商场大量销售听装薯条。其配送人员每隔 10 天会去商场检查一次库存水平。然后，配送人员会发出订单，货物 2 天后运达。再订货期和订货提前期(共 12 天)内的平均每天的需求水平是 20 听。这段时间内(共 12 天)，需求标准差为 40 听。该商场希望能持有足够的库存以满足 95%的时间内的需求。也就是说，在下一批订货到达之前，商场内该商品脱销的可能性是 5%。问该公司应如何设置订货量？

解：根据题意可知服务水平为 95%，查表 5-1(或正态分布表)得 Z 的值为 1.64

根据式(5-6)目标库存水平为

$$T = \overline{d}(P+LT) + Z\sigma_{P+LT}$$
$$= 20\times12 + 1.64\times40 \approx 306$$

假定在下次盘存日，配送员获悉库存产品剩余量为 45 听。根据这一信息，配送人员可以计算出订购量为 Q=306-45=261 听，该订货将会在 2 天内到达。

Q 系统与 P 系统的比较：无论是 Q 系统还是 P 系统，都不可能是全部情况下的最好解决方案。表 5-2 列举了 P 系统与 Q 系统的区别，两种系统中一个系统的优势正好是另一个系统的劣势。

表 5-2　定量订货模型和定期订货模型的区别

特　征	定量订货模型(Q 系统)	定期订货模型(P 系统)
订货量/订货时间	定量不定期	定期不定量
驱动方式	事件驱动	时间驱动
库存记录	连续监控库存量	定期盘点
持续所需时间	持续需要的时间长	维持方便
库存模型	平均库存量较低(SS 较低)	平均库存较大
物资类型	适用于 A 类关键、贵重的物资	

5.2.2 关联需求模型

物料需求计划(Material Requirement Planning，MRP)是美国企业自20世纪60年代开始，在国内外激烈的市场竞争的压力下，借助日益发展的计算机技术，在探索生产与库存管理规律的实践中，由美国著名的生产管理和计算机应用专家欧·威特和乔·伯劳士对 20 多家企业进行研究后提出来的，这种方法比较简单而实用，因而得到美国生产与库存管理协会的大力推广，并迅速运用于美国企业。与此同时，也很快传播到日本、西欧和其他一些国家。据 1981 年统计，在美国已有 8 000 多家公司和企业建立了 MRP 系统，并取得了良好的经济效益，如材料费用可降低 5%；直接生产人员的劳动生产率可提高 5%～6%；间接人员的劳动生产率可提高 20%～25%；原材料和在制品占用资产可减少 20%～30%。这样，企业花费在 MRP 上的投资费用，一般只需二三年就可全部回收。

MRP 是一种"既要降低库存，又不出现物料短缺"的计划方法，与订货点法相比，MRP 有了质的飞跃。这里将深入讨论 MRP 中的订购批量，并简要介绍闭环 MRP、MRPII 及 ERP。

1. MRP 的原理

MRP 的基本原理是：根据需求与预测来测定未来物料供应和生产计划与控制的方法，它提供了物料需求的准确时间和数量。这个系统的基本思想是，只在需要的时候，向需要的部门，按需要的数量，提供所需要的物料。就是说，它既要防止物料供应滞后于对它们的需求，也要防止物料过早地出产和进货，以免增加库存，造成物资和资金的积压和占用。

MRP 系统逻辑流程图如图 5.8 所示。

MRP 有 3 种输入：主生产计划(Master Production Schedule，MPS)、物料清单(Bill of Material，BOM)和库存状态。MPS 是针对最终产品的生产计划，计划期一般为一年，也可以跨年度，包括生产数量和完成时间，生产数量包括已有的订单及市场预测得到的需求。BOM 是一种产品结构，表示完成某一最终产品时所需的零件、部件的数量及其相互关系。库存状态表示企业仓库中存有零件部件的情况。MRP 的输出是采购计划、加工计划。MRP 的运行机制或称算法是依据 MPS 规定的最终产品生产的数量和时间要求，以及零部件库存、在制品数据、前期计划执行情况和生产提前期等决定采购计划与加工计划。

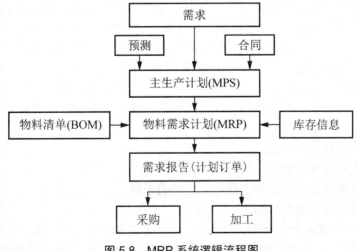

图 5.8 MRP 系统逻辑流程图

MRP 与传统的订货管理比较，具有如下特点。

(1) 传统的存货管理用单项确定的办法解决生产中的物料联动需求，难免相互脱节，同时采取人工处理，工作量大。而 MRP 系统用规划联动需求，使各项物料相互依存，相互衔接，使需求计划更加客观可靠，也大大减少了计划的工作量。

(2) 实施 MRP 要求企业制订详细、可靠的主生产计划，提供可靠的存货记录，迫使企业分析生产能力和对各项工作的检查，把计划工作做得更细。MRP 系统提供的物料需求计划又是企业编制现金需求计划的依据。

(3) 当企业的主生产计划发生变化，MRP 系统将根据主生产计划的最新数据进行调整，及时提供物料联动需求和存货计划，企业可以据此安排相关工作，采取必要措施。

(4) 在 MRP 环境下，可以做到在降低库存成本、减少库存资金占用的同时，保证物料按计划流动，保证生产过程中的物料需求及生产的正常运行，从而使产品满足用户和市场的需求。

MRP 的基本任务是：首先从最终产品的生产计划(独立需求)导出相关物料(原材料、零部件等)的需要量和需要时间(相关需求)，再根据物料的需求时间和生产(订货)周期来确定其开始生产(订货)的时间。

MRP 的基本内容是编制零件生产计划和采购计划。要正确编制零件计划，首先必须落实产品的出产进度计划，就是主生产计划 MPS，这是 MRP 展开的依据。MRP 还需要知道产品的零件计划；同时必须知道库存数量才能精确计算出零件的采购数量。因此，基本 MRP 的依据是：主生产计划(MPS)、物料清单(BOM)、库存信息。

2. 主生产计划(MPS)

主生产计划(MPS)通常主要是处理最终物料项的。如果最终物料项非常大或者非常昂贵，那么主生产计划也可以用来处理主要的部装件或组件。

所有的生产系统都有能力和资源方面的限制。这就给主生产计划人员的工作提出了挑战。虽然总生产计划提供了运作的一般范围，但是主生产计划必须明确到底生产多少。这些决策的制定要考虑许多职能部门的压力，例如销售部门(满足顾客的承诺交货期)、财务部门(库存最小化)、经营管理部门(生产和顾客服务水平最大化，资源需求最小化)和制造部门(要求标准化和准备时间最小化)。为了确定一个可以接受的可行计划并将它下达到车间，就必须在 MRP 系统中运行试用的主生产计划。最终生成的计划订单下达量(详细的生产计划)要经过核实，确保资源是可以获得的、完工期是合理的。一旦对产品进行了需求展开，并且低层的物料、零件和组件确定之后，原先看似合理的主生产计划可能要求的资源过多。如果这种情况发生(通常情况是这样的)，那么主生产计划就要根据这些限制进行修改，并重新运行 MRP 程序。为了保证良好的主生产计划，主生产计划必须满足下列要求。

(1) 包括所有的需求；产品销售、库存的补充、额外需求和厂内的需求。

(2) 绝不能忽视总生产计划。

(3) 考虑对顾客订单的承诺。

(4) 各个层次的管理者都可见到。

(5) 客观地协调制造、营销和工程设计之间的矛盾。

(6) 明确所有的问题并进行沟通。

另外，主生产计划是一个分时段的计划，它确定企业何时生产、生产多少最终物料项。例如，对一个家具公司来说，总生产计划可以确定它在下一个月份或者季度生产的床垫总量，而 MPS 进一步明确床垫的具体尺寸、质量和型号。MPS 还按阶段(通常是每周)指明每种床垫需要多少以及何时需要。

3. 物料清单(BOM)

物料清单(BOM)文件通常被称作产品结构或产品树，它显示了一个产品是怎样组装起来的，它包含完整的产品描述(每一物料的信息，以及组成该物料的各零件的数量)，不仅列出了原材料、零件和组件，还列出了产品生产的顺序，如图 5.9 所示的产品 A。从该图可看出，A 由两个单位的 B 和 3 个单位的 C 组成；而 B 由 1 个单位的 D 和 4 个单位的 E 构成；C 由两个 F、3 个 G 和 4 个 H 构成。物料清单作为 MRP 的输入数据项，主要解决"生产过程中要用到什么"的问题，MRP 从物料清单中得到有关主生产计划项目的零部件、原材料的数据。

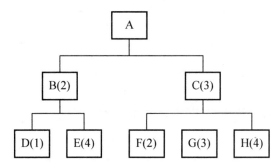

图 5.9 产品 A 的物料清单(BOM)

物料清单经常用缩进的结构来列出各个部分。由于每个缩进都表明该物料的组成，这样就能很清楚地指明它所包含的物料和它们是如何组装起来的。表 5-3 以缩排的形式显示了图 5.9 中的物料结构。但是从计算机的角度来看，以缩排格式存放物料信息的效率是非常低的。为了计算在更低层次上的每个物料项目所需的数量，每个项目都要展开并累加。以简单的单层表来储存零件数据将有效得多，也就是说，每个列出来的物料项目和组件都只列在它的父项下面，包括 1 单位父项所需的数量。这样就避免了重复，因为每个配件只被包含一次。

表 5-3 显示了产品 A 的缩排的零件表和单层零件表。

表 5-3 缩排式和单层式零件列表

缩排式零件列表	单层式零件列表
A	A
B(2)	B(2)
D(1)	C(3)
E(4)	B
C(3)	D(1)
F(2)	E(4)
G(5)	C
H(4)	F(2)
	G(5)
	H(4)

物料清单还可采用模块化的物料清单。模块化的物料清单是用来描述可以作为部装件来生产和储存的物料项目，可参考其他书籍。

4. 库存信息

库存信息作为 MRP 的输入数据项，主要解决"已经有了什么"的问题，MRP 从库存信息中得到物料清单中列出的每个项目的物料可用数据和编制订单数据。

5. MRP 计算实例

安培公司生产一种安装在住宅中的电表，这种电表可以被电力公司用来测量用电量。用于单个家庭的电表有两种不同的型号，分别具有不同的电压和电流强度的范围。除了完整的电表之外，一些零件和部装件也被单独地出售，用于维修和改变电压的强度。MRP 系统的问题是，确定一个生产计划来指明每一物料的需求期和合适的数量，然后对该计划的可行性进行核实，如果需要，还要对计划进行修改。

1) 需求预测

对电表及其组件的需求有两个来源：一类来源是经常的顾客，他们下达固定的订单；另一类来源是不确定的顾客，他们对这些物料的需求是随机的。表 5-4 是对电表 A 和 B、部装件 D 和零件 E 6 个月的需求预测(从 3 月到 8 月)。

表 5-4　需求情况预测表

月份	电表 A		电表 B		部装件 D		零件 E	
	已知	随机	已知	随机	已知	随机	已知	随机
3	1 000	250	400	60	200	70	300	80
4	600	250	300	60	180	70	350	80
5	300	250	500	60	250	70	300	80
6	700	250	400	60	200	70	250	80
7	600	250	300	60	150	70	200	80
8	700	250	700	60	160	70	200	80

2) 制订一个主生产计划

在确定了对电表和组件的需求后，假设对已知需求的数量根据当月对顾客的交货计划进行交货，而随机需求则必须在每个月的第 1 周就得到满足。

为简化计划过程，假定所有的物料项目在每个月的第 1 周都可以得到。这个假设是合理的，因为管理者(本例中)宁愿每个月生产一个批量的电表，而不是分许多批进行生产。表 5-5 是在这些条件下的一个试用的主生产计划，3 月和 4 月的需求在每个月的第 1 周(第 9 周和第 13 周)就标明了。为简单起见，只对这两个时段的需求进行处理。实际计划过程中对使用计划在资源的可获得性、能力的可获得性等方面进行核实，然后修改并且再次运行。但对于这个例子，计划过程就到此为止了。

表 5-5　满足表 5-4 确定需求的一个主生产计划

项　　目	周　　次								
	9	10	11	12	13	14	15	16	17
电表 A	1 250				850				550
电表 B	460				360				560
部装件 D	270				250				320
零件 E	380				430				380

3) 物料清单(产品结构文件)

图 5.10 显示了电表 A 与 B 的产品结构。电表 A 和 B 由 C 和 D 两个部装件以及 E 和 F 两个零件组成。括号中的数字表示每单位父项物料所需本物料的数量。根据该图能很清楚地表示出产品装配的方式。

4) 库存记录文件(物料主文件)

表 5-6 为本例的库存信息，它与表 5-4 的区别在于：库存记录文件还包含了许多附加的资料，例如卖方标志、成本和提前期。在本例中，库存信息文件包含的相关资料有在程序开始运行时现有的库存和提前期。

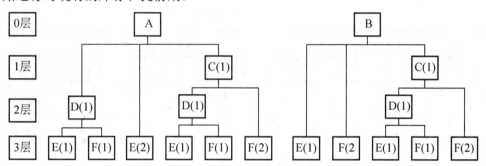

图 5.10　电表 A 和 B 的产品结构

表 5-6　库存文件中所具有的现有库存量与提前期资料

物　　料	现有库存/单位	提前期/周
A	50	2
B	60	2
C	40	1
D	30	1
E	30	1
F	40	1

5) 运行 MRP 程序

现在为 MRP 计算机程序设定正确的运行条件：通过主生产计划建立最终物料项目的需

求，而库存的状态和订单的提前期则根据库存项目主文件获得，产品结构的资料则来自于物料清单文件。然后，MRP 程序就根据 BOM 文件和库存信息文件逐层对需求进行展开。考虑到提前期，把净需求订单的下达日期提前。对零件和部装件的订单绕过主生产计划，直接加到库存文件中，因为主生产计划没有足够低的层次来容纳备件和维修件。表 5-7 是这次运行所产生的计划订单的下达日期。下面的分析将解释该程序的逻辑(将所分析的问题界定为：在第 9 周满足 1 250 单位电表 A、460 单位电表 B、270 单位部装件 D 和 380 单位零件 E 的毛需求)。

由于 A 的现有库存量是 50，所以 A 的净需求是 1 200 单位。为了在第 9 周接收到电表 A，那么考虑到 2 星期的提前期，就必须在第 7 周下达订单。对物料 B 也进行同样的处理，产生了一个在第 7 周下达的 400 单位的计划订单。这些步骤的理论基础是：对一个要下达进行处理的物料项目，它的所有组件必须都是可以获得的。因此对父项物料的计划订单下达日期就成了子项物料的毛需求日期。从图 5.10 中的第 1 层可以看出，每个 A 和每个 B 都需要 1 单位 C，因此在第 7 周对 C 的毛需求为 1 600 单位(A 需要 1 200 单位，B 需要 400 单位)。考虑到现有的 40 单位和 1 星期的提前期，1 560 单位的 C 必须在第 6 周订购。图 5.10 中的第 2 层表明了，每个 A 和每个 C 都需要 1 单位元的 D。A 需要的 1 200 单位元的 D 成了第 7 周的毛需求，而 C 需要的 1 560 单位元的 D 成了第 6 周的毛需求。首先使用现有库存和 1 个星期的提前期，造成了在第 5 周下达的 1 530 单位和在第 6 周下达的 1 200 单位 D 的计划订单。

表 5-7 物料需求计划

物　　料		星期/周									
		4	5	6	7	8	9	10	11	12	13
A	毛需求						1 250				850
	现有库存 50						50				
提前期=2	净需求						1 200				
	计划订单						1 200				
	计划订单下达				1 200						
B	毛需求						460				360
	现有库存 60						60				
提前期=2	净需求						400				
	计划订单						400				
	计划订单下达				400						
C					400						
	毛需求				1 200						
	现有库存 40				40						

续表

物料		星期/周									
		4	5	6	7	8	9	10	11	12	13
提前期=1	净需求				1 560						
	计划订单				1 560						
	计划订单下达			1 560							
D											
	毛需求			1 560	1 200		270				250
	现有库存 30			30	0		0				
提前期=1	净需求			1 530	1 200		270-				
	计划订单			1 530	1 200		270				
	计划订单下达		1 530	1 200		270					
E					2 400						
	毛需求		1 530	1 200	400	270	380				430
	现有库存 30		30	0	0	0	0				
提前期=1	净需求		1 500	1 200	2 800	270	380				
	计划订单		1 500	1 200	2 800	270	380				
	计划订单下达	1 500	1 200	2 800	270	380					
F				3 120							
	毛需求		1 530	1 200	800	270					
	现有库存 40		40	0	0	0					
提前期=1	净需求		1 490	4 320	800	270					
	计划订单		1 490	4 320	800	270					
	计划订单下达	1 490	4 320	800	270						

　　第 3 层包括物料 E 和 F。由于在多处用到了 E 和 F，因此用表 5-8 来更清楚地指明父项物料项目、每个父项物料项目需要多少以及具体是在哪个星期发生的需求。每 1 个物料 A 要用 2 个物料 E，在第 7 周下达的 1 200 单位 A 的计划订单就成了在同一时期 2 400 单位 E 的毛需求。每个 B 要用一个 E，所以在第 7 周下达的 400 单位 B 的计划订单就成了在第 7 周 400 单位 E 的毛需求。物料 E 还被用于物料 D 的制造，比例是 1∶1。在第 5 周下达的 1 530 单位 D 的计划订单就成了在第 5 周 1 530 单位 E 的毛需求。考虑到 30 单位的现有库存和 1 个星期的提前期，在第 4 周下达了 1 500 单位 E 的计划订单。在第 6 周下达的 1 200 单位 D 的计划订单导致了在第 6 周 1 200 单位 E 的毛需求以及在第 5 周下达的 1 200 单位 E 的计划订单。

表 5-8　物料 C、D、E、F 的父项，物料的毛需求量及需求日期

物料	父项	每单位父项需求量	毛需求	毛需求日期(周)
C	A	1	1 200	7
C	B	1	400	7
D	A	1	1 200	7
D	C	1	1 560	6
E	A	2	2 400	7
E	B	1	400	7
E	D	1	1 530	5
E	D	1	1 200	6
F	B	2	800	7
F	C	2	3 120	6
F	D	1	1 200	6
F	D	1	1 530	5

物料 F 被用于物料 B、C 和 D。由于使用比例是 1∶2，400 单位 B 和 1560 单位 C 的计划订单导致了 800 和 3 120 单位 F 的毛需求。除此之外，B、C 和 D 下达的计划订单都成了 F 在同一周的相同数量的毛需求。

在第 9 周对部装件 D 的 70 单位的独立需求被当成是对该周 D 的毛需求的输入来处理，这就导致了对 270 单位的 E 和 F 的需求。由于独立的维修需要而产生的 380 单位 E 的需求就直接加到零件 E 的毛需求上。

第 13 周独立需求还没有被展开。

在表 5-7 中，每个物料的最低一行被当成是该生产系统的建议负荷。最终的生产计划由手工或者是由计算机软件包来创建，如果计划不可行或者负荷不可接受，那么就要修改主生产计划，并且 MRP 软件包将对新的主生产计划再运行一遍。

6. 闭环 MRP、MRPⅡ和 ERP

1) 闭环 MRP

MRP 的缺陷如下。

(1) MRP 的前提条件是资源是无限的。实际上企业的资源是有限的，MRP 做出的物料需求计划不一定与企业的生产能力相匹配。

(2) MRP 的另一个前提条件是提前期已定，而实际上提前期是很难准确确定的。

(3) MRP 做出的物料需求计划是零件级的计划，并不是车间级的作业计划，而事实上任何计划的执行单位都是生产车间，只有经过车间检验的计划，才认为是正确的或合理的。

因此，出现了闭环 MRP，闭环 MRP 不单纯考虑物料需求计划，还将与之有关的能力需求、车间生产作业计划和采购等方面的情况考虑进去，使整个问题形成闭环循环。

2) MRPⅡ

闭环 MRP 虽然是一个完整的计划与控制系统，但它无法对企业执行计划之后产生的业

绩进行评价；而且 20 世纪 70 年代末，一些企业希望闭环 MRP 在处理物料计划信息的同时，同步地处理财务信息。为此，在闭环 MRP 的基础上产生了 MRP Ⅱ。MRP Ⅱ 的主要功能模块在闭环 MRP 的基础上增加了采购、销售、财务等功能模块。

3) ERP

MRP Ⅱ 系统普遍存在着在计算过程中要求固定计划周期、缺乏优化能力等缺陷，限制了他们在全局供应链上的应用。进入 20 世纪 90 年代后，随着市场竞争的进一步加剧，企业竞争空间与范围的进一步扩大，为了克服 MRP Ⅱ 的缺陷，吸收新的技术应用的成果，进一步从整体上有效利用和管理企业的资源，企业资源计划(Enterprise Resource Planning，ERP)应运而生。ERP 是面向供应链的管理思想，它除具有 MRP Ⅱ 功能外，还集成了诸如采购、质量、设备、项目、运输、客户关系等管理模块。也就是说，MRP Ⅱ 主要侧重于企业内部的管理信息集成，ERP 则侧重于将信息集成的范围扩大到整个供应链。

5.3　ABC 分类法

由于企业的资源有限，因此对所有库存种类均给予相同程度的重视和管理是不可能的，也是不切实际的。为了使有限的时间、资金、人力、物力等企业资源能得到更有效的利用，应对库存物资进行分类，将管理的重点放在重要的库存物资上，即依据库存物资重要程度的不同，分别进行不同的管理，这就是 ABC 分类方法的基本思想。

ABC 分类管理方法就是将库存物资根据 80/20 原则，按重要程度分为特别重要的库存(A 类库存)，一般重要的库存(B 类库存)和不重要的库存(C 类库存)3 个等级，然后针对不同的级别分别进行管理和控制。ABC 分类管理方法包括两个步骤：一是如何进行分类；二是如何进行管理。

1. 如何进行分类

通常按某库存物品占总库存资金的比重和占总库存物品品种数目的比例来分类。其中 A 类物品的特征是品种数目占总库存品种数目的 5%～15%，而资金额占总库存资金的 60%～80%；C 类物资的品种占总库存品种的 60%～80%，而资金额占总库存资金的 5%～15%；B 类物品则介于两类物品中间，品种数占总库存品种数的 20%～30%，而资金占用额也为 20%～30%，如图 5.11 所示。

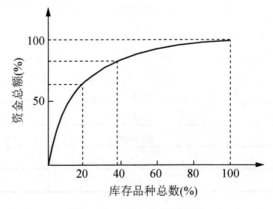

图 5.11　ABC 分类曲线图

> **小贴士**
>
> ABC 库存分类法并不是把物品价格作为唯一分类依据。家乐福根据流量大、移动快速，流量适中以及流量低、移动速度慢 3 种情况把物料分为 A、B 和 C 三类。

2. 如何进行管理

在对库存进行 ABC 分类之后，接着便是根据企业的经营策略对不同级别的库存进行不同的管理和控制，具体见表 5-9。

表 5-9　ABC 分类管理

级别　项目	A 类库存	B 类库存	C 类库存
控制程度	严格控制	一般控制	简单控制
库存量计算	依库存模型详细计算	一般计算	简单计算或不计算
进出记录	详细记录	一般记录	简单记录
存货检查频度	密集	一般	很低
安全库存量	低	较大	大量

3. 实例分析

【例 5-4】 某小型企业有十项库存品，各库存品的年需求量、单价见表 5-10。为了加强库存品的管理，企业计划采用 ABC 库存分类管理法。假如企业决定按 20%的 A 类物品，30%的 B 类物品，50%的 C 类物品来建立 ABC 库存分析系统。问该企业应如何进行 ABC 分类？

表 5-10　各库存品的年需求量、单价

库存品代号	年需求量/件	单件/元
a	40 000	5
b	190 000	8
c	4 000	7
d	100 000	4
e	2 000	9
f	250 000	5
g	15 000	6
h	80 000	4
i	10 000	5
j	5 000	7

分析：由于该企业各项库存品的单价、年需求量已经告知，因此，不需要再收集数据。

解：(1) 计算出各种库存品的年耗用金额，见表 5-11。

表 5-11 各种库存品的年耗用金额

库存品代号	年耗用金额/元	次　序
a	200 000	5
b	1 520 000	1
c	2 8000	9
d	400 000	3
e	18 000	10
f	1 250 000	2
g	90 000	6
h	320 000	4
i	50 000	7
j	35 000	8

(2) 把各种库存品按照年耗用金额从大到小的顺序排列，并计算累计百分比，见表 5-12。

表 5-12　库存品按照年耗用金额从大到小的顺序排列

库存品代号	年耗用金额/元	累计耗用金额/元	累计百分比(%)	各种类百分比(%)
b	1 520 000	1 520 000	38.9	20%
f	1 250 000	2 770 000	70.8	
d	400 000	3 170 000	81.1	30%
h	320 000	3 490 000	89.2	
a	200 000	3 690 000	94.3	
g	90 000	3 780 000	96.6	50%
i	50 000	3 830 000	97.9	
j	35 000	3 865 000	98.8	
c	28 000	3 893 000	99.5	
e	18 000	3 911 000	100	

(3) 按照 ABC 分类法的基本原理，对库存品进行分类，见表 5-13。

表 5-13　库存品进行分类

分　类	库存品代号	每类金额/元	库存品数百分比(%)	耗用金额百分比(%)	累计耗用金额百分比(%)
A	b,f	2 770 000	20	70.8	70.8
B	d,h,a	920 000	30	23.5	94.3
C	g,i,j,c,e	221 000	50	5.7	100.0

(4) 绘制 ABC 分析图，如图 5.12 所示。

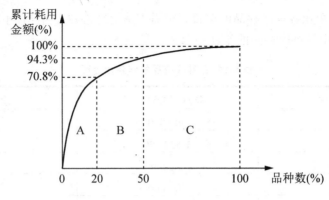

图 5.12　ABC 分析图

近些年来，由于供应链的理念被引入库存管理，库存管理的内涵和目标都发生了巨大的改变。从而，出现了以 JIT 库存策略等为代表的一些旨在实现"零库存"的库存管理方法。此后，又出现了以 VMI(供应商管理库存)和 JMI(联合管理库存)等策略为代表的新方法，它们通过加强对供应链总体库存的控制来提高供应链的系统性和集成性，提高各结点企业的敏捷性和响应性。

5.4　仓储的基本概念

1. 仓储的概念

在物流系统中，仓储是一个不可或缺的构成要素。仓储是商品流通的重要环节之一，也是物流活动的重要支柱。在社会分工和专业化生产的条件下，为保持社会再生产过程的顺利进行，必须储存一定量的物资，以满足一定时期内社会生产和消费的需要。

仓储一词包含了"仓库"和"储存"两个方面，既包括储备、库存在内的广义的储存概念，也包括储存各种物资的场所——仓库。

仓库(Warehouse)是保管、存储物品的建筑物和场所的总称，可以为房屋建筑、大型容器、或者特定的场地等，具有存放和保护物品的功能。仓库作为物流服务的据点，在物流作业中发挥着重要的作用，它不仅具有储存、保管等传统功能，还包括拣选、配货、检验、分类等作业功能，并具有多品种小批量、多批次小批量等配送功能及附加标签、重新包装等流通加工功能。

储存(Storing)是包含库存和储备在内的一种广泛的经济现象，是一切社会形态都存在的经济现象。在任何社会形态中，对于不论什么原因形成停滞的物资，也不论是什么种类的物资在没有进入生产加工、消费、运输等活动之前或在这些活动结束之后，总是要存放起来，这就是储存。

仓储的形成是因为产品不能被即时消耗掉，需要专门场所存放，这时就产生了静态仓储。而将物品存入仓库以及对存放在仓库里的物品进行保管、控制、加工、配送等的管理，便形成了动态仓储。现代仓储管理主要研究动态仓储的一系列管理活动。

综上所述，所谓仓储，是以改变"物"的时间状态为目的的活动，通过仓库或特定的场所对有形物品进行保管、控制等管理，从克服产需之间的时间差异中获得更好的效用。

2. 仓储的构成

仓储系统主要由储存空间、货物、仓储设施设备、人员、作业及管理系统等要素构成。

1) 储存空间

储存空间即仓库内的保管空间，不同的库房提供的空间差别很大。在进行储存空间规划时，必须考虑到空间大小、柱子间距、有效高度、通道和设备回转半径等基本因素，再配合其他相关因素的分析，才能做出完善的设计。

2) 货物

货物是储存系统的重要组成要素。货物的特征、货物在储存空间的摆放方法以及货物的管理和控制是储存系统要解决的关键问题。货物的特征包括供应商、货物特性、规格类别、数量和时间等方面。影响货物在储存空间摆放的因素包括储位单位、储位策略和原则、货物特性、补货的方便性、单位在库时间、订购频率等。货物在库不仅仅要摆放好，还要便于对其进行存取、分拣和加工等管理。这些活动在仓库，尤其是流通型仓库即物流中心更多，要求随时掌握库存状况，了解其品种、数量、位置、出入库状况等信息。

3) 人员

仓储系统的人员包括仓管、搬运、理货、拣货和补货等人员。人员是仓库最活跃的因素，在仓储空间的设计和设备选择时，都要考虑人—机作业和管理问题。例如仓库作业人员在存取搬运货物时，讲究的是省时、省力和高效，而要达到存取效率高、省时、省力的目标，作业流程要合理化；货位配置及标识要简单、清楚、一目了然；货位上的货物要好放、好拿、好找。

4) 仓储设施设备

仓储设施设备由收发设施设备、储存设备、搬运和输送设备等组成。如果货物不是直接堆放在地面上，则必须考虑相关的托盘、货架等储存设备。如果不是仅仅依靠人力搬运，则必须考虑使用叉车、笼车、输送机等输送和搬运设备。

5) 作业及管理系统

上述 4 项基本要素决定了仓库的作业状况好坏。按照设施规划设计的要求，首先要考虑的是作业流程，没有畅通的作业流程就不可能有完善的仓库功能布局。现代仓库还要考虑信息系统。仓库管理系统(Warehouse Management System，WMS)是仓库运作的神经中枢，只有与良好的作业系统配合，才能完成仓库的各项功能。

3. 仓储的分类

仓储的本质都是为了物品的储藏和保管，但由于经营主体、仓储对象、经营方式和仓储功能的不同，仓储又可以分成如下类别。

1) 按仓储经营主体划分

(1) 企业自营仓储。企业自营仓储是生产或流通企业为了本企业物流业务的需要而进行的储存保管行为。这类仓储只储存本企业的原材料、生产半成品、最终产品、商品等。仓库规模小、数量多、专业性强，而仓储专业化程度低，设施简单。

(2) 商业营业仓储。商业营业仓储是仓储经营人以其拥有的仓储设备，向社会提供商业性仓储服务的仓储行为。仓储经营人与存货人通过订立仓储合同的方式建立仓储关系，并且依合同约定提供仓储服务和收取仓储费用。商业仓储的目的是在仓储活动中获得经济利益，实现经营利润最大化。分为提供货物仓储服务和提供仓储场地服务两种类型。

(3) 公共仓储。公共仓储是公用事业的配套服务设施，如为车站、码头提供仓储配套服务的仓储，其运作的主要目的是保证车站、码头的货物周转，具有内部服务的性质，处于从属地位。但对于存货人而言，公共仓储也适用于营业仓储关系，只是不独立订立仓储合同，而是将关系列在作业合同之中。

(4) 战略储备仓储。战略储备仓储是国家根据国家安全、社会稳定的需要，对战略物资实行储备而产生的仓储。战略储备由国家政府进行控制，通过立法、行政命令的方式进行。战略储备物资存储的时间较长，以储备品的安全性为首要任务。战略储备物资主要有粮食、能源、有色金属等。

2) 按仓储对象划分

(1) 普通物品仓储。普通物品仓储是指不需要特殊保管条件的物品仓储。如普通的生产物资、生活用品、工具等杂货类物品，不需要针对货物设置特殊的保管条件，采取无特殊装备的通用仓库或货场存放。

(2) 特殊物品仓储。特殊物品仓储是指在保管中有特殊要求和需要满足特殊条件的物品仓储，如危险品仓储、冷库仓储、粮食仓储等。特殊物品仓储一般为专用仓储，按物品的物理、化学、生物特性以及法规规定进行仓储建设和实施管理。

3) 按经营方式划分

(1) 保管式仓储。保管式仓储又称纯仓储，是以保管物原样不变为目标的仓储。存储人将特定的物品交给保管人进行保管，到期保管人将原物交还给存货人，保管物所有权不发生变化。即保管物除了所发生的自然损耗和自然减量外，数量、质量、件数不发生变化。

(2) 加工式仓储。加工式仓储是指保管人在仓储期间根据存货人的要求对保管物进行一定加工的仓储方式。保管物在保管期间，保管人根据委托人的要求对保管物的外观、形状、尺寸等进行加工，使仓储物按照委托人的要求变化。

(3) 消费式仓储。消费式仓储是保管人在接受保管物时，同时接受保管物的所有权，保管人在仓储期间有权对仓储物行使所有权。在仓储期满后，保管人只要将相同种类和数量的替代物交还给委托人即可。消费式仓储实现了保管期较短(如农产品)、市场供应价格变化较大的商品的长期存放，因此能实现商品的保值和增值，是仓储经营人利用仓库开展仓储经营的重要发展方向。

4) 按仓储功能划分

(1) 生产仓储。生产仓储是对企业生产或经营所需要的原材料、燃料及其产品等进行仓储的行为。

(2) 储备仓储。储备仓储是对需要长期存放的各种储备物质进行的储存，如战略物资仓储、季节性物资仓储。

(3) 物流中心仓储。物流中心仓储是指以物流管理为目的的仓储活动，是为了实现物流管理效率的环节。

(4) 配送仓储。配送仓储是商品在配送交付消费者之前的短期仓储，在这个过程中完成对商品销售或使用前的前期处理。

(5) 运输转换仓储。运输转换仓储是衔接不同运输方式的运输转换仓储。

5.5　仓储系统的规划与设计

仓储系统的规划与设计关系到企业商品的流转速度、流通费用、企业对顾客的服务水平、服务质量以及仓储的运作效率，最终影响企业的利润。因此是物流系统规划中一个很关键的部分。

5.5.1　仓储系统的规划

仓储系统规划是实现物流合理化的必要步骤。仓储系统规划在于运用专业技术能力，统计运算分析各作业需求，将仓储各关联系统做最适合的搭配组合，以建立适合的运作系统。仓储系统规划主要包括仓储作业区域的需求功能规划、作业程序与信息系统架构的规划、区域布置规划、仓储区域规模的确定、仓储设备的规划与选用等。

1. 仓储系统的规划原则

仓储系统的规划原则不是一成不变的，要视具体情况而定。在特定场合下，有些原则是互相影响，甚至互相矛盾。为了做出最好的设计，有必要对这些原则进行选择和修改。

1) 系统简化原则

要根据物流标准化做好包装和物流容器的标准化，把杂货、粮食、饮料、食盐、食糖、饲料等散装货物、外形不规则货物组成标准的储运集装单元，实现集装单元与运输车辆的载重量、有效空间尺寸的配合、集装单位与装卸设备的配合、集装单位与仓储设施的配合，这样做会有利于仓储系统中的各个环节的协调配合，在异地中转等作业时，不用换装，提高通用性、减少搬运作业时间、减轻物品的损失、损坏，从而节约费用；同时也简化了装卸搬运子系统，降低系统的操作和维护成本，提高系统的可靠性，提高仓储作业的效率。

2) 平面设计原则

如无特殊要求，仓储系统中的物流都应在同一平面上实现，从而减少不必要的安全防护措施；减少利用率和作业效率较低、能源消耗较大的起重机械，提高系统的效率。

3) 物流和信息流的分离原则

现代物流是在计算机网络支持下的物流，如果不能实现物流和信息流的尽早分离，就要求在物流系统的每个分、合结点均设置相应的物流信息的识别装置，这势必造成系统的冗余度，增加系统的成本；如果能实现物流和信息流的尽早分离，将所需信息一次识别出来，再通过计算机网络传到各个结点，即可降低系统的成本。

4) 柔性化原则

仓库的建设和仓储设备的购置，需要大量的资金。为了保证仓储系统高效工作，需要配置针对性较强的设备，而社会物流环境的变化，又有可能使仓储货物品种、规格和经营规模发生改变。因此，在规划时，要注意机械和机械化系统的柔性和仓库扩大经营规模的可能性。

5) 物料处理次数最少原则

不管是以人工方式还是自动方式，每一次物料处理都需要花费一定的时间和费用。通过复合操作，或者减少不必要的移动，或者引入能同时完成多个操作的设备，就可减少处理次数。

6) 最短移动距离，避免物流线路交叉原则

移动距离越短，所需的时间越少，费用就越低；避免物流线路交叉，即可解决交叉点物流控制和物流等待时间问题，有利于保持物流的畅通。

7) 成本与效益平衡原则

在建设仓库和选择仓储设备时，必须考虑投资成本和系统效益原则。在满足仓储作业需求的条件下，尽量降低投资。

2. 仓储系统选址

1) 仓储系统选址概述

仓储选址是指运用科学的方法决定仓库的地理位置，使之与企业的整体经营运作系统有机结合，以便有效、经济地达到企业的经营目的。

仓储系统选址包括两个层次的问题：一是选位，即选择什么地区(区域)；二是定址，即具体选择在该地区的什么位置设置仓库，也就是在已选定的地区内选定一片土地作为设施地的具体位置。选址还包括两类问题：一是选择一个单一的仓库位置；二是选择多个仓库位置，如图 5.13 所示。

图 5.13　仓储系统选址

仓储系统选址对商品流转速度和流通费用会产生直接的影响，并关系到企业对顾客的服务水平和服务质量，最终影响企业的销售量和利润。一旦选择不当，将给企业带来很多不良后果，而且难以改变。因此，在进行仓储系统选址时，必须充分考虑到多方面因素的影响，慎重决策。

2) 仓储系统选址的目标及原则

仓储系统选址与该仓库所属企业的类型有很大的关系。附属于工业企业的仓储其选址追求成本最小化；附属于物流企业的仓储其选址追求收益最大化或服务水平的最优化。

仓储系统选址的原则如下。

(1) 费用原则：经济效益对于任何类型的仓储都是重要的。

(2) 接近客户原则：以降低运费、提高对客户需求的反应速度。

(3) 长远发展原则：要有战略意识。选址工作要考虑到服务对象的分布状况及未来发展。

3) 仓储系统选址考虑的因素

进行仓库选址决策时，需要考虑各种影响因素和要求，在此基础上预先确定仓库地址，列出几个可供选择的可行方案，利用某种评价方法，从这几个可行方案中确定最理想的仓库地址。

影响仓库选址的因素主要有下列几个方面。

(1) 经济因素。①宏观经济政策。在进行选址决策时，要充分考虑当地政府的政策法规等因素。有些地区的政府采取比较积极的政策，鼓励在经济开发区进行仓库的建设或出租，并在税收、资本等方面提供比较优惠的策略。同时这些地区的交通、通信、能源等方

面的基础设施建设也比较便利。② 建设和运营成本。在进行选址决策时，还要仔细计算成本。成本的构成包括运输成本、原材料供应成本、劳工成本、建筑成本和土地成本。

(2) 环境因素。①地理因素：包括地质条件、水文及水文地质条件和气候因素。② 配套设施：包括交通运输条件和水电供应条件。

(3) 竞争因素。①竞争对手因素。竞争对手的仓库选址对企业的选址工作也是有一定影响的。对竞争对手的竞争策略、与竞争对手的实力对比、与竞争对手的差异等，都会影响到企业的选址工作。② 服务水平。为了能够更好地服务客户，提高对客户需求的反应速度，许多企业都会将仓库建立在服务区域的附近。

小贴士

　　只有顾客密集分布、交通与装运条件方便、地价低廉等主要条件得到满足的地方，才是合适的仓储地址。

---

4) 仓储系统选址的程序

(1) 确定仓库选址的目标和原则。

(2) 收集选址所需的基本条件，如明确仓库的业务类型、预测业务量、掌握相关费用及客户资料。

(3) 初步确定可供选择的地点等。

(4) 评估分析后确定地点。

仓储系统选址的程序如图 5.14 所示。

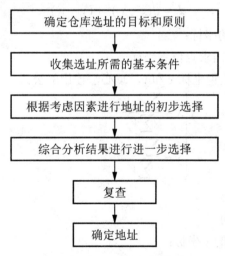

图 5.14　仓储系统选址的程序

3. 单设施选址方法

当完全新建一个仓库时，可用加权因素法、重心法、线性规划法和运输模型法来进行评估选址。如果是在现有用户中确立一个仓库，那么用总距离最短、总运输周转量最小、总运输费用最小来计算比较简单。

1) 加权因素法

选址中要考虑的因素很多，但是总是有一些因素比另一些因素相对重要，决策者要判断各种因素孰轻孰重,从而使评估更接近现实。这种方法有 6 个步骤。

(1) 列出所有相关因素。

(2) 赋予每个因素以权重以反映它在决策中的相对重要性。

(3) 给每个因素的打分取值设定一个范围(1~10 或 1~100)。

(4) 用第 3 步设定的取值范围就各个因素给每个备选地址打分。

(5) 将每个因素的得分与其权重相乘,计算出每个备选地址的得分。

(6) 考虑以上计算结果以总分最高者为最优。

2) 重心法

重心法的原理在 2.2.3 节中已给出,应用在仓储系统选址中是根据运送费用最小来寻找仓库最佳地址的数学方法。基本原理:设有一系列点分别代表生产地和需求地,各自有一定量的货物需要以一定的运输费率运向待定的仓库,或从仓库运出,则仓库应建在总运输成本最小的点上。即

$$\min TC = \sum_i V_i R_i d_i = \sum C_i d_i \tag{5-7}$$

式中:TC——总运输成本;

V_i——i 点的运输量;

R_i——到 i 点的运输费率;

C_i——到 i 点的运输成本;

d_i——从位置待定的仓库到 i 点的距离

$$d_i = \sqrt{(x - x_i)^2 + (y - y_i)^2}$$

x,y——新建仓库的坐标;

x_i,y_i——供应商和需求点位置坐标。

求出成本运输最低的位置坐标 x 和 y,重心法使用的公式为

$$\begin{cases} \bar{x} = \dfrac{\sum d_{ix} V_i}{\sum V_i} \\ \bar{y} = \dfrac{\sum d_{iy} V_i}{\sum V_i} \end{cases} \tag{5-8}$$

式中:$\bar{x}$——重心的 x 坐标;

$\bar{y}$——重心的 y 坐标;

d_{ix}——第 i 个地点的 x 坐标;

d_{iy}——第 i 个地点的 y 坐标;

V_i——运到第 i 个地点或从第 i 个地点运出的货物量。

重心法的具体方法如下。

(1) 先建立坐标系。

(2) 将所有的备选地址绘制在坐标轴上,确定坐标值。

(3) 用坐标系统计算平面上任何两点之间的距离。

(4) 根据距离、重量两者的结合计算重心。

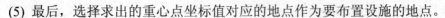

(5) 最后，选择求出的重心点坐标值对应的地点作为要布置设施的地点。

【例 5-5】 一家生产化肥的制造厂，要为它的 3 个工厂(A、B、C)建立仓库，假设运输量与运输成本存在线性关系，3 个工厂的年生产量：A(6 000 吨/年)、B(8 200 吨/年)、C(7 000 吨/年)；工厂(x，y)坐标位置：A(150，75)、B(100，300)、C(275，380)，试利用重心法计算仓库的位置。

解： 由式(5-8)得

$$\begin{cases} \bar{x} = \dfrac{\sum d_{ix}V_i}{\sum V_i} = \dfrac{150 \times 6\,000 + 100 \times 8\,200 + 275 \times 7\,000}{6\,000 + 8\,200 + 7\,000} = 172 \\[3mm] \bar{y} = \dfrac{\sum d_{iy}V_i}{\sum V_i} = \dfrac{75 \times 6\,000 + 300 \times 8\,200 + 380 \times 7\,000}{6\,000 + 8\,200 + 7\,000} = 262.7 \end{cases}$$

因此仓库的位置为(172，262.7)。

3) 线性规划法

线性规划法的原理在 2.2.3 节中已给出，应用在仓储系统选址中是找出物流网络中仓库的数量、规模和位置，目标是使得通过该网络运送所有产品的成本在以下约束条件下降至最低。

(1) 不能超过每个工厂的供货能力。

(2) 所有产品的需求必须得到满足。

(3) 各个仓库的吞吐量不能超过其吞吐能力。

(4) 必须达到最低吞吐量，仓库才可以开始运营。

(5) 同一消费者需要的所有产品必须由同一仓库供给。

(6) 同一消费者需要的所有产品必须由同一仓库供给。

【例 5-6】 某物流公司根据公司的发展规划，需要建设一个仓库。仓库可以在 A_1、A_2、A_3、A_4 这 4 个地点中选择。由于各地点的具体条件不同，建设费用以及建成后仓库的吞吐量也不同。W_i 表示在地点 A_i 建仓库后的吞吐量大小，a_i 表示在地点 A_i 建仓库的费用($i=1,2,3,4$)。仓库建好后可以向 B_1、B_2、B_3、B_4、B_5 这 5 个地点配送货物；b_i 表示 B_j 的需求量($j=1,2,3,4,5$)。c_{ij} 表示从 A_i 到 B_j 的单位运费。在满足各个配送点的条件下，如何选择仓库地点，使建设费用及运费的总和为最小。

解： 设 x_{ij} 表示由 A_i 供应 B_j 的物资数量，并设 $R_i = \begin{cases} 0 & 不在 A_i 建 \\ 1 & 在 A_i 建 \end{cases}$

目标函数为费用和最小：$\min Z = \sum\limits_{i=1}^{4} a_i R_i + \sum\limits_{i=1}^{4} \sum\limits_{j=1}^{5} c_{ij} x_{ij}$

$$约束为：\begin{cases} x_{11}+x_{21}+x_{31}+x_{41} \geqslant b_1 \\ x_{12}+x_{22}+x_{32}+x_{42} \geqslant b_2 \\ x_{13}+x_{23}+x_{33}+x_{43} \geqslant b_3 \\ x_{14}+x_{24}+x_{34}+x_{44} \geqslant b_4 \\ x_{15}+x_{25}+x_{35}+x_{45} \geqslant b_5 \\ x_{11}+x_{12}+x_{13}+x_{14}+x_{15} \leqslant W_1 R_1 \\ x_{21}+x_{22}+x_{23}+x_{24}+x_{25} \leqslant W_2 R_2 \\ x_{31}+x_{32}+x_{33}+x_{34}+x_{35} \leqslant W_3 R_3 \\ x_{41}+x_{42}+x_{43}+x_{44}+x_{45} \leqslant W_4 R_4 \\ x_{ij} \geqslant 0(i=1,2,3,4; j=1,2,3,4,5) \\ R_i = 0或1(i=1,2,3,4) \end{cases}$$

4. 多设施选址方法

对于大多数的企业而言，经常会面临同时决定多个仓库的选址问题。该问题一般可归为这样几个基本的规划问题。

(1) 物流网络中应该有多少个仓库？这些仓库应该有多大规模，应位于什么地方？哪些客户指定由仓库负责供应？各个工厂、供应商或港口的货物应指定由哪些仓库负责？

(2) 各个仓库中应该存放哪些产品？哪些产品应从工厂、供应商或港口直接运送到客户手中？

对于这些问题的研究有很多的方法，虽然有些方法不很完善，但依然为提供了多个仓库选址的数学上的规划方法，这里不作详细分析。

5.5.2　仓库的设计

1. 仓库总体构成

一个仓库通常由生产作业区、辅助生产区和行政生活区 3 部分组成。

(1) 生产作业区。这是仓库的主体部分，是商品储运活动的场所，主要包括储货区、铁路专用线、道路、装卸台等。

(2) 辅助生产区。辅助生产区是为商品储运保管工作服务的辅助车间或服务站，包括车库、变电室、油库、维修车间等。

(3) 行政生活区。行政生活区是仓库行政管理机构和生活区域。一般设在仓库入库口附近，便于业务接洽和管理。行政生活区与生产作业区应分开，并保持一定的距离，以保证仓库的安全及行政办公和居民生活的安静。

2. 仓库结构设计应考虑的因素

仓库结构对实现仓库的功能起着很重要的作用。仓库的结构设计应考虑以下几个方面。

(1) 平房建筑和多层建筑。从出入库作业的合理化方面考虑，仓库结构应尽可能地采用平房建筑，这样储存商品就不必上下移动，因为利用电梯将储存商品从一层搬运到另一层时费时费力，而且电梯往往也是商品流转中的一个瓶颈，许多物料在搬运时通常会竞相利用数量有限的电梯而影响库存作业的效率。但是，在城市内，尤其是在商业中心地区，那里的土地数量有限、价值昂贵，为了充分利用土地，采用多层建筑成了最佳的选择。在采用多层仓库时，要特别重视对上下楼的通道设计。

(2) 仓库出入口和通道。仓库出入口的位置和数量是由建筑的开间长度、进深长度，库内货物堆码形式，建筑物主体结构，出入库次数，出入库作业流程以及仓库职能等因素所决定的。出入库口尺寸的大小是由卡车是否能出入库内决定的，所用卡车的种类、尺寸、台数、出入库次数，保管货物尺寸大小所决定的。库内的通道是保证库内作业畅顺的基本条件，通道应延伸至每一个货位，使每一个货位都可以直接进行作业，通道需要路面平整、平直，减少转弯和交叉。

(3) 立柱间隔。库房内的立柱是出、入库作业的障碍，会导致保管效率低下，因而立柱的数量应尽可能地减少。但当平房仓库梁的长度超过 25 米时，建立无柱仓库有困难，则可设中间的梁间柱，从而使仓库成为有柱结构。

(4) 天花板的高度。由于企业实现了仓库的机械化、自动化，因而现在对仓库天花板的高度也提出了很高的要求。在设计天花板高度时要充分考虑仓库建成投入使用后，需要使用什么样的仓储装卸工具，根据这些工具的某些特殊要求来设计。

(5) 地面。地面的构造主要考虑地面的耐压强度。地面的负荷能力是由保管货物的重量、所使用装卸机械的总重量、楼板骨架的跨度等所决定的。而流通仓库的地面承载力，还要保证重型叉车作业的足够受力。

3. 仓库布局

仓库的布局是指一个仓库的各个组成部分，如库房、货棚、货场、辅助建筑物、铁路专运线、库内道路、附属固定设备等，在规定的范围内，进行平面和立体的全面合理安排。

1) 仓库布局原则

(1) 尽可能采用单层设备，这样造价低，资产的平均利用率也高。

(2) 使货物在出入库时单向和直线移动，避免大幅度逆向操作的低效率。

(3) 采用高效的物料搬运设备及操作流程。

(4) 在库货物采用有效的存储计划。

(5) 在物料搬运设备大小、类型、转弯半径的限制下，尽量减少通道所占用的空间。

(6) 尽量利用仓库的高度，也就是说，有效地利用仓库的容积。

2) 仓库的平面布置要求

在规定的范围内，进行平面和立体的全面合理的安排，即仓库的总平面设计。仓库的平面布置要求如下。

(1) 要因地制宜，充分考虑地形、地质条件，满足商品运输和存放上的要求，并能保证仓容的充分利用；

(2) 平面布置与竖向布置相适应，所谓竖向布置，是指建设场地平面布局中每个因素，如库房、货场、专运线、道路、排水、供电、站台等，在地面标高线上的相互位置；

(3) 总平面布置应能充分、合理地利用机械化，便于开展机械化作业；

(4) 总平面布置应符合卫生和环境要求，既要满足库房的通风、日照等，又要考虑环境绿化、文明生产，有利于职工的身体健康。

具体仓库设计可参考相关书籍。

本 章 小 结

本章对库存控制方法和仓储系统的规划与设计作了较详细的阐述。

库存控制方法主要讲述了库存基本理论和库存系统控制模型。库存基本理论包括库存概念、分类、作用以及成本。库存系统控制模型包括独立需求模型、相关需求模型和 ABC 分类法。其中独立需求模型又包括经济订货批量模型、定量订货模型、定期订货模型。

仓储系统的规划与设计主要讲述了仓储的基本概念和仓储系统的规划与设计。其中仓储的基本概念包括仓储概念、构成和分类。仓储系统的规划与设计包括仓储系统规划原则、仓储系统的选址以及仓库的设计。

本章的教学目标是使学生掌握库存控制和仓储系统规划和设计的基础知识，并初步具备库存控制、仓储规划和设计的能力。

知 识 链 接

牛鞭效应(Bullwhip Effect)是供应链管理中常见的现象，因为当供应链上的各级供应商只根据来自其相邻的下级销售商的需求信息进行供应决策时，需求信息的不真实性会沿着供应链逆流而上，产生逐级放大的现象。这种信息扭曲的放大作用在图形显示上很像一根甩起的赶牛鞭，因此被形象地称为牛鞭效应。

由于这种需求放大变异效应的影响，上游供应商往往维持比其下游需求更高的库存水平，以应付销售商订货的不确定性，从而人为地增大了供应链中的上游供应商的生产、供应、库存管理和市场营销风险，甚至导致生产、供应、营销的混乱。

产生牛鞭效应的原因主要来自几个方面：

(1) 需求预测修正。供应链上各成员各自做自己的预测，常在预测值上加上一个修正量作为订货数量，导致了牛鞭效应。

(2) 订货批量。为了降低订货成本和规避断货风险，分销商减少订货频率，采用最大库存策略。

(3) 价格波动。价格波动、促销手段或经济环境造成零售商往往会在合适的时机库存大量商品，这种做法导致订货量远远大于实际的需求量。

(4) 短缺博弈(对策)。需求增大引发扩大订货，但当需求降温或短缺结束后，大的订货量又突然消失，造成需求预测和判断的失误。

(5) 库存失衡。供销商先为销售商垫货，就使得分销商普遍倾向于加大订货量掌握库存控制权，因而放大订货需求的增大。

(6) 缺少协作。由于缺少信息交流和共享，同时加上供应链成员间的不信任，同业间无法实现互通有无、转运调拨，往往是各自持有自己的高额库存。

(7) 提前期。随着提前期的增长，需求的变动性也增大。

例如，在某种商品的销售中，假使零售商的历史最高月销量为 1 000 件，但下月将逢重大节日(如黄金周等)，为了保证销售不断货，该零售商会在月最高销量基础上再追加 $a\%$，于是向上游批发商下订单 1 000$(1+a\%)$件。批发商汇总该区域的销量预计后(假设为 12 000

件)，为了保证零售商的需要又增加了 $b\%$，于是向生产商下订单 12 000$(1+b\%)$件。生产商为了保证对批发商的供货，不得不至少按 12 000$(1+b\%)$件安排生产计划，并且为了稳妥起见，在考虑毁损、漏订等情况下，还会加量生产。这样一层一层地增加预订量，导致牛鞭效应。

可以从以下几个方面来消除牛鞭效应：

(1) 加强预测。供应链上下游成员间分享预测数据并使用同样的预测工具，提高预测准确性。

(2) 信息共享。减少信息的不对称性从而减少整个供应链的不确定性。

(3) 业务集成。供应链上下游间的业务实现紧密集成，形成顺畅的业务流。

(4) 订货分级管理。供应商根据一定标准将销售商进行分类，划分不同的等级，并对他们的订货进行分级管理。

(5) 合理分担库存。供应商可以与分销商、零售商采用联合库存的方式合理地分担库存。

(6) 缩短提前期。

(7) 采用外包服务。

(8) 建立伙伴关系。通过实施供应链战略伙伴关系可以消除牛鞭效应。

复习思考题

1. 选择题

(1) ABC 库存管理分类法中，A 类库存品的(　　)。

A. 金额占 75%～80%，品种占 15%～20%

B. 金额占 10%～15%，品种占 20%～25%

C. 金额占 5%～10%，品种占 60%～65%

D. 金额占 50%，品种占 50%

(2) ABC 库存管理分类法中，重点管理的是(　　)。

A. 类库存品　　　　　　　　B. 类库存品

C. 类库存品　　　　　　　　A. 和 C 类库存品

(3) 在商品的年需求量一定的情况下，每次的订货量越大，则(　　)。

A. 订购成本越大，储存成本越大　　B. 订购成本越小，储存成本越大

C. 订购成本越小，储存成本越小　　D. 订购成本越大，储存成本越小

(4) 库存控制管理的定量订货法中，关键的决策变量是(　　)。

A. 需求速率　　B. 订货提前期　　　C. 订货周期　　D. 订货点和订货量

(5) 在定量订货法中，把发出订货时仓库里该品种保有的实际库存量叫(　　)。

A. 订货量　　　B. 订货提前期　　　C. 订货批量　　D. 订货点

2. 简答题

(1) 库存作用的双重性表现在哪些方面？

(2) 库存成本主要有哪几个组成部分？

(3) ABC 管理法有什么特点？其基本原理是什么？

(4) 概述在执行 ABC 库存分类管理法的仓储企业，定量订货法与定期订货法各适用于什么类型的商品。

(5) 仓储的含义和特点是什么？

(6) 仓储选址的考虑因素有哪些？

3．判断题

(1) 库存管理通常又叫做"仓储管理"。　　　　　　　　　　　　　　　　（　　）

(2) 在仓库选址时，若要在现有用户中确立一个仓库，可以用总距离最短、总运输周转量最小、总运输费用最小来计算选择。　　　　　　　　　　　　　　　　（　　）

(3) ABC 比分类法中 C 类是年度货币量最高的库存，这些品种可能只占库存总数的15%，但用于它们的库存成本却占到总数的 70%～80%。　　　　　　　　（　　）

(4) ABC 库存分类管理法是以物品价格作为唯一分类依据。　　　　　　　（　　）

(5) 连续补充库存方式要求以多频度、小数量进行库存补充，其库存补充的特征是均衡补给。　　　　　　　　　　　　　　　　　　　　　　　　　　　　　（　　）

(6) 库存控制是指通过科学管理，使库存物品的数量减少。　　　　　　　（　　）

(7) 通常使用的库存控制系统主要有两种类型，即定量订货系统(固定订货数量，可变订货间隔)和定期检查系统(固定订货间隔，可变订货数量)。　　　　　　　（　　）

(8) 定量库存控制也称订购点控制，是指库存量下降到一定水平(订购点)时，按固定的订购数量进行订购的方式。　　　　　　　　　　　　　　　　　　　　（　　）

(9) 使用 EOQ 经济订货批量模型时必须满足的假设条件之一是允许缺货。　（　　）

(10) 定期库存控制方法也称为固定订购周期法，这种方法的特点是按照固定的时间周期来订购，而订购数量也是固定的。　　　　　　　　　　　　　　　　（　　）

(11) 定期库存控制方法与定量库存控制方法相比，这种方法不必严格跟踪库存水平，减少了库存登记费用和盘点次数。　　　　　　　　　　　　　　　　　　（　　）

4．计算题

(1) 某公司每年以每个单位 30 元的价格采购 6 000 个单位的某种产品。在这个过程中，处理订单和组织送货要产生 125 元的费用，每个单位的产品所产生的利息费用和储存成本加起来需要 6 元。求该产品的经济订货批量、经济订货周期及年库存总成本。

(2) 某公司发现，针对某种产品的需求服从正态分布，均值为每年 2 000 个单位产品，标准偏差为 400 个单位产品。产品的单位成本为 100 元，再订货成本为 200 元，存货持有成本为存货价值的 20%，订货提前期为 3 周。请制定在服务水平为 98%情况下的再订货策略。

(3) 在某区域中有 5 个企业 A、B、C、D 和 E，它们各自的坐标、物流量和单位运价见表 5-14。现在要在该区域设立一个配送中心，如果要求总物流费用最省，则配送中心应该建在何处为好？

表 5-14　企业的坐标物流量和单位运价

企业	A	B	C	D	E
坐标(x_i, y_i)/km	(3, 8)	(8, 2)	(2, 5)	(6, 4)	(8, 8)
物流量 w_i/t	2 000	3 000	2 500	1 000	1 500
运价/(元)/ t·km	0.5	0.5	0.75	0.75	0.75

(4) 某商店销售大罐装的太妃糖，该店使用定期订货模型，每 10 天检查一次库存水平，每次都要订购一些太妃糖。订单提前期为 3 天。平均每日需求为 7 罐，因此再订货期和提前期(13 天)内的平均需求为 91 罐。这 13 天内的需求的标准差是 17 罐。假定要求的服务水平为 90%，计算再订货水平。假定 13 天内的需求的标准差下降到 4 罐。再订货水平又会变为多少？并解释原因。

5. 思考题

(1) 常用的库存管理模型有哪些？并解释其工作原理。

(2) 仓储管理与库存管理的区别与联系。

(3) MRP 的实施需要哪些数据？

(4) 查阅资料，谈谈你对仓储未来发展趋势的认识。

案 例 分 析

安科公司的库存管理

安科公司是一家专门经营进口医疗用品的公司，2001 年该公司经营的产品有 26 个品种，共有 69 个客户购买其产品，年营业颇为 5 800 万元人民币。对于安科公司这样的贸易公司而言，因为进口产品交货期较长，库存占用资金大，因此，库存管理显得尤为重要。

安科公司按销售额的大小，将其经营的 26 个产品排序，划分为 ABC 三类。排序在前 3 位的产品占到总销售额的 97%，因此把它归为 A 类产品；第 4～7 种产品每种产品的销售额在 0.15%～0.5%之间，把它们归为 B 类，其余的 21 种产品(共占销售额的 1%)，将其归为 C 类。

对于 A 类的 3 种产品，安科公司实行了连续性检查策略，每天检查库存情况，随时掌握准确的库存信息，进行严格的控制，在满足客户需要的前提下维持尽可能低的经常量和安全库存量。通过与国外供应商的协商，并且对运输时间做了认真的分析，算出了该类产品的订货前置期为 2 个月(也就是从下订单到货物从安科公司的仓库发运出去，需要 2 个月的时间)。即如果预测在 6 月份销售的产品，应该在 4 月 1 日下订单给供货商，才能保证在 6 月 1 日可以出库，其订单的流程表见表 5-15。

表 5-15　订单的流程表

4 月 1 日	4 月 22 日	5 月 2 日	5 月 20 日	5 月 30 日	6 月 30 日
下订单给供应商(按预测 6 月份的销售数量)	货物离开供应商仓库，开具发票，已经算作安科公司库存	船离开美国港口	船到达上海港口	货物入安科公司的仓库，可以发货给客户	全部货物销售完毕

由于该公司的产品每个月的销售量不稳定，因此，每次订货的数量就不同，要按照实际的预测数量进行订货。为了预防预测的不准确和工厂交货的不准确，还要保持一定的安全库存，安全库存是下一个月预测销售数量的 1/3。该公司对该类产品实行连续检查的库存管理，即每天对库存进行检查，一旦手中实际的存货数量加上在造的产品数量等于下两个月的销售预测数量加上安全库存时，就下订单订货，订货数量为第三个月的预测数量。因

其实际的销售量可能大于或小于预测值，所以，每次订货的间隔时间也不相同。这样进行管理后，A类产品库存的状况基本达到了预期的效果。由此可见，对于货值高的A类产品应采用连续检查的库存管理方法。

对于B类产品的库存管理，该公司采用周期性检查策略。每个月检查库存并订货一次，目标是每月检查时应有以后两个月的销售数量在库里(其中一个月的用量视为安全库存)，另外在途中还有一个月的预测量。每月订货时，再根据当时剩余的实际库存数量，决定需订货的数量。这样就会使B类产品的库存周转率低于A类。

对于C类产品，该公司还采用了定量订货的方式。根据历史销售数据，得到产品的半年销售量为该产品的最高库存量，并将其两个月的销售量作为最低库存。一旦库存达到最低库存时，就订货，将其补充到最高库存量。这种方法，比前两种更省时间，但库存周转率更低。

该公司实行了产品库存的ABC管理以后，虽然A类产品占用了最多的时间、精力进行管理，但得到了满意的库存周转率。而B和C类产品，虽然库存的周转率较慢，但相对于其很低的资金占用和很少的人力支出来说，这种管理也是个好方法。

在对产品进行ABC分类以后，该公司又对其客户按照购买量进行了分类。发现在69个客户中，前5位的客户购买量占全部购买量的近75%，将这5个客户定为A类客户；到第25位客户时，其购买量已达到95%。因此，把6～25位的客户归为B类，其他的26～69位客户归为C类。对于A类客户，实行供应商管理库存，一直保持与他们密切的联系，随时掌握他们的库存状况；对于B类客户，基本上可以用历史购买记录做出他们的需求预测作为订货的依据；而对于C类客户，有的是新客户，有的一年也只购买一次，因此，只在每次订货数量上多加一些，或者用安全库存进行调节。这样一方面可以提高库存周转率，同时也提高了对客户的服务水平，尤其是A类客户对此非常满意。

通过安科公司的实例，可以看到将产品及客户分为ABC类后，再结合其他库存管理方法，如连续检查法、定期检查法、供应商管理库存等，就会收到很好的效果。

思考题：

(1) 安科公司将产品分为了哪几类进行管理？此分类的优点是什么？

(2) 安科公司怎样对A、B、C三类产品进行库存控制？

(3) 安科公司如何利用客户的ABC分类管理提高库存周转率及对客户的服务水平？

实际操作训练

1. 实训方式

到附近企业的物流中心、配送中心仓库参观、调查。

2. 实训内容

(1) 了解企业的商品(物料)进货方法。

(2) 了解企业采用的库存管理方法(传统库存管理方法/ABC分类管理法)。

(3) 了解ABC分类管理法的执行过程。

(4) 了解仓库的库存控制方法及库存控制方法的调整。

3. 实训目的

(1) 学会根据企业的库存结构，选择合适的库存管理方法。

(2) 加深对 ABC 分类管理法等库存管理方法的理解，掌握 ABC 分类管理法的分析步骤及 ABC 分析图的方法。

(3) 掌握定期订货、定量订货等库存方法。

第6章 物流配送与运输管理

学习目标

■ 知识点

> 配送的基本内涵
> 配送合理化管理模式与模式策略
> 物流配送中心的基本知识
> 物流运输管理的概念、分类、原理和服务要素管理
> 物流运输的几种方式

■ 难点

> 配送路线与车辆调度的计算
> 物流运输方式的经济特征

■ 要求

熟练掌握的内容:

> 配送的基本概念
> 配送的模式与策略,以及配送合理化
> 配送路线与车辆调度
> 物流配送中心的含义、定位与功能
> 物流运输管理的基本内容

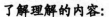

了解理解的内容：
- ➤ 配送的产生和发展
- ➤ 配送服务管理
- ➤ 物流配送中心的流程
- ➤ 集装箱多式联运等运输方式

沃尔玛物流配送运作

沃尔玛是全球最大的零售商，其集中配送中心是相当大的，而且都位于一楼，使用一些传送带，让这些产品能够非常有效地流动，对它处理不需要重复进行，都是一次性的。沃尔玛所有的系统都是基于一个 UNIX 的配送系统，并采用传送带，采用非常大的开放式的平台，还采用产品代码，以及自动补发系统和激光识别系统，由此沃尔玛节省了相当多的成本。其配送中心的职能如下：

(1) 转运。沃尔玛把大型配送中心所进行的商品集中以及转运配送的过程叫转运，大多是在一天当中完成进出作业。

(2) 提供增值服务。沃尔玛配送中心还提供一些增值服务，例如在服装销售前，需要加订标签，为了不损害产品的质量，加订标签需要在配送中心采用手工进行比较细致的操作。

(3) 调剂商品余缺，自动补进。每个商品都需要一定的库存，比如软饮料、尿布等。在沃尔玛的配送中心可以做到这一点，每一天或者每一周他们根据这种稳定的库存量的增减来进行自动的补进。这些配送中心可以保持 8 000 种产品的转运配送。

(4) 订单配货。沃尔玛配送中心在对于新开业商场的订单处理上，采取这样的方法：在这些新商场开业之前，沃尔玛要对这些产品进行最后一次的检查，然后运输到这些新商场，沃尔玛把它称为新商场开业的订单配货。

沃尔玛公司作为全美零售业年销售收入位居第一的著名企业，素以精确掌握市场、快速传递商品和最好地满足客户需要著称，这与沃尔玛拥有自己庞大的物流配送系统并实施了严格有效的物流配送管理制度有关，因为它确保了公司在效率和规模成本方面的最大竞争优势，也保证了公司顺利地扩张。沃尔玛现代化的物流配送体系，表现在以下几个方面：设立了运作高效的配送中心；采用先进的配送作业方式；实现配送中心自动化的运行及管理。沃尔玛物流配送体系的运作具体表现为：注重与第三方物流公司形成合作伙伴关系；挑战"无缝点对点"物流系统；自动补发货系统；零售链接系统。

[思考]：为什么沃尔玛能做到"每日低价"？难道仅仅是因为其规模大吗？

6.1 配送的基本内涵

6.1.1 配送的概念

配送(Distribution & Delivery)概念有许多种表述。

日本工业标准表述：将货物从物流结点送交收货人。日本 1991 年版《物流手册》的表述：生产厂到配送中心之间的物品空间移动叫"运输"，从配送中心到顾客之间的物品空间移动叫"配送"。

我国国家质量技术监督局在 2001 年颁布的《中华人民共和国国家标准——物流技术》中，对配送的定义为：在经济合理区域范围内，根据客户要求，对物品进行分拣、加工、包装、分割、组配等作业，并按时送达指定地点的物流活动。

还有被广泛认同的定义为：配送是以现代送货形式实现资源最终配置的经济活动；在经济合理区域范围内，按用户订货要求，对物品进行拣选、加工、包装、分割、组配等作业，并以最合理方式按时送达指定地点的物流活动。

准确把握配送概念应注意以下几个要点。

(1) 配送应以用户要求为出发点。配送是从用户利益出发、按用户要求进行的一种活动，在整个配送活动中，用户占主导地位，配送企业居服务地位。

在买方市场条件下，顾客的需求是灵活多变的，消费特点是多品种、小批量，因此从这个意义上说，配送活动绝不是简单的送货活动，而应该是建立在市场营销策划基础上的企业经营活动。因此配送活动是多项物流活动的统一体。

(2) 配送是一种"中转"形式。配送是从物流结点至用户的一种特殊送货形式。从事送货的是专职流通企业，而不是生产企业。但配送是连接生产企业与需求用户的中转环节。

(3) 配送是"配"和"送"有机结合的形式。配送利用有效的分拣、配货等理货工作，使送货达到一定的规模，以利用规模优势取得较低的送货成本。所以，追求整个配送的优势，分拣、配货等项工作是必不可少的。

所谓"合理地配"是指在送货活动之前必须依据顾客需求对其进行合理的组织与计划。只有"有组织有计划"地"配"才能实现现代物流管理中所谓的"低成本、快速度"地"送"，进而有效满足顾客的需求。

(4) 配送要选择合理的方式。不同的配送方式会产生不同的配送成本。在存在满足用户需要的多个可选择方案时，应选择最合理的方式，以最小的成本完成配送活动。此外，配送是按照用户要求进行的活动，但有时受用户本身的局限，"用户要求"实际会损失其自身或双方的利益。此时，若过分强调"按用户要求"显然是不妥的。配送者必须以"要求"为依据，正确引导用户，共同选择合理的配送方式，实现共同受益。

(5) 配送是一种现代物流体制形式。配送的实质是送货，但却不同于一般送货。一般送货可以是一种偶然的行为，而配送却是一种固定的形态；一般送货往往只是推销商品的一种手段，配送则是内涵更为丰富的一种流通服务方式，是大生产和专业分工在流通领域的体现，是一种有确定组织、确定渠道，有一套装备和管理力量、技术力量，有一套制度的体制形式。

6.1.2 配送与物流之间的关系

1. 从物流的角度来看配送与物流的关系

从物流来讲，配送的距离较短，位于物流系统的最末端，处于支线运输、二次运输和末端运输的位置，即到最终消费者的物流。但是在配送过程中，也包含着其他的物流功能(如装卸，储存，包装等)，是多种功能的组合，可以说配送是物流的一个缩影或在某小范围中物流全部活动的体现，也可以说是一个小范围的物流系统。

一般的配送集装卸、包装、保管、运输于一身，通过这一系列活动完成将货物送达的目的。特殊的配送则还要以加工活动为支撑，所以包括的方面更广。然而，配送的主体活动与一般物流却有不同，一般物流是运输及保管，而配送则是运输及分拣配货，分拣配货是配送的独特要求，也是配送中有特点的活动，以送货为目的的运输则是最后实现配送的主要手段，从这一主要手段出发，常常将配送简化地看成运输中的一种。

2. 从商流的角度来看配送与物流的关系

从商流来讲，配送本身是一种商业形式。虽然作为物流系统环节之一的配送具体实施时，是应该以商物分离形式实现的(所谓商物分离)，但从配送的发展趋势看，商流与物流越来越紧密的结合(所谓商物合一)，是配送成功的重要保障。

所谓商物合一的配送模式是配送机构处于一个"主导"地位的配送形式，表现为支配所送产品的物流、信息流和资金流"三流合一"的中转作用。其突出特点为参与产品交易，以获取产品的最大利润为主，但资金规模需求量大。

所谓商物分离的配送模式是配送机构处于一个"被动服务"的配送形式，表现只为所送产品提供输送服务的中转作用。其突出特点为不参与产品的交易，只获取产品输送过程中服务费用，所以配送机构占用资金相对较少，如图 6.1 所示。

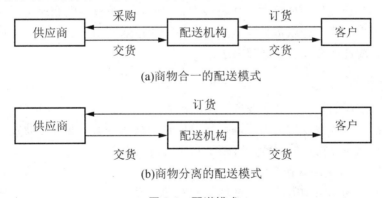

(a)商物合一的配送模式

(b)商物分离的配送模式

图 6.1　配送模式

6.1.3 配送的产生与发展

1. 配送的产生

配送是由送货逐渐演变过来的。一般的送货形态在西方发达国家已经有相当长的历史，可以说是随着市场而诞生的一种必然的市场行为。

日本在"二次"大战后，经济高速增长，但随之便出现了流通滞后的问题，严重阻碍了生产的进一步发展，分散的物流使流通机构庞杂。当时，日本做过的一项调查表明，由于社会上自备车辆多、道路拥挤及停车时间长，使企业收集和发送货物的效率明显降低。但是如果减少企业自备车辆就意味着企业运力的下降。为了保证企业生产和销售的顺利开展，需要依赖社会的运输力和仓储力，而这并不是单个企业能够解决的。因此，日本政府在筹划建立物流中心和"物流团地"(结点)的同时，积极推行"共同配送制度"。经过不断变革，一种被日本实业界称之为"配送"的物流体制应运而生了。

另外，美国"二十世纪财团"也曾组织了一次调查，表明"以商品零售价格为基数进行计算，流通费用所占的比例达 59%，其中大部分为物流费"。流通结构分散和物流费用不断上升，严重阻碍了生产发展和企业利润率的提高。因此，美国企业界把"二战"期间"军事后勤"的概念引用到企业管理中来，许多公司减少了老式仓库，成立了配送中心，统一了装卸、搬运等物流作业标准。不少公司设立了新的流通机构，将独立、分散的物流进行集中统一，推出了新型的送货方式，这不仅降低了流通费用，而且也节约了劳动消耗。资料表明，美国有 30%以上的生产资料是通过企业配送中心销售的。

配送作为一种新型的物流手段，是在变革仓库业发展的基础上开展起来的。因此，从某种意义上说，配送是仓库业功能的延伸和强化。传统的仓库业是以储存和保管货物为主要职能的，其基本功能是保持储存货物的使用价值，为生产的连续运转和生活的正常进行提供物质保障。但是在生产节奏加快，社会分工不断扩大，竞争日益激烈的情况下，迫切要求缩短流通时间和减少库存资金的占用。因此，急需社会流通组织提供系列化、一体化和多项目的后勤服务。正如前面所提到的美国和日本的情况，许多经济发达国家仓库业已经开始调整内部结构，扩大业务范围，转变经营方式，以适应市场变化对仓储功能提出的新需求。

很多老式仓库转变成了商品流通中心，其功能由货物"静态存储"转变为"动态存储"，其业务活动由原来的单纯保管、储存货物变成了向社会提供多种服务，并把保管、储存加工、分拣和输送等连成了一个整体。从服务方式来看，变革以后的仓库可以做到主动为客户提供"门对门"服务，可以把货物从成品仓库一直运送到用户的仓库、工厂生产线或营业场所，这样，配送就形成和发展起来了。

2. 配送的发展

配送是随着生产的不断发展而发展起来的。

自从第二次世界大战以后，为了满足日益增长的物质需求，西方工业发达国家逐步发展配送中心，加速库存物资的周转，打破了仓库的传统观念。

1) 配送的雏形最早出现在 20 世纪 60 年代初

在这个时期，物流运动中的一般性送货开始向备货、送货一体化方向转化。从形态上看，初期的配送只是一种粗放型、单一型的活动。这时的配送活动范围很小，规模也不大。在这个阶段，企业开展配送活动的主要目的是为了促进产品销售和提高其市场占有率。因此，配送主要以促销手段的职能来发挥作用。

20 世纪 60 年代中期，在一些发达国家，随着经济发展速度的逐步加快，以及由此带来的货物运输量的急剧增加和商品市场竞争的日趋激烈，配送得到了进一步发展。在这个时期，欧美一些国家的实业界相继调整了仓库结构，组建或设立了配送组织或者配送中心，普遍提供货物配送、配载及送货上门的服务。配送的货物种类日渐增多，除了种类繁多的服装、食品、药品、旅游等日用工业品外，还包括不少生产资料产品，而且配送服务的范围也在不断扩大。例如，在美国，已经开展了洲际间的配送；在日本，配送的范围则由城市扩大到了省际。从配送形式和配送组织看，这个时期曾试行了"共同配送"，并且建立起了配送体系。

2) 20 世纪 80 年代后配送被广泛采用成为多功能的供货活动

20 世纪 80 年代以后，受多种社会以及经济因素的影响，配送有了长足的发展，并且以高技术为支撑手段，形成了系列化、多功能的供货活动。具体表现如下：

(1) 配送区域进一步扩大。近几年，实施配送的国家已经不再限于发达国家，许多次发达国家和发展中国家也按照流通社会化的要求实行了配送制，并积极开展配送。就发达国家而言，20 世纪 80 年代以后，配送的活动范围已经扩大到了省际、国际和洲际。例如，以商贸业立国的荷兰，配送的范围已经扩大到了欧盟诸国。

(2) 配送的发展极为迅速。无论是配送的规模、数量，还是配送的方式方法都得到了迅速的发展。首先，配送中心数量和规模都在增加。在日本，全国各大城市建立了多个流通中心，仅日本最大城市东京就建立了 5 个流通中心。同时，由于经济发展带来的货物急剧增加；消费向小批量、多品种转化；销售行业竞争激烈，传统的做法被淘汰，销售企业向大型化、综合化发展，使得配送的数量增加也非常迅速。而且，配送的品种也是全方位面向社会，涉及的货物种类繁多。其次，随着配送货物数量增加，配送中心除了自己直接配送外，还采取转承包的配送策略。而且，在配送实践中，除了存在独立配送、直达配送等一般性的配送形式外，又出现了"共同配送"、"即时配送"等配送方式。这样，配送方式就得到了进一步发展。

(3) 配送的技术水平提高，手段日益先进。技术不断更新，劳动手段日益先进，是配送活动成熟阶段的一个重要特征。进入 20 世纪 80 年代以后，各种先进技术特别是计算机的应用，使物资配送基本上实现了自动化，发达国家普遍采用诸如自动分拣、电子射频技术、条形码技术等，并建立了配套的体系，配备了先进的设备，如无人搬运车、自动分拣机等，使配送的准确性和效率大大提高。有的工序因采用先进技术和先进设备，工作效率提高了很多。

(4) 配送的集约化程度明显提高。20 世纪 80 年代以后，随着市场竞争日益激烈以及企业兼并速度明显加快，配送企业的数量在逐渐减少。但是，总体的实力和经营规模却在增长，配送的集约化程度不断提高。据有关资料介绍，1986 年，美国 GPR 公司共有送货点 3.5 万个。到了 1988 年，经过合并以后，送货点减少到 0.18 万个，减少幅度为 94.85%。此间，美国通用食品公司用新建的 20 个配送中心取代了以前建立的 200 个仓库，以此形成了规模经营优势。

(5) 配送服务质量的提高。在激烈的竞争中，配送企业必须保持高质量的服务，才能赢得市场。配送服务质量可以归纳为及时、准确。

可以看出，随着经济的不断发展，信息技术、计算机技术的不断提高，配送从观念到方式都在不断的发展，配送的共同化、集约化、规模化不断提高，计算机技术在其中起着重要的作用，多种多样的配送方式也应运而生，如电子商务物流配送、共同配送、敏捷配送。

6.1.4 配送的特征

现阶段的配送作业包括以下特征。

首先，配送不仅仅是送货，配送业务中，除了送货，在活动内容中还有"拣选"、"分货"、"包装"、"分割"、"组配"、"配货"等几项工作。

其次，配送是送货、分货、配货等活动的有机结合体，同时还与订货系统紧密联系。要实现这一点，就必须依赖信息技术，建立和完善现代化配送作业系统。

再次，现代化技术和装备支持配送的全过程。由于现代化技术和装备的采用，使配送在规模、水平、效率、速度、质量等方面远远超过以往的送货形式。在活动中，由于大量采用各种传输设备及识码、拣选等机电装备，使得整个配送作业像工业生产中广泛应用的流水线，实现了流通工作的一部分工厂化。因此，配送也是科学技术进步的一个产物。

最后，配送是一种专业化的流动分工方式。以往的送货形式只是作为推销的一种手段，目的仅仅在于多销售一些商品。而当今的配送则是大生产、专业化分工在流通领域的体现。

6.1.5 配送的要素

根据配送的特征，配送体现为集货、分拣、配货、配装、配送运输、送达服务和配送加工几个基本要素来实现配送的有效作业。

(1) 集货。即将分散的或小批量的物品集中起来，以便进行运输、配送的作业。集货是配送的准备工作或基础工作，配送的优势之一，就是可以集中客户进行一定规模的集货。

(2) 分拣。分拣是将物品按品种、出入库先后顺序进行分门别类堆放的作业。分拣可以提高送货服务水平。

(3) 配货。配货是使用各种拣选取设备和传输装置，将存放的物品，按客户要求分拣出来，配备齐全，送入指定发货地点。

(4) 配装。在单个客户配送数量不能达到车辆的有效运载负荷时，就存在如何集中不同客户的配送货物，进行搭配装载以充分利用运能、运力的问题，这就需要配装。跟一般送货不同这处在于，通过配装送货可以大大提高送货水平及降低送货成本，所以配装是现代配送不同于以往送货的重要区别之一。

(5) 配送运输。运输中的末端运输、支线运输和一般运输形态的主要区别在于：配送运输是较短距离、较小规模、额度较高的运输形式，一般使用汽车作为运输工具。与干线运输的另一个区别是，配送运输的路线选择问题是一般干线运输所没有的，干线运输的干线是唯一的运输线，而配送运输由于配送客户多，一般城市交通路线又较复杂，如何组合成最佳路线，如何使配装和路线有效搭配等，是配送运输的特点。

(6) 送达服务。圆满地实现送到货的移交，并有效地、方便地处理相关手续并完成结算，还应讲究卸货地点、卸货方式等。送达服务也是配送独具的特殊性。

(7) 配送加工。配送加工是按照配送客户的要求所进行的流通加工。在配送中，配送加工这一功能要素不具有普遍性，但往往是有重要作用的功能要素。这是因为通过配送加工，可以大大提高客户的满意程度。配送加工是流通加工的一种，但配送加工有它不同于流通加工的特点，即配送加工一般只取决于客户要求，其加工的目的较为单一。

6.1.6 配送的分类

按实施配送的结点不同进行分类，即配送中心、仓库配送和商店配送 3 种。

1. 配送中心(Distribution Centers)

配送中心是专门从事货物配送活动的流通企业，经营规模较大，其设施和工艺结构是根据配送活动的特点和要求专门设计和设置的，故专业化、现代化程度高，设施和设备比较齐全，货物配送能力强，不仅可以远距离配送，还可以进行多品种货物配送，不仅可以配送工业企业的原材料，还可以承担向批发商进行补充性货物配送。

配送中心的重要形式是配送。作为大规模配送形式的配送中心配送，其覆盖面较宽。因此，必须有一套配套的大规模实施配送的设施，比如配送中心建筑、车辆、路线、其他配送活动中需要的设备等等，因此，一旦建成便很难改变，灵活机动性较差，投资较高。

小贴士

配送中心的优缺点如下：

优点： ① 规模比较大，专业性比较强，与用户之间存在固定的配送关系。

② 配送能力强，配送距离较远，覆盖面较宽，配送的品种多，配送的数量大，可以承担工业生产用主要物资的配送以及向配送商店实行补充性配送等。

缺点： 投资较高，灵活与机动性较差。由于拥有配套的大规模实施配送的设施，其投资大，并且

---

2. 仓库配送

仓库配送是以一般仓库为据点来进行配送。它可以是把仓库完全改造成配送中心，也可以是在保持仓库原功能前提下，以仓库原功能为主，再增加一部分配送职能。

小贴士

仓库配送的优缺点如下：

优点： 投资小、上马快，是开展中等规模的配送可以选择的形式。

缺点： 配送的规模较小，专业化水平低。

---

3. 商店配送

商店配送形式的组织者是商业或物资门市网点，这些网点主要承担商品的零售，一般来讲规模不大，但经营品种却比较齐全。

这种配送组织实力有限，往往只是零星商品的小量配送，所配送的商品种类繁多，但是用户需用量不大，甚至于有些商品只是偶尔需要，很难与大配送中心建立计划配送关系，所以常常利用小零售网点从事此项工作。

由于商业及物资零售网点数量较多、配送半径较小，所以比较灵活机动，可承担生产企业非主要生产物资的配送以及对消费者个人的配送。可以说，这种配送是配送中心配送的辅助及补充形式。

商店配送有两种具体的形式。

1) 兼营配送形式

进行一般销售的同时，商店也兼行配送的职能。商店的备货，也可用于日常销售及配

送，因此，有较强的机动性，可以使日常销售与配送相结合，作为互相补充的方式。这种配送形式，在铺面条件一定的情况下，往往可以取得更多的销售额。

2) 专营配送形式

商店不进行零售销售，而是专门进行配送。一般情况下，如果商店位置条件不好，不适于门市销售，而又具有某些方面的经营优势以及渠道优势，可采取这种方式。

小贴士

商店配送优缺点如下。

优点：灵活机动，适用于小批量、零星商品的配送。

缺点：一般无法承担大批量的商品配送。

按配送商品的种类和数量的多少进行分类，即单(少)品种大批量配送、多品种少批量配送和配套成套配送 3 种。

1. 单(少)品种大批量配送

一般来讲，对于工业企业需要量较大的商品，由于单独一个品种或几个品种就可达到较大输送量，可以实行整车运输，这种情况下就可以由专业性很强的配送中心实行配送，往往不需要再与其他商品进行搭配。由于配送量大，可使车辆满载并使用大吨位车辆。这种情况下，由于配送中心的内部设置、组织、计划等工作也较为简单，因此配送成本较低。

2. 多品种少批量配送

多品种少批量配送是根据用户的要求，将所需的各种物品(每种物品的需要量不大)配备齐全，凑整装车后由配送据点送达用户。

这种配送作业水平要求高，配送中心设备要求复杂，配货送货计划难度大，因此需要有高水平的组织工作保证和配合。而且，在实际中，多品种少批量配送往往伴随多用户、多批次的特点，配送频度往往较高。

配送的特殊作用，主要反映在多品种少批量的配送中。因此，这种配送方式是在所有配送方式中，是一种高水平、高技术的方式。这种方式也与现代社会中的"消费多样化"、"需求多样化"等新观念刚好相符合。因此，是许多发达国家推崇的方式。

3. 配套成套配送

这种配送方式是指根据企业的生产需要，尤其是装配型企业的生产需要，把生产每一台/件所需要的全部零部件配齐，按照生产节奏定时送达生产企业，生产企业随即可将此成套零部件送入生产线以装配产品。

这种配送方式中，配送企业承担了生产企业大部分的供应工作，使生产企业可以专致于生产，与多品种、少批量的配送效果相同。

按配送时间和数量的多少进行分类，即定时配送、定量配送、定时定量配送、定时定路线配送和即时配送 5 种。

1. 定时配送

按规定时间和时间间隔进行配送，这一类配送形式都称为定时配送。定时配送的时间，由配送的供给与需求双方通过协议确认。

定时配送这种服务方式，由于时间确定，对用户而言，易于根据自己的经营情况，按照最理想时间进货，也易于安排接货力量(如人员、设备等)。对于配送供给企业而言，这种服务方式易于安排工作计划，有利于对多个用户实行共同配送以减少成本的投入，易于计划使用车辆和规划路线。

定时配送又分为：小时配、日配、准时配送方式、快递方式等。

2. 定量配送

定量配送指按规定的批量进行配送，但不确定严格的时间，只是规定在一个指定的时间范围内配送。

这种方式由于每次配送的品种、数量固定，备货工作较为简单，不用经常改变配货备货的数量，可以按托盘、集装箱及车辆的装载能力规定配送的定量，既能有效利用托盘、集装箱等集装方式，也可做到整车配送，所以配送效率较高，成本较低。由于时间不严格限定，可以将不同用户所需物品凑整装车后配送，提高车辆利用率。对用户来讲，每次按货都处理同等数量的货物，有利于准备人力、设备能力。

3. 定时定量配送

定时定量配送指按照规定的配送时间和配送数量进行配送，兼有定时、定量两种方式的优点，是一种精密的配送服务方式。

4. 定时定路线配送

定时定路线配送在确定的运行路线上制定到达时间表，按运行时间表进行配送，用户可在规定地点和时间接货，可按规定路线及时间提出配送要求。

采用这种方式有利于配送企业计划安排车辆及驾驶人员，可以依次对多个用户实行共同配送，无需每次决定货物配装、配送路线、配车计划等问题，因此比较易于管理，配送成本较低。

5. 即时配送

即时配送是指完全按照用户突然提出的时间、数量方面的配送要求，随即进行配送的方式。采用这种方式，客户可以将安全储备降低为零，以即时配送代替安全储备，实现零库存经营。

按经营形式不同进行分类，即销售配送、供应配送、销售与供应一体化配送和代存代供配送 4 种。

1. 销售配送

销售配送指配送企业是销售性企业，或销售企业作为销售战略一环，进行的促销型配送，或者是和电子商务网站配套的销售型配送。这种配送的配送对象往往是不固定的，用户也往往是不固定的，配送对象和用户依据对市场的占有的情况而定，配送的经营状况也取决于市场状况，配送随机性较强而计划性较差。各种类型的商店配送、电子商务网站配送一般都属于销售配送。用配送方式进行销售是扩大销售数量、扩大市场占有率、更多获得销售收益的重要方式。

2. 供应配送

供应配送往往是针对特定的用户，用配送方式满足特定用户的供应需求的配送方式。这种方式配送的对象是确定的，用户的需求是确定的，用户的服务要求也是确定的，所以，这种配送可以形成较强的计划性、较为稳定的渠道，有利于提高配送的科学性和强化管理。

3. 销售与供应一体化配送

销售与供应一体化配送是指对于基本固定的用户和基本确定的配送产品，销售企业可以在自己销售的同时，承担用户有计划供应者的职能，既是销售者同时又成为用户的供应代理人，起到用户供应代理人的作用。

4. 代存代供配送

代存代供配送是指客户将属于自己的货物委托配送企业代存、代供，有时还委托代订，然后组织对本身的配送。

这种配送在实施时不发生商品所有权的转移，配送企业只是客户的委托代理人，商品所有权在配送前后都属于客户所有，所发生的仅仅是商品物理位置的转移。配送企业从代存、代送中获取收益，而不能获得商品销售的经营权。

6.1.7 配送的作用和意义

1. 完善了输送及整个物流系统

第二次世界大战之后，由于大吨位、高效率运输力量的出现，使干线运输无论在铁路、海运抑或公路方面都达到了较高水平，长距离、大批量的运输实现了低成本化。但是，在所有的干线运输之后，往往都要辅以支线运输或小搬运，这种支线运输及小搬运成了物流过程的一个薄弱环节。这个环节有和干线运输不同的许多特点，如要求灵活性、适应性、服务性，往往致使运力利用不合理、成本过高等问题难以解决。采用配送方式，从范围来讲将支线运输及小搬运统一起来，加上上述的各种优点使输送过程得以优化和完善。

2. 提高了末端物流的效益

采用配送方式，通过增大经济批量来达到经济地进货，又通过将各种商品用户集中一起进行一次发货，代替分别向不同用户小批量发货来达到经济地发货，使末端物流经济效益提高。

3. 通过集中库存使企业实现低库存或零库存

实现了高水平的配送之后，尤其是采取准时配送方式之后，生产企业可以完全依靠配送中心的准时配送而不需保持自己的库存。或者，生产企业只需保持少量保险储备而不必留有经常储备，这就可以实现生产企业多年追求"零库存"，将企业从库存的包袱中解脱出来，同时解放出大量储备资金，从而改善企业的财务状况。实行集中库存，集中库存的总量远低于不实行集中库存时各企业分散库存之总量。同时增加了调节能力，也提高了社会经济效益。此外，采用集中库存可利用规模经济的优势，使单位存货成本下降。

4. 简化事务，方便用户

采用配送方式，用户只需向一处订购，或和一个进货单位联系就可订购到以往需去许多地方才能订到的货物，只需组织对一个配送单位的接货便可代替现有的高频率接货，因而大大减轻了用户工作量和负担，也节省了事务开支。

5. 提高供应保证程度

用生产企业自己保持库存，维持生产，供应保证程度很难提高(受到库存费用的制约)，采取配送方式，配送中心可以比任何单位企业的储备量更大，因而对每个企业而言，中断供应、影响生产的风险便相对缩小，使用户免去短缺之忧。

6.2　配送管理与配送合理化

6.2.1　配送的作业流程

配送的一般流程包括备货、储存、配货、配装和送货等环节。

(1) 备货。包括筹集货源、订货或购货、集货、进货、以及有关验货、交接、结算等。备货是配送的基础，它可以集中不同客户的需求统一备货，从而在一定程度上取得规模效益，降低进货成本。

进货是指从各生产企业或流通企业按用户需要品种大批量地购进货物。进货作业必须筹集资源，通过订货、购货、运输，把订购的货物集中到配送仓库或配货区域，以便按用户要求做好配货准备，同时完成对物资的检验、交接和结算工作。

(2) 储存。是为保障配送活动的连续进行，防止缺货所建立的一定的货物储备。库存货物的品种结构、数量、存储时间必须进行科学控制，既要保证用户的配送需要，又不造成积压浪费和增加资金占用。货物储存应存取方便，便于分货、配货作业，以提高配送效率。

配送中的储存有储备和暂存两种形式。配送储备是为了保证配送稳定性的周转储备和风险储备，一般数量较大，储备结构也较完善。暂存是配送时按分拣配货要求，在理货场地的少量备货。

(3) 理货/配货。是按照不同客户的要求，对货物进行分拣、分类、匹配的作业。配货是配送不同于其他物流功能的独特之处，也是配送过程中的关键环节。配货水平的高低关系整个配送系统的效率和水平。

(4) 配装。是对多用户、多品种、小批量物资的配送装车作业。其目的是为提高车辆满载率、装车安全和运送效率。配装时应注意互相有影响的货物不能混装，装车物资重心要低、放置紧密，充分利用车辆的载重量和容积，做到轻重搭配，方便沿途卸货。

(5) 送货。是把货物送达客户指定的场所。送货是一种联结客户末端的运输，主要使用汽车运输工具。由于配送客户多，城市交通路线比较复杂，如何使配装和路线有效组合，是提高配送运输效率、减少汽车公害的关键。送货不单纯是把货物运抵客户，还包括圆满的移交、卸货、堆放等服务，以及处理相关手续和结算等。

配送流程是完成配送任务所必需的配送组织程序。按照是否需要在配送过程中对货物进行加工，可将配送流程分为两大类，即一般配送流程和有加工功能的配送流程。一个完整的一般配送流程如图6.2所示。

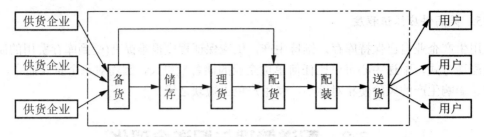

图 6.2　一般配送流程

一般配送流程既适合于各种包装、非包装或混装等种类较多、规格复杂的中、小件货物的配送，也适用于多品种、小批量、多批次、多用户的货物的配送，适用范围较广。

在一些特殊情况下，某些货物受性能、状态制约，不适宜与其他货物混运、混放；某些货物单品种配送批量很大，不需要配装就可以达到满载，对于这类货物的配送，其流程没有理货、配货、配装等作业环节，而只需直接装车送货，像煤炭、燃油、大批量的钢材、木材、水泥等均属于这种类型。有些货物不设库存，实行"四就"配送，即就(生产)厂、就港(站)、就车(船)、就库直接配送方式，其流程就没有储存、理货、配货、配装等作业环节。由于这些配货方式可减少倒装转运次数和环节，提高货物周转次数和效率，减少物资损耗。因此，对大批到站、到港物资，凡用户明确，一般应采用就站、就港直接装车发送；对本地生产的大批量货物、危险品货物一般应采用就厂装车配送。

有加工功能的配送流程，这一类型的货物配送系统，因配送加工的组织形式和加工内容不同而形成多种配送流程，其中包括①储存前加工(进货后直接加工)；②储存后加工(进货后先储存，然后再按需加工)；③加工后直接送货；④加工后先储存再送货等相互组合而成的多种形式。因此，可将各种加工配送流程组合在如图 6.3 所示的同一加工配送流程图中。

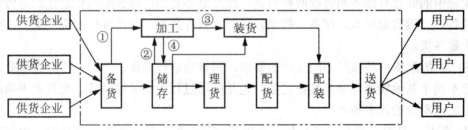

图 6.3　加工配送流程

6.2.2　配送管理

配送管理是指以最低的配送成本达到客户所满意的服务水平，对配送活动进行的计划、组织、协调与控制。

配送管理的内容包括配送模式管理、配送业务管理、配送作业管理、配送系统各个要素的管理和对配送活动中具体职能的管理。

(1) 配送模式管理。配送模式是企业对配送所采取的基本战略和方法。企业选择何种配送模式，主要取决于以下几个方面的因素：配送对企业的重要性、企业的配送能力、市场规模和地理范围、保证的服务及配送成本等。目前主要形成了几种配送模式：自营配送模式、共同配送模式、共用配送模式和第三方配送模式，将在 6.4 节进行说明。

(2) 配送业务管理。配送的对象、品种、数量等较为复杂。为了做到有条不紊地组织配送活动，管理者需要遵循一定的工作程序对配送业务进行安排与管理。一般情况下，配送组织工作的基本程序和内容主要有以下几个方面。

① 配送路线选择。配送路线是否合理，对配送速度、成本、效益影响很大，因此，采用科学合理的配送路线是非常重要的一项工作。主要的方法有方案评价法、数学计算法和节约里程法等。

② 拟定配送计划。管理者需要拟定出配送计划，供具体负责进行配送作业的员工执行。

(3) 配送作业管理。配送作业管理是对配送作业流程中的各项活动进行计划和组织。

(4) 配送系统各个要素的管理。从系统的角度看，对配送系统各要素的管理包括对人、物、财、设备、方法和信息的管理。

(5) 对配送活动中具体职能的管理。从职能上划分，配送活动主要包括配送计划管理、配送质量管理、配送技术管理、配送经济管理等。

6.2.3 配送合理化

1. 配送的合理化原理

配送活动是要付出成本的。合理的配送应当是以一定的配送成本获得尽可能高的客户服务水平，或在一定的客户服务水平下付出最小的配送成本。实现配送合理化应符合一些基本原理。

(1) 标准化原理。尽可能多地采用标准零部件和模块化产品，以减少因品种多变而导致的附加配送成本。

(2) 合并原理。充分利用车辆等运输工具的容积和载重量，将能够组合在一起的货物进行合理的配装，降低单位货物的配送成本。

(3) 差异化原理。按产品的特点和销售水平设置产品的库存和运输方式及储存地点，满足不同客户服务水平的需要。

(4) 延迟原理。通过合理安排贴标签、包装、装配和发送等活动，将产品外观、形状及其生产、组装、配送等尽可能推迟到接到客户订单后再确定，以避免因供需脱节造成库存过多或过少所导致的配送成本增加。

2. 判断配送合理化的标志

对于配送合理化与否的判断，是配送决策系统的重要内容，目前国内外尚无一定的技术经济指标体系和判断方法，根据配送的基本内涵可从以下几个方面来说明。

1) 库存标志

库存是判断配送合理与否的重要标志。具体指标有以下两方面：

(1) 库存总量。库存总量在一个配送系统中，从分散于各个用户转移给配送中心，配送中心库存数量加上各用户在实行配送后库存量之和应低于实行配送前各用户库存量之和。

(2) 库存周转。由于配送企业的调剂作用，以低库存保持高的供应能力，库存周转一般总是快于原来各企业库存周转。

为取得共同比较基准，以上库存标志，都以库存储备资金计算，而不以实际物资数量计算。

2) 资金标志

总的来讲，实行配送应有利于资金占用降低及资金运用的科学化。具体判断标志如下：

(1) 资金总量。用于资源筹措所占用流动资金总量，随储备总量的下降及供应方式的改变必然有一个较大的降低。

(2) 资金周转。从资金运用来讲，由于整个节奏加快，资金充分发挥作用，同样数量资金，过去需要较长时期才能满足一定供应要求，配送之后，在较短时期内就能达此目的。所以资金周转是否加快，是衡量配送合理与否的标志。

(3) 资金投向的改变。资金分散投入还是集中投入，是资金调控能力的重要反映。实行配送后，资金必然应当从分散投入改为集中投入，以能增加调控作用。

3) 成本和效益

总效益、宏观效益、微观效益、资源筹措成本都是判断配送合理化的重要标志。

(1) 对于配送企业而言(投入确定了的情况下)，企业利润反映配送合理化程度。

(2) 对于用户企业而言，在保证供应水平或提高供应水平(产出一定)前提下，供应成本的降低，反映了配送的合理化程度。

成本及效益对合理化的衡量，还可以具体到储存、运输等具体配送环节；使判断更为精细。

4) 供应保证标志

在实行配送中，供应保证程度将成为各用户的关注焦点，因此，配送的重要一点是必须提高而不是降低对用户的供应保证能力，才算做到了合理。供应保证能力可以从以下方面判断。

(1) 缺货次数。实行配送后，对各用户来讲，该到货而未到货以致影响用户生产及经营的次数，因此，降低缺货次数才算合理。

(2) 配送企业集中库存量。对每一个用户来讲，其数量所形成的保证供应能力应高于配送前单个企业保证程度，从供应保证来看才算合理。

(3) 即时配送的能力及速度。这是用户出现特殊情况的特殊供应保障方式，这一能力必须高于未实行配送前用户紧急进货能力及速度才算合理。

特别需要强调一点，配送企业的供应保障能力，是一个科学的合理的概念，而不是无限的概念。具体来讲，如果供应保障能力过高，超过了实际的需要，属于不合理。所以追求供应保障能力的提高也是有限度的。

5) 社会运力节约标志

末端运输是目前运能、运力使用不合理，浪费较大的领域，因而人们寄希望于配送来解决这个问题。这也成了配送合理化的重要标志。简化判断如下。

(1) 社会车辆总数减少，而承运量增加为合理。

(2) 社会车辆空驶减少为合理。

(3) 一家一户自提自运减少，社会化运输增加为合理。

6) 用户企业仓库、供应、进货人力物力节约标志

实行配送后，各用户库存量、仓库面积、仓库管理人员减少为合理；用于订货、接货、搞供应的人应减少才为合理。真正解除了用户的后顾之忧，配送的合理化程度才可以说是达到一个高水平了。

7) 物流合理化标志

配送必须有利于物流合理化，这可以从以下几方面判断：

①是否降低了物流费用；②是否减少了物流损失；③是否加快了物流速度；④是否发挥了各种物流方式的最优效果；⑤是否有效衔接了干线运输和末端运输；⑥是否不增加实际的物流中转次数；⑦是否采用了先进的技术手段。

物流合理化的问题是配送要解决的大问题，也是衡量配送本身的重要标志。

3. 配送合理化可采取的做法

国内外推行配送合理化，有一些可供借鉴的办法如下。

(1) 推行一定综合程度的专业化配送。通过采用专业设备、设施及操作程序，取得较好的配送效果并降低配送过分综合化的复杂程度及难度，从而追求配送合理化。

(2) 推行加工配送。通过加工和配送结合，充分利用本来应有的这次中转，而不增加新的中转求得配送合理化。同时，加工借助于配送，加工目的更明确和用户联系更紧密，更避免了盲目性。这两者有机结合，投入不增加太多却可追求两个优势、两个效益，是配送合理化的重要经验。

(3) 推行共同配送。通过共同配送，可以以最近的路程、最低的配送成本完成配送，从而追求合理化。

(4) 实行送取结合。配送企业与用户建立稳定、密切的协作关系。配送企业不仅成了用户的供应代理人，而且承担用户储存据点，甚至成为产品代销人，在配送时，将用户所需的物资送到，再将该用户生产的产品用同一车运回，这种产品也成了配送中心的配送产品之一，或者作为代存代储，免去了生产企业库存包袱。这种送取结合，使运力充分利用，也使配送企业功能有更大的发挥，从而追求合理化。

(5) 推行准时配送。准时配送(JIT Delivery)是配送合理化重要内容。配送做到了准时，用户才有资源把握，可以放心地实施低库存或零库存，可以有效地安排接货的人力、物力，以追求最高效率的工作。另外，保证供应能力，也取决于准时供应。从国外的经验看，准时供应配送系统是现在许多配送企业追求配送合理化的重要手段。

小贴士

　　JIT 配送的定义： JIT 配送是属于定时配送的一种，它强调准时，即在客户规定的时间，将合适的产品按准确的数量送到客户指定的地点。

　　JIT 配送多采用小批量、多频次的送货方式，目的是为了降低库存，减少浪费，满足客户多样化、个性化需求。日本的宅急便业务便是典型的 JIT 配送模式。宅急便的配送，讲究 3 个"S"，即速度(Speed)、安全(Safety)、服务(Service)。在这三者之中，最优先考虑的是速度。而在速度中，又特别重视"发货"的速度。除去夜间配送以外，基本是一天 2 次循环。凡时间距离在 15 小时以内的货物，保证在翌日送达。

　　JIT 配送的前提条件： 要实现 JIT 配送，其前提条件是单元化和标准化的工作。单元化技术是把千变万化的物料变成可以被现代化物流系统所管理的一块一块的物料单元的技术。物流系统所管理的内容应该是一个运行在系统中的符合一定规范的数十种有限的单元。这实际是供应链技术中的一个关键环节。其核心内容包括尺寸链的选择，单元化包装的设计和选择等。只有实现了单元化容器包装，才能实现在配送中对物料的定量的管理。通过单元化的计量才能计算一个单元的物料消耗速度以确定配送频次，这是实现 JIT 配送的基础条件。

JIT 配送的特点：①以生产工艺为核心；②满足生产节拍的需求；③以生产计划为基础；④配合性(配合工艺)，动态性(计划调整)，均衡性(各工位之间物流量合理)；⑤物料品种较多，分散在不同工位；⑥零部件物理状态的差异(重件，大件，小件的差异)导致配送方式的差异。

JIT 配送的原则：及时性原则，按照节拍要及时配送上线，这是最基本的，最需要加以保证的原则；物料拉动原则；准确性原则；安全性原则；低成本，高效率原则。

JIT 配送的成本分析：配送的主体活动是配送运输、分拣、配货及配载，分拣、配货是配送的独特要求，也是配送中有特点的活动，运输是最后实现配送的主要手段。根据配送流程和配送环节，配送成本主要包括运输费用、分拣费用、配装费用、流通加工费用等。运输费用包括车辆费用、营运间接费用等，配送分拣费用包括分拣人工费用、分拣设备费用等，配装费用包括配装材料费用、配装辅助费用、配装人工费用、配装设备费用等，流通加工费用包括流通加工设备费用、流通加工材料费用、流通加工人工费用等。JIT 配送与传统配送的主要差异在于运输费用和配装费用。JIT 配送采用小批量、多频次送货策略，其运输次数多，但可以配载。而传统配送采用大批量、少频次的送货策略，可以减少运输次数,但每百公里耗油增加。

JIT 配送的效益分析：物流 JIT 配送的效益主要体现在无形效益和间接效益上。JIT 配送大大缩减了库存浪费，减少了库存管理人员，很好地保持了产品新鲜度，促进了消费者购买，因而提高了产品销售量，为企业赢得了很好的经济效益。无形效益和间接效益往往很难量化。

JIT 配送带来的效益：能建立完整的包装规范，不仅仅对标准件，也对专用特殊件。包装规范的内容包括：包装的尺寸链(标准化)；包装的数量；包装的颜色；包装的标签内容；包装的材料(零部件的保护)；包装的装运系统要求；包装的制造技术要求；包装的管理(存储，记录，配送，维修，运输，整理)对零件的保护。在配送过程中保证及时送到的同时，保护零件的质量，使配送损耗大大降低。

专用器具的设计必须考虑合理的装盛数量，使之与标准件的装盛数量搭配，更容易互相结合。

(6) 推行即时配送。即时配送是指完全按照用户突然提出的时间、数量方面的配送要求，随即进行配送的方式。采用这种方式，客户可以将安全储备降低为零，以即时配送代替安全储备，实现零库存经营。

即时配送是最终解决用户企业担心断供之忧，大幅度提高供应保证能力的重要手段。即时配送是配送企业快速反应能力的具体化，是配送企业能力的体现。即时配送成本较高，但它是整个配送合理化的重要保证手段。此外，用户实行零库存，即时配送也是重要保证手段。

这种方式是以某天的任务为目标，在充分掌握了这一天货物需要地、需要量及种类的前提下，即时安排最优的配送路线，并安排相应的配送车辆实施配送。可以在初期按预测的结果制订计划，统筹安排一个时期的任务，并准备相应的力量，实际的配送实施计划则可在配送前一两天根据任务书做出。这种配送可以做到每天配送都能实现最优的安排，因而是水平较高的配送方式。适合一些零星商品、临时需要的商品或急需商品的配送。

通常只有配送设施完备，具有较高的管理和服务水平，较高的组织和应变能力的专业化的配送中心才能大规模地开展即时配送业务。

6.3　配送模式与配送策略

6.3.1　配送模式

根据国内外的发展经验及我国的配送理论与实践，目前主要形成了几种配送模式：自营配送模式、共同配送模式、共用配送模式和第三方配送模式。

1. 自营型配送模式

这是目前生产流通或综合性企业(集团)所广泛采用的一种配送模式。企业(集团)通过独立组建配送中心，实现内部各部门、厂、店的传统供应的配送，这种配送模式中虽然因为融合了传统的"自给自足"的"小农意识"，形成了新型的"大而全"、"小而全"。从而造成了社会资源浪费，但是，就目前来看，在满足企业(集团)内部生产材料供应、产品外销、零售场店供应和区域外市场拓展等企业自身需求方面发挥了重要作用。

2. 共同配送模式

1) 共同配送模式的含义

共同配送是物流配送企业之间为了提高配送效率以及实现配送合理化所建立的一种功能互补的配送联合体。共同配送的优势在于有利于实现配送资源的有效配置，弥补配送企业功能的不足，促使企业配送能力的提高和配送规模的扩大，更好地满足客户需求，提高配送效率，降低配送成本。

2) 共同配送模式的原则

充实和强化"配"与"送"的功能互补性，提高配送效率，实现配送的合理化和系统化。因此，作为开展共同配送的联合体成员，首先要有共同的目标、理念和利益，这样才能使联合体有凝聚力和竞争力，才能有利于共同目标和利益的实现。开展共同配送、组建联合体要坚持以下几个原则：①功能互补；②平等自愿；③互惠互利；④协调一致。

3) 共同配送的核心在于共同配送的运作方式

在实际运作过程中，由于共同配送联合体的合作形式、所处环境、条件以及客户要求的服务存在差异，因此，共同配送的运作过程也存在着较大的差异，互不相同。在电子商务环境下，共同配送的一般运作过程如图 6.4 所示。

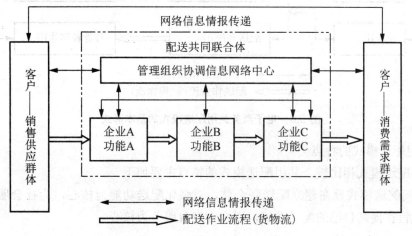

图 6.4　共同配送的一般流程

4) 共同配送的类型

在实际运作过程中，共同配送的运作类型很多，大体可归纳为：紧密型、半紧密型和松散型；资源型和管理型；功能型；集货型、送货型和集送型等。

3. 共用配送模式

1) 共用配送模式的含义

共用配送模式是几个企业为了各自利益，以契约的方式达到某种协议，互用对方配送系统而进行的配送模式。其优点在于企业不需要投入较大的资金和人力，就可以扩大自身的配送规模和范围，但需要企业有较高的管理水平以及与相关企业的组织协调能力。

2) 共用配送模式的形式

一般来说，共用配送模式的基本形式如图 6.5 所示。

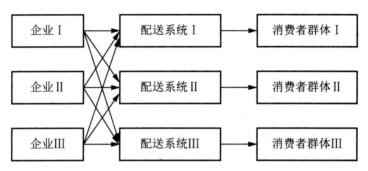

图 6.5　共用配送模式的基本形式

在电子商务条件下，企业与消费者之间可直接通过网络进行信息交流与订货，此时，共用配送模式的形式就转换成为以网络控制为主的配送形式，如图 6.6 所示。

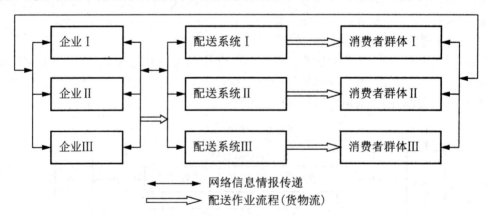

图 6.6　电子商务共用配送模式的基本形式

3) 共用配送模式的特点

与共同配送模式相比较，共用配送模式的特点主要如下。

(1) 共同配送模式旨在建立配送联合体，以强化配送功能为核心，为社会服务；而共用配送模式旨在提高自己的配送功能，以企业自身服务为核心。

(2) 共同配送模式旨在强调联合体的共同作用，而共用配送模式旨在强调企业自身的作用。

(3) 共同配送模式的稳定性较强，而共用配送模式的稳定性较差。

(4) 共同配送模式的合作对象需要经营配送业务的企业，而共用配送模式的合作对象可以是经营配送业务的企业，也可以是非经营配送业务的企业。

4. 第三方配送模式

第三方就是为交易双方提供部分或全部配送服务的一方。第三方配送模式就是指交易双方把自己需要完成的配送业务委托给第三方来完成的一种配送运作模式。随着物流产业的不断发展以及第三方配送体系的不断完善，第三方配送模式应为工商企业和电子商务网站进行货物配送的首选模式和方向。第三方配送模式的运作方式如图 6.7 所示。

图 6.7　第三方配送模式的运作方式

随着 JIT 管理方式在中国的普及，不论制造企业还是商业企业，普遍应用 JIT 管理的理念，采用拉动方式，减小库存，降低库存储备，适应市场变化。JIT 管理方式的应用，使服务于制造企业和商业企业的第三方物流企业，采用小批量、多频次的 JIT 运输。组合配送(Assembly Distribution)是第三方物流企业适应 JIT 运输提出的一种运输方式。

1) 组合配送的概念

第三方物流企业根据采购方的小批量和多频次的要求，按照地域分布密集情况，决定供应方的取货顺序，并应用一系列的信息技术，物流技术，保证 JIT 取货和配送。

2) 组合配送的基本模型，如图 6.8 所示

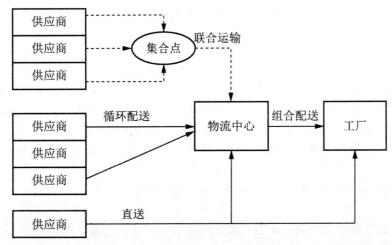

图 6.8　组合配送的基本模型

3) 组合配送和传统运输的比较，见表 6-1

表 6-1　组合配送和传统运输的比较

传统运输的特点	组合配送的特点
供应商对运输独立管理	第三方物流企业管理
分散操作、缺乏合作及可见性	整合操作完全的可见性和管理
分散复杂的流动	简单集中的流动
低货物空间利用率	优化车辆利用率
库存水平不变	有效的库存控制
无 IT 解决方案平台	有一体化的 IT 平台支持

6.3.2　配送策略

配送策略是在采用上述配送模式和服务方式的基础上，为了既能满足用户需求，又不致增加太多成本而采取的具体措施。可供选择的主要策略有转运策略、延迟策略和集运策略。

1. 转运策略

转运是指为了满足应急需要，在同一层次的物流中心之间进行货物调度的运输。这种情况常常是由于预测不准确而进行配送以后，各需求点上的商品不能符合实际，需要进行调整而发生的商品运输。转运是零售层次上最常采用的补救办法。

2. 延迟策略

在现代信息技术支持下的物流系统中，人们借助信息技术快速获得需求情息，可使产品的最后制造和配送延期到收到了客户的订单后再进行，从而使不合适的生产和库存被减少或被消除。这种推迟生产或配送进行的行为就是延迟，前者称为生产延迟，后者称为物流延迟。本书指物流延迟，实际是指运输延迟和配送延迟。

显然，物流延迟对配送系统的结构、配送系统的功能和目标都会产生积极的影响。延迟改变了配送系统的预估特性，如对生产企业零部件的"零库存"配送就是应用延迟技术的结果。

3. 集运策略

由于"二律背反"原理，一种物流技术的应用会产生一些有利的优势，但同时也会带来不足，延迟技术也是如此。延迟克服了预估造成的库存量大的不足，但它同时会影响运输规模效益的实现。集运则是为了在延迟技术下继续维持运输规模效益而采用的一种技术。

所谓集运，是指为了增大运输规模，采取相应措施使一次装运数量达到足够大的运输策略。集运通常采用的措施有：在一定区域内集中小批量用户的货物进行配送、在有选择的日期对特定的市场送货、联营送货或利用第三方物流公司提供的物流服务，使运输批量增大。

集运与后面将要讨论的共同配送具有相同的作用，不同的是，共同配送是企业之间比较稳定的合作，集运则可能是一次性的。

小贴士

越库作业(Cross-Dock Operations)

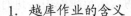

1．越库作业的含义

越库作业是指在越库设施接收来自各家供应商的整车货件，立即依顾客需求及交货点加以拆解、分类、堆放，进而装到准备好的出货运具上，送往各顾客交货点。其中，所有货件均不进入仓库的储存空间。越库作业特别适合于快速处理的紧急订单，适合于要求零售商向客户直接运送商品的情况。

在越库作业中，货物是流经仓库或配送中心而不是储存起来。通过越库策略大幅降低库存水平，可以降低库存管理成本、减少货物损失率、丢失率及加快资金周转等。用彼得·德鲁克的话形容越库作业：采用越库作业后，仓库将成为一个编组场所，而非一个保管场所。货物到达仓库后经过简短的交叉分装后，省去了仓储等其他内部操作，而直接将货物发送至供应链下一结点。

2．越库作业关注的主要原因

(1) 对较大、较稳定的需求，并不需要每次都采取订购模式来运作，这将给供应链各环节(尤其是供货商或分销商)带来不必要的库存。因此，零售商转而寻求越库方式来减少库存。

(2) 对稳定而小批量的需求，采用越库技术来代替零担运输，可大大降低运输成本。

(3) 昂贵的库存费用。

(4) 商品本身对时间上的要求，例如快递、保鲜食品等。

3．越库作业的类型

按照不同的企业类型可以将越库作业分为4种类型。

(1) 制造型越库。接收及整合入货供应是为实现准时制造。例如，制造商可能会将仓库建立在工厂附近，并用它作为准备零件或整合配套元件的配送地。由于需求可以直接从MRP系统预知，零件到达仓库后，按照要求进行简单处理后直接运到车间，无需存储。

(2) 销售型越库。整合不同供货商送往同一客户的货物，进行分拣、打包后直接运至各零售商处。例如，计算机分销商经常将来自不同制造商的零件依据客户订单需求及时整合、打包，由一辆车运至客户处。

(3) 运输型越库。许多物流公司为将不同客户的货物集中装在一起，以获得规模经济的效益，会对到达仓库的各种零担运输和小包装货物进行重新打包，便于一车装运以节约运输费用。

(4) 零售型越库。从多个供应商处获得商品后，在仓库按照各零售店预先送到的订单将货物分拣装车，直接运至各零售店。

上述4种越库作业类型的共同特点是货物整合及极短的循环周期，之所以使得这种极短的循环周期成为可能，主要原因是在接收货物前，其目的地已知。因此，可依据信息将越库作业分为前配送与后配送两种类型。在前配送类型中供应商为分销商的越库作业准备直接配送的产品，并按照不同目的地将货物进行分类。他们可对货物进行标价或贴条形码等操作。由于对入货的托盘进行标记，越库区的操作工人可以直接将货物装入出货车辆，而不需要临时堆码。同时由于不需要接触货物，可以降低操作成本。前配送类型有利于分销商，但较难妥善安排，因为分销商的上级供应商们必须知道每种货物需要多少及送到哪个客户手中，以便贴上相应的标签。因此，前配送类型要求在各环节中有完善的信息共享。

而后配送类型则缓解了这种负担，分销商从所有供应商处订购货物后运至越库中心进行分拣整合，在接收货物时贴上标签。但这种模式会为分销商增加劳动成本。另外，还可以按照越库作业的操作流程分为单阶段越库作业、两阶段越库作业及多阶段越库作业。因此，某越库中心可能同时具备两种类型的越库作业，具体采用何种类型的越库作业模式要依据整体供应链的实际情况而定。

4. 越库作业的优点

越库作业与传统的仓储库存不同之处在于：传统的仓储模式中，仓库持有存货，直到客户订单到达后，工作人员依据订单从货架上拣选货物，然后打包运出。其补货策略主要基于仓库存货量来制定。

在越库作业中，配送中心库存极少，在接到客户订单后向上级供应商提货，其补货策略是基于客户订单需求而制定，货物不进行长期储存。与仓储库存相比，优势显而易见，如降低分销成本，减少货物的仓储空间，降低零售商的库存，减少整个供应链的仓库数量，降低库存成本及装卸成本，降低货物破损率，提高分销中心的利用率，整合订单以提高客户响应水平等。同时，该种配送模式完全符合准时制策略，可为企业实施准时制造提供保障。

5. 越库作业的流程

由于越库作业可以消除库存量，缩短货物提前期，从而降低库存成本、存货风险及运输费用，为企业赢得更多的利润。

越库作业在供应链中的流程一般为：先由销售商将采购订单发往供应商，同时向供应商说明各店所需商品的具体情况。供应商将订单中各店的商品集中到一个货箱或 SKU 并用代表商品号和店号的条形码贴在外包装上，再将货物运至分销商处。分销商扫描所有货品外包装上的条形码进行验货，确保所有订购货物收齐，然后立即把货箱按照不同地点进行分装后将货物运出，这一步是越库作业的关键所在。

6.3.3 配送服务管理

物流本身是一种服务性活动，而运输、配送是物流功能的核心，特别是配送，它是多种物流功能的整合，所以物流的服务性特点在配送活动中体现得最为充分。

配送服务分为基本服务和增值服务，其中基本服务是配送主体据以建立基本业务关系的客户服务方案，所有的客户在一定的层次上予以同等对待；增值服务则是针对特定客户提供的特定服务。它是超出基本服务范围的附加的服务。

1. 配送基本服务

配送基本服务要求配送系统具备一定的基本能力，这种能力是配送主体向用户承诺的基础，也是用户选择配送主体的依据。配送需要一定的物质条件，包括配送中心、配送网络、运输车辆、装卸搬运设备、流通加工能力、计算机信息系统以及组织管理能力。配送基本能力是这些设施、设备、网点及管理能力的综合表现，是形成物流企业竞争优势的基础。每个承担配送业务的物流企业，都应该创造条件，形成这种能力。

衡量一个物流企业或者一个配送主体的配送能力，应该从两个方面进行考虑：一是规模，包括配送中心的存储能力、吞吐能力、运输周转能力、流通加工能力等；二是服务水准，包括配送物品的可得性、作业绩效、可靠性等。对配送规模能力的衡量和评价，在物流中心设计有关资料中有详细分析，本章仅从服务水准能力方面进行讨论。

1) 可得性

配送物品的可得性是指用户对物品的需求是否能得到满足的角度提出来的服务水平，即满足率。对用户来说，可得性往往是用缺货频率和缺货率两个指标来衡量，因为满足率不能完全说明服务水平的状态。

(1) 缺货频率。缺货频率是指用户在一段时期内的多次订货中缺货的次数，缺货频率越高，说明配送系统对用户生产经营或少或影响越频繁，给用户造成的损失越大。

(2) 缺货率。缺货率是用缺货数量所占用户需求量的比重来衡量的。它反映了缺货的程度，有时虽然缺货次数不多，但每次缺货的量可能比较大，缺货率高，对用户生产经营或生产的影响也大。

2) 作业表现

作业表现是指配送活动对所期望的时间和能够接受的变化所承担的义务，它表现为作业完成的速度、一致性、灵活性、故障与恢复的状况等。

(1) 作业速度。作业速度是反映配送系统是否能及时满足用户服务需求的能力，通常以接到用户订单或发出作业指令到用户得到货物的时间长度来衡量。作业速度指标要求配送各环节具有快速响应的能力，作业速度越快，越有利于降低用户库存，有利于缩短用户提前期。从而也有利于提高对市场预测的准确程度。

(2) 一致性。一致性是从系统稳定性的角度对配送服务提出的要求。所谓一致性，是指必须随时按照配送承诺加以履行的处理能力。作业速度固然重要，但如果每次配送的速度不一样，而且相差很大，那将会给用户造成更大的不良影响，因为用户无法掌握配送规律，也无法采取相应的对策措施。从库存控制的理论知道，到货时间的随机性太大，或者完全不确定，用户需要用相当大的库存来保证生产经营活动的正常进行，这显然是不利的。

(3) 灵活性。作业的灵活性反映系统应付用户异常需求变化的能力，如增减数量、改变到货地点等。一般来说，灵活性增强相对会增大一些成本。如在较低的成本下获得更大的灵活性才能说明系统的灵活性强。

(4) 故障与恢复。再好的配送系统，也不可能完全不发生故障，关键是在一段时期内，故障的次数应该很少，没有大的故障，而且故障发生后也有应急措施进行补救，还应能尽快排除故障，恢复正常配送活动。例如，交通事故引起的故障可能是配送作业中可能性最多的故障，物流企业可通过车辆维修保养制度、驾驶人员的业务培训、应急措施的迅速启用等，均可尽快恢复由于车辆或作业人员原因造成的故障。

(5) 提供精确信息。能否向用户提供精确的配送信息也是衡量服务水准的一个重要方面。用户非常讨厌意外事件的发生，如果他们能在事件发生前或发生中能收到有关事件的准确信息，那么他们就会对缺货或延迟采取相应调整措施，避免造成太大损失。

(6) 持续改善。配送提供商为保持或提高服务能力，应该从过去的故障中吸取教训，改善作业系统，防止再次发生事故。因此，配送应该具有持续改善系统，使服务质量不断提高的能力。保持或提高物流服务质量的关键是对物流活动进行衡量，高水平的作业绩效只能通过严格地对物流活动的成败进行精确的评价才能维持。

2. 配送增值服务

增值服务是在基本服务基础上延伸的服务项目。增值服务涉及的范围很宽，一般可归纳为以顾客为核心的增值服务、以促销为核心的增值服务、以制造为核心的增值服务和以时间为核心的增值服务。

(1) 以顾客为核心的增值服务。这种增值服务向买卖双方提供利用第三方专业人员来配送产品的各种可供选择的方式，指的是处理客户向供应商的订货、直接送货到商店或客户家，以及按照零售店货架储备所需的货品规格持续提供配送服务。例如，日本大和公司为了在激烈的市场竞争中形成自己的竞争优势，开创了许多具有独创性的"宅急送"服务，包括百货店的进货和对家庭顾客的配送、通信销售业者的元店铺销售支援系统、产地生产者的直接配送、专业店的订货配送、报刊杂志的家庭配送等，使"宅急送"成为多样化、小批且定制化服务时代企业和家庭用户不可缺少的物流服务。武汉物资储运总公司承担了福州、厦门一些陶瓷生产企业向武汉汉西建材市场经销商配送瓷砖的业务，除这一业务之外，还为陶瓷生产企业提供代收货款的业务，公司开发的计算机信息系统中还专门设计了这一代收货款的功能。

(2) 以促销为核心的增值服务。以促销为核心的增值服务旨在为用户提供有利于用户营销活动的服务。物流提供者服务的对象通常是生产企业或经销商，配送增值服务是在为他们提供配送服务的同时，增加更多有利于促销的物流支持。例如，为配送商品贴标签、为储存的产品样品提供特别的介绍、为促销活动中的礼品和奖励商品设置专门的系统进行处理和托运等。保加利亚索菲亚服装配送中心，建有可保管众多服装制造企业的各种服装的高层自动化仓库，附设了样品陈列室、批发洽谈室等。客户在陈列室看好样品，在洽谈室订好货以后，配送中心就准时地把所需服装送达客户。

(3) 以制造为核心的增值服务。以制造为核心的增值服务旨在为用户提供有利于生产制造的特殊服务。以制造为核心的增值服务实际是生产过程的后向或前向延伸，使通过配送为生产企业提供的原材料、燃料、零部件进入生产消耗过程时尽可能减少准备活动和准备时间，例如，玻璃套裁、金属剪切、木材切加工等均属这类增值服务。位于武汉经济开发区为神龙公司提供物流服务的锦龙公司，在为神龙公司配送零部件时，零部件进入神龙公司总装之前即拆除包装箱，并负责将这些包装箱回收和返厂。这不仅减少了汽车总装厂的生产准备活动，也净化了现场环境，提高了生产效率。

(4) 以时间为核心的增值服务。以时间为核心的增值服务是以对顾客的反应为基础，运用延迟技术，使配送作业在收到用户订单时才开始启动，并将物品直接配送到线上或零售店的货架上，目的是尽可能降低预估库存和生产现场的搬运、检验等操作，使生产效率达到最高程度。对采用准时制生产方式的企业实施"零库存"配送就是典型的以时间为核心的增值服务。

6.3.4 配送计划

配送计划分为配送主计划、每日配送计划和特殊配送计划，它依照订货合同(副本)相关规定和所需配送的各种货物的性能、运输要求，交通条件和道路水平，以及各配送点所存货物的品种、规格、数量情况等，来决定车辆种类及装卸搬运方式、可用运力配置情况。

1. 配送计划的内容

(1) 按日期排定用户所需商品的品种、规格、数量、送达时间、送达地点、送货车辆与人员等。

(2) 优化车辆行走路线与运送车辆趟次，并将送货地址和车辆行走路线在地图上标明或在表格中列出。

如何选择配送距离短、配送时间短、配送成本低的线路，这需根据用户的具体位置、沿途的交通情况等做出优先选择和判断。除此之外，还必须考虑有些客户或其所在地环境对送货时间、车型等方面的特殊要求，如有些客户一般不在上午或晚上收货，有些道路在某高峰期实行特别的交通管制等。因此，确定配送批次顺序应与配送线路优化综合起来考虑。

(3) 按用户需要的时间结合运输距离确定启运提前期。

(4) 按用户要求选择的送达服务具体组织方式。

配送计划确定之后，还应将货物的送达时间、品种、规格告知客户，使客户按计划准备好接货工作。图 6.9 表示配送计划的基本要点。

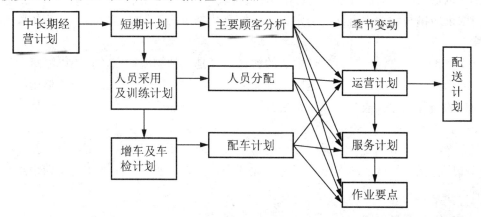

图 6.9　配送计划的基本要点

2. 配送计划的决策

其决策内容包括划分基本配送区域；决定配送批次；暂定配送先后次序；安排车辆；决定每辆车负责的结点(客户)；路径选择；确定最终送货顺序；车辆装载方式。

3. 配送路线与车辆调度

1) 配送路线。

确定配送路线的原则，有效配送的目标选择有多种：效益最高；成本最低；路程最短；吨公里最小；准时性最高；运力利用最合理；劳动消耗最小。

2) 车辆调度

(1) 车辆调度的基本原则。

① 将互相临近的送货点的货物装在一辆车上配送。

② 将在一起的送货点安排在同一天送货。

③ 配送路线从离物流中心最远的送货点开始。

④ 同一辆车途经各个送货点的路线要成凸状。

⑤ 最有效的配送路线是使用大载重量车辆的结果。

⑥ 提货应在送货过程中进行，而不要在配送路线结束后再进行。

⑦ 对偏离集聚送货点路线的单独送货点可应用另一个送货方案。

⑧ 应尽量减少送货点工作时间过短的限制。

(2) 车辆优化调度的方法。车辆优化调度的方法有很多，运筹学中线性规划的方法如最短路法、图上作业法、表上作业法等运用得较为普遍。

6.4 物流配送中心

6.4.1 配送中心定义

《物流手册》对配送中心的定义："配送中心是从供应者手中接收多种大量的货物，进行倒装、分类、保管、流通加工和情报处理等作业，然后按照众多需要者的订货要求备齐货物，以令人满意的服务水平进行配送的设施。"

美国供应链与物流术语词汇的定义："持有从制造商直到配送给适当商店的库存的仓库设施"。

日本《市场用语词典》对配送中心的解释："是一种物流结点，它不以贮藏仓库的这种单一的形式出现，而是发挥配送职能的流通仓库，也称作基地、据点或流通中心。配送中心的目的是降低运输成本、减少销售机会的损失，为此建立设施、设备并开展经营、管理工作"。

配送中心的作用主要表现为：减少交易次数和流通环节；产生规模效益；减少客户库存，提高库存保证程度；与多家厂商建立业务合作关系，能有效而迅速的反馈信息，控制商品质量。

6.4.2 配送中心的分类

1.按照配送中心的内部特性分类

1) 储存型配送中心

有很强储存功能的配送中心，一般来讲，在买方市场下，企业成品销售需要有较大库存支持，其配送中心可能有较强储存功能；在卖方市场下，企业原材料，零部件供应需要有较大库存支持，这种供应配送中心也有较强的储存功能。大范围配送的配送中心，需要有较大库存，也可能是储存型配送中心。

瑞士 GIBA-GEIGY 公司的配送中心拥有世界上规模居于前列的储存库，可储存 4 万个托盘；美国赫马克配送中心拥有一个有 163 000 个货位的储存区，可见存储能力之大。

2) 流通型配送中心

基本上没有长期储存功能，仅以暂存或随进随出方式进行配货、送货的配送中心。这种配送中心的典型方式是，大量货物整进并按一定批量零出，采用大型分货机，进货时直接进入分货机传送带，分送到各用户货位或直接分送到配送汽车上，货物在配送中心里仅做少许停滞。日本的阪神配送中心，中心内只有暂存，大量储存则依靠一个大型补给仓库。

3) 加工配送中心

配送中心具有加工职能，根据用户的需要或者市场竞争的需要，对配送物进行加工之后进行配送的配送中心。在这种配送中心内，有分装、包装、初级加工、集中下料、组装产品等加工活动。

世界著名连锁服务店肯德基和麦当劳的配送中心，就是属于这种类型的配送中心。在工业、建筑领域，生混凝土搅拌的配送中心也是属于这种类型的配送中心。

2. 按照配送中心承担的流通职能分类

1) 供应配送中心

配送中心执行供应的职能，专门为某个或某些用户(例如连锁店、联合公司)组织供应的配送中心。例如，为大型连锁超级市场组织供应的配送中心；代替零件加工厂送货的零件配送中心，使零件加工厂对装配厂的供应合理化。供应型配送中心的主要特点是，配送的用户有限并且稳定，用户的配送要求范围也比较确定，属于企业型用户。因此，配送中心集中库存的品种比较固定，配送中心的进货渠道也比较稳固，同时，可以采用效率比较高的分货式工艺。

2) 销售配送中心

配送中心执行销售的职能，以销售经营为目的，以配送为手段的配送中心。销售配送中心大体有 2 种类型：一种是生产企业为本身产品直接销售给消费者的配送中心，在国外，这种类型的配送中心很多；另一种是流通企业作为本身经营的一种方式，建立配送中心以扩大销售，我国目前拟建的配送中心大多属于这种类型，国外的例证也很多。

销售型配送中心的用户一般是不确定的，而且用户的数量很大，每一个用户购买的数量又较少，属于消费者型用户。这种配送中心很难像供应型配送中心一样，实行计划配送，计划性较差。

销售型配送中心集中库存的库存结构也比较复杂，一般采用拣选式配送工艺，销售型配送中心往往采用共同配送方法才能够取得比较好的经营效果。

3. 按配送区域的范围分类

1) 城市配送中心。

以城市范围为配送范围的配送中心，由于城市范围一般处于汽车运输的经济里程，这种配送中心可直接配送到最终用户，且采用汽车进行配送。所以，这种配送中心往往和零售经营相结合，由于运距短，反应能力强。因而从事多品种、少批量、多用户的配送较有优势。《物流手册》中介绍的"仙台批发商共同配送中心"便是属于这种类型。我国已建的"北京食品配送中心"也属于这种类型。

2) 区域配送中心。

以较强的辐射能力和库存准备，向省(州)际、全国乃至国际范围的用户配送的配送中心。这种配送中心配送规模较大，一般而言，用户也较大，配送批量也较大，而且，往往是配送给下一级的城市配送中心，也配送给营业所、商店、批发商和企业用户，虽然也从事零星的配送，但不是主体形式。这种类型的配送中心在国外十分普遍，《国外物资管理》杂志曾介绍过的阪神配送中心、美国马特公司的配送中心、蒙克斯帕配送中心等。

4. 按配送货物种类分类

根据配送货物的属性，可以分为食品配送中心、日用品配送中心、医药品配送中心、化妆品配送中心、家用电器配送中心、电子产品配送中心、书籍产品配送中心、服饰产品配送中心、汽车零件配送中心以及生鲜处理中心等。

6.4.3 配送中心的定位

无论从现代物流学科建设方面还是从经济发展的要求方面来讲，都需要对配送中心这种经济形态有一个明确的界定。

1. 层次定位

配送中心在整个物流系统中，流通中心定位于商流、物流、信息流、资金流的综合汇集地，具有非常完善的功能；物流中心定位于物流、信息流、资金流的综合设施，其涵盖面较流通中心为低，属于第二个层次的中心；配送中心如果具有商流职能，则属于流通中心的一种类型，如果只有物流职能则属于物流中心的一个类型，可以被流通中心或物流中心所覆盖，属于第三个层次的中心。

2. 横向定位

从横向来看，和配送中心作用大体相当的物流设施有仓库、货栈、货运站等。这些设施都可以处于末端物流的位置，实现资源的最终配置。不同的是，配送中心是实行配送的专门设施，而其他设施可以实行取货、一般送货，而不是按照配送要求有完善组织和设备的专业化流通设施。

3. 纵向定位

配送中心在物流系统中纵向的位置应该是：如果将物流过程按纵向顺序划分为物流准备过程、首端物流过程、干线物流过程、末端物流过程，配送中心是处于末端物流过程的起点。它所处的位置是直接面向用户的位置，因此，它不仅承担直接对用户服务的功能，而且根据用户的要求，起着指导全部物流过程的作用。

4. 系统定位

在整个物流系统中，配送中心在系统中的位置，是提高整个系统的运行水平。尤其是现代物流出现了利用集装方式在很多领域中实现了"门到门"的物流，将可以利用集装方式提高整个物流系统效率的物流对象做了很大的分流，所剩下的主要是多批量、多品种、小批量、多批次的货物，这种类型的货物是传统物流系统难以提高物流效率的对象。在包含着配送中心的物流系统中，配送中心对整个系统的效率提高起着决定性的作用。所以，在包含了配送系统的大物流系统中，配送中心处于重要的位置。

5. 功能定位

配送中心的功能，是通过配货和送货完成资源的最终配置。配送中心的主要功能是围绕配货和送货而确定的，例如有关的信息活动、交易活动、结算活动等虽然也是配送中心不可缺的功能，但是它们必然服务和服从于配货和送货这两项主要的功能。

因此，配送中心是一种末端物流的结点设施，通过有效地组织配货和送货，使资源的最终端配置得以完成。

6.4.4 配送中心的功能

1. 采购功能

配送中心必须首先采购所要供应配送的商品，才能及时、准确无误地是为其用户即生产企业或商业企业供应物资。配送中心应根据市场的供求变化情况，制订并及时调整统一

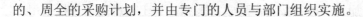

的、周全的采购计划，并由专门的人员与部门组织实施。

2. 存储功能

配送中心的服务对象是为数众多的生产企业和商业网点(比如连锁店和超级市场)，配送中心需要按照用户的要求及时将各种配装好的货物送交到用户手中，满足生产和消费需要。为了顺利有序地完成向用户配送商品的任务，而且为了能够更好地发挥保障生产和消费需要的作用，配送中心通常要兴建现代化的仓库并配备一定数量的仓储设备，存储一定数量的商品。由于配送中心所拥有的存储货物的能力很大使得存储功能成为配送中心中仅次于组配功能和分送功能的一个重要功能之一。

3. 配组功能

由于每个用户企业对商品的品种、规格、型号、数量、质量送达时间和地点等的要求不同，配送中心就必须按用户的要求对商品进行分拣和配组。配送中心的这一功能是其与传统的仓储企业的明显区别之一。

4. 分拣功能

作为物流结点的配送中心，其为数众多的客户中，彼此差别很大。不仅各自的性质不同，而且经营规模也相差径庭。因此，在订货或进货时，不同的用户对于货物的种类、规格、数量会提出不同的要求。针对这种情况，为了有效地进行配送，即为了同时向不同的用户配送多种货物，配送中心必须采取适当的方式对组织来的货物进行拣选，并且在此基础上，按照配送计划分装和配装货物。这样，在商品流通实践中，配送中心就又增加了分拣货物的功能，发挥分拣中心的作用。

5. 分装功能

从配送中心的角度来看，它往往希望采用大批量的进货来降低进货价格和进货费用；但是用户企业为了降低库存、加快资金周转、减少资金占用，则往往要采用小批量进货的方法。为了满足用户的要求，即用户的小批量、多批次进货，配送中心就必须进行分装。

6. 集散功能

凭借其特殊的地位以及拥有的各种先进的设施和设备，配送中心能够将分散在各个生产企业的产品集中到一起,然后经过分拣、配装向多家用户发运。

6.4.5 配送中心的流程分类特点

(1) 配送中心的一般流程。这种流程也可以说是配送中心的典型流程，其主要特点是：有较大的储存场所，分货、拣选、配货场所及装备也较大。

(2) 不带储存库的配送中心流程。这种类型的配送中心，由于没有集中储存的仓库，占地面积比较小，也可以省去仓库、现代货架的巨额投资。至于补货仓库，可以采取外包的形式，采取协作的方法解决，也可以自建补货中心，实际上在若干配送中心基础上，又共同建设一个更大规模集中储存型补货中心。还可以采用虚拟库存的办法来解决。

(3) 加工配送中心流程。这种配送中心流程的特点，以平板玻璃为例，进货是大批量、单(少)品种的产品，因而分类的工作不重或基本上无需分类存放。储存后进行加工，和生产企业按标准、系列加工不同，加工一般是按用户要求。因此，加工后产品便直接按用户分放、配货。所以，这种类型配送中心有时不单设分货、配货或拣选环节；配送中心中加工部分及加工后分放部分占较多位置。

(4) 批量转换型配送中心流程。这种配送中心流程十分简单，基本不存在分类、拣选、分货、配货、配装等工序，但是由于是大量进货，储存能力较强，储存及分装是主要工序。

6.5 物流运输管理的基本知识

6.5.1 物流运输概述

运输是社会和国民经济体系的主要基础条件，是物流的最基本功能之一，是现代物流运作流程不可缺少的一环。运输费用在全部物流费用中占的比例最高，是工商企业取得市场竞争优势的重要手段。因此，加强现代物流运输活动的研究，实现企业运输合理化，无论对物流系统整体功能的发挥，还是对促进国民经济持续、稳定、协调的发展，以及对工商企业的自身竞争实力的增强，都有着重要的意义。

1. 运输的含义

运输作为物流系统的一项功能来讲，包括生产领域的运输和流通领域的运输。生产领域的运输活动一般是在生产企业内部进行，因此称之为厂内运输。它是作为生产活动的一个环节，直接为物质产品的生产服务的。其内容包括原材料、在制品、半成品和产成品的运输。厂内运输有时也称为物料搬运。流通领域的运输活动，则是流通领域里的一个活动环节。其主要内容是以社会服务为目的，完成货物从生产地向消费地在空间位置上的物理性转移。它既包括物品从生产地点向消费地点的移动，也包括物品从供应链的上游生产地点向下游生产地点的移动，还包括由物流网点向消费(用户)地点的移动。人们经常把较长距离的运输称为长途运输或干线运输，把从物流网点到用户的运输活动称为"配送"，将局部场地的内部移动称为"搬运"。本章所讲的运输，着重于流通领域的运输。

运输是一种服务，而不是可以触摸到的有形产品，是对购买者和使用者的一种服务，购买这种服务和购买有形产品有相似之处，也有其独特之处。

运输的移动特性包括速度、可靠性和频率，货物运输设备影响运输的准备、运输货物的批量和装卸成本等。

2. 运输的分类

(1) 按运输的范畴分类：干线运输、支线运输、二次运输、厂内运输。

(2) 按运输的作用分类：集货运输、配送运输。

(3) 按运输的协作程度分类：一般运输、联合运输。

(4) 按运输中途是否换载分类：直达运输、中转运输。

(5) 按运输设备分类：公路运输、铁道运输、水路运输、航空运输、管道运输。

3. 运输的功能

在物流管理过程中，运输主要提供两大功能：物品移动和短时储存。

(1) 物品移动。运输的主要目的就是以最短的时间、最低的成本将物品转移到指定地点。无论是原材料、零部件、装配件、在制品、半成品，还是产成品，不管是在制造过程中被移到下一阶段，还是被移动到终端顾客，运输都是必不可少的。运输的主要功能就是实现产品在供应链中的位移，通过改变货物的地点与位置而创造出价值，这是空间效用。运输还能使货物在需要的时间内到达目的地，这是时间效用。运输的主要功能就是以恰当的时间将货物从原产地转移到目的地，完成产品的运输任务。

(2) 短时储存。运输的另一大功能就是对物品在运输期间进行短时储存，也就是说将运输工具(车辆、船舶、飞机、管道等)作为临时的储存设施。如果转移中的物品需要储存，而在短时间内还需重新转移，装货和卸货的成本也许会超过储存在运输工具中的费用，或在仓库空间有限的情况下，可以采用迂回路径或间接路径运往目的地。尽管使用运输工具储存产品可能是昂贵的，但如果从总成本或完成任务的角度来看，考虑装卸成本、储存能力的限制等，使用运输工具储存货物有时是合理的，甚至是必要的。只不过物品是移动的，而不是处于闲置状态。

4. 运输的原理

指导运输管理和运营的两条基本原理是批量经济和距离经济。

1) 批量经济

运输批量经济的特点是随着装运批量的增加，单位重量的运输成本逐渐降低。例如，整车运输(即车辆满载装运)的每单位成本低于零担运输(即利用部分车辆能力进行装运)。也就是说，诸如铁路和水路之类的运输能力较大的运输工具，它每单位的运输费用要低于汽车和飞机等运输能力较小的运输工具。运输批量经济的存在是因为转移一票货物有关的固定费用(运输订单处理费用、运输工具投资以及装卸费用、管理以及设备费用等)可以按整票货物量分摊。另外，通过规模批量大还可以获得运价折扣，也使单位货物的运输成本下降。批量经济使得货物的批量运输显得合理。

2) 距离经济

运输距离经济是指每单位距离的运输成本随距离的增加而减少。距离经济的合理性类似于批量经济，尤其体现在运输装卸费用上的分摊。例如，800km 的一次装卸成本要低于每 400km 的二次装卸。运输的距离经济符合递减原理，因为费率随距离的增加而减少。运输工具装卸所发生的固定费用必须分摊到每单位距离的变动费用中，距离越长，平均每千米支付的总费用越低。

在评估各种运输决策方案或营运业务时，这些原理是重点考虑的因素。其目的是要使装运的批量和距离最大化，同时满足客户的服务期望。

6.5.2　现代运输系统

1. 运输系统

运输系统作为物流系统的最基本的系统，是指由与运输活动相关的各种要素组成的一个整体。各种运输方式相组合就组成了各种不同的运输系统，如公路运输系统、铁路运输系统、水路运输系统、航空运输系统、管道运输系统等；如处于不同领域，则有生产领域的运输系统和流通领域的运输系统；如按运输的性质划分，则有自营运输系统、营业运输系统、公共运输系统等。运输系统现代化就是采用当代先进适用的科学技术和运输设备设施，运用现代管理科学，组织、协调运输系统各组成要素之间的关系，达到充分发挥运输功能作用的目的。

2. 运输系统的构成要素

1) 运输结点

所谓运输结点，是指以连接不同运输方式为主要职能、处于运输线路上的、承担货物的集散、运输业务的办理、运输工具的保养和维修的基地与场所。运输结点是物流结点中的一种类型，属于转运型结点。例如，不同运输方式之间的转运站、终点站，公路运输线路上的停车场(库)、货运站，铁道运输线路上的中间站、编组站、区段站、货运站，水运线路上的港口、码头，空运线路上的空港，管道运输线路上的管道站等，都属于运输结点范畴。

一般而言，由于运输结点处于运输线路上，又以转运为主，所以货物在运输结点上停滞的时间较短。

2) 运输线路

运输线路是供运输工具定向移动的通道，也是赖以运行的基础设施，是构成运输系统最重要的要素。在现代的运输系统中，主要的运输线路有公路、铁路、航线和管道。其中铁路和公路为陆上运输线路，除了引导运输工具定向行驶外，还需承受运输工具、货物或人的质量；航线有水运航线和空运航线，主要起引导运输工具定位定向行驶的作用，运输工具、货物或人的质量由水和空气的浮力支撑；管道是一种相对特殊的运输线路，由于其严密的封闭性，所以既充当了运输工具，又起到了引导货物流动的作用。

3) 运输工具

运输工具是指在运输线路上用于载装货物并使其发生位移的各种设备装置，它们是运输能够进行的基础设备。运输工具根据从事运送活动的独立程度可以分为3类：①仅提供动力，不具有装载货物容器的运输工具，如铁路机车、牵引车、拖船等；②没有动力，但具有装载货物容器的从动运输工具，如车皮、挂车、驳船等；③既提供动力，又具有装载货物容器的独立运输工具，如轮船、汽车、飞机等。

管道运输是一种相对独特的运输方式，它的动力装置设备与载货容器的组合较为特殊，载货容器为干管，动力装置设备为泵(热)站。因此设备总是固定在特定的空间内，不像其他运输工具那样可以凭借自身的移动带动货物移动，故可将泵(热)站视为运输工具，甚至可以连同干管都视为运输工具。

4) 货主与运输参与者

运输是物流活动，活动的主体就是参与者，活动作用的对象是货物客体。货物可能属于参与者，也可能不属于参与者。运输必须由货主和运输参与者共同参与才能进行。

6.5.3 物流运输服务要素管理

1. 物流运输成本管理

运输成本是指为完成运输活动所发生的一切相关费用，包括支付的运输费用及与运输行政管理和维护运输工具有关的费用。

1) 物流运输成本构成

运输服务涉及许多成本，这些成本包括人为地划分成随服务量或运量变化的变动成本和不随服务量或运量变化的固定成本。如果考察的时期足够长，运量足够大，所有成本都是可变的。但为了对运输方式进行定价，指在承运人"正常"范围内没有变化的成本视为固定成本，其他视为变动成本。线路运费有两个重要决定因素：运距和运量。变动成本和固定成本的划分视情况而定。

(1) 变动成本。变动成本中包括与承运人运输每一票货物有关的直接费用，这类费用通常按照每千米、海里或每单位质量成本来衡量。在这类成本构成中还包括劳动成本、燃料费用和维修保养费用等。

(2) 固定成本。对于运输公司来说，固定成本构成中包括端点站、通道、信息系统和运输工具等设施与设备费用。

(3) 联合成本。指为提供某种特定的运输服务而产生的不可避免的费用。例如，当承运人决定将一卡车货物从 A 地运往 B 地时，意味着这项决定中已产生了从地点 B 至地点 A 的回程运输的"联合"成本，于是这种联合成本要么必须由最初从地点 A 至地点 B 的运输弥补，要么必须找一位有回程货的托运人以得到弥补。联合成本对于运输收费有很大的影响，因为承运人索要的运价中必须包含隐含的联合成本，或者这种回程运输由原先的托运人来弥补。

(4) 公共成本。是承运人代表所有的托运人或某个分市场托运人支付的费用。诸如端点站或管理部门之类的费用，具有企业一般管理费用的特征，通常是按照活动水平，如装运处理(如递送约定)的数目之类分摊给托运人来承担。

2) 影响运输成本的因素

运输成本通常受 7 个因素的影响，它们分别是输送距离、载货量、货物的疏密度、装载能力、装卸搬运、承担责任的程度以及运输供需因素等。一般来说，上述的顺序也反映了每一个因素的重要程度。

3) 运输成本控制

① 控制运输成本的一般方法是选择合理的运输工具、拥有适当的车辆、优化仓库布局和开展集运方式、推行直运方式。

② 物流运输成本控制的定量方法有线性规划法、表上作业法、网络分析法等。

2. 物流运输质量管理

运输质量管理主要是制定道路货物运输质量管理规章、制度和方法，组织、指导、考核、监督全行业运输质量管理工作，处理运输质量纠纷，使全行业的货物运输达到安全优质、准确及时、经济方便、热情周到、完好送达、用户满意的目的。

运输质量的优劣不仅关系到企业自身的生存、发展和经济效益，而且对全社会有重大影响。因此，加强运输质量管理，杜绝重大事故，减少一般事故对提高运输质量具有重大意义和作用。其主要表现为：有利于提高经济效益、有利于提高企业信誉、有利于稳定职工情绪。

运输质量管理的衡量指标一般为运输事故次数、运输事故频率、货损率、货差率、运输事故赔偿率、完成运量及时率等。

3. 物流运输服务增值

物流过程中物化劳动和活劳动的投入，增加了物品的效用，具体表现为增加了物品的空间效用、时间效用、品种效用、批量效用、信息效用、风险效用和信用效用等。

(1) 空间效用：表现为通过物品流通过程中的劳动克服物品生产和消费在地理空间上的分离。不同的地区具有不同的生产优势和生产织构，而物品的消费却可能遍布在另外的地区甚至是全国、全世界。所以正是物品流通所耗劳动创造的空间效用使人们可以享受瑞士生产的咖啡，购买法国的时装，使用微软公司的产品。

(2) 时间效用：表现为通过物品流通过程中的劳动克服了物品生产和消费时间上的不一致。这种不一致，表现为多种情况，时间差表现为物品生产与消费的时间矛盾。物品流通过程如储存、保管等投入的劳动恰好可以解决这种矛盾，表现为物品时间效用的增加。

(3) 品种效用：表现为通过物品流通过程中的劳动克服物品生产和消费品种方面的不一致。因为无论生产资料还是生活资料，消费者需要的是多种多样的物品，而专业化生产使某一厂家所提供的物品具有单一性。物品流通则可以集中多家生产商的物品提供给消费者，这方面的劳动投入表现为物品品种效用的增加。

(4) 批量效用：表现为通过物品流通过程中的劳动克服生产和消费批量的不一致。社会化大生产的一种重要方式是生产的专业化和规模化，而很多时候消费的需求量都是很有限的。物品流通中所消耗劳动的一个重要用途就是将生产的大批量分割成最终的小批量需求，在此表现为由整到散的分流过程；反过来的情况也同样存在。

(5) 信息效用：表现为专业物流企业收集大量的信息，如买卖双方的信息、产品说明和使用情况、发展情况、用户的意见、供求信息、技术发展趋势等，并对这些信息进行过滤、筛选、整理、分析，总结规律，发现问题。同时指导自己的工作，也将这些信息传递给供求双方，形成一种知识学习的作用。

(6) 风险效用：表现为在物品流通过程中存在和隐藏着许多风险，如质量风险、信贷风险、政策风险、汇率风险、财务风险等，让物流双方谁来承担这些风险责任可能都会是一种讨价还价的"扯皮"过程，会极大地加大交易费用甚至阻碍物流的真正完成。而由专业物流企业来承担这些风险无疑会极大地提高供求双方的信心，同时加快流通和再生产的过程。

(7) 信用效用：表现为物流企业利用自身第三方的角色，在支付额度、支付周期、物流速度、物流量等方面都有着信用放大和信用保证的作用。同时这种专业化分工对社会产业结构优化、吸收就业、改变流通困境、创造社会效益也有着深刻的意义。

物流运输增值在于物流企业的专业化和规模化降低了物流运作成本，同时又提供了其他增值服务。这也是物流企业生存的基本点，又是赢取客户的出发点。

6.6　各种运输方式的技术经济特征分析

6.6.1　公路运输

1. 公路运输概述

公路运输的通道是公路，工具主要是汽车，因此又称为汽车运输。公路运输是我国货物运输的主要形式，随着我国公路运输业快速发展，其在我国货物运输中所占的比重最大。

同时，公路运输与铁路、水路运输联运，就可以形成以公路运输为主体的全国货物运输网络。

2. 公路运输特点

(1) 灵活性。公路运输最显著的特点是其灵活性，这在所有运输方式中体现得最为明显。其主要表现在以下几个方面。

① 空间上的灵活性。在短途货物集散转运上，它比铁路运输、空运等有更大的灵活性，尤其在实现"门到门"运输中，它的优势更为显著。

② 时间上的灵活性。公路运输通常可实现即时运输，即根据货物运输的需求随时启运。

③ 批量上的灵活性。公路运输的启运批量最小。

④ 运行条件上的灵活性。公路运输的服务范围不仅在等级公路上，还可延伸到条块结合外的公路，甚至许多乡村便道的辐射范围。另外，普通货物的装卸对场地、设备没有专门的要求，客运站点设置灵活，有的只设置一个停靠点即可。

⑤ 服务上的灵活性。具体表现为能够根据货主或旅客的具体要求提供有针对性的服务，最大限度地满足不同性质的货物运输要求与不同层次旅客的需求。

公路运输方式的灵活性，决定了其运输生产点多、面广的特点，在零担运输方面具备强大优势。

(2) 货损货差小，安全性不断提高。"门到门"服务的直接结果之一便是装卸搬运次数的明显减少，进而使公路运输的货损货差小，同时随着高等级公路建设的发展、汽车技术性能的改善和标准化运输的开展，公路运输的安全性也得到了大大的改善。

(3) 送达速度快。公路运输一般是"门到门"直达运输，运输速度通常较快。

3. 公路运输的缺点

(1) 载重量有限。由于运输车辆的特点，相对于铁路和水路运输而言，公路运输的载重量较小。

(2) 长途运输成本较高。这主要是由于公路运输的管理体制造成的。由于长距离运输往往要经过许多地区，几乎所有地区都存在各类的管理费、过路费、过桥费等，导致总运输成本过高。

(3) 受环境影响大。这主要体现在天气、运输路况等方面。

(4) 环境污染严重。汽车引起的噪声、废气等公害造成的环境污染已引起许多国家的重视。

4. 公路运输基本运行模式

(1) 零担运输。指以零担运输为基础的快速运输方式。其产生于两种情况：一是被运送的货物批量太小，直达运输不经济；二是由于道路通行条件(包括交通管制)等原因，选用零担运输的组织方式。

(2) 整车运输。指以整车为基础的快速运输方式。由于其在基本生产流程中简化了运输站(场)的装卸分拣作业过程，货物由发货人启运可以直接快运到收货人手中。

6.6.2　铁路运输

1. 铁路运输概述

铁路运输是我国国民经济的大动脉，是我国货物运输的主要方式之一。同时，铁路运输与水路干线运输、各种短途运输衔接，就可以形成以铁路运输为主要方式的运输。铁路运输主要承担长距离、大批量的货物业务，在没有水运条件的内陆地区，几乎所有大批量货物都是依靠铁路来进行运送的，铁路运输是在干线运输中起主力运输作用的运输方式。

2. 铁路运输特点

铁路运输的最大特点是适用于长距离的大宗货物的集中运输，并且以集中整列为最佳，整车运输次之。其优点是运输批量大、速度快、可靠性高、准确性和连续性强、节能、远距离规模运输费用低，以及一般不受气候因素的影响等。

3. 铁路运输的缺点

铁路运输也有其自身的局限性为：近距离货物运输费用较高，且没有伸缩性，铁路运输的经济里程在 200 km 以上；灵活性差，由于铁路线路和场站固定，不够灵活机动，不能实现"门到门"运输，所以如果销售地点或使用单位不在铁路沿线，就需要再转运，不但会增加运输费用和时间，而且还会增加损耗；同时，我国铁路运输受运行时刻、配车、编列或中途编组等因素的影响，不能适应客户的紧急需要，且货物滞留时间长。

4. 铁路运输作业

铁路运输的种类分为 3 种：整车货物运输、零担货物运输和集装箱运输。其中还包括快运、整列行包快运。

6.6.3 水路运输

1. 水路运输概述

水路运输简称水运。它既是一种古老的运输方式，又是一种现代化的运输方式，在铁路出现以前，水运同以人力、畜力为动力的陆上运输相比，在运输能力、运输成本方面都有较大的优势。水运主要承担大批量、长距离的运输，是在干线运输中起主力作用的运输形式。在内河及沿海，水运也常作为小型运输工具使用，担任补充及衔接大批量干线运输的任务。

2. 水路运输的特点

(1) 运输能力大。水路运输的速度一般比航空、铁路等运输要慢，但它的载运量却远远大于飞机和火车。一般超长、超重及超大列车运输能力可以达到万吨。但是船舶的载运量比其还要大得多。即使在内河运输中，只要航道条件允许，通常使用的驳船载运量也可达到 1000 吨以上，而由它们组成的船队的载运量都超过万吨。此外，水路运输可以运输超重、超大型设备，这是铁路和公路运输所不能及的。

(2) 运输成本低。尽管水运站(场)费用较高，但因为运载能力大，运距一般较远，因而单位成本较低。

(3) 能耗小。据有关资料介绍，长江航运每千吨公里运输油耗为 2.8～4.28kg，而铁路运输为 5.61kg，内河大型顶推船队的单位油耗仅为铁路的 40%，公路的 12%。

总之，水路运输能够以最低的单位运输成本提供最大的货物运输量。因此，对于价值低、不易腐烂的大宗货物或散装货物，如沙、煤、粮食、矿产、石油等，采取专用的船舶运输，是一种极为经济合理的运输方式，可以取得很好的技术经济效果。

3. 水路运输的缺点

水路运输也有一些缺点，表现为运输连续性差、速度慢、时间长、装卸搬运费用较高，而且航运和装卸作业受到水域、码头、港口、船期等条件的限制和季节、气候、潮汐等自然条件的制约，因而一年中中断运输的时间较长，这些都是水路运输的不利方面。

6.6.4 航空运输

1. 航空运输概述

在我国运输业中，航空的货物运输量占全国货物运输量的比重还不是很大，但其重要性越来越明显。对那些体积小、价值高的贵重物品如科技仪器、珠宝等，鲜活商品如鲜花、活鱼、珍贵动物等，以及要求迅速交货、紧急需要的物资如救灾抢险物资等，是一种较为理想的运输方式。

2. 航空运输特点

(1) 高速直达性。这是航空运输的最大特点，适合运输费用负担能力强、货物运输量小的中、长距离运输。距离越长，航空运输所能节约的时间越多，速度快的特点就越显著。

(2) 质量好。由于航空运输对货物产生的振动和冲击力小，因此货物只需要简单地打包即可运输，散包事故少，货损货差小，运输质量高。

(3) 机动性大。飞机可以定期或不定期飞行，尤其在灾区的救援、供应，边远地区的急救等紧急任务方面，航空运输已成为必不可少的手段。

3. 航空运输的缺点

航空运输的主要缺点是飞机机舱容积和载重量都比较小，运载成本和运价比地面运输高，不适合于低价物品和大批量货物的运输。气象条件对飞行的限制会影响运输的及时性和准时性；航空运输速度快的优点在短途运输中也难以充分发挥。另外，由于航空运输需要航空港设施，因此，在没有航空港的情况下无法采用航空运输方式。

6.6.5 管道运输

1. 管道运输概述

管道运输是利用管道输送气体、液体和粉状固体的一种运输方式，其借助高压气泵的压力把货物经管道向目的地输送。管道运输是一种不需要动力引擎，运输通道和运输工具合二为一，其原理相当于自来水管道将水输送到各家各户。它与其他运输方式的区别在于，运输工具(管道设备)是静止不动的。

2. 管道运输的特点

(1) 运输通道与运输工具合二为一。
(2) 高度专业化，适用于运输气体和液体货物。
(3) 永远是单方向运输，起讫点固定，无回空运输问题。
(4) 不受地面气候影响，可连续作业。
(5) 运输的货物不需包装，节省包装费用。

(6) 货物在管道内移动，货损货差率低。以管道运输石油为例，石油在装卸车过程中，大量的油、气从槽车的装卸口挥发到大气中，夏季挥发量更大，影响油品质量，污染环境。而管道运输石油，油品蒸发损耗小，能保证油品质量，同时又能减少环境污染。

(7) 费用省、成本低、运量大。

3. 管道运输的缺点

(1) 运输货物专一，主要限于液体和气体货物。

(2) 单向运输，机动灵活性差。

(3) 一次性固定资产投资大。为了进行连续运输，需要在各中间站建立储存库和加压站等。

6.6.6 其他运输方式

1. 集装箱运输

集装箱运输是指利用集装箱作为运输单位进行货物运输的一种现代化的先进的运输方式。它是一种既方便又灵活的运输措施，现已成为货物运输的共同趋势，可适用于水路运输、铁路运输及多式联运等。尤其是集装箱海运已经成为普遍采用的一种重要的运输方式。

2. 多式联运

多式联运即根据实际运输要求，将不同的运输方式组合成综合件的一体化运输，通过一次托运、一次计费、一张单证、一次保险，由各运输区段的承运人共同完成货物的全程运输。即将全程运输作为一个完整的单一运输过程来安排，使用统一的、适用于运输全程的运输凭证，以几种运输方式或由不同的运输企业衔接起来，运送货物到达目的地的一种综合运输形式。图 6.10 表示基本运输模式通过不同组合构成不同类型的多式联运。

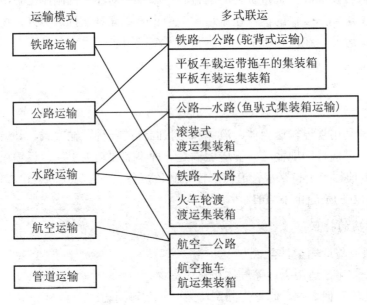

图 6.10　不同类型的多式联运

此外，随着经济的发展，现代物流中还有多种多样的其他运输方式，如散装运输、托盘运输、综合运输、智能运输、特殊品运输等，在此不再一一详述，有兴趣可以参阅相关资料。

本 章 小 结

本章对生产与流通领域的配送和运输的基本知识作了详细的阐述。

对物流配送的基本知识内涵作了较为深入的分析，并主要讲述了配送管理与合理化，以及配送模式与策略，本章又着重讲述了物流配送中心的基本内容，为在生产与流通领域进行有效配送活动提供可行分析依据、计划和方法。

此外，将物流运输管理的基本知识作了入门级介绍，为以后相关课程，如物流运输管理实务类专业课程的学习打下良好的基础。特别是对运输方式的技术经济特征的分析，为物流系统网络的运作实现提供分析依据。

本章的教学目的是让学生掌握物流配送与运输的基本含义和基本理论，并初步具备物流配送作业的分析与应用能力。

复习思考题

1. 填空题

(1) 我国国家质量技术监督局对配送的定义为：在经济合理区域范围内，根据客户要求，对物品进行_____、_____、_____、_____、_____等作业，并按时送达指定地点的物流活动。

(2) 根据配送的特征，配送体现为_____、_____、_____、_____、_____和配送加工几个基本要素来实现配送的有效作业。

(3) 配送的一般流程包括：_____、_____、_____、配装和_____等环节构成。

(4) 根据国内外的发展经验及我国的配送理论与实践，目前主要形成了几种配送模式：_____、_____、_____、_____。

(5) 在物流管理过程中，运输主要提供两大功能：_____和_____。

2. 选择题

(1) 在配送中有特点的活动是(　　)。

A. 装卸　　　　B. 保管　　　　C. 分拣配货　　　D. 保管

(2) 以下哪一个不是判断配送合理化的标志？(　　)

A. 库存标志　　B. 资金标志　　C. 成本和效益　　D. 运量标志

(3) 衡量一个物流企业或者一个配送主体的配送能力，应该从两个方面进行考虑：一是规模，二是(　　)。

A. 存储能力　　B. 服务水准　　C. 吞吐能力　　D. 运输周转能力

(4) 以下哪一个不是铁路运输的特点？(　　)

A. 速度慢　　　B. 可靠性高　　C. 运输批量大　　D. 灵活性差

(5) 以下哪一个不属于配送中心选址的原则？（　　　）

A．适应性原则　　B．协调性原则　　C．前瞻性原则　　D．时效性原则

3. 判断题

(1) 配送活动不是简单的送货活动，而是建立在市场营销策划基础上的企业经营活动。

（　　）

(2) 配送按经营形式分为销售配送、供应配送、定时配送、定量配送。　（　　）

(3) 可供选择的主要配送策略主要有转运策略、延迟策略和集运策略。　（　　）

(4) 直达运输一定优于中转运输。　　　　　　　　　　　　　　　　（　　）

(5) 影响物流运输合理化的内部因素有运输距离、运输环节、运输工具、运输时间和运输网络布局。　　　　　　　　　　　　　　　　　　　　　　　　　　　　（　　）

4. 简单题

(1) 简述配送的作业流程。

(2) 配送合理化可以采取哪些措施？

(3) 简述配送中心的功能。

(4) 简述运输不同的分类。

(5) 简述集装箱运输的特点。

5. 论述题

(1) 按时间和数量，配送分为哪几种，各种配送方式的特点是什么？

(2) 目前我国有哪几种配送模式，各种配送模式有哪些特点？

(3) 叙述运输系统的构成要素。

(4) 叙述运输合理化措施。

(5) 简要对各种运输方式进行技术经济分析。

案 例 分 析

7—11：一家便利连锁店

一家成功的便利店背后一定有一个高效的物流配送系统，7－11 从一开始采用的就是在特定区域高密度集中开店的策略，在物流管理上也采用集中的物流配送方案，这一方案每年大概能为 7－11 节约相当于商品原价 10% 的费用。

一间普通的 7－11 连锁店一般只有 100～200 平方米大小，却要提供 23 000 种食品，不同的食品有可能来自不同的供应商，运送和保存的要求也各有不同，每一种食品又不能短缺或过剩，而且还要根据顾客的不同需要随时调整货物的品种，种种要求给连锁店的物流配送提出了很高的要求。

7－11 的物流管理模式先后经历了 3 个阶段 3 种方式的变革。起初，7－11 并没有自己的配送中心，它的货物配送依靠的是批发商来完成的。以日本的 7－11 为例，早期日本 7－11 的供应商都有自己特定的批发商，而且每个批发商一般都只代理一家生产商，这个批发商就是联系 7－11 和其供应商间的纽带，也是 7－11 和供应商间传递货物、信息和资金的通道。供应商把自己的产品交给批发商以后，对产品的销售就不再过问，所有的配送和销售都会由批发商来完成。对于 7－11 而言，批发商就相当于自己的配送中心，它所要做的就是把供应商生产的产品迅速有效地运送到 7－11 手中。为了自身的发展，批发商需要最大限度地扩大自己的经营，尽力向更多的便利店送货，并且要对整个配送和订货系统作出规划，以满足 7－11 的需要。

渐渐地，这种分散化的由各个批发商分别送货的方式无法再满足规模日渐扩大的 7－11 便利店的需要，7－11 开始和批发商及合作生产商构建统一的集约化的配送和进货系统。在这种系统之下，7－11 改变了以往由多家批发商分别向各个便利点送货的方式，改由一家在一定区域内的特定批发商统一管理该区域内的同类供应商，然后向 7－11 统一配货，这种方式称为集约化配送。集约化配送有效地降低了批发商的数量，减少了配送环节，为 7－11 节省了物流费用。

特定批发商(又称为窗口批发商)提醒了 7－11，何不自己建一个配送中心？7－11 的物流共同配送系统就这样浮出水面，共同配送中心代替了特定批发商，分别在不同的区域统一集货、统一配送。配送中心有一个计算机网络配送系统，分别与供应商及 7－11 店铺相连。为了保证不断货，配送中心一般会根据以往的经验保留 4 天左右的库存，同时，中心的计算机系统每天都会定期收到各个店铺发来的库存报告和要货报告，配送中心把这些报告集中分析，最后形成一张张向不同供应商发出的订单，由计算机网络传给供应商，而供应商则会在预定时间之内向中心派送货物。7－11 配送中心在收到所有货物后，对各个店铺所需要的货物分别打包，等待发送。第二天一早，派送车就会从配送中心鱼贯而出，择路向自己区域内的店铺送货。整个配送过程就这样每天循环往复，为 7－11 连锁店的顺利运行修石铺路。

配送中心的优点还在于 7－11 从批发商手上夺回了配送的主动权，7－11 能随时掌握在途商品、库存货物等数据，对财务信息和供应商的其他信息也能握于股掌之中，对于一个零售企业来说，这些数据都是至关重要的。

有了自己的配送中心，7－11 就能和供应商谈价格了。7－11 和供应商之间定期会有一次定价谈判，以确定未来一定时间内大部分商品的价格，其中包括供应商的运费和其他费用。一旦确定价格，7－11 就省下了每次和供应商讨价还价这一环节，为自己节省了时间也节省了费用。

配送的细化随着店铺的扩大和商品的增多，7－11 的物流配送越来越复杂，配送时间和配送种类的细分势在必行。以台湾地区的 7－11 为例，全省的物流配送就细分为出版物、常温食品、低温食品和鲜食食品 4 个类别的配送，各区域的配送中心需要根据不同商品的特征和需求量每天做出不同频率的配送，以确保食品的新鲜度，以此来吸引更多的顾客。

新鲜、即时、便利和不缺货是 7—11 的配送管理的最大特点，也是各家 7—11 店铺的最大卖点。

和中国台湾地区的配送方式一样，日本 7—11 也是根据食品的保存温度来建立配送体系的。日本 7—11 对食品的分类是：冷冻型(零下 20℃)，如冰淇淋等；微冷型(5℃)，如牛奶、生菜等；恒温型，如罐头、饮料等；暖温型(20℃)，如面包、饭食等。不同类型的食品会用不同的方法和设备配送，如各种保温车和冷藏车。由于冷藏车在上下货时经常开关门，容易引起车厢温度的变化和冷藏食品的变质，7—11 还专门用一种两仓式货运车来解决这个问题，一个仓中温度的变化不会影响到另一个仓，需冷藏的食品就始终能在需要的低温下配送了。

除了配送设备，不同食品对配送时间和频率也会有不同要求。对于有特殊要求的食品如冰淇淋，7—11 会绕过配送中心，由配送车早中晚三次直接从生产商门口拉到各个店铺。对于一般的商品，7—11 实行的是一日三次的配送制度，早上 3 点到 7 点配送前一天晚上生产的一般食品，早上 8 点到 11 点配送前一天晚上生产的特殊食品如牛奶，新鲜蔬菜也属于其中，下午 3 点到 6 点配送当天上午生产的食品，这样一日三次的配送频率在保证了商店不缺货的同时，也保证了食品的新鲜度。为了确保各店铺供货的万无一失，配送中心还有一个特别配送制度来和一日三次的配送相搭配。每个店铺都会随时碰到一些特殊情况造成缺货，这时只能向配送中心打电话告急，配送中心则会用安全库存对店铺紧急配送，如果安全库存也已告罄，中心就转而向供应商紧急要货，并且在第一时间送到缺货的店铺手中。

第7章 物流管理与控制

学习目标

■ **知识点**

- ➢ 物流管理的基本内涵和基本内容
- ➢ 物流管理的发展历程
- ➢ 物流计划和控制
- ➢ 物流管理信息系统
- ➢ 第三方物流的管理模式

■ **难点**

- ➢ 物流成本管理与控制
- ➢ 物流管理计划

■ **要求**

熟练掌握的内容：
- ➢ 物流管理的概念和管理层级
- ➢ 物流管理的基本内容
- ➢ 物流控制内容
- ➢ 物流信息与物流信息技术

了解理解的内容：
- ➢ 物流管理发展阶段
- ➢ 物流信息管理内容
- ➢ 第三方物流管理模式

戴尔公司的物流管理

随着科技的飞速发展，计算机更新换代的速度也在加速，与之而来的是全球计算机市场的激烈竞争。在这块市场中，戴尔却始终保持着较高的收益，不断增加市场份额。1999年，戴尔公司在美国计算机制造市场的占有率达到16%，名列全美第一；进入2002年，戴尔公司的年税后收入已经高达382亿美元，在全球个人计算机市场上，戴尔的占有率已经上升到了15.2%，成为该行业世界第二大公司。与其他计算机厂商不同，戴尔公司并不生产任何计算机配件，只从事个性化的整机组装。然而它却战胜了IBM、康柏、惠普等众多技术实力雄厚的公司。

论及戴尔的成功之道，大家几乎是众口一词地归结为"直销模式"。事实上，戴尔的成功源于其效率超乎寻常的物流管理——建立起了一条高速、有效的供应链。"我们只保存可供5天生产的存货，而我们的竞争对手则保存30天、45天，甚至90天的存货。这就是区别。"该公司分管物流配送的副总裁迪克·亨特一语道破天机。

分析戴尔直销模式的实现方式，可以看到，一方面，戴尔通过电话、网络以及面对面的接触，和顾客建立起良好的沟通和服务支持渠道。另一方面，戴尔也通过网络，利用电子数据交换连接，使得上游的零件供应商能够及时准确地知道公司所需零件的数量和时间，从而大大降低库存，这就是戴尔所称的"以信息代替存货"。

[思考]： (1) 戴尔是如何实现其高效的物流管理的？

(2) 戴尔是如何管理上游供应商以及下游的分销商和客户的？

(3) 从戴尔的成功中，我们能得到什么启示？

7.1 物流管理的基本内涵

7.1.1 物流管理的定义

物流管理(Logistics Management)是指在社会再生产过程中，根据物质资料实体流动的规律，应用管理的基本原理和科学方法，在系统论、信息论和控制论的基础上，对物流活动进行计划、组织、指挥、协调、控制和监督，使各项物流活动实现最佳的协调与配合，以降低物流成本，提高物流效率和经济效益。

物流管理的主要特点：以实现客户满意为第一目标；以企业整体最优为目的；以信息为中心；重效率更重效果。

7.1.2 实施物流管理的目的

1. 物流中的"一体六流"

构成物流系统有效运作的流动要素包括 7 个，即流体、载体、流向、流量、流程、流速、流效。这是了解物流过程，实现对物流整个过程有效管理的关键。

1) 流体

流体是指物流中的"物"。物流中的"物"都要经过运输等形式实现空间的转移。因此总的来说，"物"是处于不断流动状态的。社会属性和自然属性是流体的两个基本属性，社会属性是指其所体现的价值，以及生产者、采购者、物流作业者与销售者之间的各种关系。自然属性是指其物理、化学、生物属性。

流体包括商品、信息、服务三大类。

(1) 商品：主要属性包括商品品种、规格、商品类别、包装类型、包装材料、包装单位、商品批次、托盘代码、运输包装(外包装)代码、中包装(内包装)代码、销售包装代码、商品性质、出厂日期、保质期、储存和运输条件、装载要求以及对物流的其他要求。

(2) 信息：主要属性包括信息的类型、信息的规格、信息的内容、信息的格式、信息的存在形式、信息的性质对物流的要求。

(3) 服务：主要属性包括服务类型、服务规格、服务内容、服务形式对物流的要求。

2) 流向

流向是指流体从起点到终点的流动方向。物流是矢量，物流的流向有两类，即正向和逆向。

正向物流：正向物流是制造商经制造程序将产品完成再销售到最终使用者等一连串的过程。

逆向物流：与传统供应链反向，为价值恢复或处置合理而对原材料、中间库存、最终产品及相关信息从消费地到起始点的有效实际流动所进行的计划、管理和控制过程。

物流的流向有以下 4 种：

(1) 自然流向，指根据产销关系所决定的商品的流向，这表明一种客观需要，即商品要从产地流向销地。

(2) 计划流向，指根据政府部门的商品调拨计划而形成的商品流向，即商品从调出地流向调入地。

(3) 市场流向，指根据市场供求规律由市场确定的商品流向。

(4) 实际流向，指在物流过程中实际发生的流向。

3) 流量

通过载体的流体在一定流向上的数量表现。流量信息基本包括如下几个方面。

(1) 基本流量信息：商品总件数、总重量、总体积、每件重量、每件体积、每件进价、每件售价。

(2) 供应链流量信息：整个供应链上商品的产量、销量、最高库存量、最低库存量、平均库存量、退货量、加工量、产品更新周期。

(3) 上游流量信息：上游的订货周期、上游要求的最小订货件数、上游要求的最小订货重量、上游送货频率、上游库存量、上游库存时间、送货周期、每次最小送货量、退货量、包装物回收量、废弃物量、托盘及周转箱等周转量。

(4) 下游流量信息：下游订单数量、订货量、订货处理周期、送货频率、每次最低订货量、库存量、库存时间、退货量、包装物回收量、废弃物量、托盘及周转箱等周转量。

(5) 载体需要量信息：仓库需要量、运输工具需要量、其他物流设施设备需要量等。

4) 流程

即通过载体的流体在一定流向上行驶路径的数量表现。流程与流向、流量一起构成了物流向量的 3 个数量特征，流程与流量的乘积还是物流的重要量纲，比如吨公里。影响流程大小的主要因素有如下几点。

(1) 点：工厂或商店的仓库、配送中心、物流中心是重要的点，具体要明确发货点、收货点、储存点、加工点、消费点等的数量、地理分布、具体地址、联系人及联系方式、收货和发货手续、业务流程等。

(2) 线：干线和支线的区分、各条线路的距离、路况、影响运输的因素。

(3) 网：点的选址、点的数量的优化、点和线的类型、点和线的最佳组合与搭配方式、网络上的运输和库存调度。

5) 流速

即单位时间流体转移的空间距离大小。流速由两部分决定。

(1) 流体转移的空间距离，即流程。

(2) 进行这种转移所花的时间，流速就是流程除以时间所得到的值。

流体在转移过程中总是处于两种状态，第一种状态是在运输过程中，第二种状态是在储存过程中，流速衡量的就是这两种状况。由于第二种状态需要花费时间，但是并不发生空间位移，因此，第二种状态的存在是导致流速降低的原因，而第一种状态采用的具体运作方式(比如不同的运输工具、不同的运输网络布局、不同的装卸搬运方式和工具等)也会对单位时间内流体转移的空间距离产生影响。

因此，要提高物流的速度从而提高商品周转速度，就必须从决定流速的两个方面着手进行合理规划。

影响流速大小的因素有如下几点。

(1) 订货处理周期(物流系统内部从接到客户的订货单到客户收到商品所花的时间)。

(2) 待运期(物流系统内部从收到订单到最终发运需要的时间)。

(3) 在途时间(路途的运输时间)。

(4) 送货周期(相邻两次向客户送货的间隔时间)。

6) 流效

即物流的效率(Efficiency)和效益(Effectiveness)。

物流的目的是用最少的物流成本完成物品从起源地到需求地的转移，并满足客户的其他物流要求，这个目的集中体现在物流的效率和效益上。

物流效率是指单位人力、资本、时间等要素的投入所完成物流量大小。可用物流的反应速度、订货处理周期(Order Cycle Time)、劳动生产率、物流集成度、物流组织化程度、第三方物流的比重等一系列的定量和定性指标来衡量。

物流效益是指单位人力、资本、时间等要素的投入所完成物流收益的大小。可用成本、收益、服务水平等定量和定性指标来衡量。

(1) 服务：服务内容、服务水平(如送货频率、送货周期、缺货率、库存水平、退货率、投诉率等)等。

(2) 成本：物流系统的总成本、各项作业运作成本、物流网络的最小总成本、最短时间、最低损失等。

(3) 技术：物流系统和物流网络的优化技术、需要采用的物流技术水平、物流设施设备水平、物流系统各点之间的最短路径、最大流等。

物流效益与效率从根本上是一致的。物流的高效率一般会带来高效益。快运公司一般都采用与其制造、分销业务需求相匹配的集中的物流组织形式、集成的物流系统、先进的物流中心和配送中心网络、自动化的物流设施设备以及先进的计算机信息网络。

7) 载体

指流体借以流动的设施和设备。载体分成两类。

第一类载体指基础设施，如铁路、公路、水路、港口、车站、机场等基础设施，它们大多是固定的；第二类载体指设备，即以第一类载体为基础，直接承载并运送流体的设备，如车辆、船舶、飞机、装卸搬运设备等，它们大多是可以移动的。物流载体的状况，尤其是第一类载体即物流基础设施的状况直接决定物流的质量、效率和效益。

承载流体是对其他 5 个"流"实施管理与控制的基本保证。一般是指物流设施、物流装备、物流工具等硬件设施。

2. 物流管理的目标

物流管理最基本的目标是通过调和总成本最小、顾客服务最好、总库存最少以及产品质量最优等目标之间的冲突，实现企业物流管理总体绩效最大化。

实施物流管理的目的就是要在尽可能最低的总成本条件下实现既定的客户服务水平，即寻求服务优势和成本优势的一种动态平衡，并由此创造企业在竞争中的战略优势。物流管理要解决的基本问题就是把合适的产品以合适的数量和合适的价格在合适的时间和合适的地点提供给客户。

3. 案例

嘉里物流(Kerry Logistics)是跨国企业郭氏集团的成员，以中国香港为基地，业务面向亚太地区，拥有香港首间第三方物流电子配送中心。它能够为顾客提供订货处理、存货管理、货物分流管理、货物配送电子商贸等服务，功能比较齐全。

(1) 库存管理。拥有 660 平方英尺仓库，分别有普通、保税、危险品、冷冻、控温控湿等仓库，实行电脑管理，设互联网上查询业务，为客户提供库存量查询、物流动态报告、订单现状追踪及分析。

(2) 货物配送管理。可提供国内及跨境运输服务、全球性海空货运服务。在本地有 100 多辆 0.6～16 吨的货车，可以实行 B－B 和 B－C 的送货服务，包括装配、品货检定及回程物流。

(3) 网上物流服务。客户可在互联网下订单、查询库存状况及索取管理报告，可以和供应链伙伴建立即时互动的网上资讯联系。

（4）电子配送服务。采用条码及射频技术管理资讯传递。建立顾客提货站和采用流动销售点付款服务。

怡和物流集团(Jardine logistics)是香港怡和集团 1997 年从货物代理转为第三方物流经营的控股子公司。其香港仓库 80 万平方英尺，网络覆盖 70 多个国家，年营业额超过 2 亿美元。其物流管理分为 4 个互相衔接的部分。

（1）运输管理。可提供水、陆、空及多式联运，包括进出口报关、清关及保险等服务。

（2）仓储服务。包括原材料、半成品、成品的储存及有关增加价值的服务，并与客户保持紧密结合，对货物的需求量做出准确的预测。

（3）配送管理。按客户要求，将货物以最经济、快捷、安全的方法准时送达。

（4）信息管理。联系所有活动及统筹管理。从追踪订单至货物验收、监督管控及记录有关操作；按客户的要求提供动态资料及开单登记收取费用。

7.1.3 物流管理的层次

在企业物流系统中，物流系统只有通过企业内部管理层、控制层和作业层 3 个层次的协调配合，才能合理地、有效地实现企业物流系统的总体功能。因此，物流管理的层级对应分为：物流战略层、物流系统设计与运营管理层和物流作业管理层，如图 7.1 所示。

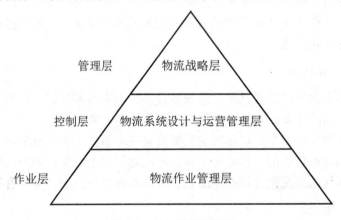

图 7.1 物流管理的层级

1. 物流战略管理

企业物流战略管理就是站在企业长远发展的立场上，就企业物流的发展目标、物流在企业经营中的战略定位以及物流服务水准和物流服务内容等问题做出整体规划。企业物流战略的 3 个最基本的目标：成本最小、投资最少、服务改善。这 3 个目标几乎对所有企业的物流管理都是合适的。

2. 物流系统设计与运营管理

企业物流战略确定以后，为了实施战略必须要有一个得力的实施手段或工具，即物流运作系统。作为物流战略制定后的下一个实施阶段，物流管理的任务是：设计物流系统和物流网络，规划物流设施，确定物流运作方式和程序等，形成一定的物流能力，并对系统运营进行监控，及时根据需要调整系统。因此，物流营运策略表现如下。

1）延迟策略

延迟是一种能减小预测风险的策略。在传统的物流管理中，库存量的确定较多地依据预测，生产都要适当提前，保证一定的库存量。

如果需求变得是完全确定的，那么产品的制造可以被推迟到最后进行，过早的生产和不恰当的库存都能够被减少，甚至消除。

延迟可分为生产延迟和物流延迟两种。

(1) 生产延迟。生产延迟的基本原理是准时化，即在获得客户确切的需求和购买意向之前，不过早地做准备工作或采购零部件，不提前、不过量，严格按订单生产合格的产品。

一般的生产延迟手段是尽量使产品保持在半成品状态。当得到订单后立即完成最后的装配工序。这样的好处是以较大的批量生产标准化的零部件，获取生产规模的经济性；最后工序按订单需求装配可以满足需求的多样性和缩短交货期。

(2) 物流延迟。物流延迟是指地理上的延迟，它的基本概念是在物流网络中的几个主要的中央仓库，根据预测结果存储必要的物品，不考虑过早地在消费地点存放物品，一旦接到客户的订单，从中央仓库处启动物流程序，把物品运送到客户所在地的仓库或直接快运给客户。

这样做的好处是在每个消费地点不需要冒预测的风险建立过多的库存，在中央仓库层次上又可以获得规模经济优势，结果是以较少的总体库存投资提高服务水准。这种策略特别适合关键的高价值的物品。

(3) 延迟策略实施的前提条件与特点。无论是生产延迟还是物流延迟都需要得到现代信息技术的支持，没有准确快速的信息传递，任何的延迟方式都将难以实行。它们都是基于时间要素的策略，使活动尽可能地推迟到需求发生的时刻，以避免因预测失误而造成的损失。但操作的方法完全不同，生产延迟着眼于产品，尽可能地等到需求明确时才生产；而物流延迟则着眼于地理位置，尽可能地等到需求明确时再向需求地点作最后的运送。

2）集中运输策略

在物流中存在着一对矛盾，即规模经济性与客户需求多样性之间的矛盾。延迟策略比较好地处理了这对矛盾。但在许多地方还是不得不采用小量、甚至单件运输的方式。在有些场合下采取集中运输的策略能够获得更好的效果。从操作形式看有 3 种基本的集中运输方式。

(1) 区域化集中运输。区域化集中运输是把运往某个区域的不同客户的货物集中起来运输。能否实现的前提条件是：是否有足够的客户运量。有时为了克服数量不足的矛盾，可以区别不同情况采取不同办法。

① 当最终消费区域数量不足时，可以集中几个区域的运输量，运到某个集散地点，再从那里分送到各自的目的地。

② 当每天的运输量不足，但需求又比较稳定，可以计划运输间隔期，集中几天的运输量一次运送。

(2) 预定送货。由于在预定期内有可能集中到较大的运输量，因此即与客户商定一个运送计划，保证按时送到。采用这一方式需要与客户沟通，强调集运的互利性。因为一项特定的运输服务的高成本，必然会采取溢价的收费方式。只要时间允许，客户会选择预定送货的方式。

(3) 联营送货。这是一种更灵活的办法，即由第三方提供运输服务。专业的运输公司它的服务对象比较广泛，具备把多个货主分散的货物集中起来的条件，比较容易实现集中运送。

3. 物流作业管理

根据业务需求，制订物流作业计划，按照计划要求对物流作业活动进行现场监督和指导，对物流作业的质量进行监控。

7.2 物流管理的基本内容

7.2.1 物流战略管理

物流战略管理(Logistics Strategy Management)是对企业的物流活动实行的总体性管理，是企业制定、实施、控制和评价物流战略的一系列管理决策与行动，其核心问题是使企业的物流活动与环境相适应，以实现物流的长期与可持续发展。

1. 物流战略管理的内容

物流战略管理是指通过物流战略设计、战略实施、战略评价与控制等环节，调节物流资源、组织结构等最终实现物流系统宗旨和战略目标的一系列动态过程的总和。

2. 物流战略管理目标的确立标准

(1) 成本最小：是指降低可变成本，主要包括运输和仓储成本，例如物流网络系统的仓库选址、运输方式的选择等。面对诸多竞争者，公司应达到何种服务水平是早已确定的事情，成本最小就是在保持服务水平不变的前提下选出成本最小的方案。当然，利润最大一般是公司追求的主要目标。

(2) 投资最少：是指对物流系统的直接硬件投资最小化从而获得最大的投资回报率。在保持服务水平不变的前提下，可以采用多种方法来降低企业的投资，例如，不设库存而将产品直接送交客户，选择使用公共而非自建仓库，运用 JIT 策略来避免库存，或利用第三方物流服务等。显然，这些措施会导致可变成本的上升，但只要其上升值小于投资的减少，则这些方法均不妨一用。

(3) 服务改善：提高竞争力的有效措施。随着市场的完善和竞争的激烈，顾客在选择公司时除了考虑价格因素外，及时准确的到货也越来越成为公司的有力的筹码。当然高的服务水平要有高成本来保证，因此综合利弊对企业来说是至关重要的。服务改善的指标值通常是用顾客需求的满足率来评价，但最终的评价指标是企业的年收入。

7.2.2 物流作业管理

物流作业管理是指对物流活动或功能要素的管理，主要包括运输与配送管理、仓储与物料管理、包装管理、装卸搬运管理、流通加工管理、物流信息管理等。

1. 物流作业管理的内容

物流作业管理包括两方面的内容：一是按照连锁企业物流作业的目标对具体的物流作业的各个环节进行管理；二是为了完成作业目标而做的协调工作。

2. 物流作业管理必要性

企业乃至供应链的物流系统是由一系列物流作业组成的。随着物流管理越来越受到重视，物流作业管理也成为现代物流管理的重要组成部分。作业成本法为物流作业管理提供了有效的成本核算工具，企业利用作业成本法所得到的信息，在作业分析的基础上，对物流作业流程进行改善，实行有效的作业管理，从而实现物流总成本最低和作业流程最优的目标。

商品价值是在一系列的作业活动(包括采购、制造、加工、配送、销售等)中形成的。企业通过连续的作业活动为消费者创造和提供价值，同时实现自身的价值增值。同样，贯穿供应链的所有物流作业也形成了一条联系链上所有企业的作业链，并且对该供应链的价值增值过程产生重要影响。因此，供应链物流管理是以流程为基础的价值增值过程的管理。企业要实现物流作业链的整体最优，就必须站在供应链的角度对物流作业环节进行作业分析和管理。

作业成本法为企业物流成本的核算提供了重要的成本信息，同时也为企业的物流管理引入了作业管理的观念，通过对产品、价值(作业)链、作业和资源的分析，为改善企业的物流管理提供了重要的非财务信息，有效地促进了物流管理的发展。

3. 物流作业管理的优化实施

通过物流作业成本核算和物流作业分析，获得了大量物流作业的相关信息，就可利用这些信息进一步对物流作业流程进行优化管理。

从企业物流作业管理的角度出发，通常采用以下 4 种方式以实现作业链整体最优和总成本最低。

1) 作业消除(Activity Elimination)

即消除无附加价值的物流作业。首先，企业必须确认不能实现价值增值的作业，进而才有可能采取有效措施予以消除。例如，厂商为确保产品是用优质的原料生产，常对购入的原料进行检验，这就导致对产品进行拆箱和装箱的重复物流作业。如果企业选择高质量原料的供应商，即可消除检验作业，从而降低成本。

2) 作业选择(Activity Selection)

从多个不同的作业(链)中选择最佳的作业(链)。不同的物流策略通常会产生不同的物流作业，例如不同的产品分销策略，会产生不同的分销作业，而作业必然产生成本。因此，每项产品不同的分销策略将会引发不同的物流成本。在其他条件不变的情况下，应优先选择物流成本最低的分销策略。

3) 作业减少(Activity Reduction)

以改善已有物流作业的方式来降低企业物流活动所耗用的时间和资源。例如，改善产品的包装作业，通过整合包装降低装卸次数及其成本。

4) 作业分享(Activity Sharing)

利用规模经济提高相应物流作业的效率，也就是提高作业的投入产出比，以降低作业动因分配率和分摊到产品中去的物流成本。例如，通过对多个零售店的共同配送，提高货车的重载率，就可减少单位产品的运输成本，进而降低总物流成本。

7.2.3 物流成本管理

物流成本管理是指有关物流成本方面的一切管理工作的总称，即对物流成本所进行的计划、组织、协调、监督和控制。物流成本管理的主要内容包括物流成本核算、物流成本预测、物流成本计划、物流成本决策、物流成本分析、物流成本控制等。

1. 物流成本的概念

物流成本是指伴随着企业的物流活动而发生的各种费用，是物流活动中所消耗的物化劳动和活劳动的货币表现，也称为物流费用。其由 3 部分构成：

(1) 伴随着物资的物理性活动发生的费用以及从事这些活动所必需的设备、设施的费用。

(2) 物流信息的传送和处理活动发生的费用以及从事这些活动所必需的设备和设施的费用。

(3) 对上述活动进行综合管理的费用。

2. 物流成本的分类

物流成本可从如下几个方面进行分类。

(1) 一般分类：直接成本或运营成本、间接成本。

(2) 按物流功能范围分类：运输成本、流通加工成本、配送成本、包装成本、装卸与搬运成本、仓储成本。

(3) 按物流活动范围分类：供应物流费、企业内物流费、销售物流费、回收物流费、废弃物物流费。

3. 物流成本的特征

(1) 物流成本的冰山理论。指当人们读财务报表时，只注意到企业公布的财务统计数据中的物流费用，而这只能反映物流成本的一部分，因此有相当数量的物流费用是不可见的。

(2) 物流成本削减的乘法效应。当一个企业的销售额是 1 000 万元时，物流成本约占销售额的 10%，即 100 万元。这意味着，只要降低 10%的物流成本，就可以增加 100 万元的利润。如果该企业的销售利润率为 2%，则创造 10 万元的利润需要增加 500 万元的销售额。也就是说，降低 10%的物流成本所起的作用，相当于增加 50%的销售额。

(3) 物流成本的效益背反。所谓效益背反，是指欲使系统中任何一个要素增益，必将对系统中其他要素产生减损的作用。物流各功能活动的效益背反表现为，如减少各存储网点的库存，必然增加库存补货的频率，增加运输次数。简化包装，虽降低成本，但由包装强度降低，会增加运输装卸中货物的破损。仓库亦不可堆放过高，降低货物的保管效率。铁运改空运，虽增加运费，但提高了运输速度，减少了库存，降低了库存费用。

(4) 物流成本的部分不可控性。物流成本中有不少是物流部门不能控制的。如保管费中包括了由于过去多进货或过多生产而造成积压的库存费用，以及紧急运输等例外发货的费用。

(5) 物流成本计算方法、范围的不一致性。物流成本的计算范围、计算方法，各企业也均不相同，因此无法与其他企业进行比较，也很难计算行业的平均物流成本。目前，还不存在行业的标准物流成本计算方法和范围。

4. 物流成本管理的概念

所谓物流成本管理，就是通过成本去管理物流，即管理的对象是物流而不是成本，物流成本管理可以说是以成本为手段的物流管理方法。物流成本管理的意义在于，通过对物流成本的有效把握，利用物流要素之间的效益背反关系，科学、合理地组织物流活动，加强对物流活动过程中费用支出的有效控制，降低物流活动中的物化劳动和活劳动的消耗，从而达到降低物流总成本，提高企业和社会经济效益的目的。

5. 物流成本管理的目的

企业在进行物流成本管理时，首先要明确管理目的，有的放矢。一般情况下，企业物流成本管理的出发点如下。

(1) 通过掌握物流成本现状，发现企业物流中存在的主要问题。

(2) 对各个物流相关部门进行比较和评价。

(3) 依据物流成本计算结果，制定物流规划、确立物流管理战略。

(4) 通过物流成本管理，发现降低物流成本的环节，强化总体物流管理。

6. 物流成本控制途径

1) 加强库存管理，合理控制存货

加强库存管理，合理控制存货是物流成本控制的首要任务。企业存货成本包括持有成本、订货或生产准备成本以及缺货成本。存货量过多，虽然能满足客户的需求，减少缺货成本和订货成本，但是增加了企业的存货持有成本；存货量不足，虽然能减少存货持有成本，但是又将因不能正常满足客户的需求而增大缺货成本和订货成本。如何确定既不损害客户服务水平，也不使企业因为持有过多的存货而增加成本的合理存货储量，这就需要加强库存控制，企业可以采用经济定购批量法、MRP库存控制法、JIT库存控制法等。

2) 实行全过程供应链管理、提高物流服务水平

控制物流成本不仅仅是企业追求物流的效率化，更主要应该考虑从产品生产到最终用户整个供应链的物流成本效率化。面临当今激烈的企业竞争环境，客户除了对价格提出较高的要求外，更要求企业能有效地缩短商品周转的时期，真正做到迅速、准确、高效地进行商品管理，要实现这一目标，仅仅是一个企业的物流体制具有效率化是不够的，它需要企业协调与其他企业以及客户、运输业者之间的关系，实现整个供应链活动的效率化。因此降低物流成本不仅仅是企业物流部门或生产部门的事，也是销售部门和采购部门的责任，亦即将降低物流成本的目标贯穿到企业所有职能部门之中。提高物流服务也是降低物流成本的方法之一，通过加强对客户的物流服务，有利于销售的实现，确保企业的收益。当然在保证提高物流服务的同时，又要防止出现过剩的物流服务，超过必要的物流服务反而会有碍物流效益的实现。

3) 通过合理的配送来降低物流成本

配送是物流服务的一个重要的环节，通过实现效率化的配送，提高装载率和合理安排配车计划、选择合理的运输线路，可以降低配送成本和运输成本。

4) 利用物流外包来降低物流成本

物流业务外包是控制物流成本的重要手段。企业将物流外包给专业化的第三方物流公司，通过资源的整合、利用，不仅可以降低企业的投资成本和物流成本，而且可以充分利用这些专业人员与技术的优势，提高物流服务水平。大家都熟悉的乐百氏公司以制造桶装纯净水、矿泉水闻名全国，桶装水的销售过程的物流成本占有相当大的比重，物流配送费用占整个销售成本的 39%，随着国内和国外的经济环境的变化，特别是油价上升以及国家对超限超载的治理，使得企业面临在物流配送方面很大的压力，于是，乐百氏选择了物流外包，主要采取人员外包、货物搬运外包、服务外包的方式，改变后物流配送费用在整个销售成本中占的比重降到了 6.5%。

5) 利用现代化的信息管理系统控制和降低物流成本

现代物流技术发展十分迅速，物流系统软件日趋完善。借助物流信息系统，一方面使各种物流作业或业务处理能准确、迅速地进行；另一方面物流信息平台的建立，各种信息通过网络进行传输，从而使生产、流通全过程的企业或部门分享由此带来的收益，充分应对可能发生的需求，进而调整不同企业的经营行为和计划，从而有效地控制无效物流成本的发生，从根本上实现物流成本的降低，充分体现出物流的第三利润源。

综上所述，物流成本控制是一个全面、系统的工程，要建立全新的控制思想，从全局着眼，才能获得较好的经济效益，物流"第三利润源"作用才能真正发挥。

7.2.4 物流服务管理

所谓物流服务，是指物流企业或企业的物流部门从处理客户订货开始，直至商品送交客户过程中，为满足客户的要求，有效地完成商品供应、减轻客户的物流作业负荷，所进行的全部活动。

1. 物流服务的具体内容

(1) 订单管理：该流程包括订单获取、格式化数据、订单录入、订单确认、交易处理。

(2) 退货管理：退货管理也称为返还物流，处理产品回收，包括被退回产品的妥当处理服务、包装和会计处理。

(3) 运输管理：包括运输的采购、计划、优化和执行。特殊的活动：和核心运输者进行合同谈判，建立行程安排指导，管理运输合同，计划订单/交货的最优出货，优化出货，跟踪运输中的货物，审计和支付处理，运输者绩效监控，出货后的交货确认。

(4) 仓库、库存和订单履行管理：订单经过物流节点后，仓库或物流中心会负责该订单的提货、包装和出货。这方面的服务包括采购订单管理、发票生成、提货/包装/出货服务等。库存管理涉及监控库存水平、根据需要补货、将完成的产品送到合适的地点。

2. 物流服务管理的重要意义

(1) 物流是企业生产和销售的重要环节，是保证企业高效经营的重要方面。对于一个制造型企业来说，物流包括从采购、生产到销售这一供应链环节中所涉及的仓储、运输、搬运、包装等各项物流活动，它是贯穿企业活动始终的。只有物流的顺畅，才能保证企业的正常运行。同时，物流服务还是提高企业竞争力的重要方面，及时准确地为客户提供产品和服务，已成为企业之间除了价格以外的重要竞争因素。

(2) 物流服务水平是构建物流系统的前提条件，企业的物流网络如何规划，物流设施如何设置，物流战略怎样制定，都必须建立在一定的物流服务水平之上。

(3) 物流服务水平是降低物流成本的依据。物流在降低成本方面起着重要的作用，而物流成本的降低必须首先考虑物流服务水平，在保证一定物流服务水平的前提下尽量降低物流成本。从这个意义上说，物流服务水平是降低物流成本的依据。

(4) 物流服务起着连接厂家、批发商和消费者的作用，是国民经济不可缺少的部分。

7.2.5　供应链管理

供应链管理(Supply Chain Management，SCM)，是用系统的观点通过对供应链中的物流、信息流和资金流进行设计、规划、控制与优化，以寻求建立供、产、销企业以及客户间的战略合作伙伴关系，最大限度地减少内耗与浪费，实现供应链整体效率的最优化并保证供应链成员取得相应的绩效和利益，来满足顾客需求的整个管理过程。

供应链管理就是指在满足一定的客户服务水平的条件下，为了使整个供应链系统成本达到最小而把供应商、制造商、仓库、配送中心和渠道商等有效地组织在一起来进行的产品制造、转运、分销及销售的管理方法。供应链管理包括计划、采购、制造、配送、退货五大基本内容。现代商业环境给企业带来了巨大的压力，不仅仅是销售产品，还要为客户和消费者提供满意的服务，从而提高客户的满意度。因此，要在国内和国际市场上赢得客户，必然要求供应链企业能快速、敏捷、灵活和协作地响应客户的需求。

10多年前，苹果公司曾一度陷入存货危机，库存成品价值高达7亿美元，年库存周转率还不到13次。为了挽救苹果公司，苹果公司创始人乔布斯所采取的关键行动之一就是解决供应链管理问题。现在，苹果公司通过实施需求导向的务实设计创新、差异化销售渠道、精简库存、外包非核心业务及构建供应链联盟等策略，开发了供应商、公司和顾客之间的快速连接，证实了不单纯依靠低成本策略的供应链也是可以取得让人羡慕的成就的。

7.3　物流管理的发展历程

物流管理的发展经历了配送管理、物流管理和供应链管理3个阶段。

7.3.1　配送管理阶段

物流管理起源于第二次世界大战中军队输送物资装备所发展出来的储运模式和技术。在战后这些技术被广泛应用于工业界，并极大地提高了企业的运作效率，为企业赢得更多客户。当时的物流管理主要针对企业的配送部分，即在成品生产出来后，如何快速而高效地经过配送中心把产品送达客户，并尽可能维持最低的库存量。美国物流管理协会那时叫做实物配送管理协会，而加拿大供应链与物流管理协会则叫做加拿大实物配送管理协会。在这个初级阶段，物流管理只是在既定数量的成品生产出来后，被动地去迎合客户需求，将产品运到客户指定的地点，并在运输的领域内去实现资源最优化使用，合理设置各配送中心的库存量。准确地说，这个阶段物流管理并未真正出现，有的只是运输管理、仓储管理和库存管理。物流经理的职位当时也不存在，有的只是运输经理或仓库经理。

7.3.2　物流管理阶段

现代意义上的物流管理出现在20世纪80年代。人们发现利用跨职能的流程管理的方式去观察、分析和解决企业经营中的问题非常有效。通过分析物料从原材料运到工厂，流经生产线上每个工作站，产出成品，再运送到配送中心，最后交付给客户的整个流通过程，企业可以消除很多看似高效率却实际上降低了整体效率的局部优化行为。因为每个职能部门都想尽可能地利用其产能，没有留下任何富余，一旦需求增加，则处处成为瓶颈，导致整个流程的中断。又比如运输部作为一个独立的职能部门，总是想方设法降低其运输成本，但若其因此而将一笔必须加快的订单交付海运而不是空运，这虽然省下了运费，却失去了客户，导致整体的失利。所以传统的垂直职能管理已不适应现代大规模工业化生产，而横向的物流管理却可以综合管理每一个流程上的不同职能，以取得整体最优化的协同作用。

在这个阶段，物流管理的范围扩展到除运输外的需求预测、采购、生产计划、存货管理、配送与客户服务等，以系统化管理企业的运作，达到整体效益的最大化。高德拉特所著的《目标》一书风靡全球制造业界，其精髓就是从生产流程的角度来管理生产。相应地，美国实物配送管理协会在 20 世纪 80 年代中期改名为美国物流管理协会，而加拿大实物配送管理协会则在 1992 年改名为加拿大物流管理协会。

一个典型的制造企业，其需求预测、原材料采购和运输环节通常叫做进向物流，原材料在工厂内部工序间的流通环节叫做生产物流，而配送与客户服务环节叫做出向物流。物流管理的关键则是系统管理从原材料、在制品到成品的整个流程，以保证在最低的存货条件下，物料畅通的买进、运入、加工、运出并交付到客户手中。对于有着高效物流管理的企业的股东而言，这意味着以最少的资本做出最大的生意，产生最大的投资回报。

7.3.3 供应链管理阶段

随着全球经济一体化，横向产业模式的发展和企业流程再造等市场环境的发展和组织管理的彻底变革，供应链管理的思想与实践应用得以飞速地拓展，由此形成了供应链管理阶段。即当今的市场竞争是供应链与供应链之间的竞争模式。

1. 全球经济一体化

纵观整个世界技术和经济的发展，全球一体化的程度越来越高，跨国经营越来越普遍。就制造业而言，产品的设计可能在日本，而原材料的采购可能在中国内地或者巴西，零部件的生产可能在中国台湾、印尼等地同时进行，然后在中国内地组装，最后销往世界各地。在这个产品进入消费市场之前，相当多的公司事实上参与了产品的制造，而且由于不同的地理位置、生产水平、管理能力，从而形成了复杂的产品生产供应链网络。

2. 横向产业模式的发展

随着 20 世纪 80 年代个人电脑的产生，PC 制造业的发展不仅带来了电子产品技术上的进步，将世界带进了信息时代，而且还引发了世界产业模式的巨大变革。由于 IBM 的战略失误，忽视了 PC 的市场战略地位，在制定了 PC 标准之后，将属于 PC 核心技术的中央处理器以及 OS 的研发生产分别外包给 Intel 和 Microsoft 公司，在短短的 10 年内，这两个公司都发展成为世界级的巨头，垄断了行业内的制造标准，同时也改变了 IBM 延续了几十年的纵向产业模式，当 IBM 意图再次进入桌面操作系统和微处理器体系涉及领域，开发出 OS/2 和 Power 芯片期望推向桌面市场的时候，都遭到了惨痛的失败。20 世界 70 年代 IBM 垄断一切的时代一去不返了。当 IBM 意识到其不再在该领域拥有优势的时候，与 Microsoft 和 Intel 的继续合作使得横向产业模式得到更好的发展。而反观 Macintosh，虽然其垄断了自身硬件和操作系统的生产，但是由于与 IBM 兼容机不兼容，从而失去了大量希望使用 Windows 平台上某些软件的用户，而使发展受限。

在汽车产业领域，发生了同样的变革，汽车零部件供应商脱离了整车生产商而逐渐形成了零部件制造业的一些巨头。这种革命性的模式变革正在整个世界范围内缓慢进行，今天已经几乎不可能由一家庞大的企业控制着从供应链的源头到产品分销的所有环节，而是在每个环节，都有一些企业占据着核心优势，并通过横向发展扩大这种优势地位，集中资源发展这种优势能力。而现代供应链则将由这些分别拥有核心优势能力的企业环环相扣而成。同时企业联盟和协同理论正在形成，以支撑这种稳定的链状结构的形成和发展。

3. 企业流程再造

美国麻省理工学院计算机教授迈克尔·哈默(Hammer) 和 CSC 顾问公司的杰姆斯·钱皮(James Champy)联名出版了《企业流程再造工商管理革命宣言》。该书一针见血地指出了当今组织管理制度中的弊端——部门条块分割和森严的等级制度，并给出了 BPR 的概念，以期望打破部门界限，重塑企业流程。而这个时代正是信息技术发展突飞猛进的信息时代，信息时代的最大革命就是计算机网络的应用，计算机网络带来的最大变革就是共享。人们认识到部门间的界限是由于知识和数据资源的垄断带来的权利的垄断所造成的，而计算机技术通过信息共享，透明化了企业内部流程的运作，打破了这种垄断。企业已经意识到自身处在供应链的一个环节之上，就需要在不断增强自身实力的同时，增强与上下游之间的关系，这种关系是建立在相互了解、协同作业的基础之上的，只有相互为对方带来源源不断的价值，这种关系才能够永续。

7.4　物流计划与控制

7.4.1　物流管理计划

1. 物流管理计划概述

对物流管理而言，从物流系统规划、物流方案的制订、物流项目的管理，一直到具体物流活动的实施与管理，作为管理主体的物流管理工作者，无时不进行着各项管理计划活动。

物流系统规划是指确定物流系统发展目标和设计达到目标的策略与行动的过程，实际就是对整个物流系统的计划。物流系统是一个涉及领域非常广泛的综合系统，它涉及交通运输、货运代理、仓储管理、流通加工、配送、信息服务、营销策划等领域，其规划的内容主要有发展规划、布局规划、工程规划 3 个方面，可以说物流系统规划是对物流战略层面的计划与决策。

相对于物流系统规划而言，物流方案的制定就是针对一个具体的物流项目，在项目实施前进行充分的计划与安排，其中运用相关知识、技能、工具和技术，整合各种资源，以实现物流项目的目标，因此，物流方案是一种具体执行层面上的计划。

在物流的具体活动过程中，运输、仓储、配送、包装、装卸搬运、流通加工、信息处理等每一个物流环节都必须进行充分的计划才能最终实现降低成本、提高服务质量。

2. 物流管理计划的分类

(1) 按计划时间的长短，可分为长期计划和短期计划。

① 长期计划(一般为 5 年、10 年计划)是根据国民经济长期规划和企业总体战略目标对未来物流市场及需求的预测来制定的，它是规定物流管理的发展方向及目标的纲领性、战略性规划，并确定为实现这一目标应采取的各种基本措施。由于长期计划期限较长，在这个较长的时期内，企业内外经营环境及各项影响因素都会发生很大变化，很难做出精确的判断。因此，长期计划通常比较概括。

② 短期计划(一般为年度、季度、月度计划)通常包括年度计划和季度计划。年度计划较详细具体地规定了计划年度的任务，是指导物流管理的最主要计划。季度计划是年度计划的具体化，用来指导和组织日常物流活动的具体执行计划。

长短期计划相互配合，密切联系，长期计划是短期计划的依据，短期计划是长期计划的具体化和补充。由于物流环境的复杂多变，物流计划必须注意长短期计划的衔接和联系，在一定程度上作必要的调整和修改，使之切合实际。

(2) 根据物流环境内容，可以划分为运输计划、储存计划与装运计划。

① 运输计划，是对物资运输量和所需运输工具所编制的计划。它是合理组织物流运输的重要前提，对于节约运力，降低费用，促进运输管理合理化都具有重要意义。运输计划按交通工具划分，有铁路运输计划、水路运输计划、公路运输计划、航空运输计划等。各种运输计划内容不完全相同，但一般都有物资品名、起运站(港)、到达站(港)等项目和运输量指标等内容。运输计划的编制，一般要在合理选择运输路线和运输工具的基础上，计算确定货运量，再经过讨论、修改，就可以编制出运输计划。

② 储存计划，编制科学的仓储计划是安排仓储业务，保证进销业务正常开展的前提。根据仓库业务活动的内容，仓储计划包括以下几种。

a. 物资出入库计划：根据物资流转计划中规定的储存指标，结合仓库的吞吐储存能力来编制，它是仓库业务活动的主体计划，指导仓库业务活动的开展，是编制仓储计划的关键。

b. 仓位利用和物资保管保养计划：根据仓库的实际情况和物资出入库的数量质量状况，提出仓位、货架和堆码规划，以便充分利用仓库的储存能力。根据物资的不同特性，制订物资保养计划，如保养时间、措施等，以保证仓储物资的完好。

c. 仓库设备、工具维修和技术计划：根据库内设备、工具的使用情况，按照设备例行保养规定，有计划的安排设备、工具的维修保养。并根据仓库发展规划和逐步实行仓库作业机械化、自动化的要求，提出技术革新计划。

d. 仓库劳动力安排计划：根据仓库的吞吐储存任务及各种作业定额编制，以便有计划的安排劳动力。

e. 仓库费用计划：根据仓库完成物资吞吐储存计划所需要的各种费用来编制，以掌握仓库费用开支，进行经济核算。

③ 装运计划，即搬运装卸计划，是运输和储存计划的重要补充。它的编制是为了消除无效搬运，提高搬运灵活性，促进搬运装卸作业的合理化，保持物流的均衡顺畅。

(3) 根据物流管理活动发生的先后次序可分为生产物流计划、供应物流计划、销售物流计划、回收与废弃物流计划。

① 生产物流计划。生产物流计划的核心内容是生产作业计划的编制工作，即根据计划期内规定的出产产品的品种、数量、期限以及发展了的客观实际，具体安排产品及其零部件在各工艺阶段的生产速度。与此同时，为企业内部各生产环节安排短期的生产任务，协调前后衔接关系。

为合理组织生产活动，必须科学地规定生产过程中各个环节之间在生产时间和生产数量上的内在联系，合理的确定期量(即时间和数量)标准，为编制生产计划和生产作业计划提供科学依据。

生产物流计划的任务有 3 个方面：一是通过物流计划中的物流平衡及计划执行过程中的调度统计工作，也即是要通过研究物资在生产过程中的运动规律及其在各工艺阶段的生产周期，来安排经过各工艺阶段的时间和数量，并实现系统内各生产环节在结构、数量和时间上的相协调；二是为各生产环节的均衡生产创造条件，即要尽可能缩短物资流动周期，不仅使每个生产环节在数量上均衡生产和产出，而且各阶段物流要保持一定的比例；三是加强在制品管理，缩短生产周期。对在制品的合理控制，不仅可以减少在制品占用量，又能使各生产环节衔接协调，按照物流作业计划有节奏地、均衡地组织物流活动。

② 供应物流计划。供应物流是生产过程物流的上延部分，由企业所不能控制的外部环境影响较大，因此，供应物流计划的编制具有十分重要的意义。

供应物流计划的内容包括原材料等一切生产资料的采购、进货运输、仓储、库存管理、用料管理和供料运输等活动的安排与规划。具体内容包括：

a. 通过市场资源调查，市场变化信息的采集和反馈来确定供货厂家选择及进货批量与时间间隔等问题。

b. 为防止意外事故和不可控因素的影响，保证生产的连续进行，必须通过库存计划的制订以保证库存的合理化，改善物流供应状态。

c. 采用合理的运输方案，使用运输节省的时间和费用依赖于运输计划的制订。

③ 销售物流计划。销售物流是生产过程物流的后延部分，是企业物流与社会物流的另一个衔接点，因此，销售物流计划对于产品包装、成品储存、销售渠道和产成品的发送等内容必须进行设计和规划。

包装计划是销售物流计划中不可缺少的一部分。包装材料和包装形式的选择，不仅要考虑物品的防护和销售，还要考虑储存、运输等环节的方便。

销售渠道计划是企业在渠道结构中对销售通路做出的计划和适应变化。渠道的长短选择取决于政策性因素、产品因素、市场因素和企业本身因素等，正确选择运用渠道可使企业迅速及时地将产品传送到用户手中，以扩大商品销售，加速资金周转，降低流通费用。

④ 回收与废弃物流计划。回收物流计划的作用是考虑到被废弃的对象有再利用的价值，按期进行加工、拣选、分解、净化，使其成为有用的物资或转化为能量而重新投入生产和生活循环系统。这种回收物资重新进入生产领域会带来很高的经济效益。

废弃物流计划的作用是由于废弃物的大量产生严重影响人类赖以生存的环境，必须对废弃物进行妥善处理，如焚化、化学处理或运到特定地点堆放、掩埋等。

3. 物流管理计划的制订

物流管理计划制订的程序如图 7.2 所示。

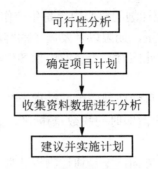

图 7.2　物流管理计划制订的程序

1) 可行性分析。

即对现今物流情况的广泛评价，包括 3 个部分。

(1) 外部市场评价，即对趋势和客户所要求的服务需求的审视。其目的在于把客户对公司物流能力变化的感觉和期望予以记录和格式化。

具体的评价项目从供应商、客户和消费者 3 个方面来看，包括以下几个方面。

① 市场趋势：如供应商提供什么样的增值服务，客户订货形势如何改变，关于物流活动如购买数量、包装、家庭发送、产品质量、客户的趋向如何。

② 企业能力：企业内部化或外部获取资源、增值服务的对比分析，如何提高物流绩效，如何随顾客购买形势等趋向的变化而改变。

③ 竞争能力：竞争对手采取什么样的行动与供应商进行沟通，竞争对手向客户提供什么样的服务及竞争对手如何随客户购买形势等趋向的变化而改变的。

(2) 企业内部评价，即对企业主要资源如工作人员、设备、设施、关系和信息等的审视，尤其要对现行系统的能力及缺陷做出广泛的评价。其评价必须考虑程序、政策和每个主要物流活动的关键指标。具体包括以下内容。

① 客户服务：客户服务的信息流是怎样的，如何做出对订单的决策，客户服务的衡量标准及绩效水平是什么。

② 原材料管理：首先审视通过工厂与分销中心的原材料流的合理性，其次考虑生产计划和时间表决策是如何制订的，最后看原材料管理绩效如何衡量。

③ 运输：审视整个运输流程当前使用的运输方式、订货量和运输量的概况，如何决定每次运输的方式及承运人的选择问题，运输的绩效水平怎样，如何衡量。

④ 库存：审视当前使用的储存和装卸设施的功能，管理者如何依据信息做出库存管理决策以及库存的绩效水平和绩效衡量方法是什么。

(3) 技术评价，即对关键物流技术(包括零库存技术、条形码自动识别技术、射频识别技术、集装单元化技术、EDI 技术、全球卫星定位系统、地理信息系统等)的应用和能力的评价，包括运输、储存、原材料处理、包装和信息处理等方面。技术评价考虑的是关于先进技术及应用新技术潜力的公司的能力。如能否通过第三方提供的原材料处理能力提高物流绩效。卫星及扫描通信技术对物流绩效的影响如何。技术评价的内容包括：预测技术、订货入账技术、订货程序、EDI 技术、零库存运作技术、决策支持系统技术等方面。

2) 确定项目计划

(1) 确定目标。目标的确定是计划编制的导向，目标规定了市场和产业细分、修正的时间框架和所要求的特定绩效，这些要求又通常界定了特定的服务水平。例如：订单收到后两天内，90%的所有订货应予以发送。延期交货最多不超过两天等。

(2) 考虑限制约束条件。在企业内部评价和外部评价基础上，管理人员会对允许系统修正的范围做出限制。这种限制的性质取决于个别企业的特定环境。限制约束条件会影响整体的计划程序，其目的在于使计划具有一个可操作性的范围和一个明确的起始点。

(3) 确定衡量标准。可行性分析中强调了发展管理绩效标准的需要，这些标准通过对成本结构和绩效惩罚的确认以及提供评价成功的方法来指导计划。标准要恰当的反映总的物流系统情况，而且一旦形成，标准必须贯彻始终。衡量标准必须包括说明成本要素，诸如运输、库存和订货处理是如何计算的，并需包括详细的财务会计附件以及有关客户衡量的详述和计算方法。

(4) 选择分析技术。分析技术范围从简单的手工方法到复杂的计算机决策支持系统。一旦确定了目标和约束条件，计划必须识别不同的技术方法并选择最好的技术方法。对分析技术的选择必须考虑评估项目的问题及所需的信息，特别是必须识别和评估关键的绩效衡量标准及物流系统范围。除此之外，还要考虑所要求数据的可用性和格式要求。

(5) 制订工作计划。即确定完成计划所需的时间和资源。计划中的一个最普遍的错误便是低估了完成一项计划任务所需的时间，超时需要更多的费用，而且减少了计划的可信度。

3) 收集数据资料进行分析

数据收集程序始于可行性评估，但仍需详细的数据说明来为数据分析乃至制订计划做准备。需要收集的数据主要包括如下。

(1) 销售和客户订货数据。年度销售预测、每月的销售百分比及季节分布类型，通常对决定物流量和活动水平是必需的。根据市场和运输量的大小来决定运输形式同样需要历史上客户订单样本。

(2) 运输数据要求包括所使用的运输方式的数目与类型、运输方式所选择的准则、费率和运达时间以及运输规则政策。

(3) 物流空间量度也需要特定的客户数据，有效地物流管理必须考虑同跨越空间距离移动产品相联系的成本和时间。

(4) 有关渠道结构的分析，必须通过对原料和部件的分类来确认比较与制造和采购有关的成本。其中必须考虑的因素有工厂的数目与坐落位置、产品的混合、生产精度计划和季节性因素。必须确认与库存转移、重新订货以及仓库加工处理有关的政策和成本，尤其是库存控制规划和产品分配程序，这两者常常是最重要的因素。另外，必须考虑每一个现今的和潜在的仓库运作成本、能力、产品混合、储存水平和服务能力。

在数据收集过程中，必须注意数据的有效性和可用性。

4) 建议并实施计划

所选择的方案经过分析，经审视后向管理层推荐。包括以下几方面的任务。

(1) 确认最佳方案。多个方案往往具有相似的或可比的结果，必须对每个方案的绩效特征和条件进行比较，以确认两个或三个最好的选择。通常"最佳"的标准便是：以最小的总成本取得所期望的服务目标。

(2) 成本收益分析。对计划方案的评价即是对各种可能的情况就现在的成本情况及服务能力与计划中的条件进行比较分析。理想的成本收益分析要对方案就一个基准期进行比较，然后进行跨某个计划时期的比较运作。从这种分析评估中可得到典型的结果和建议，以支持计划方案的选择。

(3) 风险评价。风险评价考虑计划环境与假设一致的概率和有关系统改变的潜在危险。外在风险主要是需求绩效周期和竞争行为有关的不确定性；内在风险主要来源于劳工和生产率、企业战略改变以及可用资源的变化。对这些风险必须进行定性和定量的评估，以便为管理层提供指导和论证。

(4) 计划的实施。这是计划工作的最后阶段，实际过程中仍有以下几方面的任务需要完成：一是就个别事件及其顺序和相关性在实施计划中进行明确定义；二是制订计划实施的进度；三是定义评估计划成功的接受标准，接受标准应集中于改进服务，减少成本，改进资产利用和提高质量；四是计划的实际实施。

7.4.2 物流控制

1. 物流控制概述

物流控制是组织内部控制的一项十分重要的内容，被经济学家称为继劳动力、自然资源之后的"第三利润源泉"，日渐引起企业界的广泛关注。物流控制即控制企业物资流动的全过程，从原材料申购、投料，在产品、半成品至产成品都要严格监控，也就是控制资金在企业实物化的运动过程。实践表明，加强物流控制是企业从内部找利润的有效途径，也是企业增强竞争力的有力举措。

2. 物流控制的内容

1) 采购过程控制

采购是企业物资供应部门按已确定的物资供应计划，通过市场采购、加工定制等各种渠道，取得企业生产经营所需要的各种物资的经济活动。采购过程控制是对企业供应环节员工行为与物流的控制，其目的是保证生产原料的质量、数量和时效，降低采购成本。采购过程控制是物流控制的第一环节，对企业的经营至关重要。

采购过程控制的具体内容如下。

(1) 建立严格的采购制度，规范采购基础工作，建立严格、完善的采购制度。

(2) 加强采购数量的控制。企业应根据生产状况按计划用量和库存量的变化来控制采购量，科学地制定合理采购间隔时间和采购量。

(3) 严格控制采购价格。考虑质量、价格、服务、交货期、付款条件等综合因素。

(4) 对企业大宗材料必须公开招标采购。

2) 保管过程控制

物资的保管过程即物资的验收、储存、发放过程，简言之就是库房管理过程。保管过程控制就是对仓库管理过程的控制，这是物流控制的中间环节。加强这一环节的控制，对减少物资积压、浪费、压缩资金占用，降低发出物资差错损失，减少费用支出尤为重要。

3) 产出过程控制

产出过程控制也就是指产出半成品(在制品)在各车间、各工序间流转、最后形成产品、实现销售过程控制，这是企业物流控制的最后环节。加强这一环节的控制，有利于减少因管理不善造成的半成品、产成品短缺、丢失、损坏等，保证提供客户所需的产品，确保标准的投入产出率。

7.5 物流管理信息系统

7.5.1 物流信息

1. 物流信息的含义

物流信息(Logistics Information)是指与物流活动(商品包装、商品运输、商品储存、商品装卸等)有关的一切信息。物流信息是反映物流各种活动内容的知识、资料、图像、数据、文件的总称。

物流信息是物流活动中各个环节生成的信息，一般是随着从生产到消费的物流活动的产生而产生的信息流，与物流过程中的运输、保管、装卸、包装等各种职能有机结合在一起，是整个物流活动顺利进行所不可缺少的。从狭义的范围来看，物流信息是指与物流活动有关的信息。从广义的范围看，物流信息不仅指与物流活动有关的信息，而且包括与其他物流活动有关的信息，如商品交易信息和市场信息等。

2. 物流信息的分类

按照信息在物流活动中所起的作用不同，物流信息可以分成如下几类：订货信息、库存信息、采购指示信息(生产指示信息)、发货信息、物流管理信息。

3. 物流信息在物流中的地位

物流的首要目的就是要向顾客提供满意的服务；第二个目的就是要实现物流总成本的最低化，也就是，要消除物流活动各个环节的浪费，通过顺畅高效的物流系统实现物流作业的成本最优化。

4. 物流信息的特征

在电子商务时代，随着人类需求向着个性化的方向发展，物流过程也在向着多品种、少量生产和高频度、小批量配送的方向发展，因此，物流信息在物流的过程中也呈现出很多不同的特征。和其他领域信息比较，物流信息特殊性主要表现如下。

(1) 由于物流是一个大范围内的活动，物流信息源也分布于一个大范围内，信息源点多、信息量大。如果这个大范围中未能实现统一管理或标准化，则信息便缺乏通用性。

(2) 物流信息动态性特别强，信息的价值衰减速度很快，这就对信息工作及时性要求较高。在大系统中，强调及时性，信息收集、加工、处理应速度快。

(3) 物流信息种类多，不仅本系统内部各个环节有不同种类的信息，而且由于物流系统与其他系统，如生产系统、销售系统、消费系统等密切相关，因而还必须收集这些类别的信息。这就使物流信息的分类、研究、筛选等难度增加。

5. 物流信息的作用

在制订物流战略计划，进行物流管理，开展物流业务，制定物流方针等方面都不能缺少物流信息。

1) 物流信息在物流计划阶段中的作用

物流信息在订货、库存管理、进货、仓库管理、装卸、包装、运输、配送等具体物流环节的计划阶段，如安排物流据点，决定库存水平，确定运输手段，找出运输计划、发运计划的最佳搭配等方面都发挥着重要作用。

2) 物流信息在物流实施阶段中的作用

(1) 物流信息是物流活动的基础。要合理组织商业企业物流活动，使运输、储存、装卸、包装、配送等各个环节做到紧密衔接和协作配合，需要通过信息予以沟通，商业物流才能通达顺畅。

(2) 物流信息是进行物流调度指挥的手段。对物流的管理是动态的管理，联系面广，情况多变，因此在物流活动中，必须加强正确的而又灵活机动的调度和指挥，而正确的调度和指挥，又在于正确有效地运用信息，使物流活动进行得更为顺利。同时还必须利用信息的反馈作用，通过利用执行过程中产生的信息反馈，及时进行调度或做出新的决策。

3) 物流信息在物流评价阶段的作用

物流信息在物流评价阶段的作用是很大的。物流评价就是对物流"实际效果"的把握。物流活动地域性广泛，活动内容也十分丰富多彩。只有掌握物流活动的全部结构，才能做出正确的评价。

6. 物流信息的主要内容

物流信息包括伴随物流活动而发生的信息和在物流活动以外发生的但对物流有影响的信息。物流信息不仅量大，而且来源分散，更多更广地掌握物流信息，是开展物流活动的必要条件。

1) 货源信息

直接的货源信息，是制订物流计划，确定月度、季度以至年度的运输量、储存量指标，能起现实的微观效果。货源的多少是决定物流活动规模大小的基本因素，它既是商流信息的主要内容，也是物流信息的主要内容。

2) 市场信息

为了从宏观上进行决策的需要，还必须对市场动态进行分析，注意掌握有关的市场信息。因为市场是经常变化的，这些变化不仅会直接影响到委托单位所提出的运输计划和储存计划的正确性，更为重要的是，市场的变化趋势必会引起物流企业宏观上的思考，以利于在制订远期计划时做出正确的决策。

市场信息是多方面的，就其反映的性质来看主要有：货源信息，包括货源的分布、结构、供应能力；流通渠道的变化和竞争信息；价格信息；运输信息；管理信息等。

3) 运能信息

运输能力的大小，对物流活动能否顺利开展，有着十分密切的关系。运输条件的变化，如铁路、公路、航空运力适量的变化，会使物流系统对运输工具和运输路线的选择发生变化。这些会影响到交货的及时性及费用是否增加。

4) 企业物流信息

(1) 单就商业企业物流系统来看，由于商品在系统内各环节流转，每个环节都会产生在本环节内有哪些商品、每种商品的性能、状态如何、每种商品有多少、在本环节内在某个时期可以向下一环节输出多少商品以及在本环节内某个时期需要上一个环节供应多少商品等信息。所以企业物流系统的各子系统都会产生商品的动态信息。

(2) 批发企业产生的物流信息是批发企业(或供应商)向零售企业物流系统发出发货通

知。发货通知表明有哪些商品、有多少商品将要进入物流系统，所以供应商也是物流信息产生的来源。

(3) 零售企业产生的物流信息。零售企业营销决策部门下达采购计划向物流系统传递物流信息。这部分信息包括需要采购哪些原来没有采购的商品，采购多少；哪些商品不必再采购。这是零售商业企业在商品经营策略上发生变化时产生的物流信息。

5) 物流管理信息

加强物流管理，实现物流系统化，是一项繁重的任务，即要认真总结多年来物流活动的经验，又要虚心学习国内外同行对物流管理的研究成果。因此，要尽可能地多收集一些国内外有关物流管理方面的信息。包括物流企业、物流中心的配置、物流网络的组织，以及自动分拣系统、自动化仓库的使用情况等，以及借鉴国内外有益的经验，不断提高物流管理水平。

7.5.2　物流信息管理

1. 物流信息管理的含义

物流信息管理(Logistics Information Management)是指运用计划、组织、指挥、协调、控制等基本职能对物流信息搜集、检索、研究、报道、交流和提供服务的过程，并有效地运用人力、物力和财力等基本要素以达到物流管理的总体目标的活动。

物流信息管理作为一个动态的发展的概念，其内涵和外延不断随着物流实践的深化和物流管理的发展而不断发展。在物流信息管理的早期主要是采用人工方式进行管理，当计算机出现之后，伴随着信息技术的发展出现了基于信息技术的物流信息系统。物流信息系统是利用计算机技术和通信技术，对物流信息进行收集、整理、加工、存储、服务等工作的人—机系统。企业的信息处理最初主要限于销售管理和采购(生产)管理，自 20 世纪 60 年代后半期以来，为适应市场竞争的激化、销售渠道的扩大和降低流通成本的需要，在物流系统化的同时，物流信息处理体系的完善也取得了很大的进步。特别是电子计算机和数据通信系统的进步，显著地提高了物流信息的处理能力。电子计算机和通信系统的使用，使物流信息系统具备迅速的进行远距离信息交换并处理大量的信息的能力，并且对商流、会计处理、经营管理也起着非常重要的作用。

2. 物流信息管理的内容

物流信息管理就是对物流信息资源进行统一规划和组织，并对物流信息的收集、加工、存储、检索、传递和应用的全过程进行合理控制，从而使物流供应链各环节协调一致，实现信息共享和互动，减少信息冗余和错误，辅助决策支持，改善客户关系，最终实现信息流、资金流、商流、物流的高度统一，达到提高物流供应链竞争力的目的。

3. 物流信息管理的发展趋势

随着知识经济的形成、发展和电子商务的兴起，人工智能、知识发现技术的出现，人类的信息分析、信息处理水平获得了明显的提高，物流经营模式、运行机制、组织结构等发生了深刻的变化，物流信息管理产生了一些新的特点，其主要发展趋势如下。

(1) 信息管理向知识管理的发展。信息技术的进步，使得信息与信息、信息与活动、信息与人、信息与组织得以联结，信息能够通过数据挖掘转换为知识，实现知识共享和知识管理。其结果是"以人为本"的信息管理主线得到充分体现，集体智慧和创新能力的作用得到加强，人力资源、信息技术、市场分析乃至企业的经营战略得以统一，促进了物流供应链管理的提高。

(2) BPR(企业流程重组)向 BT(Business Transformation，企业转型)的发展。如果说 BPR 是以信息或其他目标为中心，进行流程的再设计、排列以及重组，那么 BT 则涉及组织结构的调整、业务流程、企业文化建设等很多方面，从内部的工作流程再设计，到跨部门的工作流程再设计，再到打破组织界限的外部业务网络建立的发展过程，它是一种脱胎换骨的改造，实现了企业从有形方面到无形方面的信息化，专注于减少成本，不断开辟新领域(信息产业)，创造新价值(信息价值)，它显示了未来企业革命的方向，因此不可避免地成为未来信息管理的发展重点。

(3) MRP(物料需求计划)向价值链管理的发展。经济一体化导致企业物流运营方式的变化，从以产品结构的物料需求为中心的 MRP 到以企业生产经营活动有关的所有资源为中心的 MRPII(制造资源计划)，再到以企业内部资源与外部资源(如供应商制造资源)整合为中心的 ERP(企业资源计划)，再到 SCM(供应链管理)、CRM(客户关系管理)，企业关注的重心逐渐从物流转到信息流再到价值流，信息管理也从对企业内部的关注转移是企业间合作的关注，价值链管理成为信息管理的核心内容。即以内外部业务框架为基础，对信息使用和需求在企业战略中的应用进行管理，同时也对信息的来源和用户进行管理，最终目的是促进价值链的增值。

(4) DSS(决策支持系统)向 VO-M2IDS(面向虚拟组织的人机智能化决策系统)发展。作为信息应用的一种高级形式，决策支持的环境发生了一系列变化，如多媒体数据库和可视听、可视化技术、面向对象方法、人工智能等技术的出现，虚拟组织正成为未来物流企业的组织、管理方式等，导致传统的 DSS 到 GDSS(群决策支持系统)，到 DDSS(分布决策支持系统)，到 IDSS(智能决策支持系统)等再到面向虚拟组织的人机智能化决策系统的发展，以适应新的复杂决策环境，实现人机关系的准确把握，为新环境下的物流信息管理提供强有力的支持。

案例：海尔采用了 SAP 公司提供的 ERP 和 BBP 系统，组建自己的物流管理系统。

(1) ERP 系统。海尔物流的 ERP 系统共包括四大模块：MM(物料管理)、PP(制造与计划)、SD(销售与订单管理)、FI/CO(财务管理与成本管理)。ERP 实施后，打破了原有的"信息孤岛"，使信息同步而集成，提高了信息的实时性与准确性，加快了对供应链的响应速度。如原来订单由客户下达传递到供应商需要 10 天以上的时间，而且准确率低，实施 ERP 后订单不但 1 天内完成"客户—商流—工厂计划—仓库—采购—供应商"的过程，而且准确率极高。另外，对于每笔收货，扫描系统能够自动检验采购订单，防止暗箱收货，而财务在收货的同时自动生成入库凭证，使财务人员从繁重的记账工作中解放出来，发挥出真正的财务管理与财务监督职能，而且效率与准确性大大提高。

(2) BBP 系统。BBP 系统(原材料网上采购系统)主要是建立了与供应商之间基于因特网的业务和信息协同平台。该平台的主要功能如下。

① 通过平台的业务协同功能，既可以通过因特网进行招投标，又可以通过因特网将所有与供应商相关的物流管理业务信息，如采购计划、采购订单、库存信息、供应商供货清单、配额以及采购价格和计划交货时间等发布给供应商，使供应商可以足不出户就全面了解与自己相关的物流管理信息(根据采购计划备货，根据采购订单送货等)。

② 对于非业务信息的协同，SAP 使用构架于 BBP 采购平台上的信息中心为海尔与供应商之间进行沟通交互和反馈提供集成环境。信息中心利用浏览器和互联网作为中介整合了海尔过去通过纸张、传真、电话和电子邮件等手段才能完成的信息交互方式，实现了非业务数据的集中存储和网上发布。

7.5.3 物流信息系统

1. 物流信息系统的含义

物流信息系统(Logistics Information System，LIS)是指由人员、设备和程序组成的、为物流管理者执行计划、实施、控制等职能提供信息的交互系统，它与物流作业系统一样都是物流系统的子系统。

物流信息系统是建立在物流信息的基础上的，只有具备了大量的物流信息，物流信息系统才能发挥作用。在物流管理中，人们要寻找最经济、最有效的方法来克服生产和消费之间的时间距离和空间距离，就必须传递和处理各种与物流相关的情报，这种情报就是物流信息。它与物流过程中的订货、收货、库存管理、发货、配送及回收等职能有机地联系在一起，使整个物流活动顺利进行。

2. 物流信息系统的作用

在企业的整个生产经营活动中，物流信息系统与各种物流作业活动密切相关，具有有效管理物流作业系统的职能。它有两个主要作用：一是随时把握商品流动所带来的商品量的变化；二是提高各种有关物流业务的作业效率。

3. 物流信息系统的产生背景

随着物流供应链管理的不断发展，各种物流信息的复杂化，各企业迫切要求物流信息化，而计算机网络技术的盛行又给物流信息化提供了技术上的支持。因此，物流信息系统就在企业中扎下了根，并且为企业带来了更高的效率。企业是基于以下背景才大力开发物流信息系统的。

1) 市场竞争加剧

在当今世界中，基本上都是买方市场，由消费者来选择购买哪个企业生产的产品，他们基本上有完全的决策自由。而市场上生产同一产品的企业多如牛毛，企业要想在竞争中胜出，就必须不断地推陈出新，以较低的成本迅速满足消费者时刻变化着的消费需求，而这都需要快速反应的物流系统。要快速反应，信息反馈必须及时，这必然要求企业建立自己的物流信息系统。

2) 供应链管理的发展

现代企业间的竞争在很大程度上表现为供应链之间的竞争，而在整个供应链中，环节较多，信息相对来说就比较复杂，企业之间沟通起来就困难得多。各环节要想自由沟通，达到信息共享，建立供应链物流信息系统就势在必行。

3) 社会信息化

电子计算机技术的迅速发展，网络的广泛延伸，使整个社会进入了信息时代。在这个网络时代，只有融入信息社会，企业才可能有较大的发展。更何况，信息技术的发展已经为信息系统的开发打下了坚实的基础。企业作为社会的一员，物流作为一种社会服务行业，必然要建立属于物流业自己的信息系统。

4. 物流信息系统的分类

(1) 按管理决策的层次分类。可分为物流作业管理系统、物流协调控制系统、物流决策支持系统。

(2) 按系统的应用对象分类。可分为面向制造企业的物流管理信息系统，面向零售商、中间商、供应商的物流管理信息系统，面向物流企业的物流管理信息系统(3PLMIS)。

(3) 按系统采用的技术分类。可分为单机系统，内部网络系统，与合作伙伴、客户互联的系统。

5. 物流信息系统的功能

物流信息系统是物流系统的神经中枢，它作为整个物流系统的指挥和控制系统，可以分为多种子系统或者多种基本功能。通常，可以将其基本功能归纳为数据的收集和输入；信息的存储；信息的传输；信息的处理；信息的输出。

6. 信息系统与物流管理信息系统的关系

二者之间的关系如下。

(1) 信息系统为物流管理信息系统提供公共关键技术。

(2) 物流管理信息系统作为信息系统的特殊系统又有独特性。

(3) 物流管理信息系统同时为其他信息系统提供一些成功的应用模版。

(4) 物流管理信息系统和信息系统相互融合。

7. 物流信息系统的内容

物流信息系统根据不同企业的需要可以有不同层次、不同程度的应用和不同子系统的划分。例如有的企业由于规模小、业务少，可能使用的仅仅是单机系统或单功能系统，而另一些企业可能就使用功能强大的多功能系统。一般来说，一个完整、典型的物流信息系统可由作业信息处理系统、控制信息处理系统、决策支持系统3个子系统组成：

1) 作业信息处理系统

作业信息处理系统一般有电子自动订货系统(EOS)、销售时点信息系统(POS)、智能运输系统(ITS)等类型。

电子自动订货系统是指企业利用通讯网络(VAN 或互联网)和终端设备以在线连接方式进行订货作业和订单信息交换的系统。电子订货系统按应用范围可分为企业内的 EOS(如连锁经营企业各连锁分店与总部之间建立的 EOS)；零售商与批发商之间 EOS 以及零售商、批发商与生产商之间的 EOS 等。及时准确地处理订单是 EOS 的重要职能。其中的订单处理子系统为企业与客户之间提供接收、传递、处理订单服务。订单处理子系统是面向于整个订货周期的系统，即企业从发出订单到收到货物的期间。在这一期间内，要相继完成 4 项重要活动：订单传递、订单处理、订货准备、订货运输。其中实物流动是由前向后的，信息流动是由后向前的。订货周期中的任何一个环节缩短了时间，都可以为其他环节争取时间或者缩短订货周期，从而保证了客户服务水平的提高。因为从客户的角度来看，评价企业对客户需求的反应灵敏程度，是通过分析企业的订货周期的长短和稳定性来实现的。

销售时点信息系统是指通过自动读取设备在销售商品时直接读取商品销售信息如商品名、单价、销售数量、销售时间、购买顾客等，并通过通信网络和计算机系统传送至有关部门进行商品库存的数量分析、指定货位和调整库存以提高经营效率的系统。

智能运输系统是典型的发货和配送系统，它将信息技术贯穿于发货和配送的全过程，能够快捷准确地将货物运达目的地。

2) 控制信息处理系统

控制信息处理系统主要包括库存管理系统和配送管理系统。库存管理系统负责利用收集到的物流信息，制定出最优库存方式、库存量、库存品种以及安全防范措施等。配送系统则将商品按配送方向、配送要求分类，制订科学、合理、经济的运输工具调配计划和配送路线计划等。

3) 决策支持系统

物流决策支持系统(LDSS)是为管理层提供的信息系统资源，是给决策过程提供所需要的信息、数据支持、方案选择支持。一般应用于非常规、非结构化问题的决策。但是决策支持系统只是一套计算机化的工具，可以帮助管理者更好的决策，但不能代替管理者决策。

7.5.4 物流信息技术

1. 物流信息技术的含义

物流信息技术(Logistics Information Technology)是运用于物流各环节中的信息技术。即根据物流的功能以及特点，结合如计算机技术、网络技术、信息分类编码技术、条码技术、射频识别技术、电子数据交换技术、全球定位系统(GPS)、地理信息系统(GIS)等，实现物流过程中的信息管理。

物流信息技术是物流现代化的重要标志，也是物流技术中发展最快的领域，从数据采集的条形码系统，到办公自动化系统中的微机、互联网，各种终端设备等硬件以及计算机软件都在日新月异地发展。同时，随着物流信息技术的不断发展，产生了一系列新的物流理念和新的物流经营方式，推进了物流的变革。在供应链管理方面，物流信息技术的发展也改变了企业应用供应链管理获得竞争优势的方式，成功的企业通过应用信息技术来支持它的经营战略并选择它的经营业务。通过利用信息技术来提高供应链活动的效率性，增强整个供应链的经营决策能力。

2. 信息技术在物流中的应用

1) 条码技术

条码(又称条形码)是由一组按一定编码规则排列的条、空符号，用以表示一定的字符、数字及符号组成的信息。条码系统是由条码符号设计、制作及扫描阅读组成的自动识别系统。

条码技术是在计算机的应用实践中产生和发展起来的一种自动识别技术，提供了一种对物流中的货物进行标志和描述的方法。条码是实现 POS 系统、EDI、电子商务、供应链管理的技术基础，是物流管理现代化、提高企业管理水平和竞争能力的重要技术手段。

2) EDI 技术

EDI (Electronic Data Interchange)是指通过电子方式，采用标准化的格式，利用计算机网络进行结构化数据的传输和交换。

EDI 是一种利用计算机进行商务处理的方式。在基于互联网的电子商务普及应用之前，曾是一种主要的电子商务模式。

EDI 是将贸易、运输、保险、银行和海关等行业的信息,用一种国际公认的标准格式,形成结构化的事务处理的报文数据格式,通过计算机通信网络,使各有关部门、公司与企业之间进行数据交换与处理,并完成以贸易为中心的全部业务过程。EDI 包括买卖双方数据交换、企业内部数据交换等。

3) 射频技术(Radio Frequency,RF)

射频识别技术是一种非接触式的自动识别技术,它通过射频信号自动识别目标对象来获取相关数据。识别工作无须人工干预,可工作于各种恶劣环境。短距离射频产品不怕油渍、灰尘污染等恶劣的环境,可以替代条码,例如用在工厂的流水线上跟踪物体。长距射频产品多用于交通上,识别距离可达几十米,如自动收费或识别车辆身份等。

4) GIS 技术

GIS(Geographical Information System,地理信息系统)是多种学科交叉的产物,它以地理空间数据为基础,采用地理模型分析方法,适时地提供多种空间的和动态的地理信息,是一种为地理研究和地理决策服务的计算机技术系统。其基本功能是将表格型数据(无论它来自数据库、电子表格文件或直接在程序中输入)转换为地理图形显示,然后对显示结果浏览、操作和分析。其显示范围可以从洲际地图到非常详细的街区地图,显示对象包括人口、销售情况、运输线路和其他内容。

5) GPS 技术

全球定位系统(Global Positioning System,GPS)具有在海、陆、空进行全方位实时三维导航与定位能力。GPS 在物流领域可以应用于汽车自定位、跟踪调度,用于铁路运输管理,用于军事物流。

7.6 第三方物流的管理模式

7.6.1 第三方物流系统

1. 第三方物流的定义

第三方物流(Third-Party Logistics,3PL 或 TPL)的概念源自于管理学中的(Out-Sourcing),意指企业动态地配置自身和其他企业的功能和服务,利用外部的资源为企业内部的生产经营服务;将 Out-Sourcing 引入物流管理领域,就产生了第三方物流的概念。所谓第三方物流是指生产经营企业为集中精力搞好主业,把原来属于自己处理的物流活动,以合同方式委托给专业物流服务企业,同时通过信息系统与物流企业保持密切联系,以达到对物流全程管理和控制的一种物流运作与管理方式。因此第三方物流又称为合同制物流。

3PL 既不属于第一方,也不属于第二方,而是通过与第一方或第二方的合作来提供其专业化的物流服务,它不拥有商品,不参与商品的买卖,而是为客户提供以合同为约束、以结盟为基础的、系列化、个性化、信息化的物流代理服务。最常见的 3PL 服务包括设计物流系统、EDI 能力、报表管理、货物集运、选择承运人、货代人、海关代理、信息管理、仓储、咨询、运费支付、运费谈判等。

2. 第三方物流的基本特征

1) 合同导向的一系列服务

第三方物流有别于传统的外协，外协只限于一项或一系列分散的物流功能，如运输公司提供运输服务、仓储公司提供仓储服务等。第三方物流虽然也包括单项服务，但更多的是提供多功能、甚至全方位的物流服务，它注重的是客户物流体系的整体运作效率与效益。同时，第三方物流都是根据合同条款的要求，而不是客户的临时需求，提供规定的物流服务。

2) 个性化物流服务

第三方物流服务的对象一般都较少，只有一家或数家，但服务延续的时间较长，往往长达几年。这是因为需求方的业务流程不尽相同，而物流、信息流是随价值流流动的，因而要求第三方物流服务应按照客户的业务流程来定制。这也表明物流服务理论从"产品推销"发展到了"市场营销"阶段。第三方物流企业提供物流服务是从客户的角度考虑，为客户提供定制化的服务。从这个角度来看，第三方物流企业与其说是一个专业物流公司，不如说是客户的一个专职物流部门，只是这个"物流部门"更具有专业优势和管理经验。

3) 要求需求方与供应方之间建立长期的战略合作伙伴关系

在西方的物流理论中，非常强调企业之间的"相互依赖"关系。也就是说，一个企业的迅速发展光靠自身的资源、力量是远远不够的，必须寻找战略合作伙伴，通过同盟的力量获得竞争优势。而第三方物流企业扮演的就是这种同盟者的角色，与客户形成的是相互依赖的市场共生关系。客户通过信息系统对物流全程进行管理和控制，物流服务企业则对客户的长期物流活动负责。

第三方物流企业不是货代公司，也不是单纯的速递公司，它的业务深深地触及客户企业销售计划、库存管理、订货计划、生产计划等整个生产经营过程，远远超越了与客户一般意义上的买卖关系，而是紧密地结合成一体，形成了一种战略合作伙伴关系。从长远看，第三方物流的服务领域还将进一步扩展，甚至会成为客户营销体系的一部分。它的生存与发展必将与客户企业的命运紧密地联系在一起。

4) 以现代信息技术为基础

信息技术的发展是第三方物流出现和发展的必要条件。现代信息技术实现了数据的快速、准确传递，提高了仓库管理、装卸运输、采购订货、配送发运、订单处理的自动化水平，使订货、包装、保管、运输、流通加工实现一体化，客户企业可以更方便地使用信息技术与物流企业进行交流和协作，企业间的协调和合作有可能在短时间内迅速完成。同时，计算机软件的迅速发展，使得人们能够精确地计算出混杂在其他业务中的物流活动的成本，并能有效管理物流渠道中的商流，从而促使客户企业有可能把原来在内部完成的物流活动交由物流公司运作。

3. 案例

美国通用汽车在美国的 14 个州中，大约有 400 个供应商负责把各自的产品送到 30 个装配工厂进行组装，由于卡车满载率很低，使得库存和配送成本急剧上升，为了降低成本，改进内部物流管理，提高信息处理能力，委托 Penske 专业物流公司为它提供第三方物流服务。

调查了解半成品的配送路线之后，Penske 公司建议通用汽车公司在 Cleveland 使用一家有战略意义的配送中心，配送中心负责接受、处理、组配半成品，由 Penske 派员工管理，同时 Penske 也提供 60 辆卡车和 72 辆拖车，除此之外，还通过 EOI 系统帮助通用汽车公司调度供应商的运输车辆以便实现 JIT 送货，为此，Penske 设计了一套最优送货路线，增加供应商的送货频率，减少库存水平，改进外部物流活动，运用全球卫星定位技术，使供应商随时了解行驶中的送货车辆的方位。与此同时，Penske 通过在配送中心组配半成品后，对装配工厂实施共同配送的方式，既降低卡车空载率，也减少通用汽车公司的运输车辆，只保留了一些对 Penske 所提供的车队有必要补充作用的车辆，这样也减少了通用汽车公司的运输单据处理费用。

另外，美国通用汽车公司选择目前国际上最大的第三方物流公司 Ryder 负责其土星和凯迪拉克两个事业部的全部物流业务，选择 Allied Holdings 负责北美陆上车辆运输任务，选择 APL 公司、WWL 公司负责产品的洲际运输。

7.6.2 第三方物流组织运作模式

1. 传统外包型物流运作模式

简单普通的物流运作模式是第三方物流企业独立承包一家或多家生产商或经销商的部分或全部物流业务。

企业外包物流业务，降低了库存，甚至达到"零库存"，节约物流成本，同时可精简部门，集中资金、设备于核心业务，提高企业竞争力。第三方物流企业各自以契约形式与客户形成长期合作关系，保证了自己稳定的业务量，避免了设备闲置。这种模式以生产商或经销商为中心，第三方物流企业几乎不需专门添置设备和业务训练，管理过程简单。订单由产销双方完成，第三方物流只完成承包服务，不介入企业的生产和销售计划。

这种方式以生产商或经销商为中心，第三方物流之间缺少协作，没有实现资源更大范围的优化。这种模式最大的缺陷是生产企业与销售企业以及与第三方物流之间缺少沟通的信息平台，会造成生产的盲目和运力的浪费或不足，以及库存结构的不合理。

2. 战略联盟型物流运作模式

第二种就是第三方物流包括运输、仓储、信息经营者等以契约形式结成战略联盟，内部信息共享和信息交流，相互间协作，形成第三方物流网络系统，联盟可包括多家同地和异地的各类运输企业、场站、仓储经营者，理论上联盟规模越大，可获得的总体效益越大。信息处理这一块，可以共同租用某信息经营商的信息平台，由信息经营商负责收集处理信息，也可连接联盟内部各成员的共享数据库(技术上已可实现)实现信息共享和信息沟通。

这种模式比起第一种有两方面改善：首先系统中加入了信息平台，实现了信息共享和信息交流，各单项实体以信息为指导制订运营计划，在联盟内部优化资源，同时信息平台可作为交易系统，完成产销双方的订单和对第三方物流服务的预定购买；其次，联盟内部各实体实行协作，某些票据联盟内部通用，可减少中间手续，提高效率，使得供应链衔接更顺畅。例如，联盟内部经营各种方式的运输企业进行合作，实现多式联运，一票到底，大大节约运输成本。

这种方式联盟成员是合作伙伴关系，实行独立核算，彼此间服务租用，因此有时很难协调彼此的利益，在彼此利益不一致的情况下，要实现资源更大范围的优化就存在一定的局限。例如 A 地某运输企业运送一批货物到 B 地，而 B 地恰有一批货物运往 A 地，为减少空驶率，B 地承包这项业务的某运输企业应转包这次运输，但 A、B 两家在利益协调上也许很难达成共识。

3. 综合物流运作模式

第三种模式就是组建综合物流公司或集团。综合物流公司集成物流的多种功能，如仓储、运输、配送、信息处理和其他一些物流的辅助功能，例如包装、装卸、流通加工等，组建完成各相应功能的部门，综合第三方物流大大扩展了物流服务范围，对上家生产商可提供产品代理、管理服务和原材料供应，对下家经销商可全权代理为其配货送货业务，可同时完成商流、信息流、资金流、物流的传递。

综合物流项目必须进行整体网络设计，即确定每一种设施的数量、地理位置、各自承担的工作。其中信息中心的系统设计和功能设计以及配送中心的选址流程设计都是非常重要的问题。

物流活动是一个社会化的活动，涉及行业面广，涉及地域范围更广，所以它必须形成一个网络才可能更好地发挥其效用。综合物流公司或集团必须根据自己的实际情况选择网络组织结构。现在主要有两种网络结构，一种是大物流中心加小配送网点的模式，另一种是连锁经营的模式。前者适合商家、用户比较集中的小地域，选取一合适地点建立综合物流中心，在各用户集中区建立若干小配送点或营业部，采取统一集货，逐层配送的方式。后者是在业务涉及的主要城市建立连锁公司，负责对该城市和周围地区的物流业务，地区间各连锁店实行协作，该模式适合地域间或全国性物流，连锁模式还可以兼容前一模式。

7.6.3 第三方物流客户关系管理

1. 第三方物流的服务性

第三方物流是指由供方与需方以外的物流企业提供物流服务的业务模式。在这个概念中，第一方是物流服务的需求方；第二方是物流服务的提供方，即运输、仓储、流通加工等基础物流服务的提供者；第三方物流通过整合第二方的资源和能力为第一方提供服务。TPL 属于典型的服务业范畴，供应商和制造企业或零售商都是物流企业要提供服务的客户对象。其基本运作模式如图 7.3 所示。

通过第三方物流运作的简单分析，可以得出第三方物流所具有的特点：

(1) 物流客户的双重性。传统企业对外多是一对一或者面对面的与客户单项交流，沟通过程中不涉及第三方的参与。而 TPL 企业与之有很大不同，它通过提供物料运输、仓库管理、产品配送等物流服务连接供需双方，每进行一项服务都同时面对至少两个以上的服务对象，也就是介于买者和卖者之间的"第三者"。从供应链的角度来说，它一方面要服务于供应商，另一方面还要服务于制造企业或零售商。

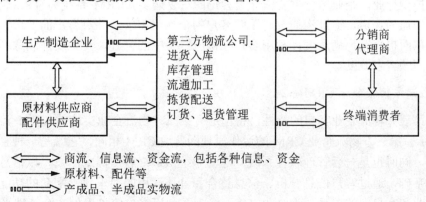

图 7.3 第三方物流的基本动作模式

(2) 服务方式的个性化。TPL 企业作为专业性的物流服务公司，可以通过为一定数量的物流服务需求者提供服务而获得规模效应。但不同的物流消费者存在不同的物流服务需求，因此 TPL 企业必须根据物流消费者在产品特征、业务流程、顾客需求特征、竞争需要等方面的不同要求，提供针对性强的个性化物流服务和增值服务。其次，TPL 企业也需要不断强化物流服务的个性化和特色化来获得范围效应，以增强在物流市场的竞争能力。

(3) 服务水平标准的复合性。TPL 企业所提供的服务至少涉及供需双方，其服务满意度的衡量不局限于单一产品或部门，而是多部门综合效应的汇总。可以使用 TPL 客户整体满意度指数进行衡量，其公式如下。

$$S = A_1\left(S_1, S_2, S_3, \cdots, S_n\right) + A_2\left(S_1, S_2, S_3, \cdots, S_n\right) + \cdots + A_n\left(S_1, S_2, S_3, \cdots, S_n\right)$$

其中，S 代表 TPL 企业客户整体满意度，$S = A_n$ 代表供应链 TPL 企业服务对象，如生产制造商、供货商、零售商等；$(S_1, S_2, S_3, \cdots, S_n)$ 是对象企业各部门的满意程度。TPL 客户整体满意度是各供应链客户对象及其各对象内部各部门满意程度的复合函数。因此 TPL 企业服务要充分考虑服务对象各部门的要求，通过客户各部门的满意达到客户的整体满意。

2. 客户关系管理及在第三方物流中的作用

客户关系管理(CRM)首先是一种将客户作为重要资源的管理理念；同时也是一套管理软件和技术，以多种信息技术为支持和手段，利用 Web、呼叫中心、移动设备等多种渠道来搜集、追踪和分析每一个客户的信息，实现企业和客户的连贯交流和客户资源的循环化管理。

客户关系管理对于第三方物流企业发展的作用主要体现在以下方面。

(1) 有效整合双重客户的关键信息，提高市场预测的准确性和市场开发的针对性。CRM 系统的实施，可以使 TPL 企业获得详细的客户信息，增强企业市场需求预测的准确度，减少市场推广和销售策略制定与执行的盲目性，节省时间和资金，增加销售的成功概率，进而提高销售收入。

(2) 有利于市场细分和客户定位，提供差异化服务。实施 CRM 系统有助于 TPL 企业分析客户详细的交易数据，从而区分企业的盈利客户、成长性客户、低利润客户并制定出相应的服务策略：为具有吸引力的盈利客户提供一流的服务；为具有成长性的客户提供个性化的服务，促使其成长为最具价值的客户；对于低盈利且成长力不强的客户，则采取适当的策略促使其转向。

(3) 有利于培养顾客忠诚度，提高客户满意度，减弱扩散效应。物流行业是典型的客户关系维护型行业，企业运营主要依靠老客户的重复购买。CRM 系统为 TPL 企业提供多种与客户沟通的渠道，通过沟通及时了解客户的个性化需求，并对客户的要求做出正确快速反应，从而提高客户满意度；利用客户在供应链条中的位置，充分发挥满意度的正扩散效应，提高顾客忠诚度。

3. 第三方物流企业 CRM 系统

结合第三方物流企业客户的特性，得出适合第三方物流企业实施的 CRM 流程图，如图 7.4 所示。第三方物流企业 CRM 的运作原理同普通 CRM 相同，它既是一种管理理念和管理机制，同时也是一套管理软件系统。这套系统从最终客户需求出发，以信息技术和网络技术为基础，通过客户信息分析、信息整合和具体运用的要求建立配套的功能层面系统来连接企业和客户间的关系，为企业收集、管理及利用客户信息提供一个基础平台。

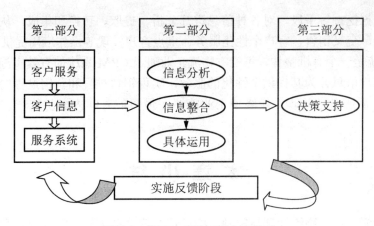

图 7.4　第三方物流 CRM 流程图

具体来说，第三方物流的 CRM 系统根据不同部分的功能可以划分为信息来源层、信息处理层、基本功能层和决策支持层，其系统结构如图 7.5 所示。

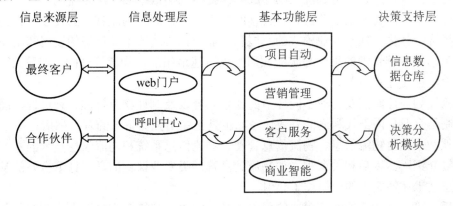

图 7.5　第三方物流 CRM 系统结构

(1) 信息来源层包括最终客户和合作伙伴，是 CRM 系统的根本出发点和最终归宿。第三方物流企业具有最终客户的双重性，只有同时满足制造商和分销商或零售商等的物流需求，才能够发挥满意度扩散效应从而增强企业竞争力。所以在第三方物流 CRM 系统中，基本信息来源层具有重要作用，对客户信息的收集是信息整合和利用的基础。

(2) 信息处理层是企业获取和整合客户信息的层面，主要利用 Web 门户和呼叫中心两个渠道，实现企业与客户、合作伙伴接触点的完整管理。

(3) 基本功能层主要包括项目自动化管理、营销管理、客户服务、商业智能等模块，实现物流活动的优化和自动化。项目自动化模块主要包括账户管理、报价管理等，通过该模块可以实现从报价、订货一直到付款、给付佣金的全程自动化；还能够提供基于 Internet 的自动销售功能，使客户能够通过 Internet 个性化定制产品或服务，真正实现定制的个性化服务。市场营销模块从客户需求和市场信息出发，对物流市场进行细分，发现高质量的市场营销机会，得到客户价值等重要的客户信息，为高价值顾客提供优质个性服务；为潜力客户充分挖掘价值；对有意向客户进行跟踪、分配和管理等。客户服务模块是提供客户支持、售后服务的自动化和优化，是 CRM 系统的重要组成部分。

(4) 决策支持层包括决策分析模块和信息数据仓库两大部分。信息数据仓库包括与客户关系管理相关的所有信息数据，它是整个 CRM 系统运行的基础。决策分析模块则通过联机分析、数据挖掘等手段，对各种信息进行分析、提取、转换和集成，从而为物流企业新客户的获取、交叉销售、客户个性化服务、重点客户发现等操作应用提供有效支持。

CRM 系统是一个有机整体，第三方物流企业通过 CRM 系统的有效实施，可以使企业获取充分的客户信息并为其提供个性化的服务，实现销售过程和营销过程的自动化，完善客户服务和售后服务的管理，最终使企业能够在最短的时间内提供统一、完整和准确的服务。

本 章 小 结

本章从物流管理，物流计划与控制，物流管理信息系统和第三方物流管理模式 4 个方面作了详细的阐述。

现代物流管理是建立在系统论、信息论和控制论的基础上的，通过物流活动中的一体六流的有效协调与配合，达到降低物流成本，提高物流效率和经济效益的目标。并且根据物流管理的层级，有效地划分出物流管理的基本内容，同时物流管理的发展历程说明，随着全球经济一体化，横向产业模式的发展和企业流程再造等市场环境的发展和组织管理的彻底变革，供应链管理的思想与实践应用得以飞速地拓展，物流管理的高级阶段——供应链管理阶段正在逐步完善。

物流计划与控制涉及物流不同环节的计划内容以及制订物流管理计划过程，同时加强物流控制是企业从内部找利润的有效途径，也是企业增强竞争力的有力举措。

此外，本章对物流信息、物流信息管理、物流信息系统和物流信息技术的基本知识作了入门级介绍，为以后相关课程，如物流信息管理类专业课程的学习打下良好的基础。特别是信息技术在物流中的应用作了导引。

最后，第三方物流的管理模式的引入，是让学生了解第三方物流模式的服务特性，并且明白第三方物流企业通过 CRM 系统的有效实施，可以使企业获取充分的客户信息并为其提供个性化的服务，实现销售过程和营销过程的自动化，完善客户服务和售后服务的管理，最终使企业能够在最短的时间内提供统一、完整和准确的服务。

本章的教学目的是让学生深刻掌握物流管理基本含义和基本理论，并初步具备物流管理的分析与应用能力。

知 识 链 接

美国物流成本管理经验

美国物流成本约占 GDP 的 10%，成本计算方法独到。

美国物流成本占 GDP 的比重在 20 世纪 90 年代保持在 11.4%～11.7%范围内，而进入上世纪最后 10 年，这一比重有了显著下降，由 11%以下降到 10%左右，甚至达到 9.9%，但物流成本的绝对数量还在一直上升。

分析发现。美国的物流成本主要由 3 部分组成：一是库存费用；二是运输费用；三是管理费用。比较近 20 多年来的变化可以看出，运输成本在 GDP 中比例大体保持不变，而库存费用比重降低是导致美国物流总成本比例下降的最主要的原因。这一比例由过去接近5%下降到不足 4%。由此可见，降低库存成本、加快周转速度是美国现代物流发展的突出成绩。也就是说利润的源泉更集中在降低库存、加速资金周转方面。

宏观上，美国物流成本包括的 3 个部分，且各自有其测算的办法。第一部分库存费用是指花费在保存货物的费用，除了包括仓储、残损、人力费用及保险和税收费用外，还包括库存占压资金的利息。其中，利息是当年美国商业利率乘以全国商业库存总金额得到的。把库存占压的资金利息加入物流成本，这是现代物流与传统物流费用计算的最大区别，只有这样，降低物流成本和加速资金周转速度才从根本利益上统一起来。

第二部分运输成本包括公路运输、其他运输方式与货主费用。公路运输费用包括城市内运输费用与区域间卡车运输费用。其他运输方式费用包括铁路运输费用、国际国内空运费用、货物代理费用、油气管道运输费用。货主方面的费用包括运输部门运作及装卸费用。近十年来，美国的运输费用占国民生产总值的比重大体为 6%，一直保持着这一比例，说明运输费用与经济的增长是同步的。

第三部分物流管理费用，是按照美国的历史情况由专家确定一个固定比例，乘以库存费用和运输费用的总和得出的。美国的物流管理费用在物流总成本中比例大体在 4%左右。

另一个反映美国物流效率的指标是库存周期。美国平均库存的周期在 1996—1998 年间保持在 1.38～1.40 个月之间，但 1999 年发生了比较显著的变化，库存周期从 1999 年 1 月份的 1.38 个月降低到年底的 1.32 个月，这是有史以来的最低周期。库存周期减少的原因是由于销售额的增长超过了库存量增长。

降低物流成本提高效益减少库存支出是降低物流费用的主要来源。美国的物流成本管理经验对我国物流业有 3 点重要启示。

第一，降低物流成本是提高效益的重要战略措施。美国每年 10 万亿美元的经济规模，如果降低 1%的成本，就相当多出 1 000 亿美元的效益。我国现在是 1 万亿美元的经济规模，如果降低 1%的物流成本就等于增长了 100 亿美元的效益。业界普遍认为我国物流成本下降的空间应该在 10 个百分点或更多，这是一笔巨大的利润源泉。

第二，美国的实践表明，物流成本中运输部分的比例大体不变，减少库存支出就成为降低物流费用的主要来源。减少库存支出就是要加快资金周转、压缩库存，这与同期美国库存平均周转期降低的现象是吻合的。因此，发展现代物流就是要把目标锁定在加速资金周转、降低库存水平上面，这是核心的考核指标。

第三，物流成本的概念必须拓展。库存支出不仅仅是仓储的保管费用，更重要的是要考虑它所占有的库存资金成本，即库存占压资金的利息。理论上还应该考虑因库存期过长造成的商品贬值、报废等代价，尤其是产品周期短、竞争激烈的行业，如 PC、电子、家电等。

复习思考题

1. 填空题

(1) 物流管理是指在社会再生产过程中，根据物质资料实体流动的规律，应用管理的基本原理和科学方法，在系统论、信息论和控制论的基础上，对物流活动进行＿＿＿、＿＿＿、＿＿＿、＿＿＿、＿＿＿，使各项物流活动实现最佳的协调与配合，以降低物流成本，提高物流效率和经济效益。

(2) 物流的流向包括：_____、_____、_____、_____。

(3) 物流成本是指伴随着_____而发生的各种费用，是物流活动中所消耗的物化劳动和活劳动的货币表现，也称为_____。

(4) 供应链管理就是指在满足一定的客户服务水平的条件下，为了使整个供应链系统成本达到最小而把_____、_____、_____、_____、_____等有效地组织在一起进行的产品制造、转运、分销及销售的管理方法。

(5) 物流信息是反映物流各种活动内容的_____、_____、_____、_____、_____的总称。

2. 选择题

(1) 以下哪一个不属于物流管理层次？(　　)

A．作业层　　　　B．控制层　　　　C．管理层　　　　D．组织层

(2) 在获得客户的确切的购买意向之前，不提前，严格按订单生产属于(　　)。

A．生产延迟　　　B．物流延迟　　　C．发货延迟　　　D．运输延迟

(3) 以下哪一个不是按物流活动范围分类？(　　)

A．企业内物流费　B．销售物流费　　C．装卸加工费　　D．废弃物物流费

(4) 以下哪一个不是物流控制的内容？(　　)

A．采购过程控制　B．运输过程控制　C．保管过程控制　D．产出过程控制

(5) 第三方物流的组成要素不包括(　　)。

A．人员要素　　　B．硬件要素　　　C．软件要素　　　D．组织要素

3. 判断题

(1) 物流管理以总成本最低为终极目标。　　　　　　　　　　　　　　(　　)

(2) 物流成本控制的方法，包括绝对成本控制法和相对成本控制法。　(　　)

(3) 供应链管理能是实现供应链上各个企业的利益最大化。　　　　　(　　)

(4) 加强物流控制是企业从外部寻找利润的有效途径，也是企业增强竞争力的有力举措。　　　　　　　　　　　　　　　　　　　　　　　　　　　　　　(　　)

(5) 信息系统为物流信息管理系统提供成功的模板。　　　　　　　　(　　)

4. 简答题

(1) 简述物流中的"一体六流"。

(2) 物流成本的特征有哪些？

(3) 如何加强企业物流控制？

(4) 物流信息管理的内容有哪些？

(5) 第三方物流的基本特征有哪些？

5. 论述题

(1) 叙述物流管理计划的制订过程。

(2) 物流成本管理的优化措施。

(3) 物流信息的作用。

(4) 物流信息管理的发展趋势。

(5) 第三方物流组织运作模式。

案 例 分 析

青岛啤酒集团现代物流管理

青啤集团引入现代物流管理方式，加快产成品走向市场的速度，同时使库存占用资金、仓储费用及周转运输费在一年多的时间里降低了 3 900 万元。青啤集团的物流管理体系是被逼出来的。

从开票、批条子的计划调拨，到在全国建立代理经销商制，是青啤集团为适应市场竞争的一次重大调整。但在运作中却发现，由代理商控制市场局面，在市场上倒来倒去的做法，只能牵着企业的鼻子走，加上目前市场的信誉度较差，使青啤集团在组织生产和销售时遇到很大困难。

1998 年第一季度，青啤集团以"新鲜度管理"为中心的物流管理系统开始启动，当时青岛啤酒的产量不过 30 多万吨，但库存就高达 3 万吨，限产处理积压，按市场需求组织生产成为当时的主要任务。青啤集团将"让青岛人民喝上当周酒，让全国人民喝上当月酒"作为目标，先后派出两批业务骨干到国外考察、学习，提出了优化产成品物流渠道的具体做法和规划方案。这是项以消费者为中心，以市场为导向，以实现"新鲜度管理"为载体，以提高供应链运行效率为目标的物流管理改革，同时青啤集团建立起了集团与各销售点物流、信息流和资金流全部由计算机网络管理的智能化配送体系。

青啤集团首先成立了仓储调度中心，对全国市场区域的仓储活动进行重新规划，对产品的仓储、转库实行统一管理和控制。由提供单一的仓储服务，到对产成品的市场区域分部、流通时间等全面的调整、平衡和控制，仓储调度成为销售过程中降低成本、增加效益的重要一环。以原运输公司为基础，青啤集团注册成立具有独立法人资格的物流有限公司，引进现代物流理念和技术，并完全按照市场机制运作。作为提供运输服务的"卖方"，物流公司能够确保按规定要求，以最短的时间、最少的环节和最经济的运送方式，将产品送至目的地。

同时，青啤集团应用建立在 Internet 信息传输基础上的 ERP 系统，筹建了青岛啤酒集团技术中心，将物流、信息流、资金流全面统一在计算机网络的智能化管理之下，建立起各分公司与总公司之间的快速信息通道，及时掌握各地最新的市场库存、货物和资金流动情况，为制定市场策略提供准确的依据，并且简化了业务运行程序，提高了销售系统动作效率，增强了企业的应变能力。同时青啤集团还对运输仓储过程中的各个环节进行了重新整合、优化，以减少运输周转次数，压缩库存、缩短产品仓储和周转时间等。具体做法如：根据客户订单，产品从生产厂直接运往港、站；省内订货从生产厂直接运到客户仓库。仅此一项，每箱的成本就下降了 0.5 元。同时对仓储的存量作了科学的界定，并规定了上限和下限，上限为 1.2 万吨。低于下限发出要货指令，高于上限不再安排生产，这样使仓储成为生产调度的"平衡器"，从根本上改变了淡季库存积压，旺季市场断档的尴尬局面，满足了市场对新鲜度的需求。

目前，青啤集团仓库面积由 7 万多平方米下降到 29 260 平方米，产成品库存量平均降到 6 000 吨。

这个产品物流体系实现了环环相扣，销售部门根据各地销售网络的要货计划和市场预测，制定销售计划；仓储部门根据销售计划和库存及时向生产企业传递要货信息；生产厂有针对性地组织生产，物流公司则及时地调度运力，确保交货质量和交货期。同时销售代理商在有了稳定的货源供应后，可以从人、财、物等方面进一步降低销售成本，增加效益。经过 1 年多的运转青岛啤酒物流网已取得了阶段性成果。首先是市场销售的产品新鲜度提高，青岛及山东市场的消费者可以喝上当天酒、当周酒；省外市场的东北、广东及沿海城市的消费者，可以喝上当周酒、当月酒。其次是产成品周转速度加快，库存下降使资金占用下降了 3 500 多万元；再次是仓储面积降低，仓储费用下降 187 万元，市内周转运输费降低了 189 万元。

现代物流管理体系的建立，使青啤集团的整体营销水平和市场竞争能力大大提高，1999 年，青岛啤酒集团产销量达到 107 万吨，再登国内榜首。其建立的信息网络系统还具有较强的扩展性，为企业在拥有完善的物流配送体系和成熟的市场供求关系时开展电子商务准备了必要的条件。

思考题：

(1) 青啤集团实施现代物流管理的背景。

(2) 青啤集团现代物流管理系统的构成。

(3) 青啤集团实施现代物流管理的效果。

第 8 章 现代物流系统模式与管理

学习目标

- **知识点**

  - ➢ 精益物流系统
  - ➢ 逆向物流和闭环供应链概念和管理
  - ➢ 电子商务物流系统模式与管理
  - ➢ 供应链物流管理的内涵和施行

- **难点**

  - ➢ 精益物流原则和工程实施
  - ➢ 逆向物流的物资及处理方法
  - ➢ 闭环供应链的运作模式
  - ➢ 企业电子商务物流模式
  - ➢ 供应链物流管理方法及对策

- **要求**

  熟练掌握的内容：
  - ➢ 精益物流原则和工程实施
  - ➢ 逆向物流和闭环供应链概念和施行
  - ➢ 电子商务物流系统模式
  - ➢ 供应链物流模式及竞争优势

了解理解的内容：
- ➤ 电子商务物流管理
- ➤ 供应链物流管理的概念

 开篇案例

海尔的一流三网物流模式

海尔的物流改革是一种以订单信息流为中心的业务流程再造，通过对观念的再造与机制的再造，构筑起海尔的核心竞争能力。

海尔物流管理的"一流三网"充分体现了现代物流的特征："一流"是以订单信息流为中心；"三网"分别是全球供应链资源网络、全球配送资源网络和计算机信息网络。"三网"同步流动，为订单信息流的增值提供支持。

在海尔，仓库不再是储存物资的水库，而是一条流动的河。河中流动的是按单采购来生产必需的物资，也就是按订单来进行采购、制造等活动。这样，从根本上消除了呆滞物资、消灭了库存。

目前，海尔集团每个月平均接到 6 000 多个销售订单，这些订单的品种达 7 000 多个，需要采购的物料品种达 26 万余种。在这种复杂的情况下，海尔物流自整合以来，呆滞物资降低了 73.8%，仓库面积减少 50%，库存资金减少 67%。海尔国际物流中心货区面积 7 200 平方米，但它的吞吐量却相当于普通平面仓库的 30 万平方米。同样的工作，海尔物流中心只有 10 个叉车司机，而一般仓库完成这样的工作量至少需要上百人。全球供应链资源网的整合，使海尔获得了快速满足用户需求的能力。

海尔通过整合内部资源优化外部资源，使供应商由原来的 2 336 家优化至 840 家，国际化供应商的比例达到 74%，从而建立起强大的全球供应链网络。GE、爱默生、巴斯夫、DOW 等世界 500 强企业都已成为海尔的供应商，有力地保障了海尔产品的质量和交货期。不仅如此，海尔通过实施并行工程，更有一批国际化大公司已经以其高科技和新技术参与到海尔产品的前端设计中，不但保证了海尔产品技术的领先性，增加了产品的技术含量，还使开发的速度大大加快。

由于物流技术和计算机信息管理的支持，海尔物流通过 3 个 JIT，即 JIT 采购、JIT 配送和 JIT 分拨物流来实现同步流程。目前通过海尔的 BBP 采购平台，所有的供应商均在网上接收订单，使下达订单的周期从原来的 7 天以上缩短为 1 小时内，而且准确率达 100%。除下达订单外，供应商还能通过网上查询库存、配额、价格等信息，实现及时补货，实现 JIT 采购。

为实现"以时间消灭空间"的物流管理目的，海尔从最基本的物流容器单元化、集装化、标准化、通用化到物料搬运机械化开始实施，逐步深入到对车间工位的五定送料管理系统、日清管理系统进行全面改革，加快了库存资金的周转速度，库存资金周转天数由原来的 30 天以上减少到 12 天，实现 JIT 过站式物流管理。生产部门按照 B2B、B2C 订单的需求完成以后，可以通过海尔全球配送网络送达用户手中。目前海尔的配送网络已从城市扩展到农村，从沿海扩展到内地，从国内扩展到国际。全国可调配车辆达 1.6 万辆，目前可以做到物流中心城市 6～8 小时配送到位，区域配送 24 小时到位，全国主干线分拨配送平均 4.5 天，形成全国最大的分拨物流体系。

"前台一张网，后台一条链"。前台的一张网是海尔客户关系管理网站(haiercrm.com)，后台的一条链是海尔的市场链，形成了以定单信息流为核心的各子系统之间无缝连接的系统集成。前台的 CRM 网站(客户关系管理)和 BBP 电子商务平台的应用架起了与全球用户资源网、全球供应链资源网沟通的桥梁，将客户的需求快速收集、反馈，实现与客户的零距离；后台的 ERP 系统可以将客户需求快速触发到供应链系统、物流配送系统、财务结算系统、客户服务系统等流程系统，实现对客户需求的协同服务，大大缩短对客户需求的响应时间。计算机管理系统搭建了海尔集团内部的信息高速公路，能将电子商务平台上获得的信息迅速转化为企业内部的信息，以信息代替库存，达到零营运资本的目的。

海尔物流运用已有的配送网络与资源，并借助信息系统，积极拓展社会化分拨物流业务，目前已经成为日本美宝集团、AFP 集团、乐百氏的物流代理，与 ABB 公司、雀巢公司的业务也在顺利开展。同时海尔物流充分借力，与中国邮政开展强强联合，使配送网络更加健全，为新经济时代快速满足用户的需求提供了保障，实现了零距离服务。海尔物流通过积极开展第三方配送，使物流成为新经济时代下集团发展的新的核心竞争力。

海尔的物流革命是建立在以"市场链"为基础上的业务流程再造。以海尔文化和 OEC 管理模式为基础，以订单信息流为中心，带动物流和资金流的运行，实施三个"零"目标(质量零距离、服务零缺陷、零营运资本)的业务流程再造。

物流带给海尔的是"三个零"。但最重要的，是可以使海尔一只手抓住用户的需求，另一只手抓住可以满足用户需求的全球供应链，把这两种能力结合在一起，从而在市场上可以获得用户忠诚度，这就是企业的核心竞争力。这种核心竞争力，正加速海尔向世界 500 强的国际化企业挺进。

[思考]：海尔现代物流系统的核心竞争力是什么？

8.1　精益物流系统与精益化管理

8.1.1　精益思想概述

精益思想深植于丰田生产系统(Toyota Production System，TPS)，是关于消除浪费、加快速度并增强流动性的思想。精益物流起源于日本丰田汽车公司的一种物流管理思想，其核心是追求消灭包括库存在内的一切浪费，并围绕此目标发展起来一系列的具体方法。它是从精益生产的理念中衍生而来的，是精益思想在物流管理中的应用。

精益生产的思想产生于 20 世纪 50 年代。当时日本把汽车工业作为经济倍增计划的重点发展产业，然而那时日本一年的汽车产量还不及美国福特公司一天的产量。在丰田公司派人对欧美考察之后，发现采用大批量少品种的生产方式是不可取的，而应考虑一种更能适应日本国情的汽车生产方式，由此产生了及时制生产(Just In Time，JIT)、全面质量管理(Total Quality Management，TQM)以及多品种、小批量、高质量和低消耗的精益生产方法。

在理论上，精益思想是美英学者首先提出来的一种生产制造的思想体系。美国学者詹姆斯沃麦克(James Womack)和英国学者丹尼斯琼斯(Daniel Jones)对比分析美国汽车制造业的大批量生产方式和日本丰田的精益生产方式后，把精益思想归纳为 5 个原则：①精确地确定特定产品的价值；②识别出每种产品的价值；③使价值不间断地流动；④让用户从生产者方面拉动价值；⑤永远追求尽善尽美。

基于此，精益思想的核心是以越来越少的投入——较少的人力、较少的设备、较短的时间和较小的场地创造出尽可能多的价值；同时也越来越接近用户，提供他们确实需要的商品。它是运用多种现代管理方法和手段，以社会需求为依据，以充分发挥人的作用为根本，有效配置和合理使用企业资源，最大限度地为企业谋求经济效益的一种新型的经营管理理念。

精益思想理论诞生后，物流管理者从物流管理角度对此进行了大量的借鉴，并与供应链管理思想密切融合起来，提出了精益物流的新概念。

1. 精益物流

精益物流(Lean Logistics)是运用精益思想对企业物流活动进行管理，通过消除生产和供应过程中的浪费，以减少备货时间，提高客户满意度。

2. 精益物流的前提

正确认识价值流。价值流是企业产生价值的所有活动过程，这些活动主要体现在 3 项关键的流向上：从概念设想、产品设计、工艺设计到投产的产品流；从顾客订单到制定详细进度到送货的全过程信息流；从原材料到制成最终产品到送到用户手中的物流。因此，认识价值流必须超出企业这个公认的划分单位标准，去观察创造和生产一个特定产品所必需的全部活动，搞清每一步骤和环节，并对它们进行描述和分析。

3. 精益物流的目标

根据顾客需求，提供顾客满意的物流服务，同时追求把提供物流服务过程中的浪费和延迟降至最低程度，不断提高物流服务过程的增值效益，即企业在提供满意的顾客服务水平的同时，把浪费降低到最低程度。

企业物流活动中的浪费现象很多，常见的有：不满意的顾客服务、无需求造成的积压和多余的库存、实际不需要的流通程序、不必要的物料移动、因供应链上游不能按时交货或提供服务而等待、提供顾客不需要的服务等，努力消除这些浪费现象是精益物流最重要的内容。

4. 精益物流的基本原则

① 从顾客的角度而不是从企业或职能部门的角度来研究什么可以产生价值；②按整个价值确定供应、生产和配送产品中所有必需的步骤和活动；③创造无中断、无绕道、无等待、无回流的增值活动流；④及时创造由顾客拉动的价值；⑤不断地消除浪费，追求完美。

5. 精益物流的方法

目前行之有效的方法有 7 种：过程活动图、供应链反应矩阵、产品漏斗图、质量过滤图、需求放大(扭曲)图、决策点分析图、实体结构图，而其中最常用的方法是过程活动图和实体结构图。

8.1.2 精益物流的设计原则

精益物流是对 JIT 技术、多目标最优化方法等理论的提高和升华，是利用高度发展的现代信息技术手段来严格设计规划货品在每一个流通环节的状态、时间、成本，同时在实际运作过程中设立各种考评和跟踪办法，使管理者能快速发现问题并及时解决的物流管理理念。精益物流主要设计原则包括满足顾客需求原则，减少浪费原则，逐步完善原则，整体优化原则。

1. 满足顾客需求原则

精益物流作为一种拉动型的物流系统，顾客需求是驱动生产的原动力，是价值流的出发点。当然，对于一些需求稳定、可比较准确地预测顾客需求数量和规格的功能型产品，可以根据预测进行生产，以备为顾客更好地服务；如果是需求波动较大、可预测性不强的创新型产品，则必须精确反应、缩短反应时间，提高顾客服务水平。

2. 减少浪费原则

精益物流在为顾客提供满意的物流服务的同时，追求把提供物流服务过程中的浪费降至最低程度。

(1) 让完成某一项工作所需步骤以最优的方式连接起来，形成不间断、不迂回、不倒流、不等待的连续流动，让价值流顺畅流动起来。具体实施时要明确流动过程的目标，使价值流活动朝向明确。

(2) 要对价值链中产品设计、生产制造和订货发货等每一个环节进行分析，找出不能提供增值的浪费，如设施设备空耗、人员冗余、操作浪费等。

3. 逐步完善原则

精益物流是一个动态的管理过程。从概念设想、产品设计、工艺设计到投产，从顾客订单到制定详细生产进度再到送货，从原材料制成产成品到送到用户手中，这其中每一个步骤，一旦发现有造成浪费的环节就及时消除，不断改进和完善。而对物流活动的这种改进和完善是不断循环的，每一次改进，消除一批浪费，但同时有可能带来新的浪费而需要再次改进。这种改进使物流逐渐趋向于无中断、无绕流和无等候的总成本持续降低的精益物流。

4. 整体优化原则

首先，把沿价值流的所有参与企业和部门集成起来，摒弃传统的各自追求利润最大化而相互对立的观点，以最终顾客的需求为共同目标，共同探讨最优物流路径，消除一切不产生价值的行为。其次，物品在流动中的各个环节，包括交货、运输、中转、分拣、配送等都按计划按时完成，以保证物流系统前后合理衔接，整体优化方案能得以实现。再次，精益物流实现的关键是物品在流通中能够顺畅流动，货物停留的结点最少，流通所经路径最短，仓储时间最合理，以达到整体物流的最优化配置。总之，要将物流系统作为一个统一体，综合考虑各个功能要素对系统的不同影响，规划总体方案和整体系统。依据最短路、最小树和最大流的原则，用多目标整体优化的方法实现系统的最优化方案。

8.1.3　精益物流系统的基本框架

精益物流系统的基本框架包括以客户需求为中心；准时；准确；快速；降低成本；系统集成；信息化 7 个方面。

(1) 以客户需求为中心。在精益物流系统中，顾客需求是驱动生产的原动力，是价值流的出发点。价值流的流动要靠下游顾客来拉动，而不是依靠上游的推动，当顾客没有发出需求指令时，上游的任何部分不提供服务，而当顾客需求指令发出后，则快速提供服务。系统的生产是通过顾客需求拉动的。

(2) 准时。在精益物流系统中，电子化的信息流保证了信息流动的迅速、准确无误，还可有效减少冗余信息传递，减少作业环节，消除操作延迟，这使得物流服务准时、准确、快速，具备高质量的特性。

货品在流通中能够顺畅、有节奏地流动是物流系统的目标。而保证货品的顺畅流动最关键的是准时。准时的概念包括物品在流动中的各个环节按计划按时完成，包括交货，运输，中转，分拣，配送等各个环节。物流服务的准时概念是与快速同样重要的方面，也是保证货品在流动中的各个环节以最低成本完成的必要条件，同时也是满足客户要求的重要方面之一。准时也是保证物流系统整体优化方案能得以实现的必要条件。

(3) 准确。准确包括：准确的信息传递、准确的库存、准确的客户需求预测、准确的送货数量等，准确是保证物流精益化的重要条件之一。

(4) 快速。精益物流系统的快速包括两方面含义：第一是物流系统对客户需求反应速度；第二是货品在流通过程中的速度。

物流系统对客户个性需求的反应速度取决于系统的功能和流程。当客户提出需求时，系统应能对客户的需求进行快速识别、分类，并制定出与客户要求相适应的物流方案。客户历史信息的统计、积累会帮助制定快速的物流服务方案。

货品在物流链中的快速性包括：货物停留的结点最少、流通所经路径最短、仓储时间最合理，并实现整体物流的快速性。速度体现在产品和服务上是影响成本和价值的重要因素，特别是市场竞争日趋激烈的今天，速度也是竞争的强有力手段。快速的物流系统是实现货品在流通中增加价值的重要保证。

(5) 降低成本。精益物流系统通过合理配置基本资源，以需定产，充分合理地运用优势和实力；通过电子化的信息流，进行快速反应、准时化生产，从而消除诸如设施设备空耗、人员冗余、操作延迟和资源等浪费，保证其物流服务的低成本。

(6) 系统集成。精益系统是由资源、信息流和能够使企业实现"精益"效益的决策规则组成的系统。精益物流系统则是由提供物流服务的基本资源、电子化信息和使物流系统实现"精益"效益的决策规则所组成的系统。

具有能够提供物流服务的基本资源是建立精益物流系统的基本前提。在此基础上，需要对这些资源进行最佳配置，资源配置的范围包括：设施设备共享、信息共享、利益共享等。只有这样才可以最充分地调动优势和实力，合理运用这些资源，消除浪费，最经济合理地提供满足客户要求的优质服务。

(7) 信息化。高质量的物流服务有赖于信息的电子化。物流服务是一个复杂的系统项目，涉及大量繁杂的信息。电子化的信息便于传递，这使得信息流动迅速、准确无误，保证物流服务的准时和高效；电子化信息便于存储和统计，可以有效减少冗余信息传递，减少作业环节，降低人力浪费。此外，传统的物流运作方式已不适应全球化、知识化的物流业市场竞争，必须实现信息的电子化，不断改进传统业务项目，寻找传统物流产业与新经济的结合点，提供增值物流服务。

使系统实现"精益"效益的决策规则包括使领导者和全体员工共同理解并接受精益思想，即消除浪费和连续改善，用这种思想方法思考问题，分析问题，制定和执行能够使系统实现"精益"效益的决策。

8.2　逆向物流与闭环供应链管理

8.2.1　逆向物流概述

"逆向物流"的概念最早是由 Stock 在 1992 年提出的，他指出，逆向物流为一种包含了产品退回、物料替代、物品再利用、废弃处理、再处理、维修与再制造等流程的物流活动。

逆向物流的表现是多样化的，从使用过的包装到经处理过的计算机设备，从未售商品的退货到机械零件的回收再利用等。简而言之，逆向物流就是从客户手中回收用过的、过时的或者损坏的产品和包装开始，直至最终处理环节的整个产品生命周期中物料回溯的过程。但是现在越来越被普遍接受的观点是，逆向物流是在整个产品生命周期中对产品和物资的系统的、有效的和高效的再利用过程的协调。然而对产品再使用和循环的逆向物流控制研究却是过去的 10 年里才开始被认知和展开的。其中较知名的论著是罗杰斯和提篷兰柯的《回收物流趋势和实践》，佛雷普的《物流计划和产品再造》和 Donald F. Blumberg 的《逆向物流与闭环供应链流程管理》等。

1. 逆向物流的含义

正向物流是货物从供应、生产到消费的所谓"供、产、销"方向上的物流，也是企业中投入产出方向上的物流，它是从原材料的采集、加工、存储、运输到产品的采购、生产、加工和装配，产品的存储、运输、配送、销售和售后服务的整个过程。而逆向物流是与正向物流所产生的产品生产与消费物流方向相反的物流活动。一般地，逆向物流包括回收物流(Returned Logistics)与废弃物物流(Waste Material Logistics)两大类。

"回收物流是指不合格物品的返修、退货以及周转使用的包装容器从需方返回到供方所形成的物品实体流动(中国国家质量技术监督局发布的于 2001 年 8 月 1 日起正式实施的《中华人民共和国国家质量标准物流术语》)。比如回收用于运输的托盘和集装箱，由于消费者对不满意产品的退货，不合格材料和残次品的退货，容器、包装品的回收再利用，原材料边角料、零部件加工中的缺陷在制品等的销售方面物品实体的反向流动过程。"

"废弃物物流是指将经济活动中失去原有使用价值的物品，根据实际需要进行收集、分类、加工、包装、搬运、储存等，并分送到专门处理场所时形成的物品实体流动，还包括由于某些强制性的原因或其他原因，如产品的有效期、法律禁止的具有某些危害的产品，形成的产品回收等。"

逆向物流包括产品回收、替代、检验(分类)、再加工，以及处置(清理与填埋)等环节的业务活动，它运作得好坏直接影响到企业的信誉、客户服务水平、质量评价、现金流和经营成本。图 8.1 为逆向物流的基本活动示意图。

综上所述，可将逆向物流从内涵范围上分为广义与狭义。狭义的逆向物流(Returned Logistics)是指对那些由于环境问题或产品已过时的原因而使产品、零部件或物料回收的过程。它是将回收物中有再利用价值的部分加以分拣、加工、分解，使其成为有用的资源重新进入生产和消费领域。广义的逆向物流(Reverse Logistics)除了包含狭义的逆向物流的内容之外，还包括废弃物物流的内容，其最终目标是减少资源使用，并通过减少使用资源达到废弃物减少的目标，同时使正向以及回收的物流更有效率。

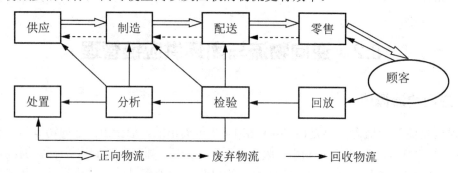

图 8.1　逆向物流的基本活动示意图

2. 驱动因素

有许多有利的因素迫使企业将逆向物流的管理提高到战略层面，提上了高级管理日程。带来这些变化的主要驱动因素有以下几种。

(1) 政府立法。在工业化世界中，政府的环境立法有效地推动了企业对他们所制造的产品的整个生命周期负责。顾客对全球气候变暖、温室效应和环境污染的关注推动了这种趋势的发展。在美国，议会在过去的几年中通过了超过 2 000 个固体废品的处理法案；1997年，日本国会通过了强制回收某些物资的法案。

在欧洲为了减少垃圾掩埋法的废品处理方式，欧盟制定了包装和包装废品的指导性意见，并在欧盟成员中形成法律。意见中规定了减少、再利用和回收包装材料的方法，并根据供应链环节中不同成员的地位和相应的年营业额，提出了企业每年进行垃圾回收和产品再生的数量要求。法规的目的是使生产者共同承担产品责任。

在英国，对于年产包装材料 50 吨，每年营业额 500 万英镑的企业，政府强制要求他们登记并证实在一定时间内完成了物资的再生和回收工作。需要进行再生的物资有铝、玻璃、纸张、木料、塑料和钢铁。原材料制造商负 6%的责任，包装商负 11%的责任，包装食品生产厂，例如罐头食品制造厂和备件生产厂，负 36%的责任，销售给最终使用者的组织负47%的责任。

(2) 日益缩短的产品生命周期。产品生命周期正在变得越来越短，这种现象在许多行业都变得非常明显，计算机行业尤为突出。新产品和升级换代产品以前所未有的速度推向市场，推动消费者更加频繁地购买。当消费者从更多的选择和功能中受益时，这种趋势也不可避免地导致了消费者使用更多的不被需要的产品，同时也带来了更多的包装、更多的退货和更多的浪费问题。缩短产品生命周期增加了进入逆向物流的浪费物资及管理成本。

(3) 新的分销渠道。消费者可以更加便捷地通过新的分销渠道购买商品。直销电视购物网络和互联网的出现使商品直销成为可能。但是直销产品也增加了退货的可能性，要么是因为产品在运输过程中被损坏，要么是由于实际物品与在电视或网上看到的商品不同。直销渠道给逆向物流带来了压力，一般零售商的退货率是 5%～10%，而通过产品目录和销售网络销售的产品的退货比例则高达 35%。由于直销渠道面对的顾客是全球范围的，而不仅局限于本地、国内或者某一区域，退货物品管理的复杂性就会增加，管理成本也将上升。

(4) 供应链中的力量转移。竞争的加剧和产品供应量的增加意味着买家在供应链中的地位提升。零售商可以拒绝承担未售出商品和过度包装品的处理责任。在美国，大多数返还给最上层供应商的商品(要么来源于消费者，要么是因为未售出)都被最初供应商收回，由他们对这些产品进行再加工和处理。这种情况在所有行业都有所发生，即使在航空业，航空公司会要求供应商收回并处理不需要的包装物品。

3. 主要动机

对于企业而言，逆向物流往往出于以下动机：环境管制、经济利益(体现在废弃物处理费用的减少、产品寿命的延长、原材料零部件的节省等方面)和商业考虑。因而，管理者首先应认识到逆向物流的重要性和价值，其次要在实际运作中如何给予逆向物流以资源和支援，才是发挥竞争优势的关键。

近年来，随着电子商务的快速发展，物流业已从传统的流通业中独立出来并日益受到人们的关注。而随着人们环保意识的增强，环保法规约束力度的加大，逆向物流的经济价值也逐步显现。在我国经济发展水平较为落后的时期和地区厉行节约理所当然是首要选择，传统经济生活中的废品收购，有空桶、空瓶、空盘，废旧钢铁、纸张、衣物等的重复利用，这也是一种司空见惯的社会生活现象，因而，服务于废品回收再用的逆向物流并不是什么新东西。另外对产品零部件的回收再用或将上述包装回收后清洗再用都比买新的要便宜。随着新的资源再生利用技术的研究与推广，大大降低了处理回收物品的成本，使逆向物流不仅意味着成本的减少，而且由于它能带来资源的节约就意味着经济效益、社会效益和环境效益的共同增加。具体而言，企业引入逆向物流系统的原因见表 8-1。

表 8-1　企业引入逆向物流系统的原因

引入逆物流系统的主要原因	使用逆物流系统的典型例子
为获得补偿或退款而退还产品	不能满足客户期望的 VCR(变动成本率)被退回，以得到退款
归还短期或长期租赁物	当天租赁的场地装备的返还
返回制造商以便修理、再制造或返还产品的核心部分	返还用过的汽车发电机给制造商以被再制造和再销售
保修期返回	电视机在保修期内功能失灵而被退还
可再利用的包装容器	返回的汽水瓶、酸奶瓶、饮料瓶被清洗和再使用
寄卖物返还	寄存在商店的音箱没有变卖又返还给物主
卖给顾客新东西时折价回收旧货	出售新家电时代理商回收旧家电准备再卖
产品发往特定组织进行升级	旧计算机被送往制造商以安装光盘驱动器
送还	不必要的产品包装或托盘在不需要时被送还
普遍的产品召回	由于安全带失效汽车被返还给代理商
产品返还给制造商进行检查或校准	医学设备被返还以检查和调校仪表
产品没有实现制造商对客户的承诺	如果电视性能与承诺的不一致则可以退还它

4. 逆向物流的特点

逆向物流作为企业价值链中特殊的一环，与正向物流相比，既有共同点，也有各自不同的特点。二者的共同点在于都具有包装、装卸、运输、储存、加工等物流功能。但是，逆向物流与正向物流相比又具有其鲜明的特殊性。

(1) 分散性。逆向物流产生的地点、时间、质量和数量是难以预见的。废旧物资流可能产生于生产领域、流通领域或生活消费领域，涉及任何领域、任何部门、任何个人，在社会的每个角落都在日夜不停地发生。正是这种多元性使其具有分散性。而正向物流则不然，按量、准时和指定发货点是其基本要求。这是由于逆向物流发生的原因通常与产品的质量或数量的异常有关。

(2) 缓慢性。不难发现，开始的时候逆向物流数量少，种类多，只有在不断汇集的情况下才能形成较大的流动规模。废旧物资的产生也往往不能立即满足人们的某些需要，它需要经过加工、改制等环节，甚至只能作为原料回收使用，这一系列过程的时间是较长的。同时，废旧物资的收集和整理也是一个较复杂的过程。这一切都决定了废旧物资回收缓慢性这一特点。

(3) 混杂性。回收的产品在进入逆向物流系统时往往难以划分为产品，因为不同种类、不同状况的废旧物资常常是混杂在一起的。当回收产品经过检查、分类后，逆向物流的混杂性随着废旧物资的产生而逐渐衰退。

(4) 多变性。由于逆向物流的分散性及消费者对退货、产品召回等回收政策的滥用，有的企业很难控制产品的回收时间与空间，这就导致了多变性。主要表现在以下 4 个方面。

① 逆向物流具有极大的不确定性。

② 逆向物流的处理系统与方式复杂多样。

③ 逆向物流技术具有一定的特殊性。

④ 相对高昂的成本。

目前，逆向物流在现阶段的显著特征，主要表现为高度不确定性(即为分散性)，运作的复杂性，实施的困难性 3 个方面。其中，运作的复杂性为：逆向物流的恢复过程和方式按产品的生命周期、产品特点、所需资源、设备等条件不同而复杂多样，因此比正向物流中的新产品生产过程存在更多的不确定性和复杂性。根据 Rogers 等在 2001 年对美国公司的一项调查，逆向物流的主要活动和功能包括：再制造、修整、再循环、填埋、再包装和再处理等内容。Carter 等指出，一个公司的逆向物流实施直接被至少 4 种环境因素影响，即消费者、供应商、竞争对手以及政府机构，所以公司很难做出有关恢复方式的战略决策来高效且经济地运作逆向物流系统。

而实施的困难性表现为：逆向物流普遍存在于企业的各项经营活动中，从采购、配送、仓储、生产、营销到财务，需要大量的协调和管理。尽管在一些行业，逆向物流已经成为在激烈竞争中找到竞争优势从而独树一帜的关键因素，但是许多管理者仍然认为逆向物流在成本、资产价值和潜在收益方面没有正向物流那么重要，因此分配给逆向物流的各种资源往往不足。另外，相关领域专业技术和管理人员的匮乏，缺少相应逆向物流网络和强大的信息系统及运营管理系统的支持，都成为有效逆向物流实施的障碍。

5. 逆向物流分类

1) 按照回收物品的渠道来分

按照回收物品的渠道可分为退货逆向物流和回收逆向物流两部分。退货逆向物流是指下游顾客将不符合订单要求的产品退回给上游供应商，其流程与常规产品流向正好相反。回收逆向物流是指将最终顾客所持有的废旧物品回收到供应链上各结点企业。

2）按照逆向物流材料的物理属性分

按照逆向物流材料的物理属性可分为钢铁和有色金属制品逆向物流、橡胶制品逆向物流、木制品逆向物流、玻璃制品逆向物流等。

3）按成因、途径和处置方式及其产业形态来分

按成因、途径和处置方式及其产业形态的不同，逆向物流被学者们区分为投诉退货、终端使用退回、商业退回、维修退回、生产报废与副品以及包装等 6 大类别。

8.2.2　逆向物流的物资及处理方法

1. 物资分类

一般逆向物流中回流的物资包括：产品加工过程中的边角料、库存或运输中被损坏的产品、产品的包装材料、顾客的退货、完成寿命的产品、返修品、由于生产造成的瑕疵导致企业大批回收的出厂品等。

基于这些物资不同的回流原因，可将它们大致分为投诉退货、维修返回、商业返回、包装返回、终端使用返回、生产报废与副产品 6 种类型(表 8-2)。它们普遍存在于企业和供应链的经营活动中，其涉及的部门有设计、采购、生产、仓储、包装、运输、配送、装卸搬运、流通加工、分销销售以及维修服务等部门。

表 8-2　逆向物流的物资类型

类　别	周　期	涉 及 领 域	处 理 方 式	例　证
投诉退货 (运输短少、偷盗、质量问题、重复运输等)	短期	市场营销客户满意服务	确认检查、退换货补货	电子消费品，如手机、录音笔等
终端使用返回 (经完全使用后需处理的产品)	长期	经济市场营销	再生产、再循环	电子设备的再生产、地毯循环、轮胎修复
		法规条例	再循环	白色和黑色家用电器
		资产恢复	再生产、再循环、处理	计算机元件及打印机硒鼓
商业返回(未使用商品退回还款)	短期中期	市场营销	再使用、再生产、再循环、处理	零售商品积压库存、时装、化妆品
维修返回(缺陷或损坏产品)	中期	市场营销法规条例	维修处理	有缺陷的家用电器、零部件、手机
生产报废与副产品(生产过程的废品和副产品)	较短期	经济法规条例	再循环、再生产	药品行业、钢铁业
包装返回(包装材料和产品载体)	短期	经济	再使用	托盘、条板箱、器皿
		法规条例	再循环	包装袋

2. 处理方法

针对不同类型的逆向物流物资，有不同的处理方法。在收到返回的物资和产品之后，企业通常可以按照下面可能的 6 种方法之一对其进行处理整修、维修、再利用、再销售或者进行回收(将产品拆散再进行销售)。

(1) 重新整修和再次制造。对产品进行重新整修和再次制造已经不是一个新的概念，现在越来越引起人们的注意。缺乏最新功能，但是仍处于可用状态并且可以实现功能恢复的设备，可以重新制造并放到仓库中以备再次使用。通常再生的生产制造成本应低于制造新产品的制造成本。企业运用有效的整修过程，可以在最大限度上降低整修成本，并且将整修后的成品返回仓库。在诸如航空、铁路等资产密集型的行业中，这种方法正在被广泛地使用。再生制造成本远远低于重建成本。目前，越来越多的公司开始应用这种方法。这些公司不但拥有大量的机械设备，而且频繁使用，其中的设备包括自动售货机和复印机等。

(2) 维修。如果产品无法按照设计要求工作，企业就需要对其回收并维修。返回的物品有两种类型：保修的和非保修的。客户需要自行付费解决非保修产品的维修问题，所以对企业来说，真正的问题在于保修期物品的回收。维修的目标是减少维修成本，节约产品维修时间和延长产品使用寿命。企业需要认真考虑和平衡维修成本和新建成本。

(3) 再使用。产品的再使用主要针对零部件。到达使用寿命的设备可以分解为部件和最终的零件。其中的部分零部件状态良好，无须重新制造和维修就可以再次使用，它们会被放置在零件仓库中供维修使用。

(4) 再循环。有些返还产品状态良好，可以进行再次销售。它们很可能是那些没有售出的商品，有些顾客买了之后就把它退回(例如通过邮购目录购买后退回)，有些则是使用后退回。另外，一些包装也可以重复利用，再次循环。一些在逆向物流方面领先的高科技企业，正在积极地再次利用自己的售出返还产品以及可重复使用的包装。

(5) 回收分拆。无法进行整修、整理或者再循环的返还商品将被分解成零件，然后再进行回收。直到现在，人们仍把回收看作一件费时费力、不值得做的事情。然而当企业面对通过物资回收方面的努力所带来了客观的经济效益时，回收就备受关注。为了从回收活动中获得最大效益，企业必须对逆向物流系统进行良好的管理，其中包括减少运输、流程和处理成本，使废弃物价值最大化。

(6) 报废处理。对那些没有经济价值或严重危害环境的回收品或零部件，通过机械处理、地下掩埋或焚烧等方式进行处理。西方国家对环保要求越来越高，而后两种方式会对环境带来一些不利影响，如占用土地、污染空气等。因此，目前西方国家主要采取机械处理方式。在大多数工业化国家里，被认作危险品的产品必须与其他物品区别开来，并进行负责任的处理。如果不这样做会导致高额的成本，因为处置者仍然要对这些废品负责，即便是经过了处理。

不同类型的回收物资与不同的处理方法的匹配，见表 8-2。

8.2.3 逆向物流渠道

逆向物流日益受到重视，逆向物流渠道(Reverse Logistics Channels)的选择是实施逆向物流中最重要的一环。

1. 逆向物流渠道含义

企业逆向物流渠道有广义和狭义之分，狭义的逆向物流渠道是指形成逆向物流的物品从供应链的下游(顾客)一端流向上游的起始端所经过的路线、途径或流转通道。广义的企业逆向物流渠道是指形成逆向物流的物品从供应链的下游(顾客)一端流向上游的所经过的路线、途径或流转通道，以及之间所经过的各种处理等。

2. 逆向物流渠道的模式

从不同的角度、按不同的标准来划分，企业逆向物流渠道有不同的模式。传统的划分方法主要有：根据企业的逆向物流活动中是否经过中间商将企业逆向物流渠道分为直接渠道和间接渠道；根据返回来的物品是否由生产企业来处理可将企业逆向物流渠道分为开环渠道和闭环渠道。

1) 直接渠道

直接渠道是指物品从消费领域转移到生产领域的过程中，不经过任何中间环节，由顾客直接将物品转运给企业。

其优点：顾客和生产企业直接接触，生产企业能及时、全面地了解顾客的需求，了解造成逆向物流的真正原因，有利于企业及时加强企业管理，改进生产方式，提高产品质量。同时，由于没有中间环节，可以大大缩短流通时间。有利于企业及时把握市场脉搏，提高市场占有率。

其主要缺点：因为单个顾客所形成的逆向物流的流量较小，频率高，所以生产企业必须增加专门人员、设施等进行处理，这会导致生产企业费用的增加。

2) 间接渠道

间接渠道是指物品从消费领域转移到生产领域的过程中，经过至少一个中间环节，而不是由顾客直接将物品转运给企业。

其优点：生产企业不必花费大量的人力、物力、财力去直接面对大量的单个顾客，只需要选择合适数量的中间环节进行交易，由他们来面对各种各样的单个顾客的诉求，借助于中间环节的力量完成企业逆向物流。

其缺点：由于逆向物流中加入了中间环节，回购物品的价格会有所上升，对一些技术性较高的产品，中间环节难以提供较好的服务，会造成不必要的逆向物流。同时，由于生产企业面对的是中间环节，不能很好的了解顾客需求，由中间环节传递而来的信息又存在着"牛鞭效应"，不利于企业对市场的把握等。

3) 闭环渠道

闭环渠道是指将已用物品返还并交由生产企业来处理的渠道。生产企业对返回的产品、其中任意一个部件和任何可以再次使用的产品零件进行再利用。已用物品的返还可以沿分销渠道逆向流动而回到生产企业手中，也可以通过回收商等的参与而将已用物品返还给生产企业。

闭环渠道的优点是：生产企业直接面对自己的已经用过的产品，能够及时准确的了解本企业产品的弱点及容易损耗的部分。生产企业可以在可能的情况下，通过分拆、再制造、再利用等可以最大限度地利用回收来的已用物品，减少原生资源使用量，降低生产成本，提高企业社会形象。对于技术含量较高的产品，由企业来处理已用过的物品，便于企业对技术的保密等，由于企业对全部逆向物流来说是最终消费者，因此相对具有较大的主动性，对逆向物流过程具有一定的控制权，可以减少逆向物流流通时间。

其缺点：为了使逆向物流有效的实施，企业必须投入大量的人力、物力、财力，去配备必要的设备、专门人员等。由于逆向物流的不确定性，导致企业无法准确预测回收物品的数量，给企业的产品及其零部件的库存管理带来较大困难。由于逆向物流的复杂性的存在，会导致人力资源成本上升。

4) 开环渠道

开环渠道是指物资和产品由生产企业回收，但由其他公司来进行处理的渠道。最终的产品和物资不再由生产者使用。与闭环渠道一样，已用物品的返还可以沿分销渠道逆向流动而回到生产企业手中，也可以通过回收商等的参与而将已用物品返还给生产企业。但生产企业将这些物品转送给其他企业进行分拆、再制造、拆卸、再利用、填埋或焚烧等处理，而不像闭环渠道那样由生产企业自己来处理。

开环渠道的优点是：生产企业既直接面对自己已经用过的产品，能够及时准确的了解本企业产品的弱点及容易损耗的部分，又不必为了使逆向物流有效的实施，投入大量的人力、物力、财力，配备必要的设备、专门人员等，去执行分拆、再制造、拆卸、再利用、填埋或焚烧等处理。企业不必担心环保法规的制裁，由于在使用过程中及使用后，都不对环境产生危害，因此有利于提高企业社会形象。

其缺点是：生产企业必须不断使用原生资源，不利于企业降低生产成本。由于逆向物流的缓慢性和价值递减性的存在，导致企业的间接成本上升。生产企业在这个过程中扮演的是类似回收商的角色，可能面对多个顾客(消费者)或中间环节。

3. 逆向物流渠道选择的影响因素

1) 回收品因素

在选择逆向物流渠道时首先要考虑回收品自身的特点。如果回收品是体积较大或过重、技术含量较高需要技术保密的物品应尽量采用直接、闭环渠道，但对体积较大或过重、技术含量较低不需要技术保密的物品可采用直接、开环渠道；而对于小而轻、技术含量较高需要技术保密的物品可采用间接、闭环渠道；对于小而轻、技术含量较低不需要技术保密的物品可采用间接、开环渠道。

2) 市场因素

消费面较大、容易处理的回收品，可采用间接、闭环渠道；消费面较大、较难处理的回收品，可采用间接、开环渠道；而如果回收品的消费范围较小、容易处理，可采用直接、闭环渠道；消费范围较小、较难处理的回收品，可采用直接、开环渠道。零星日用消费品方面的逆向物流，一般选择间接、开环渠道。

3) 企业因素

如果企业管理水平较高，资源充足，声誉良好，有能力对回收品进行处理，可以采用直接、闭环渠道；而如果企业管理水平较高，虽然资源充足，声誉良好，但却不愿意对回收品进行处理，则可以采用直接、开环渠道；如果企业管理水平一般，资源不足，声誉良好，愿意对回收品进行处理，可以采用间接、闭环渠道；而如果企业管理水平一般，资源充足，声誉良好，但却不愿意对回收品进行处理，则可以采用间接、开环渠道。

4) 环境因素

国家的政治、经济、自然、地理等因素是企业不可控制的外部环境因素，它们的不同对企业逆向物流渠道的选择将产生重大影响。例如受国家管制、法规要求必须由生产企业来做最终处理的产品，其逆向物流就只能选择直接、闭环渠道。

4. 逆向物流渠道选择的原则

1) 经济性原则

企业逆向物流选择的经济性原则是指企业在选择逆向物流渠道时，必须符合企业追求经济效益的需要，必须将逆向物流渠道决策可能带来的经济效益同实施这一方案所需要花费的成本进行对比，如果选择某一渠道 A 带来的投资报酬率低于另一渠道 B 带来的投资报酬率，则宜选择渠道 B。

2) 可控性原则

除了要考虑经济效益外，企业还要考虑对渠道的有效控制问题，这样可以保证企业有一套稳定的回收系统、可靠的再利用资源，有利于企业的系统管理。直接、闭环渠道是最容易控制的，但成本可能较高，而且对整个逆向物流市场来说，覆盖面可能较小。间接、开环渠道因覆盖面较大，因此较难控制。从总体来讲，企业对逆向物流渠道的控制要遵循适度的原则，要将控制的必要性和控制成本以及效益综合起来进行考虑。

3) 适应性原则

可以说逆向物流渠道也是企业重要的资源来源，因此企业在选择逆向物流渠道时，要从长远利益出发进行全局考虑，要考虑不同地区的消费偏好、人口数量、年龄分布、生活习惯等，要考虑所使用的渠道对所辖区域的适用性，以使企业所选择渠道能够最有效的实现企业的目标。

4) 渠道的增值性原则

渠道的增值性原则是指企业逆向物流渠道的选择应以实现回收品对企业价值最大化为重要目标。但在实际操作中，要兼顾环境保护效应。企业通过各种途径和方法，提高企业整体渠道的服务增值能力和差异化能力。通过为顾客提供针对性的差异性的服务，提高顾客的满意度和顾客忠诚度，提高企业的市场竞争力。

5) 分工协同原则

由于企业的产品往往不止一种，它们的特点可能有所不同，有时可能完全相反，再加上该产品所面临的市场等的不同，因此选择的逆向物流渠道也可能是不同的。企业在选择逆向物流渠道时，要考虑各种渠道的相互协同性，以获得整个逆向物流系统的协同效率，提高渠道整体的回流能力，降低渠道整体的运营费用。

6) 针对竞争原则

随着市场竞争的加剧，逆向物流成了企业增强其竞争力的有效途径之一。因此企业的逆向物流渠道也必然应该带有竞争导向。为了提高顾客忠诚度，企业必须根据竞争对手所采用的逆向物流渠道，选择既适合自己又有利于吸引顾客、提升企业社会形象的逆向物流渠道。

7) 滚动发展原则

对于一个正处在增长期的企业来说，要其一开始就采用直接、闭环渠道，它必然要投入大量的人力、物力、财力，大部分企业都难以承受。另一方面，在最初的阶段，也不可能有很好的回报，这很有可能影响到企业的长期发展。因此在条件允许的情况下，企业可先采用投入较小的逆向物流渠道，在条件成熟时，再采用更适合自己、投入较大的逆向物流渠道，坚持滚动向前发展的原则。

8) 案例

Computer Atlantic 公司——一个做办公室计算机产品的公司，其许多产品都供别人租赁的。由于专注于租赁终端资产，Computer Atlantic 公司参与了逆向物流的以上所有 5 项活动(返品处理、再制造、再营销、再循环和垃圾处理)。因为它所租赁的资产都是要回收的，所以公司很强调快速估计产品价值的重要性，并决定整个产品再出售的潜力，这和个人模块、元素和原材料的潜在价值有着极大的不同。

由于这个行业的产品生命周期都非常短，所以 Computer Atlantic 公司集中精力减少返品评估和重新配置的时间。那些能够重新利用和再制造的产品很快会被识别出来，并转化为可出售的产品。公司已经识别和建立了一系列的二手市场，所以再加工的产品就不会和公司新产品形成竞争。Computer Atlantic 公司通过将再加工的产品尽快地投入二手市场后，它保持了低的存货率并最大化了公司收入——已经意识到租赁产品所带来的巨大收入后。简言之，Computer Atlantic 公司已经充分认识到返品在收入、成本和资产利用上，在整个生命周期中对公司的价值。

对那些不能再利用的产品，Computer Atlantic 公司先将产品进行分解，然后回收可再利用的元件和贵重金属，最后将塑料等垃圾扔进指定的再循环垃圾桶里。通过回收旧元件，公司发现他们所需购买的元件数量得到极大地减少(在电子部门，许多用过的零部件的价值其实和新更换的零部件并无差别)。另外，大西洋公司的一些元件本来事前就被服务部门设计成可重用的，因为公司已为其产品服务多年了。原来的设备有了稳定的零部件供应后，公司就可以以最小的新零部件存货投资来满足顾客的需求。

最后，由于只有不到 2%的返品被送往垃圾站，所以 Computer Atlantic 公司能够提高其环境响应能力。公司管理层相信，高效的返品管理极大地提高了公司的品牌价值。而且，还通过增加未来的收入产生了极大的远期利益。

8.2.4 闭环供应链概述

1. 闭环供应链的内涵

闭环供应链(Closed Loop Supply Chains，CLSC)是在 2003 年被提出的。闭环供应链的概念是在逆向物流基础上产生的，正向物流和逆向物流整合起来，形成一个封闭的供应链系统，即为闭环供应链，它是指企业从采购到最终销售的完整供应链循环，包括了产品回收与生命周期支持的逆向物流。

逆向物流的产生使得供应链结构从单一的前向供应链发展为包括逆向供应链在内的闭环供应链系统。前向供应链是指通过对物流、资金流、信息流的控制，从采购原材料开始，制成中间产品以及最终产品，最后将产品销售给终端顾客的将供应商、制造商、分销商、零售商以及顾客连成一个整体的网络结构。而闭环供应链由前向供应链及其末端的顾客的产品作为起点，经过退货、直接再利用、维修、再制造、再循环回收或者废弃处理等逆向运作形成的物流、信息流和资金流的闭环系统。

它的目的是对物料的流动进行封闭处理，减少污染排放和剩余废物，同时以较低的成本为顾客提供服务。因此闭环供应链除了传统供应链的内容，还对可持续发展具有重要意义，所以传统的供应链设计原则也适用于闭环供应链。闭环物流在企业中的应用越来越多，市场需求不断增大，成为物流与供应链管理的一个新的发展趋势。

2. 闭环供应链的起源

早期的供应链往往以经济效益为中心，是以降低成本、提高竞争力为目的的，缺乏对可持续发展的必要认识，是一种物质单向流动的线性结构，在生产中需要消耗大量的资源求得增长，消费后系统的废弃物又使生态环境恶化。供应链发展到这一阶段，急需进行变革，在传统供应链的基础上新增回收、检测/筛选、再处理、再配送或报废处理等一系列作业环节和相关网络，将各个逆向活动置身于传统供应链框架下，并对原来框架流程进行重组，形成一个新的闭环结构，使所有物料都在其中循环流动，实现对产品全生命周期的有效管理，减少供应链活动对环境的不利影响，即为闭环供应链。

闭环供应链作为近年来企业界和学术界普遍关注的焦点，它的产生主要有 3 个方面的原因：第一，环境立法迫使企业必须对可能造成环境污染的产品及包装的整个生命周期负责；第二，消费者被赋予了更多的权利将不符合要求的产品退回买家；第三，企业已经认识到构建合理的闭环供应链系统能够增加收入、拓展新的市场。

3. 实施闭环供应链的根本原因

经济利益是企业主动或者前瞻性地实施闭环供应链的根本原因，是闭环供应链管理为企业降低成本和增加盈利的直接体现。高效的闭环供应链管理将带来直接效益，如资源投入的减少，库存和分销成本的降低，已恢复产品的附加价值；实现废弃物品的再循环、再利用而且通过有效的恢复处理，还可以间接地给公司带来获利的新机遇，如顾客满意度的提高，更紧密的顾客关系以及环境法规的一致性等。越来越多的企业意识到了实施闭环供应链策略的确可以获取竞争优势，赢得更多的利润和更大的市场占有率。如在欧洲和北美，施乐回收再利用了 60%以上的墨盒，1998—1999 年减少了 30 万吨的垃圾填埋，节约了45%～60%的制造成本。又如自 1990 年开始，柯达公司 10 年内共回收了 3.1 亿台一次性照相机，覆盖全球 20 多个国家，合理化处理后获得巨大收益，这不仅是废品回收，而是柯达公司应用闭环供应链策略创造企业价值的一大举措。

4. 闭环供应链的驱动因素

随着可持续发展观念的日益深入人心，道德和伦理责任常常被确定为闭环供应链的一个重要推动因素，认真履行企业公民责任的企业能得到社会的认可，有利于树立企业形象，增加企业无形资产，这将为企业实现闭环供应链管理带来不可低估的效益。

例如沃尔沃在 1972 年成为第一家向全世界公开承认造车会对环境产生污染的汽车厂商，此后一直致力于环保技术的研发。公司设计生产的 Volvo S40 汽车，材料具有很高的回收再利用率，全车 85%左右的制造材料都可以回收再利用，塑料、含毛毡和木纤维的内装饰材料可回收再利用。内装的皮革完全不含铬，皮革的处理过程采用天然植物药剂硝制皮革，而非化学药剂，不会造成车内空气污染。车体表面金属饰件的处理也不含镍，减少了重金属对人体的危害。车内的纺织品采用通过 Oko Tex 安全认证的内饰纺织品，完全不含甲醛、氯酚、重金属、杀虫剂和致癌物质，消除了接触性过敏产生的可能性。此外，整车制作过程大量减少了 PVC 材质的使用，尽量减少对工人及工厂周围地区的人员健康带来危害，提高了企业社会形象。这些细节都表现出了厂家对产品生命周期延长循环策略的重视程度。

又如宝马集团为了寻找能源解决方案，25 年来不懈地努力，在不牺牲驾驶乐趣的前提下，以开放前瞻的理念和严谨创先的科技在氢技术领域取得了有目共睹的先锋成就，把水分解为氢用于汽车驱动能源，解除汽车排放对环境的影响，使人类摆脱对不可再生能源的依赖，并于 2004 年在中国科技馆设计面积达 160 平方米的清洁能源展区，将推动氢知识的普及作为宝马集团的社会责任。

随着竞争的加剧，企业实施闭环供应链管理不仅是为了获取经济利益，有时更是为了一些非经济因素。Margarete A.Seitz 等通过对汽车发动机的再制造商进行调查，结果表明，对由 OEM 承担的汽车发动机再制造领域，OEM 进行再制造的原因不仅局限于传统的产品回收的动机，比如伦理和道德责任，环境立法，以及直接的经济动因(再制造的盈利性)，更多地是为了市场占有量，品牌保护以及产品售后服务中对备件的需求，特别一些处于消费后阶段的即将退市的产品，企业需要提供足够的备件来满足客户的需求。

5. 闭环供应链的特点

(1) 除了考虑成本和服务水平等目标外，还要考虑环境因素，这样使目标函数更加复杂。

(2) 系统更加复杂。封闭的系统中增加了逆向的废旧产品流，而且与正向的商品流相互作用，在商品的供应或废旧产品的收集方面，其数量、质量、时间等具有不确定性。

(3) 推/拉特性。废旧产品的供应和需求之间经常不匹配。"生产"也就是旧产品的供应与"需求"即生产商对废旧产品的需求之间的不协调。

(4) "供应商"多"客户"少。逆向供应链的"原材料"是使用过的废旧产品，与正向供应链不同的是，虽然有很多的"原材料"来源，而且废旧产品是以很小的成本或几乎没有成本进入逆向供应链，但由于废旧产品只有很低的价值，使得对此业务有兴趣的企业客户很少。

(5) 未开发的市场机会。环保的要求是创造新市场的基础，甚至会导致现有生产过程中副产品市场的重组，在这种重组中，原先的废料可能变成有用的产品。

闭环供应链所面向的系统无论从其深度还是广度都大大超越了传统供应链，它不是简单的"正向＋逆向"，而是涉及从战略层到运作层的一系列变化，其复杂程度和难度都远超过正向供应链。闭环供应链管理的目的是实现"经济与环境"的综合效益，该理念不仅有助于企业的可持续发展，也有助于整个国际社会的可持续发展，在构筑"强环境绩效"方面，闭环供应链表现出的优势远远超过了传统供应链，已成为供应链未来发展的必然趋势。

8.2.5 闭环供应链独有的设计原则

根据闭环供应链的定义可以知道，它的目的是对物料的流动进行封闭处理，减少污染排放和剩余废物，同时以较低的成本为顾客提供服务。闭环供应链除了传统供应链的内容，还对可持续发展具有重要意义，因此闭环供应链设计有其独特的方面。

1. 用可持续发展的标准约束供应商

选择符合可持续发展标准的供应商需要增加额外的选择标准，如必须为供应商解决两难的悖论，生产可重复使用的零配件的供应商可能因此失去大部分业务。这种损失应该得到补偿，可以将维修等业务外包给原始制造商，一方面原始制造商具有专业的业务知识和设备，可以提供较好的服务，另一方面供应商可以通过模块化设计以便于产品回收。

2. 利用会计系统核算产品或服务在整个生命周期中的成本及其产生的环境影响

首先，开发设计出的可回收产品，应该具有下列特点：经久耐用、可重复使用、使用后可无害化回收、在废弃处置时对环境友好；其次产品功能应具有可扩展性，这样在使用时能提高生态效益和可再用性；再次，设计产品应遵循模块化、标准化原则，这样可以使维修更加容易，部件和物料可重复使用(甚至可以跨供应链使用)。

3. 善于利用各种管理方法

ISO9000—14000、生命周期评估方法、环境会计方法等可以帮助企业识别需要改进的地方。举例来说，使用较少的能源不但对环境有好处，而且由于减少成本而对公司也有利，同时又避免了潜在的环境法律责任。善于利用这些管理方法是企业可持续发展的重要前提，为了取代不可再生资源和具有污染的技术，企业应尽量使用太阳能、风能、水能和地热能等，以便减少能源消耗。

4. 建立新的市场

环保要求会引发建立某些特定物料的新市场，也可能引发生产过程中现有物料流程的重组。借助于新技术，以前作为废物处理的物料会变成有用的副产品。处置设施应尽可能地接近终端消费者，这样可以便捷地运送来自消费者的废旧产品，此外，企业应尽可能提供废弃物处理服务。

5. 应付不确定因素

在回收的产品中，只有部分是有价值的，但正确预测哪些部分有价值是比较困难的，因此用来区分回流产品中有用部分和无用部分的分类/测试工作需要分散进行。由于逆向渠道固有的推/拉特性，即使在完美信息状态下，在回收产品的供给和需求之间也存在着不匹配问题和回收渠道的选择问题。从事物料和能源经营的企业应该进行一定的准备，使自己能对管理和流程中的变化做出快速反应。不断变化的产品和服务也在不断推动设计的变化，为了达到生态最优化，必须多研究一些备用的设计方案。

6. 对物流网络设计与回收方法进行匹配

有些研究者对成本和服务驱动式的网络设计进行了案例研究，他们得出的结论是：与传统的正向物流相比，闭环供应链有一些明显不同的特点，尤其在流程方面。产品回收网络的典型特点是它包括专门从事收集与运输的汇聚部分、将可再用产品配送到市场的发散部分、与回收处理各个环节有关的中间部分。他们对物料回收、再制造、可再用部件、可再用包装、保修和商业回收等的网络进行了区分，这些网络类型在网络的拓扑结构、参与者的角色、参与者之间的合作等方面不同。

7. 提高再循环的设计

环境驱动式网络设计，从闭环供应链的角度分析了电池回收问题，讨论了许多网络设计方法。环境因素影响着网络的拓扑结构、参与者的角色、参与者之间的合作。有文章认为产品如何设计是一个关键因素，决策时要考虑模块化、物料类型、供应商的参与程度、可拆解性、生命周期、所用设备的类型、产品中模块/部件的标准化程度。影响决策的参数包括污染的产生、能源的使用、残余废弃物、生命周期成本、生产技术、辅助材料、副产品、可回收性、产品复杂性、产品功能等。

8. 提高回流的质量和比例

针对诸如家电产品闭环供应链系统的优化问题，除了高效的物流管理和优化的产品设计外，系统的优化程度依赖于回流数量和回流比例。

8.2.6 闭环供应链的几种运作模式

1. 基于再循环的闭环供应链

再循环(Recycling)是指从垃圾或者废弃物中提取有用的物质并加以重新利用，是闭环供应链中应用最为广泛的一种模式，典型的案例是酸性铅电池的回收、分解和再利用。SLI(Starting，Lighting and Ignition)电池是酸性铅电池用途最广的一种，因此也格外受重视。据统计，每年 47%的铅产量来源于再循环，80%～85%的废旧铅电池被回收，剩余的 10%～15%未被回收的 SLI 电池占土壤中铅问题的 65%，由此可见铅电池回收的重要性。

SLI 电池的逆向供应链过程包括回收、存储、运输、再循环等过程(图 8.2)，SLI 电池的回收有 3 种方式：一是车主要换新电池后抛弃掉旧电池；二是车主在维修站更换新电池，旧电池被回收；三是旧电池经过初步处理后送往再循环厂。鉴于铅的污染性，回收的 SLI 电池在存储和运输中都要注意安全。再循环过程包括分解、熔炼等，生成的铅板可直接送到用户手中。

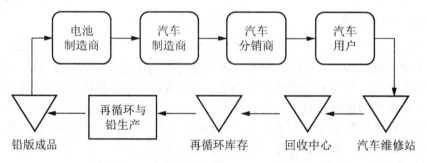

图 8.2 基于再利用的闭环供应链(以 SLI 电池为例)

2. 基于再利用的闭环供应链

本文中的再利用(Reuse)包含两种含义：一是指经过简单的清洗或者再包装(Cleaning & Repackaging)就能够使用；二是回收物分拆后的零部件通过简单的处理(如润滑等)就能够再利用的情况。再利用的典型案例有托盘的循环使用、一次性相机的回收利用等。

图 8.3 描述了可循环使用容器形成的闭环供应链及其信息流。分销商向信息中心发出服务请求；后者分析该订单后，向配送中心 A 下达指令，将一定数量的包装容器送达分销商指定的位置；装载完毕后，由第三方物流供应商运输到零售商/客户。当积累到一定量的包装容器后，零售商/用户会将该信息发给信息中心，后者下达指令，回收包装容器，并送到最近的配送中心 B 进行清洗等基本处理，以备使用。

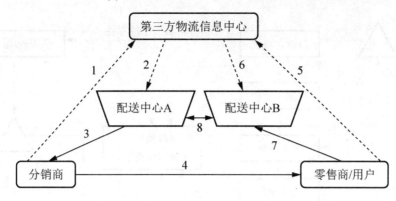

图8.3 基于再利用的闭环供应链(以可循环使用容器为例)

3. 基于维修/整修/拼修的闭环供应链

维修(Repair)是把使用过的产品或者零件恢复到工作状态;整修(Refurbishing)是把产品恢复到一种特定的质量形式;拼修(Cannibalization)是把从某种产品分拆的零件用到其他产品中去。

基于维修/整修/拼修的闭环供应链主要应用于3种情况:①如果用户收到的产品存在缺陷,则供应链必须立刻替换并回收缺陷品;②供应链必须能够提供便捷、快速、成本有效的维修服务,以满足用户的不时之需;③供应链能够满足日常的校准服务。

图8.4描述了航空设备制造业的多级维修闭环供应链系统。用户将缺陷产品送到维修站维修,如果维修站有维修能力,则将修好的产品送还用户;否则需要送到维修中心,由后者将维修好的产品送达维修站。维修中心可以从外部采购新产品。

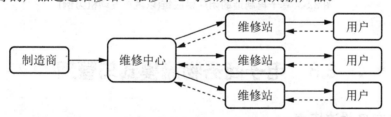

图8.4 基于维修/整修/拼修的闭环供应链(以航空设备为例)

4. 基于再制造的闭环供应链

再制造(Remanufacturing)是把产品进行分拆并检验分拆后的零件和组件,破损的零部件或者进行维修,或者用新的零件替代。如果技术或者经济上可行,则可以将处理后的零件潜入到组件中测试。再制造是所有恢复模式中最复杂的一种,恢复后的产品一般视若新产品来看待。再制造广泛用于汽车、航空、机械设备等行业。

图8.5描述了汽车发动机的再制造供应链。零售商将回收的发动机送到当地的配送中心,由后者统一运输到发动机核心部件仓库,然后经过分拆、清洗等一系列过程生成符合质量要求的零备件,装配成"新"的发动机,送入物流中心(Distribution Center, DC)进入正向供应链。

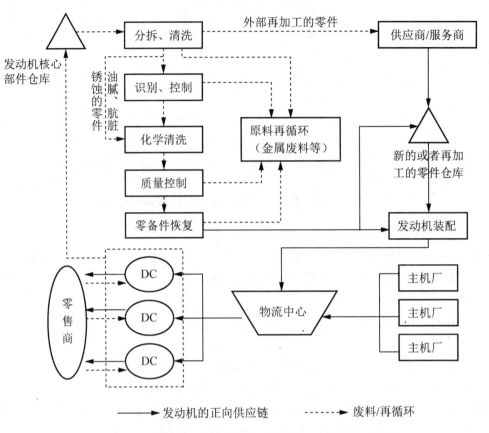

图 8.5　基于再制造的闭环供应链(以汽车发动机为例)

8.3　电子商务物流模式与管理

8.3.1　电子商务物流模式

案例：电子商务化物流使戴尔公司既可以先拿到用户的预付款，又可以待货运到后货运公司再结算运费(运费还要用户自己支付)，戴尔既占压着用户的流动资金，又占压着物流公司的流动资金，按单生产又没有库存风险。戴尔的竞争对手一般保持着几个月的库存，而戴尔的库存只有几天，这些因素使戴尔的年均利润率超过 50%。当然，无论什么销售方式，首先必须对用户有好处。戴尔的电子商务型直销方式对用户的价值包括：

(1) 用户的需求不管多么个性化都可以满足；

(2) 戴尔精简的生产、销售、物流过程可以省去一些中间成本，因此戴尔的价格较低；

(3) 用户可以享受到完善的售后服务，包括物流、配送服务，以及其他售后服务。

决定戴尔直销系统成功与否的一个关键是要建立一个覆盖面较大、反应迅速、低成本的物流网络和系统。

1. 电子商务物流(Electronic Commerce Logistics)的内涵

电子商务物流又称网上物流，就是基于互联网技术，旨在创造性地推动物流行业发展的新商业模式；通过互联网，物流公司能够被更大范围内的货主客户主动找到，能够在全国乃至世界范围内拓展业务；贸易公司和工厂能够更加快捷的找到性价比最适合的物流公司；网上物流致力于把世界范围内最大数量的有物流需求的货主企业和提供物流服务的物流公司都吸引到一起，提供中立、诚信、自由的网上物流交易市场，帮助物流供需双方高效达成交易。目前已经有越来越多的客户通过网上物流交易市场找到了客户，找到了合作伙伴，找到了海外代理。网上物流提供的最大价值，就是更多的机会。

2. 电子商务物流的特点

电子商务时代的来临，给全球物流带来了新的发展，使物流具备了一系列新特点。

(1) 信息化。电子商务时代，物流信息化是电子商务的必然要求。物流信息化表现为物流信息的商品化、物流信息收集的数据库化和代码化、物流信息处理的电子化和计算机化、物流信息传递的标准化和实时化、物流信息存储的数字化等。因此，条码技术(Bar Code)、数据库技术(Database)、电子订货系统(Electronic Ordering System，EOS)、电子数据交换(Electronic Data Interchange，EDI)、快速反应(Quick Response，QR)及有效的客户反映(Effective Customer Response，ECR)、企业资源计划(Enterprise Resource Planning，ERP)等技术与观念在物流中将会得到普遍的应用。

(2) 自动化。自动化的基础是信息化，自动化的核心是机电一体化，自动化的外在表现是无人化，自动化的效果是省力化，另外还可以扩大物流作业能力、提高劳动生产率、减少物流作业的差错等。物流自动化的设施非常多，如条码/语音/射频自动识别系统、自动分拣系统、自动存取系统、自动导向车、货物自动跟踪系统等。这些设施在发达国家已普遍用于物流作业流程中。

(3) 网络化。物流领域网络化的基础也是信息化，这里指的网络化有两层含义：一是物流配送系统的计算机通信网络，包括物流配送中心与供应商或制造商的联系要通过计算机网络，另外与下游顾客之间的联系也要通过计算机网络通信，比如物流配送中心向供应商提出订单这个过程，就可以使用计算机通信方式，借助于增值网 (Value Added Network，VAN)上的电子订货系统(EOS)和电子数据交换技术(EDI)来自动实现，物流配送中心通过计算机网络收集下游客户的订货的过程也可以自动完成；二是组织的网络化，即所谓的企业内部网(Intranet)。比如，台湾的计算机业在 20 世界 90 年代创造出了"全球运筹式产销模式"，这种模式的基本点是按照客户订单组织生产，生产采取分散形式，即将全世界的计算机资源都利用起来，采取外包的形式将一台计算机的所有零部件、元器件、芯片外包给世界各地的制造商去生产，然后通过全球的物流网络将这些零部件、元器件和芯片发往同一个物流配送中心进行组装，由该物流配送中心将组装的计算机迅速发给订户。这一过程需要有高效的物流网络支持，当然物流网络的基础是信息、计算机网络。物流的网络化是物流信息化的必然，是电子商务下物流活动的主要特征之一。当今世界 Internet 等全球网络资源的可用性及网络技术的普及为物流的网络化提供了良好的外部环境，物流网络化不可阻挡。

(4) 智能化。这是物流自动化、信息化的一种高层次应用，物流作业过程有大量的运筹和决策，如库存水平的确定、运输(搬运)路径的选择、自动导向车的运行轨迹和作业控制、自动分拣机的运行、物流配送中心经营管理的决策支持等问题都需要借助于大量的知识才能解决。在物流自动化的进程中，物流智能化是不可回避的技术难题。好在专家系统、机器人等相关技术在国际上已经有比较成熟的研究成果。为了提高物流现代化的水平，物流的智能化已成为电子商务下物流发展的一个新趋势。

(5) 柔性化。柔性化本来是为实现"以顾客为中心"理念而在生产领域提出的，但要真正做到柔性化，即真正地能根据消费者需求的变化来灵活调节生产工艺，没有配套的柔性化的物流系统是不可能达到目的的。20 世界 90 年代，国际生产领域纷纷推出弹性制造系统(Flexible Manufacturing System，FMS)、计算机集成制造系统(Computer Integrated Manufacturing System，CIMS)、制造资源系统(Manufacturing Requirement Planning，MRP)、企业资源计划(Enterprise Resource Planning，ERP)以及供应链管理的概念和技术，这些概念和技术的实质是要将生产、流通进行集成，根据需求端的需求组织生产，安排物流活动。因此，柔性化的物流正是适应生产、流通与消费的需求而发展起来的一种新型物流模式。这就要求物流配送中心要根据消费需求"多品种、小批量、多批次、短周期"的特色，灵活组织和实施物流作业。

另外，物流设施、商品包装的标准化，物流的社会化、共同化也都是电子商务下物流模式的新特点。

3. 电子商务物流业的发展趋势

电子商务时代，由于企业销售范围的扩大，企业和商业销售方式及最终消费者购买方式的转变，使得送货上门等业务成为一项极为重要的服务业务，促使了物流行业的兴起。物流行业指能完整提供物流机能服务，以及运输配送、仓储保管、分装包装、流通加工等以收取报偿的行业。主要包括仓储企业、运输企业、装卸搬运、配送企业、流通加工业等。信息化、全球化、多功能化和一流的服务水平，已成为电子商务下物流企业追求的目标。

1) 多功能化——物流业发展的方向

在电子商务时代，物流发展到集约化阶段，一体化的配送中心不单单提供仓储和运输服务，还必须开展配货、配送和各种提高附加值的流通加工服务项目，也可按客户的需要提供其他服务。现代供应链管理即通过从供应者到消费者供应链的综合运作，使物流达到最优化。企业追求全面的系统的综合效果，而不是单一的、孤立的片面观点。

作为一种战略概念，供应链也是一种产品，而且是可增值的产品；其目的不仅是降低成本，更重要的是提供用户期望以外的增值服务，以产生和保持竞争优势。从某种意义上讲，供应链是物流系统的充分延伸，是产品与信息从原料到最终消费者之间的增值服务。

在经营形式上，采取合同型物流。这种配送中心与公用配送中心不同，它是通过签订合同，为一家或数家企业(客户)提供长期服务，而不是为所有客户服务。这种配送中心有由公用配送中心来进行管理的，也有自行管理的，但主要是提供服务；也有可能所有权属于生产厂家，交专门的物流公司进行管理。

供应链系统物流完全适应了流通业经营理念的全面更新。因为，以往商品经由制造、批发、仓储、零售各环间的多层复杂途径，最终到消费者手里。而现代流通业已简化为由制造经配送中心而送到各零售点。它使未来的产业分工更加精细，产销分工日趋专业化，大大提高了社会的整体生产力和经济效益，使流通业成为整个国民经济活动的中心。

另外，在这个阶段有许多新技术，例如准时制工作法(Just in Time)，又如，销售时点信息管理系统(Point of Sale)，商店将销售情况及时反馈给工厂的配送中心，有利于厂商按照市场调整生产，以及同配送中心调整配送计划，使企业的经营效益跨上一个新台阶。

2) 一流的服务——物流企业的追求

在电子商务下，物流业是介于供货方和购货方之间的第三方，是以服务作为第一宗旨。从当前物流的现状来看，物流企业不仅要为本地区服务，而且还要进行长距离的服务。因为客户不但希望得到很好的服务，而且希望服务点不是一处，而是多处。因此，如何提供高质量的服务便成了物流企业管理的中心课题。应该看到，配送中心离客户最近，联系最密切，商品都是通过它送到客户手中。美、日等国物流企业成功的要诀，就在于他们都十分重视客户服务的研究。

首先，在概念上变革，由"推"到"拉"。配送中心应更多地考虑"客户要我提供哪些服务"，从这层意义讲，它是"拉"(Pull)，而不是仅仅考虑"我能为客户提供哪些服务"，即"推"(Push)。如有的配送中心起初提供的是区域性的物流服务，以后发展到提供长距离服务，而且能提供越来越多的服务项目。又如配送中心派人到生产厂家"驻点"，直接为客户发货。越来越多的生产厂家把所有物流工作全部委托配货中心去干，从根本意义上讲，配送中心的工作已延伸到生产厂里去了。

如何满足客户的需要把货物送到客户手中，就要看配送中心的作业水平了。配送中心不仅与生产厂家保持紧密的伙伴关系，而且直接与客户联系，能及时了解客户的需求信息，并沟通厂商和客户双方，起着桥梁作用。如美国普雷兹集团公司(APC)是一个以运输和配送为主的规模庞大的公司。物流企业不仅为货主提供优质的服务，而且要具备运输、仓储、进出口贸易等一系列知识，深入研究货主企业的生产经营发展流程设计和全方位系统服务。优质和系统的服务使物流企业与货主企业结成战略伙伴关系(或称策略联盟)，一方面有助于货主企业的产品迅速进入市场，提高竞争力，另一方面则使物流企业有稳定的资源。对物流企业而言，服务质量和服务水平正逐渐成为比价格更为重要的选择因素。

3) 信息化——现代物流业的必由之路

在电子商务时代，要提供最佳的服务，物流系统必须要有良好的信息处理和传输系统。如美国洛杉矶西海报关公司与码头、机场、海关信息联网，当货从世界各地起运时，客户便可以从该公司获得到达的时间、到泊(岸)的准确位置，使收货人与各仓储、运输公司等做好准备，使商品在几乎不停留的情况下，快速流动、直达目的地。又如，美国干货储藏公司(D.S.C)有 200 多个客户，每天接收大量的订单，需要很好的信息系统。为此，该公司将许多表格编制了计算机程序，大量的信息可迅速输入、传输，各子公司也是如此。再如，美国橡胶公司(USCO)的物流分公司设立了信息处理中心，接收世界各地的订单；IBM 公司只需按动键盘，即可接通 USCO 公司订货，通常在几小时内便可把货送到客户手中。良好的信息系统能提供极好的信息服务，以赢得客户的信赖。

在大型的配送公司里，往往建立了 ECR 和 JIT 系统。所谓有效客户信息反馈，可以做到客户要什么就生产什么，而不是生产出东西等顾客来买。仓库商品的周转次数每年达 20 次左右，若利用客户信息反馈这种有效手段，可增加到 24 次，这样可使仓库的吞吐量大大增加。通过 JIT 系统，可从零售商店很快地得到销售反馈信息。配送不仅实现了内部的信息网络化，而且增加了配送货物的跟踪信息，从而大大提高了物流企业的服务水平，降低了成本。成本一低，竞争力便增强了。

欧洲某配送公司通过远距离的数据传输，将若干家客户的订单汇总起来，在配送中心里采用计算机系统编制出"一笔划"式的路径最佳化"组配拣选单"。配货人员只需到仓库转一次，即可配好订单上的全部要货。

在电子商务环境下，由于全球经济的一体化趋势，当前的物流业正向全球化、信息化、一体化发展。

商品与生产要素在全球范围内以空前的速度自由流动。EDI 与 Internet 的应用，使物流效率的提高更多地取决于信息管理技术，电子计算机的普遍应用提供了更多的需求和库存信息，提高了信息管理科学化水平，使产品流动更加容易和迅速。物流信息化包括商品代码和数据库的建立，运输网络合理化、销售网络系统化和物流中心管理电子化建设等，目前还有很多工作有待实施。可以说，没有现代化的信息管理，就没有现代化的物流。

4）全球化——物流企业竞争的趋势

20 世界 90 年代早期，由于电子商务的出现，加速了全球经济的一体化，致使物流企业的发展达到了多国化。它从许多不同的国家收集所需要资源，再加工后向各国出口，如前面提及的台湾计算机业。

全球化的物流模式使企业面临着新的问题，例如，当北美自由贸易区协议达成后，其物流配送系统已经不是仅仅从东部到西部的问题，还有从北部到南部的问题。这里面有仓库建设问题也有运输问题。又如，从加拿大到墨西哥，如何来运送货物，又如何设计合适的配送中心，还有如何提供良好服务的问题。另外一个困难是较难找到素质较好、水平较高的管理人员，因为有大量牵涉到合作伙伴的贸易问题。如日本在美国开设了很多分公司，而两国存在着不小的差异，势必会碰到如何管理的问题。

还有一个信息共享问题。很多企业有不少企业内部的秘密，物流企业很难与之打交道，因此，如何建立信息处理系统，以及时获得必要的信息，对物流企业来说，是个难题。同时，在将来的物流系统中，能否做到尽快将货物送到客户手里，是提供优质服务的关键之一。客户要求发出订单后，第二天就能得到货物，而不是口头上说"可能何时拿到货物"。同时，客户还在考虑"所花费用与所得到的服务是否相称，是否合适"。

全球化战略的趋势使物流企业和生产企业更紧密地联系在一起，形成了社会大分工。生产厂集中精力制造产品、降低成本、创造价值；物流企业则花费大量时间、精力从事物流服务。例如，在配送中心里，对进口商品的代理报关业务、暂时储存、搬运和配送，必要的流通加工，从商品进口到送交消费者手中的服务实现一条龙。

4. 电子商务物流解决方案

(1) 美国的物流中央化：物流中央化的美国物流模式强调"整体化的物流管理系统"，以整体利益为重，冲破按部门分管的体制，从整体进行统一规划管理的管理方式。在市场营销方面，物流管理包括分配计划、运输、仓储、市场研究、为用户服务过程；在流通和服务方面，物流管理过程包括需求预测、订货过程、原材料购买、加工过程，即从原材料购买直至送达顾客的全部物资流通过程。

(2) 日本的高效配送中心：物流过程是生产—流通—消费—还原(废物的再利用及生产资料的补足和再生产)。在日本，物流是非独立领域，由多种因素制约。物流(少库存多批发)与销售(多库存少批发)相互对立，必须利用统筹来获得整体成本最小的效果。物流的前提是企业的销售政策、商业管理、交易条件。销售订货时，交货条件、订货条件、库存量条件对物流的结果影响巨大。流通中的物流问题已转向研究供应、生产、销售中的物流问题方向。

(3) 适应电子商务的全新物流模式——物流代理：物流代理(Third Party Logistics，TPL) 即第三方提供物流服务，或称第三方物流)的定义为："物流渠道中的专业化物流中间人，以签订合同的方式，在一定期间内，为其他公司提供所有或某些方面的物流业务服务。"

从广义的角度以及物流运行的角度看，物流代理包括一切物流活动，以及发货人可以从专业物流代理商处得到的其他一些价值增值服务。提供这一服务是以发货人和物流代理商之间的正式合同为条件的。这一合同明确规定了服务费用、期限及相互责任等事项。

狭义的物流代理专指本身没有固定资产但仍承接物流业务，借助外界力量，负责代替发货人完成整个物流过程的一种物流管理方式。

物流代理公司承接了仓储、运输代理后，为减少费用的支出，同时又要使生产企业觉得有利可图，就必须在整体上尽可能地加以统筹规划，使物流合理化。

5. 案例

美国的物流配送业发展起步早，经验成熟，尤其是信息化管理程度高，对我国物流发展有很大的借鉴意义。

1) 美国配送中心的类型

从 20 世纪 60 年代起，商品配送合理化在发达国家普遍得到重视。为了向流通领域要效益，美国企业采取了以下措施：一是将老式的仓库改为配送中心；二是引进计算机管理网络，对装卸、搬运、保管实行标准化操作，提高作业效率；三是连锁店共同组建配送中心，促进连锁店效益的增长。美国连锁店的配送中心有多种，主要有批发型、零售型和仓储型 3 种类型。

(1) 批发型。美国加州食品配送中心是全美第二大批发配送中心，建于 1982 年，建筑面积 10 万平方米，工作人员 2 000 人左右，共有全封闭型温控运输车 600 多辆，1995 年销售额达 20 亿美元。经营的商品均为食品，有 43 000 多个品种，其中有 98% 的商品由该公司组织进货，另有 2% 的商品是该中心开发加工的商品，主要是牛奶、面包、冰激凌等新鲜食品。该中心实行会员制。各会员超市因店铺的规模大小不同、所需商品配送量的不同，而向中心交纳不同的会员费。会员店在日常交易中与其他店一样，不享受任何特殊的待遇，但可以参加配送中心的定期的利润处理。该配送中心本身不是盈利单位，可以不交营业税。所以，当配送中心获得利润时，采取分红的形式，将部分利润分给会员店。会员店分得红利的多少，将视在配送中心的送货量和交易额的多少而定，多者多分红。

该配送中心主要靠计算机管理。业务部通过计算机获取会员店的订货信息，及时向生产厂家和储运部发出要货指示单；厂家和储运部再根据要货指示单的先后缓急安排配送的先后顺序，将分配好的货物放在待配送口等待发运。配送中心 24 小时运转，配送半径一般为 50 千米。

该配送中心与制造商、超市协商制定商品的价格，主要依据是：①商品数量与质量；②付款时间，如在 10 天内付款可以享受 2% 的价格优惠；③配送中心对各大超市配送商品的加价率，根据商品的品种、档次不同以及进货量的多少而定，一般为 2.9%~8.5%。

(2) 零售型。美国沃尔玛商品公司的配送中心是典型的零售型配送中心。该配送中心是沃尔玛公司独资建立的，专为本公司的连锁店按时提供商品，确保各店稳定经营。该中心的建筑面积为 12 万平方米，总投资 7 000 万美元，有职工 1 200 多人；配送设备包括 200 辆车头、400 节车厢、13 条配送传送带，配送场内设有 170 个接货口。中心 24 小时运转，每天为分布在纽约州、宾夕法尼亚州等 6 个州的沃尔玛公司的 100 家连锁店配送商品。

该中心设在 100 家连锁店的中央位置，商圈为 320 千米，服务对象店的平均规模为 1.2 万平方米。中心经营商品达 4 万种，主要是食品和日用品，通常库存为 4 000 万美元，旺季为 7 000 万美元，年周转库存 24 次。在库存商品中，畅销商品和滞销商品各占 50%，库存商品期限超过 180 天为滞销商品，各连锁店的库存量为销售量的 10%左右。1995 年，该中心的销售额为 20 亿美元。

在沃尔玛各连锁店销售的商品，根据各地区收入和消费水平的不同，其价格也有所不同。总公司对价格差价规定了上下限，原则上不能高于所在地区同行业同类商品的价格。

(3) 仓储型。美国福来明公司的食品配送中心是典型的仓储式配送中心。它的主要任务是接受美国独立杂货商联盟加州总部的委托业务，为该联盟在该地区的 350 家加盟店负责商品配送。该配送中心建筑面积为 7 万平方米，其中有冷库、冷藏库 4 万平方米，杂货库 3 万平方米，经营 8.9 万个品种，其中有 1 200 个品种是美国独立杂货商联盟开发的，必须集中配送。在服务对象店经营的商品中，有 70%左右的商品由该中心集中配送，一般是鲜活商品和怕碰撞的商品，如牛奶、面包、炸土豆片、瓶装饮料和啤酒等从当地厂家直接进货到店，蔬菜等商品从当地的批发市场直接进货。

2) 美国配送中心的运作流程

美国配送中心的库内布局及管理井井有条，使繁忙的业务互不影响，其主要经验是：①库内货架间设有 27 条通道，19 个进货口；②以托盘为主，4 组集装箱为一货架；③商品的堆放分为储存的商品和配送的商品，一般根据商品的生产日期、进货日期和保质期，采取先进库的商品先出库的原则，在存货架的上层是后进的储存商品，在货架下层的储存商品是待出库的配送商品；④品种配货是数量多的整箱货，所以用叉车配货，店配货是细分货，小到几双一包的袜子，所以利用传送带配货；⑤质量轻、体积大的商品(如卫生纸等)，用叉车配货，重量大、体积小的商品用传送带配货；⑥特殊商品存放区，如少量高价值的药品、滋补品等，为防止丢失，用铁丝网圈起来，标明无关人员不得入内。

8.3.2 电子商务物流管理

1. 电子商务物流管理(E-Commerce Logistic Management)含义

所谓电子商务物流管理，是指在社会再生产过程中，根据物质资料实体流动的规律，应用管理的基本原理和科学方法，对电子商务物流活动进行计划、组织、指挥、协调、控制和决策，使各项物流活动实现最佳协调与配合，以降低物流成本，提高物流效率和经济效益。简言之，电子商务物流管理就是研究并应用电子商务物流活动规律对物流全过程、各环节和各方面的管理。物流向一体化、向供应链管理方向发展就是电子商务物流管理的基本指导思想。基于此，电子商务物流管理应遵循原则：系统效益原则、标准化原则和服务原则。

2. 电子商务物流管理的内容

电子商务物流管理主要包括对物流过程的管理、对物流要素的管理和对物流活动中具体职能的管理。

1) 对物流过程的管理

(1) 运输管理。运输方式及服务方式的选择；运输路线的选择；车辆调度与组织。

(2) 储存管理。原料、半成品和成品的储存策略；储存统计、库存控制、养护。

(3) 装卸搬运管理。装卸搬运系统的设计、设备规划与配置和作业组织等。

(4) 包装管理。包装容器和包装材料的选择与设计；包装技术和方法的改进；包装系列化、标准化、自动化等。

(5) 流通加工管理。加工场所的选定；加工机械的配置；加工技术与方法的研究和改进；加工作业流程的制定与优化。

(6) 配送管理。配送中心选址及优化布局；配送机械的合理配置与调度；配送作业流程的制定与优化。

(7) 物流信息管理。对反映物流活动内容的信息、物流要求的信息、物流作用的信息和物流特点的信息所进行的收集、加工、处理、存储和传输等。

(8) 客户服务管理。对于物流活动相关服务的组织和监督，如调查和分析顾客对物流活动的反映，决定顾客所需要的服务水平、服务项目等。

2) 对物流要素的管理主要

(1) 人的管理。物流从业人员的选拔和录用，物流专业人才的培训与提高，物流教育和物流人才培养规划与措施的制定。

(2) 物的管理。"物"指的是物流活动的客体，即物质资料实体，涉及物流活动诸要素，即物的运输、储存、包装、流通加工等。

(3) 财的管理。主要指物流管理中有关降低物流成本、提高经济效益等方面的内容，包括物流成本的计算与控制、物流经济效益指标体系的建立、资金的筹措与运用、提高经济效益的方法。

(4) 设备管理。对物流设备进行管理，包括对各种物流设备的选型与优化配置，对各种设备的合理使用和更新改造，对各种设备的研制、开发与引进等。

(5) 方法管理。包括各种物流技术的研究、推广普及，物流科学研究工作的组织与开展，新技术的推广普及，现代管理方法的应用。

(6)信息管理。掌握充分的、准确的、及时的物流信息，把物流信息传递到适当的部门和人员手中，从而根据物流信息，做出物流决策。

3) 对物流活动中具体职能的管理

(1) 物流战略管理。物流战略管理是为了达到某个目标，物流企业或职能部门在特定的时期和特定的市场范围内，根据企业的组织结构，利用某种方式，向某个方向发展的全过程管理。物流战略管理具有全局性、整体性、战略性、系统性的特点。

(2) 物流业务管理。主要包括物流运输、仓储保管、装卸搬运、包装、协同配送、流通加工以及物流信息传递等基本过程。

(3) 物流企业管理。主要有合同管理、设备管理、风险管理、人力资源管理和质量管理等。

(4) 物流经济管理。主要涉及物流成本费用管理、物流投资融资管理、物流财务分析以及物流经济活动分析。

(5) 物流信息管理。主要有物流 MIS、物流 MIS 与电子商务系统的关系以及物流 MIS 的开发与推广。

(6) 物流管理现代化。主要是物流管理思想和管理理论的更新、先进物流技术的发明和采用。

3. 电子商务物流管理的目标

(1) 良好的服务。物流系统是流通系统的一部分,它连接着生产与消费两个环节,因此,要求物流系统应具有很强的服务性。这种服务处于从属地位,这就要求始终以用户为中心,并树立"用户第一"的观念。物流系统采取送货、配送等形式是其服务性的具体体现。在技术方面,"准时供货"、"柔性供货"等正是为了提供良好的服务。

(2) 准时性。准时性不但是服务性的延伸,也是用户对物流提出的较为严格的要求,因为准时性不能容忍在物流过程中的时间和空间的浪费,因此,物流速度问题不仅是用户提出的要求,而且也是社会发展进步的要求。快速、准时既是一个传统目标,更是一个现代目标。随着社会大生产的发展,这一要求变得更加强烈了。追究准时性,促使人们在物流领域采取了诸如直达物流、多式联运、高速公路系统等一系列管理技术。

(3) 经济性。节约是经济领域的重要规律,在物流领域中除流通时间的节约外,由于流通过程消耗大而又基本上不增加商品使用价值,所以依靠节约来降低投入,是提高相对产出的重要手段。因此,物流过程作为"第三利润源"就是依靠节约成本来实现的。在物流领域推行的集约化方式,提高单位物流的能力,采取的各种节约、省力、降耗措施,正是经济性的体现。

(4) 规模优化。以物流规模作为物流系统的目标,目的是为了追求"规模效益"。规模效益问题在物流领域如在流通领域一样,是人们追求的目标,但是由于物流系统比生产系统的稳定性差,往往难以形成规模化的要求。当前大量出现的所谓"第三方物流"正是走物流的集约化道路。

(5) 库存调节。库存调节是物流系统本身调控的要求,当然,也涉及物流系统的效益。物流系统是通过本身的库存,起到对社会物流需求的保证作用,从而创造一个良好的社会外部环境。在物流领域中正确确定库存方式、库存数量、库存结构和库存分布就是这一目标的体现。

4. 案例

戴尔公司电子商务化物流有 8 个步骤。在戴尔的直销网站上,提供了一个跟踪和查询消费者订货状况的接口,供消费者查询已订购的商品从发出订单到送到消费者手中全过程的情况。戴尔对待任何消费者(个人、公司或单位)都采用定制的方式销售,其物流服务也配合这一销售政策而实施。戴尔的电子商务销售有 8 个步骤。

(1) 订单处理。在这一步,戴尔要接收消费者的订单,消费者可以拨打 800 免费电话叫通戴尔的网上商店进行网上订货,也可以通过浏览戴尔的网上商店进行初步检查,首先检查项目是否填写齐全,然后检查订单的付款条件,并按付款条件将订单分类。采用信用卡支付方式的订单将被优先满足,其他付款方式则要更长时间得到付款确认,只有确认支付完款项的订单才会立即自动发出零部件的订货并转入生产数据库中,订单也才会立即转到生产部门进行下一步作业。用户订货后,可以对产品的生产过程、发货日期甚至运输公司的发货状况等进行跟踪,根据用户发出订单的数量,用户需要填写单一订单或多重订单状况查询表格,表格中各有两项数据需要填写,一项是戴尔的订单号,二是校验数据,提交后,戴尔将通过因特网将查询结果传送给用户。

(2) 预生产。从接收订单到正式开始生产之前,有一段等待零部件到货的时间,这段时间叫做预生产。预生产的时间因消费者所订的系统不同而不同，主要取决于供应商的仓库中是否有现成的零部件。一般地，戴尔要确定一个订货的前置时间，即需要等待零部件并且将订货送到消费者手中的时间，该前置时间在戴尔向消费者确认订货有效时会告诉消费者。订货确认一般通过两种方式，即电话或电子邮件。

(3) 配件准备。当订单转到生产部门时，所需的零部件清单也就自动产生，相关人员将零部件备齐传送到装配线上。

(4) 配置。组装人员将装配线上传来的零部件组装成计算机，然后进入测试过程。

(5) 测试。检测部门对组装好的计算机用特制的测试软件进行测试，通过测试的机器被送到包装间。

(6) 装箱。测试完后的计算机被放到包装箱中，同时要将鼠标、键盘、电源线、说明书及其他文档一同装入相应的卡车运送给顾客。

(7) 配送准备。一般在生产过程结束的次日完成送货准备，但大订单及需要特殊装运作业的订单可能花的时间要长些。

(8) 发运。将顾客所订货物发出，并按订单上的日期送到指定的地点。戴尔设计了几种不同的送货方式，由顾客订货时选择。一般情况下，订货将在 2～5 个工作日送到订单上的指定地点，即送货上门，同时提供免费安装和测试服务。

戴尔的物流从确认订货开始。确认订货是以收到货款为标志的，在收到用户的货款之前，物流过程并没有开始，收到货款之后需要 2 天时间进行生产准备、生产、测试、包装、发运准备等。戴尔在我国的福建厦门设厂，其产品的销售物流委托国内的一家货运公司承担。由于用户分布面广，戴尔向货运公司发出的发货通知可能十分零星和分散，但戴尔承诺在款到后 2～5 天送货上门，同时，在中国对某些偏远地区的用户每台计算机还加收 200～300 元的运费。

8.4 供应链物流模式与管理

8.4.1 供应链物流概述

1. 供应链物流(Supply Chain Logistics)含义

供应链物流是为了顺利实现与经济活动有关的物流，协调运作生产、供应活动、销售活动和物流活动，进行综合性管理的战略机能。供应链物流是以物流活动为核心，协调供应领域的生产和进货计划、销售领域的客户服务和订货处理业务，以及财务领域的库存控制等活动。

2. 供应链物流的模式

根据协调运作生产、供应活动、销售活动和物流活动的机能的差异性，可以把生产企业供应链物流归纳成 3 类模式：批量物流、订单物流和准时物流。

(1) 批量物流。批量物流的协调基础是客户需求的预测，生产企业的一切经济活动都是基于对客户需求预测而产生的。在预测前提下，生产企业的经济活动都是批量运营的，批量采购、批量生产和批量销售，这也必然伴随着批量物流。

(2) 订单物流。订单物流的协调基础是客户的订单，生产企业的经济活动是基于客户订单而产生的。在订单前提下，生产企业的经济活动都是围绕订单展开的，根据订单进行销售、生产和采购，而物流也是根据客户订单产生的经济活动而形成。订单物流主要表现为两种模式，一是以最终消费者的订单为前提的最终消费者的订单驱动模式，如戴尔模式；二是以渠道顾客的订单为前提的渠道顾客订单驱动模式，如海尔模式。海尔式物流最大的特点是"一流三网"的物流体系。"一流"是订单流，海尔通过客户的订单进行采购、制造等活动，海尔的客户主要是海尔专卖店和营销点，所以海尔是渠道顾客订单驱动的供应链物流模式。

(3) 准时物流。准时物流是订单物流的一种特殊形式，是建立在准时制管理理念基础上的现代物流方式。准时物流能够达到在精确测定生产线各工艺环节效率的前提下，按订单准确的计划，消除一切无效作业与浪费，如基于均衡生产和看板管理的丰田模式。

3. 供应链物流的竞争优势

森尼尔·乔普瑞、彼得·梅因德尔认为供应链的特点是在反应能力和盈利能力之间进行权衡。每一种提高反应能力的战略，都会付出额外的成本，从而降低盈利水平。因此供应链有两种类型的竞争优势：一是反应优势；二是成本优势。影响供应链反应能力和盈利能力的因素包括库存、运输、设施和信息，从这些影响因素来看，森尼尔·乔普瑞等所指的供应链，更倾向于指供应链物流。所以，生产企业供应链物流也应具有两种类型的竞争优势：反应优势和成本优势。

森尼尔·乔普瑞等认为供应链的反应能力主要体现在完成以下几个任务的能力：对大幅度变动的需求量的反应，满足较短供货期的需求，提供多品种的产品，生产具有高度创新性的产品，满足特别高的服务水平要求。基于此，可以把这些任务细分成两类反应能力：一类是需求变化反应能力；另一类是供货需求反应能力。需求变化反应能力指当市场需求发生波动时，依据需求变化速度来改变供货速度的能力，主要体现在对大幅度变动的需求量的反应，提供多品种的产品，生产具有高度创新性的产品等能力上；供货需求反应能力是指在客户发出货物订单后所需要的供货周期，主要表现在满足较短供货期的需求，满足特别高的服务水平要求等能力上。生产企业供应链物流的反应优势指的是具备需求变化反应能力，或是具备供货需求反应能力，或是同时具备这两种反应能力所产生的竞争优势。

日本诊断师物流研究会认为现代物流成本是生产成本和物流成本的合计。生产企业供应链物流成本所包含的成本也应该是这两者之和。根据供应链物流的竞争优势理论，对于分析生产企业供应链物流模式的成本优势，主要关注对供应链物流总成本起决定影响的那部分。基于此，认为生产企业供应链物流成本应该包括 3 个方面：过剩成本、投资成本和批量成本。

(1) 过剩成本。是由于生产过剩所引起的供应链物流成本，为过剩产品所支付的销售、生产、采购和物流成本。过剩成本包括两类：一是在规定的时间内产生了数量过剩的产品，即实际产出量大于实际的需求量；二是在规定的时间提前完成了生产任务，即在需求产生之前完成了生产任务，分别把它们称为过剩成本 1 和过剩成本 2。

(2) 投资成本。指的是为了实现供应链物流的高效率而支付的成本，如为提高客户的需求反应所投资的成本。

(3) 批量成本。是指在供应链物流过程中由于流量的大小所引起的成本。供应链物流的成本优势是指供应链物流的总成本达到行业的最低水平。

4. 供应链物流模式的竞争优势分析

在生产企业供应链模式(批量物流、订单物流和准时物流)中，根据订单物流的表现特征又进一步分为戴尔式物流和海尔式物流两种形式。各种模式具体体现的竞争优势如下。

(1) 批量物流是基于客户预测驱动的供应链物流模式，因此其采取的是批量采购，最大能力的大规模生产，实行库存销售。这种模式在投资成本和批量成本上具有相当大的优势。但是由于大规模生产，这种模式会造成在规定的时间内提前完成任务，造成第二类过剩成本处于较高的水平；对需求的预测的不准会导致渠道中产生过多的库存积压，产生较高的第一类过剩成本，所以这种模式的过剩成本很高。在反应能力方面，由于采取了最大能力的批量生产，对最终消费者的需求变化的反应能力非常弱，因为最大能力的批量生产很难调整生产的品种数和品种量；而采取存货销售，最终消费者总能即刻获得购买的产品，这对最终消费者的市场供货反应能力非常强。所以批量物流的需求变化反应能力弱，市场供货反应能力强，过剩成本高，投资成本和批量成本都低。

(2) 戴尔式物流是基于最终消费者订单驱动的供应链物流模式，是通过生产而不是库存来满足消费者的需求，所以戴尔式物流能够及时准确的反应消费者的需求变化，但是戴尔的客户必须等待1～2星期才能得到订购的产品，所以市场供货反应能力非常弱。在物流成本方面，戴尔式物流通过生产消费者订购的产品，使戴尔消灭了过剩生产所导致的积压库存，使第一类过剩成本很低；戴尔采用了大规模生产方式，这造成高的第二类过剩成本。戴尔式物流模式决定客户的订单规模小，订单数量大，这要求戴尔有非常强大客户订单信息的处理能力，因此信息设备的投资成本大。戴尔式物流采取的是大规模定制，生产批量大，而另一方面其客户规模小，客户量大，为了能够缩短产品交货时间，戴尔采用了包裹式运输，这导致配送批量成本较高，所以戴尔式物流的批量成本居于一个适中的水平。因此，戴尔式物流的需求变化反应能力强，市场供货反应能力弱，投资成本高，批量成本适中，过剩成本1低，过剩成本2高。

(3) 海尔式物流实质是把客户的预测前移到渠道顾客，根据渠道顾客的订单驱动企业的运作，所以海尔的产品应该能够满足渠道顾客的需求变化，但是不能随最终消费者的需求变化而变化。由于渠道顾客对最终消费者的预测比海尔自己对需求的预测更为准确，所以海尔物流对最终消费者的需求反应比批量物流要强，但是比戴尔式物流要弱得多。海尔式物流是由渠道顾客的订单驱动的，所以渠道顾客都保有海尔产品的库存，这使对顾客的及时供货反应保持较高的水平。因为是渠道顾客订单驱动的，海尔式物流在流动批量上虽然没有批量物流那么大，但是渠道顾客的订单规模比最终消费者的订单要大得多，所以在批量成本上居于两者之间。由于采用了批量生产，海尔式物流还是会产生高的第二类过剩成本，而其产出的产品都是渠道顾客订购的，所以第一类过剩成本很低。因为是来自渠道顾客的订单，采用批量生产，因此生产设备投资成本较低，在对顾客的订单处理能力方面虽然要比批量物流高，但比戴尔式物流却要低，所以海尔式物流的投资成本处于中间水平。因此海尔式物流在市场需求变化反应能力比较差，市场供货反应能力强，过剩成本1低，过剩成本2高，投资成本和批量成本居中。

(4) 丰田式物流是由渠道顾客订单驱动的供应链物流模式。但由于丰田的生产计划来自渠道顾客最近一个星期的订单，这为丰田式物流对市场需求变化做出及时的反应提供了有效的条件；而且丰田采取了均衡式生产，看板式管理方式，能够及时对市场的需求变化做出反应，调整生产计划，这为丰田式物流方式创造了很强的需求变化反应能力。而另外一点，丰田的渠道顾客总是能够维持一定量的丰田产品的库存，虽然在量上比不上批量物流和海尔式物流模式，但其快速的供应链物流反应，能够保证对最终消费者的及时供应。丰田式物流通过渠道顾客订单驱动，采取均衡式生产方式，使两类过剩成本都降到了最低。但是为了实现这种模式，在生产过程中，无法充分利用生产能力；而追求准时化生产，使物流都在小批量的状态下运行，批量成本非常高。为了实现生产的柔性，及时掌握市场需求动态，提高对市场需求的反应能力，生产和信息设备的投资成本也相当的高。所以，丰田式物流的需求反应能力强，市场供货能力强，过剩成本低，投资成本和批量成本高。

通过对以上 3 类 4 种生产企业供应链物流模式的分析，其各自的竞争优势特征分布见表 8-3。

表 8-3　生产企业供应链物流模式的竞争优势特征表

类型	优势	反 应 能 力		成 本 优 势			
		需求变化反应能力	供货需求反应能力	过剩成本		投资成本	批量成本
				1	2		
批量物流		弱	强	高	高	低	低
订单物流	戴尔式	强	弱	低	高	高	中
	海尔式	中	强	低	高	中	中
准时物流	丰田式	强	强	低	低	高	高

5. 供应链物流模式的匹配

从上述分析可知，不同生产企业的供应链模式具有不同的竞争优势特征。而每一种模式的成功，都是跟企业和产品的特征相匹配，以充分发挥其优势特征，避免其劣势特征。

批量物流应该发挥其批量成本和投资成本低，供货需求反应能力强的优势，避免需求变化反应能力弱，过剩成本高的劣势。所以批量物流对于市场需求波动小，预测正确度高，市场需求量大，顾客希望能够即刻获得的产品比较合适。生产企业为了提高预测的准确性，可以同零售商合作，从零售商那里获得最终消费者的需求信息，而不是以直接渠道客户的需求信息作为预测的依据。

戴尔式物流应该发挥其需求变化反应能力强的优势，避免市场供货需求反应能力弱的劣势。所以戴尔式物流对于市场的需求波动比较大，顾客购买频率低，并且顾客愿意延迟获得的产品比较适合。戴尔式物流需要企业拥有能够对众多零散的最终顾客的购买信息进行及时准确处理的信息系统，所以对企业的信息系统要求很高。

海尔式物流应该发挥供货需求反应能力强的优势，并且依托渠道顾客的订单来实现成本优势。所以海尔式物流对于需求量大，顾客希望能够即刻获得的产品比较适合。海尔式物流模式的匹配范围比较广，如果生产企业能够跟渠道顾客进行合作，就能够使供应链模式运作达到有效。

丰田式物流应该发挥需求变化反应能力、供货需求反应能力强及过剩成本低的优势。所以丰田式物流对于需求波动大，顾客希望能够即刻获得的产品比较适合。这种模式适合于短渠道分销，特别是采用一级渠道分销的产品。丰田式物流对企业的运作系统和管理能力提出很高的要求。

6. 供应链物流能力

供应链物流的能力由物流要素能力以及物流运作能力构成。供应链物流能力是物流主体以顾客价值最大化和物流成本最小化为目的，围绕核心企业，从采购原材料到制成中间产品以及最终产品，最后由销售网络把产品送到用户手中这一供应链物流活动中顺利完成相应物流服务的能力，主要包括客观(设备和设施)能力和主观能力。

一个供应链系统一般由供应商、制造商以及分销商组成，其组织结构模型一般有 3 种：线状模型、链状模型和网状模型。不同的供应链结构模型，就有不同的物流系统结构与之相适应。供应链物流系统一般由供应物流、生产物流和分销物流组成。整个供应链的物流服务，可以是专业的第三方物流企业提供，也可以由供应链合作伙伴中某个或某几个成员企业的物流部门提供。

8.4.2　供应链物流管理

物流过程是一个物资流转过程，同时更是一个价值流转和信息流转的过程，物流贯穿于整个供应链的各环节，是企业间联系的纽带。在供应链管理思想没有出现之前，被分布在企业不同的职能部门内部，经常会造成物流不协调的现象。近儿年来，随着供应链理论与实践的不断发展，物流管理的范围也不断扩展。在传统的物理管理职能(仓储、库存、运输)基础上，集成了市场和制造功能之后，又扩展到包括上下游供应链企业之间的协调管理上。未来市场的竞争是供应链与供应链的竞争而非企业与企业的竞争，因而要求站在整个供应链的视角看待物流管理。可以说供应链管理的思想改变了物流的管理方式和管理模式。

1. 供应链物流管理概念

供应链物流的管理是指以供应链核心产品或者核心业务为中心的物流管理体系。前者主要是指以核心产品的制造、分销和原材料供应为体系而组织起来的供应链的物流管理，例如汽车制造、分销和原材料的供应链的物流管理，就是以汽车产品为中心的物流管理体系。后者主要是指以核心物流业务为体系而组织起来的供应链的物流管理，例如第三方物流、配送、仓储、运输供应链的物流管理。这两类供应链的物流管理既有相同点，又有区别。

供应链管理的核心是供应链的物流管理，资金流是为物流服务的、为保障物流顺利进行创造条件。

供应链物流管理的方法主要有：联合库存管理、供应商掌握库存(VMI)、供应链运输管理、连续补充货物(CRP)、分销资源计划(DRP)、准时化技术(JIT)、快速响应系统(Quick Response，QR)、有效率的客户响应系统(Efficient Consumer Response，ECR)。

2. 供应链物流管理的原理

供应链物流管理的原理就是要结合供应链的特点，综合采用各种物流手段，实现物资实体的有效移动，既保障供应链正常运行所需的物资需要，又保障整个供应链的总物流费用最省、整体效益最高。

供应链物流管理也是一种物流管理，它和通常的物流管理没有本质的区别。它同样包括运输、储存、包装、装卸、加工和信息处理等活动的策划设计和组织等工作，同样要运用系统的观点和系统工程的方法。供应链物流管理的特点就是在组织物流活动时，要充分考虑供应链的特点。供应链最大的特点就是协调配合，例如库存点设置、运输批量、运输环节、供需关系等，都要统筹考虑集约化、协同化，既保障供应链企业的运行的需要，又降低供应链企业之间的总物流费用，以提高供应链整体的运行效益。

注意，这里提到的效益是着眼于供应链整体的效益，费用是供应链的总费用。所谓供应链整体的效益，其最主要的代表就是核心企业的效益。应该说整个供应链的使命，就是要为核心企业提高效益服务的。

所以供应链物流管理实际上是要站在核心企业的立场上，沟通整个供应链的物流渠道，将它们合理策划、设计和优化，提高运行效率、降低运行成本，为核心企业的高效率运作提供有力的支持。站在核心企业的立场来组织物流，并不是意味着完全不顾非核心企业的利益。相反，要取得非核心企业的合作，就必须兼顾着它们的利益。一方面，核心企业的利益最大化，本身就会给非核心企业的利益最大化。例如汽车装配厂生产的汽车所占的市场份额扩大，就意味着部件厂的部件需要量更多，分销企业的销售收入也就更多，这样给上游企业和下游企业带来的利益自然也最大化。另一方面，在组织供应链物流方案时，碰到具体问题，在不影响大局的情况下，兼顾核心企业立场的同时，尽可能满足非核心企业的利益，这样做出的方案才是可行的。

结合供应链的特点来组织物流，既是供应链物流管理的优点，又是供应链物流管理的约束条件。表现为：一方面，它可以使物流在更大的范围内实行优化处理、在更大的范围内优化资源配置，因此可以实现更大的节约、更大地提高效益；另一方面，它在进行物流活动组织时，需要综合考虑更多的因素，需要更多的信息支持和优化运算。因此物流设计策划的工作量更大，难度也更大。

由于供应链主要应当由核心企业来组织协调，所以，供应链物流管理当然也应当由核心企业来组织管理。因为只有核心企业才真正知道它的供应链物流管理应当怎样做，才能够真正代表它的利益，才最有效益。

由于物流管理比较烦琐，而供应链物流管理就更加复杂，任何一个生产企业，在用主要精力管好生产的同时还要把物流管理起来，都是很困难的。因此核心企业组织管理工作是将供应链物流管理委托或外包给第三方物流公司来承担。核心企业作为合同的甲方，只提出管理目标和任务，只监督第三方物流公司的执行效果。而第三方物流公司作为合同的乙方，根据甲方的目标任务，提出物流方案，具体组织实施。由于第三方物流公司具有专业化的物流管理经验和能力，由他们根据核心企业的要求来组织管理供应链物流，可能收到比核心企业亲自组织管理更好的效果。

3. 供应链物流管理的特点

供应链物流管理区别于一般物流管理的特点如下。

(1) 供应链物流是一种系统物流，而且是一种大系统物流。这个系统涉及供应链这个大系统的各个企业，而且这些企业是不同类型、不同层次的企业，有上游的原材料供应企业、下游的分销企业和核心企业，有供、产、销等不同类型。这些企业既互相区别、又互相联系，共同构成一个供应链系统。这个大系统物流包括企业之间的物流，但是也可能要包括企业内部的物流，直接和企业生产系统相联系。

(2) 供应链物流是以核心企业为核心的物流，是要站在核心企业的立场上、以为核心企业服务的观点来统一组织整个供应链的物流活动，要更紧密地配合核心企业运作，满足核心企业的需要。

(3) 供应链物流管理应当在更广泛的范围内进行资源配置，包括充分利用供应链各个企业的各种资源，这样可以实现供应链物流更加优化。

(4) 企业间关系，供应链的企业之间区别于一般企业的特点，就是供应链企业之间是一种相互信任、相互支持、共享利益、共担风险的紧密伙伴关系。

(5) 信息共享，供应链本身具有信息共享的特点，供应链企业之间通常都建立起计算机信息网络，相互之间进行信息传输，实现销售信息、库存信息等的共享，以达到减少整个供应链库存，最大限度地提高供应链管理的运作效率的作用。

8.4.3 供应链物流管理的方法

1. 联合库存管理

供应链物流管理(Jointly Managed Inventory，JMI)一个最重要的方面，就是联合库存管理。所谓联合库存管理，就是建立起整个供应链以核心企业为核心的库存系统，具体来说，一是要建立起一个合理分布的库存点体系，二是要建立起一个联合库存控制系统。

这里强调以核心企业为核心，是因为在供应链中很容易形成多中心。如果搞多中心，必然分散精力，分散资源，还可能互相干扰，则必然影响供应链的正常有效运行。所以一个供应链系统必须只有一个中心，所有其他的企业都必须服从这个中心，自觉地为这个中心服务。供应链库存系统也必须按照这种思想去组织。

2. 供应商掌握库存

供应商掌握库存(VMI，Vendor Managed Inventory)，是供应链管理理论出现以后提出来的一种新的库存管理方式。就是供应商掌握核心企业库存的一种库存管理模式，是对传统的由核心企业自己从供应商购进物资、自己管理、自己消耗、自负盈亏的模式的一种革命性变动。

3. 供应链运输管理

除库存管理之外，供应链物流管理的另一个重要方面就是运输管理。运输管理的任务重点为：一是设计规划运输任务；二是找合适的运输承包商；三是运输组织和控制。

4. 连续补充货物

连续补充货物(Continuous Replenishment Process，CRP)，就是供应点连续地多频次小批量地向需求点补充货物。它基本上是与生产节拍相适应的运输蓝图模式。主要包括配送和准时化供货方式。配送供货一般用汽车将供应商下了线的产品按核心企业所需要的批量(日需要量、或者半天需要量)进行频次批量送货(一天一次、二次)。准时化供货，一般用汽车、叉车或传输线进行更短距离、更高频次的小批量多频次供货(按生产线的节拍，一个小时一次、二次)或者用传输线进行连续同步供应。

5. 分销资源计划

DRP 是分销需求计划(Distribution Requirement Planning)的简称，它是 MRP 原理和技术在流通领域中的应用。该技术主要解决分销物资的供应和调度问题。基本目标是合理进行分销物资和资源配置，以达到既有效地满足市场需要又使得配置费用最省的目的。

6. 准时化技术

准时化技术(Just in Time，JIT)，包括准时化生产、准时化运输、准时化采购、准时化供货等一整套 JIT 技术。这些在供应链中基本上可以全部用上。它们的思想原理都一样，就是 4 个"合适(Right)"：在合适的时间、将合适的货物、按合适的数量、送到合适的地点。它们的管理控制系统一般采用看板系统。基本模式都是多频次小批量连续送货。

7. 快速、有效的响应系统

快速响应系统(Quick Response，QR)是 20 世纪 80 年代由于美国纺织品行业出现的危机，由美国塞尔蒙(Kurt Salmon)公司提出并流行开来的一种供应链管理系统，主要的思想就是依靠供应链系统、而不是只依靠企业自身来提高市场响应速度和效率。一个有效率的供应链系统通过加强企业间沟通和信息共享、供应商掌握库存、连续补充货物等多种手段进行运作能够达到更高效率，能够以更高速度灵敏地响应市场需求的变动。

有效率的客户响应系统(Efficient Consumer Response，ECR)也是美国塞尔蒙公司于20世纪90年代提出来的一个供应链管理系统，源于美国食品杂货业，主要思想是组织由生产厂家、批发商和零售商等构成的供应链系统在店铺空间安排、商品补充、促销活动和新商品开发与市场投入4个方面相互协调和合作，更好、更快并以更低的成本满足消费者需要为目的的供应链管理系统。

8. 协同式供应链库存管理

协同式供应链库存管理(Collaborative Planning Forecasting and Replenishment，CPFR)合作、计划、预测与补货模型是近年来供应链研究与实践的热点。它的形成始于沃尔玛所推动的CFAR(Collaborative Forecast And Replenishment)，CFAR是通过零售企业与生产企业的合作，共同做出商品预测，并在此基础上实行连续补货的系统。后来在沃尔玛的不断推动之下，基于信息共享的CFAR系统又向CPFR发展。

8.4.4 供应链物流管理的信息交互

从某种意义上来说，供应链物流管理(Supply Chain Logistics Management，SCLM)主要是通过信息管理来实现的。在物流系统内部各要素之间，以及物流系统与外部环境之间，始终存在着信息的交互。从物流管理的发展趋势，可以看出信息将是SCLM的重点，信息应用于物流系统，可以缩短物流活动的周期，加快物流速度，节约运输工具、资金、人员等。信息被看作获得未来物流竞争优势的关键因素之一。

1. 供应链物流信息管理交互的内涵

(1) SCLM中的信息。SCLM中的信息是反映物流各种活动内容的知识、资料、图像、数据、文件的总称，它在物流各个环节中生成，又反过来控制整个物流系统的运行。信息在SCLM中起着非常重要的作用，信息贯穿于SCLM运作的全过程，是一种"中枢神经作用"和"支持保障作用"，既有供应信息，主要包括产品信息、物流能力信息、物流服务信息和质量保证信息；又有需求信息，主要包括产品需求信息、物流质量需求信息和增值物流服务需求信息；同时，还有供应链及其成员企业的物流管理信息等。

(2) SCLM中的信息交互。SCLM中的信息交互是指在SCLM环境下，供应链各结点企业之间的关于物流管理运行的各种信息，例如客户订单信息、销售数据、库存信息等，能够从一个企业(部门)开放地、有效地、自动地流向另一个企业(部门)，并由接收企业进行反馈信息的回传这样一个互动过程，即整个供应链上的企业(部门)分享信息资源和进行反馈的过程，期间强调供应链结点企业之间的互动来实现信息的交互，有助于提高供应链的运作效率。

从简单供应链(图8.6)中看，SCLM中各结点企业之间的信息交互主要存在于如下方面。

① 零售商与顾客的信息交互。零售商与顾客近距离接触时，可以将商品的功能、特性

等信息传递给顾客。同时采集顾客的需求、偏好的变化以及最新潮流等信息，并利用这些最新动态信息进行市场预测。

② 零售商与制造商的信息交互。零售商将需求信息、预测信息和促销计划以及产品改进等信息传递给制造商，制造商就能及时了解顾客需求，快速响应市场需求。制造商也将自己的供货提前期、生产能力、进度安排等信息与下游销售商分享，就能避免制造商供货短缺时上下游博弈而产生抽象需求信息，而使制造商陷入超量存货，增加生产能力或赶工引起成本增加，而零售商只要保持合适的库存水平，就能在保持服务水平不变的前提下节约成本，增大利润空间。

③ 供应商与制造商实现信息交互。供应商掌握了制造商的生产进度安排和库存控制，就可以合理安排自己的长、短期生产计划和供货计划，根据制造商的库存水平变化及时准确地安排送货，既节约了制造商的订单发出成本，又使得供应商和制造商的原料库存最低。

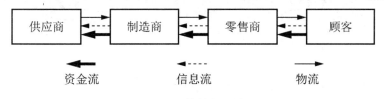

图 8.6　简单供应链

2. SCLM 中信息交互的实现

从 SCLM 中信息交互的实现情况来看，信息交互的实现模式不外乎 4 种：点对点信息交互模式、文件级间接信息交互模式、公共数据库级信息交互模式、综合信息交互模式。

(1) 点对点信息交互模式。最简单的模式就是两个企业之间直接进行信息的交互，信息直接从提供方传送给需求方，不需要经由其他数据转换或存储中心，信息的提供和获取是多对多的关系，即信息交互在多个信息系统间进行两两传递，如图 8.7 所示。也就是说，在交互的两个系统间(或功能模块间)通过确定相互间的数据结构和建立一对一的信息转换机制直接进行数据交互。

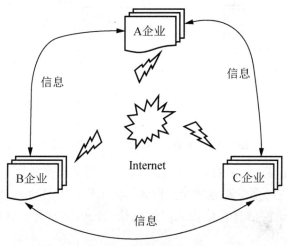

图 8.7　点对点信息交互模式

(2) 文件级间接信息交互模式。文件级间的信息交互是指企业各自不同的物流应用系统具有的各自独立的数据库/文件系统之间进行的信息交互模式，系统间的信息通过数据标准的交互方式实现(图 8.8)。

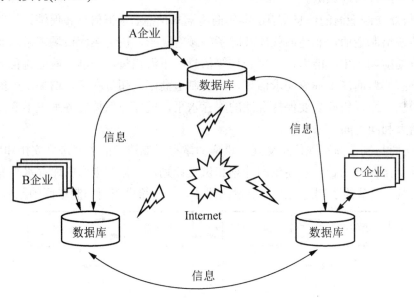

图 8.8　文件级间接信息交互模式

(3) 公共数据库级信息交互模式。公共数据库级信息交互是将供应链物流中交互的信息集中在一个公共数据库中，各企业根据权限对其进行操作，完成与多个合作伙伴的信息交互，如图 8.9 所示。这一模式中，信息平台服务商只对平台进行维护或根据用户的需要开发新功能模块，不提供具体的信息服务。

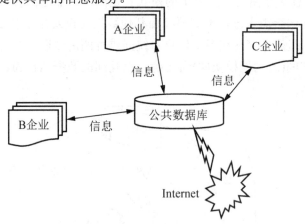

图 8.9　公共数据库级信息交互模式信息

(4) 综合信息交互模式。随着并行工程的发展，对信息管理技术提出了更高的要求，不仅要求其技术能够支持多学科领域专家群体协同工作，而且要求把交互信息与过程有机结合起来，做到把正确的信息在恰当的时间以恰当的方式传递，这也是信息交互的最高要求。

因此，在实际 SCLM 的信息交互实施过程中，上下游企业之间并不是单一地选择某一种模式进行信息交互，可以根据自己需要以及交互信息的保密程度综合地使用以上 3 种模式，如图 8.10 所示。

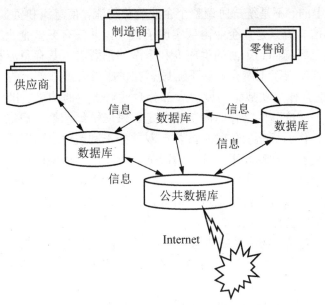

图 8.10　综合信息交互模式

8.4.5　零售业供应链物流管理的策略

1. 零售业供应链物流管理的特征

(1) 建立在战略高度上的彼此合作。这是供应链战略管理的重点。供应链管理的关键就在于供应链各结点企业之间的联结和合作，以及相互之间在设计、生产、竞争策略等方面良好的协调。对零售业而言，就是要通过信息交易平台，把"以产品为核心"转向"以集成和合作为核心"，实现供应链网络各结点的共赢。

(2) 基于交易成本最低的分工。买方市场的形成，加上科技的进步，网络技术的发展，零售企业凭借自己在市场上的特殊地位，依靠连锁经营的运作模式，逐渐成为了供应链的核心。各结点企业必须保证交易成本低、产品传送快，且网链上的企业都有被其他企业认可的核心技术，通过协作分工，能最大限度地降低因信息不对称所造成的交易成本，才能提高整条供应链的竞争力。

(3) 具有彼此信息共享的交易平台。建立共享信息平台，零售商把销售信息和库存信息与上游企业共享，使他们能够实时地把握产品的销售情况，最大限度地使生产与市场保持同步，提高整个供应链的反应速度，最终满足消费者期望。如在沃尔玛的CPFR(Collaborative Planning Forecasting and Replenishment，联合计划预测补货系统)中，沃尔玛与供应商共同对商品做出预测，大大降低了预测的偏差及风险，提高了补货反应速度和效率，提升了供应链的竞争力。

(4) 满足顾客期望为核心。当整条供应链上所有与作业有关的活动都致力于满足顾客期望时，才能使企业获得最大的成功。

2. 零售业的供应链物流管理存在问题

(1) 供应链管理观念落后。有关调查显示：在我国家电零售企业中，有半数以上的企业将采购获取和销售支持等物流作业(如产品的采购、仓储、运输和销售等)理解为供应链管理，这只是狭义上的、不是统一协调整个企业的货物流、信息流和资金流的供应链管理。且此时的存货流和信息流只是在企业内部实现了集成，并没有突破企业的边界。而广义上的零售企业供应链已经延伸到上游的供应商和下游的消费者，其存货流和信息流已突破企业的界限，物流管理实现了上游企业和下游顾客在供应链管理基础上的一体化。

(2) 与供应商的合作欠缺战略高度。大部分企业对供货商的供货准时情况反映良好，近一半的零售企业与供应商的合作时间基本稳定。供应链结构趋于稳定，但是零售商和供应商之间尚未建立合作的战略伙伴关系，甚至双方处于利益对立状况。零售企业在零售市场竞争日益激烈、销售毛利率趋于下降的情况下，不断地向供应商进行压价，把供应商的让利作为公司利润来源之一。供应商则隐瞒自己的真实成本，以各种理由和手段变相提价，作为对零售商的反击。双方在价格上进行博弈，把渠道伙伴作为产生利润的来源，导致双方无法建立互相信赖的协作关系。

(3) 第三方物流失宠、物流系统重置、效率低下。许多生产企业和零售企业，为了外部联系不陷入被动，都尽量完善自己的物流系统，自备运输工具与仓库，第三方物流缺失宠爱，导致物流系统重置或利用率不甚理想，产品缺货现象频繁。调查发现，产品出现缺货的主要原因并非生产企业自身生产能力问题，而是由于供应链上各结点企业的信息不畅造成。而且，有时甚至出现生产结点产品库存积压，而链条末端的顾客却从零售商那里找不到货物。

(4) EDI 支撑技术及应用不足。许多零售企业建有企业内部局域网，但没能实现真正意义的 EDI(电子数据交换)。只有不到一半的企业在网上公布商品信息，17.9%的零售企业提供网上购物方式。多数企业仅限于用电子邮件的形式传送业务相关信息。也有零售企业在零售终端对全部商品都采用条码标志，但在储运和货运单元条码技术几乎闲置，依然实行人工点货，极大地降低了仓库管理的效率，增加了出现差错的概率。

3. 零售业加强供应链管理的对策

(1) 更新观念。观念转变是整个供应链建设中最基础也是最重要的一环。传统的管理模式和供应链管理模式有着根本的差别，前者强调劳动分工与专业化，后者则重视系统的集成，不仅关注内部的资源，而且关注企业外部资源，突出一体化的整合思想。家电零售企业在供应链系统设立中所做的第一件事情就是引进专业供应链管理人才，在企业内部宣传供应链管理思想，介绍国外供应链管理发展现状，为变革奠定好思想基础。企业也可以通过聘请专业的管理咨询公司，借助于他们的丰富经验和专业知识技能，完成供应链系统设计。

(2) 与供应商建立战略联盟。传统的观点认为供应链渠道成员之间是一种此消彼长的零和博弈，每一方都想尽量从其他方身上多拿些好处，以提高自己的经济效益，从而导致价格不稳定、彼此信息封闭、设施重复浪费，损害了双方共同利益。零售企业不应该把渠道伙伴作为竞争对象，而应该借助于自身"最接近终端消费"的优势在供应链中占据主导地位，选择合适的供应商伙伴，建立利益共享的战略联盟，使得交易各方通过相互协调合作，实现以低成本向消费者提供更高价值服务的目标，在此基础上实现双方的利益最大化。

(3) 科学重组业务流程。供应链管理要求各企业在组织结构上进行创新；消除各部门、各职能以及各企业之间的隔阂，进行跨部门、跨职能、跨企业的管理及协调，即进行业务流程重组。这种重组包括 3 个方面。

① 企业部门内部的 BPR。企业手工业务处理流程中，存在很多重复或无效的业务处理环节，如一些非创造性的统计、汇总、填表等工作，计算机完全可以取消这些业务而将中间层取消，使每项职能从头到尾只有一个职能管理机构，做到机构不重叠，业务不重复。

② 部门之间的 BPR。企业应该根据供应链中的角色重新设计和构造企业的业务流程，对原来的垂直型组织结构进行改变，建立扁平化的管理组织。目前比较盛行的方法是按照商品品类来设计部门，从而有利于零售企业对单品实行全面控制，使得商品经营和管理活动更具有针对性和灵活性。

③ 企业与企业之间的 BPR。供应链上各企业之间的信息交流大大增加，要求企业之间必须保持业务过程的一致性，这就要求企业与企业之间进行 BPR，以实现对整个供应链的有效管理。

(4) 优化物流配送系统，加强库存管理如何实现有效的商品配送，在特定的服务水平要求下降低库存成本是每个零售企业都必须考虑的重要问题。具体对策如下。

① 建立"配送中心"式的中央管理运送模式。配送中心是零售业统购分销这一竞争优势实现的中心环节。配送中心的根本作用在于扩大、实现理想的经济效益。从布局、规模、功能、时机、批量上进行全盘考虑，实现高效、经济的集中物流配送。而集中库存与分散库存相比，可以通过减少安全库存以及联合调剂来降低库存水平，减少缺货情况，对于大型的连锁集团而言优势极为明显。

② 供应商管理库存(VMI)。供应商管理库存实际上就是零售商的补货系统由供应商执行，零售商商品数据的任何变化随时传递给供应商，供应商根据这些数据决定未来的货物需求数量并向零售商补货。这样可以降低补货成本、提高供货速度和准确性、降低库存水平，提高产品的可获得性，从而为客户提供最佳的服务。

③ 最大限度利用第三方物流。零售企业也可以将库存外包给专业的第三方物流公司，从而将精力主要集中于核心业务，而不必建造新的仓储设施或者由于库存过高而花费过多资金，降低企业运营成本。

(5) 科学建立、利用信息平台，实现信息化管理。信息共享是实现供应链管理的基础，因此，有效的供应链管理离不开信息技术的可靠支持。零售企业与供应商要共享需求信息、存货状况、生产能力计划、生产进度、促销计划、需求预测和装运进度等信息并且在各企业间实现信息的快速传递。生产商可以实现"即时生产"，完全根据市场需求来准确地安排生产，零售企业则可以在最短的时间内得到市场所需的商品。

(6) 多渠道、宽范围、深层次开展电子商务。电子商务内容包含两个方面，一是电子方式，二是商贸活动。电子商务指的是利用简单、快捷、低成本的电子通信方式，买卖双方不谋面地进行各种商贸活动。电子商务可以通过多种电子通信方式来完成。网上银行、在线电子支付等条件和数据加密、电子签名等技术在电子商务中发挥着重要的作用。

本 章 小 结

本章介绍了几个典型的现代物流系统模式，包括精益物流系统模式，逆向物流系统模式，闭环供应链模式，电子商务物流和供应链物流模式。

依据精益思想，详细介绍了精益物流的目标，设计原则，精益物流系统的基本框架与工程实施，以及我国发展精益物流的实施步骤。让学习者更加深入地了解精益思想在物流系统中的应用，从而使物流系统在业务流程上，组织结构上，成本控制上更加精益并满足用户需求。

通过逆向物流的发展背景与处理模式，以及从逆向物流的渠道模式中深入分析闭环供应链的设计原则与运作模式，揭示了产品生命周期中正向供应链与逆向供应链的相互关系与相互协调，目的是如何将包含再循环，再利用，再制造以及维修/整修/拼修等反向供应链的业务流程集成在整个产品供应链中，发挥闭环供应链整体设计所达到的目标。

在电子商务的飞速发展中，电子商务物流的作用凸现出来，了解电子商务物流的运作模式与管理内容特点，有利于电子商务物流的管理职能的充分发挥与经济市场的广泛需求。

本章着重介绍了供应链物流的模式特点和供应链物流的管理策略，深入分析了生产企业在供应链物流中所表现的典型模式，通过对比分析确立了不同供应链物流模式的适用范围，为供应链物流的有效管理方法的实施提供了保障。

现代供应链物流系统的的探索性应用与成功的模式实施，为全球经济市场的在信息化、网络化、精益化、客户化以及可持续发展等方面提供了可靠性的保证。

知 识 链 接

逆向供应链(Reverse Supply Chain)

1. 逆向供应链的内涵

逆向供应链是近几年才提出的一个概念，目前还没有一个统一的定义。Scimchi-Levi D 等对逆向供应链的定义为："从消费者手中回收产品并对回收的产品进行丢弃或再利用的一系列活动"。在有些场合下，迫于环保或消费者的压力，公司不得不设立逆向供应链(如回收旧轮胎)。在另外一些场合下，有些公司则主动采取相关措施，将逆向供应链作为业务创新、降低运营成本的大好机会(如柯达公司 10 年内共回收 3.1 亿台一次性照相机)。研究表明，有效的逆向供应链能够提升顾客满意度，同时增加企业利润。其中对退换货物的处理，也就是逆向物流一环更成为很多企业提升竞争力的利器。公司只要仔细分析自身的逆向物流链，就可能发现其中还有许多可以改进之处。

2. 逆向供应链的核心内容

逆向供应链由 5 个关键部分构成：产品获得、逆向物流、检验和分类处理、再加工、分销和销售。

(1) 产品获得：是指从消费者处获得产品的过程。回收产品的数量直接关系到企业对逆向供应链的投资，因为只有能持续稳定地回收到大量的产品，企业才可能为逆向供应链投资。而研究显示企业的投资对逆向供应链的成功有决定性作用。一般来说有 3 种主要的产品来源：从正向供应链获得(一般产品的获取)；从已建立的逆向供应链获得(包括了退货和产品召回。对回收的产品再加工就可以获得价值增值，所以逆向供应链中的企业希望能够低价获得高质量的回收产品。因此通过各种激励机制"拉动"产品从下游向上游流动。

因为通常情况下回收产品的最低质量标准已经制定，所以逆向供应链中产品的质量比较确定。)；或从废弃物物流获得(通过废物流进入逆向供应链的产品可以被掩埋也可以将仍有利用价值的部分分离出来再使用。因为从废物流中回收的产品有高度不确定性，所以这些产品的可用性和质量也通常是不能预测的)。

(2) 逆向物流：与传统的物流相反，是为了重新获取产品的使用价值或正确处置废弃产品，而对原材料、半成品库存、制成品及相关信息从供应链的下游消费者返回到上游生产商或供应商的过程。这些活动包括了运输、仓储等。如果通过逆向物流回收产品的成本比购买新原料或产品的成本高，那么企业就失去了实施逆向供应链的经济激励。因此对逆向物流的有效管理是非常重要的。

(3) 检验和分类处理：目的是检验回收产品的质量水平，以及为逆向供应链中的各个产品制定恰当的处理策略。有 4 种处理方式：①再使用，即直接再使用或再销售产品；②产品升级，即对产品进行再包装、修理、修复或再制造；③原料恢复，包括拆用配件和再循环；④废物处理，包括焚化和掩埋产品。生产商收到退回的产品的时候，并不清楚产品被退回的原因。在闭环供应链中，工人必须在检验和分类处理的过程中发现回收产品存在的缺陷，以便管理者在正向供应链中使用这些信息改进产品的设计。

(4) 再加工：如果产品升级或原料恢复是最好的处理策略，那么产品就转入再处理操作，如修理，修复，再制造和重复利用。目前有关再处理的研究主要集中于拆分的运作流程优化和设计。拆分零部件环节通常要手工完成，加之产品零部件种类繁多、质量参差不齐，因此容易成为生产线上的瓶颈环节，应用 TOC(约束理论)进行优化，可以有效地解决此类问题。

(5) 分销和销售：通过再售产品可以延长产品的寿命。分销和销售回收产品的渠道有很多。其中一种就是使用和新产品一样的渠道，但是这种方式会导致回收产品和新产品直接竞争，从而可能引起市场蚕食现象；另外一个渠道就是把产品卖给专门的代理，卖给代理的产品一般被再卖给其他群体，如低价商品零售商，终端顾客等。

3. 逆向供应链的实施可以为企业创造有形与无形价值

逆向供应链的实施不仅是被动地受制于责任和法律，它也可以为企业创造价值。逆向供应链创造的价值主要体现在这样两个方面：

(1) 降低物料成本，增加企业效益。传统模式下物料管理仅局限于企业内部物料，而忽视了企业外部废旧产品及物料的有效利用，造成大量可再用性资源的闲置和浪费。由于废旧产品的回购价格低、来源充足，对这些产品回购加工，可以大幅度降低企业的物料成本。

(2) 改善环境行为，塑造企业形象。由于不可再生资源的稀缺以及对环境污染日益加重，各国都制订了许多环境保护法规，为企业的环境行为规定了一个约束性标准。企业的环境状况已成为评价企业运营绩效的重要指标。为了改善企业的环境行为，提高企业在公众中的形象，许多企业纷纷采取逆向供应链。

4. 逆向供应链策略的 3 种主要实现形式

逆向供应链策略在企业的应用主要体现在物流、营销、生产等 3 个方面，实现逆向供应链。

(1) 逆向物流实现形式。逆向物流是逆向供应链策略的主要实现形式，并且逆向供应链策略的其他实现形式都以此为基础。

逆向物流主要有两种形式：退货逆向物流和回收逆向物流。退货逆向物流是指下游客户将不符合订单要求的产品、根据销售协议规定将接近有效期限的产品、或者有瑕疵的产品退回给上游供应商，其流程与常规产品流向正好相反。在这个流程运行过程中，客户处于主动地位，企业处于对客户需要的响应地位。回收逆向物流是指将最终客户所持有的废旧物品，或者他们不再需要的物品，或者一些用于物流配送的专用器具(如托盘、集装箱等)回收到供应链上各结点企业的过程。在这个流程运行过程中，企业处于主动地位。

(2) 营销实现形式。逆向供应链策略同样在营销活动中得到了较广泛的应用，可以通过营销得以实现，主要体现在两个方面。

① 全生命周期支持。目前，产品生命周期呈现两大特点：一是产品生命周期越来越短，许多产品在生命周期结束之前被遗弃，因此回收与处理不仅成为企业的相关责任，也是新的利润源；二是在产品生命周期内企业须承担客户使用的相应责任，因此，企业为了避免风险，往往会在特定的情况下予以警告，并召回产品进行维修、保养，保证产品生命周期内，客户消费的安全性和适用性。一方面，对于供应链的终端客户来说，这种承诺能够确保不符合订单要求的产品及时退货，有利于消除客户的后顾之忧，增加其对企业的信任感及回头率，扩大企业的市场份额。另一方面，对于供应链上的销售商来说，上游企业采取宽松的退货策略，能够减少下游经销商的经营风险，改善供需关系，促进企业间战略合作，强化整个供应链的竞争优势。特别对于生命周期短、更新换代快、过时性风险比较大的产品，退货策略所带来的竞争优势更加明显。

② 以有效客户的价值周期为中心。任何一种产品都有一定的价值周期，任何一个客户也都有一定的价值周期，企业营销的一个重要策略就是将产品价值周期和客户价值周期调整一致，以低的营销成本获得高的销售回报。当产品价值周期出现衰退迹象时，企业主动采取措施将老客户的消费需求重新调整，使他们继续购买企业的产品，有效地延长他们的价值周期，实质上就是增加了企业的价值。要牢记，发展一个新客户的成本比维持一个老客户的成本要高 5 倍，并且老客户还可以为企业创造良好的口碑效应。

(3) 生产实现形式。从总体上看，生产制造过程遵循供应链的顺向流程，即产品设计—供给/采购—生产装配—销售，但在某些环节，逆向供应链策略的应用对于降低成本、提高产品质量和生产效率、提高客户价值有着独特的效果。逆向供应链策略在生产领域的实现形式体现在 3 个方面。

① 召回。是逆向供应链的高级实现形式。在产品召回过程中，一般会同时发生逆向物流和客户服务改善。产品的召回适用所有产品，即使是快速消费品。但产品特性不同，召回处理的方式自然也不同。

② 返修或技术升级。返修可能是对有瑕疵产品的补救方式，但大多数情况是，当某些产品如大型设备、大型耐用品、高价值产品在一定使用期后往往需要技术升级、保养或维护，这时就需要按照逆向供应链流程将产品返回到原生产厂或它们的专业服务机构。从形式上看，返修或技术升级是逆向物流；从实质上看，它是产品全生命周期支持形式；从功能上看，又是逆向供应链在生产领域的实现形式。

③ 基于生产资源外部管理的客户定制化。传统生产企业为了保持自己的竞争优势，或者避免优势技术外泄，一般会采取两种策略：一是以最低的成本生产出高质量的产品，通常会大批量采购原材料和零部件以降低生产物料成本，大批量生产以降低产品成本，企业

为了能够满足客户的迅速购买，往往会在消费地附近设立许多仓库，增加安全库存，结果导致成本的上升；二是进行技术封锁，严防信息泄露，结果导致供应链运行在采购、生产、销售等环节衔接不好，甚至中断，形成缺货、生产浪费、库存积压。

为了克服弊端，一些有远见的企业开始对供应链进行完善，实现逆向供应链策略，即通过资源外部管理实现客户化定制。推行逆向供应链不是为了标新立异，而是要以既成的供应链信息设施为基础，融入逆向思维的成分，实现物流、信息流和资金流的可逆性，从而使居于产业链各个环节的成员在信息供给和享用的过程中处于更平等的地位。这将比单向的供应链在库存优化、柔性制造、资源合理配置和充分利用等方面具有更明显的优势。企业在实行逆向供应链时，不必生搬硬套既成模式，应该综合考虑企业所处产业链的基础信息设施、行业特性、相应的顺向供应链的运行规律等因素，在借鉴的基础上加以突破，形成最适合于自身产业链的逆向供应链模式。

复习思考题

1. 选择题

(1) 以下不属于精益思想原则的是(　　)。

A. 精确地确定特定产品的价值　　　　B. 使价值不间断地流动

C. 永远追求尽善尽美　　　　　　　　D. 逐步完善

(2) 不属于精益物流设计原则的是(　　)。

A. 满足顾客需求原则　　　　　　　　B. 减少浪费原则

C. 逐渐完善原则　　　　　　　　　　D. 局部优化原则

(3) (　　)是精益物流系统框架的中心。

A. 快速　　　　B. 降低成本　　　C. 以客户需求为中心　　　D. 系统集成

(4) 以下哪一个不属于决定精益物流工程有效实施的关键？(　　)

A. 分析和确定用户的需求　　　　　　B. 分析和确定精益物流对象

C. 精益物流系统目标的确定　　　　　D. 建立物流管理组织

(5) 以下哪一个不属于逆向物流业务活动的是(　　)。

A. 产品回收　　　B. 检验　　　　C. 生产　　　　　　D. 再加工

(6) 以下哪一项不是逆向物流与正向物流的不同点？(　　)

A. 分散性　　　　B. 缓慢性　　　C. 确定性　　　　　D. 混杂性

(7) 哪一个不属于逆向物流渠道选择的影响因素？(　　)

A. 社会因素　　　B. 回收品因素　C. 企业因素　　　　D. 环境因素

(8) 企业实施闭环供应链的根本原因是(　　)。

A. 社会效益　　　B. 环境压力　　C. 经济利益　　　　D. 企业形象

(9) 电子商务物流管理应遵循原则不包括(　　)。

A. 系统效益原则　B. 经济原则　　C. 标准化原则　　　D. 服务原则

(10) 关于联合库存管理，以下说法错误的是(　　)。

A. 建立起整个供应链以核心企业为核心的库存系统

B. 各个企业管理库存时具有对等的权利和义务

C. 建立起一个合理分布的库存点体系

D. 建立起一个联合库存控制系统

(11) 中国企业发展精益物流，应分为两步实施，第一步为企业系统的精益化，第二步是什么？（　　）

A. 提供精益物流服务　　　　　　B. 组织结构的精益化

C. 信息网络的精益化　　　　　　D. 服务内容及对象的精益化

(12) 从供应链物流管理(SCLM)中信息交互的实现情况来看，信息交互的实现模式不外乎 4 种：（　　）、文件级间接信息交互、公共数据库级信息交互、综合信息交互。

A. 点对点信息交互　　　　　　B. 点对线信息交互

C. 点对面信息交互　　　　　　D. 面对面信息交互

2. 判断题

(1) 建立精益物流系统必须采用最现代的或者是高精密度的设施和工具。（　　）

(2) 批量物流的协调基础是客户需求的预测。（　　）

(3) 电子商务时代，物流的网络化是电子商务的必然要求。（　　）

(4) 实际 SCLM 的信息交互实施过程中，上下游企业之间仅仅是单一地选择某一种模式进行信息交互。（　　）

(5) 电子商务物流管理具有综合性、新颖性和智能性的特点。（　　）

(6) 每一家企业都应关注逆向物流的实施。（　　）

(7) 闭环供应链的实施可以使供应链上的任何一个企业的利益最大化。（　　）

(8) 零售业供应链管理以满足顾客需求为核心。（　　）

(9) 是否需要精益物流系统，从根本上来讲取决于企业的市场定位。（　　）

(10) 逆向物流包括产品回收、替代、检验(分类)、再加工，以及处置(清理与填埋)等环节的业务活动，它运作得好坏直接影响到企业的信誉、客户服务水平、质量评价、现金流和经营成本。（　　）

(11) 逆向物流日益受到重视，逆向物流渠道(Reverse Logistics Channels)的选择是实施逆向物流中最重要的一环。（　　）

(12) 电子商务物流管理的职能包括计划、协调、指挥、激励、控制和决策。（　　）

3. 名词解释

精益物流，回收物流，逆向物流渠道，供应链物流

4. 简答题

(1) 简述精益物流产生背景，目标和基本原则。

(2) 闭环供应链的几种运作模式是什么？

(3) 逆向物流的物资处理方法有哪几种？

(4) 供应链物流在生产企业中的几种模式比较分析。

(5) 简述现代供应链物流管理的方法。

5. 论述题

(1) 我国企业发展精益物流应采取哪些步骤?

(2) 逆向物流与正向物流的异同。

(3) 闭环供应链内涵、起源、根本原因及驱动因素分别是什么?

(4) 谈谈你对电子商务物流的认识和发展前景。

(5) 简要对供应链物流的竞争优势进行分析。

(6) 简要分析闭环供应链的思想并举例说明。

(7) 你认为管理者在进行供应链物流管理时应注意哪些问题,加强哪些能力?

(8) 就本章所学内容,选择一个话题写一篇不少于 500 字的文章。

案 例 分 析

美国零售业的逆向物流管理之路

2002 年美国零售商业的返品货价值约占商品零售总额的 6.3%左右,从比例上看,返品占总体的比率虽不是太大,但其所拥有的价值量决不是小数目。美国 2000 年商业零售总额约为 10 060 亿美元,按此推算,零售商业返品的价值每年至少高达数百亿美元之多。不菲的返品数量不但占压了巨额的流动资金,增加了商家和厂家的营销成本,而且消耗了各个营销环节管理者的时间和精力。返品的处理实际上也造成了一定的社会生产力浪费。对返品的物流管理即是通常所说的逆向物流管理。

美国是较早将逆向物流管理科学化、系统化的国家。20 世纪 90 年代以前,美国零售业界通常也采取由商家自行向生产厂家退货的较原始的返品处理方式。这种方式不但效率低、浪费大,而且返品处理的费用也相当高。据统计,美国零售业原来每年返品处理费用约占销售总成本的 4%左右。

1. 逆向物流管理的开端——返品中心

由于美国部分生产厂家不堪返品处理的烦恼,宁可在商品购销合同中预先约定扣除一定的返品比例,而不再接受返品。这也就是日后人们所熟知的"零返品"购销方式。世界最大的日化用品生产商宝洁公司就是"零返品"购销方式的积极倡导者。

1990 年开始,美国的一些大型连锁零售商为了提高返品处理效率,按照专门化和集约化的原则,仿照正向物流管理中的商品调配中心的形式,采用逆向思维,分区域设立"返品中心"以集中处理返品业务。这成为逆向物流管理的开始。

2. 返品中心的 4 个功能

许多美国大型零售公司累计在全美各地设立了近百个规模不等的返品中心。其中沃尔玛公司就设立了 10 家,凯玛特公司拥有 4 家,Universal 公司拥有两家,其他如宜家、Target公司等较大的连锁零售商也都有自己的返品中心。

此外,一些规模较小的连锁商业公司则采取几家合伙的形式,设立返品处理中心。目前,美国通过返品中心处理的返品已占总数的 6 成以上,集约化处理已成为逆向物流管理的主导方式。返品中心的主要功能如下。

(1) 接收系统内各零售店的所有返品。

(2) 对返品进行甄别。按照返品的实际状况把它们分为：可整修后重新销售；可降价批发销售；可向生产厂家退货；可作慈善捐赠用(在美国慈善捐赠可抵减税收)；可作废品利用及无利用价值等几类，并作相关处理。返品处理中心内设有相当规模的再生工厂，把可整修后重新销售的返品进行整修、包装后重新融入正向物流销售。

(3) 对返品涉及的资金往来进行统一结算。

(4) 对各厂家、各销售店、各类商品的返品状况及产生原因、返品的变动趋势等信息进行综合统计分析，并及时向总部提交相关报告。

3. 返品中心对美国零售商的两大贡献

(1) 它提高了返品的流通效率，降低了逆向物流耗费的成本，加速返品资金的回收。据分析，由于采用了返品的集中配送、返品票据的统一处理、发掘废弃商品残值等方式，逆向物流管理每年可为商家降低销售总成本的 0.1%～0.3%，以沃尔玛公司为例，通过逆向物流管理每年平均就可节约资金 7.3 亿多美元。

(2) 集中处理返品还可以大大减轻零售店和生产厂家的工作量，充分利用零售店卖场空间，同时也有利于收集掌握与返品相关的商业动态。

4. 逆向物流管理的新发展——专业化逆向物流管理公司出现

由于大型零售公司的脚步逐渐向边缘地区延伸，有些零售店的布局相对分散，不利于设立自己的返品中心对逆向物流实行集中管理。出于经济效益的考虑，一些大型零售公司委托从事第三方物流的公司承担逆向物流管理业务。这些公司也由此逐步发展成为以逆向物流管理为主的专业化公司。专门从事逆向物流管理的公司在美国产生于 20 世纪 90 年代中期，比如 Genco 公司就是逐步发展起来的一个专业化公司。目前，Genco 公司已成为美国逆向物流管理业界的最大型企业。

进入 21 世纪以后，专业化的逆向物流管理公司的业务得到更加迅猛的发展。到 2002 年，仅 Genco 公司就已在美国各地拥有 104 个返品处理分中心，年处理返品约达 400 万件。委托该公司处理返品业务的签约商业伙伴超过 1 500 家。

5. 专业化逆向物流管理公司的三大特点

专业化逆向物流管理企业的出现使逆向物流管理的科学化、集约化程度上升到一个新的高度。这些新型逆向物流管理企业的特点如下。

(1) 同时为多个商家和厂家提供返品处理服务，使得逆向物流管理的规模化效应更加突出。如 Genco 公司同时为在某一地区内处于竞争关系的沃尔玛、凯玛特等多家零售商提供服务，甚至有些其他商家自己设立的返品中心也成了 Genco 公司的服务对象。

(2) 专业分工更细，集约化与效率化程度更高。这些专业逆向物流管理公司下又派生出许多专门充当逆向物流经纪人的公司、专门的返品运输公司、专门的返品仓储公司、返品整修公司、残次品销售公司和填埋无价值返品的公司等，分别承担返品处理业务的不同环节。

(3) 采用了更完善的专业管理技术，以最大限度地回收返品的经济价值。比如 Genco 公司把客户购货合同中从涉及的返品合同条件到返品收发、储运、结算、统计等各个环节都纳入统一的计算机系统管理。该公司仅专门从事逆向物流管理软件开发的工程师就有 70

名，他们开发的逆向物流管理软件"R-log"已成为逆向物流管理业界中使用最普遍的计算机软件。

案例点评：

美国这些专业化的逆向物流管理公司无疑代表着逆向物流管理的未来和方向。它们的出现也引起了日本、欧洲等零售商业发达国家的重视。日本的一些商业零售商已经着手学习、引进美国的逆向物流管理方法，取得了较好的效果。对于我国的零售业界来说，学习借鉴美国先进的逆向物流管理理念和技术，提高我们的逆向物流管理水平，同样也有着一定的积极意义。

参 考 文 献

[1] [美]本杰明·S. 布兰查德著. 物流工程与管理[M]. 蒋长兵译. 6 版. 北京：中国人民大学出版社, 2005.

[2] 马士华. 供应链管理[M]. 北京：机械工业出版社, 2000.

[3] 齐二石. 物流工程与管理概论[M]. 北京：清华大学出版社, 2009.

[4] 董海. 设施规划与物流分析[M]. 北京：机械工业出版社, 2005.

[5] 曹洪军, 阚功俭. 物流学[M]. 北京：经济科学出版社, 2009.

[6] 邹力权. 中国现代物流业发展初探[D]. 厦门：厦门大学出版社, 2001.

[7] 沈默. 现代物流案例分析[M]. 南京：东南大学出版社, 2006.

[8] 祝凌曦, 汪晓霞. 电子商务物流管理[M]. 北京：人民邮电出版社, 2008.

[9] http：//www.wal-martchina.com/walmart/wm_world.htm.

[10] http：//www.pengyi.cn/wuliu23/logistics1672.htm.

[11] 程一飞. 供应链管理[M]. 北京：人民交通出版社, 2005.

[12] http：//www.interscm.com/thinktank/strategic/200907/31-56948.html.

[13] 易华. 物流成本管理[M]. 北京：清华大学出版社, 2005.

[14] 齐二石. 物流工程[M]. 修订版. 北京：中国科学技术出版社, 2005.

[15] 马汉武. 设施规划与物流系统设计[M]. 北京：高等教育出版社, 2005.

[16] 王家善. 设施规划与设计[M]. 北京：机械工业出版社, 1995.

[17] 方庆琯, 王转. 现代物流设施与规划[M]. 北京：机械工业出版社, 2004

[18] 程国全. 设施规划与物流分析[M]. 北京：机械工业出版社, 1995

[19] 朱耀祥, 朱立强. 设施规划与物流[M]. 北京：机械工业出版社, 2004

[20] 冯夕文, 肖敬. 物流工程[M]. 北京：经济科学出版社, 2007

[21] [美]汤普金斯著. 设施规划[M]. 伊俊敏, 袁海波译. 3 版. 北京：机械工业出版社, 2007.

[22] 王汝杰, 石博强. 现代设备管理[M]. 北京：冶金工业出版社, 2007.

[23] [英]唐纳德·沃尔特斯著. 库存控制与管理[M]. 李习文, 李斌译. 2 版. 北京：机械工业出版社, 2005：40-45.

[24] [美]森尼尔·乔普瑞, 彼得·梅因德尔著. 供应链管理——战略、规划与运营[M]. 李丽萍等译. 2 版. 北京：社会科学文献出版社, 2003：225-258.

[25] 蔡改成. 仓储与库存管理实务[M]. 武汉：武汉理工大学出版社, 2007.

[26] 宋丽娟, 马骏. 仓储管理与库存控制[M]. 北京：对外经济贸易大学出版社, 2009.

[27] 周万森. 仓储配送管理[M]. 北京：北京大学出版社, 2005.

[28] 何倩茵. 物流案例与实训[M]. 北京：机械工业出版社, 2004.

[29] 真虹, 张婕姝. 物流企业仓储管理与实务[M]. 2 版. 北京：中国物资出版社, 2007.

[30] [美]David J. Bloomberg, Stephen Le May, Joe B, Hanna 著. 综合物流管理入门[M]. 雷震甲, 杨纳让译. 北京：机械工业出版社, 2003.

[31] [美]Stock J.R. Reverse logistics [J].//Oak Brook Illinois, IL: Council of Logistics Management, 1992：1-10.

[32] 董素玲, 陈骏. 供应链物流管理环境下的无缝供应链对接问题[J]. 产业与科技论坛, 2008(11)：219-220.

[33] 蔡雅萍. 供应链物流管理中信息交互研究[J]. 经济论坛, 2008(1)：78-80.

[34] 王丽娜, 刘俊萍. 浅议我国家电零售业供应链物流管理[J]. 中国市场, 2008(15)：40-42.

[35] 卢国志. 新编电子商务概论[M]. 北京：北京大学出版社, 2005.

[36] 张理. 现代企业物流管理[M]. 北京：中国水利水电出版社，2005.

[37] 孙明贵，潘留栓. 物流管理学[M]. 北京：北京大学出版社，2002.

[38] 丁立言. 物流基础[M]. 北京：清华大学出版社，2000.

[39] ABC 公司物流案例. 浙江物流网 www.zj56.com.cn

[40] MBA 智库百科：http://wiki.mbalib.com/

[41] 尤恩斯物流网：http://www.uns56.com/

[42] 张锦. 物流系统规划[M]. 北京：中国铁道出版社，2004

[43] 丁立言，张铎. 物流系统工程[M]. 北京：清华大学出版社，2000.

[44] 吴清一. 物流系统工程[M]. 北京：中国物资出版社，2004.

[45] 赵林度，李严峰，施国洪. 物流系统规划与设计[M]. 重庆：重庆大学出版社，2009.

[46] 田源，周建勤. 物流运作实务[M]. 北京：清华大学出版社，北京交通大学出版社，2004.

[47] 宋伟刚. 物流工程及其应用[M]. 北京：机械工业出版社，2003.

[48] 刘志学. 现代物流手册[M]. 北京：中国物资出版社，2002.

[49] 刘旺盛，兰培真. 系统布置设计——SLP 法的改进研究[J]. 物流技术与应用，2006(11)

[50] 周万森. 仓储配送管理[M]. 北京：北京大学出版社，2005.

[51] 高晓亮，伊俊敏. 仓储与配送管理[M]. 北京：清华大学出版社，北京交通大学出版社，2006.

[52] 乌星根，李莅. 仓储与配送管理[M]. 上海：复旦大学出版社，2005.

[53] 张念. 仓储与配送管理[M]. 大连：东北财经大学出版社，2004.

[54] 冯耕中. 现代物流规划理论与实践[M]. 北京：清华大学出版社，2005.

[55] 刘志强，丁鹏，盛焕烨. 物流配送系统设计[M]. 北京：清华大学出版社，2004.

[56] 阎子刚. 物流运输管理实务[M]. 北京：高等教育出版社，2006.

[57] 夏火松. 物流管理信息系统[M]. 北京：科学出版社，2007.

[58] 张晓萍，刘玉坤. 系统仿真软件 FlexSim 3.0 实用教程(附盘)[M]，北京：清华大学出版社，2006.

[59] 琚春华，蒋长兵，彭扬. 现代物流信息系统[M]. 北京：科学出版社，2005.

[60] [美]David Simchi-Levi, Philip Kaminsky Edith, Sdith Simchi-Levi 著. 供应链设计与管理：概念、战略与案例研究[M]. 季建华等译. 北京：中国财政经济出版社，2004.

[61] 李葵，陈铭，于超. 供应链与物流管理[M]. 北京：电子工业出版社，2006.

[62] 潘意志，彭水军. 闭环供应链管理[J]. 企业管理，2005(11)：12-16.

[63] 李夏苗，胡思继，朱晓立. 直达输送货物的送达速度和准时性的调查研究[J].北方交通大学学报，2002(2)：103-106.

[64] 伊俊敏. 物流工程[M]. 北京：电子工业出版社，2007.

[65] 焦德杰. 中外物流发展现状之比较研究[J]. 物流管理，2007(8)：30-31.

[66] 邬跃. 论精益物流系统[J]. 中国流通经济，2001(5)：11-13.

[67] 安进，李必强. 集成供应链物流系统的基本原理[J]. 物流技术，2006(3)：151-154.

[68] 张晓萍. 生产物流系统及仿真[M]. 北京：清华大学出版社，2000.

[69] 杨晓英. 基于物流仿真技术的系统设施布置设计[J]. 矿山机械，2005，33(11).

[70] 姚卫新，陈梅梅. 闭环供应链渠道模式的比较研究[J]. 商业研究，2007(1)：51-53.

[71] 汝宜红，田源，徐杰. 配送中心规划[M]. 北京：北方交通大学出版社，2002.

[72] 冯耕中. 现代物流与供应链管理[M]. 西安：西安交通大学出版社，2003.

[73] 琚春华，蒋长兵，彭扬. 现代物流信息系统[M]. 北京：科学出版社，2005.

[74] 王述英. 物流运输组织与管理[M]. 北京：电子工业出版社，2006.

[75] [美]Donald J Bowersox, David J Close 著. 物流管理：供应链过程的一体化[M]. 林国龙，宋柏，沙梅译. 北京：机械工业出版社，2003.

[76] [美]杰弗里·P. 温瑟尔著. 精益供应链管理[M]. 王永贵译. 大连：东北财经大学出版社，2005.

[77] 张文杰，田源，林自葵. 电子商务下的物流管理[M]. 北京：清华大学出版社，北方交通大学出版社，2003.

[78] 安进，李必强. 集成供应链物流系统的基本原理[J]. 物流技术，2006(3)：150-153.

[79] 骆正清，陈绪芳. 逆向物流的成因及管理对策研究[J]. 物流科技，2007(8)：8-11.

[80] 邱若臻、黄小原. 闭环供应链结构问题研究进展[J]. 管理评论，2007，19(1).

[81] 洪志生，张春霞，苏时鹏. 逆向物流系统的运行机理[J]. 物流技术，2006(3)：49-55.

[82] 秦天保，王岩峰. 面向应用的仿真建模与分析：使用 ExtendSim[M]. 北京：清华大学出版社，2009.

[83] 王丽娜，刘俊萍. 浅议我国家电零售业供应链物流管理[J]. 中国市场，2008(15).